神圣的使命 难忘的岁月（下）

——医疗人才组团式援藏纪实

西藏自治区卫生健康委员会 编

中国人口出版社
China Population Publishing House
全国百佳出版单位

图书在版编目（CIP）数据

神圣的使命　难忘的岁月：医疗人才组团式援藏纪实：全2册／西藏自治区卫生健康委员会编. -- 北京：中国人口出版社，2019.9

（纪念西藏民主改革60周年丛书）

ISBN 978-7-5101-6720-1

Ⅰ. ①神…　Ⅱ. ①西…　Ⅲ. ①纪实文学-中国-当代　Ⅳ. ①I25

中国版本图书馆CIP数据核字（2019）第147579号

神圣的使命　难忘的岁月——医疗人才组团式援藏纪实

SHENSHENG DE SHIMING NANWANG DE SUIYUE——YILIAO RENCAI ZUTUANSHI YUANZANG JISHI

西藏自治区卫生健康委员会　编

责任编辑　姚宗桥　商成果
装帧设计　夏晓辉
责任印制　林　鑫　单爱军
出版发行　中国人口出版社
印　　刷　北京柏力行彩印有限公司
开　　本　787毫米×1092毫米　1/16
印　　张　55
字　　数　1 000千字
版　　次　2019年9月第1版
印　　次　2019年9月第1次印刷
书　　号　ISBN 978-7-5101-6720-1
定　　价　128.00元（全2册）

网　　址　www.rkcbs.com.cn
电子信箱　rkcbs@126.com
总编室电话　（010）83519392
发行部电话　（010）83530809
传　　真　（010）83538190
地　　址　北京市西城区广安门南街80号中加大厦
邮政编码　100054

目 录

甘于奉献 第三批援藏队员的故事

大爱无疆　第四批援藏队员的故事

甘于奉献

第三批援藏队员的故事

不忘初心　砥砺前行

中山大学附属第一医院　刘庆华

我是广州中山大学附属第一医院肾内科刘庆华医生，很高兴在这里和大家一起分享我的援藏经历，正所谓“一次援藏行，一生援藏情”！这是一段艰辛难忘但令我倍感自豪的经历，也是值得继续付出、一辈子铭记的人生历程。

记得4年前我在哈佛大学医学院做博士后时，参加过一次国际留学生论坛，要求每一位演讲者介绍自己祖国的美好河山，当时我向世界各地留学生演讲的题目就是“西藏，我梦中的天堂”。

可能很多人没来过西藏。西藏位于祖国的西南边陲，是世界海拔最高的高原，平均海拔超过4000米，素有“世界屋脊”之称，西藏全区面积120多万平方公里，约占全国总面积的1/8。林芝位于西藏东南部，南部与印度、缅甸两国接壤，边境线长达1000多公里，面积11.6万平方公里，略大于整个浙江省。林芝是我们广东省对口支援地区。目前，也是整个西藏唯一一个由单个省对口支援的地区。

说起我的西藏情缘，要追溯到十几年前。加上这次，我一共三次援藏。记得13年前，2005年暑假，我当时是中山大学附属第一医院在读博士生，作为博士医疗队队长，我参加了广东省首届“健康直通车”赴西藏林芝开展义诊活动。当时的西藏林芝，艰险崎岖的道路、渴望知识的儿童，尤其是缺医少药的医疗条件，让我印象深刻，也让我与西藏结下了不解的情缘。

2007年暑假我第二次赴藏，而且是带队去了平均海拔在4200米以上的当雄县，我们深入牧区开展流行病学调查，为藏民体检、送药等，我们一行10余名队员坐在没有扶手和座位的救护车车厢里，穿梭在西藏的草原上，高原反应、晕车、颠簸、蚊虫叮咬等同时袭来，而且一待就是一个多月。记得晚上睡觉时头疼欲裂，现在想起来吸吸氧会好转，但当时没这个条件，只能靠吃点止痛药和安眠药减轻症状入睡。欣慰的是，我们为1000多名当地藏民进行了体检，发现了很多地方疾病，为他们提供了治疗药物，获得的疾病数据也为西藏制定相关医疗政策、指导地方疾病的诊断和治疗提供了科学依据。我们在与牧民的相处过程中，他们因为感谢送来了酸甜的奶酪、醇香可口的酥油茶，还有他们灿烂而淳朴的笑容。这些都深深地触动了我的心灵。记得离开拉萨的那一刻，我心中默默许下承诺：西藏，只要你需要，我会再回来！

一晃十年，2017 年 5 月，援藏任务再次来到我们科室，而且时间紧迫，必须一周内出发。持续一年多的援藏任务，可能很多人会有所顾虑，但是我觉得，那里的人民为了国家的稳定，为了民族的团结，坚持生活在条件艰苦的祖国边疆，如果没有他们，我们未必能享受如此繁华幸福的都市生活。所谓岁月静好，只不过是有人在替你负重前行！

也许你们会问我，出发前我心里是否有过彷徨和不安。是的，我承认，有过，因为这次援藏时间较长，长期的高原缺氧对任何人来说都是一种考验，而且我的儿子才1 岁多，父母也需要照顾等，这些实际困难也曾困扰着我。但多年前的西藏又浮现在我眼前，党员的使命感让我感到：援藏是义不容辞的！而且这不是一个人的战斗。记得出发前肖海鹏院长对我说："庆华，你去西藏后要注意身体，更要努力工作，为当地患者排忧解难，医院是你的坚强后盾！"

5 月 13 日我们从广州出发，转机成都，5 月 14 日早上飞机降落在西藏林芝机场。我们受到了当地领导和群众的热烈欢迎，圣洁的哈达让我们感受到林芝人民的热情，同时也让我们多了一份责任感和使命感。

回想一下，刚到高原时，首先面对的困难不是援藏工作本身，而是恶劣的自然环境。高原缺氧给我们的生活、工作带来了极大的不便，工作有时胸闷气短，常常失眠，心率也明显增快。我在广州时心率是 60 ~70 次/分，在西藏平常心率是 85 ~95 次/分，稍微活动就达 110 次/分以上，而且因为空气干燥，经常嘴唇干裂、鼻腔出血。但身在高原的队友们相互照顾、相互鼓励、相互扶持，一路坚持了下来，现在虽然我的心率较快，但基本克服了高原环境、适应了当地生活。其实高原反应并不可怕，只要我们有战胜困难的勇气和信心。

我觉得作为一名党员，能有机会援藏，是组织上对我的信任和考验，也是实践党员神圣职责的具体行动。我一直在思考：如何结合自己本职工作实际，充分发挥好党员的先锋模范作用？来到林芝后了解到，之前的第一批和第二批援藏医疗队并没有单独成立党支部，援藏党员分散在各科室，不便于组织开展工作。我遂向上级组织提出了申请，获得同意后，成立了第一个援藏医疗队党支部，便于党员开展义诊、下乡送医送药、对口帮扶等惠民活动。实践证明，我们的党员队伍切实贯彻了党的十九大精神，为组团式援藏医疗队树立了良好形象。

与以往不同的是，我们这次是带着明确任务来到西藏，为当地患者诊治疾病是我们的基本任务，帮助林芝市人民医院创建三级甲等综合医院是我们的主要目标。为此，我们必须放弃每周六的休息，坚持周末加班。我们的任务包括：加强科室建设，完善各项规章制度，培养科室技术骨干，不断开展新技术、新疗法，等等。我们血透室的规模从拥有 5 台透析机增加到 12 台，患者也不断增加。我们编写了林芝市人民医院透析室各项规章制度和操作指南等。不仅要“授之以鱼”，更要“授之以渔”，要变“输血式”援藏为“造血式”援藏，我们教会和培养了当地医生，为林芝真正培养出一支带不走的医疗卫生人才队伍。在创“三甲”过程中，西藏自治区党委常委、组织部部长曾万明多次专门到林芝慰问我们，关心我们的工作和生活，也对我们提出了殷切希望，不仅要创“三甲”，还要强“三甲”，鼓励我们为造福当地百姓做出更大贡献！曾部长的亲切关怀和殷殷嘱托，深深地激励了我们所有援藏队员的斗志！

西藏的医疗条件，总体来说，经过多年的援藏，逐步提高，但跟内地特别是广州相比，还是落后甚远。科室构建不完善，缺乏相应的专科；虽有一些捐赠的医疗设备，但人才匮乏、技术落后；治疗方法和手段也非常有限，经常因无法诊治建议患者转成都治疗。但大家知道吗？很多疾病都是生死一瞬间，错过了几分钟就无法挽救，我这里举两个病例跟大家一起分享。

2017 年 5 月 27 日晚 8 点，内科收治一名突发胸痛、腹痛的 46 岁男性危重症患者，当地医生按心脏病处理，但没有好转。我检查后发现患者左侧腹部饱满、压痛明显，立即安排做 CT 检查。结果发现左肾包膜下巨大血肿，而且伴有高钾血症、急性肾衰，情况非常危急，严重高钾会导致患者随时死亡。这时我和当地医生一起紧急抢救：①用药降低血钾，②股静脉插管后急诊血液透析（洗肾），③输血并联系外科手术。患者经透析后，病情看上去稍稳定，这时让我措手不及的是，家属要求马上转成都治疗，并已买好机票正办理出院手续。但大家知道吗？这个血肿就是个定时炸弹，随时可能破裂导致死亡，而且患者也根本上不了飞机。如果这时我们不出面挽留，或者怕承担责任而放任患者出院，后果将不堪设想。时间就是生命，我无法想那么多了，赶紧向家属说明了危险性，同时也给了家属充分的信心。最后家属终于同意留下来治疗。抢救过程虽然艰辛，但结局是完美的。患者在多学科的共同努力下，当晚手术，手术中输血量达 3000 毫升以上，成功脱离险情，康复出院。出院前，患者眼含泪水，激动地拉着我们的手说：“医生，你们就是活佛啊！”

接下来，我介绍一下西藏地市级医院第一例腹膜透析置管手术是如何开展的。

患者是一名57岁的男性藏族同胞，来自中国最后一个通公路的县——墨脱县（2013年10月31日通车），虽已通车，但通往该县的大部分是土路和砂石路，而且经常因泥石流等遭到损毁，如果各位有机会去一趟墨脱就会感受至深。

该患者于2017年10月8日由墨脱县转来我院时，神志不清，病情危重，诊断为“尿毒症，高钾血症”。经过紧急血透，病情稍稳定，但麻烦也来了，因林芝比墨脱海拔高，患者无法适应林芝的高原环境，坚持要求回墨脱治疗。但是该县并不具备血透设备，回去等于放弃治疗，没有任何救治希望。我们本着对生命的敬畏，与患者和家属反复沟通，我告诉患者：腹透是一种可以自己操作的透析方式，不需要机器也可完成。患者和家属同意后，2017年10月11日，在充分的术前准备下，我主刀为患者进行了腹膜透析置管手术，手术很顺利。在援藏护士的精心护理下，患者病情恢复很快，患者及家属非常满意，在查房时，不时向我们竖起大拇指，感激地说“突及其，突及其”（藏语：谢谢）。患者憨厚的笑容、发自内心的感谢，既是对我们工作的肯定，更是我们努力奋斗的动力。

大家都知道“万事开头难”。在中山一院做一台腹膜透析置管手术并非很困难，因为所有的设施和手术物品都一应俱全。而在西藏，腹膜透析导管、腹透液、手术器械等，甚至连相关的一针一线都要自己从零开始准备。就连腹膜透析液的搬运也是我和护士一起，拉着小推车，去药剂科库房，把沉重的10余箱腹膜透析液拉到内科病房。在拉运过程中，有护士问：“刘教授，你从美国哈佛留学回到我们这里当‘搬运工’，适应吗？不觉得委屈吧？”我笑道：“这没什么，要入乡随俗啊，借此锻炼一下挺好，‘老西藏’精神不是写着吗？要特别能吃苦、特别能战斗、特别能忍耐、特别能团结、特别能奉献！”大家都笑了。

我们在西藏也开展了其他很多新技术、新疗法，为当地患者带来切实利益。如西藏地市级医院首例长期血透导管置入术、第一例血液透析滤过治疗等。每个首例下面都有一个故事，都凝聚着我们的付出和汗水。这些新技术虽然由我在西藏完成，但实际上，这也是我们中山一院和肾内科的集体贡献。当我觉得缺少血透和腹透护士协助时，我们中山一院领导非常支持，派出了肾内科王饶萍护士长和吕珊护士赴林芝支援1~2个月。当得知我们缺少手术器械时，肾内科领导立即将手术器械包和敷料包等快递到林芝，雪中送炭，为手术顺利开展提供了一切保障。

付出总是有回报的。所有这些新技术的成功开展，标志着林芝市人民医院在治疗尿毒症上迈入新的台阶，提升了林芝市的危重病救治能力，也为广大尿毒症患者提供了更多的治疗方式。2017 年，中央组织部部长陈希到林芝慰问时，也特地参观了血透室，对我们中山一院的援藏成果、计划建立的透析卫星中心模式，给予了充分肯定和支持。

11 月 18 日凌晨 6：34，在无任何征兆的情况下，西藏林芝市发生了 6.9 级地震，这次地震共引发余震 300 多次，波及林芝各县、区，造成 1.2 万多人受灾，近 3000 户房屋不同程度受损，部分道路、通信线路等基础设施不同程度受损。

我当时被强烈的震感惊醒，看着屋顶在不停地摇动，床在吱吱作响，觉得房子瞬间就会倒塌。我心想：不会吧，不会吧，我还没活够啊。随后，我立即跑向室外，发现很多人已在外面，有光着膀子的，有裹着被子的，有光着脚的，还有穿一只鞋的！当时林芝气温在 0℃左右，寒冷、恐惧包围着我们。因为不知道接下来会发生什么，大家心中都没底，但我很快镇定下来。如果地震引起群众伤亡，这里更需要我们医生！作为医疗队副队长，更要以身作则，坚守阵地，我必须稳住队友的情绪，带领医疗队继续留守医院，照常查房、出门诊、抢救患者！

幸运的是，地震虽然导致我们墙壁出现裂缝，但楼房没有倒塌。接下来几天的余震不断，有的队友已经写好遗书，还有的已经把银行卡和支付宝密码都发给老婆了，可见当时是什么样的气氛笼罩着林芝！此时此刻，让我们非常感动的是，地震发生的第一时间，学校、医院和科室领导等都纷纷打电话或发信息慰问。我们的院长、书记还专门跟我们连接了视频通话，让我们心里暖暖的，也坚定了我们继续留在林芝服务广大百姓的信念。

地震三天后，11 月 21 日林芝市人民医院迎来了“三甲”最终评审。我一方面安排好科室工作，做好迎检汇报；另一方面，作为后勤保健组组长，我要每天检查评审专家身体，保障他们的安全。虽然过程辛苦，但我们创“三甲”信心十足。来自全国的评审专家们也感受到了我们援藏队员为林芝医疗卫生事业做出的贡献。最终，在我们全体援藏队、全院职工的共同努力下，林芝市人民医院创“三甲”取得圆满成功。

值得一提的是，在过去近一年的援藏日子里，我们第三批组团式援藏医疗队遇上了多项“第一”——第一次创“三甲”，第一次遇到 6.9 级地震，第一次成立党支部，第一次全队拿到 7 项西藏自然科学基金项目，第一次取消周六休息，第一次春节放假仍坚守岗位，等等。我想这将是我们人生中最值得回忆的亮点。

就我本人而言，除了努力做好自己的本职工作外，也乐于利用节假日参加一些有意义的活动，如下乡义诊，去敬老院、孤儿院义诊等。我希望我学的知识能服务于更多的藏族同胞！

多次援藏，我个人也获得一定荣誉：被选拔为“西藏自治区援藏首席专家”，被评为林芝市“医德医术模范奖”，两次被评为广东省“先进个人”，被林芝市人民医院评为“优秀援藏工作者”“创三甲先进工作者”等。这是组织上对我的肯定和鼓励，但我觉得这些荣誉更属于我身后的中山一院和肾内科团队。

援藏是一项光荣的任务，也是一项神圣的使命。习近平总书记曾说过“在高原上工作，最稀缺的是氧气，最宝贵的是精神”。“广大党员、干部要发扬优良传统，不断为‘老西藏’精神注入新的时代内涵。”不忘初心、牢记使命、乐于奉献，踏踏实实地做好救死扶伤的本职工作，努力完成医院创“三甲”任务，切切实实地服务和造福当地藏族同胞，对于落实国家政策、丰富人生经历、磨炼年轻党员党性意志等各方面都是非常值得的！在西藏的日子虽然很艰苦，有时会出现高原反应，常常会思念家乡和亲人，但精神上很富足。我相信只要有坚定的意志，所有困难都可以克服。我希望自己能成为新时代年轻人的榜样，尽最大努力完成党组织交给我的任务。我坚信自己的援藏经历，将是一辈子的财富！

雄鹰高飞，天空蔚蓝，卡赛飘香，经幡飞扬！愿西藏人民更加健康！

豪情万丈　甘把汗血洒边疆

中山大学孙逸仙纪念医院　李勇

“是谁带来远古的呼唤，是谁留下千年的祈盼，难道说还有无言的歌，还是那久久不能忘怀的眷恋……”《青藏高原》的歌声，在真正的高原听起来，韵味更加浓郁悠远。作为广东省第三批组团式医疗援藏队的成员，我们于 2017 年 5 月中旬来到了有“西藏江南”和“东方瑞士”之称的林芝，将在林芝市人民医院开展为期一年的援助工作。

西藏是个神奇的地方，虽然已过了“桃花节”这个林芝最著名的天堂般的美丽时段，但油菜花还金灿灿地开着，远远就散发出清香；野生的黄牡丹和高山

上的杜鹃也正争奇斗艳。西藏是个神奇的地方，从医院向四周望去，被白雪覆盖了顶的山峰连绵不断。医院患者就诊量不算大，不管是身着传统藏袍的老人家，还是时尚前卫的年轻人，抑或是几个着红黄袍子的僧人，他们的脸上都透着安详与宁静，就连医院里流浪的小狗也和医院的职工和谐共处。西藏，真是个神奇的地方。

林芝市人民医院始建于1966年6月，是藏东南集医疗、预防、保健、康复、急救、科研、教学于一体的最大的综合性医院。我所在的科室放射科，虽然人员不多，但是个和谐可爱的科室。同事们如同我的兄弟姐妹，他们给我的温暖如同林芝的甜茶一样滋润着我的心田。

当一个多月前我决定来西藏的时候，不少人问我：你为什么要去西藏？我也问我自己：我为什么来西藏？我在西藏能干什么？离开西藏时我能留下什么？

我为什么来西藏？

中山医科大学本科毕业后我便留在附属医院工作，一路顺利地读完硕士、博士，又一路顺利地从住院医生晋升到副主任医师，生活在有“食在广州”之称的花城，有房有车，可是总觉得自己的人生中缺少了些什么，总觉得自己的履历过于苍白。我也有和年轻人一样的一腔热血，我也有一颗想要奉献的心。所以，援藏是自我做出的选择，我相信援藏的经历将是我人生中最重要的财富，我也相信到任何时候都会觉得那是自己无悔的选择。

我在西藏能干什么？

林芝是美丽的，我们的人民医院更是如同花园般漂亮。但由于地区的限制，医院的技术水平和内地还是有着不小的差距。虽然来之前也有这方面的心理准备，可是遇到某些具体的事情时还是有一点点的泄气。由于信息系统的不健全而难以对病例进行前后对比和分析总结时，由于这里的医生不习惯增强扫描，仅有的CT平扫对诊断造成很大困扰时，由于缺少更先进的CT或MR而对病变的诊断无能为力时，我也在心里打鼓：我一个大医院里主要处理疑难杂症的医生，来这里工作真的能为他们提供帮助吗？但短期内遇到的两个患者彻底打消了我的疑虑。一个是16岁的花季少女，林芝绝大多数的患者及家属是很纯朴的，这个少女更是。她脸上的笑容就像西藏的蓝天和白云一样纯净，可是当我看到她的一幅幅CT扫描图时不仅潸然泪下：腹部三个巨大的包虫包块。我不敢面对微笑着从CT扫描床上下来的她，只是在心里有股强烈的愿望：我一定要为她和他们做些事情。另一个患者是位中年妇女，胸片检查时发现她下颈部像是异物，但由于照片时已让她换过衣服而不敢肯定。工作人员想让她再次配合检查时，她很蛮横地说那是你们的错。当我过去检查她的颈部时发现是由于她贴了一块保暖贴造成的，她才不情愿地说了声：哦，是这样。这个患者使我意识到不管什么时候，过硬的技术和细心的检查永远都是医生立于不败之地的法宝。

离开西藏时我能留下什么？

一年的时间会很快度过。那么，当我完成援藏任务离开之后，我能留下什么呢？我希望：当遇到某些检查时，有人说，曾经有个广州来的女医生，她告诉我们怎样进行标准的影像扫描；当遇到某个疑难疾病时，有人说，曾经有个广州来的女医生，她告诉过我们这个病影像上该怎样进行诊断和鉴别诊断；当需要多学科合作时，有人说，曾经有个广州来的女医生，她告诉我们影像医生，临床需要什么，该怎样进行合作；当说到医院的等级时，有人说，曾经有个广州来的女医生，她和我们共同创“三甲”。

到今天，我来西藏已经一个半月了，当别人问我：你有高原反应吗？我肯定地回答：有。当走路时接听个电话或者走上二楼都气喘吁吁的时候，当夜里在床上辗转反侧难以入眠而需要天天吃安眠药的时候，当由于不习惯吃辣而觉得饭后胃里火烧火燎的时候，我也在问自己：后悔吗？答案仍是斩钉截铁的：不后悔！尼洋河畔还没有向我展示它绚烂的秋天的色彩，南迦巴瓦峰还没有对我揭开它神秘的面纱。最为重要的是，我愿为林芝人民奉献自己个人的一点光和热！林芝，它将成为我的第二故乡，成为我魂牵梦绕的地方！

我的援藏故事（二十二）

南方医科大学南方医院 李川江

一个电话 一份使命

2017年5月初，进入初夏的广州，天气已经开始变得炎热。一个忙碌的下午，我刚刚结束完一天的手术，还没来得及喝口水，手机又响了，对于一个24小时都必须开机待命的外科医生来说，接到最多的不外乎是关于患者病情和治疗的工作电话。

可是这次却例外——电话那端传来的是科室主任和蔼又略显急切的声音：医院接到广东省卫生计生委的紧急任务，要求我科尽快选派一名优秀的医疗专家赴西藏林芝市人民医院进行医疗人才组团式援藏工作一年。希望你能认真考虑，积极响应号召。

老实说，刚听到这个消息的一瞬间我是有点儿蒙的。毕竟在大多数人的印象里，西藏是一个神秘遥远、自然环境恶劣的地方。放下电话，我开始思索这个电话隐含的意义与使命：西藏号称“世界屋脊”，不仅因为那里有世界最高的喜马拉雅山脉，还有一种超越喜马拉雅山的精神——“老西藏”精神！正如习近平总书记曾说：“在高原上工作，最稀缺的是氧气，最宝贵的是精神。”时间紧迫容不得多想，对于曾有着十多年军龄的我而言，服从命令、响应号召就是我的天职。尽管已脱下军装，但军人的使命感和责任感已融入骨髓。作为一名受党教育20年的共产党员和医疗工作者，强烈的服从意识和奉献意识告诫我绝对不能辜负组织上对我的信任，必须坚定地接受这个艰巨而光荣的任务，必须发扬不怕吃苦、迎难而上的军人作风！经过短暂的思想斗争，我便回复科主任：我愿意去援藏，随时待命出发！

一人援藏，全家援藏

由于时间紧急，从接到任务到出发只有不到一周的时间，这意味着我必须尽快做好现有工作的交接准备！

晚上回到家，告诉爱人我的援藏决定，或许是因为她也在医疗系统工作的原因，一向给我理解与支持的她毫不犹豫地鼓励我放心地去！年近70岁的父母当时正在天津的妹妹家，听说我要去援藏，立即退掉了提前一个月预订好的回乡机票，立即赶到广州我的家，帮我照管年幼的孩子。家人无私的爱与无怨无悔的支持，消除了我心中最后的一丝担忧。2017年5月14日，我带着广东省卫生计生委和医院党委的关怀与重托，带着科室领导的信任与支持，带着家人的不舍与期盼踏上了西藏这片神秘美丽的土地。

一份嘱托，一份担当

到达林芝市人民医院后，组织上安排我担任外二科副主任、医院行政党支部书记。为了提高政治素养，我不断加强理论学习，尤其是在学懂弄通十九大报告精神上狠下功夫。在党的十九大报告“提高保障和改善民生水平，加强和创新社会治理”部分，习近平总书记明确指出“实施健康中国战略”。这是新时代健康卫生工作的纲领。与此同时，我怀着崇敬的心情认真学习了“特别能吃苦、特别能战斗、特别能忍耐、特别能团结、特别能奉献”的“老西藏”精神。通过学习，我深深感受到了“治国必治边、治边先稳藏”战略思想的极端重要性，“深化民族团结进步教育、铸牢中华民族共同体意识”的极端重要性，“加强各民族交往交流交融、促进各民族像石榴籽一样紧紧抱在一起、共同团结奋斗、共同繁荣发展”的极端重要性。特别是习近平总书记提出的“实现中华民族伟大复兴”的中国梦，并且指出中国梦是民族的梦，是每一个人的梦想汇聚而成的梦。每个人都该为实现这个梦贡献力量，特别是此时的我，作为一名援藏干部，肩负特殊的职责使命，扛着全省人民的信任重托，更要为这个梦想去努力奋斗奉献。

有一种信心来自时代，有一种情感发自心海。我带领支部党员共同学习实践党的十九大精神，发挥共产党员的先锋模范作用，利用周末休息时间，积极组织人员参与公益活动，跋山涉水，下到乡村基层，为老百姓义诊送药。针对偏远落后地区的藏区同胞普遍缺乏医疗常识、生活卫生习惯较差等因素导致各种疾病缠身的现状，我们克服语言交流上的困难，耐心进行卫生宣教，为前来义诊的村民仔细检查身体、指导用药。记得有一位颤颤巍巍的老人在义诊结束后，一言不发却向我们深深鞠躬！每次回忆起那一幕，我都感动不已。他们的朴实与信赖让我觉得自己所做的一切工作既平凡又光荣！

我的援藏故事（二十三）

南方医科大学珠江医院　陈彰圣

西藏是一个神圣的地方，这里有纯净的蓝天白云、巍峨的雪山、碧绿的圣湖，还有能歌善舞的藏族同胞，是一个让人心驰神往的，却觉得有些遥不可及的地方。我以为自己可能一辈子都不会踏上这片土地，感受它的美好，但缘分总是很奇妙的。2017 年 5 月，科室主任找我谈话，问我是否愿意代表南方医科大学珠江医院，代表广东医生去援藏。我毫不犹豫地表示：愿意服从科室安排，能有机会援藏，是科室、医院对我的信任，我一定能够出色地完成科室、医院交给我的援藏任务。于是，我很幸运地成为广东省第三批组团式援藏医疗队的一员，来到被誉为“西藏江南”的林芝，来到林芝市人民医院儿科工作，与这片土地和藏族同胞结缘。

2017 年 5 月 13 日，我和我的队友一行 20 余人从广州出发，转机成都，14 日早上 9 点半终于抵达林芝机场。虽然林芝的清晨还是很冷，让我们这些来自南方的小伙伴有些不适应，但林芝市卫生计生委和医院领导的热情温暖了我们。林芝给我的第一印象是一幅世外桃源的画面：湛蓝的天空下，洁白的云朵如同神圣的哈达挂在雪山的玉颈上，山下碧绿的湖水倒映着绿树红花，一切是这么美好，心灵也跟着纯净起来。然而我还没来得及享受它，高原反应就找上了我。当晚刚开始吃饭，我就开始头痛、恶心，渐渐地感觉呼吸有些费力，心跳加快，有种上气不接下气的感觉。当我告诉我的队友这些情况，卫生计生委援藏干部刘宗爱立即送我回宿舍，反复叮嘱我要注意休息、吸氧，有问题随时可以找他。躺在床上，感觉头痛欲裂，心想难道援藏工作还没有开始，我就要倒下了吗？后面不知道什么时候睡着了。万幸的是，第二天我就感觉好多了，没有再出现高原反应的症状，可以慢慢说话、慢慢走路，因为动作如果太快还是会喘得厉害。就在我慢慢适应的时候，发生了一件让我揪心的事情，也让我明白自己肩上的责任有多少重。

5 月 17 日，我来到林芝的第三天，当时我正在医院饭堂吃晚饭，听见手机响了。接通电话，就听见我们的队长李欣同志急促的声音："儿科刚来了一对29周早产的双胞胎，情况很不好，你赶紧过去看看，指导一下治疗。"我应了一声好，放下筷子就急忙小跑回那个还没来得及熟悉的科室。一进到病房，就看到当地的同事给患儿面罩加压通气。我询问了一下情况：29周的早产儿，体重不足1000克，孕期产妇没有做产检，产前没有使用激素，分娩时有窒息抢救，生后一直呻吟，听诊肺部都是湿啰音，面罩加压给氧仍然无法纠正缺氧。结合我自己给患儿做的查体，我第一时间就确诊这是新生儿呼吸窘迫综合征，一种早产儿最常见，也是最危重的疾病，是由于早产儿的肺发育不成熟引起的，可导致患儿呼吸衰竭。这一对双胞胎病情危重，需要马上使用肺表面活性物质，同时给予呼吸机辅助呼吸。当时林芝市人民医院没有肺表面活性物质这种药物，需要到拉萨临时采购，而去拉萨的路——318国道蜿蜒崎岖，经常有塌方、泥石流等自然灾害，一去一回最快都要两天时间。然而这一对早产儿的肺部情况极为严重，即使用儿科仅有的两台老旧呼吸机给予呼吸支持，也难以坚持这么长的时间。跟患儿家长解释了患儿的病情和预后、科室的条件以及我们遇到的问题，患儿家长没有苛责我们，只是轻叹一声：我们明白，你们尽力就行了。这一声叹息道出了医生的有心无力，道出了患儿家长的无奈。这一直在不停地冲击我的心，尤其是患儿眼中最后的那一刹那光华，那最后一声呻吟，一直让我难以忘怀，一直在催促我要改变这一状况。

切身感受了"巧妇难为无米之炊"，于是我迫切希望建立一个设施完善、药物齐全、医护人员技术过硬的新生儿危重症中心。这个想法和医院领导不谋而合，得到了西藏自治区、广东省和医院的大力支持。经过5个月紧锣密鼓的筹备，林芝市人民医院NICU于2017年10月13日正式投入使用。作为林芝市第一家，也是唯一一家NICU，我们拥有长颈鹿智能暖箱、熊猫辐射台、PB－840呼吸机、血气分析、迈瑞心电监护仪、新生儿蓝光治疗仪等一大批先进医疗设备，引进了肺表面活性物质和咖啡因等必需药物，真正是"鸟枪换炮"，质的飞跃，解决了"无米"的困境。在NICU建设的时候，针对科室医护人员新生儿专科知识薄弱，我制定了每周一次的业务学习和教学查房，系统讲授了新生儿复苏、新生儿呼吸窘迫综合征、早产儿营养支持、呼吸支持技术、血气分析等相关知识，并通过教学查房等形式，不断加深医生对知识的理解和掌握，将当地的医护人员打造成"巧妇"。现在，林芝市人民医院新生儿科已基本具备了"巧妇"和"米"，而我们的危重症新生儿救治水平显著提高，新生儿死亡率明显下降，有力地保障了林芝市新生儿的生命健康，为"两降、一升、三不出"提供了有力支持。

一次援藏，一生藏缘。林芝已成为我的第二故乡，是我魂牵梦萦的地方。我为能够在这里工作生活而感到庆幸，为能够在这里留下我的技术而感到自豪，为能够给孩子们“保驾护航”而感到骄傲。

“镜”益求精　“肠”来常往　防患“胃”然

记中山大学附属肿瘤医院黎建军

“被人需要是幸福的。我在林芝，每天都过得非常充实，我感觉到自己的知识和技术是非常有用的。”每每谈起工作，来藏工作差不多半年的第三批组团式援藏医疗首席专家、中山大学附属肿瘤医院（以下简称中肿）黎建军教授禁不住眉飞色舞。黎教授是2017年初主动申请要求来参加组团式援藏医疗队的。得知作为国内有名的内镜专家的黎建军教授主动要求来林芝，广东省卫生计生委、林芝市人民医院以及中肿三方协调，主动调整了林芝市当地的医疗需求，最终使黎教授如愿于2017年5月踏上这块他魂牵梦绕的雪域江南。

黎医生出生在一个教师家庭，其父亲是一名充满家国情怀的知识分子，对两个儿子家教甚严，常常要求他们刻苦学习、努力工作，以报效党和国家，服务社会，成栋梁之材。“我的父亲常常说，自古忠孝难以两全，移孝作忠，叫我两兄弟切莫以他们二老为念，他们可以照顾自己。”提起父亲，黎医生的眼眶不禁红了。“我爸患有多种疾病，2016年8月还得了急性肾衰竭、肾病综合征，连续做了两个月的血液透析，总算从鬼门关拉了回来。2017年2月，又因糖尿病足行左侧髂外动脉成形术和支架植入术。病情刚刚好转，我又要启程赴西藏。我哥是广东省第五批援疆干部，他在新疆哈密伊吾县担任副县长三年，这次又被广州市委选拔远赴贵州黔南州瓮安县任职。哥俩一前一后走。面对两个儿子均奔赴祖国西部，关山阻断，远隔千里，我父亲虽有万般的不舍，却再三嘱咐两个儿子要尽责尽职，努力报效国家，他的病是慢性，可以通过药物和饮食来控制，叫我们勿以他们为念。还有不舍的是妻儿，小女儿才5个月大，真难为我太太了。”

“到了林芝，只能努力工作，解除患者病痛。这给我带来无尽的快乐，足以抵消对家人的牵挂和乡愁。”谈起工作，黎教授又开启“话痨”模式了：“有三个溃疡型结肠炎患者给我印象非常深刻，一个是十岁的藏族小女孩，发育不良，身高尚不及七岁小孩，常年便血，查不出原因，后来经我和麻醉科合作，做了林芝市人民医院也是西藏自治区第一例小儿全大肠镜检查，发现其盲肠和直肠下段多发性溃疡，结合病史和体征，诊断为溃疡型结肠炎，确诊后经治疗便血症状消失，腹痛症状也逐步减轻。另两例，一位是林芝市的年轻交警，另一位是刚毕业的大学生西部志愿者，也是常年便血，下腹不适，做了肠镜也发现直肠下段多发溃疡，同样也确诊为溃疡型结肠炎，经对症和对因治疗后明显好转。”

这三例在内地相对罕见的病例以及一系列食管和胃早癌和进展期癌的病例，使黎医生认识到林芝乃至西藏消化道疾病谱的特殊性以及进行胃肠镜普查（含早癌）的必要性。而在此之前，由于设备、人员及技术的短缺，林芝市人民医院干部群众对胃肠道疾病认识不足，早诊早治意识差，很多疾病在就诊时已届晚期。黎医生到岗后，敏锐地发现了这个问题，迅速补上了林芝市人民医院在胃肠镜上的短板，并和麻醉科紧密合作，基本实现胃肠镜无痛化，使林芝干部群众不再视胃肠镜检查为畏途。越来越多的胃肠道早癌和癌前病变被发现并得到及时的诊治。

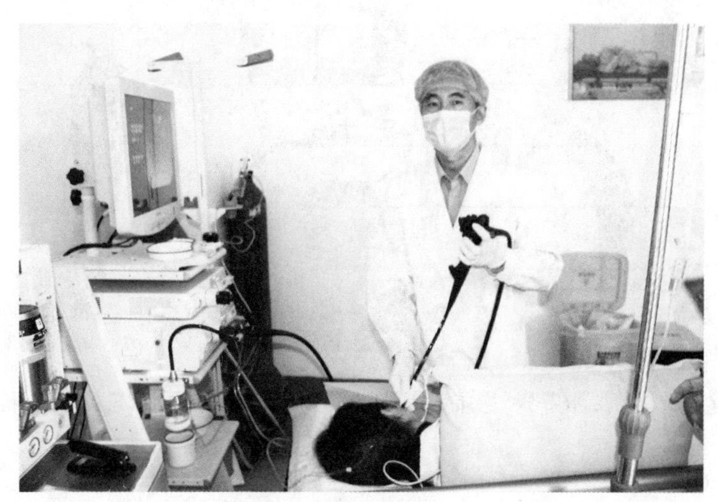

黎建军教授在给患者进行胃镜检查

“发现一例早癌，挽救一个生命，幸福一个家庭，善莫大焉。”黎医生多次在各种场合大声疾呼胃肠镜筛查的必要性和消化道肿瘤早诊早治的必要性。“由于林芝乃至西藏高原缺氧的环境，胃肠道黏膜会经历反复缺血—糜烂溃疡—修复过程。那么在这个过程中，很容易就诱发肿瘤，这也是为什么高原胃肠道肿瘤高发的原因。林芝人口不多，才二十三万，而且有全民医保，实现三十岁以上人群胃肠道筛查全覆盖是完全可行的，也是必要的。”黎医生所在的中山大学附属肿瘤医院是享誉中外的肿瘤专科医院，而且是华南肿瘤学国家重点实验室挂靠单位，医教研实力雄厚，也是我国南方早癌筛查中心。该院内镜科在国内拥有很高的学术地位，林芝内镜中心为该院（内镜科）的“以院包科”科室。在黎医生的呼吁、多方奔走和两地医院（林芝市人民医院和中肿）领导的支持下，中山大学附属肿瘤医院西藏消化道早癌筛查诊治中心于2017年11月中旬在林芝市人民医院挂牌并正式运行，得了胃肠道肿瘤的林芝百姓将得到更为及时有效的诊治，而不必远赴成都或拉萨了。作为配套，中肿也捐赠价值400万元的Fujinon超声内镜设备（环扫和扇扫镜各一）。该设备的到位，将极大提升林芝市人民医院内镜中心的技术水平，提高消化道肿瘤的检出率及术前分期诊断准确率，为建设藏东南地区第一流的内镜中心打下良好的基础。

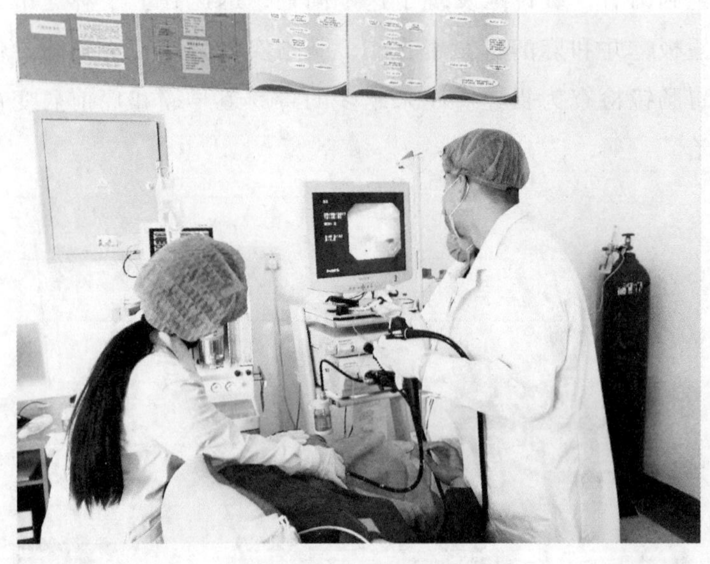

黎建军教授在指导林芝市人民医院邱英医生行内镜下黏膜活检术

黎教授常说，他“下过乡”——大学毕业后，曾经在广东省最贫穷的连南瑶族自治县山联乡工作一年；“留过洋”——博士毕业后赴美国著名的密歇根大学做了一年的访问学者；现在又“援过藏”。学习工作履历完美，他知足了。见过北上广和发达国家的繁华，就越发感受到在雪域高原的珍贵和不易。对于生活在并呵护着这片被誉为“太阳的宝座”的土地上的人们，他充满了敬意，决心努力做雪域江南的健康卫士，呵护藏汉同胞胃肠道的健康。

黎教授常说，消化道是人体最长最大的器官，消化道和外界环境息息相关，消化道疾病特别是肿瘤好发于青壮年。因此，我们应当重视消化道健康，提高预防意识，防患于未然。作为医务工作者，作为一名内镜专家，呵护林芝百姓的消化道，做好筛查和诊治工作，责无旁贷，也是最大的政治。

采访尾声，黎教授动情地说，对于雪域江南林芝，他从一开始就喜欢上了，而且他将带领团队长期在这片土地上进行医疗、教学、科研、预防、流行病学调查。“今年中秋日黄昏，我和队友们一起在色季拉山口。是时，万里无云，南迦巴瓦峰真容尽显，气势磅礴，令人赞叹不已。”黎教授还即兴作了一首诗，表达对南迦巴瓦的赞叹，对这片土地的眷恋，也是对这里的人们的热爱，也表达南粤游子对家乡亲人的不舍与思念。睹物思人，真情流露。现征得黎教授同意，写在最后，以飨读者，并请诸君共勉。

南迦巴瓦

2017 年中秋

夕照无眠秋月白，
星湖相映倩影佳，
家山有幸显真容，
风物原来在南迦。
故园情深成新梦，
雪域缘聚已秋风，
奇峰底下游子意，
换作月下点点尘。

黎建军教授和队友们在林芝市巴宜区鲁朗镇拉月村义诊后和藏族大妈合影

做高原上的“好门巴”

记重庆市垫江县人民医院易文强

2017 年 11 月 29 日上午，由西藏昌都前往重庆的 TV9907 次航班平稳起飞，可就在 10 分钟之后，一件紧急事件打破了机上的平静。

紧急时刻显身手

来自广西梧州的梁先生刚刚结束三天的探访，启程返回。不料平日里本就很少搭乘飞机的他由于连续几日的奔波疲累，在高寒环境和高海拔的影响下，突然感到异常紧张，身体僵直，还大汗不止，难受得连话都说不出口。乘务员见状，立刻将他转移到舒适的位置上，让他平躺下来，但梁先生的症状并未缓解。机组人员立即通过机上广播，寻求医护人士帮忙。重庆市第八批援藏干部、昌都市人民医院院长易文强正搭乘此次航班去北京开会。听到广播后，他立即来到梁先生身边。易文强对梁先生身体进行检查，发现他的心率和血压一切正常。凭借自己从医 15 年的丰富临床经验，易文强当即判断梁先生是由于高原反

应和过度紧张引发了癔症。由于当时机上的医疗设备和备用药物缺乏，易文强安排梁先生吸氧之后，用中医推拿手法对梁先生的合谷等穴位进行按摩。在持续半小时的监护和治疗下，梁先生的症状得以缓解。一小时之后，梁先生得以恢复。紧急时刻显身手，易文强的举动让机组人员和乘客钦佩不已，都赞扬他是高原上的“好门巴”（“门巴”藏语指医生）。

其实这件事在易文强看来，就是他从医生涯里的一件很平常的事情。在他看来，援藏生活的点滴，都是他最珍贵的回忆。2016 年 7 月 12 日，他第一次以一名援藏干部的身份走进西藏昌都，这个日子就像一个烫金的数字，深深地烙在他的心坎里。

志愿从医、援藏

易文强援藏前任重庆市垫江县人民医院党委委员、副院长。他说，当一名医生，救死扶伤就是他的人生愿望。2016 年 5 月 18 日，中央组织部派遣第八批援藏干部的消息下达，要求组织新的一批医疗人才组团式援藏。“接到援藏任务后我无比兴奋，能利用自己所学带给藏区人民健康，报效祖国，这个机会我不愿错过。”于是易文强第一时间自愿报名参加，同时说服年幼的女儿、工作繁忙的妻子、年迈的父母，希望家人能够理解和支持他的理想。通过一系列考察，最终上级组织确定由易文强担任重庆市第二批医疗人才组团式援藏领队，赴昌都市人民医院参加医疗援藏。易文强说：“2016 年 7 月 12 日，我们正式启程。那时候的我满载着把好的东西带给西藏同胞的抱负和组织对我的期望，带领大家启程前往昌都，开始为期三年的援藏工作。”

工作繁忙而幸福

昌都市人民医院始建于 1952 年，前身为中央昌都民族卫生工作大队，是新中国成立后在西藏建立的第一所公立性医院，现已发展成为集临床医疗、科研、教学、急救、保健为一体的综合性三级甲等医院。易文强带领的“医疗团”抵达昌都后，便开始有条不紊地开展“三甲”医院创建工作。“在昌都市的工作是繁忙而又幸福的”，易文强说，自己一人在外，一天三顿都在医院食堂吃，这样他就可以省下更多的时间投入工作。他每天早早上班，提前来到医院，查阅医院总值班汇总的前一天医院各科室的综合情况，哪个科室住院患者多，哪个科室危重抢救多，哪里存在安全隐患需及时处理，对医院每一环节的工作，他都要做到了如指掌。易文强坚持参加临床科室的晨交班会，会上听取科室同志们的工作汇报，查看住院患者，了解科室和患者需求，不断改进工作。“为临床服好务”是他常挂在嘴边的一句话。昌都市人民医院骨科的脊柱专业是个短板。易文强在医院管理的同时利用自身骨科专业优势，带领市医院骨科医护工作者积极开展新技术、新项目。2017 年 3 月 28 日，在易文强的帮助下，医院成功为一名“腰 1 椎体爆裂性骨折伴截瘫”的 29 岁藏族男性患者实施了“经后路减压骨折复位椎弓根螺钉内固定术”，术后患者双下肢感觉、肌力恢复良好。此项手术也填补了昌都地区的技术空白。“授人以鱼，不如授人以渔”，易文强时刻都在想如何将这些好的医疗技术留在昌都。因此，易文强主动牵头，做起了医院的学术标兵。昌都市人民医院骨科申报了两项援藏科研课题，在骨科课题申报领域取得了零的突破。他还将自己在医学上积累的经验和高超的医术传授给年轻的医生，在他的培养下，骨科彭斌等医生的专业水平得到了大幅度提高。

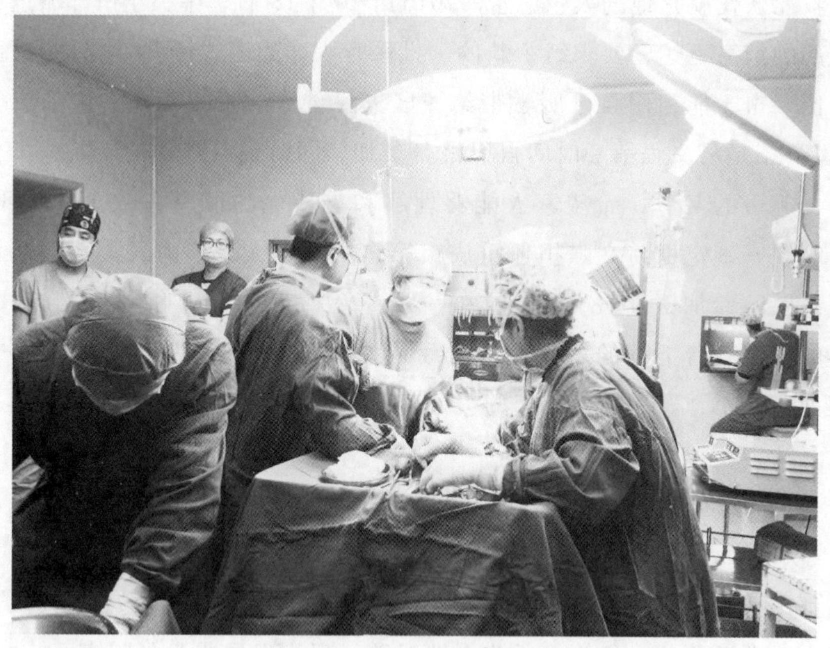

易文强是一个闲不住的人，他认为自己带着满腔热情来到西藏这片辽阔的高原，应该把一切时间用来为西藏的人民干点实事，要让广大藏区人民群众实实在在得到医疗援藏的益处，感受到党的温暖，让自己在昌都的每一天过得充实而有意义。节假日对他来说，就是去福利院巡诊的好机会。在他的带领下，医疗队专家把巡诊福利院变成日常化的工作内容。医疗队队员们经常去儿童福利院、武警部队、学校等地方开展义诊和宣传健康知识，“给他们多一分温暖，让他们的健康得到保障”，易文强说。2016 年 9 月 20 日，昌都连发三次地震，易文强和队友们竟浑然不觉，因为那天太专注于对福利院 595 名儿童的义诊工作，忙碌一天的他们只感受到了满满的成就感。为了把最及时的医学知识带到每一户藏族同胞家中，了解他们的医疗需求，为他们诊治疾病，易文强经常带领团队下乡巡诊。他说：“下乡巡诊特别艰苦，山高路险，缺氧，还有高原反应，我们的队员去巡诊来回要两三天时间。”即使条件再恶劣，他们也坚持发扬特别能吃苦、特别能战斗、特别能忍耐、特别能团结、特别能奉献的精神，将下乡工作做到常态化。

对于援藏，易文强说：“重庆市援藏医疗队带来的，不光是医务人员，不光是资金，不光是设备，更是一种积极向上的理念，一种团结奋斗、努力拼搏向上的精神，一种带领大家积极向上的精神。”

心系藏区“三甲”情

重庆医科大学附属第一医院合川医院　滕苗

2017年9月，我临危受命，告别两个年幼的女儿，放弃公派美国访学的机会，追随父亲25年前医疗援藏的足迹，比计划提前4个月入藏，来到“藏东明珠”昌都，以组织交给的尽快保质保量完成昌都市人民医院“三甲”创建工作为己任，开启自己近两年的援藏历程。

进藏后的高原反应并没有阻止我第二天就开始工作，虽然需要边吸氧边服用药物克服身心的疲惫，但我清楚唯有“白+黑、5+2”的全面投入，才有机会完成组织交给的艰巨任务。在本地藏汉同志的全力配合下，我仅用一个半月就全面完成了医院“三甲”创建的深入调研。在这期间，我以听取汇报、查阅资料、人员访谈、巡查病房和患者交流等方式，走访所有20个临床医技科室以及医务科、护理部、院感科、病案信息科、供应室5个医疗相关职能科室；访谈科主任、护士长以及部分员工共计110余人次；参加科室质控会11次、晨交班17次、大查房9次；参加专项督导6次，全院大会诊4次。我耗时3个月，利用工作间隙详细学习西藏医院“三甲”评审标准的2461个评审点，并结合自己在国家卫生计生委和重庆医科大学附属第一医院等级医院评审中的经验，自学相关400余条法律法规和十余本管理书籍，撰写数万字工作笔记。先后给全院授课6次，牵头完成PDCA案例30余个，并带领医院创建办同志亲临所有临床医技、职能、后勤科室，做“三甲”标准的同质化解读培训，亲自传授准备方法和经验。在“老西藏”和“两路”精神的鼓舞下，带领全院职工在“老房子、老设备、老环境”的艰苦环境下，仅用9个月便成功完成了西藏其他地市医院耗时一年多才完成的“三甲”医院创建工作。昌都市人民医院于2018年5月完成“三甲”现场终评，7月获批西藏自治区“三甲”医院。自己在创建过程中的工作受到现场评审专家的高度肯定。

我的援藏之行起于组织的信任和重托，让我进藏援助昌都市人民医院的“三甲”创建工作，但是进藏后的工作却把我和西藏各地市县的等级医院创建、评审紧密联系在一起。作为国家卫生计生委医院评审员，受自治区卫生计生委安排，2017 年 11 月我参加林芝市人民医院“三甲”现场终评，2018 年 9 月参加西藏成都办事处医院“三甲”现场终评，2018 年 10 月参加阿里地区人民医院“三乙”现场终评。在这三地市的评审中，我见证了内地多个地市医疗援藏的成绩，感受到西藏卫生事业在援藏下的全面进步。在海拔 4300 米的狮泉河，看到陕西医疗同仁克服高原反应，为“四季如冬”的阿里发光发热；在西藏“小江南”的林芝，目睹广东数百位“柔性援藏”卫生同行主动请缨进藏奉献。作为一名援藏干部，我也深受触动，全面而深切地感受到援藏的艰辛、援藏的幸福、援藏的友情。

除了藏区三级医院的评审，我还牵头完成了昌都市 2018 年 4 区县“二甲”医院的初评，并多次实地指导类乌齐县和芒康县人民医院，使其在 2018 年成功完成“二甲”创建工作。为了实现昌都市委市府提出的 2020 年完成全市十一个区县“二甲”创建工作目标，2017 年底，我克服暴雪封路、车辆遇险等困难，前后多次赴边坝县、八宿县、左贡县人民医院指导“二甲”创建工作。亲历了昌都各县卫生事业在祖国各地兄弟单位援藏下取得的可喜进步，见证了各地援藏干部的付出和收获，更感受到藏汉团结一家亲的幸福时刻。

回想近两年的援藏生涯，我的足迹几乎踏遍了西藏各地市，也走访过最边远的县乡卫生院，西至阿里日土县人民医院，南至左贡县扎玉镇卫生院和波密县人民医院，东至芒康县盐井乡卫生院，北至丁青县人民医院。每到一地都能听到援藏干部的事迹，看到援藏干部的身影，感受到援藏干部的“心路”历程。对于我们每个医疗援藏人，留下的不仅仅是一支带不走的队伍，更有一份浓郁而珍贵的藏汉情谊。我们带走的必将是对西藏永远的牵挂和眷恋。

我的援藏故事（二十四）

重庆医科大学附属第一医院　何发明

2017 年 12 月 10 日是值得永远纪念的日子，我和重庆市第三批组团式医疗人才援藏队 19 名队员一起来到了西藏拉萨。经过短暂的培训后，于 12 月 13 日来到西藏昌都市，开始了为期一年半的援藏生活。高原的云彩，蓝蓝的天，皑皑的雪山，之前离我如此遥远的地方，而今我却真实地身在其中了。

进藏前我就听说，“在西藏工作，那是眼睛上天堂，身体下地狱，精神回故乡”。我们首先要适应高原，克服高原反应无疑是首要的。因为昌都市区海拔达 3250 米左右，特别是邦达机场更是高达 4300 多米。一下飞机，我就出现了头重脚轻、心慌等症状，到达昌都市区后恶心、呕吐、胸闷、皮肤瘙痒等不适接踵而至。然而温情无处不在，当地的领导和同事给了我无微不至的关心，劝我多休息，多吸氧，并准备了抗高原反应以及止痛的药物。

然而，时间不等人，援藏的使命在身。我不顾高原反应立即参加到危重症患者的抢救工作中。在与第二批援藏医疗队交接后，组织决定由我全面负责重症医学科的行政管理和日常医疗工作。我提出：要加强重症医学科内涵建设，希望经过多年的学科建设，建成 ICU 的特色病种，如多发伤、病理产科、多脏器功能障碍综合征、急性呼吸衰竭，将昌都市人民医院重症医学科打造成为藏东地区危急重症监护治疗中心，满足 78 万昌都市人民日益增长的健康需求。为了学科的发展，我制订了重症医学科 2018 年工作计划和院感工作计划，并完成了医院重点专科建设的申请。在抢救危重症患者过程中，我亲力亲为，仔细询问病史，认真详细体格检查，制订符合当地医院实际、切实可行的治疗方案。在抢救过程中，我严密监测患者的病情变化，随时作出相应的处理，使抢救成功率达到 97% 以上。我坚持每日医疗查房，定期教学查房，将内地的先进知识和技术传授给当地的医务人员。

因为客观原因，本地的医疗条件比较差，很多危重症患者不能在当地得到很好的救治，我心里非常难过。很多危重症患者因为健康意识观念差、农牧区医疗条件恶劣、路途遥远而延误加重病情，特别是年轻人，虽然经过医院的全力抢救，保住了性命，但因为各种原因延误了诊治而带来的并发症、后遗症会给患者带来终生的痛苦。我始终把他们当亲人，竭尽所能为他们解除痛苦。我记忆特别深刻的是一个 19 岁的女孩，怀孕 8 月左右时出现腹痛，10 天后才到昌都市人民医院就诊，诊断为阑尾坏死穿孔、全腹膜炎，手术后出现多脏器功能障碍，因病情危重转到 ICU 抢救。患者非常虚弱，用渴望康复的眼神看着我，给了我内心强烈震撼。我立即组织全科抢救，并请全院大会诊。经过全院多科配合全力抢救，患者在 ICU 住院近半个月病情明显好转后转出 ICU。住院期间，患者本人及家属非常配合，每到探视时间，其父亲一看到我就深鞠躬表示感谢，患者本人更是积极配合治疗。她们相信医务人员，我们也竭尽全力做好本职工作，为患者减轻疾病带来的痛苦，传递着党中央和全国人民给西藏各族人民的关怀。

一年半的援藏生活虽然快要结束了，但援藏是一种缘分，更是一份责任。我的辛勤付出培养的一支带不走的重症医学队伍会继续给西藏各族人民的健康带来保障。在西藏昌都生活的日子里，经历了太多故事，我的人生因援藏而精彩。

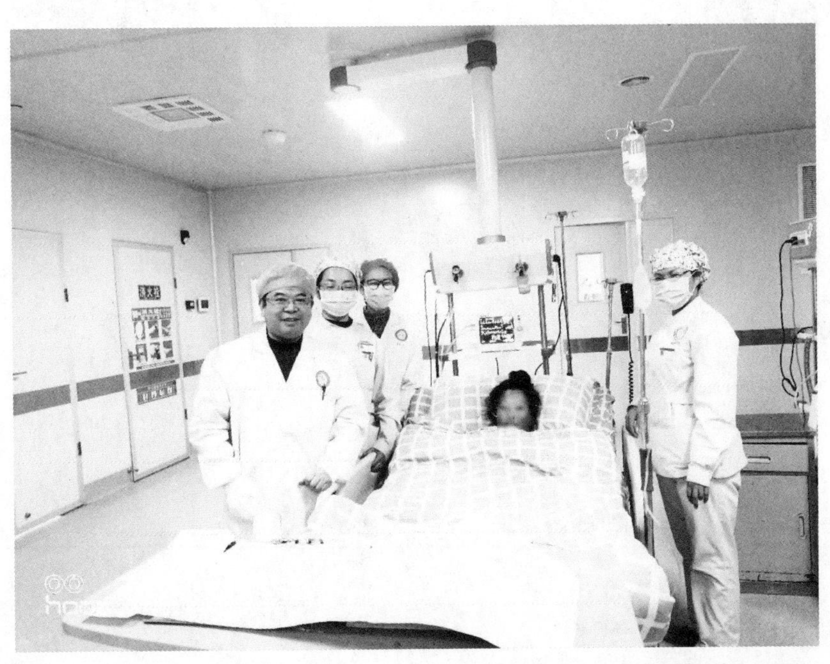

与阑尾穿孔、全腹膜炎、多脏器功能障碍患者合影

进行危重症患者病例讨论

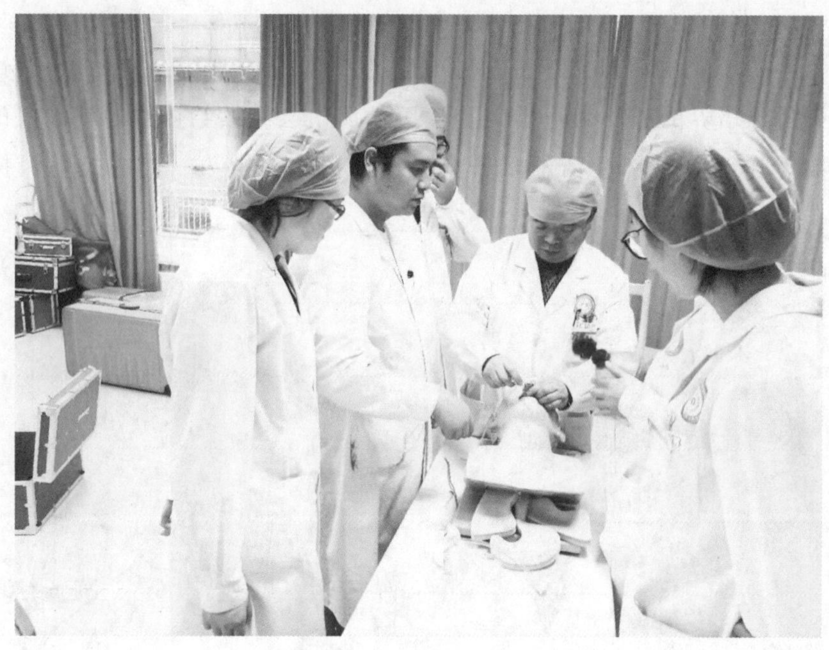

指导 ICU 医师行气管插管

雪域格桑　铿锵绽放

记重庆医科大学附属第一医院刘丽萍

刘丽萍是重庆市第三批组团式医疗援藏队员，任昌都市人民医院护理部主任。

“三甲”创建，不辱使命

2017年12月，到达昌都的第一天，面临不到半年的“三甲”创建紧迫任务，刘丽萍顾不上严寒缺氧和路途疲惫，第一时间投入工作。

刚踏上工作岗位，尚未正式交接，她便进入了主人翁角色。深入临床观察，访谈护士长、护士、职能部门负责人，查阅资料，很快摸清家底；拟订了护理工作三年发展规划和2018年度工作计划。她全面评估护理人力资源并提出补充需求，有效改善了护士短缺的困难。她带领团队全面梳理制度、完善质量体系、修订质控标准、深化优质护理内涵，开创了该院多项“第一”护理管理举措：第一次开展护士长述职报告、第一次提出医院的优质护理理念、第一次推行责任制整体护理模式、第一次建立在职护士分层培训机制、第一次举办全院优质护理演讲竞赛、第一次实施“6S”环境与安全管理、第一次为全院护理单元订购权威护理杂志……

连续工作日、周末加班3个月的高强度工作量，完全没有成为她的负担。大家总是见她充满活力而不知疲惫地工作。当地干部开玩笑说她是“不只是打了鸡血，完全是打了牦牛血”的拼命三郎。满脑子装着工作的她，几乎忘记了自己身处3200米的高原。2018年5月中旬，昌都市人民医院接受了国家卫生健康委“三甲”评审，护理部多项管理举措赢得评审专家的赞许，护理团队的整体风貌也得到一致肯定。

刘丽萍开展优质护理专题培训

帮扶基层，遭遇车祸

2018 年 6 月，刘丽萍顾不上“三甲”创建后的休息调整，不畏藏区路途遥远艰险，圆满完成了昌都市卫生计生委指派的四家县级医院“二甲”创建指导帮扶任务。去类乌齐县人民医院途中，她乘坐的越野车遭遇车祸：右后轮突然爆胎，车子失控撞上路旁木材堆，同车一名工作人员全身六处骨折。所幸她系好安全带，仅有几处皮肤软组织损伤。这是她第一次遭遇车祸，回想起来备感庆幸——幸亏爆胎地点不在狭窄山路上（尘土飞扬的盘山公路，望不见路沿却见悬崖）。轻伤不下火线，当天下午她仍正常工作，晚上还检查了医院的急诊应急能力。

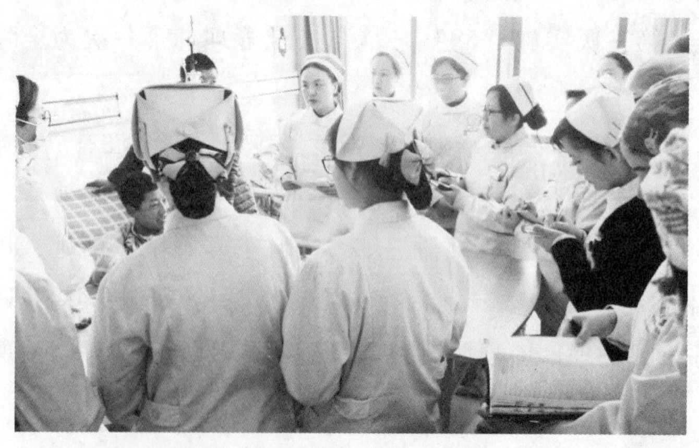

刘丽萍带领全院护士长和骨干护士进行整体护理查房

放弃休假，照护患儿

2018 年 8 月昌都市举办“茶马艺术节”，刘丽萍放弃休假，全身心投入唇腭裂患者的公益手术中。她带领团队筹建了 50 张床位的 2 个临时病区，全院抽调护理人员 20 人，亲自排班，统一培训，筹划安排，与公益手术团队的医生紧密配合。看见那么多藏族患儿因先天性唇腭裂而影响进食和发声、反复口腔感染，甚至将影响他们的一生幸福，看见家属焦急而期待的神情，她心里隐隐作痛。她想为他们多做一些事情、多尽一份心意。她亲临一线仔细督导各个环节，强调严格执行查对制度，确保患儿用药剂量准确、间隔时间准确。她特别重视统一培训护士对患儿家长的健康教育，确保他们真正掌握回家后的喂养方法和到医院复诊时间。

刘丽萍和护理团队与唇腭裂公益手术基金会老师一起，
探讨学习患儿术后护理和健康教育方法

行政值班，深夜救人

记不清多少次总值班夜查房，多少次凌晨疲惫而归。一次夜查房，一位 20 岁藏族小伙子工作中不慎铁丝刺入眼中，而五官科能做此手术的眼科医生恰好休假不在昌都。怎么办？时值深夜，患者没条件转入内地，耽搁太长时间是否会延误病情？患者和家属心急如焚。已是凌晨，刘丽萍立即联系重庆医科大学附属第一医院眼科值班医生涂刚博士和眼科朋友彭惠教授，将患者的 CT 片发给 2 位专家咨询诊疗方案，得到一致意见——必须尽快手术，否则不仅患侧眼球不保，健侧眼睛也会受到牵连！两位专家指导了手术方式。刘丽萍与紧急赶来的周君主任商量，情况紧急，别无选择，主攻耳鼻喉专业方向的周主任挺身而出！尽管从未做过眼内手术，但凭着过硬的手术功底和眼外手术经验，此时唯有放手一搏！幸运的是，手术成功了！眼睛保住了！此时所有的辛苦劳累都化作欣慰与快乐！

风雪夜归，队友情深

深夜，大雪纷飞，在海拔3200米的高原异乡，独自步行50分钟回宿舍的经历可能终生难忘。11月18日，刘丽萍又轮总值班。在指导两位准备参加自治区手术室管理指南竞赛的护士的选题、构思、PPT制作后，已是晚上九点半。换上工作服，走出行政楼，惊奇地发现：地面、车上全都覆盖上厚厚一层雪。什么时候下雪的，全然不知。接着，刘丽萍照常巡视全院各个科室，督查工作人员在岗情况、在院患者数及危重症患者情况，有无安全隐患等。十点半，准备乘出租车回宿舍。可是，大雪纷纷的深夜，出租车少得可怜。终于来了一辆，可师傅拒绝前往——因为雪后地面打滑，出租车根本去不了高出市区100多米的住地。时间一点点过去，总不能干等吧，走路！路灯明亮，昌都治安良好，没什么可怕的！医院附近的公路上坡处，几名警察正奋力帮助打滑的两辆出租车掉头，立即拍下这感人的一幕！一路走着，一路感受着寂静深夜风雪扑面的别样意境（风雪夜归人，留下脚印一串串），顺便拍了几张照片发到我们医院的援藏队员微信群。晚睡的马颖老师看到，立即电话过来："小刘，走到哪里了？不要怕，保持手机通畅，我马上去接你！"几分钟后，远远的，看见一个黑影迎面走来，顿时热泪盈眶！

刘丽萍高兴地抱起
唇腭裂术后康复的双胞胎患儿

老骥伏枥 志在高原

重庆医科大学附属第二医院 马颖

走进西藏

2017年初，重庆医科大学附二院神经外科承担了西藏自治区昌都市人民医院“院包科”的援藏任务，这期间科室同事曾两次到昌都进行短期的医疗教学指导。10月，科室接到上级组织的决定，选派一名医生随重庆市第三批组团式医疗队进驻昌都市人民医院进行为期一年半的援藏工作。为期一年半，长期进驻，这对科室工作安排和人员调配提出了挑战。当时，科室人员非常紧张，有些专业组的工作才刚刚起步，年轻同事专业水平还需要提高，有些还在国外进修学习或正准备出国学习，江南分院也准备开业……科室的工作要正常运转，援藏任务也要完成。当我把援藏的想法告诉了我的妻子和80多岁的父母，他们都支持我。老父亲说：“儿子，你五姑当年也援过藏，我知道那里更需要你们这些医务工作者。”妻子也说：“放心去吧，注意身体，家里的事我担起来。”

2017年12月10日，我随重庆市第三批组团式医疗队共20人来到西藏拉萨。走出机场，仰望蓝天白云，环视巍巍群山，我从内心深处喊出：“西藏我来了!”在拉萨受到当地政府的热情欢迎，并进行为期三天的短期培训。通过学习，我们从更高层面认识到援藏工作的重要性。内地支援西藏建设是党中央治边稳藏的需要，是国家振兴、民族团结的需要。我们感觉自己肩上的担子更重了。

调整心态，全心工作

2017 年 12 月 13 日，我们第三批组团式医疗队来到海拔 3200 多米的昌都市，周围大山环抱，扎渠和昂渠在此汇合成澜沧江，清澈的江水奔腾向东，茶马广场在蓝天白云下显得异常美丽。昌都不愧为藏东明珠！

第一次来高原工作，高原反应是我们每一个人面临的挑战。头痛、心慌、整夜难眠，感觉时间非常慢，我常常想起我的家人，想起与我朝夕相处的同事，想起在内地工作生活的情景。每次与家人通话，我的眼眶总是湿润的……高原反应总能慢慢适应、总会克服，心态应该立即调整过来。想想我们此次西藏之行的使命，我是医疗队中最年长的队员，已 55 岁，但更是一名老共产党员，应该起到带头作用，把稳重、乐观、积极向上的精神面貌展示出来。在内地和当地的支持、鼓励下，我们这个团队相互支持，相互鼓励，相互帮助，团结一致克服困难，已全身心地投入工作中。

这次我们援藏的首要任务，就是与当地的医护人员一起共同努力将昌都市人民医院创建成三级甲等医院。2018 年 6 月，要接受评审，时间紧、任务重。我们每一位队员和当地的医护人员一起加班加点地工作，每周一到周五加班两小时，周六全天加班。按照国家和西藏自治区的评审要求，我们逐款逐项进行培训、准备资料，规范工作流程，加强各项医疗质量管理的改进和学习。大家正以饱满的热情、积极的工作态度，迎接“三甲”评审的到来。

我们还有一个重要的任务，就是通过我们的援藏工作，培养出一支思想上过硬且具有较高技术水平的带不走的医护队伍。神经外科的发展能体现出一个医院的综合技术水平，神经外科医生的培养也需要较长的时间。当时，昌都市人民医院神经外科专业还没有从整体外科系统脱离出来，以后的发展从分组到分科，培养人是第一位的。自治区援藏要求是以“师带徒”的方式培养专业人才。我结合实际情况拟订实施培养计划，定期进行教学查房、疑难病例讨论、死亡病例讨论、常规术前讨论，每周组织专业讲座，进一步提高神经外科人员专业技术水平和教学能力。不管大小手术，不论白天或深夜，我都尽可能亲临现场指导，通过“我做你看，你做我看”的方式来规范基本操作、提高手术技能。我有一个心愿，如果医院具备条件，争取带领大家把神经外科介入技术开展起来。

时间就是生命

昌都以自发性脑出血、颅脑外伤、严重感染为主要病种，由于交通原因和当地老百姓就诊意识等因素，许多患者来到医院时，病情都非常重。有一位1岁多的患儿，反复的呼吸感染病程已有两月，来院时高烧且处于昏迷状态，头颅CT显示左侧额、顶有一个巨大的脑脓肿，大约有8cm×8cm×8cm，我也是第一次遇到婴幼儿有如此巨大脑脓肿。应该立即手术，否则患儿就没有生存的机会了。脑脓肿的手术方式有几种，考虑到患者年龄太小手术承受力差，我们选择了创伤小、手术时间不长的方式——脓肿穿刺引流术。术中抽取置换出脓液200多毫升。在我们援藏队员高德胜主任——一位非常有经验的麻醉医师配合下，手术过程非常顺利。术后几天，患儿情况非常好，体温正常，意识清楚，无功能障碍，自由玩耍。这一手术方式为患儿进一步完整治疗最终达到痊愈争取了宝贵时间，创造了好的条件。

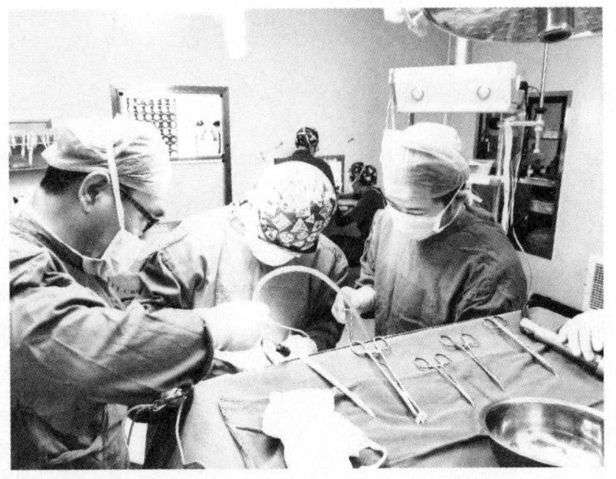

一天下午6点钟，来了一位急诊患者，他是一位才入伍的年轻战士。两天前新兵训练时，头部有一次轻微外伤，之后逐渐出现头痛，呕吐，来院时处于昏睡状，有神经定位体征，头颅CT显示：右侧额、颞、顶急性硬膜下血肿。对于年轻人一个轻微的外伤会造成这么大的颅内血肿吗？会不会伴有自身的血管性疾病，如血管畸形？根据医院现有的检查手段，无法在短时间明确出血原因，况且病情也不允许等待，应该立即手术，否则患者会有生命危险。当晚，我们为小战士急诊进行了大骨瓣开颅探查、血肿清除术，术中仔细检查了术区的硬脑膜，未发现动静瘘，大脑皮层也没有发现血管畸形，脑组织也没有发现明确的脑挫裂伤，但在入矢状窦的静脉有损伤。这可以解释外伤时脑组织在颅腔内相对运动造成静脉拉伤出血。这种情况多见于老年人，而青年人少见。根据手术情况及多年的临床经验对该病员术后颅内压治疗转归的判断，术中将大骨瓣复位固定，这样避免了3~6个月后进行修补颅骨手术，减少了手术的并发症，保住了小战士原有的英俊容貌。目前小战士已康复出院。每一次手术我都将自己的思路、想法、术中注意点讲出来，这样也在一定程度上提高了大家的临床思维能力。

高原工作确实不易，每一次手术、每一次长时间的查房、每一次学术讲座后都觉得很累。但看到我们卓有成效的工作成绩，再苦再累都值。在援藏队伍中流传着这样的口号“缺氧不缺精神、海拔高、斗志更高”。援藏路上我们会遇到这样那样的困难，但是援藏之路不是个人独行，有党中央的支持、有重庆市委市政府及重庆人民的支持，我们定能团结一致克服困难、完成使命。当许多年过后，许多事情会渐渐忘记，但相信援藏之路会终生难忘，这也将是我们一生的精神财富！

不忘初心　牢记使命　真情奉献　扎根高原

记重庆医科大学附属第二医院刘仪

2017年12月10日，刘仪告别年幼的孩子和年老多病的父母，在西藏自然环境最恶劣的时候，跟随重庆市第三批组团式援藏队带着使命和艰巨任务踏上了雪域高原。到昌都的前几个晚上，头一直疼，入睡困难，心跳加快。凭借毅力，刘仪很快克服了高原反应。但在平时工作中，习惯了快节奏工作的他，稍微走快一点，或仅爬一层楼梯仍会明显感觉到喘气，呼吸困难，心跳加快。

摆在刘仪面前的首要任务即帮助昌都市人民医院创建三级甲等医院。时间紧迫，已经顾不上高原反应，到达昌都市人民医院的第一天，他就投入创建工作中。作为医务科长，负责的医疗质量安全管理是等级医院创建的重头戏和核心，将直接关系到创建的成败。在条款众多、人手不足、时间紧、任务重、底子薄、差距大的情况下，刘仪克服各种困难，保质量，严要求，顶着缺氧、高寒的高原气候，以一股“艰苦不怕吃苦，缺氧不缺精神，海拔高斗志更高”的劲头，主动放弃周末休息，每晚工作至深夜12点。他整整坚持180个昼夜，瘦了10斤，修订院科两级各类制度1000余条，进行各类应急演练45次，开展各类讲座45场，梳理医疗质量各类数据135套，准备各类档案70件，等等。2018年5月，昌都市人民医院接受了“三甲”评审。2018年7月，三级甲等医院揭牌。

长期以来，昌都市人民医院医疗质量管理人才匮乏，管理体系不健全，临床医技科室负责人管理理念较为落后，质量管理工作流于形式。面对如此困境，刘仪凭借“三甲”创建契机，加强培训，自己准备课件，进行全院培训。同时，加强医务科内部管理，明确分工，以问题为导向，全面灌输质量管理的知识；搭建医疗质量安全管理体系和考核组织；完善规章制度，规范流程，修订台账本，提升病历质量，加强合理用药、围术期安全、不良事件、非计划再次手术等管理。一年半以来，培养了一批医疗质量管理人才。医务人员从以前的被动开展工作，到现在养成了积极思考的习惯，主动想办法解决问题，有效提升了昌都市人民医院医疗质量内涵，保障了医疗质量安全。

为更好地发挥组团式援藏和“以院包科”优势，充分发挥重庆市“大后方”技术实力和科技水平，刘仪根据昌都市人民医院实际问题，积极与后方医院重庆医科大学附属第二医院进行沟通，帮助昌都市人民医院建立起覆盖全院的远程心电系统，并将昌都市、类乌齐县、察雅县、江达县、芒康县人民医院纳入国家科技部重点研发计划项目，建立起了“重庆医科大学附属第二医院—昌都市人民医院—类乌齐、察雅、江达、芒康县等四县人民医院”的三级远程超声会诊系统平台，解决昌都市各县医院及昌都市人民医院疑难诊断问题，提升当地诊疗水平。

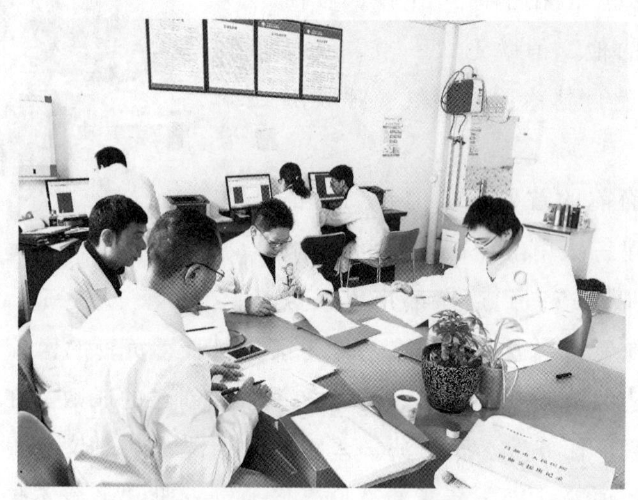

最艰苦的地方才能绽放最美丽的雪莲。在这一年里，他真情奉献，扎根高原，用实际行动践行“老西藏”精神，得到了昌都市人民医院和重庆市第八批援藏队的肯定。2018 年 7 月，他获得了重庆市第八批援藏队“优秀援藏干部”殊荣，所在组团式援藏医疗队也获得了西藏自治区民族团结进步模范集体称号。

奔赴高原，无怨无悔！他充分发挥了自己的一技之长，切实起到了“传、帮、带”的作用，做到了思想留藏、观念留藏、技术留藏，无愧于组织重托、群众愿望、领导期望。接下来，他还将继续以饱满精神和斗志，继续做好援藏工作。

藏族新生男婴重度窒息
重庆援藏医生紧急抢救

记重庆医科大学附属儿童医院李春

2018年1月10日上午11点30分，西藏昌都市人民医院发生了惊险的一幕：一名重度窒息新生藏族男婴呼吸心跳停止，瞳孔散大。来自重庆医科大学附属儿童医院的援藏医生李春迅速进行抢救，将孩子从死亡线上拉了回来。1月26日，《重庆日报》记者从昌都市人民医院了解到，孩子生命体征平稳，预计一周后就能出院。

当天，一接到产科手术室电话，李春的第一反应是“跑”。因为重度窒息婴儿的死亡率极高，不能不与时间赛跑。

当他赶到产科手术室时，看见男婴面色苍白，连呼吸心跳都停止了。李春立即指挥抢救，在当地医生张安鹏及产科医生杨雪梅的辅助下，马上清理男婴的呼吸道、气管插管，并进行胸外心脏按压。半小时后，男婴终于转危为安，暂时脱险。

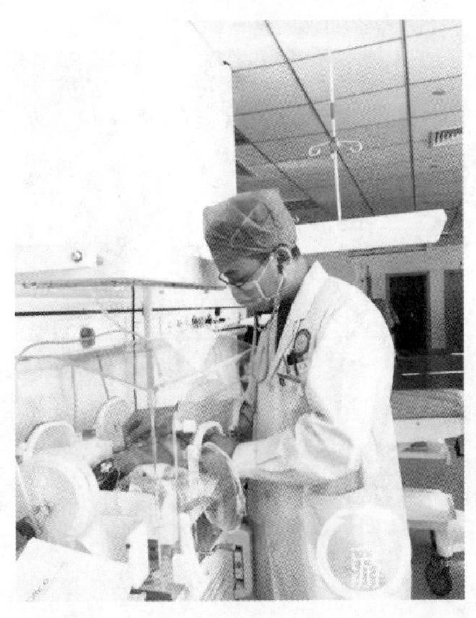

但是，抢救回来的孩子仍然昏迷。经检查，除重度窒息外，其还有肺炎、脑损伤等疾病，需要上呼吸机维持生命。当家长知道孩子病情后，一度想放弃救治。

“作为医生，只要有一丝希望，就不能放弃任何一个生命！”李春不希望家长放弃。由于语言不通，他只能通过当地医生护士多次与男婴父母沟通：“请再给我们几天时间，孩子目前心跳呼吸都已恢复，可能还有希望，我们一定竭尽全力让孩子好起来！”

男婴父母最终同意了李春的建议。经过降颅内压、呼吸机辅助通气、镇静等治疗，3 天后男婴成功撤掉呼吸机，5 天后男婴苏醒，7 天后男婴睁眼看东西。此后，男婴生命体征平稳，病情明显好转，体重也从刚出生的 3750 克增加到 3920 克。

通过这次抢救，重庆医科大学附属儿童医院新生儿诊治的先进技术和经验也传授给了昌都市人民医院儿科医生。

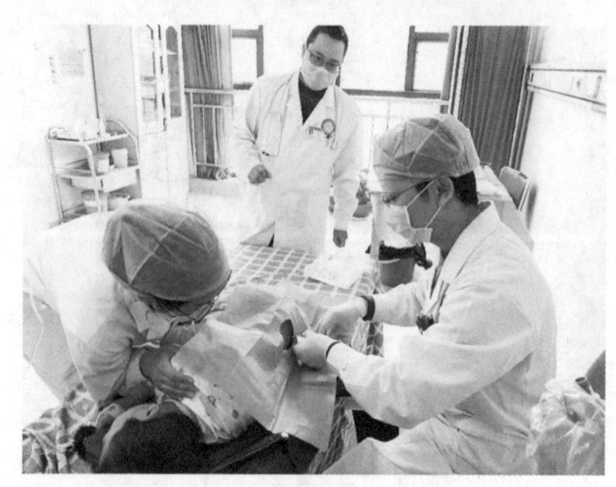

一例上消化道大出血患儿的抢救

记重庆医科大学附属儿童医院陈军华

患儿嘎松次丁，9 岁，突然出现呕吐鲜血数次，同时有头痛，被紧急送入昌都市人民医院儿科。病后，有腹痛但未见解黑大便，查血常规提示血红蛋白 55g/L。是什么原因引起的上消化道出血？援藏的儿科医生陈军华主任注意到一个细节，患儿同时有头痛。立即追问病史，原来患儿近两天有感冒病史，因头

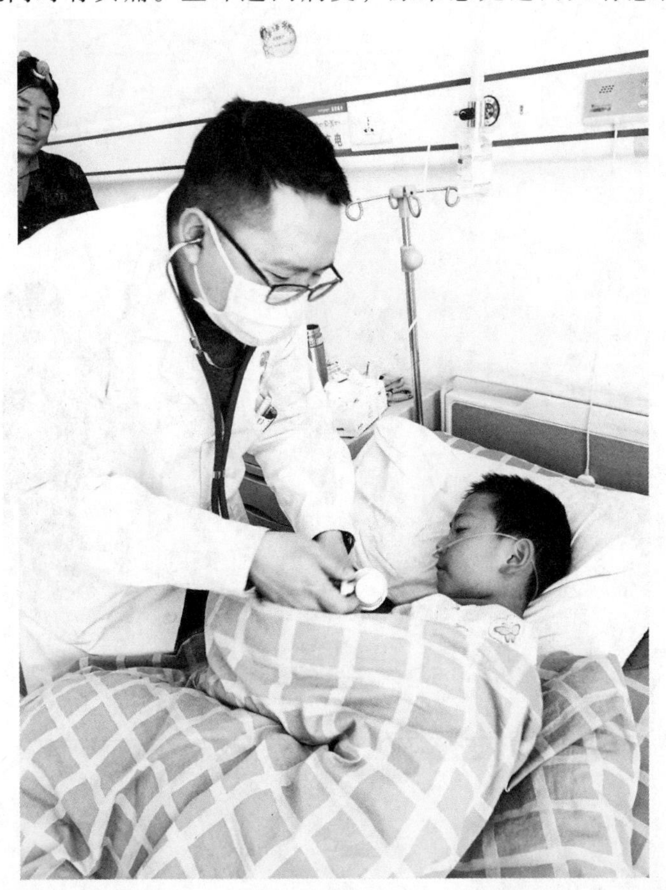

陈军华主任给患儿嘎松次丁做体格检查

痛而自行服用了止痛药。原因清楚了，患儿很有可能是服用止痛药引起了胃黏膜受损从而导致胃出血。陈医生立即予以抗酸、局部止血、输注止血药物并予以减少内脏血流的药物等治疗。患儿呕血逐渐减少，但由于输液患儿血液有稀释，再次复查血色素只有37g/L，同时生命体征开始不平稳，血压有下降趋势，需要紧急输血。然而患儿所需要的B型血没有库存，怎么办？由于患儿体重已经达30多公斤，用血量可能比较大，患儿同行家属检查都不是B型血，遂立即上报医院启动紧急互助献血机制。当地武警部队接到信息后，立即派出6名战士，查4名B型血，2名为O型血，采B型血800ml，连夜紧急输血后，患儿生命体征平稳，血色素逐渐上升达到90g/L。在陈军华带领的儿科医生团队的精心处置下，患儿病情逐渐好转，出血未再反复，一周后痊愈出院了。陈军华建议患儿到有条件的医院完成胃镜检查进一步明确出血的原因。这里也要给我们可爱的武警战士点个赞！

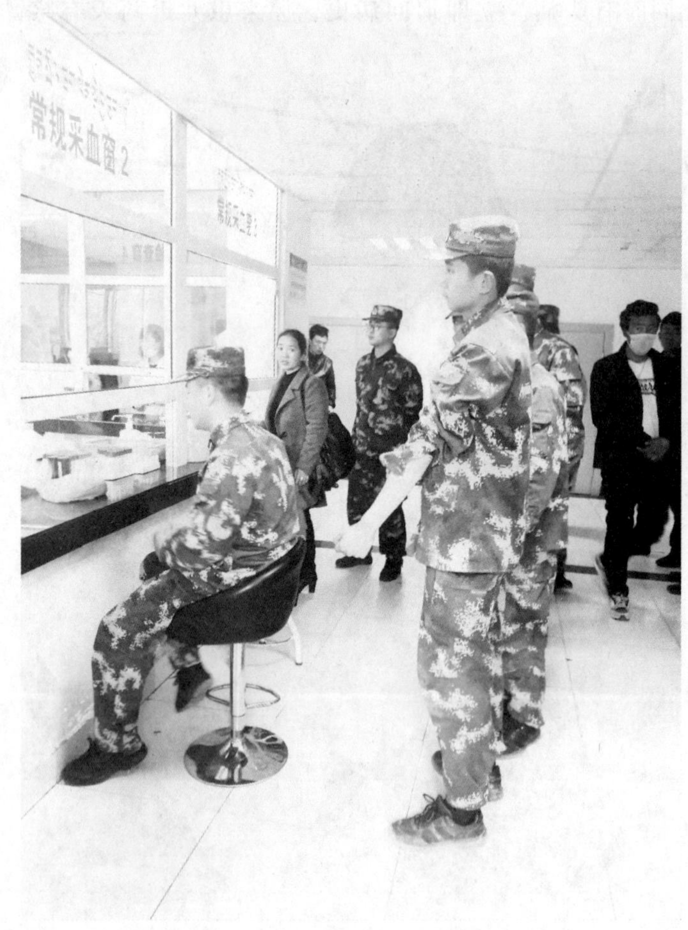

组织武警战士献血

我为生命保驾护航

重庆市人民医院　李民凤

身体和灵魂总要有一个在路上，这是写给旅人最美的诗。每个人都有一个西藏梦，而我们是带着重庆援藏的光荣使命来的。在寒冬季节，我作为重庆市第三援藏医疗队的一员，踏上了西藏那片神圣的土地，开始了为期一年半的援藏工作。

初到海拔 3670 米的拉萨，蓝天白云，阳光耀眼，还有虔诚的藏族同胞，和之前想象的一般无二。然而，头痛、心跳加快、胸闷、睡不着觉等高原反应接踵而来，每天需要间断吸氧来逐渐适应高原反应。在拉萨经过 3 天的培训后，12 月 14 日我来到海拔 4300 米的邦达机场。高原反应更严重了，还需要坐 2 小时的汽车才到达昌都市人民医院。

当天下午，在第二批与第三批援藏交接会议结束时，天色已暗。这时，内一科向主任请我去会诊一例心包积液引流不畅患者。我不顾高原反应，赶至病房，详细询问患者病史、仔细查体，并及时给予主管医生合理化的治疗建议。12 月 18 日，正式在昌都市人民医院内二科上班第一天就参与了 ICU 及急诊科的急会诊，协助抢救危重症患者。22 日 13：30，在回住处的途中接到科室值班医生的电话，收治了一名急性广泛前壁心肌梗死患者，当时患者心率 40 次/分，血压 80/50mmhg，病情十分危重，随时威胁生命。我二话没说，立即返回病房参与抢救，指导给予积极溶栓和临时起搏器植入。看着患者心率逐渐上升到 60 次/分，血压上升到 100/60mmhg，胸痛缓解，我才长舒一口气。为防止患者病情随时发生变化，我利用休息日到病房查看患者病情并指导规范化治疗。经过精心治疗，患者病情稳定出院，患者及家属送来锦旗和哈达，那一刻我心中的喜悦无以言表。这样的情景多次发生，其间我参与抢救急性心肌梗死患者 30 例、主动脉夹层 8 例、急性左心衰 100 例、急性肺水肿患者 50 例，充分发挥自己的临床抢救经验，使患者都得到很好的治疗，也使科室的抢救能力得到很大提高。为此，你们的健康我能守护，我感到十分欣慰。

为当地患者诊治疾病是我们的基本任务，帮助昌都市人民医院创建“三甲”综合医院是我们这次援藏的主要目标。我们的任务包括加强科室建设、完善规章制度、培养科室技术骨干、不断开展新疗法等。面对时间紧、基础薄弱、人员少、前期资料准备工作几乎为零的情况，我们必须周一到周五晚上加班到21点，放弃周末休息，坚持周末加班。经过5个月的认真准备，顺利通过“三甲”评审。那一刻，我们都欢欣鼓舞。我亲自编写了昌都市人民医院内二科12项规章制度和14项常见病的诊疗常规和血透患者手册，并在科室开展健康宣教，得到患者及家属欢迎。此外，我还承担昌都市基层医生规范化培训教官，为当地培训了三批共150名基层医生，为昌都市真正培养出了一支带不走的医疗卫生人才队伍。

在这里，因为语言不通，导致病情交流有限、查房时间延长。我积极学习藏语，为与藏族同胞进一步交流提供条件。每次查房我都是耐心地听取患者的诉说，细心地跟患者沟通。每次看到藏民们渴望的眼神，我便有一个信念，希望凭借自己的微薄之力去救助更多的人。2018年11月14日，在昌都市人民医院内二科诊治一名叫“央金”的藏族女孩，经心脏超声诊断为心内膜垫缺损（房室隔缺损）中比较罕见的类型。因昌都市医疗条件限制，无法开展心外科手术，患者家庭经济较困难，我积极与重庆后方医院心外科主任联系手术事宜，包括申请转院、申请医疗救助、安排乘飞机、联系翻译（因患者及家属均听不懂汉语，沟通交流障碍），安排救护车到机场接到医院住院，安排家属住宿。在患者住院手术期间，我多次去看望，并资助 1000 元，为患者送上鲜花。央金手术顺利出院后给我们送来了锦旗和哈达。我们援藏医生架起了西藏与重庆的医疗桥梁，使更多的藏族同胞得到更好的医疗治疗。

初到西藏时就看到崖壁上刻着这样一句话：“艰苦不怕吃苦，缺氧不缺精神，海拔高要求更高”。这正是每一位援藏医疗队员的真实写照。一年半的援藏工作中，为争做到为每一个需要的生命保驾护航。

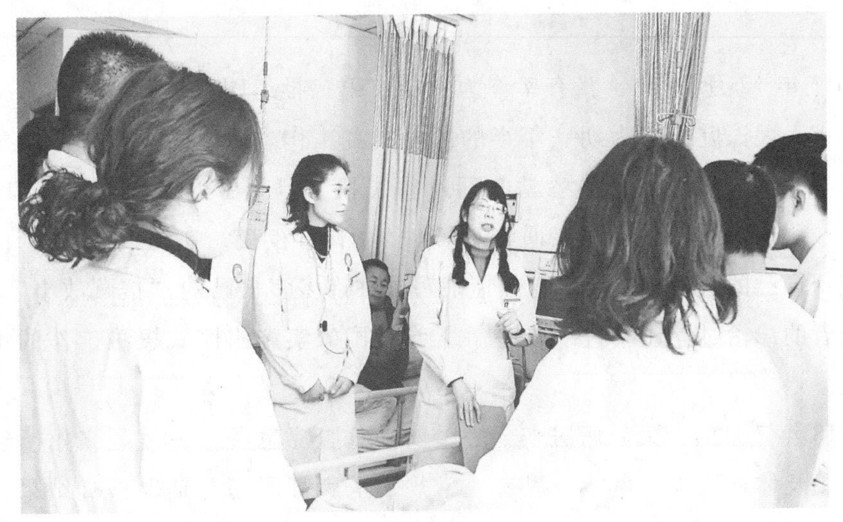

教学查房

首次科室开展双语（藏语、汉语）健康宣教

我的援藏故事（二十五）

重庆市人民医院 黄书明

2017 年 12 月 10 日，我有幸作为重庆市第三批组团式援藏成员之一来到西藏昌都市人民医院进行为期一年半的医疗援藏工作。时光飞逝，一年半的援藏工作即将完成，回过头来，感觉时间过得飞快，但其中的过程却是极其漫长，个中的酸甜苦辣只有自己才能回味。500 多个日日夜夜，在海拔 3500 米的高原上，我用自己的医学专业技能与热情书写了许许多多自己的“援藏故事”。其中一个患者的诊治过程让我进一步理解了党和国家实施组团式援藏工作的重大战略意义。

2018 年 7 月的一天。病房来了一个女性急腹症患者，20 岁，未婚。经仔细询问病史及体格检查，再结合患者血常规、上腹部彩超等辅助检查结果，诊断为慢性胆囊炎急性发作、胆囊结石明确，需急诊行胆囊切除术。但患者既往有结核性腹膜炎病史，虽已治愈，但接诊医师考虑有腹腔粘连较重的可能性，按科室以往的治疗常规便只能行开腹胆囊切除术，不然就转上级医院继续治疗。但患者及家属坚决要求行“机器”（本地很多老百姓对腹腔镜手术的叫法）手术。当时我正在门诊，主管医师没办法只好把我叫到病房询问该怎么办。

我一到病房，患者家属就拉着我的手说：“主任呀，您快救救我的孩子吧！她还小，还未结婚生孩子，不想在肚子上留大口子。我家经济条件又不好，实在没有能力转内地治疗。听说您是重庆来的专家，您一定可以用‘机器’治好我女儿的病。”我看着家属焦急的神情及期盼的目光，内心也很纠结。我知道，胆囊结石目前首选的治疗方法是腹腔镜胆囊切除手术，这种手术对患者创伤小、恢复快。但腹腔的粘连、助手的配合、万一出血较多这里血源又紧张等因素也是需要考虑。我在内地行过不少有上腹部手术史的腹腔镜胆囊切除术。我亲自检查了患者及阅读辅助检查结果，各方权衡后，决定以患者的诉求及最大受益为出发点，实施腹腔镜胆囊切除术。

术中发现患者腹腔粘连确实较为严重，胆囊完全被包裹，根本看不清胆囊

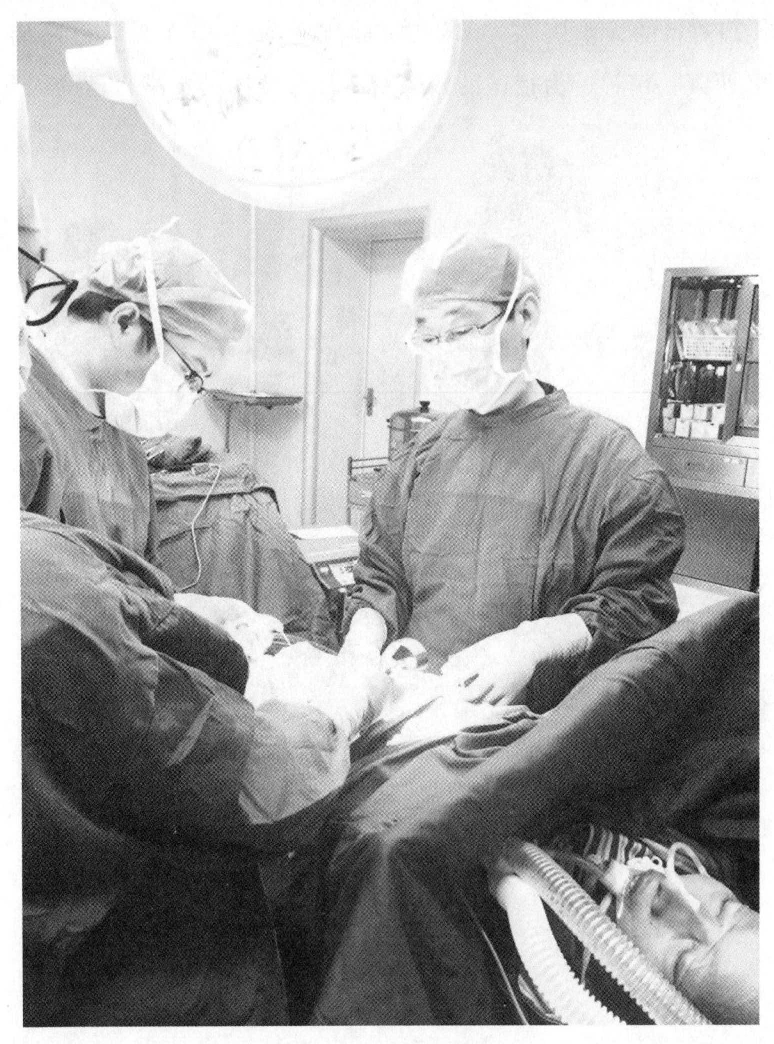

三角区的解剖关系。助手及麻醉师都叫我转为开腹手术。但出于对患者的负责及对自身专业技术的自信，我仔细、耐心地慢慢分离粘连，最终显露出胆囊三角并顺利切除胆囊。手术室的藏族护士及麻醉师都对我伸出大拇指说："老师，您真棒。"此时，我觉得之前的努力没有白费，既让患者获益，又让本地医师长了见识，这难道不是我们援藏的初衷吗。

术后，患者恢复顺利。出院当天，患者及其母亲对我行了"贴面礼"，同时献上了洁白的哈达。藏族同胞用最朴实最真诚的方式对我表达了感谢与敬意。

回想当初离开年迈的父母及刚满一岁半的小女儿的牵挂和不舍，对高原恶劣环境对身体的影响的担心，至今记忆犹新。但经过一年半的援藏，我深刻认识到援藏不仅是一种责任，更是一项崇高的事业，觉得这一切的付出都是值得的。援藏使命光荣，责任重大，任务艰巨。最艰苦的地方才能绽放出美丽的雪莲。这是一段难得的人生历练。即使离开西藏，我也会在今后自己的工作岗位上发挥“老西藏”精神，为祖国的繁荣统一、民族团结贡献自己的绵薄之力。

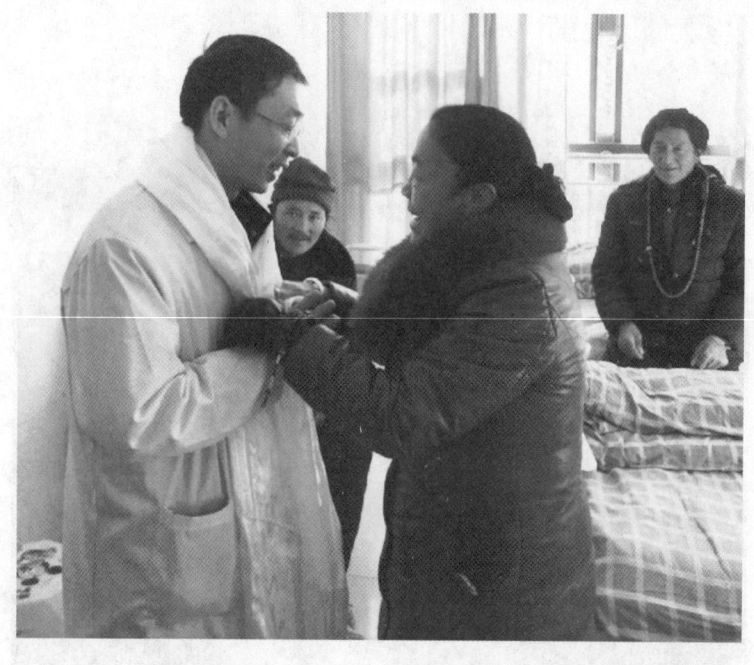

我的援藏故事（二十六）

重庆市中医院　李琳彬

充满鲜花的世界到底在哪里？如果它真的存在那么我一定会去，在那里最高的山峰矗立，不在乎它是不是悬崖峭壁，我想沿着蜿蜒曲折的冰冻河流走到万水之源，走到离太阳最近的雪域高原，我想叩响巍峨的雪山，与蓝天紧紧相拥……

蓝天白云、千山之巅、万水之源、雪域高原，心之所向。

2017 年 12 月，我有幸作为第三批组团式援藏医疗队的一员来到西藏昌都市人民医院，开始为期一年半的援藏工作。我来援藏是有着深深的援藏情结的。我的先生也是一名援藏干部，在他援藏的日子里我们电话视频聊得最多的就是他在西藏的生活、他在这里结识的朋友和他在这里做的事……他的生活、他看到的这里的风土人情引起了我强烈的好奇心。当援藏指标到了重庆市中医院检验科时，符合条件的只有我和另外一位同志。当领导找我谈话时，我激动不已，兴奋地打通了在昌都援藏的丈夫的电话，向他表达我也想去援藏的意愿。当他知道我也想援藏时坚决反对，因为我的心脏一直不太好，几年前就检查出了有严重的室性期前收缩，曾经还在值夜班的时候晕倒过。在高原生活久了本来就对心脏不好，他怕我出危险。他的顾虑我当然知道，但是我觉得我经过几年的休养和锻炼，身体已经好了，应该没有什么问题，而且女儿已经开始读大学了，我在家里除了上班也没有什么事，父母亲身体也还好。在我的坚持下，他终于同意我先到西藏体验一下，看身体是否能适应高原气候。经过实地考察体验，通过了他对我的“考核”，我满怀激动接下了援藏这个光荣的任务。

这次援藏对于我来说既是一次重大的挑战，又是一次难得的机遇，是一次锻炼自己、丰富自己的好时机。进藏以来，我切身感受到了援藏工作的重要性，深深地体会到了各级政府对援藏工作的高度重视以及在工作、生活等方面对我们援藏干部的关心与帮助，也感受到了昌都市人民医院在工作上对我们的重视、生活上给予我们的关心，体会到了藏族同胞的淳朴和热诚。

在我看来，援藏是光荣而神圣的任务。既然来了，就一定要做点什么，一定要对藏区的医学检验事业有所贡献。与第二批援藏老师做了工作交接以后，确定近期工作重点在于完善科室创建“三甲”资料体系，建立健全输血质量体系，制定输血规章制度，完善输血表格资料等。制定了目标，就积极地落实各项工作，如：梳理输血科的“三甲”条款，围绕“三甲”条款开展输血科的工作，完善输血科的各项规章制度、SOP等，修订了检验科标本采集手册和检验项目手册；参加世界心脏病日重庆市组团式医疗援藏队专家义诊；带教科室骨干针对科室发现的问题做持续改进案例报告；对新门诊楼检验科房屋内部布局提出合理化建议，充分考虑学科发展的需要，在房屋布局、专业设置、生物安全防护、流程等方面均提出现代化实验室所必须具备的条件的建议；加大新技术、新项目的开展，不断提高检验科的服务能力，加强临床沟通，到临床各科室征求意见，完善了输血科对临床科室的合理用血督导，并建立了完善的合理用血公示；坚持每月1~2次的科内业务讲座，在昌都工作的一年里，我已先后指导了多名科室工作人员开展临床工作，通过“师带徒”的方式重点帮扶临床免疫检验、输血科；完成重庆市中医院援助昌都市人民医院全自动大便分析仪装机培训，并投入使用，实现手工项目自动化；制订援藏工作计划，切实努力的按照工作计划完成临床检验及教学任务。

进藏以来，经历了高原缺氧、干燥、严寒等恶劣的自然条件带来的身体不适，见到了藏区与内地的医疗差距。援藏之路虽艰辛，但我依然甘之如饴。我们将内地先进的理念和规范的医疗服务管理流程带到这里，建立医疗质量管理体系，通过我们一批又一批援藏人员的共同努力，藏区人民的医疗水平在稳步提升。我觉得这不仅仅是一次简单的援藏工作，从某种意义上来讲，可以说是对我心灵的一种净化和升华。我会永远牵挂昌都这一片热土，因为这里有我奋斗的足迹，有我挥洒的汗水，有我感恩的领导、同事、朋友，有我会永远铭记于心的美好回忆。

雪域情怀，大爱无痕，以梦为马，不负韶华！

和藏族阿妈的一次握手

重庆医科大学附属永川医院　李启刚

如果有人要问我，在我援藏工作中印象最深的事是什么，映入我脑海的一定是一张藏族阿妈的感激的笑脸，那张带着皱纹而淳朴的脸。这位藏族阿妈名字叫四阿姆，已有64岁，当时入院时，我才入藏不久，一切还比较陌生和新鲜。值班医生让我去看一个腹痛的患者，由于他诊断不清，让我去把把关。当我走到患者的跟前，我看到一张渴望减轻痛苦的脸、一张充满期待的脸。我们语言不通，当我通过翻译详细询问了病史，并为她仔细检查腹部以后，经过综合分析，判断为急性阑尾炎，并建议患者手术治疗。经过和家属的一番沟通以后，尽快为四阿姆办好了入院手续，督促值班医生积极为这位藏族阿妈完善术前检查，然后我亲自为她完成了腹腔镜阑尾切除术。其实，这些事是我平时工作中再正常不过的事了，平凡如常，犹如白纸。可是，在我第二天查房走到四阿姆的床前的时候，四阿姆面带微笑地冲我竖起了大拇指，并伸出手来要和我握手。

没有任何的语言，也无须任何的语言。这一刻，我感动了，这是我从未有过的感动。我做了什么让一位藏族阿妈如此举动？其实，我只是做了我这个职业应该做的工作，简单得不能再简单。感受着藏族阿妈手指的粗糙，甚至还有泥土的痕迹。这一刻，我感受到了温暖，感受到了援藏的真正意义。

接受患者的哈达

我的援藏故事（二十七）

重庆医科大学附属永川医院　杨时光

2018年8月2日，周四，中午要下班的时候，电话响了。妻子在电话里说她突然出现了鲜血便，我的心里顿时一沉。自从来到了昌都，家里的事情都是妻子一人承担。三个老人，一个孩子，最近她又被抽调到专案组工作，家里、单位两边跑，每天在路上开车一个多小时。妈妈已经七十多岁了，长期三级高血压，平时没有生病就算好了。妻子以前身体就单薄，咬着牙撑起家里的一切事情。突然便血，不是什么好兆头。我一边想着，一边在电话里详细问了情况，告诉她到肛肠科去检查一下，又安慰她可能是痔疮犯了，不要担心。

隔了一天，妻子来电话说肛肠科检查了，说是有痔疮，比较严重，需要手术。但是便血与痔疮无关，还需要做肠镜检查。我忙安慰妻子，说检查不是很麻烦，我让消化科的师姐帮忙，不要担心。但是心里更是沉重。我知道肠镜检查的麻烦和痛苦。一位亲身经历者的原话说：肠镜检查比女人生产更痛苦！

我联系了消化科的师姐，师姐安慰说一切她来安排。两天后我在忐忑不安中，接到了师姐的电话：肠镜检查提示结肠不典型增生样病变。

我问："怎么办？"师姐沉声说："手术切除做病检，越早越好。"

电话里妻子的声音很低，很委屈："你不能回来吗？我现在不敢告诉老的，小的正在补习。手术找个签字的人都没有。"我沉默着：医院"三甲"评审以后，科室主要人员都休假了还没有回来。科室现在只靠几个住院医生和轮转医生维持着，只有我一个上级医生。这个时候一走，科室工作根本无法开展。

妻子在电话里低声哭了。我知道她是个好强的人，从不在别人面前表现出软弱。孩子、家庭对她来说是一切。现在，她是因为我不在身边感到委屈。除了愧疚，我心里不知道怎么安慰她。

过了一会儿，妻子的声音又恢复了原样："我让妹妹来签字，你不用管了，忙你的工作吧。家里的事情不用操心。"我一边安慰她不要害怕，医院的师姐会好好照看她的，有事就找师姐帮忙。同时心里明白：妻妹家里也有个上小学的儿子，能够抽出照顾妻子的时间实在有限。

没想到过了一天，年迈的妈妈来电话了："小川的事情我知道了，我和你岳父、岳母照顾她和孩子，你不用着急。把工作做好，一定安全回来。"

我"嗯嗯"地回应着，心里百感交集：让三个平均年龄超过七十岁的老人每天来回照顾妻子，我除了愧疚还有感激。

一周以后，妻子出院了，病检提示：结直肠腺瘤样增生，出院以后需要定期随访。孩子和妻子都很好，三个老人身体没出事。师姐电话里笑着说："运气不错，看来你人品挺好，援藏有功！"我笑着感谢师姐照顾，心里的大石头终于放下了。

两周后，李主任休完假回来了。我迫不及待地坐上了回家的飞机。

我明白了一句话：一人援藏，全家援藏；一次援藏，终身援藏。

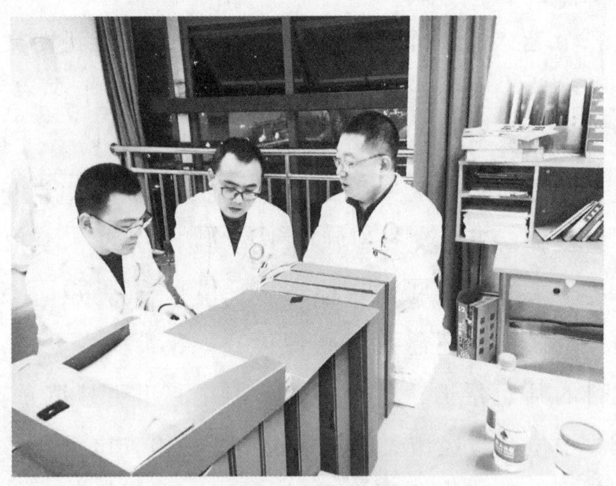

"三甲"创建期间医院预查科室资料

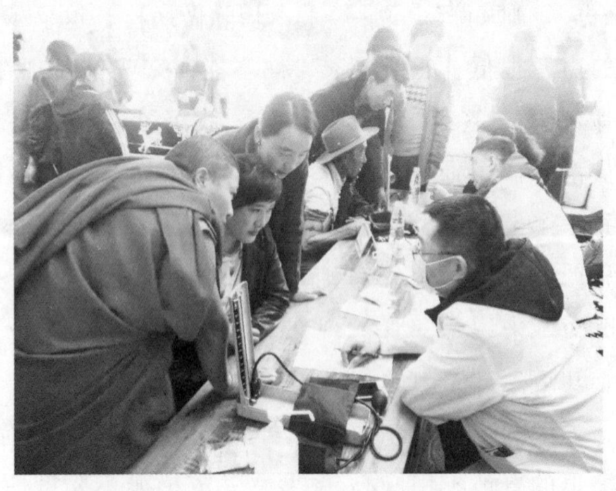

"送药下乡"昌都市扎旺小区义诊活动

我的援藏故事（二十八）

重庆市急救医疗中心　刘军

记得刚入藏不久，外科的秦医生来找我，他说最近要准备做一例肾脏摘除术，是一例年轻的外伤患者，左侧肾脏严重毁损破裂，外科准备行左肾摘除。既往他都是凭着经验进行手术，手术过程中常因损伤变异肾脏血管弄得措手不及，甚至出现危及生命的情况，这让秦医生心里十分担忧。因此他想在术前了解一下左侧肾脏血供情况。虽然来的时间不长，但我知道昌都市人民医院既往完成的增强扫描患者很少，更不要说血管检查了。我心里也在犹豫，一旦应承下来，担心 CT 机扫描速度慢以及机器后处理功能有限，不能抓住最好血管时相，不能处理出有效的肾脏血供图像，给临床医师提供不了想要的结果，患者还浪费了钱，这样的结果是比较麻烦的。但看着外科医师期待的眼神，我决定还是试一试。经过缜密测算造影剂注射剂量及扫描所需时间，我引导技术人员在忐忑及紧张的心情中完成了扫描工作。当我迫不及待打开扫描图像，看着血管中较高的造影剂浓度，我悬着的心才放下一半。接下来，我凭借自己的经验一点一点添加出左肾的所有供血血管。处理完图像一看才吓一跳，患者左肾血供竟然比常人多了 2 条。如果术前不了解清楚，术中很可能造成大出血，危及患者生命。外科医师拿到诊断结果迅速上了手术台，果然如血管造影结果所示，左肾另有 2 条副肾动脉供血。术中，他们小心分离左肾血管，精心地完成血管结扎，顺利完成了左肾的摘除。术后，秦医师多次感激地对我说，如果不是影像检查有力的支持，患者的手术不可能进行得这么顺利。从他们的认可中，我感到自己和团队的坚持和付出是值得的，从而更坚定了今后大力推广增强及血管检查的决心。

在昌都市人民医院工作的每个日日夜夜都是忙碌而充实的。2018 年 3 月的一个夜晚，我加班结束，正在打车回宿舍的路上，看着就要到了，我的电话响了。“刘主任，我是普外科的值班医生，请尽快回医院来一下，这边有一个急诊患者需要您的诊断！”“好的，马上回来，患者啥情况？现在情况如何？”“患者

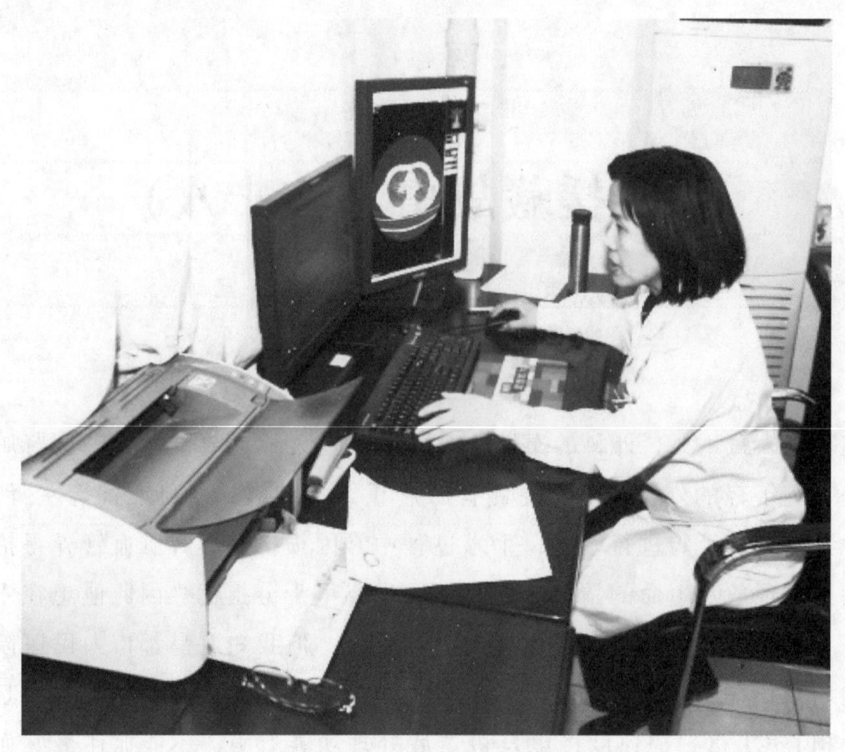

认真分析影像图像，为患者得出精准的诊断

22 岁，刚刚生产后，腹胀、腹痛一天，正在进行急诊腹部 CT，可能要急诊手术，急需您明确诊断……”我立即叫出租车司机掉头回医院，通过电话详细询问着患者病情。

该患者刚分娩完两天，持续性腹痛、腹胀。我看着乱糟糟的腹部影像，心里也泛着嘀咕，这类患者在内地大医院诊断也是比较麻烦的。他们没有进行常规腹部准备，肠内积气、肠管扩张，腹腔积液很多，肠壁明显肿胀，扭曲在一起，严重干扰影像诊断。但是诊断不明确，外科医师也不敢贸然上台。此刻，他们把希望都寄托在我身上，所有的焦点集中在我身上，我感到不小的压力。于是，我集中精力仔细在上千层图像中逐层寻找有用信息，用丰富的急诊诊断经验，终于找出问题所在：该患者为较少见的右半结肠扭转，肠坏死，需要紧急手术，否则将危及患者生命。普外科的援藏专家连夜上台手术，为该患者做了右半肠切除手术。经过快速、正确的治疗，在大家的协力合作下，该患者终于在数天后康复出院，我由衷为她感到高兴。这类突然紧急情况几乎每周都能遇到。在经过多次这类复杂、紧急病例的处理后，科室的年轻医生已逐渐掌握了对它们的诊断，遇到这类情况不再手足无措了。

四月的西藏，天气依然寒冷，儿科医生告诉我，有个刚出生几天的婴儿，进食奶后呕吐明显，而且呛咳厉害，他们考虑可能有食道闭锁、畸形，但需要检查来证实，明确为何种畸形，以便明确是否能手术治疗。这关系到一个小生命是否能存活，我想一定要诊断明确。刚出生几天的孩子，加之营养不良，身体瘦小又软弱，根本无法很好直立配合检查，我反复向孩子父母解说如何完成这次检查，但这对老实的藏族父母完全不能理解医生的意图，一会儿挡住检查视野，一会儿孩子体位不正确。为了避免长时间检查使孩子受凉、减少孩子的痛苦，尽快获得准确的检查结果，我迅速低矮着身体，在检查机器前一个狭小的空间内，一遍遍向这对夫妻示意如何协助孩子做好检查，语言不通就用手势。当确定他们基本明白意思后，我在短时间内、以娴熟的技术快速完成检查，再经过反复认真阅读影像图像，最终诊断这个小婴儿为先天性食道中段闭锁，且与气管相通。之后，孩子被送往重庆儿童医院及时手术，获得较好手术效果。一年过去了，孩子已经健康长大一岁。前些时间孩子食道复查，检查明确食道通畅无阻，且与气管无异常交通。看着这个小小的生命健康地长大了一岁，我心里由衷感到高兴。希望我们这些援藏医生的付出能让她拥有一个美好的明天。

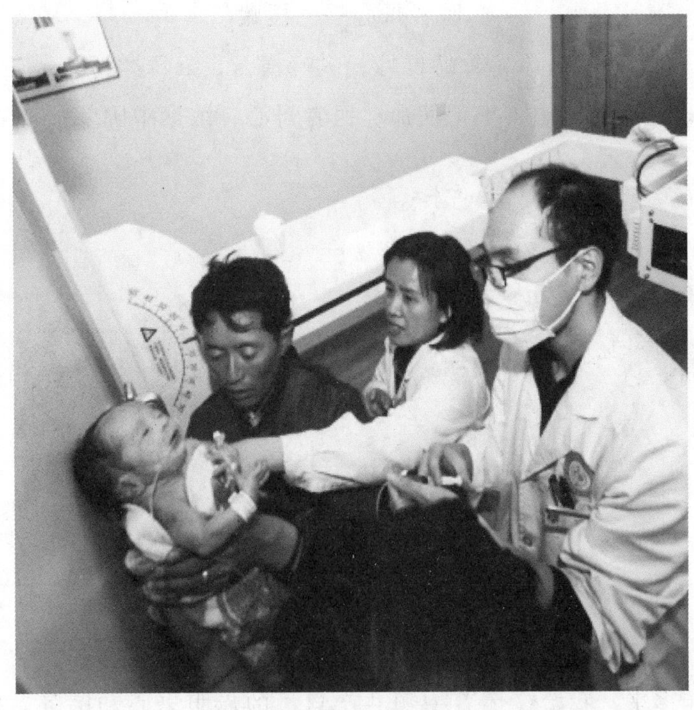

为一个出生几天的先天性食道闭锁的婴儿做检查

医者丹心

重庆市肿瘤医院　黄智勇

2017 年 12 月 10 日，响应党中央的号召，带着中央组织部、重庆市委市政府及重庆 3000 多万人民的嘱咐，带着西藏人民的殷切期盼，重庆市第三批组团式援藏医疗队一行 20 人冒着零下十几摄氏度的严寒，呼吸着稀薄的空气，克服着令人窒息的高原反应，挥泪离别亲人、同事和朋友，远离熟悉的故土，怀着无比坚定的信念和赤胆忠心开启了我们神圣的援藏之旅！

记得刚到西藏时望着雄壮的布达拉宫和巍峨的雪山，不禁感慨万千，我矢志为西藏人民贡献一份自己的力量，曾经赋诗一首：

医者丹心——援藏

极目高原，耸峙群峰；纵岭横云，云舞冰封；

不忘初心，牢记使命；医者丹心，浓聚中国梦！

银装素裹下的昌都

昌都雪中掠影

援藏一年多来，我始终怀着一颗共产党员的赤胆忠心和医务工作者的仁爱丹心全心全意地为广大藏区人民服务：

首先，根据藏区特色和医疗工作的实际情况制订工作计划，从临床查房和教学查房入手，以昌都市人民医院创建“三甲”为契机，通过思想意识教育、业务学习、技能培训、“三基三严”考核等形式，组织全科医务人员认真学习各种骨科诊疗指南及各项操作规范，熟悉并掌握“十八核心制度”，并严格执行于日常医疗工作实践中。一年多来，我每周实施教学查房两次，共计完成教学查房109次，查看藏区住院患者3000余人次；每周2~3次专家门诊，查看门诊患者5000余人次；主持及参与急重危患者抢救165次；主持并参与疑难病例讨论82次；主持开展各种疑难复杂骨科手术150余例（其中包括昌都市多个首例新技术）；参与院内外会诊120余次；主持及参与骨科学术专题讲座56次；先后参与昌都市市委及卫生计生委组织及人民医院组织的各种义诊活动10余次，看望藏区患者3000余人次；多次参与昌都市企业职工健康体检1100余人次，中小学生入学体检1200余人次，征兵体检350余人次；参与昌都电视台面向广大藏区农牧民健康教育讲座节目录制3次；作为昌都市“伤残鉴定”首席专家之一，参与伤残鉴定100余人。

其次，科研教学，言传身教，做好“传、帮、带”。在对科室人员教育中，实施强化培训战略，将本地医生有计划、多形式、分类、分层、分岗、分批次进行专业基础理论及操作技能培训，开展多种形式的骨科专业知识、诊疗规范及指南讲座，并进行各种专科操作技能培训；以“师带徒”形式指导当地两位青年医师；作为西藏地区“执业医师及助理医师”考官，参与考评昌都市考生300余人次；积极引导当地骨科医生开启临床科研的思路，指导当地医生申请开展多项新技术、新手术。

最后，加强学科建设，“以院包科”，全力打造重点学科。积极指导和参与昌都市人民医院外二科的学科管理和人才队伍建设，为医院及外二科的发展出谋划策，更新医疗管理观念和服务意识，更好地为广大藏区人民服务；在派援单位各级领导的大力支持和帮助下，由本人牵头，已通过“专家现场指导”“物资援助”“远程会诊”“派员进修学习”等手段，进行定点帮扶。到目前为止，重庆市肿瘤医院已先后派出包括业务院长周宏等在内的各种专家共计10名到昌都进行学术讲座、参与学科建设、现场指导“三甲”创建工作，并援助各种医疗设备及物质，共计30余万元，参与远程会诊多次。

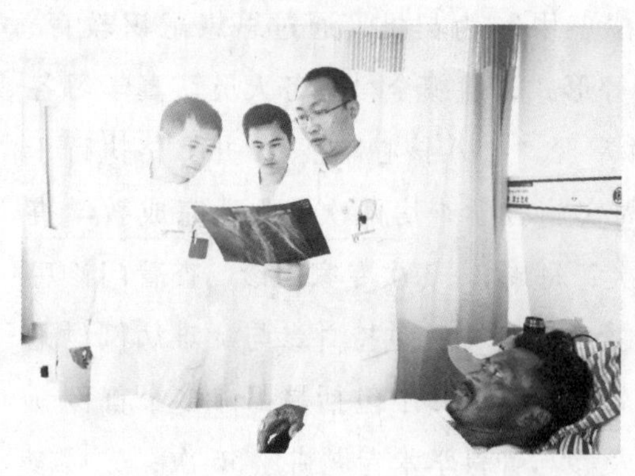

“师带徒”

教学查房

一年多来，通过大家不懈的努力，昌都市人民医院于2018年6月成功创建为昌都市首家“三甲”医院。我所在的外二科成功申报自治区级重点专科，外二科2018年较2017年同期，无论从门急诊量、住出院人次，还是手术台次等都有大幅度提升。目前，在我引导下，外二科能够开展肩胛骨骨折、髋关节骨折、骨盆骨折内固定及较复杂的四肢肿瘤手术等新技术；急危重症患者抢救成功率明显提高；学习氛围较前浓厚；工作积极性明显提高；住院床位由30张增加为40张，病床使用率较前明显提高，患者平均住院时间较前明显缩短；医生人数也由之前的6名增加为目前的12名，其中有6名已经可以单独管理病床和值班。

自己的付出，也获得了藏区老百姓的认可，多次收到藏族患者及亲属送来的哈达和锦旗，被藏族同胞赞为“妙手回春，医者父母心”。2018年10～12月我为昌都市各县乡镇培训基层医务人员100余名，深受学员们喜爱，“授一技之长，养百年之身”，被藏区同事及学生亲切地称赞为“真正帮助我们藏族人的好老师”。在2018年7月，我被评为“重庆市肿瘤医院优秀共产党员”，我的先进事迹先后两次被新华网等媒体报道，我们整个医疗队被评为西藏自治区民族团结进步模范集体。2019年初，通过我不懈的努力和重庆市肿瘤医院领导的大力支持，昌都市第一个病理远程会诊平台已在筹建之中，估计年内可投入使用，到时将大大提高昌都市甚至整个藏区的肿瘤诊疗水平，可以使以前许多在藏区不能开展的肿瘤手术在不出藏区的情况下得以开展；骨科也将于2019年内从外二科分离出来成为真正的自治区重点学科。现在，一支永远带不走的医疗队已经初具规模！

业务培训

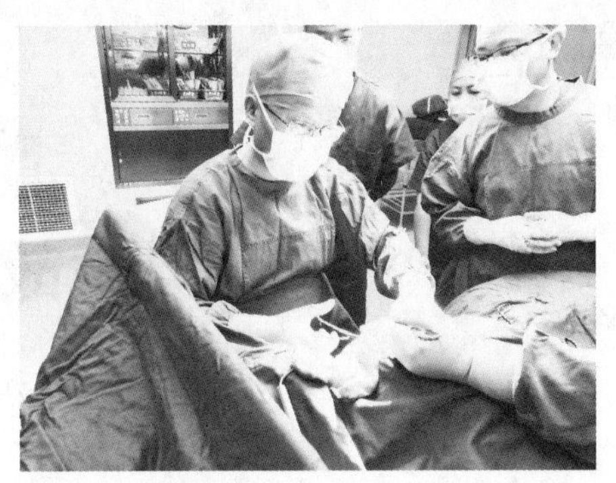

手术

百万农奴解放纪念日大型义诊

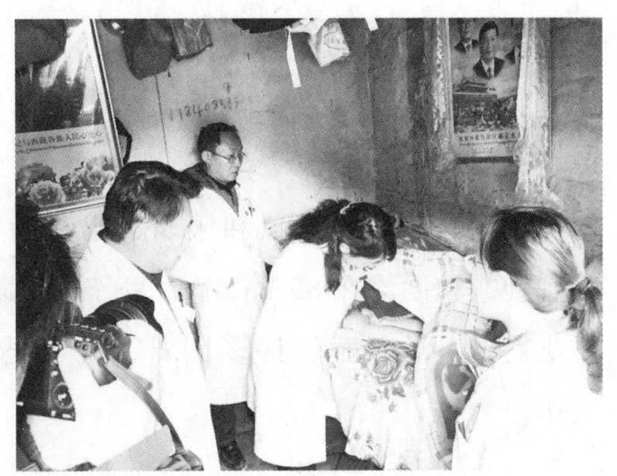

深入藏区看望卧病在床的藏族同胞

"一次援藏，终身援藏。"今后，我要更加紧密团结在以习近平同志为核心的党中央周围，继续扎实推进医疗人才组团式援藏工作，把促进民族团结融入援藏医疗实践中，把自己毕生所学传授给藏区的医务人员，更好地为广大藏区患者服务，多办实事，把党中央的亲切关怀和全国人民的有力援助送到藏区干部群众的心坎上。最后借用援友一句诗表达自己的心声：男儿何不持志忠？悬壶济世赴藏东；援路多艰别家小，孤独寂寞埋心中；热血丹心为家国，共和大业杏林功！

我的援藏故事（二十九）

重庆市妇幼保健院　陶兰

为实现昌都市妇幼健康“两降一升”的目标，作为重庆市第三批医疗人才组团式援藏医疗队成员的我来到西藏昌都人民医院妇产科工作。来昌都首先要克服的是当地的高原气候环境。刚入西藏时，我是医疗队高原反应最严重的队员，出现头痛、头昏、心慌、胸闷、失眠等严重的高原反应症状，血氧饱和度仅30% ~40%。经吸氧和服药，半月后高原反应症状逐渐才慢慢好转。但至今测血氧饱和度均在85%以下，处于慢性缺氧状态。除了要克服这里的气候环境，还要克服生活方面的许多困难，更要适应在当地医院现有的条件下开展医疗工作。

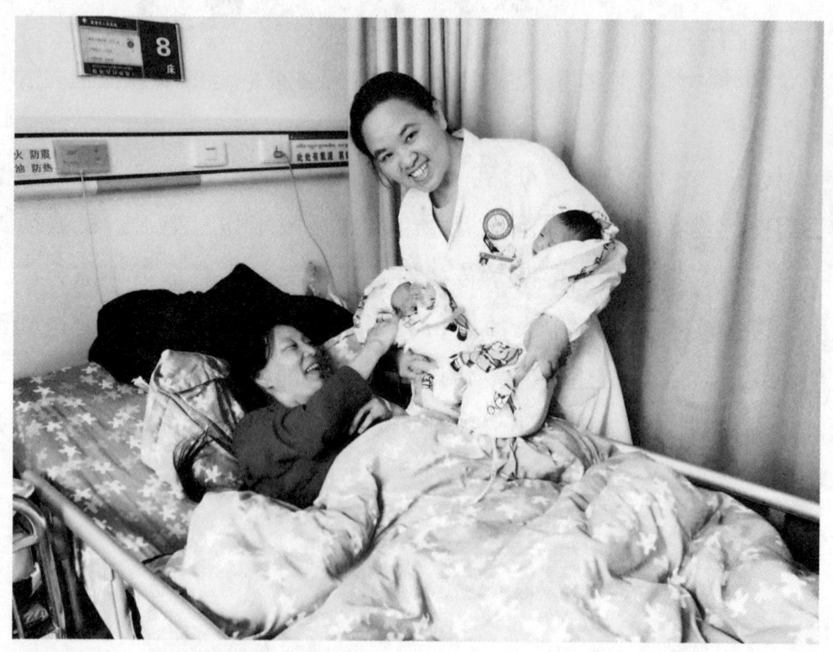

来到昌都人民医院妇产科工作，我被任命为昌都人民医院妇产科主任，深感责任重大，任务艰巨而光荣。受历史、环境等因素影响，昌都市人民医院妇

产科的发展较为缓慢，病房、设施、设备等硬件和医护人员的学历、业务技能等方面存在一定的不足。而且昌都市人民医院妇产科承担着昌都市区县危急重症孕产妇救治的艰巨任务，面临“三甲”医院创建工作。面对昌都市人民医院妇产科现状，结合妇产科的实际情况和“三甲”医院的标准，我带领全科医务人员每天加班至晚上10点。狠抓制度完善、流程规范、组织培训和演练等方面。一是落实医疗十八项核心制度。二是规范工作流程。三是组织培训和应急演练。为确保医护人员熟练掌握工作流程和业务技能，实施了教学查房，医疗查房，理论授课，疑难病例分析和讨论，特殊的病例邀请其他科室的专家一同会诊或多学科会诊等。通过妇产科内部规范化管理和业务技术教授，科室的执行力和业务水平得到大力提升，保障了患者安全，提高了医疗质量。科室在“三甲”医院评审中获得了好评和肯定，同时得到了社会各界的肯定。科室获得患者赠送锦旗6面，获得2018年昌都市“三八红旗集体”“先进助产机构”和昌都市人民医院“先进科室”等荣誉。

“输血”不如“造血”，通过传、帮、带、教，着力培养一支带不走的妇产专业医疗队伍。我帮带科室3位医生，为每位医生制定了协议书、培养目标和保障措施。一是理论教授，二是在临床实际工作中传授先进技术和经验。点对点教授手术要领和手把手教授手术技法，做到放手而不放眼。本着对医生和患者高度负责的态度，让医生有动手机会的同时能够得到充分的技术指导，医生的动手能力得到提升，同时患者的权益也能够得到最大限度的保障。我帮带的王承琴医生从不能手术主刀到能作为住院总医生带下级医生手术和诊疗，我帮带的措姆医生从不善于发言到能在科室讲课。

由于当地各种因素，大部分孕妇未做规范化的产前检查，导致高危妊娠和危重症患者增加。一天，科室收治了一位重度子痫前期、妊娠37周、双胎、高龄初产（40岁）的病重藏族孕妇。她来自离昌都市200多公里的牧区，头痛头昏十多天，双下肢水肿1个多月，血压高达180/120mmHg，询问病史得知妊娠期未做过规范的产前检查。这是第三次妊娠，前两次妊娠均自然流产。因此这次妊娠生产尤其珍贵。根据患者的病情和实际情况，我们给予即时降压、解痉、镇静等积极抢救治疗，但病情控制不理想。为确保母儿安全，决定尽快剖宫产终止妊娠。当时手术存在很大的风险，血压高可导致凝血功能障碍大出血，双胎子宫较大可能导致子宫收缩不良大出血等不良并发症。为此，我们做好了备血止血助宫缩等准备。我和我带教的王承琴医生给孕妇施行了剖宫产手术。术中，虽然出血和子宫收缩欠佳，但通过术前的准备和即时正确的处理，手术成功完成。由于妊娠合并高血压导致胎儿缺血缺氧发育不良，分娩的两新生儿均窒息，其中一新生儿体重仅1200g，经过儿科医生的积极抢救后，转儿科继续治疗。术后给予产妇精心监护治疗，病情逐渐好转。最后母子三人健康出院。类似的情况在我们的科室经常发生。为此我结合当地实际情况在妇产科大力开展孕期的宣教工作和规范化的产前检查。通过讲座和培训以及在临床实际工作中带教科室医生规范化的产前检查，以减少妊娠期的并发症和出生缺陷，降低孕产妇、围产儿死亡率，实现“两降一升”的目标。

在援藏工作期间，我时常感头痛、头昏、胸闷、胸痛和失眠等不适症状，检查发现脑部有多发腔梗和缺血灶，血压升高到必须口服降压药治疗的程度，但我仍坚持继续援藏工作。为了雪域高原的妇幼健康，我无怨无悔，深感无比的光荣和自豪。援藏工作是我从医工作以来最有收获和最难忘的岁月。

我的援藏故事（三十）

重庆市妇幼保健院　沈红霞

2017 年 12 月，在雪域高原最缺氧、环境最恶劣的季节，我积极响应国家号召作为第三批组团式医疗援藏队的一员来到了昌都市人民医院超声科工作。初到高原经受着胸闷气短、心跳加快、头痛、夜间失眠等种种不适，经过 2 天的休整，我立即投入日常医疗工作中。

入科第二天，积极参与科室二线值班，目前为止累计值班 70 多次。由于科室大部分一线医生工作年限短，临床经验不足，夜间不能独立完成心脏、血管、浅表等部位的检查项目，而藏区很多患者受路程和交通的影响，常常是夜间就医，往往这种患者病情均较危重。为了防止一线医生漏诊、误诊，我在科室特别强调夜班过程中对于危重症患者无论多晚一定要叫二线。犹记得 2018 年 7 月 14 日夜间 11:50，已经休息的我接到电话："沈老师，快点，有一位很严重的患者。"受检者为一位 55 岁男性，因呼吸困难、全身水肿、血压高就诊，急查心脏、肝胆胰脾双肾、腹腔，检查发现受检者心脏大量心包积液，差点心包填塞。我及时与急诊科医生沟通，患者得到及时对症治疗。会诊完回到家已经凌晨 2 点多了。像这种夜间急会诊在这边是常事，虽然睡眠时间减少了，但心里更踏实、更欣慰了。

前期摸底，临床调研，发现科室床旁机配备有小儿心脏探头，但一直陈放箱底从未被使用。入科第二周，我发挥专科特长，积极推行超声检查新项目"新生儿床旁头颅超声检查"，将科室仪器设备有效应用于临床。让我没想到的是，第一个受检新生儿就是严重的缺血缺氧性脑病患儿。为了尽快培养当地医生胜任这一检查项目，我做了关于“新生儿头颅超声检查”的PPT讲课，制定了小儿床旁超声检查报告模板，对学员实行“我做你看，你做我帮”的手把手带教。受检者多，我也尽量让学员自己动手操作，常常做完后已经下午6点多了，出完报告又一小时过去了。一年来，我已成功培养了两名学员。诊断疾病包括颅内出血、脑积水、脑白质软化、小脑蚓部缺失伴胼胝体发育不良等。新生儿床旁超声的开展也利于科室产前水平的提高，如一例产前胼胝体发育不良的胎儿，产前医生诊断脑室扩张，出生后头颅超声诊断胼胝体发育不良。在进一步CT证实后，我收集相关资料做了关于颅内结构异常的PPT疑难病例分析，给学员讲解诊断与鉴别诊断要点，提高了他们对颅内病变的进一步认识。这项新技术的开展得到了新生儿科医生的一致好评，现已成为我科的常规检查项目。

“杨老师来电。”电话铃声又响了，每天与妇产科陶老师、杨老师总有那么几个沟通患者病情的电话。“小沈，快到我们科室来，这个产妇很危急，怀疑子宫破裂。”情况紧急，看完手上患者，立即推上床旁机奔向妇产科。产妇子宫前壁下段肌层破裂，胎儿左侧肢体位于腹腔内，急诊手术证实。这是我从医以来遇见的第一例子宫破裂，记忆犹新。科室人手紧张，我主动承担了科内大部分的急诊床旁工作。一年多来，像这样的床旁急诊就是我工作的常态，如子宫破裂就碰到了3例，还有十几例的胎盘早剥、羊水过少，等等。

作为一名妇产超声专长医生，承担了科室大部分妇产超声的检查工作，帮扶的重点也以妇产超声为主。针对产前检查，我制定了知情同意书，统一了报告模板，增加了与妇产科相关的危急值项目。实时带教指导学员产科操作手法，讲解检查注意事项，点评学员采集的图像质量，提高他们对产科图像的标准化认识。我给全科开展产科及妇科相关学习讲座，主要是从妇科基础、产科各部位的标准切面入手规范诊断思路。经过我一年多的帮带，各学员认识了产科检查的标准切面，掌握了不同孕周的检查重点，不再害怕做腔内超声检查，提升了临床医疗对妇产超声的信任度，为将来开展产前大排畸打下坚实的基础。

2018年7~9月，科室在岗医生人员少，患者与体检人员多，每天上午至少加班1小时、下午至少加班半小时。无论加班多晚，我都会坚守到最后一位检查完才离开科室。2019年我院首次承担了昌都市征兵体检工作，我牺牲周末休息时间，连续上班半个月，与本地同事完成了300多例的体检。此外，我利用周末完成了昌都市小儿先天性心脏病免费筛查100多例。生活中，我与藏族同事团结互助，互帮互爱：茶马艺术节期间主动帮达瓦医生承担一线夜班的工作，让她有时间回家看望小孩；科内医务人员小孩住院，组织全科过去慰问；等等。

在每天忙碌的工作中，时间过得如此之快，转眼在藏只剩下2个多月了。想想这一年多，最难的是什么？我觉得不是条件的艰苦、工作的繁忙，而是对亲人的思念，对家里小孩的牵挂。但每当看到藏区受检者那一张张淳朴、善良充满信任的脸庞，检查完后充满感激的双眼，我觉得我的选择是对的，一切都是值得的。

手术室里的援藏故事

重庆三峡中心医院　高德胜

2017年12月，受重庆市委、党委组织部、市卫生计生委及重庆三峡中心医院的选派，我作为重庆市第八批援藏干部暨第三批组团式医疗援藏队的一员来到西藏昌都市人民医院开始了一年半的医疗援藏工作。在这一年半的援藏工作中经历的事件仍历历在目，印象深刻，先与大家分享一下。

刚入藏时入眼的是天堂般的美景，蓝天丽日，皑皑雪山，一派人与自然和谐相处的景象，但身体却感受到缺氧、空气干燥带来的不适，头疼、失眠、流鼻血。忍受着身体的不适，我毅然以饱满的热情积极投入医疗援藏工作中。

我记得2018年1月的一个晚上，我正在宿舍休息，突然接到麻醉科打来的电话，有一个产科手术患者需要我到科室协助处理。赶到科室后了解到，患者是一位30岁孕妇，妊娠高血压疾病，重度子痫前期。在蛛网膜下隙麻醉下行剖宫产手术，胎儿取出后，产妇出现咳嗽，咳出带有少量血丝的泡沫痰，自觉心慌、呼吸困难，面罩吸氧下血氧饱和度为82%，值班医生不知如何处理。我听诊双肺明显的湿啰音，结合患者的病史及临床表现，考虑患者为急性左心衰，立即调整手术床为头高位，同时给予强心、利尿、扩血管等处理。20多分钟后患者自觉症状消失，面罩吸氧下血氧饱和度升到99%，手术后患者安返病房。这个病例让我意识到，科室麻醉医生对于心衰患者的诊断、处理的临床经验还很欠缺，需要加强培训。第二天下午，我就对全科医生进行了产科麻醉的相关理论培训。

2018年3月6日，脑外科一例1岁零11个月患儿脑内巨大脓肿，急需手术引流减压。既往小儿手术昌都市人民医院开展比较少，麻醉科医生对小儿手术麻醉管理经验比较欠缺，对于这个小儿的手术本院医生有顾虑，他们建议转院治疗。脑外科援藏专家马颖教授征询我的意见。我认真评估患儿情况及科室的医疗条件觉得可以在本院手术，最后在做好了充分准备的基础上，麻醉科和脑外科医生密切合作，顺利完成了手术。手术后患儿恢复良好，痊愈出院，家属非常感激我们援藏医生。这个手术后，我又对科室麻醉医生进行了小儿麻醉的专题讲解，提高了科室麻醉医生对小儿麻醉的风险评估及术中麻醉管理的能力。

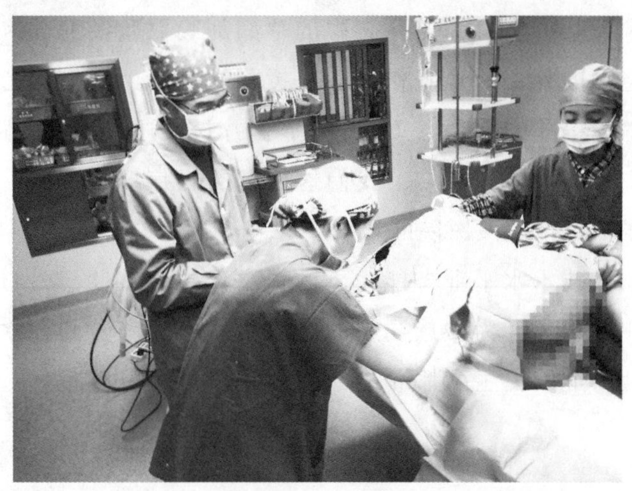

2019 年 4 月 18 日晚上 12 点 36 分，医院易文强院长给我打电话说有一个 3 岁小孩误吞了一颗 3cm 的钉子，需要急诊取食道异物。我立即起床和易院长赶到医院，了解到患儿是从察雅县过来，在外院做了 CT。CT 提示：食道金属异物位置平颈 5 - 胸 1 椎体。易院长立即组织麻醉科、五官科、胃镜室医生会诊，考虑到我院没有小儿胃镜，成人胃镜可能无法进入小儿食道，五官科也没有软镜，硬镜取食道异物有一定的困难。再次仔细阅读 CT 片仍不能明确异物的形状，建议做一个平片明确异物的形状。快速做了胸部平片，发现食道异物为一圆环状的金属片，位于食道入口位置下。最后，在手术室内静脉麻醉下由我用插管钳顺利取出了这个折磨了患儿 6 小时的金属片。

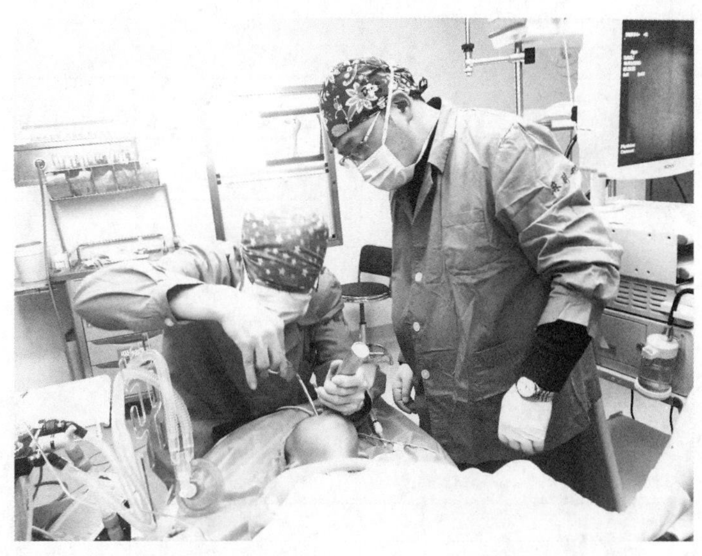

发生在手术室里的故事很多，有迎接新生命的惊喜和欢乐，有为抢救严重受伤的藏族同胞的紧张和担心，有为抢救严重大出血患者急需输血而又无法及时输血的着急和无奈，也有为胎死腹中的孕妇剖腹取胎的悲伤和动容。所有这些在内地很少遇见的病例，让我作为一名援藏麻醉医生感到很心疼，让我更加深刻地认识到医疗援藏的重要意义，感觉到医疗援藏还有很长的路要走！

不久，我们将离开昌都，结束我们这一批的医疗援藏任务。回顾这一年半的工作，经历了昌都市人民医院的“三甲”创建工作，参与了科室的学科建设，麻醉科逐步发展，技术水平业务能力不断提高，感到很欣慰。自己为西藏医疗卫生事业所做出的贡献，为藏族同胞的健康所付出的辛劳和汗水而感到无比的骄傲和自豪。我将继续关注昌都市人民医院麻醉科的建设和发展。

不忘初心　建功高原

重庆市第五人民医院　李兴贵

2017年10月，我报名参加重庆市第三批组团式援藏医疗队并顺利通过筛选。当顺利通过体检，我既兴奋又矛盾，自己有高血压、支气管炎，能适应高原环境吗？母亲刚诊断尿毒症需要长期血液透析，谁来照顾？女儿刚大学毕业，工作怎么办？爱人说：“想去就去吧，家里我会照顾好的。”女儿说：“我会照顾好自己，你放心去吧。”单位领导说：“你家里的困难我们会给你解决好，你就安心去吧。”男儿有泪不轻弹，那一刻我泪如雨下。

2017年12月10日，我告别了家人，起程入藏，开启了自己一年半的援藏征程。当飞机降落在拉萨贡嘎机场的时候，我明白了什么是高原反应——头涨头痛、胸闷气喘，明白了什么是失眠。当昌都市人民医院领导给我们援藏医疗队队员献上洁白的哈达并说“欢迎你，来自重庆的专家”的那一刻，我明白了在这雪域高原，我不是驴友，我代表的是3300多万的山城儿女，代表的是重庆市第五人民医院，是重庆市第二批援藏医疗队的接棒人，是“老西藏”精神的传承人。

正是揣着这份荣耀，在拉萨经过短暂的培训后，我于2017年12月13日顺利到达昌都，18日到昌都市人民医院内一科，立即投入紧张的医疗工作中。我进病房第一天，第一次查房，通过详细的病史询问和仔细的体格检查，发现患者昂旺扎堆诊断有误，结合患者病史中有明显的神经根痛，有确切的感觉障碍平面，胸6以下痛觉消失，患者腰穿脑脊液异常增高，不支持急性横贯性脊髓炎的诊断。后经过昌都市人民医院胸椎CT检查，明确诊断为脊髓压迫症，病因为胸7～10椎体结核并椎旁冷脓肿，给予抗结核治疗。我组织全科对该病例进行病历讨论，并对造成早期诊断错误的原因进行了分析：一是脑脊液蛋白异常增高未进行分析，造成患者病因诊断错误；二是未对感觉障碍平面进行准确定位，造成早期检查部位错误。通过该病例，当地医生对脊髓病变的诊疗能力明显提高。

昌都市委组织部对我们援藏医疗队员高度信任，于 2018 年 1 月正式任命我为昌都市人民医院内一科主任。入科以后我充分了解科室现状。内一科包括消化内科、呼吸内科、神经内科。人员方面，我刚入科时科室有医生 9 名，具有执业医师资格的医生只有 7 名。神经内科没有肌电图、脑电图、TCD；呼吸内科没有呼吸机、肺功能仪；内科系统分科不细，不能体现专病专治，大部分医生均为全科医生，专业特点不突出。根据以上这些特点，我立即制订昌都市人民医院内一科 2018 年工作计划，针对科室存在的问题开出来“处方”，确定神经内科专业组、消化内科专业组、呼吸内科专业组人员名单，制订详细的专科医师培训计划；落实医疗核心制度，重点强化病历书写制度、三级医师查房制度、危急值处理制度、交接班制度、抗生素分级管理制度；组织全科人员进行各种规章制度、诊疗常规、“三甲”创建应知应会知识培训以及应急演练；针对昌都市离医疗条件较好的重庆、成都、拉萨市距离较远，危重症患者转运困难风险高的实际情况，有针对性开展了急性脑卒中、急性呼吸衰竭、急性上消化道大出血诊治流程培训及应急演练。通过上述培训，科室医师对危重症患者的抢救能力明显提升。2018 年 1 月，科室收治 1 名才上高原的武警战士，咳嗽咳痰伴严重呼吸困难，经检查诊断为重症肺炎、感染性休克、急性呼吸衰竭、高原肺水肿。我立即组织全院会诊，制订患者的治疗方案，并通过与重庆医科大学附属第一医院远程会诊、无创呼吸机使用、胸腔闭式引流等先进手段，使该患者得到成功救治。

我坚持精益求精，不放过一丝一毫的诊断线索。2018 年 9 月 3 日，门诊来了一个 35 岁的女性患者，头痛、头晕、步态不稳。门诊做了头颅 CT 检查，报告是：颅内未见确切异常。我带领当地医生重新阅片，发现有脑水肿，脑室扩大，初步估计患者后颅有不典型占位性病变，建议患者做增强头颅 CT。检查结果是后颅内肿瘤。因为发现及时，没有耽误患者的最佳治疗时间。

克服困难，坚守高原。2018 年 7 月，因保健任务外出各区县连续坐车 11 小时，在从芒康曲孜卡乡回昌都的路上，我出现胸闷、头昏，走路都很困难。回到医院做心电图检查提示频发室性心律失常。后回内地进一步检查，没有发现有器质性心脏病，考虑为劳累所致。单位同事劝我不要再去西藏了，家属也希望我留下，万一再发怎么办？但是考虑到昌都市人民医院神经内科发展需要我、藏族医生期盼我，自己还是坚持去了，面对现实的艰苦，我无怨无悔。

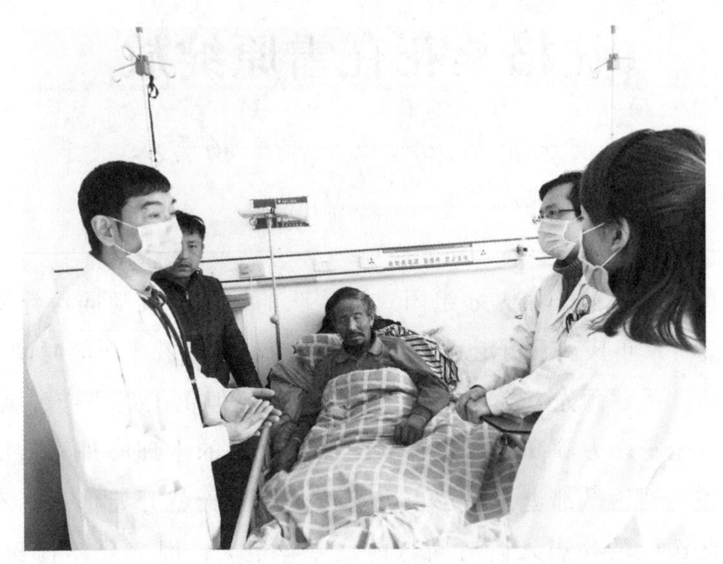

让格桑花在雪原绽放

重庆市第五人民医院　杨雪梅

作为重庆市第三批医疗人才组团式援藏队的一员，我随同医疗队其他队员于 2017 年 12 月从重庆启程开赴西藏昌都。这是一年中最寒冷的时候，雪域高原最缺氧的季节。虽然预先有心理准备和防范措施，但仍出现心慌、胸闷、头痛、眼痛、恶心、全身乏力等高原反应症状。面对严重的生理心理不适应，我毅然放弃休息调整，到达昌都进入昌都市人民医院第三天就开始值班。不要小看这个值班。藏区医院的病患入院时间与内地差异很大，因为受路程和交通影响，病患大多是晚上入院，加之病情受耽误情况多，入院就是危重，因此患者就诊、手术经常在深夜，通宵达旦变成家常便饭。“虽然很辛苦，但是工作很有意义。”“在西藏工作要克服很多困难，但我把登上雪域高原，为提高当地人民的医疗卫生水平努力工作作为我人生一次难得的历练。”

对口支援的昌都市人民医院，在妇科的业务发展上迫切需要医疗帮扶。我的前往，受到了他们极大的重视，被任命为妇产科副主任。这一任命意味着要扛起旗帜，带队尽快填补当地妇科疾病诊疗的空白。依托扎实的临床技术，我带领藏族团队开创了多个昌都市人民医院的第一例：第一例腹腔镜全子宫切除手术、第一例盆腔淋巴结取样术、第一例子宫橄榄式缝合、第一例脐周三孔腹腔镜手术、第一例子宫改良 B－Lynch 缝合……“输血”不如“造血”，我反复强调着这句口号。援藏之初，我就明确了自己的角色定位——配角。遇到妇科治疗的空白区，我会冲在第一线，然后分层教学，从主刀、助手的手术路径和操作技巧，到低年资医生辅助手术时的注意事项。我带的徒弟大都年长于我，但她们都愿意当年轻老师的徒弟。我常常鼓励她们。这些鼓励使大家更加团结，更加自觉地努力学习，让新技术早点落地。

在西藏工作，更多的故事来自心灵上的感触。2018 年 1 月，入藏刚好一个月，这是个令人难忘的日子。产房的一名藏族产妇胎膜自然破裂，胎心突然出现异常，检查时发现胎儿的头前有一条搏动的条索状物。经过诊断，果断判定是“脐带脱垂”。一旦没了血供，胎儿几分钟内就会窒息死亡。来不及片刻犹豫，助产士保持半跪姿势，手伸入阴道托住胎儿头部缓解压迫。我努力克服着高原反应，飞跑着护送产妇进入手术室，与麻醉科医师密切合作，争分夺秒，几分钟后取出了新生儿。整个过程虽然非常紧急和紧张，经过与麻醉科、儿科的联合抢救，新生儿转危为安。又是 2018 年 1 月，47 岁的藏族妇女被异常阴道流血困扰了 1 年多，此次入院较前更严重，重度贫血，血红蛋白 38g/L，经过检查发现是患者子宫内有直径 10cm 的瘤体导致异常阴道流血。针对患者的具体情况，我们为患者实施了腹腔镜下全子宫切除术。术中发现子宫增大，宫颈管内突出直径 10cm 的瘤体，增加了手术难度。但为了患者的健康，我克服重重困难，成功实施了手术。本次手术是昌都市人民医院妇产科开展的第一例腹腔镜下全子宫切除手术，开创了昌都市人民医院的一个先河，标志着昌都市人民医院妇产科微创手术水平再上一个新台阶，不仅填补了昌都市人民医院的空白，更为昌都市人民群众的健康做出了不可估量的贡献。

“孕妇有危险……” 120 急救电话急促响起，左贡县孕妇急需转到昌都市人民医院妇产科救治。情况紧急，我立刻与同事一起赶往左贡。一路都是盘山公路，人就像在洗衣机滚筒里不停转动，晕车得厉害。我和当地同事行驶了 3 小时，才接到这名孕妇。强忍住晕车带来的眩晕感，立刻指导将孕妇小心地搬上救护车。一边采取急救措施，一边赶回医院。在众人努力下，孕妇脱离了危险。那时候，我觉得晕车、高原反应等不适都不值一提了。生命无常，在一次次和死神的交锋中体现医生救死扶伤的价值和天职。

21 岁的藏族孕妇，被送到医院的时候面色苍白，剧烈腹痛，大量的阴道流血，未闻及胎心。诊断为胎盘早剥，子宫破裂，失血性休克，死胎。为此，我深夜赶回医院帮忙，立即启动危重孕产妇绿色通道，积极地纠正失血性休克，积极地手术，认真分析患者的病情，结合以往的经验，最终决定为患者保留子宫。当所有的治疗措施实施以后，面对患者转危为安，才发现汗水已经浸透了衣衫。经过精心的治疗，这位藏族同胞痊愈了。出院的时候，她给我们敬献了洁白的哈达：“谢谢！你们不仅是救了我，更让我感受到了藏汉一家亲的深厚情谊。”

这些由我主导的抢救、手术，不仅使我获得了成就感，还有一种平凡的力量在我的心里扎下了根——每一次不遗余力的抢救，每一次普通的查房，即便是在街边邂逅，每一个藏族同胞的双眼里，都有对医生的信赖和崇敬；每一条洁白的哈达，敬献给医者时都是双手合十、举过头顶，这是对医生的信赖和崇敬。

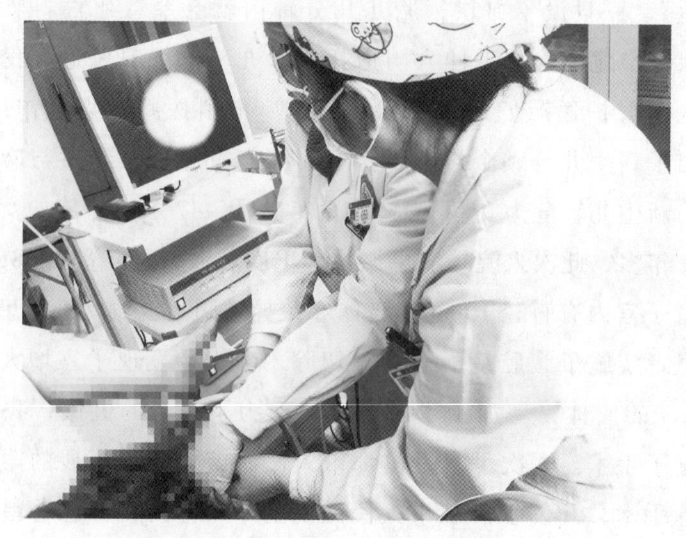

手把手教授徒弟宫腔镜

履行医务工作者救死扶伤、治病救人的光荣使命，守护藏族同胞的健康，将医者敬业无私传递给藏区百姓，栽种雪域高原最美的医疗之花——这是我作为一个援藏医生的最高目标。受得了清苦，耐得住寂寞，援藏是一种经历，更是一笔人生财富。一次援藏行，一生雪域情。远离内地的高原之行，磨炼了意志，锻炼了个人品格，净化了自身的心灵，充实了平淡的人生。

山高挡不住人行路，水急难不倒人撑船，我将像格桑花一样，扎根科室，笑对风雪，坚持不渝，漫山绽放。

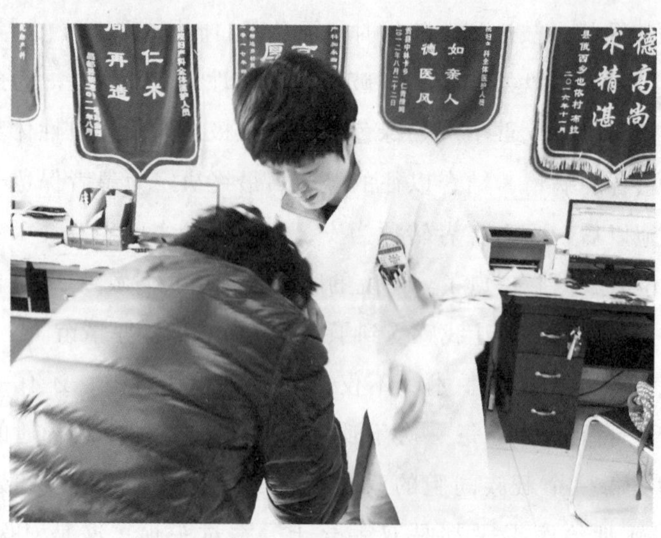

患者家属献上洁白的哈达

牵住“牛鼻子”做好“领头羊”造福那曲人

大连医科大学第一临床学院　马灵斐

2017 年 10 月，经辽宁省委组织部选派，我有幸成为辽宁省第三批医疗人才组团式援藏队一员并担任领队，来到美丽的雪域高原那曲市，任市人民医院党委副书记、院长，开展为期一年半的援藏工作。在领导和同志们的关心、关怀下，我认真践行“当那曲人、访那曲情、做那曲事”的工作要求，通过强化创新理念，围绕中心工作，着力夯实那曲市人民医院技术能力、基础建设和服务水平，把单纯的资金援藏转变为知识援藏、技能援藏、制度援藏、管理援藏，较好地起到了“领头羊”和“传、帮、带”作用，完成了组织交办的各项工作任务。在第三批援藏队员的共同努力下，2018 年上半年，那曲市人民医院门急诊量为 61273 人次，较 2017 年同期增长 8086 人次；出院人数为 4747 人次，较 2017 年同期增长 525 人次；手术例数 484 例，较 2017 年同期增长 93 例。

强化责任意识，不断提高自身素质

一年来，我严格按照辽宁省委组织部和那曲市委组织部的要求，强化责任意识、大局意识、服务意识，不断提高自身修养和道德品行。一是密切同当地干部群众的关系。通过理论政策学习，不断提高自身理论素养，掌握民族政策，密切自己同本地干部职工及群众的关系。通过与领导、同事及群众谈心、学习、沟通思想，积极参加单位组织的各项活动，使自己很好地融入集体中，熟悉工作环境，在较短时间就进入工作状态，开展医院管理工作。二是积极参加党的学教活动。结合学习习近平治国理政教育活动及反腐倡廉教育活动，注重提高自身道德修养，认真践行“特别能吃苦、特别能战斗、特别能忍耐、特别能团结、特别能奉献”的“老西藏”精神，较好地提升了自身廉洁自律的思想修养。三是战胜艰苦恶劣环境。置身海拔 4500 米的雪域高原，我充分发扬“艰苦不怕吃苦、缺氧不缺精神”的优良传统，在低氧、低压、低温、大风等恶劣的高原环境中，战胜不可想象的恶劣气候，适应常人无法理解的习惯，克服头痛、失眠、鼻出血、心慌、心悸、血压升高等严重高原反应和饮食不适、语言不通等困难，任劳任怨，带领援藏队及医院干部职工顽强地开展援藏工作，锻造了自身艰苦奋斗的革命意志品质。四是树立良好的援藏干部形象。在藏期间我能够服从上级组织命令，听从指挥，严格要求自己，认真组织制定并遵守辽宁省第三批医疗人才组团式援藏的各项规章制度，时时处处在援藏队员和当地干部职工及群众面前树立党员的优秀形象，同藏族干部一道开展工作，深入一线科室开展调查研究解决实际问题，在藏族同胞面前展现了辽宁援藏干部的工作水平、思想品质和良好的精神风貌。

履行岗位职责，全力开展援藏工作

我刚来到那曲就接受了一项艰巨而光荣的历史性任务——带领援藏干部和全院干部职工共创“三甲”。面对这个几乎不可能完成的任务，我用自己的努力将其变为现实。工作中，自己通过牵住“牛鼻子”，突破工作难点，狠抓工作重点，围绕中心工作，大力开展五方面工作。一是解决医疗设备不足问题。积极向辽宁大后方争取2000万元设备资金，购置1.5T超导磁共振、128排CT等医疗设备77台（套）。二是强化医院管理体系建设。从医疗、护理、院感、设备、应急、行政后勤等体系建设入手，组织全院范围的体系建设培训，从基础抓起，明确分工，紧密配合，实现医院管理的制度化、科学化和规范化。多次那曲突发公共卫生事件的处置，自己担任医疗救治组组长，成功检验了医院管理体系分工合作、整齐划一、机动高效的管理模式及应对突发公共卫生事件的应急反应能力，得到了国家及自治区内外专家的一致好评。三是在西藏率先开展外包服务项目。通过签订医学装备和后勤服务外包协议，实现医学装备管理社会化、后勤服务管理社会化、医疗设备管理信息化、设备管理质控规范化，彻底解决医院管理的老大难问题。四是柔性引进援藏专家指导创评。积极争取辽宁大后方的经验与技术支持，通过柔性引进19名医疗管理专家进藏开展四个月援助工作，全力解决医院创建“三甲”工作中遇到的瓶颈问题。五是提高医院内涵建设。通过“以院包科”“师徒帮带”等方式，提高医院整体技术服务水平。一年来，医院共获8项自治区科技计划项目；100余项新技术、新项目填补那曲空白；首篇SCI文章发表，让世界知道“那曲诊治经验”；在国际学术交流会议上发言开创了那曲历史；首届“羌塘医疗学术论坛”成为世界上海拔最高的“医疗学术论坛”；全国医院品管圈大赛西藏自治区唯一晋级决赛的三级医院，荣获护理专场一等奖；首届国际医疗质量与安全高峰论坛 &QCC 大赛获得铜奖……

统揽行军路线，圆满完成创建工作任务

经过近一年的积极努力，辛苦的付出得到了可喜的回报。2018 年 8 月 16 日，那曲市人民医院圆满完成“三甲”初评；9 月 22 日，那曲市人民医院顺利通过“三甲”终评现场评价阶段。下一步将带领援藏队和全院干部职工，全面进入“三甲”评审反馈会上和现场评价时评审专家提出的各项整改建议意见的问题整改阶段。制订整改工作方案，全面细化责任分工，将问题整改落实到分管领导、责任科室、具体人头，限期整改到位，如期完成“三甲”创建工作任务，为把那曲市人民医院建设成为世界上海拔最高且最有温度的医疗服务中心贡献自己最大的力量。

悠悠援藏路　深深医者情

记锦州医科大学附属第二医院李春山

走进那曲市人民医院三楼院长办公区，经常能看见其中一扇门敞开着，里面时不时传来洪亮的嗓音在下着指示，间或有亲切的交谈声，声音的主人就是锦州医科大学高原疾病研究中心主任，现任那曲市人民医院副院长李春山。自2013年7月援藏至今，他先后担任那曲地区卫生局副局长、那曲市人民医院副院长、辽宁省首批医疗人才组团式援藏队队长，荣获西藏自治区民族团结进步模范个人、优秀援藏干部等称号，受到了中央组织部、西藏自治区、那曲市广大干部群众的一致好评。

“要是不为藏北同胞们做一些什么，我就不走！”

“冰川绝壁也高歌，雾涌云翻飞瀑多。异草奇花铺锦绣，神来之笔挽天河。”这里是美丽而多情的那曲，这里是万事万物都有灵魂和故事的那曲。但与这里的美丽与灵性相对应的，却是青藏高原恶劣的生存环境，气温低、日照强、空气稀薄、大气干燥、日温差大。作为辽宁省第七批援藏干部之一，初来乍到的李春山不禁感慨：“天是那么蓝，云是那么低，水是那么清澈，可氧气却那么少。话不能一气说完，睡觉是半梦半醒之间，连吃饭都成了体力活——吃一会儿还要歇一歇。”

“那曲苦、阿里远、昌都险”，出发时的豪情满怀似乎渐渐被稀薄的氧气冲淡了。时任那曲地区卫生局副局长的李春山发现，那曲的艰苦远远超过了自己的想象。这里九月中旬就可能下雪，冬季的氧气含量更低，最低的时候只有海平面的18%，忙碌的医护人员们在医疗环境、设施十分有限的乡镇卫生院中，一边忙碌工作，一边不时发出喘息声。他刚上任不久，那曲县突发麻疹疫情，李春山和自治区人民医院儿科专家匆匆赶到那曲地区人民医院，他一眼就看到孩子们红扑扑的脸蛋上露出的痛苦神情和一双双透着期盼的大眼睛……而让李春山心灵受到更大震动的，却是一座特殊的墓碑。在那曲西山烈士陵园，李春山看到了李艳杰的名字。她是辽宁赴藏医疗队队员，40 年前的 8 月 13 日，为了抢救难产的藏族妇女，她在骑马过河时被暴涨的索河水冲走，牺牲时年仅 19 岁……李春山深深地三鞠躬，表达着内心对援藏先烈的崇高敬意。回想着两次报名援藏此次终于圆梦那曲，李春山不禁再一次陷入了深思：我做什么来了？我能干什么？我应该留下些什么？感到任重道远的李春山暗暗下定决心：要是不为藏北同胞们做一些什么，我就不走！

“无论你是谁，无论你在哪里，只要我在那曲，我就做你生命健康的守护者！”

进行高难度手术，开展惠及藏区百姓的义诊，大刀阔斧进行医院各项工作改革……为了改善和提高那曲医疗卫生情况，李春山一直在努力。

一天，李春山突然接到那曲地区人民医院打来的告急电话，原来罗马镇的患者泽吉因肠梗阻坏死穿孔而突发腹部剧烈疼痛急诊入院，当时血压 60/20mmHg，心率 210 次/分以上，已经出现休克症状，情况十分危急！刚刚到岗不久的李春山当机立断，立即召集外科、麻醉科、呼吸科、循环科、重症科等专家紧急会诊。经过认真讨论，制订了一份详细的手术方案，并立即为泽吉实施了开腹手术。这是一台风险较大的手术，即使在内地，手术成功率也不高，李春山着实为患者捏了一把汗。奇迹出现了！医疗队竭尽全力，最终成功救治了这名 39 岁的患者，赢得了这场与死神之间的赛跑！患者家属十分激动，他们亲手向李春山和医护人员们献上金色的哈达：“谢谢你们！如果没有你们医疗队，就没有泽吉这次的重生！”

李春山时刻心系着藏区患病百姓，多次组织大规模义诊活动。其中最难忘的一次是在 2015 年 6 月，李春山带领由援藏专家组成的医疗队，先后在敬老院、寺庙和县城进行了为期四天的义诊活动。他们先是一路颠簸抵达索县敬老院义诊，为孤寡藏族老人进行身体检查，普及医疗健康知识。很多老人在检查时眼含热泪，双手合十并不停地念诵经文表达感激之情。临别合影时，年过八旬的嘎珍老人要把自己的凳子让给专家坐。挥手，挥手，离别之际，老人们一直挥着手，直到医疗队的车子在视线中渐渐消失……第二站，他们抵达了有“小布达拉宫”之称的赞丹寺，寺中僧侣们闻讯纷纷赶来。义诊期间，医疗队听说镇上的索央老人患有很重的心脏病，专程奔赴老人家里。在细心检查后，他们为老人发放药品并提出诊疗方案。索央老人紧紧拉住李春山的手，不断地让她的女儿给大家斟满香浓的酥油茶。最后，医疗队奔赴索县周边地区，当天就为300多名藏族同胞进行了义诊。当义诊接近尾声时，当地干部找到李春山，他说明天还有近200名群众闻讯从周边乡下赶来。李春山二话不说，当即决定将原定三天的义诊延长到四天，只为让更多的患者能够接受诊治，为藏区患者送去福音。

那曲被称为“世界屋脊的屋脊”，队员们到那曲之后普遍都有高原反应。作为这支队伍的“领头羊”和“主心骨”，李春山无微不至地照顾着医疗队员们的生活。他亲自安置队员住宿，安排氧气备用，每晚都巡视、安抚队员。有的同志因高原反应头疼、活动不便，他就把饭端到他们的房间。除了生活上的关心照顾，李春山还要求队员们讲政治、讲团结，守护那曲、无愧使命，发挥技术优势和特长、精心服务广大藏区群众，深受医疗队员们的敬佩和拥戴。与队员们一样，很多援藏干部们也十分信任李春山。一次，水利局援藏干部刘显波陪同黄河水利委员会专家下乡考察，途中突遇冰雹，车子滑滚下十余米深的沟里。事发突然，李春山在接到辽宁省第七批援藏干部领队地委许世赢副书记全力救治的指示后，马上积极沟通协调救护车，建立了一条绿色通道，组织援藏专家等待患者入院。当担架上的刘显波见到李春山后，一把抓住了他的胳膊，说：“春山，救我！”李春山紧握着他的手给他鼓励。通过及时救治，刘显波转危为安，李春山也松了一口气：“没有辜负他对我的信任！”

在那曲市人民医院，李春山还进行了大刀阔斧的改革。工作伊始，他就马不停蹄地投入调研中。通过座谈和走访，他全面了解医院在医疗护理、人才建设、医疗设备配备、综合管理等方面的基本情况和存在的问题。他决定进一步在医院建章立制，促使医院各项制度规范执行。通过建立专家诊室、增加收费窗口、设立导诊台，明显优化了门诊流程和服务；通过组织医疗专家参与医疗质量和医疗安全检查，大力提高和保障了医疗技术水平；通过推行机关后勤人员“三送三下”活动，实现了“服务临床一线，把时间留给患者”的目的；通过增加绩效考核指标，绩效奖金向临床一线和业绩突出员工倾斜，充分调动了医务人员的工作积极性。李春山参与主导的一系列措施让那曲市人民医院的面貌焕然一新，医疗水平和患者服务能力显著提升，医务人员的工作积极性得到很大提高。但李春山并不满足于此，在他的构想中，是要紧抓当前发展机遇，将三级乙等医院逐步建设成为三级甲等医院，这与那曲市人民医院“十三五”规划及医疗人才组团式援藏目标不谋而合。在上级党委政府的大力支持和市直有关部门协同帮助下，那曲市人民医院全体干部职工及第一、二、三批医疗人才组团式援藏专家抢抓机遇，迎难而上，于2018年底顺利通过三级甲等医院评审。

“我要为那曲卫生事业写下一个‘大命题’！”

就像那曲短暂而美丽的夏日一样，时间飞逝而去，李春山也越来越适应那曲的工作生活。他越来越意识到，必须在自己有限的任职期间内，为那曲医疗卫生水平的提升写下一个“大命题”。

结合那曲医疗卫生的实际，李春山首先提出，卫生援藏向基层和农牧民倾斜。这个想法，他在那曲卫生系统援藏工作20周年座谈会上向主管的专员普珍同志做了汇报，他建议改善乡镇及村医疗条件，建立专门的村医务室。李春山的构想得到了领导的大力支持。在李春山的积极奔走下，现在，那曲全市114个乡镇卫生院中已经有69家进行了“改扩建”，还有45家将在“十三五”期间完成。同时，为了切实保障广大农牧民群众的就医安全，李春山牵头制定了那曲市个体医疗机构的行医规范，并对全市所有个体医疗机构的审批、诊疗科目范围、从医人员资质、医德医风等进行全面核查整顿。无规矩不成方圆，那曲取缔黑诊所3家，限期整改11家，极大地规范了那曲个体医疗市场，最大化地保证了患者的利益和健康安全。

其实，在李春山的心里，还有一个更大的愿望，那就是为那曲留下一支“永远带不走的医疗队”。2015年7月，又一个好消息传来，党中央支持西藏的政策又出现重大利好，按照中央要求，由中央组织部、人力资源社会保障部、国家卫生计生委部署，医疗人才组团式援藏工作开始实施。李春山敏锐地意识到机遇来了！他积极沟通协调那曲、辽宁两地，根据那曲市人民医院实际情况和需求，组成了一支由20名辽宁医疗专家组成的队伍，由李春山担任医疗队领队并兼任那曲市人民医院副院长。当时，李春山三年援藏即将到期，但他放心不下藏区的患者，因为心中的“援藏梦”，毅然决然地选择继续留在那曲。这一留，又是三年。

在李春山的带领下，医疗队马上投入工作，迅速发挥了专家优势。他们不仅为当地开展了大量疑难手术诊治，并无私地将经验和技术传授给当地医生。李春山欣喜地看到，医院医护人员尤其是青年医生的学习热情被点燃了，医院内迅速形成了“传、帮、带”的氛围。也许今天播下的这颗小小的种子，未来能长成那曲医疗卫生事业的一片绿荫。

一次援藏行，一生援藏情。李春山说，他最爱看漫山遍野的格桑花开，因为它们“只许云天分野艳，不同梅李竞香尘”。李春山，用精湛的医术、高尚的医德和内心深处大爱无疆的精神，为那曲绘就了最美的春天！

2018 年 5 月 7 日，那曲地区撤地设市，故那曲地区人民医院同步更名为那曲市人民医院。

不忘初心　砥砺前行　我的医疗援藏路

大连医科大学附属二院　唐颖

我是大连医科大学附属第二医院病理科一名临床病理大夫，作为辽宁省第三批组团式援藏医疗人才，“以院包科”的代表，带着大连医科大学、附属第二医院和病理科对那曲市人民医院发展的嘱托，带着知识和技术，开始了自己为期一年半的西藏之行。

那曲位于西藏自治区境内，地处唐古拉山脉与念青唐古拉山脉之间，平均海拔 4500 米以上，高寒缺氧，气候干燥，全年大风日 100 天左右，年平均气温为 -2.2℃，最冷时可达零下三四十摄氏度。那曲与大连差异显著，直线 4000 多公里的距离，从零海拔的海平面到海拔 4513 米的青藏高原，从温湿的海洋气候到高原亚寒带季风区，远离家人、朋友和熟悉的环境，开启一段神奇的高原之旅。

医疗援藏注定会成为每一位援友一段不寻常的经历，带着故事来，书写人生的一段传奇。这里有连绵的雪山和牧场，这里有无止境的冬季和转经轮，这里有一群淳朴的藏族人民，这里的人们用淳朴而崇高的信仰看待生命、疾病和健康。带着党和国家对藏区人民生命和健康的关心和爱，我们一行 18 人，来到了这片净土。

2017 年 11 月，在坚持“同期轮换、压茬交接”的原则下，为保证医疗援藏工作的连续性，我们辽宁省组团式医疗援藏第三批队员提前反季进藏，第二、三批医疗人在那曲市人民医院对接各项工作，熟悉掌握总体工作计划、学科和科室建设、人才培养，重点对 2018 年即将进行的三级甲等医院等级评审工作进行工作交接，查漏补缺。11 月份，那曲低氧的空气中弥漫着燃烧不彻底的牛粪味，首次进藏的紧张情绪伴随着缓慢挪动的步伐，开启了我的援藏旅程。

2017 年那曲市人民医院病理科刚刚结束了 4 年的空白期，迎来了它的新生。截至 2019 年上半年病理科有正式职工 3 人，开展组织病理学诊断、高难度术中快速冰冻诊断、脱落细胞学（TCT）诊断（宫颈细胞学、痰、胸腔积液、腹水）、结核菌 DNA 检测、HPV 筛查及分型检测等项目，能够满足临床的基本诊疗需求。在辽宁省远程病理会诊平台的技术支持下，大连医科大学附属第二医院为那曲市人民医院的疑难病例提供保障，并为未来病理科临床新项目、新技术的开展保驾护航，成为那曲市人民医院病理科的坚强后盾，而我就是那根蓝色的纽带，带着那曲市病理走下高原，走向内地。

由于科室建设刚刚起步，而病理医生的成长周期较长，医生培养成为病理科发展的瓶颈。除了要完成日常病理诊断报告的签发以及科室管理工作外，2018 年在“三甲”医院等级评审的契机下，病理科室补充和完善的工作烦琐而细致，需要协调和沟通的工作应接不暇。学习管理，学习沟通，麻雀虽小，五脏俱全。经过初审、预审和终审三次大考，我带领病理科的孩子们接待十余批来自全国各地的评审专家，顺利地完成了病理科的评审工作。这是个自我学习、完善和提升的过程。科室医生们通过迎评准备及现场接待工作，待人接物不胆怯了，说话有自信了，他们的成长是我的骄傲。

在藏期间的另一项主要任务是留下一个带不走的病理科，不能因为援藏任务的结束而使病理科工作停滞。我的三位小同事拥有不同的学历、不同的工作经历、不同的知识背景和不同的性格。因人制宜，我有针对性地开展临床带教工作，采取“师父带徒弟”“专家带骨干”的形式，采取业务培训与理论教学相结合、实践操作与实验科研齐头并进方式，随时教授，每日晨读，每周专业授课，针对特色病种，使学员们能够掌握必要的临床诊治技能，为未来建立良好的“以院包科”协作关系、疑难病例会诊、新技术的开展、新人员的培训以及远程规范化培训教育等一系列工作提供良好基础。

那曲市地广人稀，全区约 50 万人口，肿瘤发病率低，疾病分布与大连有很大差别，日常病理技术操作在高原低氧、低压、低温等条件下出现了许多“高

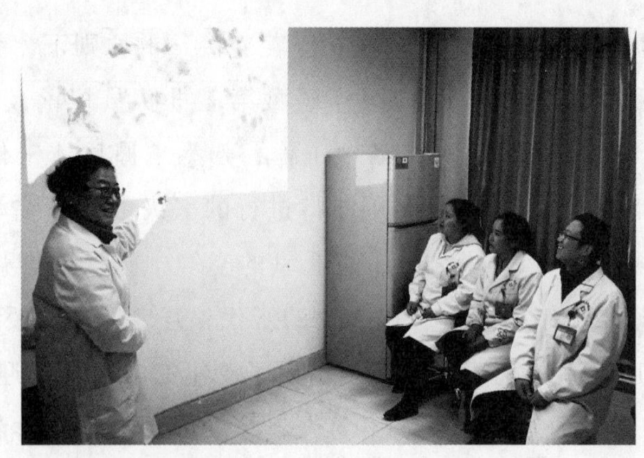

反”，需要克服重重困难，保证科室各方面质量控制管理。我带着小医生们一起做实验，一起寻找适合高原环境的技术条件。我们是师徒，我们是战友，我们是朋友。这里的常见病是阑尾炎和寄生虫病（包虫病）。第一天指导取材就取了一个脾脏的包囊。平生第一次，满满的震惊，哇，满满的‘果冻’是什么东西？每次在400倍镜下找到包虫原头蚴的兴奋，像寻宝一样珍惜，赶紧分享给大连的伙伴们，成就感爆棚啊。

平原的骏马并不具备高原雄鹰的高原适应力，缺氧带来的是身体的各种不适，代偿性呼吸加深、加快，代偿性血压升高、心率加速，血压飙到170mmHg，心率保持 >100 次/分的强劲有力的涌动，每天 4 ~5 小时睡眠不足，走路变成了有氧运动，有氧运动变成了海市蜃楼，不能跑，不能跳，不能大声说话，因为没有那么多氧气！这是一段生命和意志的考验。缺氧但不缺精神。既然那曲选择了我，我也将尽我所能将更多的知识和热情留在这里。

我们是一群医疗人，远离家人、熟悉的环境来到高原。这里有陌生的人，熟悉却又陌生的工作，陌生的环境，神秘的民族。家人的支持给了我坚强的后盾，千里迢迢来这里工作，我们留下了我们的存在，无怨无悔。

不忘初心，砥砺前行，身体力行，追逐我心。

厚德载物方为大医

记中国医科大学附属第四医院郭大伟

“我觉得作为一名医生，应该要德配其位。”郭大伟文质彬彬地笑着，一派大医风范。

郭大伟，1980 年出生，2009 年获得普通外科博士学位，中国医科大学附属第四医院普外科教授，主要研究肝癌发生发展的分子机制，擅长肝胆疾病及甲状腺疾病的诊治及微创治疗，精通普外科常见病、多发病的诊治；2018 年被自治区人民政府授予医疗人才组团式援藏首席专家，被西藏自治区卫生计生委授予先天性结构畸形救助项目复审专家，被那曲市人民医院评为首届中国医师节优秀医师。

医德崇高，妙手回春救含灵[①]

“我来援藏就发现，那曲血源太缺乏了，做同样的手术难度和风险都加大很多。”郭大伟感叹道。可尽管如此，能做的他都尽量去做。援藏一年多他亲自主刀手术近百例。让他最记忆犹新的是一位年仅 19 岁因车祸多发外伤入院抢救的女孩。

“郭老师，有急诊，情况紧急！”巴次急促的声音打断了正在给学员罗布讲病例的郭大伟。闻言，郭大伟立刻扔下手里的书冲了过去。

情况远比他想象的还严重，虽然已经进行了简单急救处理，但女孩此时已经面色苍白、呼吸急促，生命危在旦夕。迅速地判断情况：肋骨骨折、血气胸、失血性休克……郭大伟马上决定急诊手术。

“郭老师，没有血啊！转院吧。”有医生对郭大伟说。“不！来不及了！手术

① 含灵：出自（唐）孙思邈《大医精诚》“凡大医治病，必当安神定志，无欲无求，先发大慈恻隐之心，誓愿普救含灵之苦”，泛指一切众生。

室新到了血液回收设备，叫他们赶快准备好。”郭大伟冷静地说着，已经走进了准备间。

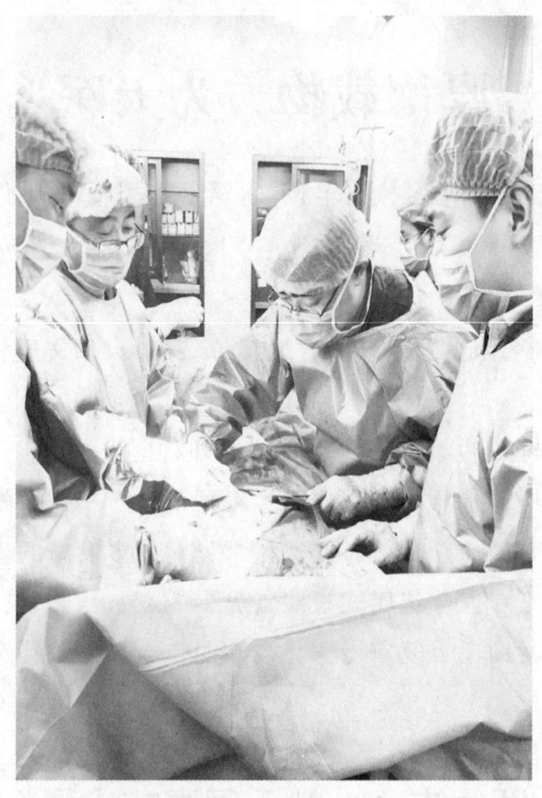

郭大伟抢救多发外伤女孩

经过胸腔闭式引流，患者的血气胸得到了缓解。郭大伟迅速剖腹探查，患者还存在脾破裂、后腹膜血肿、肠系膜破裂的情况，每一种都足以致命。他由衷庆幸患者没有转院，此时手术还有一线生机。升压药不断泵入患者的血管中，回收的患者血液也开始回输，给了郭大伟更大的信心。他找到患者破裂的脾脏，左手按住，右手小心而迅速地进行切割，最后接过器械护士递来的针线，亲自缝合创口，接着他寻找肠系膜上破裂的地方……

时间一分一秒地过去，巡回护士已经给郭大伟擦了三次汗。在她的手第四次伸向主刀医生的额头时，终于听到他松了口气的声音：“行了，手术成功了！”

患者在ICU进行了短暂的监护后又回到了普外科。每次查房时，郭大伟虽然听不懂患者说什么，但是看着她真挚的眼神和日益红润的脸庞还是觉得心里满满的成就感。

2019年3月19日，郭大伟成功救治一名67岁的肝癌破裂患者。患者入院时已因为腹部疼痛伴间断昏迷一天，严重失血性休克，面色苍白，浑身冷汗，血压已经低至80/50mmHg。此时收缩压甚至已经和正常人的舒张压相似，心率更是激增至120次/分。郭大伟综合评估后，为挽救患者生命，他冒着极大风险，立即剖腹手术。手术全程不到三小时，很快止住了腹腔大出血，成功将患者从死亡线上拉了回来。

问及援藏中最感动的时刻，郭大伟清楚地记得那是一位阑尾穿孔、腹腔脓肿、慢性腹膜炎的患者前来就诊。由于拖延时间太长，患者体内电解质严重紊乱、腹部肿胀如球，甚至已出现肠梗阻情况，水米不进。郭大伟在内地也没有遇到过这种病例。他与科室人员仔细讨论后，果断切除了患者已经完全坏疽的阑尾，反复冲洗腹腔脓液。手术顺利，患者很快康复了。他智障的儿子直着眼睛，流着口水，歪歪扭扭地走到郭大伟面前弯下腰去，用不灵活的手颤抖着捧着锦旗送到他手中，含糊地说着什么。那一刻郭大伟觉得，那锦旗似乎热得烫手，一直烫到心里去。

师德高尚，传道授业为解惑

“来的时候就听说要建立一支‘带不走的医疗队’。怎么建立？授人以鱼不如授人以渔。”郭大伟自豪地说，“说句不谦虚的话，我觉得我这点做得还是不错的。”郭大伟确实做得很好，他不仅仅是讲授理论知识，更是将手术机会给了科室年轻的医生。“他们未来是医院的中坚力量，他们能做得好，医院才能发展好。”郭大伟笑着说。

“将手术下放是很冒险的。他们如果出了医疗事故，责任都是我来负的。很少有人敢这么做。不过他们愿意学，我甘心负这个责任。”他不是简单地交给学员去做，而是每一台都亲自盯着，做好万全的准备，万一学员出现闪失，自己马上上去救台，绝对不能让患者的生命安全受到威胁。“手术医生的成长必须靠练，想做好‘传、帮、带’，那就要放手不放眼。我们的理念就是微创化、精细化，主要体现在腹腔镜的开展。用了腹腔镜之后术野扩大了，比开腹看更清楚，层次更明确，患者的损伤却更小，病灶处理也更好。”郭大伟说。在他的指导下，古加、晋美等一批年轻的医生已经能够完全掌握腹腔镜下阑尾切除等简单手术，罗布等老医生也取得了很大进步。

郭大伟很注重理论指导，在手术过程中穿插理论知识讲解，让带教学员知其然更知其所以然。郭大伟常说，有理论支撑，遇到没见过的复杂手术也不怕。

人体情况多变，手术医生不可能一辈子只遇到常规的手术，只有理论实际兼备，才能成为真正的医生。

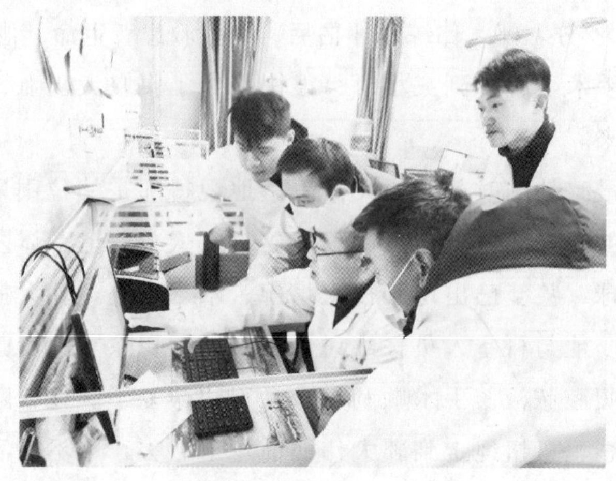

郭大伟进行科室授课

仁德无悔，责无旁贷援藏行

“我是主动申请来援藏的。”郭大伟说，“都知道西藏困难。不过我不来也有别的医生来，大家都有困难。何况我觉得我的技术在那曲会有用武之地。”听到选派外科援藏专家的消息，他毅然决然地报了名，家里也对他的决定表示支持。年老体弱的父亲虽然身体不好，却没有一句阻止，只说让他在外注意身体，家里不用操心。

走的时候，一向不善表达的妻子没有说什么，甚至没有来机场送他。可郭大伟事后从朋友处得知，他离开的那一晚上，妻子一直以泪洗面，第二天上班眼睛完全是红肿的。

“这一年我不在家里，对家人挺愧疚的。”郭大伟说，“去年岳父腰椎间盘突出，我只能请几个朋友去帮忙抬进手术室，我爱人在家一个人照顾双方老人，还要带孩子，真是苦了她。”

“来援藏后悔吗？”我问。

“我为什么要后悔呢？”出乎意料，郭大伟毫不犹豫地回答说。他知道家里需要他，但那曲更需要他这样的人。他来了，对家里有所亏欠，却拯救了许多生命，无愧于医德。

厚德载物，知行合一致良知

郭大伟说："我这几天空闲时间就看一点王阳明的书，虽然有些是时代糟粕，'致良知'这句话却很有道理。我们医生就该对得起自己的良心。"郭大伟认为，知行合一就是道德意识和道德践履统一，在医疗行业来讲就是医生要有医德也要有医术，要立志、勤学、改过、因材施教、身体力行。这一年的时间，他比在内地工作时少做了很多手术，为了防止手术技能退步，郭大伟自己坚持练习左手写字。由于左手写字不熟练，一年多下来，被磨出了几处茧子，可他很高兴地对我说："这样我就不会因为技术退步影响患者的安全了。"

没来西藏之前，郭大伟只知道西藏风景好，海拔特别高。来了西藏之后，他发现，西藏比他想象的更艰苦，高寒缺氧、风沙极大，那曲甚至连树木都无法生长。"没有情怀在那曲是干不下去的。"他笑着说。

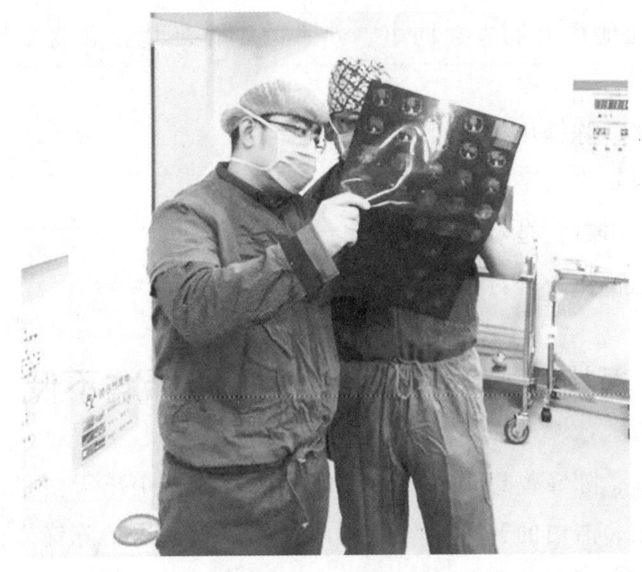

郭大伟与普外科益西平措主任讨论患者病情

"我觉得在这里心没有内地那么浮躁了。西藏真的是圣地啊！感觉整个人都被净化了，心灵的净化、道德的净化。我努力开展工作，不光是为了在那曲留下我的足迹，为了完成医疗人才组团式援藏的政治任务，更是为了作为医生能够对得起自己的良知，对得起道德。"郭大伟坦然说。我仔细看着他的眼睛，尝试寻找一丝虚荣，可他眼里没有分毫荣誉和利益，只有满满的真诚。

（执笔　刘园园）

在海拔 4500 米高原铸写大爱无疆

记中国医科大学附属第一医院陈锋

2017 年 10 月 28 日，陈锋从沈阳出发，去往西藏自治区那曲。那曲平均海拔 4500 米以上，是一个自然环境十分恶劣的地方，一年四季几乎都是冬天，最冷时可达零下三四十摄氏度。

是什么，让他离开新婚的妻子，远赴高原？

是什么，让他离开双鬓染白的父母，奔赴那曲？

是什么，让他离开朋友、同事、熟悉的工作环境，忍受如影随形的高原反应？

援藏一年半，陈锋用行动给出了答案。

是忠诚、是担当，是对祖国的承诺；

是敬业、是奉献，是对工作的坚守；

是团结、是协作，是对藏族同胞深沉的爱。

海拔高觉悟更高　气压低标准不低

在援藏之前，陈锋曾想，有一天一定要去西藏这个离天空最近的地方看一看。巍峨的群山、洁白的云朵、黝黑而淳朴的笑脸，这是陈锋来到那曲之前心中藏区的模样。然而到了那曲，这一切对于陈锋来说，却有了更深层次的理解。

高原反应，几乎是所有援藏人员首先要面临的问题。陈锋和队友们乘坐飞机先到拉萨，然后从拉萨出发，沿着曲折难行的山道到达那曲。

初到高原的陈锋，几乎每时每刻都在与高原反应作斗争，被头疼、胸闷困扰了很长一段时间，每天起床，鼻腔里面都充满干痂和血丝。

“睡觉的时候常常会被胸闷憋醒，平时稍微爬一下楼就喘粗气。”陈锋说。刚到那曲工作时，他听说高原空气中的氧气含量只有内陆城市的一半。

2017 年 11 月底，陈锋迎来了援藏工作中的第一个挑战。为贯彻落实国家深化医药卫生体制改革、推进城市公立医院综合改革的总体部署，那曲地区人民医院定于 2017 年 12 月 1 日零时进行医疗服务价格调整。

价格调整不仅仅是信息系统的价格变动，还涉及其他相关科室的部署、协调工作，关系到每个患者的切身利益。为此，陈锋带领信息科的同事预先制定了针对此次系统调价的技术方案和应急方案，并进行了多次演练。调价的当天，陈锋不顾高原反应头痛，在工作岗位坚守。直到各个科室反馈调价工作已平稳过渡，下班时已经是第二天凌晨。

以创“三甲”为契机，切实提升人民医院信息化建设水平

帮助那曲市人民医院通过三级甲等医院评审的信息化建设，是陈锋遇到的另一个考验。医院在信息化建设方面存在底子薄弱、人才短缺、技术支持匮乏等问题，为了迅速了解这里的信息化建设情况，陈锋带领科员下科室、跑临床，多次组织相关部门开讨论会，调研信息化建设的实际情况，认真听取科室对信息化建设的意见和建议，制定了人民医院信息化建设的规章制度及长、短期建设规划。

通过近一年的不懈努力，医院完成了对现有机房基础设施的改造，加强了机房环境安全，升级了硬件设备。同时，上线了排队叫号系统、医院感染管理系统、合理用药系统、体检系统等十余个信息子系统，极大地支持了临床科室及管理部门的工作，帮助医院顺利通过了“三甲”评审。

为了帮助人民医院更好地培养信息化建设人才，做好“一对一”“一对多”带教工作，陈锋同医院签订了《组团式援藏医疗人才帮带协议书》，带教了两名当地学员，定期开展业务培训，组织全院或本科室的业务学习。截至 2018 年底，信息科有 1 人通过了软考高级资格考试，2 人通过了软考初级资格考试。

身疲心坚　无怨无悔

2018 年 5 月的一个凌晨，陈锋接到了妻子的电话：父亲出了车祸！听到这个消息，陈锋当时就吓出了一身冷汗。透过手机，妻子的声音颤抖却坚定：“老公你放心，爸已经做完了手术，挺顺利的。我能照顾好家里，你不用担心，安心工作，照顾好自己身体。”陈锋远在万里之外，妻子要照顾家里四位老人，现在父亲又出了车祸，更加需要人照顾，陈锋怎么能不挂念、不担心？每每想到

这些，陈锋的心里都忍不住一阵阵发酸。

陈锋说："援藏既是一种奉献，更是一种忠诚担当。援藏是自己做出的选择，主动报名到那曲市人民医院工作是我内心最真实的意愿，到任何时候我都会觉得那是一个医务工作者应有的志向，一个无怨无悔的选择。"

在那曲市人民医院一年多的时间里，陈锋用自己的行动践行着大医精神，书写着一位医务工作者的忠诚担当。2018 年，致公党沈阳市委授予陈锋"致公党沈阳市委成立三十周年优秀党员"称号，并被中国医科大学附属第一医院授予"医疗援助卓越贡献奖"。

不忘初心，砥砺前行，荣誉在肩，责任更重。陈锋用自己的汗水践行着对西藏人民诚挚的情感，对伟大祖国的满腔热爱，践行着一个致公党人的承诺和理想：致力为公，大爱无疆！

那曲第一例腹腔镜下全子宫切除术

大连医科大学附属第一医院　高娜

腹腔镜下全子宫切除手术，是我在援藏之初为自己确立的在那曲市人民医院的最高手术目标，终于在2019年4月12日如期完成。患者44岁，因为近3个月子宫肌瘤增大明显，于3月底找到我，要求手术并切除子宫。综合妇科检查及辅助检查结果，手术指征明确。我跟她初步沟通了手术方式和手术途径的选择，她考虑要做腹腔镜，切除子宫。患者月经来潮干净后，安排于清明节假期后办理入院手续。患者如果选择腹腔镜下子宫切除手术，她将成为那曲市人民医院首例。患者离开后，我就来到手术室跟护士长沟通手术器械，明确子宫切除手术需要的举宫杯完整可用（一年前刚入藏时申请购买的），嘱咐护士长消毒，并明确了双极电凝钳、超声刀、单极电凝钩、缝合线等器械、耗材完备。4月9日患者入院，进行了充分术前评估及准备。肠道准备费了一番周折。患者平素便秘（8～10天排便一次），用了三天的硫酸镁和果导片，终于在术前一晚排便。手术安排在4月12日，术前一再跟手术室确认手术器械、患者体位及术间物品摆放等。手术当天早上，患者刚接走，我就紧随着到了手术室，与援藏护士长冯英军老师带领当地护士摆体位，带领学员消毒、上举宫杯。终于站在手术台边，开始穿刺造气腹，气腹针却不好用，备用气腹针又找不到。最后冯护士长的主意，撤掉外壳，直接用针芯入腹腔，二氧化碳气体总算顺利进入。穿刺成功入镜和器械后，要操作时发现没有双极电凝钳的操控脚踏，又等着护士找到并连接好。子宫失去正常形态，体积比术前评估的要大，且为多发子宫肌瘤，手术相对困难。手术台上所有人均为第一次配合。除了我，其他三位医生都只是在手术前一天刚刚看过一次手术视频，平时只有在模拟训练器练习基本功。在手术中就这样一点一点纠正，一点一点指导带教。终于，切除子宫，但是多发子宫肌瘤，子宫体积大，标本取出困难，经阴道切除4枚肌瘤结节，最终花费了80分钟取出全部标本。5小时下来，患者离开术间，我们才离开。手术结束了，又要操心术后恢复。从患者找到我那一刻就开始筹划这一台手术，努力考虑到每一个环节，沟通每一个相关人员，但是还是有很多没想到的困难情况，还好都克服了，最终我们完成了手术。术后7天，患者恢复良好出院，我的一颗心总算踏实了，竟然也能睡着觉了。

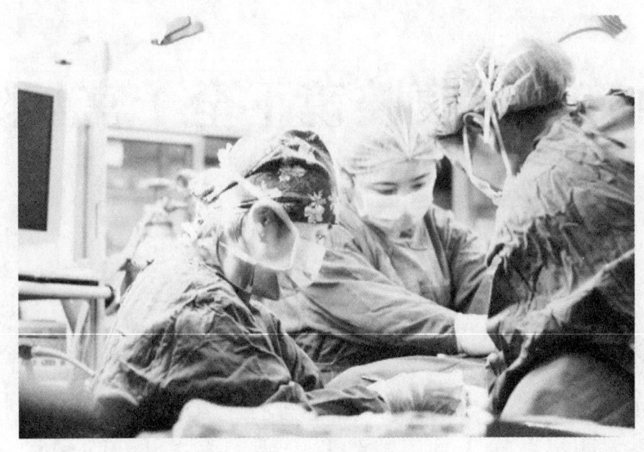

带领学员进行第一例腹腔镜下全子宫切除手术

虽然在准备手术、术中及术后管理中操碎了心，克服了重重困难及种种不利条件，尤其是站在手术台上，忍受着各种不顺畅的配合，当时想的是为什么要为难自己？但是看到患者最后有一个好的结局，腹壁没有开腹手术的瘢痕，感到这一切辛苦是值得的。如果下次有合适的患者，我还会带领我的团队继续“受虐”。我们就是在这种自虐中成长起来的，护理和医疗的流程及配合都需要更多实践，才会更顺畅、熟练和默契。患者出院时腹壁穿刺孔拆线后我看到了不该有的“蜈蚣脚”，次旦央宗主任说当天太累了，下次会缝合得更好。我们在世界屋脊海拔最高的三级甲等医院不断突破自我，勇于进取，创造和改写着历史。希望下次更好！那曲市人民医院妇产科的未来更好！

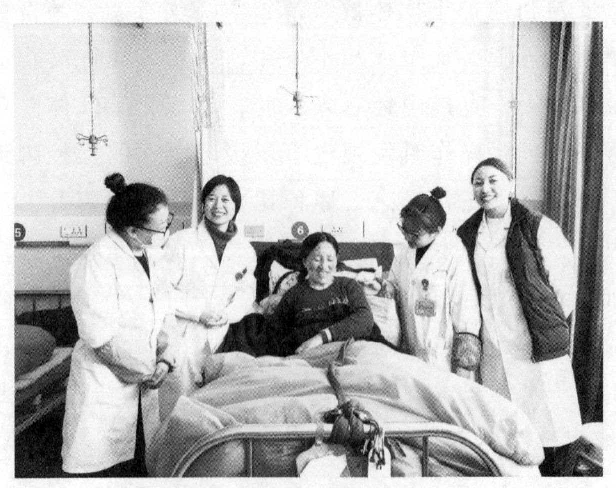

带领参与手术医生术后查房

辽宁省组团援藏建成世界海拔最高的ICU

大连医科大学附属第一医院　李青栋

那曲是我国海拔最高（4513米）、辖区面积最大、生存条件最恶劣的地级市。常年高寒缺氧（氧含量只有海平面的58%左右），被称为“生命的禁区”和“世界屋脊的屋脊”。从那曲到距离其最近的“三甲”医院ICU——西藏自治区人民医院，路程有320多公里，开车需要六七小时。这对于重症创伤、重症产科、脑出血、心肌梗死、呼吸衰竭等危急重症患者的救治十分不利。为了改变这种状况，切实落实党中央医疗援藏“三不出”的工作精神，在辽宁省和那曲市以及大连医科大学附属第一医院各级领导的重视下，在辽宁第二批和第三批组团援藏重症医学科专家的艰苦付出下，那曲市人民医院成功高标准建成了世界海拔最高的ICU。2019年是西藏民主改革60周年，我有幸见证了那曲重症医学事业翻天覆地的变化，更有幸作为亲历者登上了由国务院新闻办监制拍摄并在CCTV－1播出的大型纪录片《走向光明——纪念西藏民主改革60周年》。

那曲市人民医院ICU于2017年7月31日由辽宁第二批组团式援藏专家周峻峰和李润玖正式组建成立。成立之初，ICU面临着医护人员严重不足且缺乏最基本的重症医学培训（仅有1名医生有医师资格能够独立值班，两位援藏专家都需要参与值班）、设备不足且不适应高原环境（由于高原氧含量低呼吸机经常故障停机）等一系列问题。2017年11月5日，作为辽宁第三批组团援藏队员的我和赵艳红同志抵达那曲与第二批专家进行“压茬交接”，共同商讨对策，逐条逐项对存在的问题进行梳理。

面对医护人员和设备不足的问题，我和赵艳红同志一方面按照国家颁布的《重症医学科科室建设与管理指南》要求积极向医院相关职能科室反馈问题，争取医护人员和设备配置达到ICU的设置要求。同时，在人员不到位的情况下参与值班，用行动鼓舞大家。

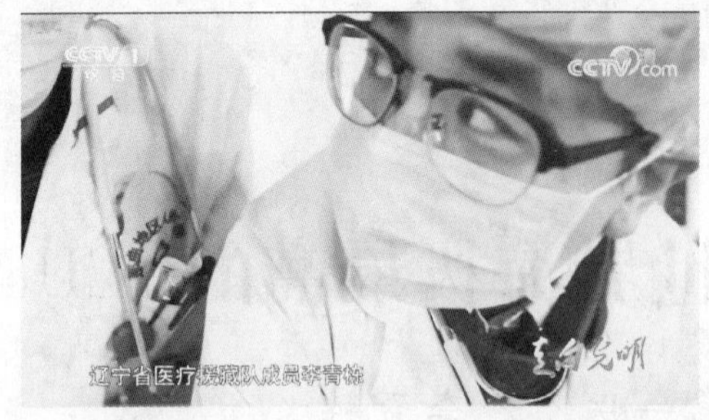

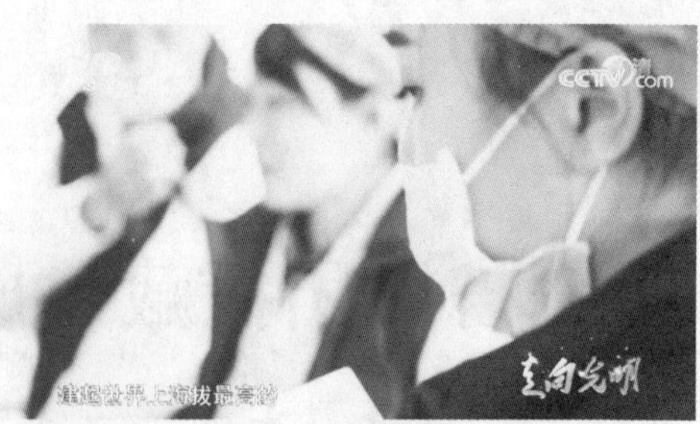

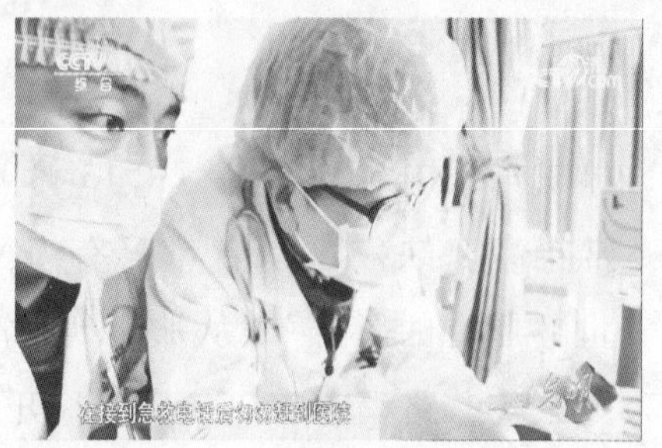

CCTV 大型纪录片《走向光明——纪念西藏民主改革 60 周年》

对那曲市人民医院 ICU 的报道

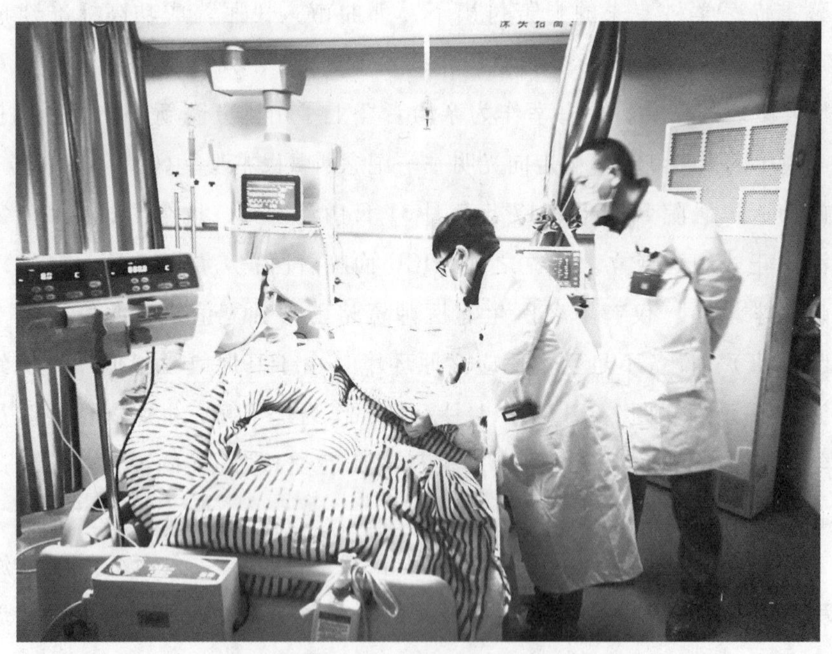

李青栋深夜在病房指导诊治患者

面对ICU医生缺乏系统化、规范化和专科化培训的问题，我充分利用获得过中华医学会重症医学专科医师资质认证和具备硕士研究生及住院医师规范化培训导师资格的经验，为ICU所有医生自费购买了“重症医学规范化培训教材”并对全科医师进行系统化、规范化培训。在临床工作中我注重理论联系实际，尤其对当地藏族医生更是手把手带教，遇到当地藏族医生处理不了的临床问题，即使是深夜也不顾海拔4500米以上高原地区的严寒和缺氧到ICU进行带教处理。在此基础上，为了尽早培养出重症医学专科骨干人才，根据《加强组团式援藏医疗人才帮带工作的实施意见》，结合国家卫生健康委等“开展专科医师规范化培训”的要求，在2018年9月专门派送带教学员索朗次仁到拉萨参加了中华医学会重症医学分会主办的重症医学专科资质培训班，使该学员成为那曲市人民医院第一个接受了正规专科培训的学员。这些措施快速提高了当地医生尤其是骨干学员的业务水平和专业素养。

在这些工作的基础上，我和赵艳红同志还以创“三甲”为机遇，帮助那曲市人民医院ICU制定了科室发展规划，并对ICU的医疗、护理、管理、培训和科研等工作不断进行改进。2018年9月，在不到一年的时间内，ICU的面貌就焕然一新，无论是人员素质还是设备配置均达到了“三甲”评审“重症医学科管理与持续改进”的相关要求，在“三甲”检查中受到评委的好评。有的专家还感慨地说：“真没想到在海拔这么高、条件这么艰苦的那曲还能建成这么高水平和现代化的ICU，辽宁医疗组团援藏真了不起！”

李青栋购买《住院医师规范化培训规划教材》并对全体医师进行规范化培训

根据那曲市人民医院的统计，仅2018年一年，那曲市人民医院ICU团队就成功救治多发外伤、重症产科、重症内科、急性高原病等各种危重症患者160多例，实现了急危重症患者的就地抢救，极大提高了那曲当地重症患者的抢救能力和水平。同时，我还带领大家发表了那曲第一篇临床SCI文章，切实落实了党中央“医疗、教学、科研”全方位援藏和“三不出”的工作要求。尤其是2018年7月，我们ICU团队还成功救治了2批次多名误食野菜严重中毒的农民工，并第一时间确认引起中毒的野菜种类。由于治疗及时，所有重症中毒患者无一例死亡，为那曲市政府宣传预防此类野菜中毒发挥了重要作用。由于多次在那曲市突发公共卫生事件中的突出贡献，我们ICU团队更是受到自治区副主席、自治区卫生计生委主任和那曲市副市长等各级领导的多次开会通报表扬，被领导评价为“ICU是我们那曲关键时刻靠得住、信得过、顶得上的标杆科室”“感谢辽宁省医疗组团援藏为我们建立了这么优秀的ICU病房”。

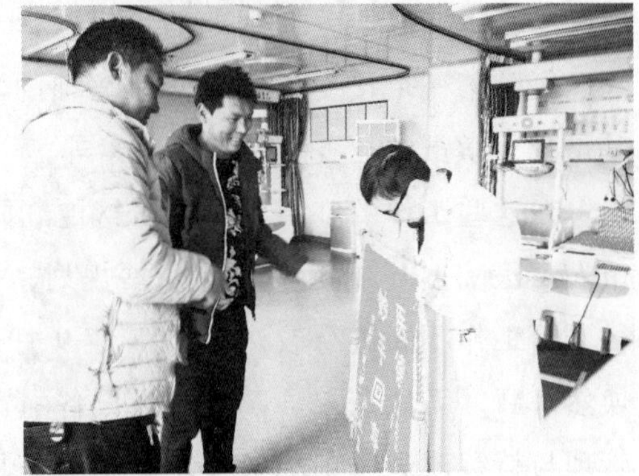

当地藏族同胞为ICU团队多次赠送锦旗

目前，那曲市人民医院ICU已基本完成了医疗组团援藏“以院包科”的各项指标要求。我们辽宁组团援藏重症医学科专家有幸共同见证了那曲市ICU“从无到有、从有到强”的历史性跨越，更有幸亲身体会到西藏民主改革60周年党中央通过组团式援藏将关怀送给雪域高原藏族同胞发生的伟大变化。

羌塘草原情怀

大连医科大学附属第一医院　赵艳红

援藏是一种缘分。2017 年 9 月，医院公布辽宁省组团式医疗援藏项目，援藏任务为期一年半。我得知这一消息时，主动报名参加了辽宁省第三批组团式医疗援藏任务。西藏那曲，空气稀薄，自然条件艰苦，走同样的路需要付出更多的体力，做同样的工作需要更多的准备，对身体条件也是个严峻的考验。陌生的人和环境，对于我来说能否适应都是个未知数。家里女儿年龄还小，眼前的一切都极具挑战。但我知道，援藏不仅仅是一项医疗任务，也是一项政治任务。经过院里层层严格的选拔，我很幸运从踊跃报名的众多护士中被选拔出来。

援藏是一种责任。进藏后，我深感责任重大，把对女儿、爱人及父母的牵挂深深埋藏在心里，努力克服高寒缺氧带来的各种不适，承担着那曲市人民医院重症医学科护士长及护理部副主任的工作。

在 ICU 期间，一名因高血压脑出血术后转入重症医学科的藏族同胞，意识障碍，咳痰无力，痰液多，随时有阻塞气管插管窒息的风险。在周峻峰主任和李青栋主任向藏族同胞家属耐心解释下，同意了对患者行经皮扩张气管切开术。该例经皮扩张气管切开术为藏北高原上首例。我配合那曲市人民医院首例经皮扩张气管切开术的同时，还为ICU的护士们进行气管切开患者的相关护理知识培训，使护士们把理论知识用于实践，工作中有据可依，并使知识在头脑中固化，能更好地为患者服务，从而大大降低了患者痰液阻塞引起窒息的风险，为患者早日转出ICU进行康复治疗创造了条件。那曲市人民医院当时正处于创三级甲等医院的历史性时期，巨大的心理压力伴随产生，致使我曾经连续一周失眠。但我最终还是克服了心理障碍，调整了自己的情绪。从规范晨晚间交班流程、各项无菌护理操作技术，到各种抢救仪器的正确使用以及不同疾病的护理措施，我都亲力亲为，反复讲解。同时，我经常加班，吸着氧气补充欠缺的护理及院感材料，把院感科从护理部分离出来，建立独立的院感科。为了提升医院的护理管理水平，我把先进的品管圈管理方法应用于那曲市人民医院，开展QCC活动。在支援医院后方的大力支持下，带领当地医务人员参加首届国际医疗质量与安全高峰论坛 & QCC大赛，并获得铜奖，让那曲市人民医院护理管理走进了国际舞台。虽然努力的过程中有太多的汗水和泪水，但我还是觉得这一切都是值得的。

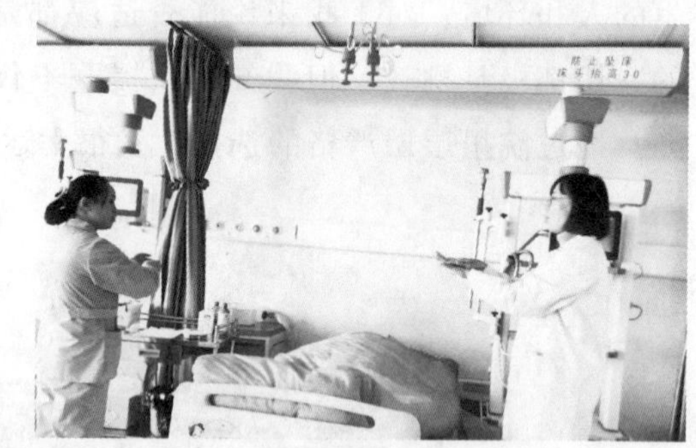

援藏是一种情怀。在那曲，我看到我的队友和我的同事们面对各种困难都默默承受着，用医者仁心书写着对每一条生命最大的尊重。人道主义不能缺，救死扶伤不能停，肩扛着特殊使命的白衣天使们，用内心的光明，为当地广大农牧民群众带去了温暖，用爱温暖着偏远地区的同胞们，把良心化作良药，用责任温暖人心，真情化口碑，真心绽芬芳。

我，欠家人一个陪伴，还羌塘草原一份情怀。

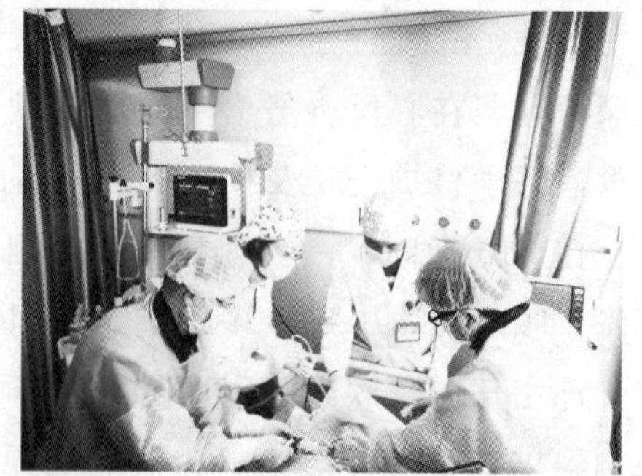

在羌塘草原挂牢钩子的人

记大连医科大学附属二院杨琳

“我没有做什么，这是我应该做的，更是我的责任。”杨琳说话的时候脸颊红红的，甚至微微有点嗫嚅，然而一谈到抢救的事情，眼睛一瞬间亮得像星星。

杨琳，男，47岁，汉族，1995年毕业于大连医科大学，先后在大连医科大学附属第二医院从事神经外科、急诊科、ICU工作共二十余年。2017年11月，经选拔，参加辽宁省第三批组团式医疗援藏工作，也是第三批援藏专家中年龄最大的一位。

起死回生，抢救心搏骤停患者

2018年7月25日深夜，一辆救护车正风驰电掣般地冲向那曲市人民医院。剧烈的胸闷、心痛让患者死死按着胸口，如同缺水的鱼一般艰难地呼吸着。每一位医生的心都紧紧地揪起，他们恨不得自己能够肋生双翅，快一点，再快一点！然而，刚刚送进抢救室，患者按住胸口的手忽然无力地垂了下来。

“急诊医生没有关机，如果你联系不上，那一定是我正在抢救。”杨琳如是说。在高寒缺氧的那曲，从居住的酒店跑到急诊科，就算是年轻人也要气喘吁吁，何况是年近五旬的杨琳。可他却咬牙坚持一路飞奔，接到电话后，短短几分钟便到达科室。

到了急诊，科室人员都在紧张地忙碌着，患者已完成气管插管，并进行闭胸心脏按压抢救。见此情景，杨琳感到一丝欣慰。抢救工作在他的指导下更加有序起来。

“开放气道！分组！医生第一组负责按压，第二组监测生命指标！护士准备！吸痰！”查看患者情况之后杨琳迅速下达指令。还好，患者此时虽然已没有自主心率和呼吸，瞳孔却尚未散大。

杨琳再次查看患者生命指标后下达指令：“肾上腺素1mg！静注！除颤！”

此时监护仪上直线忽然有了一个跳跃，患者出现自主心率了！所有人的心也都跳跃了起来。有希望了！

可是，好景不长，自主心率只维持了短短十几秒又迅速消失了，而此时已经超过了半小时的常规抢救时间。见到心电监护仪上已经拉成一条直线，旁边的医生问杨琳是否还要继续抢救，杨琳看了他一眼："继续！"杨琳顾不上额头上的汗水："肾上腺素！"1001、1002、1003……杨琳喊着按压口令。

"还有一线希望就不能轻言放弃。"杨琳事后回忆，"当时患者年龄较轻，只有三十岁，虽然没有自主心跳、呼吸，但是还能对药物产生一丝反应，而且他送来得很及时，抢救也很及时，没有错过黄金抢救时间，还是有机会的。"

科室的医生护士轮番上阵，杨琳也几次亲自进行闭胸心脏按压、除颤，然而患者的自主心率仍然无法稳定住，患者家属都已感觉无望了。

"还有希望的！再加两支肾上腺！加倍！再来一次除颤！"杨琳坚持道。这是一条生命，有一点希望就坚决不能放弃。

又是五分钟，十分钟，半小时，五十分钟！每一分钟过去，都是对医生心理素质的考验，都是对生命的考验，杨琳再一次亲自除颤后，紧紧地盯着监护装置。

"那声音好像是天使降临了，不，那就是天使降临了！"杨琳回忆起当时的情况，仍是激动得几乎语无伦次。"自主心率保持住了！血压上来了！"有医生激动地喊道。是的，心率从 0 慢慢升到了 30、40、50、60……收缩压也从检测不到，开始出现了回升，40、50、55、60……大家看着那跳动的数值异口同声地喊道："70、80、90！"在呼吸机的面罩下，患者呼吸逐渐平稳起来，出现了微弱的神志反应。看着这一切，杨琳的眼眶慢慢湿润了，看看时间 1 小时 36 分钟了，超过规定抢救时间整整 66 分钟。"这 1 小时 36 分钟与死神的博弈，我们赢了。想起来光是肾上腺素就用了 11 支，除颤我们也做了 11 次！但是人救回来了，值了！"杨琳说。

"我当时只有一个想法，活过来了，终于活过来了！"杨琳激动地说道。患者从抢救室送往 ICU，这一过程堪称是死亡到新生。紧张的神经一放松下来，杨琳只觉得头晕目眩，瘫坐在了地上。学员赶快拿来了氧气，好一会儿他才缓过气来。

传道授业，"传、帮、带"成果斐然

"我们来援藏'传帮带'工作取得了很大成效。"杨琳感慨道。在他刚刚到达那曲市人民医院的时候，由于对气管插管抢救的重要性认识不足、技术水平也尚有不足，急诊科使用次数不多，气管插管能力无法达到要求。了解到此情况，杨琳迅速开展了针对性培训，在科室及全院范围内开展讲座，一步一步、手把手地教给科室人员。功夫不负有心人，气管插管技术水平不断提升，“7·25 抢救”就是他日常教学取得的可喜成效，如果没有他未到场前的规范抢救，即使后来他赶到现场，4 分钟的大脑缺血缺氧也足以让患者无力回天。

无创呼吸机的使用在那曲市人民医院急诊科一直属于空白，对于高原肺水肿治疗长期以来依赖面罩常规吸氧。杨琳率先在急诊科开展了应用无创呼吸机治疗高原性肺水肿，填补了这一空白。目前急诊科接诊的 90% 高原肺水肿患者可直接康复出院，病死率大大降低。杨琳说，这都是全科医护人员共同努力、发扬“老西藏”精神、勤奋好学、积极进取的结果。

法正旧规，帮助急诊创建“三甲”

杨琳作为第三批医疗人才组团式援藏专家，有着比前两批专家更重的使命——那曲市人民医院创建三级甲等医院。急诊科作为必检科室，有着评审项目中重要的内容之一。他先后指导并协助医院规范急诊布局流程，完善绿色通道制度、急诊会诊制度、危重症患者转送制度、急诊病历书写制度、急诊留观制度等一系列科室管理办法。并根据那曲实际情况，制定了群体事件应急预案，在全院范围内组织相关科室进行多次演练。在“三甲”评审中，他带领急诊科圆满完成了迎检工作任务。

不忘初心，尊重生命放在首位

杨琳说他始终记得“要不忘初心，牢记使命，时刻把人民群众的身体健康放在第一位”。他积极参加义诊，先后深入基层诊治 200 余人，边防站、社区、敬老院、火车站等地都留下了他瘦弱的身影。

“只要情况危急，需要急诊专家去，我就不能退！”谈起那件事情杨琳笑笑说。2018 年 8 月，世界上海拔最高的双湖县开展应急救援，杨琳连夜乘车赶到海拔 5200 米的双湖县参加抢救。他也因此成了辽宁开展组团式医疗援藏以来首位来到超高海拔地区开展医疗援藏的汉族医生。杨琳在比那曲更加缺氧环境下，坚持筛查疑似病例两百余人，配合北京专家开展工作，用实际行动把党的温暖带到人民群众心中。

“尊重生命，尽我所能，不轻言放弃。”这是杨琳坚守的工作准则。急诊科医护人员都知道，杨老师只要接到电话，一听说科里出现危重抢救患者，无论白天黑夜，都会尽快赶到急诊岗位，积极参加抢救，从不放弃任何一丝抢救患者的机会。援藏一年多来，杨琳的身体受到严重影响，头痛、失眠、浑身乏力，但他始终坚持工作在抢救一线，不曾有半点松懈。杨琳建立及完善的管理制度，更好地保证了那曲市人民医院急诊科的医疗质量及医疗安全，在他的帮助下，急诊科医疗水平不断提高，当地医护人员逐渐敢于处理危重症患者，危重症患者抢救成功率保持在 90% 以上。

杨琳说："我们来援藏不是要做什么惊天动地的大事情，只是希望能提高那曲的医疗水平，能救回更多的人。在阿里地区做过 11 年军医的作家毕淑敏曾说过，生命像一把旧钩子，从你出生的那一刻起，它就在时间的峭壁上承受重量。而急诊医生要做的就是在钩子无力撑起生命的时候，我们竭尽所能帮他挂牢！"

（执笔　刘园园）

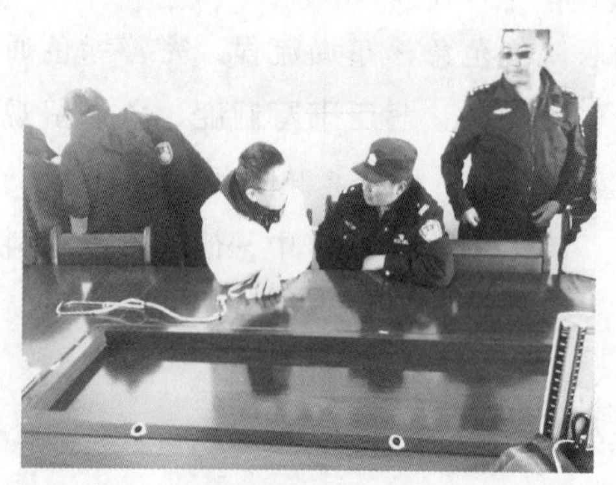

杨琳为公安干部义诊

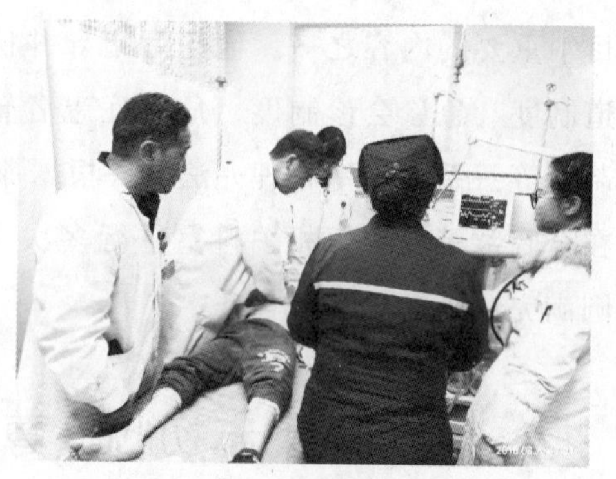

杨琳抢救患者

援藏是我报效祖国的一次机会

记辽宁中医药大学附属医院刘东武

“想找到一次报效祖国的机会是很难得的”

比如县的42岁牧民央宗，因经期出血一年多，伴有脾气暴躁、睡眠不好等症状，饱受病魔煎熬。她曾接受过西医治疗，但因西药不耐受，吃药后症状反而加剧。那曲的夜间常年零下，她却需要开窗才能稍解烦闷和燥热。她打听到市人民医院来了位擅长中医治疗妇科病的援藏专家，便抱着试试看的想法来到那曲市人民医院中医科。辽宁中医药大学附属医院副主任医师、中医内科硕士、援藏专家刘东武接诊了她。刘东武一边询问病情做心理疏导，一边查看舌苔、为其诊脉，患者舌尖红、苔薄黄、脉滑涩，中医辨证为湿热下注，肝气郁结。他为患者进行中药对症治疗并嘱咐其饮食要清淡，忌食辛辣刺激。用药二十余天后，患者症状逐渐缓解，药方临症加减继续服用一个月后，患者痊愈，再没复发。为了表达自己的感激之情，央宗为他送来了“医术精湛，妙手回春”的锦旗。

走进那曲人民医院门诊三楼中医科，时不时有患者慕名前来就诊。中医科闫金亮告诉记者：“刘老师医治好的类似患者还有很多，医院里的同事也经常来找刘老师治疗。”

刘东武在诊疗患者的空隙接受了我们的采访。说明采访来意后，他拉家常似的跟我们聊起了援藏前后的事儿。他慢慢回忆道：“那是2017年的7月，医院组织全院大会通知要选派人员赴那曲人民医院进行一年半的援助。之前我对于西藏的全部印象来源于去过西藏旅游的同事和妻子——有轻微洁癖的同事回来后说再也不想去西藏；去西藏旅游的妻子几乎每天晚上都给我打电话说自己快不行了，回来之后就住院。”其实他是想去援边的，2010年青海玉树地震时父母就支持他加入医疗援助队。他的专长是风湿免疫科，可当时急需急救方面经验丰富的医务工作者，无奈不成此行。现在又有援藏机会摆在眼前，他毫不犹豫，报名援藏。当记者问及现在父母已 80 高龄、他跟妻子还没有孩子的情况下，选择去海拔高、条件艰苦的那曲进行援藏的原因时，他解释道："作为一名普通的科技工作者、医生，想找到一次报效祖国的机会是非常不容易的。我的父母都是老党员，妻子也能理解，他们都很支持我来援藏。"

说来也是"无巧不成书"。没想到刚报名援藏，已经 43 岁的他在 10 月收获了一件大喜事——妻子怀孕了！他连连说道："刚报完名就得知宝贝疙瘩来了，这真是喜从天降啊！"但在临行前父亲因心脏病住院，这又让他无比揪心。10 月底，医院专门为他召开了欢送会，单位领导和同事们知道那曲很冷、经常雨雪天气，在百般叮嘱后，专门为他准备了冲锋衣、围脖和登山鞋等物品。带着沉甸甸的情义，怀着对家里的牵挂和对未来的憧憬，他第一次踏上援藏之路。

"要培养科室年轻医生的责任感"

援藏队没有直接到那曲，而是先到拉萨，既是为给他们缓冲期以适应海拔更高的那曲，也是利用这段时间做相关培训。拉萨被称为"日光城"，全年多晴朗天气，比起那曲无论气候还是海拔条件都优越得多。但就在拉萨这几天，同批的队员刘勇开始有手麻的症状。一天，他们开完培训会往住处走的时候，刘勇突然从台阶上栽了下去，同行的队员来不及扶，他的头已经磕在台阶上，鲜血顿时流了出来。队员们急忙把他送到医院清创缝了十几针。还没有见到那曲的真面目，援藏队在拉萨就遭遇"下马威"，再想起原单位同事以及妻子对西藏算不上美好的描述，他的心里多少有点犯嘀咕——气候恶劣、含氧量不及内地的一半，在那曲他们能坚持下去吗？怀着这些疑惑，一周之后结束培训的他和队友们乘上开往那曲的火车。

下了火车，那曲人民医院的同事早就等候接站了，一声声问候，一张张无比温暖的笑脸，接过他手中的行囊。亲身感受到受援医院对援藏专家的重视，刘东武顿时感觉到无比踏实。那曲市人民医院中医科成立于 20 世纪 70 年代，中途因人员退休和调出等因素，导致各项工作中断近 20 年，2016 年 10 月才重新挂牌成立，相比其他科室一切几乎要从零开始。解决困难的方法总是和困难相伴而生的，他借助医院现有的专家和科室骨干"一对一""一对多"结对带教项目，跟科室医生张彦江、李沁益签订了带教协议。这两位医生来此工作已近两年时间，也明确自己未来想要发展的方向。经过和他们的充分交流，刘东武将张彦江的带教主要放在康复理疗上，李沁益则侧重于小针刀的学习。自身授课之外，他还联系内地医院，撬动后方“以院包科”资源，派送张彦江去辽宁中医药大学附属医院康复科进行为期两个多月的学习，以拓宽他的学术视野；推荐李沁益去兰州参加小针刀培训班，让其接受系统化学习，学成回来后她用小针刀治疗了几十例软组织损伤性病变和骨关节病变患者，收到良好疗效。

那曲因高寒缺氧、气候恶劣、不易出汗等原因，内源性痛风、失眠、月经不调是这里的常见病、多发病。针对中医科患者少的困境，刘东武从援藏干部和医院同事入手，悉心为他们诊疗，中医对于高原失眠、月经不调等疾病的良好疗效使其在周围人群中逐渐树立起了口碑，越来越多的患者慕名前来。结合自身所长和科室现状，刘东武将中医内科（痛风方向）、中医妇科（产后风湿、月经病方向）、针灸（中风康复方向）确定为那曲市人民医院中医门诊的三个主攻方向。对于科室现有的几位医生（学员），刘东武诊治患者时要求他们在旁学习中医的诊脉、用药习惯和药方临症加减等。他说：“只有将科室的事情当作自己家的事来完成的人，以后才会成为科室的主人。中医科的未来在他们手中，要培养他们的责任感。”

“虽然有遗憾，但我不后悔援藏”

2017 年底，将中医科的发展方向初步做了规划后，援藏专家冬休的时间到了。虽然离家只有两个多月的时间，但此次离家时父亲因病住院、妻子高龄怀孕，因结婚后家务活被他一手包揽，妻子只会做两道菜。他无比担心，现在他归心似箭。回到家里，父亲的病情暂时平稳已出院，妻子也被岳母照顾得很好，他松了口气。在家的日子温馨而愉快，他恨不得把家里一年的活都干完，但相聚的日子总是过得飞快，转眼又到再一次出发的时候。2018 年农历正月十五，万家灯火都在团圆过节，他却在家里整理行装准备又一次的离别。他边收拾行李边跟妻子叮嘱要将住院的各种证件和所需物品提前准备好。说了很多，就是不敢看着妻子的眼睛。看着妻子为了跟他多一点相处的时间一个屋一个屋地跟着收拾行李时，他越发心酸。望着窗外皎洁的月亮，他不禁想起千古名句：“不应有恨，何事长向别时圆？”泪水已经悄悄湿了衣襟。他安慰妻子：“等这次援藏工作结束，我就再也不离开家这么久了！”妻子虽然委屈，但也明白远在万里之外的西藏正是需要他的时候，强忍泪水点点头说：“嗯，你放心去吧，我等你回来。”

回到那曲，医院各科室都在为创“三甲”预评审做准备。中医科相关管理等制度都不尽完善，好在通过带教和前期努力，工作已经有了起色。他把所有时间都花在继续完善科室管理制度、带教和诊治患者上，白天忙起来连给家里打电话的时间都没有。刘东武说道：“妻子知道我忙，平时抱怨的话也说不出口，我母亲年事已高无法照顾她，她就搬到岳母家住。”后来给岳母打电话才得知，怀孕前两个月妻子孕吐得厉害，吃也吃不下，甚至不能闻到饭菜的味道，脾气也大，岳母经常一边生气一边又给她做滋补品，刘东武愧疚不已。在心力交瘁的忙碌中转眼就到了6月，妻子的预产期快到了，同批援藏队员帮忙联系好产科医生，他终于抽时间请假赶回辽宁。临产前最后一次产检医生说羊水太少，胎儿也看不清。影像学援藏专家打电话问刘东武检查结果。等刘东武把B超片发过去后，他严肃地说：“情况不容乐观，必须住院准备剖宫产！”刘东武说：“当时就急了，我们赶紧收拾东西去医院。下午四点多上手术台之前下通知书，说羊水太少，胎儿有可能致畸形，当时我的心啊！签完字马上手术，五点多孩子就生了。”那是6月8日，他牢牢记着这一天。“看到孩子健康平安生下来觉得一切都值了，妻子是最辛苦的，但由于工作需要，陪不了他们几天我又回到那曲。”在视频里看到独自带孩子的妻子整个人瘦了一大圈，头发也掉了不少，他心疼不已。还没从初为人父的喜悦中出来，9月，亲戚打电话告诉刘东武，他父亲因昏迷被送到医院，让他赶紧回来一趟。他心急火燎地跑回家，带父亲四处检查，确诊为多发性骨髓瘤。“之前孩子刚生下来时我父亲骨折休息很久都没好，当时急着回那曲，以为是单纯的骨折，也没好好检查。”他怨自己的粗心耽误了病情。可是，自古忠孝两难全。找了朋友安顿好住院事宜后，“三甲”终评时他匆匆赶回那曲。评审完当天，怀着父亲还能治好的希望，他又急忙赶回辽宁。可就在他返回后五天，一个疗程的化疗还没结束，父亲便与世长辞。他回忆：“住院期间我父亲一直处于弥留状态，只有化疗的时候稍微清醒点，可那时候他很痛苦，经常喊疼。其实对于八十多岁的老人而言，化疗的痛苦远大于多活几天的欢欣。”作为一名医者，生死看得多了，却只有在自己经历后才有更深的理解和反思。

当被问及“妻子怀孕和父亲生病期间不能照顾他们，会后悔援藏吗”时，他说：“虽然有遗憾，但我不后悔！”他回忆：一位痛风的患者在讲解下开始接受系统治疗，关节肿痛逐渐缓解；一位停经的年轻女干部吃了十几副中药后，例假恢复了正常；腰腿痛的患者症状缓解后，又带来了三个同事……这些患者的信任是他最大的收获，患者的称赞是给他最美的勋章。看着痊愈的患者对他施以双手合十礼，语言的障碍在这一刻被打破，为什么要离家万里来到“世界屋脊”上行医也有了最好的答案——因为，患者就在那里，患者需要他，用所学知识服务患者是所有中医人的责任与骄傲！

（执笔　张清娟）

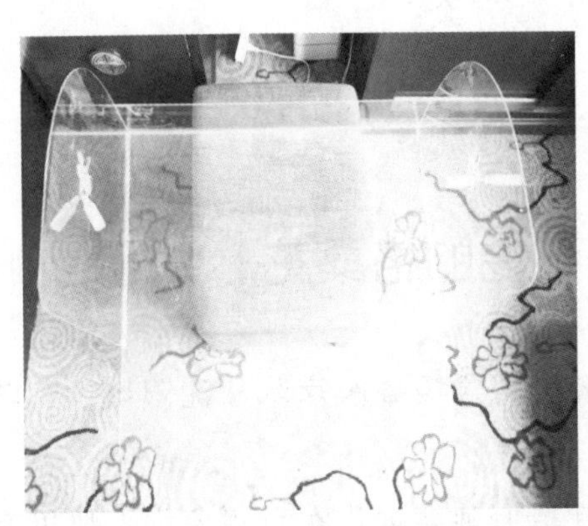

在那曲需要吸氧睡觉，为了缓解长时间用鼻氧管带来的不适，刘东武设计了枕边吸氧罩。经测定，使用枕边吸氧罩时氧浓度可达鼻氧管吸氧的90%左右。该项技术于2018年11月被国家知识产权局颁发外观设计专利证书

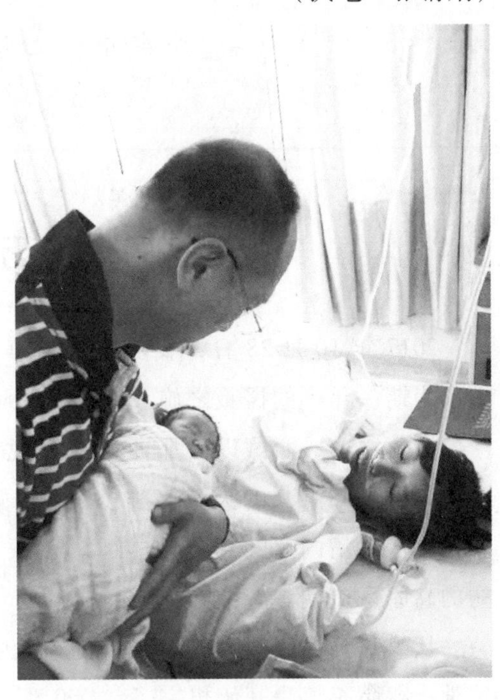

宝宝出生后，刘东武一家短暂团聚

在羌塘高原绽放青春的花朵

丹东市中心医院　冯英军

从家乡的杜鹃花到那曲的格桑花

2017年10月28日，我随辽宁省第三批组团式援藏医疗队从沈阳出发，踏上了为期一年半的援藏之旅。

在此之前，西藏以及那曲于我来说都只是地理名词。在我想象中，那里有壮美的山川和湛蓝的天空，神圣美好。可刚到拉萨就因高原反应而发烧，一下子把我从诗情画意的想象中击醒。在领导的关心和队友的鼓励下，我度过了最初的高原反应期。

从拉萨到那曲的大巴车上，随着海拔继续慢慢上升，头痛、头晕、心悸的感觉接踵而至，我开始想家了，想念那座温润的小城。我的家乡丹东依山傍水，海拔只有20米，森林覆盖率61%，四季分明，与平均海拔4500米、地广人稀、高寒缺氧、被称为“生命禁区”的那曲形成了强烈的对比。但是当我的双脚踏上那曲土地的那一刻，我便将浓浓的思乡情收进心底，暗暗告诉自己，既然选择了援藏，就要全身心投入。

初到那曲的日子里，胸闷、心率增快、严重失眠，每天要吸着氧气才能入睡，但这些不适都不能阻挡我积极融入那曲市人民医院手术室的工作中。

手术室的工作责任重、强度大。作为医疗人才对口援藏中海拔最高的那曲市，更是拉长了每台手术的耗时，也更多地消耗着我的体能，每过一会儿就不得不吸氧缓解。在这种艰苦的环境下，我们完成了跟上批援藏队员的“压茬交接”工作。

在之后的半年时间里，我带领当地同事一起整理“三甲”资料，建立健全手术室规章制度及护理安全管理内容，发现手术室存在的问题及时进行改进。在这期间，我带领科室人员进行了手术室无菌技术、外科洗手规范、手术体位安置等一系列手术室护理操作规范的培训；建立健全各种手术室患者护理交接记录，填补医院空白；制订培训学习计划，学习手术室各项规章制度、应急预案、手术配合，以保证护理安全。在大家的共同努力下，那曲市人民医院手术室的工作日趋规范。

曾经，我喜欢家乡的杜鹃花（丹东有“鹃城”的美誉），喜欢蒋勋的诗《愿》中那一句“我愿是满山的杜鹃，只为一次无憾的春天”。如今，我愿成为一朵格桑花，在羌塘高原绽放自己的青春。

从离开自己的亲人到视藏族同胞为亲人

离开丹东的“小家”，来到那曲的“大家”，4100 公里外年迈的母亲和年幼的女儿成了我最深的牵挂。

犹记得要出发来西藏的那天早上，在送女儿去幼儿园的路上，她一直紧紧地拉着我的手说：“妈妈，能不能不要去那么远的地方？我不想让你走。”进教室后，她突然大哭起来，抱着老师声嘶力竭地喊妈妈，那一瞬间站在教室外的我也泪流满面。

虽然感觉很对不起孩子，但我更深知援藏工作责任重大，使命光荣，唯有坚守好岗位，倾情服务藏族患者，才能对得起自己的选择和家人的理解及付出。

在那曲，同事待我如亲人。索朗卓玛，那曲市人民医院手术室护士长，在手术室工作十几年，没有出去进修学习过，凭着一代一代手术室护士传授的经验工作。她说我的到来让她看到了手术室的希望。每次从内地回来，她都手持哈达来接我。我们一起改进手术室布局，规范区域划分，一起整理“三甲”资料，整理手术器械，做大型仪器设备登记，质控改进。工作中我们结下了深厚的情谊，也有着一致的目标——要圆满完成那曲市人民医院手术室“三甲”评审工作，共同学习共同进步，为当地患者解除疾病困扰尽自己的一份绵薄之力！

在那曲，我待患者亦如亲人。次仁曲吉，女，24 岁，是那曲索县嘎美乡丘门村人，3 个孩子的母亲，患肝包虫病入院。在她脸上看到的都是腼腆的笑容。我去术前访视，问她要做手术了紧张吗？她给我的依然是质朴而纯真的笑容。我安慰她说：“为了三个在家等待你的孩子你要加油哦，我会在手术室里一直陪伴你度过手术期、解除病痛，期待你健康出院。”

包虫病是棘球绦虫的幼虫寄生在人体所致的一种人兽共患寄生虫病。包虫主要来源于动物的排泄物，没有什么有效的治疗方式。在西藏，这种病被视为第一“癌症”。那曲气候寒冷干燥，是包虫病的多发地区。

2018 年 3 月以来，不到一个月的时间手术室做了十几例肝包囊切除术。肝包囊手术耗时长，手术室护士紧缺，为了完成肝包虫救治任务，我们加班加点工作，周末都不休息。以前没有组团式援藏的时候，手术室每月做二十几例手术，现在每月的手术例数在 100 例左右。在完成量的情况下还要保证手术安全，这对手术室的医护人员来讲都是巨大的挑战。

我深知，在藏族同胞眼中，我们是白衣天使，所以我要尽最大努力为他们带去健康，以此回报他们的信任。

从生理到心灵的高原反应

我已经在那曲工作生活了一年多了。这期间，高原反应始终如影随形，但最让我印象深刻的却是自己的心灵也在这雪域高原悄然发生了变化。如今，“缺氧不缺精神，艰苦不降标准”对我来说已经不是一句简单的口号，它已经融入血液，成为引领我前行的精神坐标。

2018 年 3 月，冬休结束回到那曲后不久，我和同事就成功开展了那曲市第一例自体血液回输，回输血液 1250ml。首例自体血液回输的成功，标志着在高海拔的那曲为患者解决用血困难提供了另一种有效方式。那曲市血源极度紧张，外伤大出血患者较多，自体血液回输的成功开展解决了医院创伤外科一直解决不了的问题，为手术急救带来了希望。在高原（海拔 3000 米以上）低氧环境下，给手术出血患者，尤其是出血量在 1500 ml 以上的患者及时输血补充血量，对维持有效循环血量、保证手术患者安全跨过手术关、提高抢救的成功率等具有重要意义。自体血液回收机可将患者的血液回收至机器内，经过过滤、浓缩、清洗后再回输给患者，提高了血液的利用率。这种方式既解决了血源不足的问题，又减少了异体输血带来传染病的风险，保障患者手术安全的同时也减轻患者的经济负担，是藏区人民创伤后用血的福音。如今手术室已经开展了十多例自体血液回输。更加令人欣慰的是，在我的帮带下，手术室的所有医护人员目前都能独立操作这项技术。

从一个普通手术室护士到“辽宁好人”

2018 年 5 月 11 日，“辽宁好人 · 最美人物（护士）”在辽宁广播电视台

“辽宁好人发布厅”进行发布。中共辽宁省委宣传部、省文明办、省卫生健康委授予援藏援青等14个集体和个人“辽宁好人·最美人物”荣誉称号。省委宣传部常务副部长张玉珠，省卫生健康委党组副书记、副主任宋良伟为“辽宁好人·最美人物”获得者颁发荣誉证书。身为援藏队的一员，我也获此殊荣。

帮助那曲市人民医院争创“三甲”，为当地百姓健康带去福音，是援藏医疗队共同奋斗的目标。我对医院的护理背景、现状及存在的问题进行调研，因地制宜，把护理工作的程序化、规范化作为重点，通过“传、帮、带”，不断提升那曲市人民医院手术室护理水平。援藏以来，健全科室管理规章制度及流程50多项，完善护理安全管理内容30多项，进行规范护理操作培训近30次，并通过操作比赛的形式提高手术室护士在手术台上的配合。在我的努力下，那曲市人民医院手术室护理工作得到进一步提高。

2018年9月，那曲市人民医院“三甲”终评审顺利通过，这个中国海拔最高的地级市终于拥有了自己的“三甲”医院。每每想到在这件惠及那曲市同胞的大事件中有自己的一份付出，我都觉得异常骄傲！

每次从手术室出来，我都能看到门口挂满洁白的哈达，它们代表着藏族群众最崇高的敬意和祝福，也是对手术室护理工作的信任和认可。在接下来的援藏工作中，我将把丹东市中心医院手术室先进的技术、宝贵的经验留在那曲，把护理经验传授给当地同事，培养出一支带不走的手术室护理队伍。尽管在今后的工作中可能会遭遇各种困难，但我一定不辱使命，用自己的行动诠释白衣天使甘于奉献、救死扶伤的精神。

一次援藏经历，一生无悔选择。

不忘初心　谨记誓言

记辽宁省人民医院李宝亮

二十几年前，一位刚毕业的医学生满怀着“全力以赴治病救人”的信念走上了工作岗位。在工作中，他始终谨记医生入职誓言：“救死扶伤，不辞艰辛，执着追求，为祖国医药卫生事业的发展和人类身心健康奋斗终生。”

坚定信念　治病救人

他回忆，刚参加工作不久，医院收治了一位年仅23岁的女性尿毒症患者。当时的医疗条件还不甚发达，各科室医生使尽浑身解数联合会诊抢救，最终还是没能将这个年轻的生命从死神的手里抢救回来。20多年过去了，他还很清晰地记得，这位患者在弥留之际死死拉住他的手，眼里闪着泪光，乞求的眼神让他终生难忘，用全身的气力说：“医生，我……我还想……想活着，我的孩子……只有两岁啊，他……他不能没有妈妈……”每当想起这一幕，这位从不轻易流泪的东北汉子就模糊了双眼。这件事对他触动很大，那种眼看着一条鲜活的生命慢慢消逝的无力感让他暗下决心，不断努力，牢记誓言，要用自己所学救治更多的人。从此之后，本就没有什么休息时间的他将自己一头扎进了工作和业务钻研中，任寒来暑往，自心无旁骛。

在中央第六次西藏工作座谈会上，习近平总书记提出“要牢牢把握改善民生、凝聚人心这个出发点和落脚点，大力推动西藏和四省藏区经济社会发展”，而医疗人才组团式援藏工作正是作为增进西藏各族群众健康福祉、共享改革发展成果的重要举措。听到医院有援藏名额后，他第一时间就想报名，但家里老人和孩子都需要照顾，他犯了难。没想到在他试探着跟父母提起此事后，作为大学老师的父亲和行管退休的母亲给予了莫大的支持。“我们的老同事有好多援藏的，这是好事，你放心去，不要担心家里！”说到这里，他的脸上满是欣慰的笑容。没有了后顾之忧，带着家人的全力支持，2017年10月底，他加入了由辽宁省12家医院共19名专家组成的第三批医疗人才组团式援藏工作队，来到离家万里之遥，海拔4500米的那曲开始了为期一年半的援藏工作。

他，就是辽宁省人民医院急诊内科副主任医师李宝亮，一名始终将救死扶伤的医生天职放在首位的普通医务工作者。

救死扶伤　情洒羌塘

刚来到那曲市人民医院的时候，内科还在旧楼里，病房脏乱差，墙皮脱落，玻璃碎裂，科室面临着人手不够、办公条件艰苦、本地医生基础薄弱的困境。面对这些问题，李宝亮将工作重点放在了对带教学员的手把手教学上。他说："只有把'输血'变为'造血'，医院才能长足发展。""临床干得时间久了，就容易忽视理论基础。"为了让学员们尽快成长起来，他每天早上上班后会授课40分钟，主要讲述比较基础的理论知识和临床常见病、多发病的相关诊断治疗。课后进行临床查房，将遇到的疑难病例汇总起来，最后科室集中讨论。他说："这样有利于医护人员理论联系实际，能够快速培养和提高医生处理问题的能力。"海拔4500米的高原说话不比在内地，40多分钟的授课内容，虽吸着氧气，但每次讲完都累得气喘吁吁，可他风雨无阻，没有一天停止过讲课。通过他的努力，学员们迅速成长，他的讲课笔记也积累了厚厚的六大本。

7月份，在医院创"三甲"期间，内科搬到了新楼，也争取到了呼吸机等设备。新情况，产生了新目标，他开始培训学员学习呼吸机的应用、气管插管及除颤技术，这些培训将内科危重症患者的抢救成功率提高至50%以上。

那曲市因海拔高、气候严寒，使得本地牧民群众多发高原性心脏病、消化道出血、急性高原肺水肿等疾病。8月的一天，一对藏族夫妻带着孩子就医，他们焦急地喊着："医生，快救救我的孩子！"年仅11岁的患儿呼吸急促，眼睛里无法抑制地流露出了紧张、恐惧的神情，"高原红"的脸蛋衬托着她青紫的脸色显得尤为触目惊心。看着已经口唇发绀的患儿，李宝亮当即为她进行吸氧并拍了胸片，胸片显示为典型肺水肿。在那曲，正常人吸氧后血氧饱和度能达到90%以上，面对着吸氧之后血氧饱和度只有70%的孩子，李宝亮陷入了两难的境地：孩子已经有上呼吸机的指征了，但孩子这么小，呼吸机是抢救患者的最终手段，一旦上了呼吸机，对孩子带来的并发症和撤机时的风险很难避免。再三权衡之下，考虑到孩子年纪小又营养不良，他凭着多年的临床经验，顶着压力采取甲强龙等药物进行治疗。当晚，他一直守在病房里，以防病情变化。到了第二天，再次拍胸片，显示患儿肺水肿状态明显好转，持续用药三天之后，患儿已基本痊愈。“这个孩子没上呼吸机是对的，真是松了一口气！”李宝亮讲。

在援藏期间，他治愈的不仅是当地的常见病、多发病例，更有在内地都少见的疑难病例。

一次，一位当地的患者慕名找到他，自述病情为9年前生育时曾大出血，从此就落下了病根。9年来，患者浑身无力，且伴有精神淡漠、嗜睡、不喜活动、反应迟钝、畏寒、无汗等症状，严重影响了她的正常生活。听到这些描述后，他的脑子里闪过一个词——“席汉综合征”。这种病是由于产后大出血，尤其是伴有长时间失血性休克，使垂体前叶组织缺氧、变性坏死，继而纤维化，最终导致垂体前叶功能减退的综合征。在辽宁大医院里，这也是很难见到的病例，想确诊不能单凭症状，还需要做实验室检测性激素、肾上腺激素和甲状腺激素等多种激素水平，但当时医院仅能做甲状腺激素检测。检测显示甲状腺激素水平低下，符合席汉综合征一项指标，虽然缺少另两项检测，根据患者症状，李宝亮给予对症试探性给药。几天后，患者症状明显好转，转为席汉综合征规范治疗，不久康复出院。他说：“确定诊断可以下了。”

“由于高原缺氧，环境恶劣，当地群众身体状况普遍较差，医疗条件也有所欠缺，看着他们被病痛折磨，打心眼里感觉我们医务人员责任重大。虽然目前社会上对医生的质疑时有发生，但每个医生面对患者的时候想的都是怎么治好他们，这是医生的职责所在，也是我从医20余载，履行从医誓言，不忘初心的入职承诺！”李宝亮如是说。

助力“三甲”　牢记使命

踏上那曲，站在4500米的雪域高原，强烈的紫外线和稀薄的氧气让来到这里的人或多或少都会出现高原反应。除了临床工作之外，李宝亮还充分发挥技术专长，立足传、帮、带，积极开展介入治疗、教学查房、病历讨论、操作技能指导等工作，努力把自己掌握的先进的理念、成熟的经验和技术毫无保留地传授给带教学员。在日常工作中，他反复强调相应的检查等要深入细致，使学员们的认识进一步提高，保障了医疗质量和医疗安全。尤其是在那曲市人民医院创“三甲”预评审阶段，他带领科室人员规范了科室管理相关制度及流程，协调与各科室间的工作，使科室管理有章可循。时间紧、任务重，高强度的工作让他经常处于高原反应状态，但他凭着过硬的意志品质、良好的工作作风和精湛的业务能力，为那曲市人民医院顺利通过“三甲”预评审贡献出了自己的力量。

医院顺利通过“三甲”终评之后，他说道：“创‘三甲’成功不是目标，我们决不能松懈，还要带着科室里的学员们依据当地疾病谱继续强‘三甲’，对照内地大医院的标准不断努力，任重道远啊！”他看着远方，目光坚定。

是啊，远方，远方有他的家，家中上上下下全靠妻子一人支撑，双亲都已年逾古稀，大儿子在参加中考，来援藏时小儿子还不满两岁，在机场妈妈抱着孩子送他离开时还完全不懂发生了什么。2017 年冬休回家时，他发现父母已白发满头，这让他无比愧疚。跟家人在一起的时间总是过得很快，三个月的冬休倏忽间就过去了，小儿子也懂了爸爸是要去很远的地方工作，抱着他的腿眼泪汪汪地哭喊着：“爸爸不走！爸爸不走！”他强忍着泪水跟儿子说：“爸爸是去治病救人的，等患者好了，很快就回来陪宝宝了。”儿子似懂非懂，跟他拉钩等他回来。

李宝亮说：“马上就要结束一年半的援藏了，想做的事情还有很多。我一空闲下来，就拿出家人的照片翻看，和家人视频通话是我最幸福的时刻。对家人的亏欠，只能等这里的工作圆满结束后再补偿了！”

（执笔　张清娟）

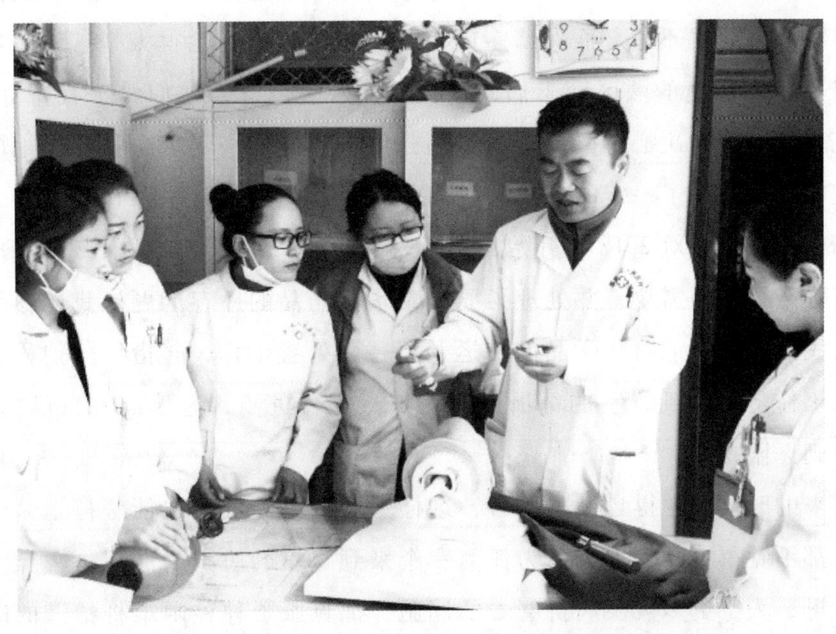

李宝亮医生为学员进行气管插管术培训

那曲　一个让人觉得“值得”的地方

锦州医科大学附属第三医院　任振堃

进藏以前，本以为西藏就是照片中的蓝天、白云、清澈的湖水。进藏后才知道，现实是如此的“骨感”和难以想象……耳鸣、头晕、流鼻血是给初到之人的“见面礼”，这让我时常想念家人。不过经过一年的工作和生活，让我觉得一切的经历和付出都值得。

2017 年 10 月，我受辽宁省卫生计生委及锦州医科大学委派，参与到国家第八批援藏工作队（辽宁省第三批医疗人才组团式援藏工作队），离开原单位来到有藏北草原美誉的西藏那曲参加支援工作。“那曲高，阿里远，昌都险”是对这三个地方最形象的概括。那曲作为三者之首，平均海拔 4500 米以上，几乎已是生命的禁区。虽说我是个东北汉子，但面对这样的自然环境不仅是对身体的考验，更是对意志的摧残。头疼恶心、浑身无力，吃饭无胃口、流鼻涕打喷嚏，只能靠吸氧来缓解不适。面对诸多困难，说实话，真心觉得太辛苦了。但看到同样身处恶劣环境的藏区同志们，让我不能轻言放弃，他们给了我坚守岗位、做好工作的动力和决心，坚持着每天高强度的工作。一年里，我和当地的同事们一起奋战也取得了一定的成果，我们共同准备评选“三甲”医院材料，开展临床药学工作。面对 2018 年开始的网上采购工作，在保证依法合规的同时，也保证了临床用药的需要，并处理了原有泰华堂药品的库存问题。我还参与了那曲市人民医院原有危险化学品的转运及无害化处置工作，并指导药剂科及药库的搬迁工作等。看到科室的每项工作一点点完善进步，这里面有自己的汗水，让我感到无限自豪。

刚来的时候我觉得自己很厉害，这样强烈的高原反应也能坚持下来，但现在一点都不觉得自己伟大，因为任何一个来到这里的医护人员都是舍弃了小家来到这里，为了更多被疾病折磨着的同胞，都克服了种种困难将精湛的医疗技术和良好的精神面貌带到那曲，为这里的患者做了自己能做的事情。我很幸运得到了这次历练的机会，虽说我们来到这是帮助了藏族同胞，但同样被众多藏族同胞纯净的心灵所感染！我想今后会有越来越多的同志加入我们的队伍，因为那曲是值得我们付出的地方。

情系那曲

中国医科大学附属第一医院　班允超

我是一个有高原情结的人，2016 年底结束青海援助返回沈阳，2017 年底从西北转战西南，来到西藏那曲。

不畏艰难，发挥专长

虽然有过高原工作的经历，但 4500 米的海拔远远不是想象得那么简单，高寒、大风、强紫外线、近 30℃ 的日温差、夜夜难寐的头痛、每天干燥出血的鼻腔、不到海平面 58% 的含氧量以及回到住处就离不开的吸氧管，都是高原日常生活的一部分。我也是到了这里才知道，如此高的海拔，不仅人会出现高原反应，连血气分析仪、呼吸机、电动吸引器乃至手术显微镜都可能在工作中突然毫无征兆地报警甚至罢工。在克服了种种困难之后，我很快就投入了神经外科临床工作。

那曲是藏北的区域性中心，大量的急重症颅脑外伤以及脑出血患者，构成了那曲市人民医院神经外科的主要患者来源。我发挥中国医科大学附属第一医院神经外科的学科优势，带领本地学员广泛开展显微手术，提高手术技巧，减少手术创伤，大大提高了患者的术后生存质量。

勇于担当，放手一搏

我永远记得我的患者次仁多吉，那是极其艰难的一次选择：49 岁藏族男患者，无诱因突发意识不清 2 小时，双侧瞳孔散大，自主呼吸停止，右侧硬膜下及脑内巨大血肿，中线极度左偏……一切指标都宣判他几无生机。不做手术，患者生存不可能超过 1 小时；做手术，极大的可能是血管畸形。这意味着手术将无法完成……几小时前刚刚下手术台极度疲惫的我陷入两难。

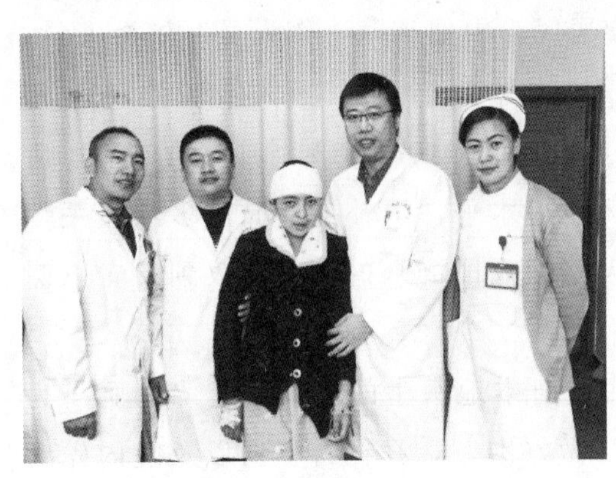

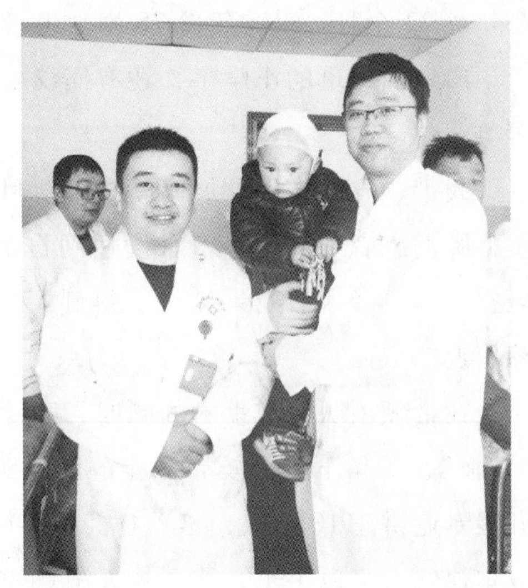

“请救救我的父亲。”患者正在读大学的女儿哭着说，“有你们援藏专家团队在，我们愿意冒这次险……”

“术前准备，立刻!”我回过头对我的助手朗觉说，虽然只有万分之一的把握，但若是因为劳累或害怕承担责任而退缩，那我对不起藏族同胞的信任，也对不起自己的良心。

术中的情形应验了我的预感，颅内压力高到不可思议，颅底似乎有无穷无尽的血涌出。没有显微镜，仅靠肉眼探查找到出血点几乎是个不可能的任务。可如果不冒险，患者绝无生还可能。

叮嘱麻醉医生和护士做好配合，我深吸了几口氧气，和助手朗觉一起开始探查。仅有手指粗细的手术视野瞬间就被血色填满，手术灯和头灯无法照进深深的颅底。时间分秒流逝，鲜血汩汩流淌，这是一场与死神的赛跑……

不知道过了多久，终于在两支吸引器下，微弱的头灯照到了颅底。我在狭窄的缝隙中看到一支粗大迂曲的血管在随着心跳搏动汹涌喷血，出血位置找到了！瞬间，心里大石落地。电凝止血、切断、冲洗一气呵成。术野的血没有再次涌起，成功了！此时才觉得头上的手术帽已经湿透，前心后背全是冷汗。

这是一例相当罕见的前颅窝底硬脑膜动静脉瘘，那曲市的第一台脑血管病，手术足足做了 10 小时。

做好本职，授人以渔

一年多来，神经外科收治患者近 500 人，共完成全麻开颅手术 70 余例，最小年龄22个月，最大年龄78岁。患者来源不但有本地藏族牧民、僧人，也有考上了内地西藏班的小学生，还有回汉各族居民、内地来藏工作人员、旅游人员，等等。

我带领科室先后开展高新技术项目10项，重特大手术3例，成功救治术后重症肺炎患者1例，手术难度达到自治区先进水平，填补了那曲市多项相关领域空白。患者术后效果良好，得到了广大羌塘人民群众的赞誉，收到患者感谢锦旗近二十面。

在带领团队完成手术的同时，我更注重对本地医生的培养，变“输血”为“造血”，为留下“一支带不走的医疗队”做好准备。我在科室内以及院内先后开展专业讲座10余次，培养神经外科学员3人。我的助手朗觉已经可以独立完成本地绝大多数手术，达到令人满意的效果，在那曲本地享有很高的声誉。

不断奋进，砥砺前行

回首一年半的援藏生活，面对高原的艰苦环境，我和其他队员一样，有艰辛，有感动，有汗水也有收获。我们不畏艰险，不求回报，为的是那曲市卫生服务水平的提高，为的是那曲市医疗水平的进步。在将来的日子里，我们不会因为成就而懈怠，不会因为困难而退缩，组团式援藏医疗队将永远情系高原，真诚奉献，不忘初心，继续前行，为那曲市医疗事业的改革发展贡献力量。

无私奉献是共产党员应该做的事

记抚顺市中心医院刘勇

“我没有做什么突出的事情，都是平凡小事。”刘勇谦虚地说。然而我知道，平凡的语言下是他不平凡的努力。

质量管理持续改进

“最开始的时候医生是否按时写病历，我们只能到各科室去检查，容易出现遗漏。不按照规定时限书写病历，极有可能造成医疗纠纷。”刘勇说。监督管理医院病历书写是医务科的职责。刘勇根据医院需求提出质控信息化理念，协调信息科向专业软件公司提出申请，最终解决了这个问题。“现在哪个科室有医生未按时写病历，我一眼就看到了。”刘勇说着打开了系统，我在屏幕上清楚地看到了病历书写超时限提醒的表格。

“有些患者需要重点关注，如死亡患者、危重症患者、术后患者、输血患者等，都得重点看。”刘勇说。他也设计了表格专门处理，现在系统中一键就能查询到。筛选重点患者能够提高效率，有针对性地进行质控管理。

刘勇完善了医院的院科二级管理体系，明确医院质量管理组织架构，制定并下发了医疗质量管理手册，还将原有科室考核标准细化为百分制，不断提升医院医疗质量管理水平。虽然工作中存在诸多困难，但是他迎难而上，不畏艰险。

“以前有许多数据在系统中查不到，现在我联系软件公司调整了一下表格，这样就方便多了。”刘勇说。他还将报表中的门诊人数、住院人数、平均住院日、药占比等七项数据进行统计分析，每季度形成报表上报院办存档，使医院业务数据更加清晰。

服务群众积极参与

刘勇虽然不是临床医生，但他积极参与到服务藏区群众的医疗活动中，先后到嘉黎县、看守所等地进行义诊活动。

2018 年 7 月，当他得知人民医院与农牧局准备到麦地卡乡进行义诊，他就提出申请主动参与其中。麦地卡乡是嘉黎县最为艰苦的地方，海拔 4900 米，当地农牧民群众就医十分不便。

解答村民的疑问，讲解健康知识，免费发放常用药品，场面热烈而有序。义诊持续 3 个多小时，他也就站了 3 个多小时。此次共进行检查 80 余人次，发放药品价值 6000 余元，给当地村民解决了很多实际问题。

“虽然和村民们无法进行过多的交流，但是透过村民的眼神，能够感受到他们的淳朴善良，能够体会到他们对医疗专家的信任与感激。”刘勇自豪地说道。

面对困难勇于克服

“缺氧反应，大家都有，比起其他专家我不算严重。”刘勇说。他口中说得轻松，然而我们都知道他刚来的时候甚至因为高原缺氧昏倒，如果当时没有其他人员发现，后果不堪设想。

第一次前往拉萨，下了飞机，刘勇看到了医院接机的大巴车，他此时还没有感受到缺氧的威力。“来，这个行李给我！”刘勇又接过一位援友的行李箱放进了车中，接着又帮另一位女队员将包裹放好。车子很快开动了，眩晕恶心的感觉却开始袭击刘勇的身体。

“我也没觉得是高原反应，平时在家也有点晕车。”刘勇说。他想着不要给组织添麻烦，吃了防晕车的药物，也就安静乘车，没有人知道，他墨镜口罩下的脸已经十分苍白。

车子很快到达了暂住地——拉萨迎宾馆。刘勇此时觉得更加头晕，他不想给大家添麻烦，觉得到宾馆休息一下就好了。迎宾馆门前有几个台阶，刘勇慢慢走上去，然而刚走到第二级台阶，眼前的景物瞬间旋转起来。“当时也没有想太多，就本能地去扶那个栏杆。”刘勇回忆说。他蒙眬中向眼前的栏杆上扶去，接着忽然间世界暗了下来，再然后什么声音都没有了。

似乎前面有光？刘勇感觉自己似乎迷迷糊糊地向前方走去，然后他睁开了眼睛，眼前是一片蔚蓝，澄澈得好像是上好的海洋之心，上面几块白色的东西。哦，是了，那是云彩，蓝的是天。刘勇正想着，忽然一个黑影遮住了面前的天空，那是一起来援藏的专家班允超，他张着嘴似乎说了什么，可刘勇完全没有听见声音。接着更多的人凑了过来，这时刘勇才感觉到鼻子里似乎被插进了什么东西，有气体流进来，原来他正躺在地上吸氧。渐渐地耳中有了声音，他也被抬上了救护车，过了好一会儿刘勇才感觉左侧眉棱骨处疼得厉害。

好在CT检查没有颅脑损伤，最终刘勇缝了十几针。“我很感谢援友和医院来接我的那曲同事们，他们一直在照顾我。”刘勇说。缝合之后，大家都劝刘勇在拉萨休息，等拆线愈合之后再去那曲不迟。刘勇拒绝了，他说绝不能给大家添麻烦，最终还是和其他援藏队员一起到达那曲。

刘勇受伤之后，因为怕抚顺市中心医院方面和家里担心，没有向组织进行汇报，后来在一次技能比赛上，院方才在其他援藏队员的汇报中得知刘勇受伤，等到刘勇的家里知道情况时，他的伤口已经拆线了。刘勇调好手机相机的美颜功能笑着对家里说：“就是摔了一跤，都没有留疤，什么事情都没有。”

无私奉献敢于担当

刘勇说，他到那曲工作这一年时间也是自己的提高，不仅了解了西藏的风土人情，也增强了发现问题、解决困难的能力。

“我是党员啊，共产党员不都应该冲在前面吗？”刘勇听到我问他为什么来援藏时说。他没有任何犹豫、没有任何思索，本能回答，一瞬间让我感受到强烈的心灵震撼。看到我震惊的表情，刘勇笑着说：“都说西藏困难，我们共产党员不就是应该克服困难、无私奉献吗？”

“我听说组团援藏就直接报名了，报完名后我才给家里打的电话，家人知道后也十分支持。”刘勇耸耸肩说。在使命下达的第一时间，他只想到了他应该去，到需要他的地方去，克服困难，奉献担当，圆满完成这个光荣的使命。

顶千钧压力　留那曲足迹

记中国医科大学附属盛京医院韩峰

纵负家中千钧担，不成使命不肯休

2017 年 10 月 27 日，韩峰怀着忐忑的心情坐在会议室里，这天第一次参加医疗人才组团式援藏工作会议。周围坐的基本上是不认识的同志，可他知道在未来的一年半时间里，他们会成为最亲密的战友。会议主题是“打造一支带不走的医疗队”，韩峰将这句话反反复复读了几遍，将这个责任深深刻在了心里。

第二天，他与其他 17 位专家一道站在机场的登机入口前，看着已经年过七旬的父母，大的十二岁、小的只有两岁的孩子，韩峰百感交集。他含着眼泪对妻子说：“这是组织交给我们的任务，是光荣的，在家多保重，这一年就辛苦你了。”

下了飞机，远远能看到布达拉宫的影子了，韩峰虽然呼吸困难、头痛欲裂，还是忍不住觉得心中有无限向往。然而最初的几天，他始终觉得如坐舟船，似乎天地都在微微晃动，有援友劝他回内地休息，韩峰坚决地摇了摇头：“任务还没完成，怎么能走呢?”经过短暂的休整，韩峰努力克服高原反应，坐上了去那曲的火车。

4513 米的站牌越来越近了，韩峰裹紧了身上的冲锋衣，冷，真冷。短短的几小时火车，似乎就将初秋和严冬之间的过渡完全消融，留下无边的严寒。他不禁感叹，高寒缺氧原来都是真的啊。

当夜韩峰失眠了，头痛耳鸣给他带来巨大的困扰，他吸着氧趴在窗前的椅子上作了一首诗：

羌塘漫漫雪如织，
风中漫雪那曲识，
心中那曲情，

酸甜苦辣愁。

病房窗前立，

宿鸟归飞急，

何处是归时，

冬夜更漫长。

一夜辗转反侧。然而，第二天他却顶着浓重的黑眼圈说：“我需要熟悉熟悉工作，先去借一本文件学习一下。”为了能够迅速投入工作，韩峰认真学习“三甲”评审标准、援藏工作汇编及医院相关政策。经过了解，他迅速进入了工作状态，针对医院的第一住院部改造提出了许多建议，在磁共振、CT、介入DSA、急诊规划、血液净化、配液中心、检验科的流程布局、卫生间配置位置、超声科操作室窗户设置、患者便利通道及电梯安置等方面都做出了指导。

2017年12月1日，韩峰正准备去上班，忽然电话响了，是哥哥打来的，告知母亲突发脑梗导致半侧肢体偏瘫。他一屁股坐到了地上，泪水瞬间模糊了双眼。韩峰给家里打了电话，简单嘱咐了一下如何检查、如何使用抗凝药后，还是走向了办公室。“儿子不孝啊！”下班回来他将自己一个人关在宿舍里，对着月光发了一夜的呆。韩峰很想回去照顾母亲。父亲原本双目失明就行动不便，如今母亲病倒更是雪上加霜，全靠哥哥嫂子照顾，家里需要他，可他知道那曲市人民医院正在创“三甲”的关键阶段，这里更需要他，完成好援藏使命，回去时才能不给父母丢脸。

冬休期间，他终于又见到了母亲。短短两个月时间，母亲瘦了很多，也老了很多，原本就全白的头发更加稀疏了。韩峰跪在床前，泪水一颗颗地流下来。母亲却颤抖着伸出手，抚摸着他的脸，含糊不清地说：“峰儿啊，你去援藏要好好干！”

传道当需多解惑，馈鱼怎及授渔情

“援藏队员要先当学生，先交朋友，不能当老师，要主动沟通，实实在在。”问及教学情况，韩峰如是说。他也确实做到了，两名学员嘎措和鲁姆吉分属医务科、药剂科。韩峰不怕麻烦，因材施教，亲自到两个科室进行带教，为学员量身制订学习计划及培养细则，毫无保留地将自己的知识传授给学员们。他还认真了解科室实际情况，为两个科室提供了发展目标。

“我更多的是要教会学员如何思考，他们都是科室管理者，不能仅仅会做业务，更要会管理，会把握科室整体发展方向。”韩峰说。他除了对学员及科室进行规划以外，也教导学员如何进行科室管理、如何制定发展方向。

韩峰认为仅仅在科室中授课是远远不够的，全院都应开阔视野、了解药物使用及内地先进理念。他先后在临床路径使用、毒麻精放药品管理、医疗规章制度、数字化医院及三级甲等级医院评审等多个方面对全院进行讲授，使医务人员受益匪浅。

课题研究为病患，墨守成规难愈疴

那曲海拔高，对心脏影响较大，冠心病属于常见病、多发病。经过观察，韩峰发现，在那曲糖代谢异常冠心病患者指标与内地具有很大差异，患者服药依从性也不高。经过详细调研，韩峰带领学员申报了《高原地区糖代谢异常冠心病患者的临床特点及服药依从性随访干预研究》课题，针对高海拔地区的特殊性，研究与内地存在的差异，研究内地治疗冠心病合并糖代谢异常患者指南在本地应如何进行变更，以期进一步提升治疗效果，为患者生命安全做更好保障，这项课题具有前瞻意义。

千里离乡援藏行，万里羌塘留足迹

没有援藏前，韩峰对西藏的印象就是藏传佛教的圣地，美丽而神圣。到了那曲之后才他真正感受到本地气候条件的恶劣，医疗设备的缺乏。“没来援藏之前是根本无法想象的。”韩峰说。

但他从不后悔来援藏。韩峰说，援藏是自己一生的财富，在藏工作中，藏族同胞淳朴善良、虔诚宽厚，洗涤了自己的灵魂，感觉身心更加宁静。“在那曲工作，是我一生中重要的一步，我一定要脚踏实地，完成党和国家交给我们的任务。”韩峰郑重地说道。

不惧艰险赴那曲　任劳任怨做超声

记中国医科大学附属盛京医院孙佳星

党的十九大报告提出，人民健康是民族昌盛和国家富强的重要标志。要完善国民健康政策，为人民群众提供全方位全周期健康服务。盛京医院承担的此次援藏医疗活动正是贯彻党的十九大精神的具体举措。院办迅速将任务分配下去，超声科接到了关于选派一名产科组医生援藏的任务，任卫东主任立即召集科室班子进行研究。经过认真讨论，本着征求本人意愿的原则，科室决定由产科组医生自愿报名。解丽梅副主任代表科室向产科组医生说明了本次院里援藏任务的情况，毕竟这是超声科第一次承担这么艰巨的任务，而西藏给人的印象是地广人稀、空气稀薄以及艰苦的生活条件，西藏对于任何人来说都是一个充满挑战和未知的地方，产科组医生会如何反应，科室领导班子都心怀忐忑。接到了科室通知后，孙佳星同志思考了半刻，坚定地回答：“我去。”当时，孙佳星刚刚完成了为期半年的下乡任务。

从那一刻起，孙佳星的电话和朋友圈沸腾了。“佳星，辞职吧，身体重要。”“佳星，你不要命了？”“佳星，医院给你一百万都不能去啊，我们平时总看见援藏后扩心病的，你找主任就说后悔了。”“佳星，你孩子太小了，你有理由不去啊。”亲朋好友关心的电话和信息络绎不绝。任卫东主任也专门找了孙佳星同志进行了面谈，西藏高海拔，长时间生存对身体有影响，心肌损害、心脏扩大、肺水肿、脑水肿这些疾病随时可能影响着生命安全。孙佳星同志的父母身体不好，妻子也是医务工作者，平时工作也非常忙，孩子才一岁多，妻子需要一个人带那么小的孩子，这些困难和问题都是孙佳星同志需要面对和克服的。

面对领导和亲朋好友的关心，孙佳星同志丝毫没有退缩。他认为，在恶劣的环境下，总有这样一群人，逆流而上，到最需要的地方去，贡献他们的力量。而作为一名共产党员，这是一次神圣光荣的使命。他觉得能用自己的技术服务那些有需要的藏民是件很有意义的事。

为了适应那曲的高原环境，孙佳星开始进行大量的准备工作，查询那曲的气候、向去过那曲的人了解情况、准备必备药品……所有的准备只为一个目标——顺利完成此次医疗任务。

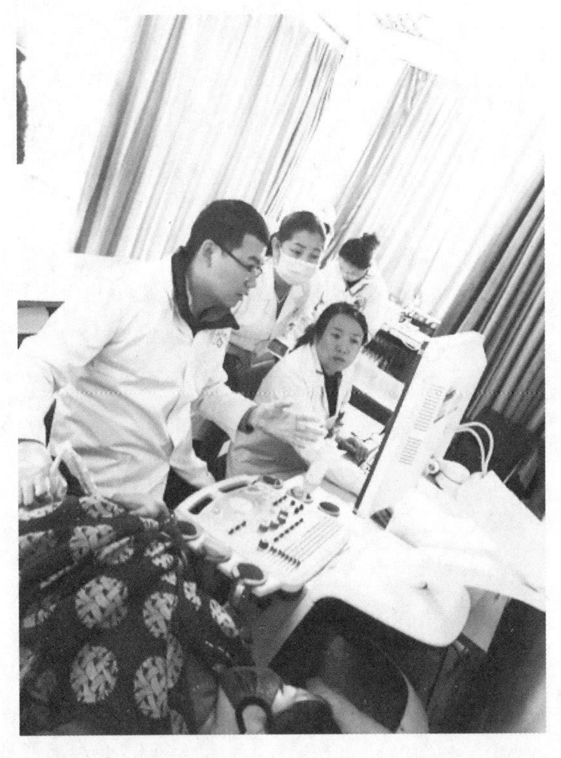

而再多的准备也难敌条件的恶劣。入藏第一日，孙佳星的血氧饱和度就一度降到了73%，心率更是达到140次/分，每天都得长时间吸氧。身体的强烈不适却还是压不过心理上对家人的愧疚。这个1.8米高的男子汉甚至无法面对自己女儿的视频。

当他了解到，在当地人眼中援藏医生不仅医术高超，并且医者仁心、爱岗敬业，面对前辈们建立下这样坚实的基础，面对当地人的期待，孙佳星顿时觉得自己可以跨越所有的困难。

他要像那许许多多把自己的青春、热血甚至生命都献给了西藏高原的先辈那样，为了援藏事业，把对亲人的爱、对亲人的愧疚都深深地埋在心底，把超声科和盛京医院的优良光辉传统和作风带到西藏医疗战线，把自己博大无私的爱献给西藏人民，把自己高大的身躯融入这片壮丽、神奇的土地，用自己的医疗技术去帮助那些急需救治的西藏患者，用自己的努力和奉献为西藏人民谋福利，在雪域高原接受锻炼和洗礼，与西藏各族群众一道去创造新的成绩，在这片土地上留下更多不平凡的故事，为盛京医院在西藏这片令人神往的土地上树起一座丰碑添砖加瓦。

用仁心、责任心、爱心诠释医者初心

记延安大学附属医院神经内科刘强

“问渠哪得清如许，为有源头活水来。”至纯、至善、至朴的灵魂，必然会赋予生命以高度，赐予人生以丰厚的体验。延安大学附属医院神经内科三病区副主任刘强同志，坚守医者仁心的忱志，一路走来，不忘初心，更是在援藏过程中矢志不渝，不断地用自己的实际行动，诠释着一名共产党员、一位医务工作者始终如一的医者初心。

敬佑生命、救死扶伤的仁心

早在少年求学时，刘强就立下了志向，决心要成为一名为患者解除病痛、带来健康的好医生。自 2007 年分配到延安大学附属医院以来，他始终坚持“医者父母心”，牢记救死扶伤的天职，严格要求自己。在行医实践中，急患者所急，想患者所想。对待患者一视同仁，不分贫富贵贱，不论职务高低，始终把患者的生命安全放在第一位。十年多来，他持之以恒，恒之以长，热情耐心地为患者服务，从未发生违规违纪行为。他的高贵品格和非凡的人格魅力，影响了同事、打动了无数患者的心。

近年来，随着生活节奏加快、生活水平不断提高，陕北地区心脑血管患者逐渐增多。由于陕北区域脑血管介入治疗水平尚处于起步阶段，患者往往要求转往省城条件更好的医院进行治疗。但此类疾病发病突然，如不能及时有效施救，错过了黄金救助时间，患者将会面临生命危险，有的患者即使有幸保住了性命，高致残率却为后续的康复治疗乃至生命健康造成严重影响。看着一个个鲜活的生命危在旦夕，自己起初不能有效施术，刘强心急如焚。形势严峻，责无旁贷。对生命的敬畏，对病患的责任，让他立志攻克这一难题。于是，他先后在首都医科大学宣武医院、第四军医大学唐都医院进修学习，师从我国著名的神经病学专家凌峰、赵振伟教授，主攻缺血性脑血管病的血运重建。其间，他刻苦钻研，迎难而上，医术水平不断提升。在为患者争取到宝贵救治时间、挽救了众多患者生命的同时，也填补了陕北区域神经内科介入治疗的空白。此外，他还不断地总结临床经验，撰写学术论文，目前已发表论文10篇、SCI两篇，承担参与了国家“十二五科研项目”两项和“国家十三五科研项目”一项。

挺身而出、听从组织召唤的责任心

“我是祖国一块砖，哪里需要哪里搬。”作为一名党员，刘强同志以身作则，积极参加政治学习，不断提高认识，坚定为人民健康服务的信念，践行自己的入党誓言。在延安大学附属医院工作以来，刘强同志积极参加医院组织的每一次下乡健康扶贫活动，将其作为丰富实践、为群众服务的平台。他先后到宝塔区的各个社区乡镇及富县、洛川、黄龙、延川县梁家河乡等地进行义诊及健康宣教。2017年，延安大学附属医院组织为期一年的第三批医疗人才组团式医疗援藏队。神经内科三病区副主任刘强，在组织最需要的时候、在党和人民召唤的时候，挺身而出，克服困难，主动放弃舒适的环境，自愿去条件艰苦高寒、高海拔的西藏完成支医任务。

阿里是喜马拉雅、冈底斯等山脉汇聚的地方，有“万山之祖”之称。同时，这里也是雅鲁藏布江、印度河、恒河的发源地，又称“百川之源”。除去独一无二的自然景观外，严酷的自然环境更是极大地限制了当地医疗水平的发展，对援藏队的所有医护人员也是极大的挑战和考验。

进藏第一天，援藏队就迎来一例感染性休克的产妇，极度危险。病情就是命令。顾不得长时间的旅途劳顿，刘强同志立即组织会诊，研究救治方案。这一天，他们顶着各种高原反应所带来的不适持续奋战近10小时。但超负荷的工作才刚刚拉开序幕。援藏第三天，医院接收了一位高渗昏迷患者。受恶劣自然环境及交通问题的影响，患者在抵达医院时距离其无法检测到血压已经过去近3小时。作为神经内科副主任医师的刘强正在查房，听闻消息立刻从医院的另一头飞奔过去，组织医护人员实施抢救。经过两个多小时的抢救，患者终于恢复意识，生命体征逐渐平稳。或许是因为还不能适应严酷的气候环境，又或许是连日来的过度劳累，当刘强医生在忙完这一切回到自己办公室，推开门的一瞬间竟眼前一黑一头栽倒在地上……

刘强本来是神经内科专家，但到了缺医少药的阿里地区，他变成了产科医生为孕妇接生，变成了呼吸科专家，变成了皮肤科医生……变成了什么都会的全科医生。而延安大学附属医院的同事们，则成了他的老师和坚强的后盾。他常常利用互联网技术手段，及时向同事请教，为藏民排忧。可以毫不夸张地说，在阿里，他就是一位什么病都能治的全科医生。

无私奉献、情洒阿里的爱心

在阿里的日子里，刘强按照党和国家对援藏干部的规定认真学习，利用业余时间学习少数民族地区的民风民俗，自觉学习党和国家的民族政策和边防政策，坚持实践“三个离不开”方针，像爱护自己的眼睛一样，爱护民族团结。同时自觉学习和不断熟练掌握受援医院分管的业务工作，做好学习笔记、撰写心得体会。围绕“进藏为什么？在藏干什么？在藏得什么？离藏留什么？”等问题，深入思考，确立了“医疗技术和经验不仅要带过去，而且要留下来”的坚定信念，决心为阿里人民的身体健康助一臂之力。

虽然刘强尽职尽责，全心全意地为阿里地区人民服务，但他明白，要提高当地医疗水平，帮助更多的患者，靠一己之力远远不够。“授之以鱼不如授之以渔。”他本着立足本职、传承技术的真心，努力以各种方式，把自己的技术和经验传下去：一是做理论代教。每周三和每周五，每节课两小时，雷打不动。因为强烈的高原反应，气短胸闷，讲不了一会儿就喘不过气来，但他决不放弃，歇息片刻，把一节课分成几个时段，也要坚持讲完。二是床头代教。在病床边上，现场给身边的医护人员讲解，手把手指导常见病多发病的诊断治疗处理方法。三是重点代教。收了三名徒弟，手把手地指导，用心地栽培。他这种每时每刻都在为师、言传身教的行为，深深感动了受援人员。当地医生都说：刘强医生是真心诚意地想把自己的技术、经验留下来，大家对他更是无限的尊敬和热爱。

援藏之前，刘强同志是个身体棒棒、健健康康的小伙子，到了阿里后，繁杂的工作及高原反应，使他成了要靠吃降压药、活血药、睡眠药等各种药物才能坚持工作的“患者”。但他并未因此放弃自己的理想、放弃自己的职责、放弃心中的大爱，依然坚持战斗在一线。援藏一年多来，刘强在完成本专业医疗救治的情况下，先后指导抢救本专业及其他专业急危重症患者 50 余例，其中重度脑水肿、肺水肿 10 例，重度心衰 8 例，糖尿病高渗昏迷休克 2 例，癫痫持续状态 10 例，肺栓塞 1 例，主动脉夹层 2 例，急性大面积脑梗死 5 例，急性心肌梗死 6 例；帮助急诊科抢救各类急危重症患者 4 例，协助外科处理重症颅脑外伤患者2例。在阿里地区人民医院没有ICU的情况下，刘强同志帮助指导科室完善了抢救室工作制度、管理制度和抢救流程。

从黄土高原到青藏高原，一路走来，“只问初心，无问西东”。刘强同志以他高尚的医德和高超的医术诠释了一名医务工作者的初心。天道酬勤，医道酬仁。在他的身后留下的是一串串发光的足迹：这位年仅40岁的中共党员、硕士研究生，先后被评为2013年度延安市十大杰出青年，被授予2017～2018年度阿里地区医疗援藏最佳技术创新人才、医疗援藏最佳学科建设奖及优秀教学奖，被评为陕西省首届“中国医师节”优秀医师。然而，在刘强心里，为人民健康服务的初衷依旧，医者仁心的大道依旧。

而不忘初心的刘强，将永远在前行的路上！

心系远方　情洒阿里

西安市第八医院　马晓华

医疗人才组团式援藏是党中央、国务院关心西藏人民生活、关注西藏可持续发展的重要举措。西藏尤其是阿里地区异常艰苦，卫生事业发展相对滞后，全面提升医院医疗、教育、科研、管理水平，提高藏区人民健康水平，是一项利长远、造福于民的德政工程。当我接到援藏任务时，心里非常复杂，一方面感到无限光荣，一方面对即将面对的困难忐忑不安。2017 年 7 月 21 日，我们第三批组团式医疗援藏队踏上征程，7 月 25 日抵达阿里地区。这里路途遥远，气候恶劣，平均海拔 4500 米，空气稀薄干燥，植被稀少，紫外线特别强，山上积雪终年不化。我们来到这里后，每个人都经历了严重的胸闷、头痛、失眠、血压升高、厌食等高原反应，队员们血氧饱和度仅 85% 左右，大部分队员血红蛋白升至 200g/L。更是经历了思念家乡、思念亲人之苦。但一切都在预料中，大家都没有畏缩，调整了一周后很快进入了工作状态。

9 月 6 日凌晨 3 点左右，急促的电话惊醒了我："马老师，刚新入一个患者，胸闷、气短、呼吸困难，伴有腹胀、恶心。"作为阿里地区人民医院传染及消化业务主任，接到电话后我没有多想，立即穿上厚厚的衣服，冒着凛冽的风，赶往离住处大概 1 公里的阿里地区人民医院内科。患者名叫热杰，男，63 岁，藏族，入院前 3 日出现胸闷、气短、腹胀、腹痛等不适，未予重视，1 日前上述症状加重，急来医院。查体，脉搏 160 次/分，呼吸 40 次/分，病情危重。我立即指导值班医师急查血常规、心电图，陪同患者行腹部平片、B 超等相关检查。经相关检查后，排除空腔脏器穿孔、肠梗阻等急腹症，初步诊断为高原性心脏病、心力衰竭、腹腔感染。立即给予患者强心、利尿、抗感染等积极抢救措施，严密监测病情变化，进一步完善相关检查。经积极抢救，早晨 8：00，患者胸闷、气短明显缓解，生命体征趋于稳定。我感到非常欣慰，又开始准备新一天的工作。

像这种随时抢救患者的情况经常遇到。阿里地区由于客观条件的限制，部分患者在病情非常危重时才来就诊。作为医生，患者永远是第一位的。9 月 20 日 20 时左右，我正准备吃晚饭，接到急诊科电话，一个上消化道出血患者出血不止，出现休克，请求会诊。我立即赶往医院急诊科。患者李秀平，男，49 岁，黑便数次，呕血 4 次，血压 50/30mmHg，脉搏细弱、四肢冰冷，失血性休克。患者随时有生命危险。我立即组织急诊科医师对患者给予快速扩容、纠酸、止血、降低门脉压等抢救措施。患者再未出血，生命体征逐渐平稳，转入内科继续治疗。23：30，我回到住处，早已忘记饥饿。

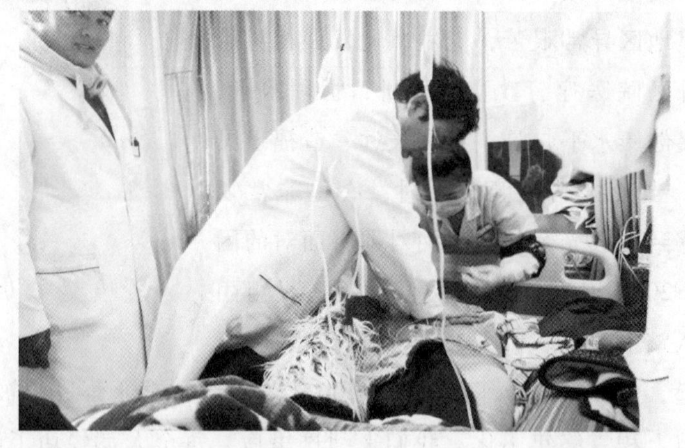

这是组团式援藏队员工作状态的一个缩影。“缺氧不缺精神，艰苦不怕吃苦”，援藏队员各自专业不同，但均在自己的岗位上辛勤工作着。大家精诚合作，团结一致，和当地医护人员一道，多次将病危患者从死亡线上拉回，多次进行疑难危重病例讨论，在这片雪域高原上奉献着自己的赤胆忠心。“医生就应该用生命守护患者生命，救死扶伤是医生的天职。”大家都这么认为。

医疗援藏对提高当地人民健康水平有重要意义，对于促进民族团结有更重要的意义。医疗援藏队需要服务更多的患者，将医疗技术、医学关怀带到每一个需要的地方，让藏族同胞感到祖国的温暖。我们第三批组团式医疗援藏队入藏以来，利用休息时间，多次深入福利院、建筑工地、牧区等地方为群众义诊。8 月 18 日对阿里地区社会福利院的送爱心活动让我印象深刻。援藏专家们为 57 名藏族老人进行全面体检，最高龄的老人 92 岁。他们淳朴而又善良，在福利院大厅内静静地等待专家们的到来。专家进入福利院后，义诊活动有条不紊地展开了，老人们也秩序井然，没有丝毫混乱。现场的援藏医师给每位福利院老人量血压、测血氧饱和度、听诊心肺、认真查体，为他们送去药品，并把部分老人接到阿里地区人民医院救治。福利院的老人们备感温暖，他们拿出自己的糖果热情地让我们品尝。福利院里其乐融融。

“授人以鱼，不如授人以渔。”阿里地区地处偏远，人才紧缺，教学工作显得尤为重要。入藏以来，援藏专家们进行了多次教学查房、专题讲座，反复给学生授课，耐心辅导，严格检查，不断提高一线医师问诊、查体、病历书写水平，为临床工作打下了坚实基础。我们到这里以后，发现病历质量良莠不齐，书写不规范，就开始着手病历质量的改善，不断查阅及指导，并积极联系西安市第八医院质控办，寻求良策，对病历质量管理和提升进行了探讨。9 月 27 日，在内科举行了阿里地区人民医院首次病历点评，参评医生认真准备汇报。我们内科援藏专家对参选病历进行了细致的点评分析，并对病历中存在的常见问题提出了建设性的建议，效果非常良好，对阿里地区人民医院医疗及病历质量的提升起到积极作用。

援藏是一种担当、一种奉献、一种责任、一种胸襟、一种历练，更是一生的情缘和财富。援藏工作的开展离不开家人的牺牲和奉献。每当夜深人静的时候，我忍不住一遍又一遍翻看远方的妻子发来的照片。想到离开时年近七十的老母亲行髋关节置换术后才 4 个月，本应由我细心关照，但现在非但没人照顾，反倒要帮忙照顾我的两个小孩；想到年迈的父亲在我离开时不断地说让我照顾好自己，家里有他们；想到妻子对我工作的支持和理解，想到她每天在医院辛苦地处理患者、做手术，每天 6 点多就要上班，晚上回家后还要照顾老人，半夜多次给小孩喂奶；想到 4 岁的大女儿在电话里用稚嫩的声音说“爸爸，我想你都想哭了”；想到出门时仅 4 个月大的小女儿用小手抓着我的衣服不愿松开……我的眼泪都要流下来了。援藏工作的开展同样离不开支援单位的关怀和支持。在我工作遇到困难时，远方的西安市第八医院给我鼓励、给我指导，工作上给我支持，生活上给我关怀。同事们也经常打来电话给我关心。正是因为背后这么多人默默的关心和奉献，我们援藏医师才能和当地医护人员一道，继承和发扬“特别能吃苦、特别能战斗、特别能忍耐、特别能团结、特别能奉献”的“老西藏”精神，为当地医疗及人民健康水平的提高贡献自己的力量。

“舍小家、顾大家、心系远方、情洒阿里”，到祖国更需要的地方。正是因为有党中央的这一伟大部署，三批组团式援藏医疗专家的不断奉献，藏干部及医务人员的不断努力，阿里地区人民医院在短期内发生了翻天覆地的变化。2016 年顺利通过“二甲”评审，实现了“大病不出藏、中病不出地区”的目标。在第三批组团式援藏专家的帮助下，医院的诊疗技术、服务质量、管理水平、科研水平更是上了一个新的台阶，正在积极筹备“三乙”医院的评审。阿里一片欣欣向荣，当地人民的健康水平不断提高。藏族同胞不断感受到藏汉的友谊，祖国的温暖。

心系阿里　带不走的怀念

西安交通大学第一附属医院　李文涛

2017 年 7 月，我积极响应陕西省卫生计生委的号召，奔赴西藏阿里地区人民医院开展为期一年的医疗援藏工作。援藏期间，我克服自身高原反应、医院条件简陋等困难，累计开展颅脑、脑外科、脑出血以及其他各类手术 40 余例，其中极危重手术 10 余例，挽救了多名患者的宝贵生命；成功带出 4 名神经外科医生，其中 2 名藏族本地医生已经能够独立开展各项诊疗工作；带领医生们发表了 6 篇学术论文，其中两篇被《中国医药导报杂志》录用，另外 4 篇汇总了高原地区特殊脑外伤和出血等疾病的治疗心得，填补了阿里地区神经外科的医疗空白，赢得了地区医院和广大医患的一致赞誉。《西藏日报》于 2018 年 6 月 5 日对我在阿里地区人民医院工作的事迹进行了专题报道。

2017 年 10 月 2 日，21 岁的革吉县牧民索南阿布放羊时不慎摔下山谷，导致重度颅脑外伤并脑干出血，当乡亲们找到他又辗转十多小时送到地区人民医院时，他已经陷入深度昏迷。救治脑干出血的患者即使在内地也极其困难，死亡率高达 70%，而且阿里地区人民医院缺乏相关手术经验和设备，血液不足无法输血。但是把患者转院到拉萨的话，估计半路上他就会离世。回忆起当时的情景，这是我第一次在条件这么差的情况下治疗患者。

为了挽救这个年轻的生命，我和同事没有放弃最后一丝希望。我们凭着仅有的几张化验结果拟订了抢救方案，又连续 48 小时守护在患者身旁，根据患者病情不断调整治疗方案，累了就在抢救室里的病床上眯一会儿。9 天后，索南阿布终于睁开了双眼，3 周后顺利出院。

改则县 26 岁妇女次吉拉姆从摩托车上摔下，导致颅内多发血肿伴多处骨折，昏迷不醒。医院建议转院到拉萨实施手术，但患者家中贫困，无力承担高额的转院费用。关键时刻，我和同事再次扛起了这副沉甸甸的担子，在缺氧缺血的条件下小心翼翼地对患者实施保守治疗。经过多种方案的综合救治，次吉拉姆终于转危为安，半个多月后痊愈出院和家人团聚了。

这两起救治成功的病例均开创了阿里地区神经临床医学的先河。在照顾这些患者的时候，我和同事付出了比照顾自己家人还要多的精力和心血，这就是我来阿里援藏的初衷：用自己的双手拯救更多西藏老百姓的生命！

阿里地区人民妇产科首次产钳助产成功抢救双胎孕妇

记西安交通大学第二附属医院段钊

2017年10月25日，阿里地区人民医院妇产科急诊来了一名藏族双胞胎产妇，妊娠合并贫血患者。入院后，检查患者的胎位分别为一个头位、一个臀位，很快产程进展，宫口开全，值班医生及助产士立即向上级医师汇报病情变化。妇产科援藏专家段钊此时正在门诊参加第三批组团式援藏医疗人才培训工作会。由于情况紧急，援藏专家段钊快速赶到病房，查看病情后建议立即进入产房，继续观察胎心变化及产程进展。此时，产妇出现宫缩乏力、第二产程延长、胎心变快、胎儿宫内缺氧的情况。此时，只能尽快结束分娩，及时救治产妇及胎儿。要解决分娩困难，并让胎儿快速脱离缺氧状态，需要立即行阴道助产术。

援藏专家段钊结合具体病情，向科内其他医护人员详细讲解相关理论知识，同时联系儿科医生，准备缩宫素、输液及新生儿抢救相关工作等。段钊医生立即行头位产钳术助产快速操作。在助产士的配合下，他以娴熟的产钳技术成功地牵拉出第一个胎儿。11：34，第一个男婴成功地脱离缺氧状态，成功了一半！

此时，全体医护人员并没有松懈。他们再接再厉，迎接下一个新生儿的降临。在等待第二个胎儿降临的过程中，胎膜破裂，可怕的事情出现了。第二个胎儿的脐带脱垂。脐带脱垂是一种严重的分娩并发症，发生率为0.4%～10%，对胎儿危害极大。脐带的一端连于胎儿脐轮，另一端连于胎盘胎儿面，是连接胎儿与母体的桥梁，母体通过脐带向胎儿输送营养物质、气体及代谢产物等。脐带脱垂对胎儿危害极大，因宫缩时脐带受挤压，致脐带血液循环受阻，胎儿缺氧，发生严重的宫内窘迫。如血流完全阻断超过八分钟，胎儿就会迅速窒息死亡。

第二个孩子是臀位合并脐带脱垂。此时胎心率快速下降，很快就要消失。眼看孩子马上就会死亡，援藏专家段钊当机立断，立即行臀位牵引术。臀位牵引术是指胎儿的全部分娩均由术者牵引完成，是一种紧急情况的阴道助产术，在临床上应用非常罕见，需要助产人员精良的临床技术及临危不惧的心理素质。近20年，随着剖宫产技术及安全性提高，臀位牵引术已逐渐被取代。虽然存在以上种种困难，但是目前胎儿的安危已不允许医护人员再三犹豫，必须争分夺秒地将胎儿娩出。

援藏专家段钊凭借娴熟的临床技巧将第二个胎儿顺利地牵拉了出来。胎儿出来后，1分钟评分3分、无哭声、无肌张力、全身青紫。援藏专家段钊及儿科医生立即应用气囊给予胎儿通气，未见好转，当即给予人工呼吸。经过全体医护人员的努力，孩子终于发出天籁般的哭声，一个鲜活的生命在大家的努力之下抢救成功。

产钳术是一种安全、有效、快捷的阴道助产技术，在临床广泛应用，可减少不必要的剖宫产。在此前，阿里地区人民医院由于缺乏产钳助产技术，一直没有开展，所以医院也没有配备产钳。8月，在西安交大二附院的爱心捐赠下，阿里地区人民医院才拥有了自己的产钳。在援藏专家段钊的帮助下，产钳助产术及臀位牵引术的成功，标志着阴道助产术的开展。阿里地区人民医院妇产科首次完成了产钳助产术及臀位牵引术，对于降低新生儿窒息率及死亡率起到了关键性作用。

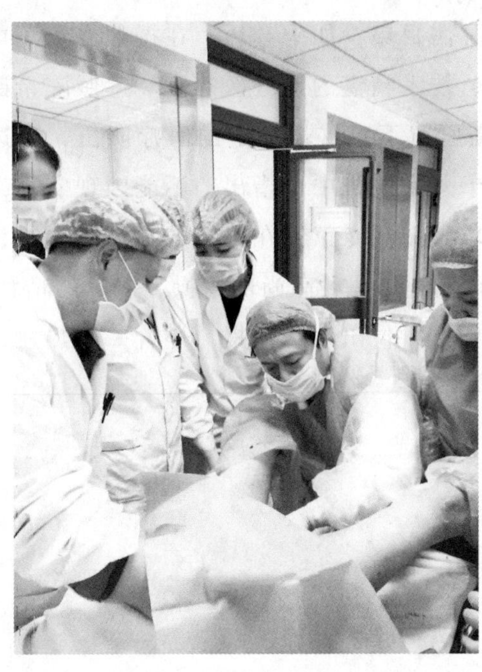

适逢党的十九大胜利召开，阿里地区人民医院妇产科白珍主任光荣地当选为十九大代表，妇产科从人员奇缺到现在各种新技术不断开展。她此刻心里肯定是百感交集，激动万分。在第一批、第二批、第三批组团式援藏专家的齐心协助下，阿里地区孕产妇的死亡率及新生儿的死亡率明显下降；通过义诊、宣教等方式，人们的保健意识、医疗意识不断提升。

组团式援藏不是个人英雄主义，团队精神是组团式援藏支撑下来的法宝。第三批组团式援藏医疗队到达阿里一周后就进入了工作状态，入院第一天遇上妇产科抢救一名“胎盘早剥、胎死宫内”的患者，麻醉科、急诊科、内科、外科及护理部全部参加，在全体医护人员共同努力下，患者转危为安。在高原上第三批组团式援藏医疗队体现了“特别能吃苦、特别能战斗、特别能忍耐、特别能团结、特别能奉献”的“老西藏”精神。

组团式援藏背后有无数的精神支柱才能使他们无所畏惧，专心工作。西安交大二附院捐赠产钳充分说明了这一点。各级领导及家人都在背后默默地支持着他们。在党中央组团式援藏的英明政策下，阿里地区的医疗事业实现了破局、开局的新气象，给阿里地区的卫生事业注入了一剂强心针。“雄关漫道真如铁，而今迈步从头越。”在第三批组团式援藏队员的集体努力下，阿里地区人民医院一定会上一个新台阶。

援藏专家技术精湛，平易近人，他们对学生非常有耐心，深入浅出地讲解理论知识，手把手地教授自己的经验体会，以救死扶伤的精神、传道授业的师者风范，使医护人员耳濡目染，如坐春风。在援藏专家正能量的影响下，一定能造就一支实力雄厚、技术精湛的地区医疗队。遵照陈希部长的指示“绵绵用力，久久为功”，为高原留下一支带不走的医疗队伍，让边疆人民健康幸福。习近平总书记在党的十九大报告中也指出：不能因现实复杂而放弃梦想，不能因理想遥远而放弃追求。援藏专家们在艰苦的环境中丝毫没有退缩。他们始终坚信有志而来、有为而归，以一种高尚的情操、奉献的情怀，在海拔 4300 米的雪域高原上艰苦不降标准，付出不求回报，怀着一腔热血，众志成城筑起一道新的长城。

守 望

西安市儿童医院 余宏川

三十而立，四十而不惑！不惑之年却让我的人生重新有了一次热血沸腾、心情澎湃的约会！“援藏阿里”——这个在内地人眼里充满了神圣与渴望、忐忑与畏惧的任务。阿里——就如同心中的女神，走近她，怕被无情地拒绝；远眺，又充满了诱惑，便是这种百感交集的心情让我成为第三批组团式援藏医疗队的队员。这一跃，也让阿里成了我的第二故乡！至今，我常常会梦见这所医院、梦见我的科室、梦见我的同事和用淳朴善良而又充满期盼的眼神望着我的那些孩子！

相 识

2017 年 7 月 17 日，在院领导的殷切希望和同事的热情欢送下，我还不知道如何与父母、爱人、女儿解释和告别，只记得胸前那朵硕大的红花分外娇艳。院长的讲话更像战前动员，使我热血沸腾，也可能是因为怀着男人总要干一两件别人所不能理解的事的这种情怀，我义无反顾地加入陕西省第三批组团式援藏医疗队。我们经过紧张的培训后匆匆来到拉萨，随后踏上了阿里这片神秘而美丽的土地，开始了我的援藏之旅！

初入阿里，我和队友在震撼和兴奋中受到了阿里地区行政公署地委、阿里地区人民医院领导及第二批援藏队员热情的欢迎与接待。他们的真诚以及对我们到来的激动让我也热血沸腾，豪气顿生！但在兴奋和激动还未消退的时候，我和其他队员的身体就不同程度地出现了高原反应，胸闷、气短、头晕、食欲缺乏，尤其是我自己有高血压，在入藏前就长期咳嗽未愈，咳嗽和气短明显加剧，头痛难忍，快速行走、大声说话都变成了一种奢望。夜晚，随着气压降低，睡觉竟成为 24 小时里最难熬的一件事情，好像阿里的夜更黑、更长……后来的日子，吸氧是我每天必须进行的功课，夜间必须吸氧才能安然入睡，周围看不到葱郁的绿树，秃鹫徘徊在头顶，连平时觉得异常美丽的雪山好像也失去了神秘的吸引力。生活环境艰苦，心理压力也逐渐增加，能否胜任接下来的工作，能否让这里的孩子在蓝天下健康地绽放，我心里颇有些忐忑。初识阿里，有些恐惧与凄凉……再回头看看父母、妻子和女儿，便理解了他们的顾虑。在他们眼里我履行了一名儿科医生的责任，却忽视了儿子、丈夫、父亲的角色，我的身体状况是他们唯一的牵挂！

相　知

我不曾走近你，就不会了解你，恐惧与凄凉总是短暂的，很快就被一种叫作需求或是存在感的东西而打断。进入阿里不久，记得大家还处于休整状态，突然有一个紧急电话找到了我。一位援藏医生打电话告诉我，科室有一名新生儿，需要紧急抢救，希望我能够协助。放下电话我立即赶到现场，只记得当时来不及互相认识，我便开始本能地投入抢救中。气管插管、心肺复苏，一系列抢救下来，当时我完全忘了是在阿里地区人民医院，只想着孩子要活过来，还是像在内地一样回头交代护士："准备呼吸机，调机子。"我愣住了！身后的护士接过复苏囊，用我听不太懂的藏族普通话跟我说："老师，没有的。"我顿时不解，甚至有些生气。护士说："我们可以不休息地捏复苏囊。"那对淳朴的藏族夫妇也凑到跟前，握住我的手用藏语说了句我听不懂的话。后来同事翻译说："余老师，他们说相信你是这儿最好的医生了，他们相信你！"没有哭闹、没有咄咄逼人，那哭声仅仅是抽泣，仅仅是用衣袖拭去眼角的泪水……

大家那种对生命的敬畏与渴望、执着与真诚让我深深有了一种责任感。不是因为我人在什么地方，而仅仅因为我是一名儿科医生，犹如26年前自己走进医学大门之时，誓词中所讲：我对病患负责，不因任何宗教、国籍、种族、政治或地位不同而有所差别；生命从受胎时起，即为至高无上的尊严！那一刻，在这里，我是一名老百姓身边的儿科医生！同时，一种使命感也催促着我。看到"西安市儿童医院"这个牌子挂在科室门口，顿时产生了"我在这头、母亲在那头"的亲切感。我们医院主要对口支援儿科病区，我不是一个人在援藏，我身后的儿医人在一起援藏。记着后来的日子里，我和我的队友很快进入了工作状态。为了更好地和藏族患儿的父母沟通，我开始学简单的藏语；为了融入大家，我也有了自己的藏文名字。驻地与医院距离步行15分钟，我们没有准确的休息与下班时间，夜里被电话叫醒的次数已经不计其数。我们随时都会被叫到医院进行病患的抢救工作，尤其是很多患儿来自数百千米以外的基层医院，长途跋涉使得孩子的病情雪上加霜，很多孩子到医院时已经生命垂危，我们能做的只有救治！对生命的敬畏，对医者的渴望，和我们这些援藏人对家乡的眺望，让陕西和阿里连在了一起……

相伴

医生这个工作总能给人带来极大的幸福感和收获感，一些事情亲身经历才能让人记忆犹新。在我们相互依靠和陪伴的日子里，发生的故事说都说不完：一天早上 10 点多，科室收治了一名 2 岁的患儿，门诊医生初步诊断为喉炎，孩子有明显呼吸困难，再经过一系列抢救治疗后，症状无任何缓解，值班医生找到我。在经过详细查体及耐心询问病史后，我确信这个患儿是支气管异物。当问起科室医生是否见过异物时，从他们的茫然与不惑中我读懂了他们没有意识到什么是支气管异物。这里缺乏必要的检查治疗设备，我陪着孩子去 CT 室进行了检查，当明确主气道异物后，更加焦急。设备的短缺是没有办法改变的。从阿里地区到达拉萨市人民医院，急救车转运需要 20 多个小时，孩子能不能坚持到拉萨？内心强大的信念就是我不能容忍自己面对支气管异物患儿生命受到威胁而无能为力。这是在内地我多么热爱的专业及自己擅长的技术，即使没有设备，我也不能放弃。我随时做好了陪孩子去拉萨为孩子进行手术的准备，因为那里有设备！当联系好一切，已经是晚上了，科室同事害怕我身体不能承受长途的转运，由急救车司机和科室的一位藏族同事护送孩子去拉萨。那一晚我回驻地彻夜未眠，那种无助与担心，百感交集。直到联系上拉萨市人民医院儿科知道孩子异物取出后我才释怀。

救治孩子的同时，我也开始思考，一个医者传播先进科学的医学知识有时候比救治更重要。组团医疗援藏的最终目的是让本地区医生提高技术，来保障平常百姓的健康服务工作。此后，我就开始制订了一系列的学习计划，从内地背来的那十几本书好像有些少了。我尽自己的能力多做课件，联系内地的同事，找资料，在网上买书，用自己的所学编制一些医疗用书。我为科室同事做了近 20 场专科业务讲座培训。在学习中我感受到了我们彼此的需要——我是一个传播者，把自己所学的儿科医学知识留在阿里，这或许就是我这个不惑之年儿科医生的情怀！

相守

我的援藏之旅宛如一个限时的命题作文，工作一年之后，我将离开这里，我还能为这里留下什么呢？我从一个临床医生的角度开始关心科室的发展，要让自己所爱的专业在阿里得到发展。从刚开始常规性的每日诊疗患者，查房、看病历、做检查等，我渐渐察觉自己的思绪及行为有了改变，要让大家了解儿科，需要给大家提供一个平台。我们推行了儿科专科门诊，即使我走了，这个平台也会留下；我开始惦记儿科团队的发展，关心儿科未来面临的人员紧缺困难。儿科医生短缺一直是备受国家关注的话题，儿科医生护士持续短缺将无法满足患者数量日益增长的需求。我进行调研，翻阅大量资料，分析阿里地区医院儿科发展面临的困难，先后书写了《西安市儿童医院以院包科年度计划任务书》《儿科（新生儿科）人力资源发展规划建议》提交给医院领导，签署了“一对三师带徒”带人计划，亲手“传、帮、带”，加速儿科人才的成长！我走了，我要为以后的援藏战友留下什么呢？我不能让他们再陷入无助。在阿里地区人民医院领导的支持下，我调研了呼吸机的性能、参数、相关品牌资质，进行论证，成功申请购买了两台有创呼吸机。我想尽自己的绵薄之力，不能让患者因为没有设备而无望，也不能让后面战友因为没有设备而无助。我虽不能一直守护这里，但我将尽自己所能为下一个守着这里的人做好准备！

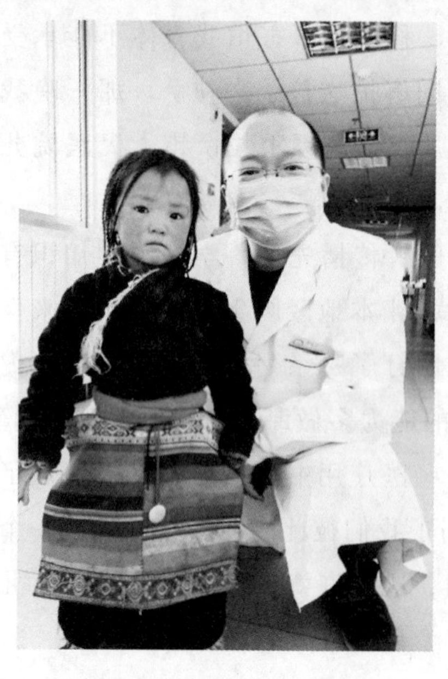

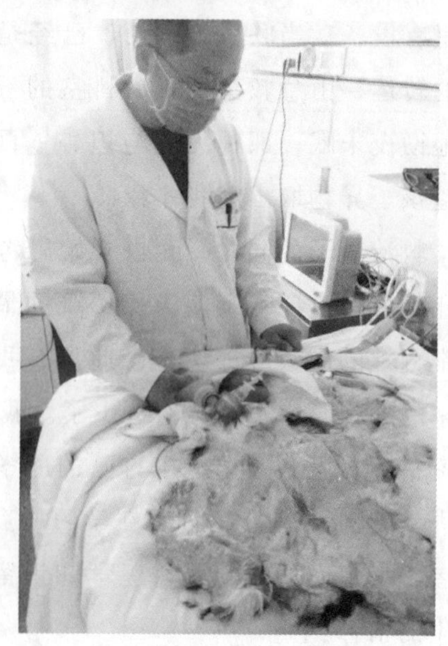

相望

我的援藏之路不是一个终点，而必将是一个起点。援藏让我对医生有了更深的诠释，让我对生命有了更深的理解！无论我人在哪里，岁月轮回，我只愿做一颗铺路石，让阿里地区儿童的健康之路越走越宽。援藏医生一直在路上……回头便望见你，我的第二故乡！

放飞梦想　实现自我

陕西省肿瘤医院　丁彩霞

西藏是个神秘的地方，千山之巅，万水之源，有着传统的文化信仰。西安，十三朝古都，丝绸之路的东方起点，有举世闻名的文化遗产。习惯了古城墙和烽火台，从没想到有一天要离开她远行。2017 年 7 月，接到组织部通知，阿里地区人民医院需要一名病理科医生进行为期一年的支援，而且是以组团式援藏的方式。经过深思熟虑后，我收拾行囊，告别家人，踏上了这片海拔 4500 米的神奇土地。

2015 年 8 月，中央组织部统一组织协调，国家卫生计生委和对口支援省市指派医院，以组团的形式支援西藏自治区人民医院和七家地市级人民医院，以提升受援医院的医疗水平。我是属于第三批组团式医疗援藏中的一员。接受了这个神圣而又光荣的使命，我于 2017 年 7 月底启程前往拉萨。

拉萨海拔 3600 多米，刚下飞机就看到第二批队友在机场外等着我们，心中充满了温暖。他给我们讲着阿里的故事，顿时觉得拉萨的天空充满了氧气。刚到拉萨，头晕、心率快的高原反应症状还是很明显的。口服了红景天、丹参滴丸等，并将各种节奏放慢。高原反应加上远离家人，让我的心里隐隐作痛。看着视频中儿子天真无邪的笑容，我暗想一定要圆满完成这神圣使命，我可爱的孩子还在西安等我。

拉萨到阿里，海拔上升到 4500 米。到达阿里后，感觉自己离太阳好近，阳光是那么刺眼。如果后羿在世的话，恐怕会逐日到阿里。惊诧于阿里变幻的蓝天白云，怎么也看不够。阿里的云变化多端，有时候会稀稀疏疏地融入蓝天中，有时候会变得像大大的棉花糖，在湛蓝的天空中活出自己的精彩。云卷云舒，宠辱不惊。远处的雪山似乎触手可及，白云与雪山融为一体，是云还是山，傻傻分不清。

到住处的途中经过阿里地区人民医院。看到阿里地区中心血站这个醒目的标志，想起了我敬爱的院长。他援藏三年，建立了最高海拔的中心血站，让阿里的同胞能接受手术治疗。这是一个划时代的进步，更是造福阿里地区百姓的一个民生工程，让我仰慕。阿里地区人民医院位于世界的屋脊，很干净很整洁，藏族同胞很友好，是屹立在天边的一所二级甲等综合医院。

病理科是大型综合医院必不可少的科室之一，是介于基础与临床的一门桥梁学科，被称为“医生的医生”。其主要任务是在医疗过程中承担病理诊断工作，通过活体组织检查、脱落和细针穿刺细胞学检查以及尸体剖检，为临床提供明确的病理诊断，确定疾病的性质，查明死亡原因。

在第二批援藏专家的辛勤努力下，病理科已初具规模，各种规章制度、岗位职责都很齐全。脱水机、包埋机、取材台等配置齐全，真是“万事俱备、只欠医生”了。在检验科全体同事的协作下，他们帮助我陆续从库房领取了染色试剂和各种仪器，配置了10%甲醛固定液、85%酒精、90%酒精、1%盐酸分化液等，基本具备开展脱落细胞学的工作条件，并试做了痰涂片脱落细胞学，行HE染色，镜下观察染色效果不错。

因为没有专业的病理技术人员，脱水机液体的配制、脱水机的调控、包埋机、冷冻台及切片机等的使用都在摸索阶段，需要经常向我原单位同事通过视频学习。在此情况下，我积极协调科室人员到陕西省肿瘤医院进修学习病理技术。省肿瘤医院院长、医务科、病理科领导及同事对阿里地区人民医院进修人员给予了高度重视和关怀。他们积极联系食宿，免去进修及住宿费用，每月发放生活补助，为进修同事提供了一切便利条件。检验科进修人员梁姗姗于8月16日顺利抵达陕西省肿瘤医院，此次进修目的是让阿里地区人民医院医生掌握常规石蜡切片的制备、仪器维护、染色试剂配制、染液的更换及各种特殊染色方法的应用，让阿里地区人民医院病理科具备开展常规石蜡切片的条件，更好地为藏区人民服务。

与此同时，我将病理诊断及病理技术的规章制度、岗位职责分开准备，将病理诊断的各种诊疗常规和规范、病理技术规章制度、仪器维护、染液更换等记录表按照“三乙”医院的标准准备齐全，为“三乙”创建做好充分准备。

在阿里地区人民医院李书记、于院长的大力支持下，我在病理科原有基础条件下，向医院申请增加了摊片烤片机、恒温水浴箱及医用冰箱等病理制片设备，保证了病理科医疗质量的提升，使得活体组织检查得以顺利开展。在信息科王瑞主任及全科人员的大力帮助下，在阿里地区人民医院信息系统中制作了阿里地区人民医院病理申请单模板，制定了病理申请单填写注意事项，并成功安装了病理计费系统。

波斯诗人萨迪说："事业常成于坚忍，毁于急躁。我在沙漠中曾亲眼看见，匆忙的旅人落在从容者的后边，疾驰的骏马落后，缓步的骆驼却不断前进。"在海拔4500米的天上阿里，做好充分的准备工作是非常必要的。"工欲善其事，必先利其器。"机器的调试，染色试剂的配制，标本接收流程，一切都在有条不紊地进行着。

下班后漫步狮泉河边，经常可见颜色艳丽的格桑花，这是高原上生命力最顽强的花。它们叶子很细小，茎也不是很高，但是开出的花朵格外艳丽。我很惊叹在高原上干旱缺氧的环境中它们的生命力是如此顽强。这边的植物都适应高原的环境，绽放自己的光彩。回到科室工作的时候，美丽的格桑花总是给我信心和力量。在病理科工作有毒有害试剂如甲醛、二甲苯必不可少，除了平时的通风以减少对人体的危害以外，我还准备了长寿花、吊兰及多肉植物来美化科室环境。经过精心护理，科室的长寿花开出了非常娇艳的红色花瓣。

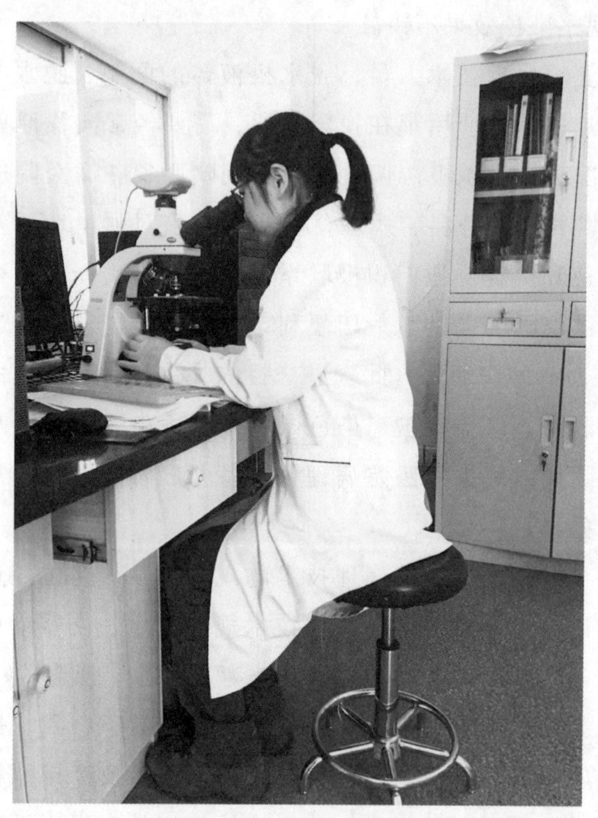

在检验科梁姗姗取材、记录、调试脱水机、制备蜡块及切片染色等工作的配合下，我完成了病理科首例外科慢性胆囊炎标本及口腔科头颈部包块标本活体组织检查与诊断，并签发病理报告。

与此同时，我通过准备幻灯片、现场讲解、引导网上学习等方式教导学生学习病理知识，掌握取材规范，认识常见病的病理。

我协同梁姗姗不断通过自查，完善了病理诊断、病理技术及其他规章制度的文书、仪器维护保养记录等，为“三乙”创建做充分准备，继续努力为临床科室保驾护航，让临床科室诊断结果更准确，更好地为地区干部群众服务。

援藏队得到了西藏人民的热烈欢迎。援藏专家带来了先进管理及技术理念，使原来不能开展的业务顺利开展，使很多医疗技术上升了一个新高度，通过“师带徒”的理念，为高原留下一支带不走的医疗队伍。援藏医生将习近平总书记对西藏同胞的关心落到实处。习近平总书记提出为实现中华民族伟大复兴的中国梦而奋斗，我们每个人都要敢于有梦、勇于追梦、勤于圆梦，为实现中国梦增添强大生活能量。我们要志存高远，增长知识，锤炼意志，让生命在时代进步中焕发出绚丽的光彩。我想援藏医疗队也有自己的中国梦在“世界屋脊的屋脊”奉献自己的青春，“苦其心志，劳其筋骨”，实现汉藏同胞一家亲，让自己人生经历丰富多彩，不忘初心，不悔过往。

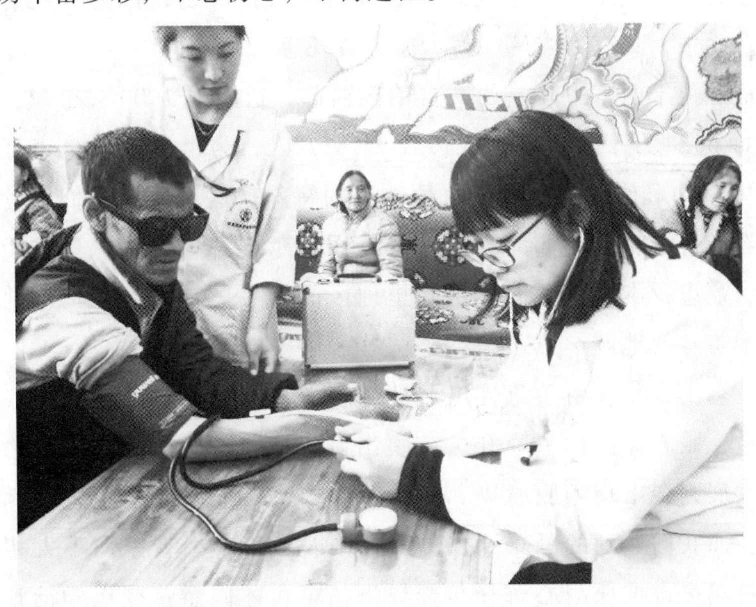

有志而来　有为而归

西安市第一医院　刘明

我来自西安市第一医院，眼科专业，硕士，副主任医师，2005 年毕业于西安交通大学医学院，毕业以来一直从事眼科专业工作十余年，在阿里地区人民医院任眼科业务主任。2017 年 7 月，我光荣地被选为第三批组团式援藏医疗队中的一员，远离家人，奔赴阿里，在高寒缺氧的藏西秘境开始了我的工作。

和队友一起经历了头疼、血压升高、睡眠欠佳、食欲缺乏等缺氧适应的一段艰辛历程，我开始了自己援藏眼科医生的生活。此次援藏是为了提高受援地医疗人员业务水平、提升受援医院服务能力和推动西藏医疗卫生事业又好又快地发展。作为一名眼科医生，通过医疗援藏和结合自己的技术，让牧民群众真真切切地看到美好的生活，感受到党和政府的关怀关爱，把党和政府的惠民政策送到群众手中，具有荣誉感、使命感、责任感及家国情怀。

阿里地区位于西南边陲、西藏自治区西部，边境线 1000 多公里，平均海拔 4500 米，面积 34 万平方公里，人口仅 11.9 万人，为世界上人口密度最低的区域，其中 90% 为藏族同胞。由于地理位置的特殊，这就要求我们医疗援藏不仅要医治患者的身心疾病，同时也要为民族团结献出一份力量，尊重民族风俗习惯，尊重病症患者本身，不能忘记阿里地区的民生民情，不能把内地的行医习惯用于这个特殊的地区。

记得一名 3 岁儿童由于急性出血性结膜炎在家中耽搁时间较久，来院时病情非常严重，眼睑无法自主睁开，结膜出血、粘连，大量脓性分泌物，炎性假膜。持续发展则会出现角膜感染、穿孔及眼内炎，最终会造成眼球无法保留的严重后果。而我们遇到的困难不仅如此，同时还来自患者家属不太相信现代眼科学。在卓玛央吉主任耐心解释与开导下，家属才同意接受医学治疗。但结膜表面粘连假膜，需要先擦拭掉，盐水冲洗，再外用抗生素眼药才能达到治疗效果。由于孩子小，不配合，每次治疗过程都非常困难。但在我们医疗工作者与患儿家属的共同努力下，经过两周积极治疗，孩子眼睛炎症完全恢复，避免了眼球毁坏的严重后果。当卓玛央吉主任为我翻译孩子用藏语说“谢谢”时，当看到孩子家属感激的笑容时，我感到无比的感动、自豪与成就感，同时也深刻地理解了医疗援藏的重大意义。

2018 年 7 月 10 日晚上 10 点的时候，有一名眼球穿通伤患者需要急诊手术。我接到电话的那一刻，立马跑出陕西大厦宿舍，打车到医院。和患者进行常规术前谈话，并行相关检查，评估患者病情后立刻决定手术。麻醉，缝合伤口，晶体植入，紧张而又全神贯注的工作节奏让我忘记了缺氧，忘记了自己在海拔 4300 米的阿里，只想着怎样才能将手术做到精益求精。在确保手术顺利的情况下，我让德吉医生进行伤口缝合，并在旁边悉心指导。手术过程持续了两小时。走出手术室的时候已是半夜一点多。脱下手术衣，我突然觉得心跳加速，疲惫不堪，意识到自己缺氧很严重了。第二天看到患者感激的表情，我不由地精神百倍，为自己感到骄傲和自豪。

作为眼科业务主任，我首先想到的是建立完善的科室规章制度。我结合阿里地区人民医院的特点，制定眼科各个岗位人员职责，并将制度落实；对日常工作进行监管，找出问题及时分析整改。为规范临床诊疗，我收集大量资料，请教多位专家，编写《眼科诊疗指南》一书。其内容涵盖眼科常见病的病因、症状、体征，鉴别诊断及治疗，言简意赅，便于记忆，给临床工作带来极大便利。我着力进行科室人员梯队建设，培养德吉卓嘎大夫作为科室年轻医师，也是将来的骨干力量，指导其以结膜裂伤等浅表手术为着手点，耐心指导他显微镜下操作，从清创伤口到缝合伤口，一系列流程严格按标准进行，使他从一开始就形成严谨的态度和正确的操作方法。

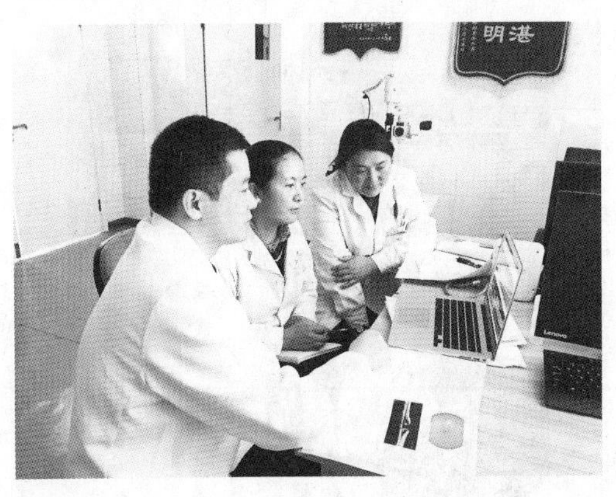

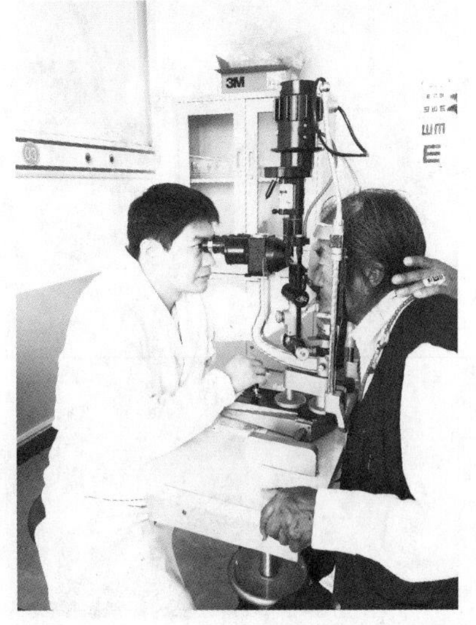

在创“三乙”阶段，我帮助科室进行了学科建设提升与完善，严格按照十八项核心制度开展临床工作，进行病历书写规范讲解及点评，提高医生病历书写水平。分解“三乙”条款，对“三乙”条款进行解读及正确的理解。按照“三乙”条款准备相应的资料，对科里的同事进行“三乙”条款的解读，遇到不懂的地方咨询内地同事或者上网搜索。建立了科室质控小组，建立了质控制度和工作流程，对眼科仪器分别制定了标准化的操作流程。以此，达到PDCA循环。带头学习医院应知应会知识，让每个医护人员熟记熟背，并协调创“三乙”过程中的困难和迷惑，排忧解难，鼓舞士气。自查后，召开“三乙”科内会议，总结不足，学习先进。查漏补缺，发现问题立即解决，具有高效性。组织人员进行心肺复苏演练，让每个人都能规范做到心肺复苏的要点。学习创“三乙”专家接待礼仪及文明用语，把科室拧成一股绳，齐心协力创“三乙”，同舟共济铸辉煌。

阿里地区人民医院眼科虽然在临床诊疗方面已经有了长足的进步与发展，但科研方面还有较大欠缺，基础薄弱。我积极带教学生查阅文献，进行科研创作。通过一年的课题实践，培养了科室人员的科研能力，掌握了相关技能并完成论文撰写工作。科室申请获得2018年阿里地区第二批科技创新支撑类自然科学基金项目两项，分别是：①基于阿里地区干眼的流行病学调查研究探索基层医务人员的科研培养模式；②阿里地区2型糖尿病患者糖尿病性视网膜病变的调查及相关因素分析。在项目的完成过程中，指导学员们初步掌握了科研方法，极大地提高了学员的科研能力，为以后独立完成各类科研项目提供了极大帮助。

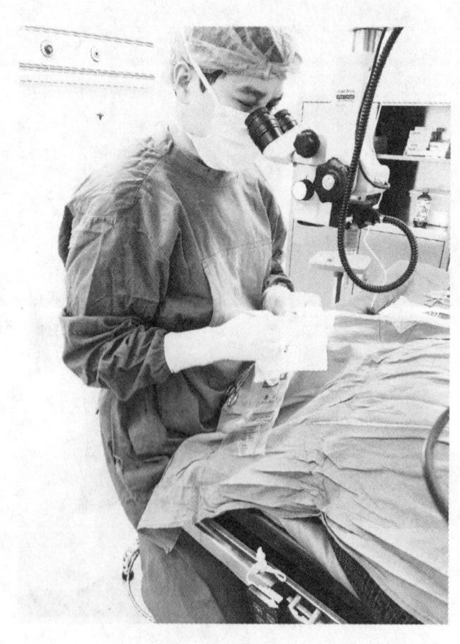

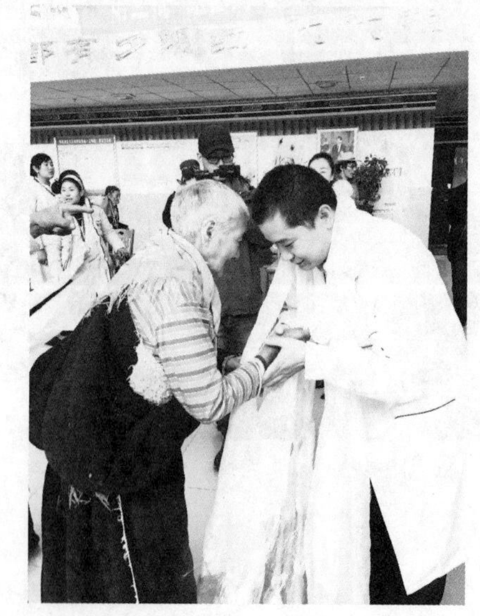

除了日常工作之外，我还积极参与下乡义诊巡回医疗活动，到阿里地区福利院、甲岗村和陕西省第五建筑公司进行义诊活动，筛查白内障患者多名。这些患者随后来我院进一步检查并住院行白内障手术治疗，术后视力恢复。我得到患者极大的肯定，并被献上洁白的哈达。我们对当地农牧区群众开展送医送药活动，一方面服务基层群众，另一方面深入调查了解区情民生，调整临床工作目标方向。

一年援藏工作给我带来了巨大的精神财富。西藏是我的第二故乡，阿里是万山之祖，百川之源。余秋雨说，人生应该平衡于山水之间。水边让我们感知世界无常，山地让我们领略天地恒昌；水边让我们享受脱离长辈怀抱的远行刺激，山地让我们体验回归祖先居所悠悠厚味。这一片山水给了我博大的胸襟。在这广阔天地间，在这离天最近的阿里，有一种家国情怀叫援藏。

一场生死时速的记忆

宝鸡市中心医院　谢小伟

我是陕西省第三批组团式援藏医疗队的一员。虽然我的援藏工作结束已将近一年，但是在西藏阿里工作中的一些故事，值得一生回忆与珍藏；在雪域高原的三百多个日夜，是我一生中永远值得珍惜的财富。

今天要讲的是这样一个故事。

大约是在 2018 年 4 月的一天，晚上 11 点多，我已经准备休息时，外科的李武军队友打电话通知我，医院里面有紧急情况，可能需要手术，要我和他赶紧下楼，有车来接我们。

我匆匆穿好衣服下楼，他已经在大楼门口等着我，我们在大厦门口等了两三分钟，医院的车来接我们俩。乘车来到医院的急诊科，走进急诊科医生办公室的大门，我先是一愣，原来队里边的许多高年资的老师都已经在那里了。有我们第三批医疗队里年龄最长的、首席专家王国恩老师，神经外科的李文涛老师，神经内科的刘强主任等。他们告诉我俩，有一位 70 多岁脑出血的藏族患者，颅内出血量较多，而且复查 CT，出血还在继续。患者家属的意思，想连夜转去拉萨治疗。但是狮泉河距离拉萨 1500 多公里，救护车最快也要跑 24 小时左右。以患者现在的病情，直接转送在路上会非常危险。所以王国恩老师建议，我们相关科室的人员在一起紧急会诊，给患者拿出一个稳妥的治疗方案。经过大家的集体讨论，最后我们支持刘强主任的意见，即先在阿里地区人民医院紧急实施锥颅引流手术，将颅内的出血先引流出来一部分，以减轻颅内压力。然后，再遵从家属意见，转往拉萨治疗，这样会更稳妥一些。

经过和患者家属充分沟通，家属同意了我们的意见。凌晨 1 点左右，由刘强主任为患者在局麻和监护下实施了锥颅手术，手术过程顺利。术后复查 CT，引流位置满意。此时患者的各项生命体征平稳，锥颅后引流袋内也不断有血液流出。我们认为可以转送去拉萨了。凌晨 4 点，医院的救护车满载装备，由我们急诊科的医生和护士陪同，将患者转运去拉萨进一步治疗。一直目送救护车远去，我们第三批医疗队的同志们才回大厦准备休息，当时已接近凌晨五点钟。

早上9点左右，我在睡梦中被电话铃声叫醒，是医院急诊科的贡桑明久主任打来的。他说凌晨转送去拉萨的那个脑出血患者，走出去有300多公里了，但是现在患者呼吸功能不好，血氧饱和度一点一点在下降。他们准备给患者做气管插管，结果发现患者是困难气道，尝试了几次都失败了。现在患者血氧饱和度还在下降，情况非常紧急，问我怎么处理。作为医疗队的麻醉医生，我深知反复气管插管失败的后果有多么严重。患者随时有可能因为声门部水肿窒息而死亡。情况紧急，我马上向医疗队郑建杰副队长做了汇报，并汇报了我的处理方案，那就是救护车马上掉头往回开，我带上气管插管的器械乘车往拉萨方向赶，我们相向而行。在哪里会师，就在哪里处理。这是争取时间的最好办法。郑建杰老师同意我的意见，并一再叮嘱我路上注意安全。

挂了郑老师的电话我又马上联系医院的车辆，让司机师傅赶快到大厦接我。穿好衣服也顾不得洗漱，我就来到大厦门口等车。车辆到来后，我先去手术室带上了处理困难气道的相关器械，就朝着拉萨方向赶。车上我几次通过电话和救护车上的医生联系，了解患者的病情，并指导他放置口咽通气管、改用面罩吸氧，以及给予激素治疗防止喉头水肿等。经过这些处理，患者的情况基本稳定，脉搏血氧饱和度没有再下降。司机师傅知道是赶时间救人，将车开得飞快，在国道上狂奔。十一点半左右，我们远远地看见一辆救护车相向驶来。没错，就是我们医院的救护车。车辆一会师，我就赶紧跳下车去救护车上查看患者。此时，患者仍旧昏迷，在放置了口咽通气道和6L/min面罩吸氧的情况下，脉搏血氧饱和度也仅维持在80%左右。情况刻不容缓！我马上利用带来的插管器械为患者完成了气管插管，插管成功后接上呼吸机。看着患者的脉搏血氧饱和度慢慢地上升到了95%左右，我心里悬着的石头终于落了地。缺氧情况改善后，患者的心率和血压也渐渐趋于正常。于是救护车掉转车头，继续载着患者去拉萨治疗。我们也掉头返回。

回狮泉河的路上，我和一路载着我狂奔的扎西师傅开玩笑说，咱们这算不算是现实版的“生死时速”呢？师傅笑了笑，将车速慢了下来。

牢记我是“习主席家乡来的医生”

记咸阳市中心医院景鹏

2018 年 8 月 11 日，随着 TV9883 次客机顺利降落西安咸阳国际机场，咸阳市中心医院耳鼻咽喉科的景鹏医师连同其他 17 名医务人员回到了思念一年的故土。

作为陕西省第三批组团式援藏医疗队中的一员，景鹏自 2017 年 7 月 21 日飞往拉萨随后到达阿里地区，一直担任着阿里地区人民医院耳鼻咽喉科的业务主任。如今每每讲起过去一年的经历，都让他思绪万千……

高原反应这一关怎么过？躺着过！

阿里，祖国的西南端，号称“西藏的西藏、屋脊上的屋脊”，面积 34.5 万平方公里，平均海拔 4500 米，人口仅 11 万人，是世界上人口密度最小的地区。广阔的蓝天、高耸入云的雪山让阿里有了“千山之祖、万川之源”的美誉。

当第三批队员从第二批队员手中接过队旗完成交接，他们这才真切体会到了什么叫高原反应。头痛、心慌、气短、胸闷、失眠、嗜睡、腹胀、血压升高等各种症状随之而来。

景鹏也未能幸免，患了重感冒，说一两句话就会感觉呼吸不畅，双腿就像灌了铅一样迈不动步子。

“7 月 29 日凌晨 3 点，我躺在床上吸着氧，却怎么也睡不着，明显感到胸闷心慌，身体发烫，一量体温 39.2℃，脉搏 120 次/分，赶紧喊室友拿来了布洛芬等药物，症状这才缓解下来。”景鹏回忆。

在当地院领导和队友的关怀下，经过积极治疗，景鹏的重感冒得到了及时控制，身体很快康复。

仁医仁术　开创阿里多个第一

大病初愈后的第二天半夜，睡梦中的景鹏接到科室值班医生的电话。原来是一位藏族男子因为多次填塞效果不佳鼻子反复出血，只得紧急赶来医院。

病情就是命令，尽管身体还很虚弱，景鹏还是快速穿好衣服赶到医院参加急救。

“当时患者鼻部出血量很大，但是科室缺少内窥镜检查设备无法探查他的鼻腔深部，而且他说的是藏语，我们沟通起来也比较困难。”

短暂的困难并未难倒景鹏，作为一名耳鼻咽喉科高年资主治医师，凭借着丰富的临床经验，景鹏很快为患者做了前鼻孔填塞，顺利将出血止住。短短十分钟的操作，在内地是很平常的事，但这时的景鹏却已是大汗淋漓，气喘吁吁。

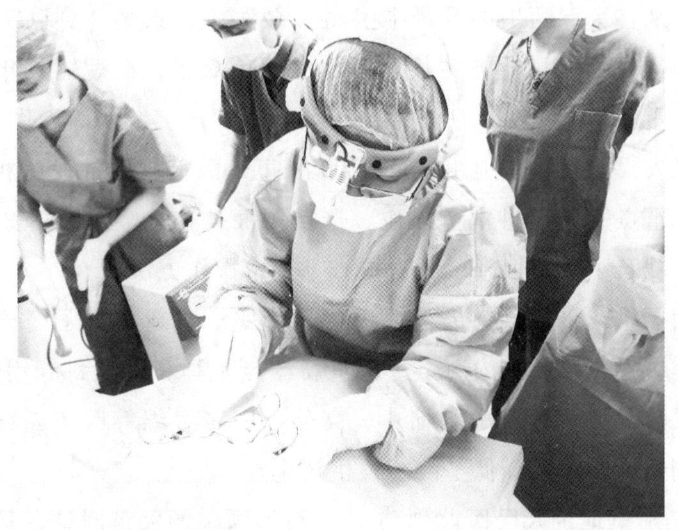

“陪同患者的家属一看血止住了，赶紧过来向我道谢，虽然我听不懂藏语，但成功救治一名患者就觉得很值。”

随着时间推移，景鹏的业务技术在阿里地区人民医院受到许多患者认可，有些患者来医院后就指名找景鹏看诊，有的还在他休息的时候就前往医疗队驻地寻找。

只要是患者来访，景鹏一律来者不拒，这也促使他开创了阿里地区耳鼻咽喉科的多个“第一”。

易泰名，一名在阿里工作的四川姑娘，也是一位反复感染的慢性扁桃体炎患者，患病达十年之久。她慕名找到景鹏要求切除扁桃体。然而，全麻下扁桃体切除手术在阿里地区从未开展过。景鹏在充分了解医院及科室情况后，接受了患者的就诊请求。随后在麻醉科、手术室配合下，易泰名顺利接受了手术治疗。

“如果我们去拉萨做手术，花费高不说，护理起来也不方便，在阿里能做这个手术真是太好了！”二十来岁的易泰名再三向景鹏致谢。

就这样，在景鹏主导下，阿里地区人民医院耳鼻咽喉科逐一开展了颌面部包块切除术、耳鼻喉内窥镜检查及治疗、耳垂裂修补术、全麻下扁桃体切除术、急诊气管切开术、鼻甲低温等离子射频消融术、先天性耳前瘘管切除术等十数项新技术疗法。

新生的耳鼻咽喉科　生机勃勃

作为近年来首个到阿里的耳鼻咽喉科援藏医生，景鹏一到阿里地区人民医院即被任命为耳鼻咽喉科业务主任。而他也不负众望，在短短一年中先后完成了规范制度、重整科室、购入新设备、技术“传、帮、带”等工作。

阿里地区人民医院所在地距拉萨1700公里，医疗软硬件设施相对不足。因此，景鹏首先重点完善了科室鼻出血、严重颌面外伤、喉阻塞等急危重症的应急抢救步骤，规范了鼻腔填塞、听力检查等技术操作方法。

硬件方面，景鹏带领科室人员积极优化诊室，重新布置了门诊诊室及听力检查室，创建了耳鼻咽喉科内窥镜室，重新盘点了耳鼻咽喉科专用器械、耗材，建议科室购买了凡士林纱布、脑棉片、高分子膨胀海绵等医用耗材，极大提高了工作的便利性，同时也降低了院感发生概率。

2018年是阿里地区人民医院创建“三乙”医院的关键时期，景鹏为此放弃周末休息时间，连续工作，身体支撑不住时就戴上吸氧管，认真完善各类资料、制订各项制度。同时，他还以创“三乙”为契机，顺利完成了耳鼻咽喉科和口腔科的分科工作，成立了独立的也是阿里地区唯一的耳鼻咽喉科。

“人才是发展硬道理，去西藏前我们院长乔西民同志就再三嘱咐过一句话，要为藏区留下一支带不走的医疗队，在这方面我也是下了不少功夫。”为了培养当地的耳鼻咽喉团队，景鹏手把手教授耳道冲洗、前鼻孔填塞、各类仪器使用等耳鼻咽喉科基本技能，讲述先进诊疗理念，坚持每周进行业务学习和问询考核，将自身所学悉数传授给科内医护人员，尽全力打造高原上特色的耳鼻喉专科。

功夫不负有心人。很快，耳鼻咽喉科的诊治水平有了明显提高。2018年3月3日“中国爱耳日”，景鹏组织科室医护人员开展“听力未来，从预防开始”主题爱耳义诊宣传活动，普及爱耳护耳健康教育知识。当地群众纷纷慕名而来，进一步扩大了科室影响力和知名度。

在阿里，组团式医疗援藏已深入人心，陕西医疗专家更是备受尊重。景鹏的一系列工作获得了西藏自治区同事们的一致赞许，更有人对他说：“习近平主席家乡来的援藏医生就是不一般！”这句话说得景鹏心里甜滋滋的，工作起来也更有干劲儿了！

一次援藏路　一生阿里情

一年的援藏工作即将结束，景鹏显然有点恋恋不舍。他对同事们说道：“一年的时间很长也很短，在阿里我真切地感受到了各级领导对我们援藏干部无微不至的关爱、对医疗人才组团援藏工作的重视，同时也感受到当地群众的热情、淳朴和善良，更让我感动的是诸多和我一样的在藏干部。他们‘缺氧不缺精神’‘舍小家为大家’的优良作风，将会不断勉励我今后的工作！”

确实，不是每个人都能做医生，也不是每个医生都有机会去援藏。一年的援藏工作中，景鹏同志以阿里为第二故乡，视阿里人民为亲人，践行了一名援藏医生的责任与担当，用实际行动彰显了“特别能吃苦、特别能战斗、特别能忍耐、特别能团结、特别能奉献”的“老西藏”精神和“扎根边疆、艰苦奋斗、开拓创新、无私奉献”的阿里精神，顺利完成了他在雪域高原上的医疗援助任务。

一次援藏路，一生阿里情，在完成援藏任务后，相信阿里的一山一水、一草一木也将永远留存在景鹏的心中。

白衣天使春风化雨　铿锵玫瑰情献阿里

记汉中三二〇一医院全莉芳

远行的力量

论语曰：父母在，不远游。可已为人妻母，远行的牵绊又何止父母？

接到电话被告知符合援藏条件的时候全莉芳仍在西安学习，单看这几千公里的距离和数千米的海拔，陌生的环境和未知肩负的任务，此行已是不易。年迈的父母和年幼的孩子都是无法割舍的牵绊。但她深知这场历练难能可贵，眼下遥远的阿里，是比这里更需要她伸以援手的地方。一夜的思忖，与家人简单商榷后，全莉芳毅然报了名。面对即将小升初的儿子，她无法预知这一年的缺席会有怎样的缺憾。虽然已经报名，但没有儿子的支持和理解，内心终究是不尽坦然的。

这天，从未带儿子吃西式快餐的全莉芳将儿子带到了肯德基。她寻思良久才试探性地跟孩子商量道："现在西藏那边医疗资源比较匮乏需要支援，如果妈妈去了，可能救更多的人。但是西藏比较远，去的话时间也比较长，一年以后才能回来，你觉得妈妈该怎么决定？"儿子顿了顿，思索了片刻，抬起头很认真地答道："妈妈，那你去吧，你去了就能救更多的人。"眼神里满是坚定。小男子汉仿佛一夜间长大了。也是这一天，全莉芳笃定方向，收拾起了远行的行囊，她深知自己肩负着的是党和国家赋予的神圣使命。

天使的初心

经过万水千山的颠簸跋涉，全莉芳所在的第三批援藏组抵达了距离拉萨1700多公里以外的阿里。短短的适应之后，专家组便开始正式投入工作。

自2015年8月，陕西第一批组团式援藏入驻阿里，医疗援藏正式拉开了序幕，对口援藏人才填补了一项又一项医疗空白，但护理人才援藏鲜少。刚刚参加工作时，全莉芳就被分到了全院危重症患者最多的内二科。一个优秀的团队总是凝聚着每一个成员的付出和心血。全莉芳深感压力，也从未停止努力。2003 年，“非典”肆虐，作为医院首届十佳护士，年仅 24 岁的全莉芳被抽调去创建发热门诊。来不及多想，疫情就是命令，完全没有管理经验的她带着一腔热血全身心投入了筹建工作。在全民抗击疫情的三个月里，她坚守岗位，从未退缩。2009 年，医院首次“三甲”复审，已成长为心脏内科骨干的全莉芳协助护士长创建了如今规模初具的 CCU。走上管理岗位后，她又先后在专科性较强的 ICU、呼吸科担任护士长，这一段段经历背后的沉淀成就了全莉芳藏于心智和灵魂的果敢和自信。接到担任阿里地区人民医院护理部主任的任命时，全莉芳虽备感压力，却仍坚信前路漫漫，未来可期。

阿里地区人民医院全院有 12 名护士长和 83 名护士。她总是称她们为孩子们，每每说起孩子们，她总是不由自主地微笑，言语间感觉她这一年里扮演的角色说是主任，实则是母亲。藏汉文化差异，医疗基础薄弱，人才梯队断层一度成为护理工作开展最大的障碍。初入藏的 3 个月，全莉芳一心扑在了基础工作筹建上。护士们技术操作不过关，她就组办护理技能培训班，整日一边吸着氧一边手把手进行操作培训；护士们基础薄弱，她就组织全院护理人员进行摸底考试，找出薄弱点，进行有针对性的培训学习；病区环境规划不明确，她没日没夜定规范，做标识，短短几天硬是创建出一个护理示范病区供全院参考改进；医院缺专科护士，护士们专科知识匮乏，她就安排科室定期进行专科培训，四处联系陕西省各个医院，组织护士外出进修学习；护士们感控意识差，她就跟着护士们一起扎进临床，从手卫生到终末处置，教会护士从消毒隔离的各个环节进行院感防控；高原上物资不足，许多知识点书上有，但没有可参考的具有指导性的临床工作的护理流程和规范，她就对照着书逐条整理，编撰实用的护理规范……虽然也有过质疑，有过争执，受过委屈，流过眼泪。所幸，这所有的初心使然的努力最终都被认可。

2018 年 3 月，“三乙”医院的创建筹划工作正式开局，原本忙碌的全莉芳变得更加忙碌。护理人力调整，科室工作部署，许多细则和规范需要对照评审标准一一修订，许多还未开展落实的工作也必须尽快落到实处。她白天安排实操性工作，晚上吸着氧整理文字性工作。短短几天，她苍老了一大截。好在前期做的大量工作已经初见成效，护士们在体验到规范管理的优越性之后已经开始转变观念，开始深信这个外来的主任一心与医院大家庭同呼吸，共命运，她们开始迫切地希望在有限的时间里能汲取更多的知识和养分，开始期待一场考验后能掀开一个崭新的局面。

5 月 27 日，西藏自治区和陕西省共同组成的评审的专家组抵达阿里，经短暂的休整后投入紧张的评审工作。从未经历过这种评审的急诊科在接到模拟大型车祸的现场救治后迅速出诊。尽管在这之前准备工作也扎实地做了许多，但缺乏实战演练经验的急救组在演练中的表现并不尽如人意，出现了许多问题。当晚，全莉芳总结评审情况，连夜整改完问题，又去科室指导完腹膜透析患者的治疗。整理完手头工作已是半夜两点多，临睡前浏览手机时全莉芳看到了急诊科护士发的照片。孩子们像做错了事情一样，靠着墙，耷拉着脑袋，护士长也发来短信："对不起老师，我们没做好。"那一刻，心酸感止不住地蔓延，那种感动触到了心底最纯真的柔软…… 次日下午，评审组再次来到急诊，查看急诊对上次演练存在问题的整改情况。出乎意料的是，短短的一夜间，她们就将之前的问题一一整改了，这次的表现比上次好非常多。评审专家笑称道已被阿里医院急诊科的精神感动。更意外的是，全莉芳作为一个援藏干部竟然在这短短的几个月里做了这么多的工作。

评审结束的汇报会上，当全莉芳说到耐着高原反应来帮助阿里医院，她把自己的孩子放在家里来这里，她只希望把带来的这些东西能留下，为阿里所用、造福阿里时，台下所有人都哭了。离开阿里的头一晚，她第一次被同事邀约吃饭，其中有之前对她百般质疑的同事，也有曾为了工作与她争执不休的同事。那晚在 KTV，她们边唱边哭，为将至的别离，为一起同呼吸、共命运的缘分。临走时，许多人去送行了。那天，洁白的哈达传递的不仅仅是祝福，还有感动、感恩和绵长的情谊。

秘境的恩赐

"如果说赴藏援助是我这一生最难忘的一段经历，那我想我最大的收获是那个秘境天堂让我邂逅了人性里最真实的纯净和质朴。我曾被外科护士长邀请去会诊养老院几位孤寡老人的压力性损伤。由于高原上物资匮乏，只能对伤口进行简单的清创处理。但护士长在知道可以从网上购买到较好的水胶体敷料时，就从网上买来敷料定期去换药。有位护士几次怀孕都没保住，知道她怀孕后我特意批了长假让她回家安心养胎，但她总说科里缺人，尤其在评审的档口，她该比别人肩负更多的责任。我说做好基础护理有助于伤口愈合，护士们就很认真地去给患者擦洗，并进行科普，她们真的对患者很好。在她们身上我看到了朴实、好学、直爽。他们用真和善洗涤了我的心灵，让我变得更纯粹。在我所在的高知团队里，我受到了在别处无法接触到的熏陶。他们积极奋进专攻术业，他们勤劳豁达甘于奉献。在她们身上，我看到了医者初心，也更明确了我的理想。面对高原，能活下来就是最重要的。人能健康地活下去并能为别人做一些事情的时候，这一生都是值得的。”全莉芳说。

为女子，她心如草木，向阳而生；为医者，她初心依旧，行远不忘。她身体单薄，却充满能量；她面容瘦削，却内心坚定。她一腔孤勇远赴阿里，她一腔热血为阿里建设出一支带不走的队伍，她用心诠释了藏汉一家，她用行动将三二〇一护理人的气质和风采刻上了雪域高原。

心系国家　勇于为高原地区人民的健康服务

西安交通大学第二附属医院　王国恩

积极参加组团式援藏医疗工作

党的十九大报告提出“要完善国民健康政策，为人民群众提供全方位全周期健康服务”。全国一盘棋，藏族同胞是我们56个民族大家庭的一员，组团式医疗援藏正是践行这一方针的集中体现。作为第三批组团式援藏医疗队19名成员之一的我，入藏时已近55岁了。飞机于2017年7月21日抵达西藏，25日落地阿里。

克服高原缺氧积极投入工作

到了目的地后面临严重的缺氧：血氧饱和度只有72%，在内地和平原地区已经够得上一型呼吸衰竭了。我忍着严重的高原反应——头疼、胸闷不适的痛苦，克服惧怕和担心身体能否承受的忧虑，经过短期交接就积极地投入工作中了。

入藏不久，我首先了解到阿里地区人民发病的普遍情况。与高原缺氧相关的疾病如心血管疾病、高原性肺水肿、高血压危重症多见、高发，且发病过程急骤，严重威胁当地人民的生命安全。虽然该医院完成了“二甲”的升级，但科室建制不全、医护人员配备及设备使用率低，或者有设备不会使用等，导致很多疾病不能得到及时有效治疗、抢救水平不高。

建立科室努力带教

面对阿里人民医院急诊科、重症医学科还未正式建科的尴尬局面，我主动担任了两个科室业务主任（急诊科、干保科）及ICU科筹建负责人，为当地人民群众的身体健康所急，扑下身子撸起袖子加油干，不保留、不怕突破身体承受的上限。倡导和践行56个民族是一家的党的方针政策，全力“传、帮、带”了7名当地医生和20余名护理人员。作为陕西援藏医疗队伍中年龄最大的医生，扛着高原上身体吃不消的痛苦，我跨科承担了最多的力所能及的任务，也是帮带徒弟最多的医疗专家。

完善科室职能，提高抢救成功率

来院不到半个月，我就与阿里地区人民医院党政和其他医务人员一起协作努力完成了急诊科建设，很快就使急诊科能够承担24小时接收门诊患者、急诊抢救、急诊留观患者病房管理治疗、全院包括小儿患者输液、阿里地区120急救接送患者、危重症患者治疗六项功能。

经过一段时间的培训和努力，很快，阿里地区人民医院急诊相关科室临床接诊、危重症患者抢救成功率有了明显改进，并提出更高的要求：凡是高原反应来就诊患者不许死人。最多的一个月急诊科接诊患者超1200例，留院观察患者200余人，收入院100余人次，多名高原反应的危重症患者再未发生死亡的情况。这是阿里地区人民医院未接受援建前所无法比拟的。

抢救危重心梗、心脏骤停患者，创造生命奇迹

2017年9月的一天，当天凌晨6：32，阿里地区人民医院接诊了一位41岁男性病患，医务人员在准备抽血化验时病患突发倒地。值班医生根据胸痛胸闷症状，初步判断系急性心肌梗死、心源性猝死。

在很多人看来，急诊科初步运行，ICU还在筹备，人才、设备、药物严重缺乏，救回患者的可能性不大。然而经过大家的齐心协力和不懈努力，与“死神”较量，未必会输。

在与徒弟们艰难的救治中，医生和护士轮流徒手按压心脏复苏，一小时、两小时过去了，患者心跳、呼吸、血压终于渐渐恢复。虽然极度不稳定，但这让在场的医护人员们很高兴。然而始料不及，数分钟后，患者心跳、呼吸再次停止。直到上午10点，在近3小时的努力下，6名医护人员将患者从“死神”手上抢了回来。随后在48小时的呼吸循环支持下，经过抗休克、抗呼吸衰竭、抗严重心律失常和24小时的高原上千公里的艰难转运，终于使患者获得了新生。“当时抢救成功率不到1%，其实大多数人认为救不回来了，可我们必须努力。”

留下一支永远带不走的队伍

我被聘为阿里地区人民医院三个首席医疗专家之一。我注重带教，带领学生着重学习急诊科急诊演练、高原性疾病诊治、多器官功能障碍综合征、复苏及心血管急救急诊、中毒抢救、感染及合理应用抗生素、无创和有创性正压通气治疗和呼吸机治疗、创伤与休克、急性呼吸窘迫综合征、弥散性血管内凝血等课题。

一年来我在全院开展大讲座 4 次，科室讲座平均每月 3 ~ 4 次，全年 25 次以上，做到每天查房及 PBL 教学查房。我亲自带教的 6 名医师学会了呼吸机的基本理论及参数设置、气管插管等技能，每人已经实际操作了 3 次，并有了心肺复苏机、除颤仪多达 40 余次的使用经验。我所带教的医师学会了镇静镇痛治疗、血管活性药物的配置及使用等。

一年来，我所负责的两个科室的收治患者的数量已经明显增加，收治病种范围和收治效果有很大提高。向把阿里地区人民医院急诊科建设成为民众信赖、医院放心、医德高尚、特色突出的科室迈出了坚实的一步。

向阿里地区人民医院急诊科医护人员示教心肺复苏仪的设置与使用

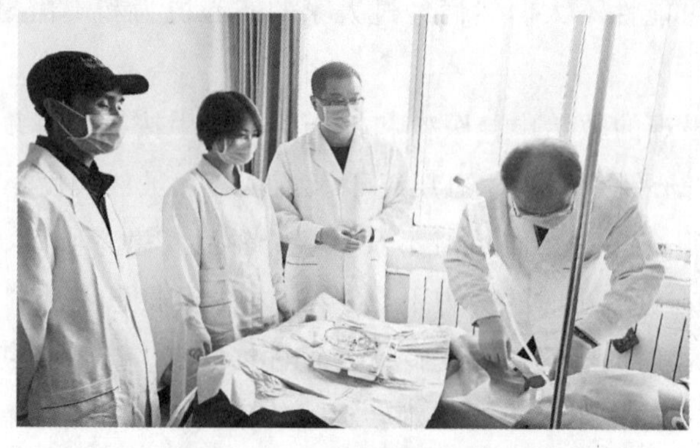

为患者操作深静脉穿刺置管

全身心忘我投入　做阿里夜空那颗最亮的星

汉中市中心医院　王瑞

2017 年 8 月，带着单位领导的嘱托和同事的厚望，带着直面未知的紧张和援藏的满腔热情，带着不能亲自送刚满 3 岁的女儿人生中第一次入学的遗憾和愧疚，在妻儿的万般不舍和亲友的各种担忧中，作为陕西省第三批医疗组团式援藏工作队的一员，我来到了被称作“高原上的高原、屋脊上的屋脊”、平均海拔 4500 米的西藏阿里地区，开始了为期一年的医疗援助工作。

阿里是喜马拉雅山脉、冈底斯山脉等山脉相聚的地方，被称为“万山之祖”。同时，这里也是雅鲁藏布江、印度河、恒河的发源地，故又被称为“百川之源”。由于阿里地区海拔高，气候寒冷干燥，冬季寒冷而又漫长，年平均气温不足零摄氏度，比寒冷更让人难受的是缺氧带来的耳鸣头痛、心慌气短等高原反应。经过两个月的适应，我这个从小“养尊处优”的城里娃不仅渐渐适应了阿里地区高寒缺氧的严峻考验，而且居然像天山雪莲一样顽强地在这片神奇的土地上扎下根，并用辛勤的汗水和青春热血浇灌出了圣洁的花朵。

一次对业务工作的大考验

投入工作以来，我多次深入临床科室对医院信息系统运行情况进行摸底、调查，查找、整理出医院 HIS 系统上线以来存在的一些问题。11 月 25 日，接到院办转来的《自治区卫生计生委关于做好地市级及以上公立医院医疗服务项目价格调整相关工作的通知》文件，自治区卫生计生委要求我们对 205 项医疗项目价格进行调整，而且必须赶在 12 月 1 日正式启用。时间紧，任务重，工作量大，人手又少，怎么办？“坚才、晓辉、谢工，这次调价系统要停机，咱们正好趁这个机会把医疗服务项目编码切换、新护士工作站床位编码定义和物资系统一起推上去，顺便还能做一次院里的信息系统应急演练。”在仔细看完文件和认真评估了科里对这些项目前期所做的工作，深思熟虑后，我对科里几位同事说出了我的想法。大家对我提出的方案进行了讨论，分析一些可能会出现的风险，制订相应的应对计划。一切就绪后，“调价项目攻坚战”正式打响。

争分夺秒，雷厉风行。11 月 25 日下午，迅速召集全科人员和 HIS 驻场工程师紧急会议，成立医疗服务项目价格调整领导小组，制订行动方案，明确各部门职责和人员分工，制订整个调价方案、进度表，由信息科统筹协调各科室人员分工，对临床科室进行相关知识培训，准备工作细而又细，力争首战告捷。

11 月 26 日，制订了《地区人民医院关于 12 月 1 日医疗项目调价、新编码切换及物资系统上线方案》，修订了《阿里地区人民医院信息系统应急预案》并下发全院各科室。

11 月 27 日，协助财务科、药房、院办对前期各自负责数据进行录入、核对。

11 月 28 日，召开全院科主任、护士长会议，对 29 日信息系统停机后各科室工作进行提前部署。

11 月 29 日 19：00，全院信息系统停止运行，进入信息系统应急演练模式。药库、药房迅速将新材料编码录入物资管理系统，物资管理相关负责人细心维护物资系统相关基本数据；信息科停用原系统 5 位数自定义收费编码，切换新的检验、检查申请单，启用自治区标准 9 位数医疗项目收费。

大家夜以继日地忙碌着。12 月 1 日零点，所有工作终于完成，信息系统应急演练解除，全院信息系统恢复正常。借助这次全自治区医疗项目调价停机，全院启用自治区调价后新 9 位数医疗项目编码，病区护士站使用新的床位编码

规则，物资系统顺利上线，医用材料正式从药库系统中分离。信息科技术人员协助门诊、住院收费员、临床医护人员第一时间将数据补录到正式系统中，演练结束后的梳理和补录工作一直持续到凌晨5点钟才结束。

12月的阿里，夜间气温已经降到零下20℃。拖着疲惫的身躯走在回驻地的路上，寒风咆哮着迎面吹来，让缺氧又不耐寒的我浑身冰冷，几乎无法呼吸。几天没有刮胡子了？几天没有听见女儿在电话里叫“爸爸”的稚嫩的声音了？几天没有好好睡过踏实觉了？爱人可能想不到她的“小鲜肉”此时胡子拉碴，快成一个“小老头”了吧。扶着狮泉河的栏杆，看着头顶近在咫尺的星星，我的脸上露出一丝欣慰的笑容：虽然连日辛苦，但这几天加班加点的努力没有白费。我用我的实际行动守护了医院信息系统的正常投用。寒夜里我愿做夜空中这颗最亮的星星！

大爱无疆

第四批援藏队员的故事

双湖县应急救援事迹

记北京协和医院夏宇

2018年8月30日，夏宇大夫从北京工作汇报回来的第4天，高原反应仍比较明显，微信群里他只好放弃了和队员们一起的周末出游计划。夜里11点半，夏宇正准备睡觉时，突然接到医院电话要求到行政楼二层会议室参加紧急会议，赶到会场后，发现已经有十多名医生在会议室了。原来，西藏自治区人民医院接到紧急通知：那曲市双湖县中学数十名学生发生可疑食物中毒事件，有1名患儿死亡，县政府已经向自治区发出了紧急救援申请。那曲双湖县2013年之前为“无人区”，海拔4950米，号称世界最高县，面积12万平方公里，人口却只有13000人，自然环境极为恶劣，至今没有上下水。县医院的医疗条件可想而知，最多只能相当于社区卫生院。

蒲智书记连夜召开紧急会议组建应急医疗队，队员主要由正在拉萨开会的自治区人民医院在尼玛县（双湖县旁）的驻村医务人员组成。夏宇内心也很犹豫要不要报名，刚回拉萨还有高原反应，但当听说已有患儿死亡，医疗条件非常有限的县医院因过度负荷处于半失控状态，他觉得援藏队员有义务参加此项任务，于是主动向蒲书记提出报名。蒲书记很友好地问他：“你行不行啊？”夏宇坚定地回答：“没问题。”

就这样，夏宇和其他队员一起连夜准备救援药品和器械，稍作休息后，6点半开车出发。沿途道路确实不好，部分路段正在施工抢修，仅到达那曲市医疗队就花了4个多小时，在那里，队员们紧急处理了转到那曲市医院的4个危重症患者。但医疗队还必须去双湖县，因为那里的患儿还在不断增加，双湖县医院已经处于紧急状态。那曲市到双湖县虽然只有500多公里，但路面更差，需要10个小时。为了赶时间，路上没停车，水和面包就是队员们的晚餐，队员们也经历了真正意义的跋山涉水。虽然是8月底9月初，但双湖县非常寒冷，夜里气温接近0℃。夜里11点半，在星光的指引下队员们赶到县医院，县医院门口正聚集着上百患者家属及政府工作人员，那曲市松扎书记已经在现场几十个小时没睡，急切地盼着我们医疗队的到来。据悉，一天多时间里双湖县医院已往那曲市医院转运患儿38名，转运每个患儿需10小时车程，路面太差，大巴车根本用不上，只能由越野车急救车转移。而由于多数本地医务人员承担患儿转运任务的离开，周边乡镇医院支援的基层医生不熟悉医疗环境导致抢救用品摆放混乱、抢救流程不清，现场四五十名患儿急诊留观、8名重患儿病情危急、十几名没有抢救经验的乡镇医生没有明确分工地围在几名重症患者周围进行抢救。据说另有1名患儿已在我们到达数小时前死亡。说实话，这样的场面，队员们谁也没见过，至今队员们还在后悔没用影像记录下来。

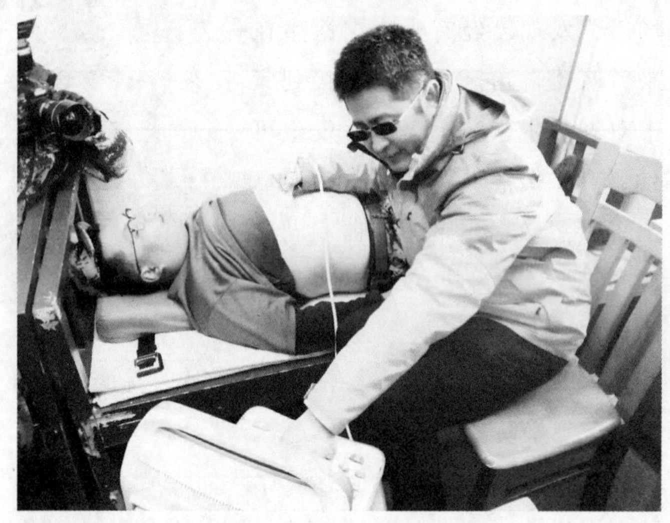

还好，患儿们只有呕吐，没有发热及腹泻，不像烈性传染性疾病。做好自身防护，夏宇和队员们与当地干部沟通后，首先安抚患者家属、根据病情程度将患者分级，然后将抢救危重症患者和家属隔离，重症患者由专门医生负责抢救，护理人员统一调配，指定当地护士配合我们的护士长负责抢救用品。队员们对神志不清、呼吸暂停的患儿进行了一系列紧急处理；对留观轻症患儿开展了病因寻找、治疗及心理疏导，并积极与当地政府工作人员沟通协调。经过5个小时的高效抢救工作，8名危重患儿生命体征平稳了下来，所有轻症患儿经过评估、治疗后大多返校内观察并派专人专车随时看护，急诊留观只留下个别患儿，急救场面得到了非常有效的控制。当队员们喘过气来，已经是凌晨3点多了，非常感动的是双湖县政府还送来了热腾腾的盒饭。

在随后的几天里，在后续赶来的医疗队的共同努力下，队员们陆续救治了多名患儿，而且再也没有重症患儿因诊治能力有限被迫转院的情况发生。学校患儿及家属的恐慌情况也得到了安抚控制。自治区人民医院医疗队第一时间的救治工作得到了国家卫生健康委应急办、国家疾控中心、西藏自治区及那曲市领导的高度表扬。

在双湖的日子里，队员们克服了医疗条件的简陋，克服了缺氧导致的高原反应，克服了没有上下水的不适，克服了室外厕所的寒冷。条件是艰苦的，但所有队员的内心是激动的，尤其是对西藏并不太熟悉的援藏队员夏宇。夏宇头一次知道了双湖县仅有两个季节："冬季"和"大约在冬季"；也头一次听说并体会了高海拔那曲市的三个"分不清"："睡着没睡着分不清""吃饱没吃饱分不清""感冒没感冒分不清"。

应急救援工作已经过去很久了，但双湖生存环境的艰苦、感冒后严重到不能下床的高原反应以及被其他高原反应的队员呕吐一身的经历让他永生难忘。

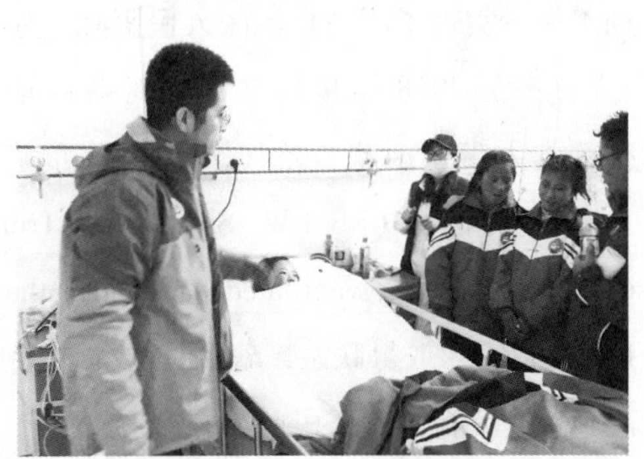

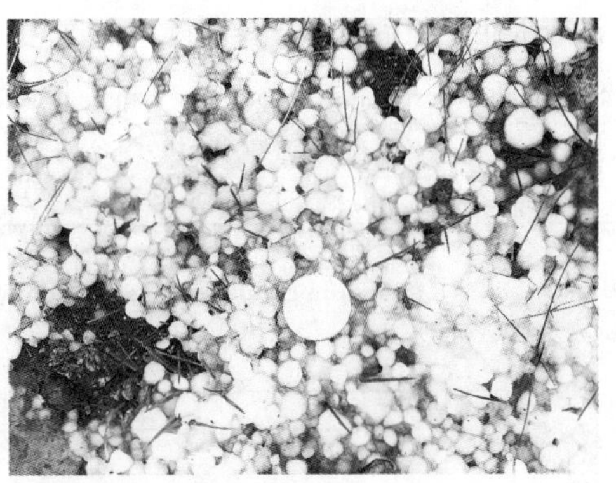

愿做“雪域重症科研的播种者”

北京协和医院 崔娜

临床科研作为学科建设的重要组成部分，对支撑和引领学科发展非常关键。临床科研是获得新知识，掌握新技能的最直接、最有效的途径，对临床工作具有引领和指导作用。西藏自治区人民医院重症医学科成立于2008年，作为西藏地区“大病不出藏”目标的兜底科室，成功救治了无数急危重症患者，但相比内地医院，该科的科研基础薄弱，缺乏学科科研带头人，科研成绩几乎为零。当我作为第四批组团式援藏人员抵达拉萨后，深入了解西藏自治区人民医院重症医学科的情况，敏锐察觉学术短板，亲自带领本科人员，经过积极查阅文献、前期准备、论文撰写等一系列工作，实现了西藏自治区人民医院重症医学科科研发展两个“零的突破”。

（一）2018年9月初，针对藏区语言交流对重症患者谵妄评估的影响和困扰，本人带领西藏自治区人民医院重症医学科团队，与“谵妄评估量表”创始人Ely EW教授（Ely EW, Shintani A, Truman B, et al. Delirium as a predictor of mortality in mechanically ventilated patients in the intensive care unit. JAMA 2004；291（14）：1753－1762）取得联系，着手建立“重症患者藏语版谵妄评分”。在北京协和医院副院长、西藏自治区人民医院援藏院长吴文铭教授及其他医学专业、语言专业多方专家支持努力下，对RASS和CAM－ICU评分进行了藏语翻译。2018年12月6日，藏语版重症评分系统首次在国际网站亮相（http：//www.icudelirium.org/medical－professionals/downloads/resource－language－translations）。

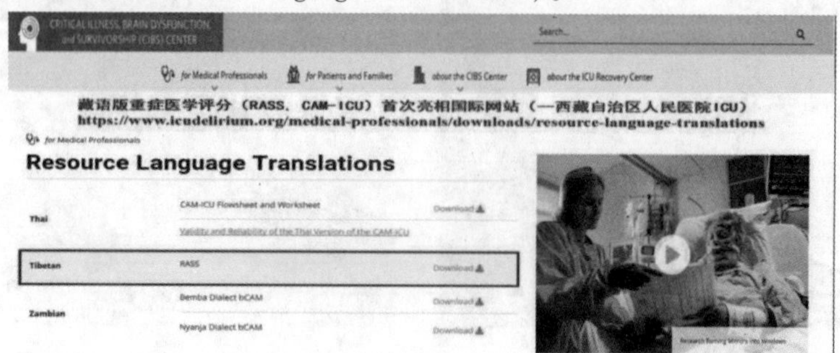

（二）建立了“雪域重症”的公众号。截至目前，文章点击阅读量已近万，其中发布的关于藏语版 CAM－ICU 的文章被中华医学会重症家园、协和重症医学公众号转发，得到了各界重症同道的肯定与支持。

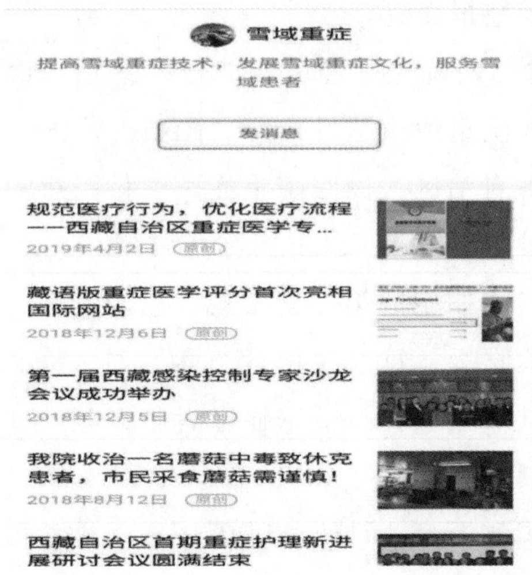

（三）在精心指导和不懈努力下，西藏自治区人民医院重症医学科科研成果捷报频传。旦增曲珍医师的 SCI 文章 *Translation and validation of the Tibetan confusion assessment method for the intensive care unit*（*CAM－ICU*）被 *Chinese Medical Journal*（IF：1.596）接收，并被该杂志作为重点文章进行宣传推广，实现了西藏自治区人民医院重症医学科自主完成 SCI 文章“零的突破”。同期，蔡鑫医师的教学文章《以递进式教学与分层定向培养加强西藏自治区重症医学人才队伍建设》被《中华医学教育杂志》接收，程莉医师的论文《规范医疗行为，优化医疗流程，提高西藏自治区重症医学科临床工作质量的价值探讨》被《西藏医药杂志》接收，付建磊医师关于“目标导向肺部综合物理治疗策略”的文章也已完成，正在投稿中。

Original Article Chinese Medical Journal

Translation and validation of the Tibetan confusion assessment method for the intensive care unit (CAM-ICU)

Qu-Zhen Danzeng[1,2], Na Cui[1,2], Hao Wang[1], Wen-Jun Pan[2], Yun Long[1], Yang-Zong Deji[2], Cheng Ze[2], Zeng Ren[3]

[1]Department of Critical Care Medicine, Peking Union Medical College Hospital, Peking [illegible] Medical College & Chinese Academy of Medical Science, Beijing 100730, China;
[2]Department of Critical Care Medicine, Tibet Autonomous Region People's Hospital, Lhasa, Tibet 850000, China;
[3]Department of neurosurgery, Tibet Autonomous Region People's Hospital, Lhasa, Tibet 850000, China.

Background At present, there is no available delirium translated assessment method for 3.3 million Tibetans. This study aimed to provide a method for delirium assessment for Tibetan patients speaking this language by validating a translation of the Confusion Assessment Method for the Intensive Care Unit (CAM-ICU).
Methods The study was conducted between July 2018 and November 2018. Patients were screened for delirium by a neurologist using the Diagnostic and Statistical Manual of Mental Disorders IV (DSM-IV). Patients were subsequently screened by two nurses using Tibetan translations of the CAM-ICU. With DSM-IV criterion as the reference standard, the sensitivity, specificity, positive predictive value (PPV), and negative predictive value (NPV) were calculated to assess the validity of the CAM-ICU criterion. Interrater reliability was determined by comparing the CAM-ICU ratings of nurse 1 *vs.* nurse 2 using the κ coefficient.
Results Ninety-six patients were assessed independently by two nurses and one neurologist. According to DSM-IV standard, 42 out of 96 (43.8%) patients developed delirium. The sensitivities of Tibetan CAM-ICU were 90.5% for nurse 1 and 92.9% for nurse 2, respectively. Their specificities were 85.2% and 90.7%, respectively. The PPV were 82.6% for nurse 1 and 88.6% for nurse 2. Their NPV were 92.0% and 94.2%, respectively. The Tibetan CAM-ICU was done with good interrater reliability between nurse 1 and nurse 2 ($\kappa = 0.91$, $P < 0.001$).
Conclusion The Tibetan CAM-ICU shows good validity and might be incorporated into clinical practice in Tibetan Intensive Care Units.
Clinical Trail Registry www.chictr.org.cn (No. ChiCTR1800018231)
Keywords: Delirium; Tibet; CAM-ICU; Validation

（四）重症年会是重症领域的学术盛宴，在该平台的学术交流展现了一个科室、一个医院的学术风采。本科室再次实现年会学术交流“零的突破”，旦增曲珍医师和付建磊医师在本人指导下投稿的年会文章分别应邀参加本次珠海重症医学年会的大会发言及壁报交流。

（五）借鉴北京协和医院先进经验，结合科室临床诊疗实际情况及西藏特点，西藏自治区人民医院重症医学科本着“踏实、落地”的基本原则，于 2019 年 3 月正式出台《西藏自治区人民医院重症医学科医疗常规》和《西藏自治区人民医院重症医学科护理常规》（以下简称《常规》）。本《常规》是西藏自治区人民医院临床科室自主制定的第一份常规。它的制定，让每一位医务人员面对重症患者，不靠经验吃饭，每一个医疗行为、每一个医疗动作都有“规范”可依、有“流程”可走，切实提高了重症患者临床救治能力，推动重症医学医疗护理进入规范化发展的轨道。

今天的医疗发展瞬息万变，科研与临床是一个科室得以发展、腾飞的“双翼”，缺一不可，不做科研的科室及医院难以生存。西藏自治区人民医院重症医学科作为西藏重症界的领头科室，必须摆清自身学术定位，强化临床科研工作，提升临床科研能力，推动临床新思路、新技术的提出和延伸，促进基础医学和临床医疗的有力结合，提升西藏地区重症医学医务工作者的诊疗水平。

在西藏自治区人民医院重症医学科担任援藏主任期间，我愿做一名播种者，用“心”守候希望，静静地看着它发芽、抽叶、开花，结出累累硕果。

我的援藏故事（三十一）

北京协和医院　周文华

我是周文华，来自北京协和医院急诊科，有着20多年的急诊急救护理经验，同时也是拥有十多年急诊科护理管理经验的护士长。能够被医院选派为第四批组团式援藏队员，心情很激动。这次援藏工作对我而言既是机遇又是挑战，在倍感光荣的同时，感到更多的是身上所肩负厚重的责任和压力。

我在西藏自治区人民医院援藏的科室是护理部，任护理部主任。这一职务对我既新鲜又极具挑战性。临出发前，护理部吴欣娟主任的谆谆教导言犹在耳。从前我是被检查者，现在是检查者，身份角色发生了转变。虽然在援藏出发前两个月，护理部吴主任为让我适应新的角色，安排我在护理部学习了两个月，便于熟悉护理部的工作流程，但是我依然感觉压力极大。

西藏自治区人民医院的急诊科是医院的薄弱科室，自治区人民医院的院领导和护理部主任针对我的专业特点，都提出希望我重点抓急诊的工作。从2018年8月10日压茬交接结束后，我就深入急诊，了解急诊的环境、护理人力情况、设备配备、现有的工作流程，并且参加急诊的护理查房。9月3日在急诊开现场会，在急诊的两位主任（援藏主任1名）和护理部主任的支持下，提出从急诊抢救室入手，改变急诊抢救室管理模式；白班实现封闭式管理模式（无患者家属陪伴），以改善危重症患者的就诊环境；改变护士原有工作模式和流程，明确各岗位护士的工作职责，实施规范化管理；提出在急诊要有分诊护士，以保证危重症患者能够在第一时间得到及时救治；在现有人力不足情况下，至少白天急诊要实施分诊分级，电子化登记患者信息，保证急危重症患者能够优先得到治疗。同时，急诊留观和急诊抢救室的患者信息也需要电子化登记，逐步达到三级医院检查的标准。在急诊科主任和护士长的大力支持和护士积极的配合下，9月10日急诊白班开始设立专职分诊护士为就诊患者进行分诊，使用纸质单记录患者情况；同时，跟急诊护士长提出提早保洁员的上班时间，将保洁员的上班时间从原来的8：30提前到7：30，以保证急诊病区环境卫生白天能够更早清理出来，改善患者的就诊环境。9 月 26 日，在急诊科主任的支持下，在急诊科召开关于急诊抢救室实施半封闭式管理的启动大会。首先介绍北京协和医院急诊抢救室实施封闭式管理的经验，以及封闭式管理时需要的一些准备工作；为完善护士长的管理流程，满足急诊突发事件多，患者病种复杂等特点，细化管理流程的需求，提出在急诊抢救室和急诊其他区域设立区域主管，明确职责和工作流程，协助护士长更细致地完成急诊护理管理工作。10 月 4 日，急诊分诊实现电脑录入分诊患者就诊信息。10 月 15 日开始，急诊抢救室正式实施半封闭式管理，白天没有家属陪伴，保证危重症患者有良好的就医环境。2019 年 4 月 5 日，开始实施急诊抢救室和急诊留观室的患者就诊信息电子化登记，以保证患者信息资料的信息化保存，为将来急诊医疗和护理科研工作的进一步开展奠定了基础。急诊抢救室实现半封闭式管理半年以来，护士长带领护士在现有的硬件条件下，不断地完善和改进抢救室的环境，精心布置，以不断改进患者的就医感受。

西藏自治区人民医院抢救室现状

西藏自治区人民医院原本没有护理教学老师这一岗位，参照北京协和医院的经验，在西藏自治区人民医院领导的大力支持下，在全院增设护理教学老师岗位，为医院储备后备护理业务骨干和护理管理骨干，也成为护士长的后备人才库。与在藏的护理部主任共同筹备竞聘工作，制定报名条件，规范聘任流程，明确筛选条件，于 2018 年 12 月 3 日在全院范围内，通过召开全院护理教学老师竞聘动员大会的形式，拉开了竞聘工作的序幕。参加报名人数 59 人，筛选掉不符合条件的 3 人，最终 56 人进入候选人名单。2018 年 12 月 9 日，主持医院护理教学老师竞聘演讲，分管院长全程参与，为起到公平公正的原则，邀请 4 位援藏主任、纪委、人事、教育处、总护士长、护士长作为评委。经过现场的竞聘演讲，以及后期的科室测评结果，2019 年 3 月 6 日经院党委会决定，公布在全院范围内聘任的 23 名护理教学老师名单。护理教学老师的聘任，为今后规范全院的临床护理教学管理，提高全院护士的整体临床操作技能和理论业务水平奠定了基础，也是西藏自治区人民医院护理工作中的一个里程碑式的突破。

第四批的援藏任务已经完成了 8 个月，作为在协和工作 20 多年的老员工，我必不辜负协和医院多年的教育与培养，脚踏实地，精益求精，不忘初心，不辱使命，在前面几位援藏护理部主任奠定的坚实基础上，不断完善工作，规范病区管理，尽自己最大的努力，把协和先进的优质护理服务的理念和管理理念融入西藏护理工作中，为西藏护理事业而努力，圆满结束援藏工作任务。

援藏，我们在路上

记北京大学人民医院第四批援藏医疗队林芝义诊行

为献礼“西藏民主改革60周年”，在西藏自治区组织部的精心策划下，第四批医疗人才组团式援藏工作医疗队的专家们准备酝酿一次大型义诊活动——林芝义诊行。因为大家知道：义诊并不只限于援医送药，作为援藏专家，我们还有更重要的责任。

林芝古称工布，“林芝”是藏文“尼池”或“娘池”音译而来，藏语意为“娘氏家庭的宝座或太阳的宝座”。位于西藏东南部，古为流放之地，自然环境复杂，藏族同胞医疗水平落后。组团式医疗活动开展后，当地医疗水平明显提高，而由于时间所限，藏族同胞基本的医疗常识很是有限。

第一天，送急需药，调当地“疾病谱”

2019年3月29日，大家告别了欢庆中的拉萨，在自治区组织部郭强副部长、卫生健康委许培海副主任以及西藏自治区人民医院院长吴文铭教授的带领下开始藏东南之行。随着汽车颠簸，翻过米拉山口（米拉山口，即西藏米拉山的山口，地处拉萨市到墨竹工卡县与林芝市工布江达县的分界上），跨过雅鲁藏布江，到达了第一站：工布江达县措高乡卫生院。大家不顾舟车劳顿，给卫生院送来急需药品，解决当地燃眉之急。同时，调研当地医疗状况及疾病谱，丰富藏地流行病学资料。

第二天，解民诉求，让诊疗“接地气”

3月30日，援助医疗队的送医车依旧行走在路上：两岸山坡，桃林与麦田交相辉映，粉嫩桃花醉霞绯云，如随雅鲁藏布江江水倾泻而下……而如此美景却吸引不了大家的注意力。大家对昨天的调研情况却“情有独钟”，讨论得如火如茶，脑海中浮现的是一个又一个因地制宜的医疗方案。

四年援藏路，北京大学人民医院派遣了四批援藏专家，涵盖了内科、眼科、妇科几大核心科室。作为第四批队员，也越发体会到诊疗方案在藏地必须地域化、民族化、个体化。“不走高大上，必须接地气。”如何使医疗服务的受众人群进一步扩大成了大家热议的主题。

激烈讨论中到达了第二站：派镇卫生院。

派镇位于雅鲁藏布江大峡谷内。雅鲁藏布江大峡谷名声在外，是世界最深、最长、海拔最高的大峡谷，也是人类最后的秘境之一，被誉为：打开地球历史之门的锁孔。

每到桃花盛开时，这里会接纳来自全球各地的大量游客，与之形成鲜明对比的是，派镇卫生院只有 4 名医生，其中 1 名还要驻村。因此医疗诉求在这里被极限化、扩大化。

李克强总理在接见第四批组团式援藏工作医疗队时曾经指出：加强医疗建设才能增加藏地的吸引力，使广大游客增加对藏地旅游的安全感。

面对急需解决的患者诉求，大家深觉组团式援藏工作医疗在藏地的必要性和影响力。

第三天，高原反应雨径，挡不住“援藏心”

3 月 31 日，气温骤然下降，此行的终点是素有藏地“小瑞士”之称的鲁朗。

“天下皆云藏地寒。”3 月的藏东南居然淅淅沥沥飘起了冰雨，部分队员已经出现头痛、咽痛，体温开始升高。但是援藏的激情支持大家坚持到了鲁朗小镇。临近中午到达目的地时，广场上已熙熙攘攘站满了群众，雨雪霏霏中，队员们忘记身体不适，迅速投入工作中。

因为北京大学人民医院援藏医疗队专家团队组合几乎覆盖了藏族同胞常见疾病涉及的领域，义诊桌前络绎不绝。语言不通不是问题，大家通过手势 + 表情交流，微笑是彼此的通用语。

2 小时的义诊，队员们甚至来不及站起身上一次厕所、喝一口水，来不及疲劳，顾不上头痛，口干舌燥，声带嘶哑……念念不忘的却是藏族同胞们拿着药品离开时，竖起拇指的情景与满足的笑容。

回拉萨路上，大家心情感慨万分，同一片蓝天下，淳朴的藏族同胞却因健康医学知识匮乏，对生病就医没有强烈需求，往往病入膏肓才来院就医，让医疗援藏显得更加迫切和急需。

一位藏族同胞这样提道："医疗及教育援藏是我们最欢迎的两个团队。"的确，他们太需要我们的帮助。在援藏的路上，我们必将走得更加坚定，因为"授比受更快乐"！

（执笔　张前）

移花接木　妙手回春

北京大学人民医院　苗恒

65 岁的患者加弟阿婆反映，近半年来她的左眼视力明显下降，难以看清眼前东西。自治区人民医院接诊医生为 2018 年 7 月底进藏的第四批医疗人才组团式援藏专家，来自北京大学人民医院眼科的苗恒副主任医师。经过认真检查和评估，目前加弟阿婆最佳的治疗方案为左眼白内障摘除、人工晶体植入联合硅油取出术，但目前整个西藏均没有能够同时完成眼前后段手术的设备，如果要一次性给患者完成整个治疗，就必须将患者转诊至内地。经过了解发现患者家庭条件较差，不能赴内地治疗。

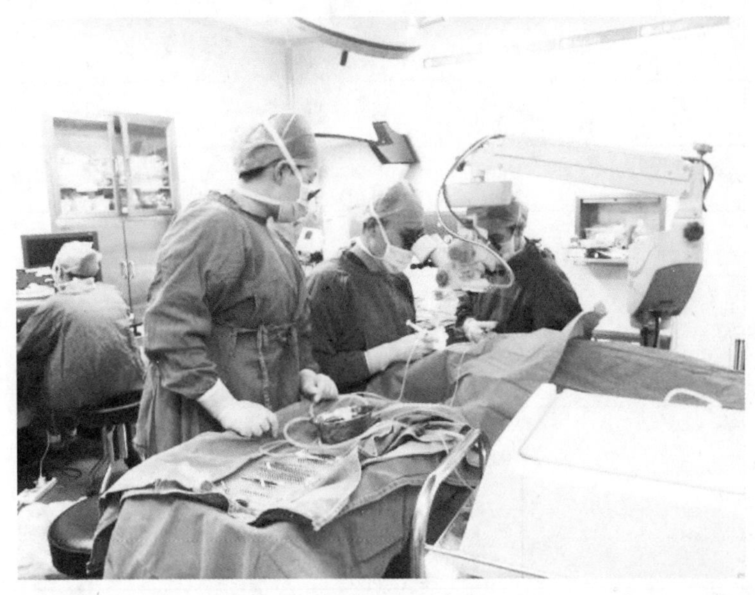

面对痛苦中的患者，苗恒医生提出将手术分为两次，先完成左眼的白内障手术，再取出硅油。在顺利完成白内障手术后，借助与玻切机工作原理相似的超声乳化仪器将她眼内的硅油全部取出。此次手术是移花接木式的发明创造，更是全球首例基于超声乳化仪的硅油取出术。

手术顺利实施，免去了患者舟车劳顿之苦，更让西藏患者足不出户享受来自“上级医院”的医疗服务。医疗人才组团式援藏工作为西藏患者送来健康的曙光，鼓舞着本地医生不断学习和掌握新知识、新技术、新理念，让援藏医疗队员带来的知识和技术在西藏生根发芽，最终造福一方群众。

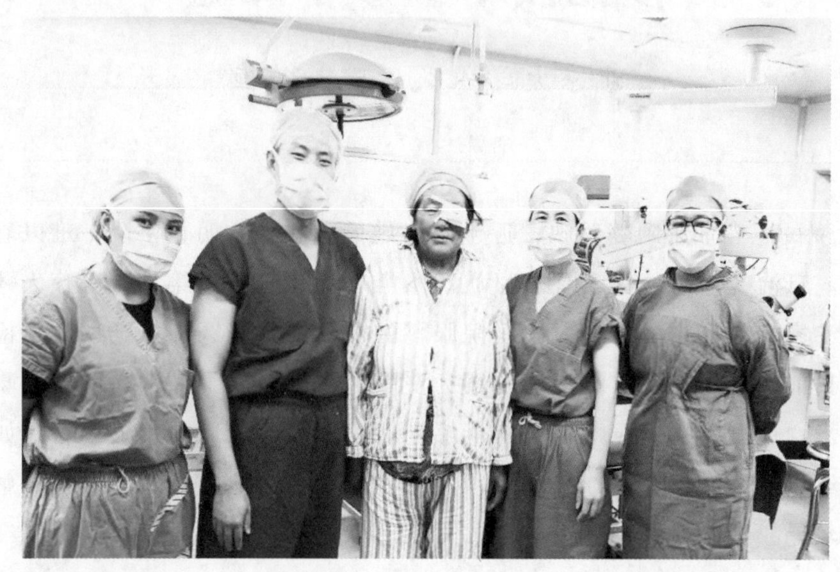

援藏专家王斌二三事

记北京大学人民医院王斌

藏历新年的传统古突夜，是家家户户吃年夜饭的时候，但医院手术室里正忙碌地进行着一场与死神赛跑的手术，来自北京大学人民医院神经外科的医疗人才组团式援藏专家王斌，正与西藏自治区人民医院脑外科专家、院党委书记蒲智，全身心为一名脑部重症患者实施急诊手术。

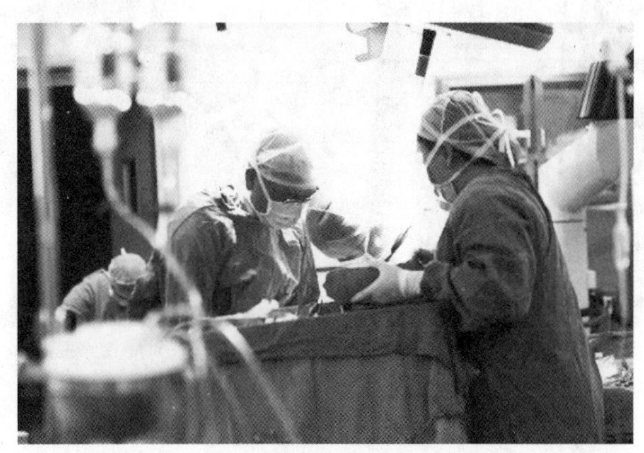

几小时过去了，患者终于被专家从死亡线上拉了回来。手术成功，患者转危为安。而后他们顾不上休息，又接着开始另一台手术，一直忙到黎明破晓。

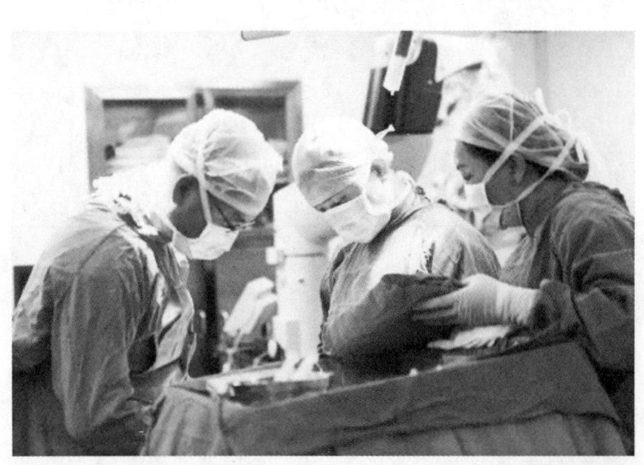

离家援藏，王斌本想借过年回家好好待几天，尽尽自己的孝心。可他的父亲知道后，不但没有因见到久别的儿子而欣喜，反而狠狠地批评了王斌：在西藏有那么多同志工作，长年无法与自己的家人团聚，可你就待一年还要回家过年，这像话吗？在父亲的严厉教诲下，王斌放弃了在家过年的想法，回到了西藏自治区人民医院，选择了重返岗位在藏留守，坚守救死扶伤的岗位，而且没有丝毫怨言，一如既往地投身到援藏医疗事业中，展现了援藏医务工作者为西藏人民健康保驾护航的拳拳爱心。我们由衷地为王斌教授和他的家人及所有的援藏专家们喝彩、点赞。

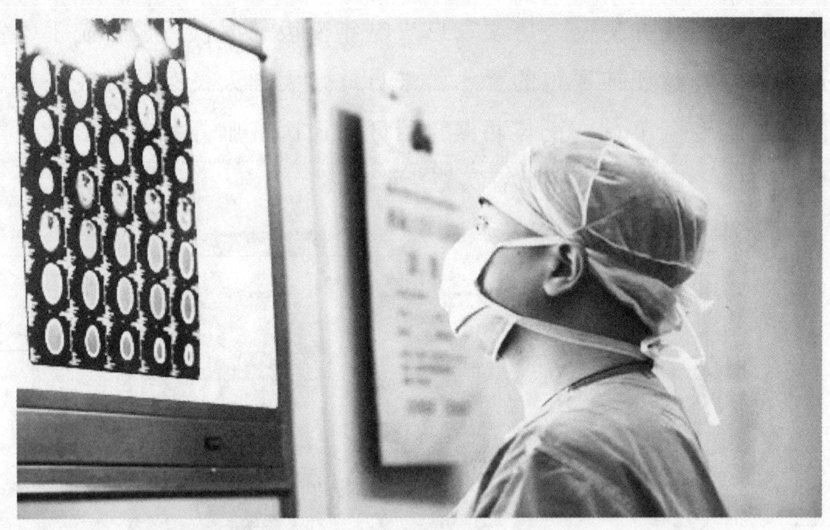

不负韶华　不辱使命

北京大学人民医院　王艳槟

曾经有一位妊娠29周的孕妇，患有高血压，血小板下降到极低的水平，而西藏地区没有血小板供应，胎儿宫内状况不好，随时都有胎死宫内的可能，而即将到来的分娩，对于这位孕妇来说，可能是一个致命的打击。经过反复讨论和斟酌，考虑到患者病情的复杂和危重，考虑到西藏医疗条件的限制，为确保分娩万无一失，患者被顺利转诊到北京。在北京大学人民医院妇产科及全院相关科室的全力配合和强大支撑下，手术过程有惊无险。同时还联系了北京大学血液病研究所张晓辉副所长，请他对患者血小板减少的病因做了进一步的检查和治疗。患者回到拉萨后，为我送来了锦旗，锦旗上写着“医者仁心济百姓，藏汉民族一家亲”。患者和家属激动得热泪盈眶，不住地表示着感激。这份荣誉是属于我们这个强大的集体的！这一刻我更加深刻地体会到了救治患者的生命特有的成就感，付出多少努力都值得，他们的健康是我留在西藏最大的动力。

雪域医疗教育百年树人

记北京大学人民医院吕萌

“吕老师，万分感谢您带给我们的授课，给我们打开了一片新天地。”

结束了最后一堂“内科学—血液病”课程，来自北京大学人民医院血液科的第四批医疗人才组团式援藏专家吕萌，得到了2个班级80多位藏族同学的一致好评。

连续两个月，20课时大课授课和20课时的临床见习带教，穿插在紧张的教学查房、会诊和抢救工作中。在雪域高原，缺氧的挑战对于援藏队员坚守临床岗位已属不易，是什么让吕萌大夫成为唯一一名走上西藏大学讲台的援藏专家呢？

援藏工作不仅是输血，更是造血。西藏大学医学院每年80～100名临床医学本科生，绝大部分留在西藏地区工作，相当大部分走向自治区基层医疗岗位，可以说是西藏未来卫生事业的基石。但是受制于教学条件和时间限制，原来藏大医学院缺乏富有临床经验的老师来讲授临床课程，教学内容仅覆盖执业医师考试50%左右；而中央组织部援藏专家多来自大型教学医院。吕萌大夫曾获得北京市高校教师教学比赛一等奖，于是主动请缨首次代表援藏医疗队承担藏大医学院教学工作，与当地老师紧密合作开展教学改革，将反转课堂等先进教学方法首次引入西藏医疗教学，并通过大课教学与见习教学相结合，将教学内容由50%提高到100%覆盖执业医师考试要求。在随后的考评中，本年度接受新教改的本科生，直接面对临床执业医师考试真题即获得80%以上通过率，教学改革取得了明显成效。

援藏不是一时的工作，更是我们终身的责任。为西藏自治区医疗事业发展不仅要亲力亲为，更要百年树人，留下一批优秀的雪域高原“健康卫士”。

墨脱 6.3 级地震时　我们距震中 15 公里

北京大学人民医院　曹煜隆

我曾无数次设想过，如果遇到自然灾害，应该如何快速反应；无数次设想过如果遇到突发意外，应该如何大义凛然。当真正面对地震时，才发现，人其实是如此弱小无助。我也曾想过，万一，如果万一，在地震中遇难……我不后悔！在我 28 年人生岁月中，有了援藏这一段经历，让我觉得我的青春有了更多的色彩，我的生命有了更多价值。

时间犹如白驹过隙，转眼间来西藏已经 10 个月了。

在海拔 3700 米的拉萨生活工作了这么久，我终于适应了高原环境，也熟悉了拉萨。每天都能看到的布达拉宫，每天朝夕相处的组团式援藏队员，已经成为我生活的一部分。

在这里，我熟悉了西藏自治区人民医院的角角落落，熟悉了这里可亲可敬的医护人员，这些都成了我职业生涯中宝贵而独特的体验。

然而更为刻骨铭心的体验来源于几天前的墨脱之行——

翻山，一直在不停地翻山。

墨脱，藏族人民心目中朝圣的“莲花宝地”，也是全中国最后一个通公路的县级行政区域。雄壮凛然的南迦巴瓦峰和加拉白垒峰犹如守护神，雅鲁藏布江在两座山峰的夹峙中咆哮而出。这里是一个美丽与危险并存的地方，也是医疗资源极其匮乏的“高原孤岛”。

为全面深入了解墨脱县医疗服务能力建设情况，助力西藏自治区打赢脱贫攻坚战，实现西藏医疗卫生水平全面提升，2019 年 4 月 22 日，中央组织部医疗人才组团式援藏医疗队深入林芝市墨脱县，对墨脱县人民医院进行现场实地调研。我和北京大学人民医院组团式援藏医疗队队长、心内科专家张前作为调研组成员，一同前往墨脱。

然而进入墨脱并不容易。这里地处世界第一的雅鲁藏布大峡谷的深处，当地人称“十入墨脱九回头”。因其地震、塌方、滑坡、泥石流、滚石等频发的自然灾害时刻影响甚至威胁着人们的健康与生命。

有人称，在到过墨脱的人面前不要言路。意思是说这世上再没有比到墨脱更难走的路了。真的上路，才发现确实是这样。

一路上都是山，翻山，一直在不停地翻山。一开始巍峨的群山、棉花似的云朵和随处可见的牦牛让我惊叹不已。但随着山路崎岖高低起伏，我就顾不上新奇了，开始觉得在这片承载“千山之巅、万水之源”的神圣土地上，一直在挑战着自己的极限。

一路险阻。这里地形险峻，路永远在坏、不停地在修。狭窄泥泞的山路错车都非常困难，而旁边就是深不见底的雅鲁藏布江河谷。墨脱由于特殊的地理环境，经常发生泥石流、滑坡，走着走着就会有从山上滚落的巨石堵住路，只能从旁边没有路的地方绕……

在翻越嘎隆拉山时，在山脚下穿短袖仍然觉得闷热，车努力地往山上盘，翻过这个山头大约需要 4 小时。到了山顶，气温骤降，穿上了羽绒服还觉得寒冷。不久之后车下山，又开始脱衣服换短袖……

长时间颠簸，感觉自己像在坐船，再加上车里空气密闭，我开始头晕恶心。从不晕车的我，彻彻底底体验了一把高原反应加晕车的滋味。

历经 20 多小时的跋涉，我们终于抵达了墨脱，而我也已近乎“虚脱”。

美丽而神秘的“高原孤岛”

墨脱作为全国最后一个通公路、唯一不通班车的“高原孤岛”，犹如宝剑藏于匣内不为人知。一万人口的“秘境”内，医疗资源匮乏，甚至婴儿年出生数刚刚破百。尽快投入工作，尽快为墨脱百姓送健康，援藏医疗专家们马不停蹄地展开调研。

在墨脱县人民医院拉珍副院长的陪同下，当地医护人员向调研组介绍了近来的相关工作情况。我们一同走进墨脱县人民医院门诊、急诊、病房、重症监护病房及手术室等区域，实地考察具体情况。

医院感染无小事，特别是在缺少规范医院感染防控机制的西藏地区，一旦暴发院内感染，后果将不堪设想。尤其对于疑难重症的手术患者来说，感染无异于雪上加霜。从事医疗管理专业的我，看到医院病房随处可见的快速手消设施和洗手池上方均配备“七步洗手法”示意图时，对墨脱县人民医院感染管理工作感到特别欣慰。持续的医疗帮扶，让西藏基层医院无论从硬件设施还是规范操作都有了极大的提升，感染管理工作就是一个最好的例子。

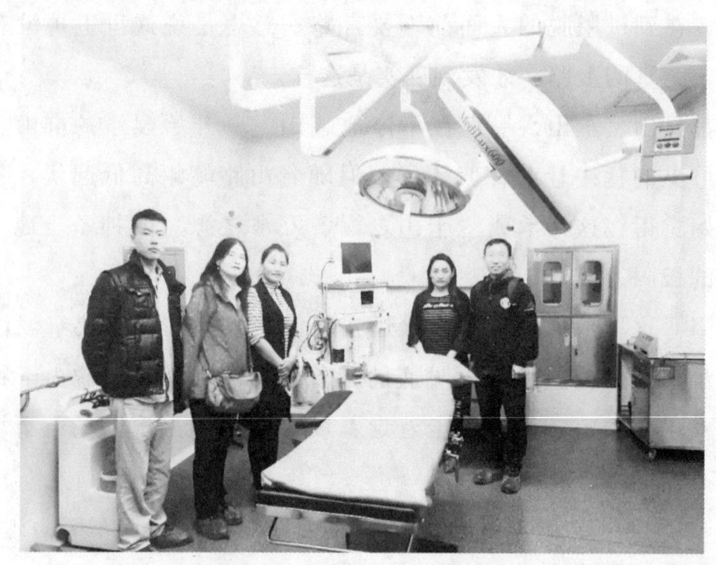

援藏医疗队在墨脱的调研中结合当地的实际情况，因地制宜，提出诸多可行性方案。我运用自己的感染防控专业知识以及在西藏自治区人民医院时的经验积累，为当地医护人员示范了一系列不同诊疗过程中的无菌规范操作。针对当地道路不通、无法及时转运急性冠脉综合征患者的现状，北京大学人民医院心内科张前提出以溶栓为主，加之远程医疗合作，来实现基层胸痛中心的方案，并建议依托远程医疗为当地医师开展远程医疗教育项目。

几天的调研让我们深感西藏基层医疗卫生工作人员的艰辛与不易，也感觉到肩上的担子更重了，希望能多为西藏人民、为墨脱人民做些实事。

我梦见“巨龙”从脚下呼啸而过

4 月 24 日晚，马不停蹄的奔波和调研接近尾声，我瘫倒在床上，都不知道自己是怎样睡去的。

半夜做梦梦见一条巨龙从脚下呼啸而过，然后就被强烈的晃动惊醒。看到地板在摇晃、床在摇晃、家具在摇晃，我以为自己还在梦中。

这时听到楼道里有人边跑边呼喊：“地震了，快去外面空地上！”

我一听马上披上衣服深一脚浅一脚地往外走。说实话，我都不知道自己是如何下楼的。

楼外空地已经聚集很多人。凌晨四点的墨脱本应是温润清凉寂静安详，现在却充满了嘈杂与不安。

清晨的凉气让我马上清醒了。从周围人的对话中得知，墨脱县背崩乡发生了6.3级地震，震中距我们这里只有15公里。

我曾无数次设想过，如果遇到自然灾害，应该如何快速反应；无数次设想过如果遇到突发意外，应该如何大义凛然。当真正面对地震时，才发现，人其实是如此的弱小无助。

在快速有序的组织与安顿中，我的脑子终于不再一片空白。但平生第一次遇到地震的经历仍让我心有余悸。

由于在拉萨还有新的任务等着我们去完成，我们踏上归程。一路的震后塌方和泥石流，让我大气都不敢出。看到倒塌的房屋和被强震掀翻的汽车，我的心像被生生扯了一下。

地震了，墨脱的居民怎么办？他们的房子有没有塌？这里交通不便，震后救援能不能及时开展？墨脱县人民医院有没有事？患者们有没有及时疏散？地震之后生态环境和生活条件遭到破坏，会不会出现传染病等灾后疫情？

带着对墨脱的无比惦念，我回到拉萨。通过新闻了解到，震中不在人口密集地区。西藏自治区政府、自治区卫生健康委第一时间组织开展救援，墨脱县人民医院正有序救治伤员。我的一颗心终于放下，在墨脱的几天时间，已经爱上这里的一山一水和淳朴的居民。

尽快整理调研结果，尽快因地制宜制定帮扶策略，尽快打通发展瓶颈，尽快让墨脱人民享有更优质更健康的生活，我要做出自己力所能及的努力。

墨脱之行让我震撼，也让我想了很多。

一年援藏，感觉我们该做的还有太多太多。

经过前两批援藏专家的积极开拓，西藏自治区人民医院的医院感染防控工作机制已经初具雏形，但感染防控观念与意识还是较为薄弱。10 个月来，我通过了解自治区人民医院的各项工作、建筑布局、空间特点、制度流程等，根据实际情况开展针对性工作，循序渐进根据当地医生的知识薄弱点开展教学讲座，发挥自己的专业特长，帮助指导本地医护人员翻译文献、撰写论文、申请课题，提高医生专业知识水平。除了医院里的工作外，我们下乡调研，牧区义诊、送医送药……这些都成为我职业生涯中宝贵而独特的体验。

在这里我也收获了很多感动。藏族同胞脸上流露的信任和感恩，同事们投来的赞许和鼓励的眼神，我和我们组团式医疗队员相互扶持共同奋斗的那种快乐和凝聚……这些都将是我终生难忘的回忆。

我也曾想过，万一，如果万一，我在地震中，或者在崎岖山路上，或者巨石滚落塌方中遇难，我的父母和家人一定会伤心欲绝。

但我不后悔。

因为在我 28 年人生岁月中，有了援藏这一段经历，让我觉得我的青春有了更多的色彩，我的生命有了更多价值。

整合援藏医疗人才资源优势
开展多学科联合门诊

记北京大学人民医院联合门诊

高血压和糖尿病是西藏地区的常见病和多发病，而两病均会引起多个靶器官损害。高血压眼底病变和糖尿病眼底病变均会导致患者视力下降甚至失明。早期筛查、多病同治是避免患者生活质量下降甚至致残的重要而有效的手段。限于地域条件，拉萨以外的地区患者就诊受到很大限制，往往就诊时就已经错过了最佳治疗及干预时机。小病拖大、大病致残是西藏广大地区患者面临的不良结局。

进藏以来，北京大学人民医院心血管内科的张前医生和北京大学人民医院眼科的苗恒医生在迅速了解了当地患者的疾病谱，分析了大病产生的主要根源后，得出结论：多学科联合门诊势在必行。多学科联合门诊（multi－disciplinary team，MDT）会集多科专家，依托多学科团队，进行全方位、多学科的综合诊疗，从而制订规范化、个体化、连续化的诊治方案，针对的一般是疑难危重或诊断不明的疾病。由于团队汇聚相关多学科专家，以现场讨论形式为患者诊疗，从而制订适合患者的相对最优化的诊疗方案。这一诊疗模式是现代医学发展的一大趋势。对于慢性病、老年病以及存在相关并发症的患者来说，可以不用来回奔波于各个相关科室，只要挂一个联合门诊的号，就可以得到多学科专家的诊疗建议。

而高血压及糖尿病正是慢病管理的典型病种。于是，在9月19日，集中了北京大学人民医院心血管内科、眼科及北京大学第一医院内分泌科的顶尖学科力量组合成立了西藏自治区第一个联合门诊：高血压、糖尿病及眼底病变联合门诊。

联合门诊既整合了援藏医生的资源优势，又解决了患者在高血压和糖尿病眼底病变的预防治疗的难题，大大方便了患者就医的同时，增加了西藏自治区人民医院针对同时涉及心内科、内分泌科和眼科的复杂疾病的综合诊疗能力，在吸引力方面有着不可比拟的优势；对眼底出血、黄斑病变、白内障等大病的早期筛查也有着前哨的作用。

联合门诊既有利于中央制定的“大病不出藏”的政策执行，也有利于“师带徒”现场教学目的的完成。

多学科综合诊疗，通过一站式服务来缩短患者就诊等候时间和减少多次往返各门诊的不便，有利于提高复杂疾病临床诊疗水平，优化就医流程，实现医患双方共赢。

这是北京大学人民医院第四批援藏医疗队献给祖国母亲的一份薄礼，也代表了我们对西藏广大群众的一份关爱。

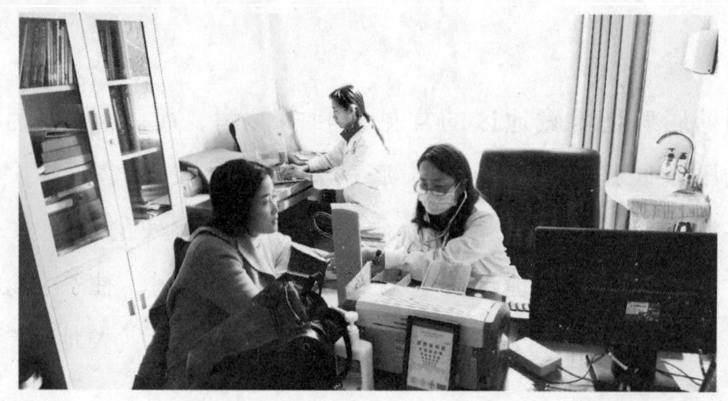

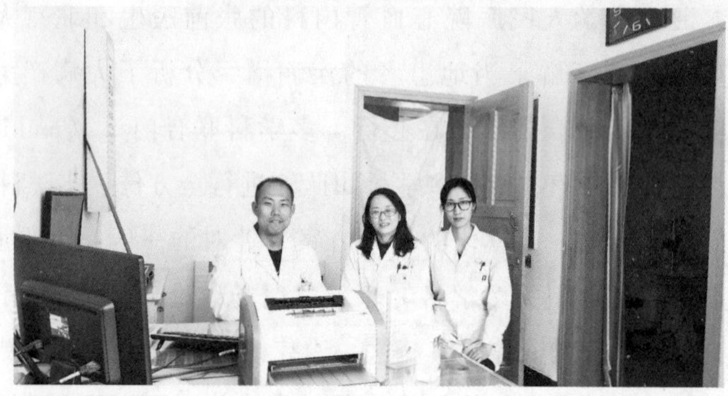

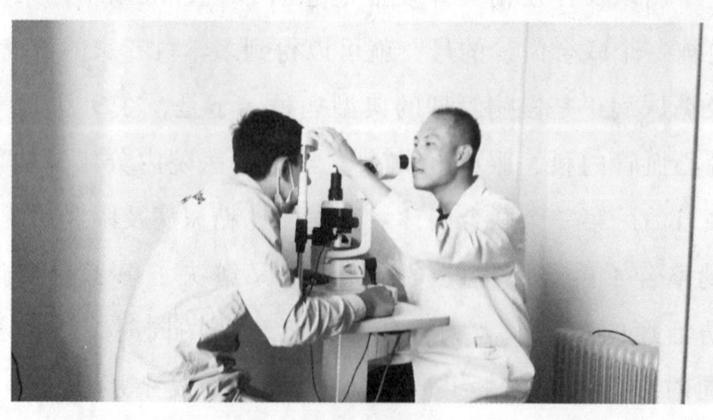

到西藏林芝多地送医送药有感

北京大学第三医院　姚中强

2019年3月29～31日，在西藏自治区组织部副部长郭强、自治区卫生健康委副主任许培海、西藏自治区人民医院院长吴文铭带领下，北京大学第三医院第四批援藏医疗专家李坚、姚中强、谢立锋、怀伟、杜毅鹏和北京协和医院、北京大学第一医院、北京大学人民医院的援藏专家们一道，前往林芝市工布江达县错高乡、米林县派镇卫生院和林芝市巴宜区鲁朗镇等地开展送医送药下乡活动。其间，还在林芝市人民医院与当地医务人员进行了交流。

3月29日，医疗队一行首先到达工布江达县错高乡卫生院。这里四面环山，虽然全乡仅有2300多名藏族同胞，但是整个乡面积却有167000多平方公里，一个乡的面积比整个山西省的面积都大，人口分布极其分散。错高乡卫生院只有五六名工作人员，要辐射负责这么大面积的人口保健，工作难度不言而喻。考虑到这里缺医少药，组织部、卫生健康委和自治区人民医院领导决定带领组团式援藏专家为卫生院赠送药物，希望能为当地藏族同胞的卫生健康尽一份微薄之力。我们了解到，这里不仅卫生工作者少，他们农忙的时候还需要务农，农闲时才能够行医……他们不怕吃苦、执着事业的精神感染着我们。

3 月 30 日上午，医疗队来到了米林县派镇，派镇由派乡改镇更名而来。这里面积约 1800 平方公里，约为错高乡九分之一，但是由于毗邻雅鲁藏布江大峡谷，四面都是雪山，交通极其不便。人口和错高乡相仿，乡卫生院的保健任务一样繁重。这里仅有 4 名工作人员，目前还不能进行接生，接生一般都需要到上级医院去，这里也需要培养更多的藏族医务工作者。援藏医疗队不仅给卫生院增加了药品，也表示愿意为当地培训全科医生，解决当地医务人员紧缺的燃眉之急。

3 月 30 日下午，医疗队一行来到了林芝市医院进行交流。林芝市人民医院和西藏自治区人民医院同为受援医院，彼此间也有着多年的深厚情谊。这些年在广东省的援建下，林芝市人民医院取得了很大的进步。医疗队员们分别深入相应科室。这些科室主任为广东省援藏专家，自治区医院援藏专家在相应科室进行了医疗业务、科室建设和援藏等方面的交流。

他山之石，可以攻玉。广东省医疗有其独特的优势，援藏的都是广东省各个医院的拳头科室，是“以院包科”模式。通过学习他们的独特之处，必将对自治区人民医院的组团式援藏工作起到助推作用。

3 月 31 日，我们到林芝市巴宜区鲁朗镇为藏族同胞义诊。去鲁朗镇的途中要经过色季拉山，当时天上下起了雪，山路弯弯曲曲，而且特别窄。坐在车上，左手边是时不时因山体滑坡而落下的石块，有些就横在了道中央；右手边紧挨着万丈深渊……

我们终于冒雪来到了鲁朗。听说有北京专家来义诊，鲁朗的藏族同胞蜂拥而至。看着藏族同胞们充满期盼的眼神，我们顿觉疲惫全消，立即投入紧张的义诊中。

藏族同胞们都穿着民族服装，盛装而来。看得出来，在党的民族政策引领下，他们的生活水准已经得到了很大提高。但是，由于鲁朗镇离林芝、拉萨等医疗水平较好的地方比较远，而且山路艰险、交通不便，当地卫生院又缺乏水平相当的医生，所以当地的老百姓健康情况有待提高。

北京大学第三医院五位援藏专家通力合作，在镇政府和卫生院工作人员的翻译下，详细询问患者病史并认真细致查体，发现当地百姓的手关节、双膝关节的骨关节炎发生率特别高。我们不仅赠药给患者，告诉他们缓解症状的方法，还教给患者日常生活注意事项，如减重等，并教他们锻炼股四头肌的方法，希望能改善他们的生活质量。

事后看着他们开心的笑容，我们知道，他们对我们的诊断和治疗建议还是满意的，对政府给予他们健康的关心还是很感激的。

我们也表示，如果藏族同胞需要，我们还可以再来鲁朗镇，给他们义诊，进一步增进汉族和藏族的亲情和友谊。

短短三天的送医送药结束了。在这个过程中，我对基层医疗工作情况和藏族同胞的健康状况有了进一步了解，感觉援藏任务任重而道远，我们身上的担子不轻。我将尽我所能为藏族同胞的健康贡献力量。

忙碌的一天：抢救脊髓外伤藏族同胞纪实

北京大学第三医院　谢立锋

谁会想到这周三是这么忙碌的一天。如果退回去，我一定认真对待这天的早饭。事情还要从周三的早晨说起……

每周三一早，按照常规我先在病房查房，然后赶去出门诊。查完房大家临解散前，我和巴罗主任约了中午一起讨论工作安排，如办学习班、外派同事进修开会、开展新技术等。临下楼前，小廖提了句："昨晚的急诊病怎么没过来？颈部异物的。"我还沉浸在早交班时眼科同事提到的熊咬伤患者身上，言语在耳旁轻轻飘过，也没进一步过问。

9：50，耳鼻喉科门诊。今天的门诊患者不算多，叫号系统和仪器设备运转正常。我与助手旺姆配合越来越默契，因为绝大多数是藏族同胞，需要她来帮我翻译。我们看了20多个患者，同每一个结束诊治的患者微笑告别，其间还抽空做了五六个喉镜。

10：30，巴罗主任拿着片子，身后跟着三个藏族同胞进了诊室。"谢老师，这是昨晚小廖看的，颈部异物，今天下午做了吧？"看到患者的X线平片，颈部正位，散落的三根高密度影……"行，没问题！"我看到他身后跟着的三个藏胞，黝黑的皮肤，不太讲究的衣着，其中有一个青年人歪着脖子，被身旁人轻扶着，姿势和步态没看出虚弱。殊不知接下来10小时我们很多同事要为他忙碌。

11：30，回到病房，就被护士长叫住给大家辅导医院第一届演讲比赛的课件。后来被巴罗主任电话叫走，甜茶果腹，一起商量下一步工作。刚回到宿舍，我的徒弟吉宗——病房主治打来电话："谢老师，上午收的患者血象高，CT拍完了，我去取片子。"出于职业敏感性，我告诉她一起去看看。

14：30，影像科，我和吉宗坐在电脑前一起阅片。患者情况很复杂，颈部金属异物外伤，异物是装修用的射钉枪里的金属钉，一共三根，一根位置靠下，自上而下扎在甲状腺右叶；一根刺在第五颈椎的锥体上，已经弯了角度；而最凶险的一根恰恰通过五六颈椎之间的缝隙完全贯通了椎管……

“患者目前血象一万六，体温正常，四肢肌力正常，左上肢疼痛，家属说没钱，只交了四千元住院押金。”吉宗汇报道。我俩一边讨论着，一边往病房赶。目前患者还算平稳，但看上去家庭能力肯定难以承受转诊去内地治疗。而病情复杂，小伙子年轻，虽影像支持脊髓损伤和感染，但目前神经系统损伤的临床表现不严重，后续病情转归有很大的不确定性。还有就是让医生无可奈何的费用问题，这是不得不面对的现实问题，虽显得世俗，但又是必须考虑的。

回到病房，我们先同家属交代了病情。虽然语言不通，但是我能看到家属信任的目光和虔诚的态度。自治区人民医院就是几百万藏族同胞的托底医院，是他们最大的依靠。患者和家属坚决要求不去内地，放心让我们来治疗。到病房的路上，我已经把片子传给内地的同事，同事再三告诉我这种罕见的病例可能深藏巨大手术风险，要慎重。但此刻，面对患者的信任和组织的嘱托，我不能退缩。

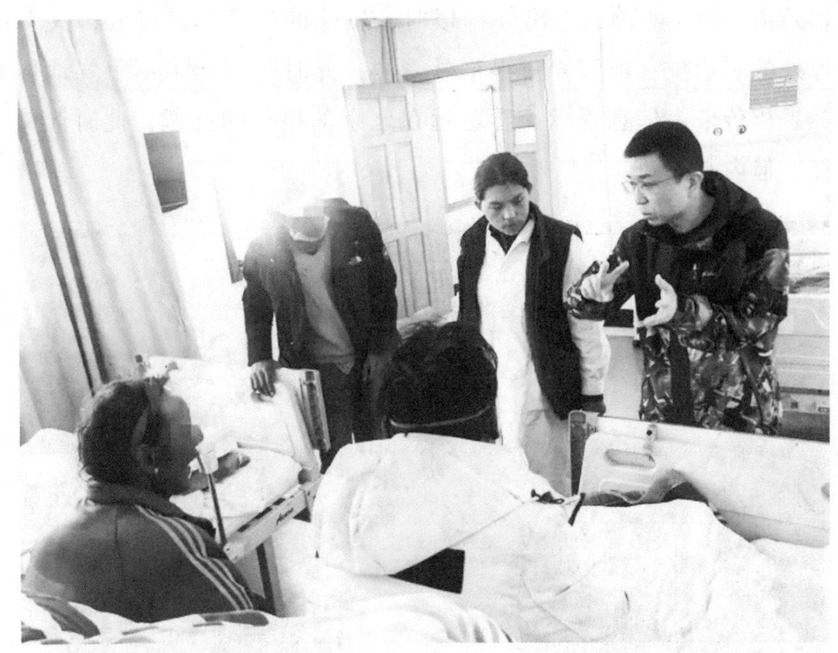

15：30，病房组织全院大会诊。经过充分沟通，我知道患者和家属已经清楚他们面临的境遇，也知道他们愿意托付我们帮着渡过难关，哪怕前途未卜。会诊是医务处出面协调，骨科、胸外科、麻醉科、重症监护室的同事都来了，有的主任还是临时从会场赶来；神经外科主任才下手术，听了我的病情介绍，电话里也明确表示全力支持。大家仔细讨论手术方案，同时商量联系民政部门对患者进行帮扶救助。

经过会诊专家们的讨论，考虑到患者病情的复杂性，决定耳鼻喉科和骨科的医生同台进行手术，术中检查食道和硬膜的受损情况，必要时胸外科和神经外科同事上台处理，术后转入重症监护室后续治疗。

18：00，手术正式开始前，我们用内镜探查了喉、气道和食道，进一步发现患者存在右侧声带麻痹和食道损伤，这极大可能和异物造成的创伤有关，异物需要尽早取出。骨科彭主任、耳鼻喉科的巴罗主任和我一起携手开始这样一台罕见的异物取出手术。手术室里很多同事跑前跑后帮忙，大家都希望这个不幸的患者有一个圆满的结局。

基于术前的仔细定位，缜密设想，我们顺利地在甲状腺上取出了第一根钉子，又在更高的锥体和椎间隙拔出了第二根、第三根，没有恼人的出血和脑脊液漏。为了小伙子着想，花了不短的时间进行皮内缝合，使颈部的切口显得极其纤细，与他的皮纹融合在了一起。

一切结束，归于平静，走出外科楼时，拉萨的夜幕早已降临，天上的月晕朦胧，远处的布达拉宫被灯光衬得格外清楚，此时听到肚子不争气地传来几声咕噜声，手机传来了信息提示。看着远在北京的孩子的问候，此时此刻，顿时泪眼婆娑，但内心平和。

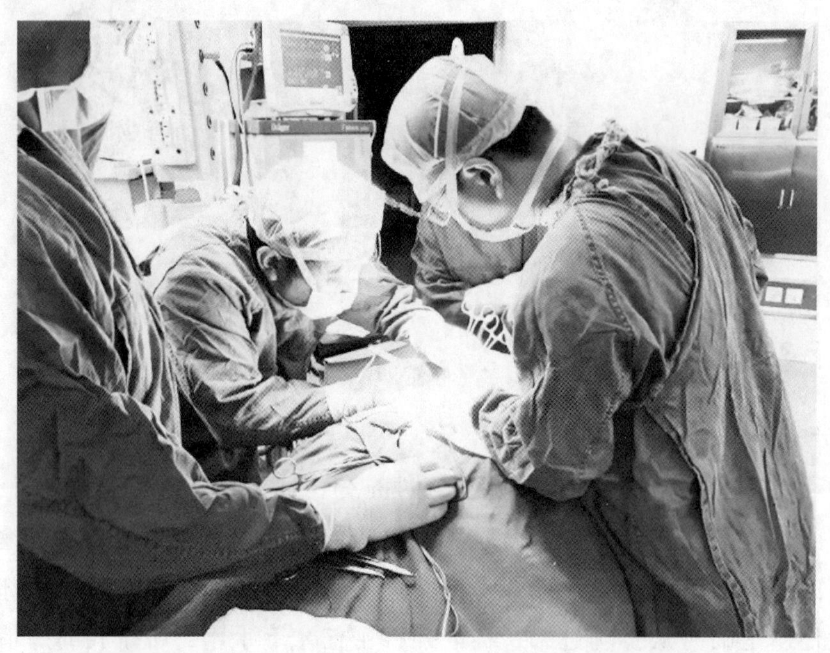

我的援藏故事（三十二）

北京大学第三医院　王成

来到西藏已经半年多了，除了承担西藏自治区人民医院的日常医疗、教学、科研及管理工作外，还肩负了拉萨市其他兄弟医院的医疗会诊任务。作为援藏专家，我们义不容辞地承担起了保障西藏人民健康福祉的任务。

2019 年 3 月 16 日，利用周末时间，我应邀来到了西藏自治区军区总医院会诊。

总医院的医生为我介绍了患者的情况：男性，45 岁，4 个月前放牛时从山崖跌落，本次以“右膝多发韧带损伤，右侧腓总神经损伤”收入院，因考虑到患者病情较重，手术难度较大，特请西藏自治区人民医院的援藏专家会诊，协商手术情况。

经过细致的查体后，我发现患者右膝的前、后、外、后外多根韧带均严重断裂，如果不进行手术治疗，连行走都异常困难，更别奢谈进行放牧等重体力活动。同时，了解到患者的家庭非常贫困，而且是家里的主要劳动力，如果不手术将会进一步加重“因病致贫”，经济情况和语言不通的问题，使他很难去内地大医院治疗。

看到患者眼神中对于恢复正常生活的渴求，与当地主任商量后，我主动表示，愿意义务为该患者进行手术治疗，同时院方也表示会为患者联系卫生扶贫资金做进一步的救助。

考虑到患者病情严重以及西藏地区特殊的医疗情况，我与“大后方”（北京大学第三医院）的膝关节专家进行了沟通，为患者制订了详细的手术方案。同时，建议医院为患者进行下肢血管超声检查。不出所料，患肢的深静脉合并血栓。于是，我又为患者联系了北京大学第三医院介入血管外科的专家。经过一系列远程会诊，专家表示深静脉血栓为陈旧性，对本次手术影响很小。经过大后方的老师、同事们的建议和帮助，我对这台手术更加有自信了。

经过前期各种充分的准备后，2019 年 3 月 27 日 10 点多，我来到了西藏军区总医院的手术室，为该名患者进行手术治疗。

限于西藏当地的医疗条件，很难获取到与内地相同的软件和硬件条件，我只能因地制宜地来完成手术，这无形中大大增加了手术的难度，延长了手术时间。最终，在西藏高原缺氧的环境下，经过5个多小时的奋斗，我们为患者成功进行了“右膝前交叉韧带重建、后交叉韧带重建、外侧副韧带和后外侧结构修补、腓总神经探查”手术。下午4：30，下台后我松了一口气，才感到已经非常疲惫了。顾不上休息，我紧接着仔细叮嘱军区总医院的管床医生，对患者的术后运动康复、血管、神经情况的监测进行了细致的安排。

走出医院的大门，看着远山上的积雪，想到这样一个复杂的多发韧带损伤，经过大家5个小时的密切配合，圆满完成了手术，使患者再次站立起来成为可能，内心的自豪和愉悦感，还是使我忘记了暂时的疲劳和饥饿。

3月28日将迎来西藏民主改革60周年的特殊日子。我相信，为了西藏人民的健康福祉，为了大病不出藏，做出了我自己的一点点努力和贡献。

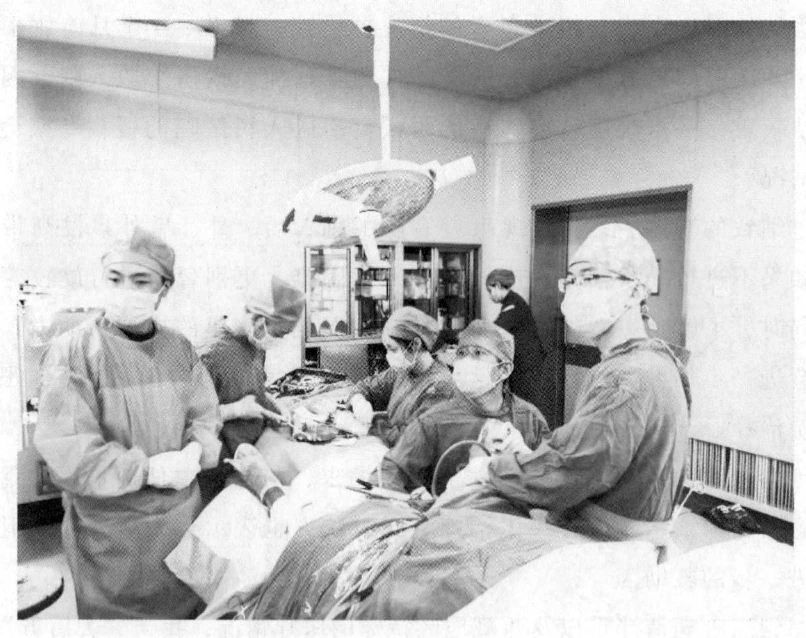

援藏纪实：墨脱行

北京大学第三医院　李坚

2019年4月21日，为开展“藏汉一家亲”主题活动，在西藏自治区人民医院副院长袁建峰老师带领下，我院援藏队员神经内科李坚、呼吸内科杜毅鹏等八名援藏队员赴墨脱县人民医院进行调研、指导工作。

墨脱被称为莲花圣地——秘境墨脱，也被称为“青藏高原的天然氧吧”，有极高的植被覆盖率，从高山寒带植物到热带植物几乎都能生长，自然环境极美，但地震多发，降水多，容易出现山体滑坡、泥石流、飞石。

早上8点出发，晚上夜宿波密县，途中司机介绍曾经的通麦天险已被建成了通途。次日9点半开始向墨脱进发，走上117公里的“生死扎墨公路”，刚行驶上盘山公路，自我感觉还可以，毕竟经过了春节后飞回拉萨时在空中体验了50多分钟过山车及3月去热振寺义诊山路的颠簸，但很快就知道了那些不过是

开胃小菜，什么才是真正的大餐。上山、下山、再上山，循环往复，一侧是峭壁，一侧是峡谷，随处可见泥石流和塌方的痕迹。人在车里做着布朗运动。最可怜的是头部，与椅背做着无规律的亲密接触。

临近下午4点，到达墨脱县城，开始下雨。司机和一同来的朗杰主任都说今天路上太顺了，而且路上没有下雨。墨脱县人民医院始建于1976年，从2003年起政府不断投资建设，最新的住院楼建于2014年，100张病床，并建立了远程会诊中心，临床科室内科、外科、妇科、儿科、五官科、感染疾病科、预防保健科等对常见疾病有较高的诊疗能力。对口支援地区为广东佛山市，既有西医综合医院，又有中医院的医生，近年重点加强孕产妇、新生儿、重症医学建设。有些遗憾的是氧气瓶需要从林芝市运进来，想想路况，真心为司机点赞。医生为全科医生，藏族院长既是内科医生又是儿科医生，值班的藏族外科医生家在拉萨，已在墨脱工作多年，正在忙着收治一名外伤的患者。

在内科的住院病房，袁院长带着队员们了解了一名藏族大爷的病情，关节疼痛，四肢麻木。在我们之前去过的乡镇医院和自治区人民医院这样的患者有很多。我所关注的神经科疾病被划归内一科，走廊里有脑卒中的宣传材料，预防更关键。这里患者向外转运太难了，当地医生表示政府领导对医院建设非常关心，又有内地的人、财、物大力支持，大家都在为“大病不出藏”努力工作，极具成效。来自佛山的雷院长谈起墨脱的建设如数家珍，完全是谈自己家乡的感觉。

晚上，漫步在10余万平方米的莲花圣地公园，看着莲花广场人们跳着欢快的舞蹈。后半夜，被晃动震醒，应该是地震了，呼吸科杜毅鹏敲门通知到外面去。在外面听了一阵，没有救护车的声音，也没听到有人说人员伤亡，大家陆续回到房间。早上7点，在北京的谢立锋挨个给北京大学第三医院的五位援藏队友打电话，说新闻报道墨脱发生6.3级地震，关心大家情况。组织部和医院的领导指示袁院长推迟出发，先了解路况，全力保护队员安全。

返程的路况要更差一些，修路的工人和运输物资的卡车明显比来的时候增多，藏、川、粤、渝等牌照的卡车往来穿行，有的工人甚至悬挂在峡谷边上工作，道路狭窄、坑洼、泥泞，碎石随处都是，司机们根据路况主动决定由谁礼让。有时司机突然靠边停车，过了一会儿前方转弯处露出车头。有的转弯路段还有工人在指挥车辆。尽管如此，在一个180度转弯路口，仍然看到工人们正在救援一辆在路边的汽车，往下冲几米就是峡谷……上个月在鲁朗参观全国援藏纪念馆时，曾看到里面记录着牺牲的援藏干部有一半是因为交通意外殉职。

12小时后到达林芝。次日，返回拉萨。作为援藏医生，能为西藏建设撑起一把小小的保护伞，争取把这把伞做得更大、做得更结实，早日实现大病不出藏。

27 岁开启与西藏的芳华之约

记北京地坛医院姜心言

“世上有朵美丽的花，那是青春吐芳华……”一首动听的《绒花》礼赞着青春的美好与奉献。27 岁，风华正茂，北京地坛医院院办的姜心言，作为北京市第四批组团式援助拉萨市人民医院 16 名援藏干部中最小的，2018 年 8 月 3 日这天，在领导、同事们和家人的嘱托与祝福中，踏上援藏之路，开启了她与美丽的西藏一年的芳华之约。

忐忑不安与跃跃欲试

7 月 20 日是个周五，刚刚过完 27 岁生日的姜心言得知医院接受的援藏任务是选派人员赴拉萨市人民医院任院办主任一职。“考虑了 3 分钟，我决定报名!”心言说，之所以考虑了 3 分钟，是因为这次的任务是担任办公室主任管理职务，而自己工作后一直从事办公室的具体工作，没有科室管理经验，心里有些忐忑不安。这个好强的姑娘怕干不好给医院、给医管局、给北京市丢脸。“可我也分析了我们办公室其他同事和医院的情况，我年轻，没有家庭负担，我去最合适。”她的言行话语，正像地坛医院党委办公室主任、机关党支部书记李春霞所说：“这个年轻人的担当意识让我感动。”

“我知道工作上的困难会很多，但我会脚踏实地地干，虚心向当地同事、我的大后方的领导、同事们多请教，一定不虚此行。”忐忑之余，更多的是年轻人面对挑战那股跃跃欲试的冲劲儿。是的，雪域高原缺氧，但不缺的、需要的正是这种精神。其实说起自身的困难，心言也有。她在职研究生刚上了一年，远赴高原就意味着要休学一年，而且也来不及和学校申请。“没事儿，9 月份开学，我让我爸妈去申请办理一趟。”小姑娘挥挥手表示，“这都不是事儿。”

“相信她能胜任”

这次的援藏任务来得很急，接到任务 4 天后就要上报名单。虽然院党委在职能部门工作人员中进行了动员，15 人积极报名。可院办主任王敏总觉得，最合适的人选应该是办公室的人员，“虽然办公室人员少，每个人都负责一摊事儿，还要统筹两个院区办公室的工作，每个人也都有这样那样的困难，但院办工作人员全都报名了，大家争着去。”对于姜心言最后入选，王敏说，“我对她很有信心。虽然她年轻缺少管理经验，但是她综合协调能力强、办公室各项工作都熟悉，机灵、文字能力强，工作上很有想法。而且这两年，在医院‘十三五’规划、规章制度重新修订、70 年院庆、地坛感染联盟成立几项重要的工作中，心言都参与、承担了大量的工作，积累了工作经验，相信她一定会很快适应角色转变。”

当小伙伴得知这样一位看似弱不禁风的姑娘即将援藏的消息，有点儿吃惊，因为不仅在这次的 16 名援藏干部中、在此前医院选派的援疆援藏干部中，心言是年龄最小的。“不过，作为机关团支部书记、机关分会委员，心言综合素质、组织协调能力很强，相信她能胜任。”领导、同事们的这些评价让我们对她这次担当重任充满了信心。

心言很瘦还是过敏体质，高原这种极端的气候，对她来说是一种考验。作为家中独女，在得知她决定去援藏的消息时，爸爸妈妈当即表示：“去，我们支持！”不过，这两天姜爸爸成了话痨，不停地说：“第一天到了可能没事儿，这时可不能放松，没准第二天就会有反应……”而姜妈妈天天看西藏的地图，在地图上找拉萨市人民医院的位置，分析周边的地形，拉着心言看地图、提前熟悉地形。

提前进入工作状态

出发前的姜心言提前进入了工作状态。这两天，院办王敏主任一方面不停地为她打气，一方面联系目前正在拉萨市人民医院医务处援藏的刘沙雷了解办公室工作、人员情况，帮着心言提前熟悉科里情况。而心言一边忙着和小伙伴儿交接工作，一边和王敏一起梳理自己初步的工作计划，如制度建设、工作流程规范、公文写作等培训，“三甲”医院宣传，接待任务……在她带的移动硬盘中有不少的文件夹，其中有地坛医院最近修订完善的 373 项制度，有公文写作、总值班、信访、办公室礼仪、应急管理各种培训的幻灯片，有财务管理、招标采购、捐赠管理、民族政策各种法规文件等。

面对未来的挑战，经历了最初的忐忑后，姜心言充满了年轻人的激情与冲劲儿。她表示，领导和同事们这两天给予我许多鼓励。在医院大后方强有力的支持下，我会一步一个脚印地多学习，多请教，把地坛医院管理工作中的经验和做法，通过我这座“桥梁”，输送到雪域高原，为拉萨市人民医院管理工作的提升助力。

立足本职敢担当，全身心投入医院工作

姜心言抵藏后，立即投入工作中，立足本职工作，结合医院实际情况，对行政办公会制度、会议纪律等内容进一步规范；组织开展医院首次行政查房，制定相关制度条款，全力负责各项环节；完成北京友谊医院“友谊直通车”暨李桓英基金会扶贫协议签约仪式、“以院包科”协议签订、拉萨“光明行”“爱膝行”等大型活动的行政接待任务；系统性整理并撰写了组团式援藏三年总结五年计划、三四批交接情况、医院近期情况汇报等长篇幅高质量稿件；联系新华社、《拉萨日报》、《北京日报》、拉萨电视台等多家媒体，发送宣传稿，及时上报北京援藏信息，共发布30余篇；组织协调义诊活动等一系列援藏事物；进一步完善了医院办公室各项工作，工作效率和工作质量得到进一步提升。

不负重托勇作为，外树援藏干部良好形象

姜心言深刻领会着北京市卫生健康委对援藏干部人才的信任和重托，深刻领会上级部门对援藏干部人才的期待和要求。最艰苦的地方才能绽放最美丽的雪莲。作为一名援藏干部，她积极发挥“传、帮、带”作用，始终保持高度的政治敏锐性，严格执行民族宗教政策，坚持在藏区各级党委政府的坚强领导下埋头苦干，真心实意为藏区本地群众办实事、解难事，为拉萨市人民医院的发展尽一份力，为西藏医疗事业的发展出一份力，积极发扬“特别能吃苦、特别能战斗、特别能忍耐、特别能团结、特别能奉献”的敬业精神，兢兢业业、踏踏实实地干好本职工作，对外树立良好的援藏干部形象。

援藏工作纪实

院办主任的工作并不轻松，医院创建“三甲”之后，迅猛发展，在强“三甲”的过程中，对医院管理的要求颇高。院办作为承上启下的最重要的部门，快速熟悉医院环境、迅速了解职能分工都是必须立即掌握的。因此，姜心言非常迅速地就进入了工作角色，抵达的第一周就开始迎接各种各样的接待任务，时常能在医院里听到“心言，别跑，你慢点走”的话语。投入工作时的心言哪里顾得上是在高原，虽然她一直有着严重的肠胃反应，但是，为了不让大家担心，也为了可以更好地履行院办主任的职责，她总是阳光的、积极的，每天都以最饱满的热情迎接着太阳的升起。

“虽然我不是一名门巴，但是医院的发展同样需要‘后台’工作，在医院快速发展的阶段，行政人员能做的工作很多。”心言这样说道。确实如此，在短短三个月的时间，她完善了多项管理流程，主持进行了第一次行政查房。查房的效果极佳，这与她在查房前逐一同职能和临床科室主任沟通查房意义、查房内容、查房细节有关，甚至连会场如何布置、投影仪如何摆放都亲自过问。而且，她不只是做了，更把做事情的方式方法交给了她的“徒弟”。徒弟成长的速度十分快，真正地在实践着“输血”到“造血”的转变。有了好的开端，接下来的查房工作变得顺畅轻松。

“小管家”

别看姜心言只有 27 岁，在家也是“娇生惯养”的“小公主”，大家都说这个小姑娘一点都看不出来“90 后”的那些“小问题”。她主动承担起大家生活中的管家，帮助院长发布援藏指挥部的各项通知，收集整理各类材料，给大家发放物资，一切事物在她手中都井井有条。而且，超乎大家预料之外，她做得一手好菜，时常大家还会跑到她的宿舍要求点菜。队员们说：“本以为这个最小的妹妹需要我们照顾，哪里想得到竟是她来照顾我们。”

尾　记

在拉萨工作战斗了快一年了，她说：“人总要做些有意义的事情，我很高兴能来到雪域圣地，我觉得自己在做的就是有意义的事情，能够尽我自己的力量与拉萨市人民医院的兄弟姐妹们一同为了医院的明天而努力，是我的幸运，就如同我是一名地坛人一般。”

北京市医疗卫生系统许许多多的医务人员与这方神圣雪域结下了深深的缘分，在这里洒下奋斗的汗水，留下了值得回味一生的记忆。他们就像雪域高原上盛开的格桑花，让这片神圣的土地更加美丽。

最美的花总是开在最幽深的山谷，最艰苦的环境最能锻炼人。我们相信姜心言的青春岁月，在高原阳光和雨露的洗礼下，一定会吐露芳华、芬芳满崖。

我们的西行漫记

北京肿瘤医院　李想

来到拉萨已经3个月有余，一直想把自己的所见所闻所感都记录一下。可是每次都不知从何写起。于是在这11月的最后一天，就姑且随想随记，做一篇我的“西”行“漫记”吧。

此次北京组团式援藏医疗队一行有16人，其中13个人都是第一次踏上西藏这片神秘的土地。因此当大家在与各自医院的欢送队伍依依惜别之后，第一次在机场见面时，都显得既紧张又兴奋。那时我们对拉萨的唯一了解，还是在网上查来的：“西藏的省会城市，海拔3650米，低压、缺氧，有布达拉宫特色建筑和穿着民族服饰的藏族居民。”但这些对于我们援藏医疗队员，究竟意味着什么，没人说得清。

于是，怀揣着好奇和些许忐忑，2018年8月3日下午6点多，我们乘坐的飞机降落在拉萨贡嘎机场。走下飞机，我们立刻就感受到了拉萨的气息，“你的嘴唇紫了”“我的指甲也紫了”，大家你一言我一语，掩饰不住心中的兴奋，一时间似乎都忘记了高原反应。但是，高原反应是不会“忘了”我们的，很快，有些人就不怎么说话了，因为会觉得很费气力，有些人大口喘着气，仿佛要把空气中少得可怜的氧气都吸进去。幸亏有来迎接我们的上一批老队员们，否则我们都没有足够气力把箱子搬到车上去。

从机场出发到临时的落脚点，大家都在努力适应着高原的节奏。当我还在等待分配住宿房间的时候，忽然听到有人叫我的名字，回头一看，是崔湧！我们肿瘤医院上一批援藏的崔湧主任。激动地拥抱握手过后，崔主任问了我的身体状况，在得知没有什么不舒服的时候，长舒了一口气，说：“嘴唇还是很紫，要慢慢适应，把一切都放慢！”

的确，“慢”是我来到拉萨以后，听到的最多的字眼。听人说，到了西藏要三慢：说话要慢，走路要慢，吃饭要慢。否则一定要吃苦头的。而从我当时及以后的感觉，还得加一慢，就是“思考变慢”，这也着实为我带来了不少困扰。

顾不上更多时间休息，到达的第二天，我们援藏医疗队就来到了定点支援的医院——拉萨市人民医院。这是一家刚刚通过“三甲”评审的市属医院，面积不大，床位也不多。在初步了解了医院的情况之后，队员们就穿上白大衣进入各自的科室去了解情况了。

我所在的科室，是这里的医务部。之所以称为“部”而不是“处”，是因为它承担着医院很多管理工作，如医疗盖章处、医务处、医疗投诉处、健康体检办、包虫办、三甲办、控烟办、绿卡办理处等。听说在“三甲”评审之前，还承担着科教科和医保办的工作。但就是这样一个科室，在我刚到的时候，算上当地的主任和志愿者，也只有 5 个人。我立刻就感到身上的压力很大，任重道远。

在与上批援藏医务部主任交接完工作后，我在拉萨市人民医院的援藏工作和生活就正式开始了。一切都显得那么平静和自然，就像当地人的性格和生活态度一样。但是，在这里的工作并不轻松，我们都需要一面努力适应着低压缺氧的环境，一面将科室各项工作进行梳理并解决存在的问题。就像之前我看到的，医务部人力不足，分工不明确，制度陈旧，流程缺乏可操作性，质控不成体系。努力解决这些问题就是我在接下来三个月时间工作的一部分。经过三个月科室同事共同的努力，以上很多问题都得到了解决，并且很多人开始接触并接受了更加科学的管理理念和方法。

在祖国的西南边疆，作为一名医务工作者，面临很重要的两项工作，就是“医疗应急保障”和“义诊”。医务部作为医院这两项活动的组织者，最能了解援藏医疗队在内的医护人员的辛苦。西藏有很多民族特色的节日，很多与宗教相关，是否能够做好医疗应急保障，关系到地区的稳定。因此医院在每个节日前，都必须充分做好应急预案，并安排医疗保障小组做好节日的应急保障工作。我们前后分别参与了“雪顿节”“白来日追节”“葛登阿曲（燃灯节）”等节日的医疗应急保障工作，从中不断总结经验，建立了高效快速的医院应急反应机制，完善了医院的应急保障体系。

而说到医疗队开展的各种义诊活动，更让我感慨良多。我们曾跟着扶贫工作组到海拔超过 4000 米、条件更艰苦的当雄县、尼木县，为那里的贫困居民进行免费白内障手术和膝关节置换；我们也曾去到连村医都没有的乡村，为那里的村民入户义诊；我们还与最贫困村子的家庭结成亲戚，定期去给亲人送药看病。在一次次的义诊中，我们从未如此深刻地感觉到，我们是被需要的，也从中更加理解了党对贫困地区百姓的关怀以及医疗援藏工作的重大意义。

回顾过去的三个月，我们医疗队员在这里经历的每一天、每一件事、每一个人，都使我们不断感动着、成长着，让我们更加懂得了医者仁心，更加理解组团式援藏的重要意义。我觉得我们组团式援藏，已不仅是通过先进的医疗技术支援边疆地区的卫生事业发展，更是用实际行动去践行国家对广大边疆地区群众的关注与关怀。

援藏路　一路前行

北京朝阳医院　朱剑

不知不觉，从 2018 年 8 月 3 日第一天入藏，来到这片神圣的土地，到现在已经 3 个多月了。从最初慢走都觉得气短到现在快步如飞，连拉萨本地的医生都跟不上我的步伐，我的身体已经完全适应了这片雪域高原。对这个陌生的城市，从最开始的孤独到现在的热爱，我也已经完全适应了这片雪域高原。作为“北京组团式援藏专家组”成员之一，担任拉萨市人民医院呼吸内科（内二科）主任一职，在北京市援藏指挥部的统一领导下开展工作，在医疗、教学、科研等方面做了一些工作，现总结如下：

医疗上，在本科行政主任张云桃主任的协助下，保质保量完成病房、门诊、肺功能室的日常诊疗工作。3 个月共收治患者 166 人，共出专家门诊 11 次、约 130 人次就诊，肺功能检查 260 人次。除了这些日常工作，继续发挥援藏专家的特长，指导科室的支气管镜检查，3 个月共完成支气管镜检查 50 例，镜下活检 5 例，保护性毛刷检查 10 例，肺泡灌洗检查 50 例，无并发症发生。同时发挥个人的专业特长——重症呼吸衰竭患者的救治。3 个月，共指导 6 例重症肺炎导致严重呼吸衰竭患者的救治，1 例死亡，5 例成功顺利出院，均为无创通气治疗；共指导 5 例肺动脉血栓栓塞患者的救治，均抢救成功，顺利出院或者转出；指导 1 例 CCU 胸廓畸形、Ⅱ型呼吸衰竭患者的救治，顺利出院。这些重症患者中，有部分患者是从其他科室转入我科的，通过这些重症患者的救治工作，提高了本科室医生重症患者的救治水平，同时也提高了全院的呼吸重症患者的救治水平，为兄弟科室提供了医疗保障，为下一步成立面向全院的呼吸重症监护室打下了坚实的基础。每周五的全科大查房，对每个患者仔细分析病史、体征、辅助检查、诊断、鉴别诊断、治疗方案、治疗效果，并就典型病例进行教学式查房，由个性到共性，学习相关指南指导同类型疾病的诊治。

教学上，结合本人的专业特长——呼吸衰竭的诊治，制订了详细的教学计划，包括呼吸生理、呼吸衰竭、与机械通气相关的呼吸生理、呼吸力学、正压通气的原理（无创、有创）、通气模式和参数、人工气道的建立和管理、呼吸机相关肺炎的预防和诊治等。共完成科内讲座5次，大内科讲座1次，通过通俗易懂的语言把枯燥的专业知识讲解得透彻明了，让学员们在轻松的授课过程中掌握专业知识，获得了同事们的好评。

科研上，继续完成上一批援藏专家的课题（高原地区肺动脉血栓栓塞症的流行病学）资料的收集工作。同时查阅国内外文献，完成了院级课题“无创正压通气治疗高原性肺水肿的对比研究”的申报工作。

除了完成医、教、研工作以外，还积极参与到医院组织的公益活动中：“8·19”拉萨市人民医院首届医师节义诊活动、拉萨市人民医院“2018年拉萨光明行”活动、当雄县人民医院义诊和尼木县人民医院义诊、拉萨市林周县义诊，共百余人次。圆满完成各项医疗保障任务，如“中国西藏—尼泊尔经贸洽谈会”“北京市纪委拉萨援藏指挥部督导检查”等。

一年的援藏工作已经过去了四分之一。在以后的工作中，我将继续贯彻中央组织部援藏工作的指导思想，按照“援藏师带徒”协议完成各项任务，为援藏工作交一份满意答卷。

开展脑卒中筛查　推进精准医疗扶贫

北京宣武医院　高岱佺

2018年8月，我作为北京市第四批“组团式援藏医疗队”成员来到拉萨，经与前一批援藏专家“同期轮换”和“压茬交接”后迅速展开工作。

初到高原，一下子就被这里壮丽的山峰、清澈的河流与淳朴的群众所吸引，同时我更被这里的扶贫工作的喜人形势所震撼。9月底，经报请国务院扶贫开发领导小组同意，拉萨市成为全国第一个整体脱贫的三区三州深度贫困地区地级市。拉萨市的整体脱贫摘帽，堪称“世界屋脊”上的人类伟大创举。

医疗和教育是西藏民生的短板，也是脱贫攻坚中的难点。高原特殊的自然条件给人民在医疗和教育等方面带来各种难以想象的困难，但是在党中央坚强领导下，藏族人民摆脱贫困的决心不容置疑。“对口支援西藏是国家重大战略部署，是党中央交办的重大政治任务，是北京义不容辞的责任。”北京市委书记蔡奇同志坚定地说，北京要坚持首善标准，助力拉萨打赢脱贫攻坚战。

为了尽快帮助拉萨补齐医疗短板，北京市发挥医疗资源优势，采取组团式的援藏，共圆拉萨贫困群众的“健康梦”，最大限度应对因病返贫现象。北京组团式援藏医疗队通过“团队带团队”“专家带骨干”“师父带徒弟”等方式，提升拉萨市人民医院专业技能和管理水平。实施医疗人才组团式援藏工作三年以来，共选派管理人员和业务骨干102人次赴支援医院学习，培训各级各类人员1260人次，“师带徒”形式培养人员117人次，抢救危重症患者488人次、成功率96.4%，开展新技术新项目40余项。目前，已有近百名徒弟熟练掌握专业技术和管理技能，2017年拉萨市人民医院顺利通过“三甲”评审，为拉萨市医疗建设书写了浓墨重彩的一笔。神经内科也是在创建“三甲”过程中，由北京组团式援藏医疗队帮助下新建的。

我作为组团式援藏医疗队的一员，积极参与健康扶贫拉萨行活动，“光明行”“爱膝行”等高原性疾病筛查，先后到当雄、尼木、堆龙德庆和林周等区县开展义诊。9月上旬，我受单位委派到当雄县。这里是拉萨北部的牧业县，平均海拔 4000 米以上。我们来到一家建档立卡贫困户中义诊，家中有母亲和一儿一女两个孩子。母亲三年前突发脑出血，在县医院得到有效的救治脱离了生命危险，但是由于后遗症丧失了工作能力。在镇党委的帮助和安排下，儿子大学毕业分配到当地中学工作，女儿就近在镇上饭店工作，一家人收入增加，吃穿等日常生活明显改善。2017 年在扶贫办的帮助下翻盖了住房，基本达到了“两不愁，三保障”。仔细询问，发现母亲曾经发现过有高血压，由于缺少医疗保健条件，没有得到有效的监测和治疗。对于这个家庭来说，脑卒中就像是一颗危险的炸弹，时时刻刻威胁着刚刚脱贫的家庭。

脑卒中（俗称中风，包括脑梗死和脑出血），是一种急性脑血管病，具有高发病率、高致残率、高复发率、高死亡率的特点。据世界卫生组织统计，全世界每 6 个人中，就有 1 个人可能罹患卒中，每 6 秒钟就有 1 人死于卒中，每 6 秒就有 1 人因卒中而永久致残。在我国，卒中已经成为居民第一位死亡原因，是人民群众生命健康的第一杀手。更为严重的是，我国有糖尿病患者近 1 亿，高血压患者 2 亿，血脂异常者 2 亿，超重和肥胖者 2. 4 亿，吸烟者 3. 5 亿，卒中高位人群数量惊人。

既往研究表明，西藏脑卒中年龄标准化发病率 88. 725/10 万人，脑卒中发病呈现出明显的年轻化趋势，平均发病年龄 54. 63 ± 13. 96 岁，比其他地区早 5 ~ 6 岁。脑卒中各亚型中缺血性脑梗死最常见，占 69. 4%，脑出血占 27. 8%，蛛网膜下隙出血占 2. 8%，均以男性居多。在西藏收治的急性缺血性脑卒中患者中，69. 8% 有高血压，30. 2% 有严重酒精依赖，比例都明显高于全国其他地区。高原性红细胞增多症是西藏脑卒中相对特有的危险因素。此外，高脂血症、糖尿病、房颤等也是西藏脑卒中的重要危险因素。

脑卒中是危害西藏地区人民健康的主要疾病之一，也是推行精准医疗扶贫工作的重点与难点。脑卒中是导致成人致残的第一位原因，脑卒中后劳动能力丧失导致很多家庭背上沉重的经济负担，甚至因病返贫，这将对西藏扶贫工作带来很大不利影响。

各级医疗、疾控、卫生行政部门应该联动起来，加强公众健康宣传教育，组织健康筛查，早期发现并治疗容易导致脑卒中发生的危险因素。受传统饮食习惯的影响，“三高” 在西藏相对高发。在饮食结构上可以作适当的调整，控制盐、脂肪、糖分的摄入，戒酒、戒烟。作为医疗机构，需要完善卒中中心的建设，并尽可能使脑卒中的诊治规范化，提高患者的生存率和生活质量。提高公众对脑卒中的认识，在出现脑卒中或疑似脑卒中症状时能及早送医，缩短从患者发病到入院的时间，及早接受诊治。

投身党的事业　焕发援藏光彩

北京妇产医院　马莹

医生虽然只是万千职业中的一种，可却承担着救死扶伤的重任。我作为一名普通的产科医生始终认为，不管患者是什么民族，不管她受到过多少教育，不管经济基础如何，一个孕妇、一个妈妈，爱宝宝的心是一样的温暖、甜蜜，一样地期盼着母子平安，对所得疾病的焦虑和对胎儿的担心都是迫切和紧急的，而治病救人、为母婴保驾护航是我肩上的责任。

作为第四批组团式援藏干部，来到了拉萨市人民医院仅仅十多天，还没适应好高原的气候，就迎来了我的首个医师节。在这个对医生意义重大的日子里，我在拉萨度过的非常充实而有意义。我选择这样度过了医师节的一天：一早我带领产科大夫查房。地处高原，这里子痫前期的高危孕妇很多。我认真讲解疾病的诊治，分析观察病情的要点，大夫们也听得十分认真。有感于这里臀位接生率较高，但是新生儿窒息率也比较高。针对这种情况，查房时我建议讲课，提高医生们的认识，大家欣然同意，纷纷表示要于中午时间听课。对于大家放弃午休的热情我很感动。于是，医师节中午我给妇产科全体医生讲了产科的两个临床重点内容。紧接着，下午又和科里同事一起给一名会阴Ⅳ度裂伤的患者做了紧急缝合修补术。手术一直持续到下午6点多。到了这一天晚上，我心情仍不能平静，怀着激动的心情写下了入党申请书。

望着科里大家求知好学的眼睛，工作中我不负重任，通过不同方式答疑解惑，开阔同事们的思维和视野，通过带教她们不同的剖宫产手术，分别采用不同的腹壁切口，示范了两种开腹术式，并讲解了各自优缺点。在一天的剖宫产手术中，我接生了四个健康活力的藏族小宝宝。虽然身体有些劳累，但是看到虽然语言不通，这些家庭的成员都对我绽放了藏族同胞最真诚的微笑。我想，做医生、做老师的幸福就在于此吧。我不负组织的期望，把擅长的临床教学从北京带到了遥远的边疆。通过临床教学和传播知识，把内地的一些先进的理念和医疗技术带到了拉萨，把“传、帮、带”落在实处，在藏爱藏，使输血变为造血，提高她们的诊疗能力，就可以带给更多的藏族妇女规范的治疗，生出更多的健康宝宝，使更多的家庭更加甜蜜幸福！

9 月的一个周末，在急诊科、检验科、麻醉科等其他科室的协助下，我与多名大夫一起成功地抢救了一例合并急性呼吸衰竭和心脏衰竭的晚孕期妇女。当时患者病情极其危重，心率达到 150 多次/分，呼吸达到 50 次/分，四肢发绀，母亲和胎儿均有生命危险，加上孕妇既往 2 次剖宫产史，实施紧急手术难度很大，术中粘连严重。我克服各种不利因素，顺利地完成手术，使患者转危为安。除了讲课、出门诊、各种手术和查房以外，结合本地患者的需求和实际情况，我向药剂科申请了部分妇产科药品，向医工部申请了医疗仪器，提出了一些加强多学科沟通和合作的建议。这些实际工作和贴心行动让科里的大家认为我是“一名非常踏实的援藏大夫和老师”，赢得了同事的认可和尊重，也和她们结下了情谊。我将无愧于一名援藏医生的工作，带着首都医务界的嘱托，继续用我的爱心和责任心在这片神奇的土地上治病救人，为母婴保驾护航，输送知识，传播正能量，为边疆人民带来快乐和幸福是我追求的目标。

产科的特点是总会有突发的危重症患者。进入 10 月，从日喀则市转来一位极其危重的产后患者，她的血红蛋白只有 5 克，血小板只有 8000。我带领科里人员，克服了本地区血源非常紧张尤其是血小板缺乏的条件，精心救治，患者已经平稳出院了。10 月 19 日和 20 日分别是我和援藏医生刘春涛大夫的生日，没想到细心周到的院里和组织记得很清楚，给我们安排了丰盛的晚餐，所有在拉萨的援藏大夫都参加了生日会，大家分享快乐，对我们表示了生日祝福并唱起生日快乐歌，在吹灭烛火、分享大大的蛋糕中，我满心欢快喜悦：这是我生日晚餐中参与人数最多的一次，16 位援藏队友一起祝福，真是独一无二的一个高原上的生日啊，在拉萨的组织生活多么甜美！

我只是一名普通的援藏干部，能作为拉萨市妇女代表，10 月 22 ~ 23 日参加了五年举办一次的西藏自治区妇女代表大会。步入庄严的西藏人民大会堂，看着身着盛装，流露幸福的各族妇女，聆听了自治区领导及全国妇联领导的讲话，领略到自治区各族妇女自立自强、艰苦奋斗、奋发图强的精神，看到了一大批当地妇女努力工作，展现自身价值，彰显巾帼风采，为西藏自治区的繁荣稳定做出了突出的贡献。会议期间，我学习了习近平总书记关于妇女工作的重要论述，读了《西藏自治区实施〈中华人民共和国妇女权益保障法〉办法》。这是西藏自治区妇女事业和妇女工作继往开来、创新发展的一次盛会，具有鲜明的时代特征和丰富的思想内涵。我作为一名代表，还庄严地投上了神圣的一票。参加了地处边疆的这次盛会，我受益匪浅，感触丰富：党和国家领导人一直重视妇女工作，保护妇女权益，这些年西藏经济发展取得了历史性的成就，社会稳定走向长治久安。西藏自治区出台并实施了一系列的政策措施、民生项目，通过这些惠民政策把党的关怀和温暖送到妇女群众的心坎上，更多的妇女得到了实惠。这样使自治区各族妇女共享到改革发展成果，平等权益得到了保障，生活更加美好幸福。这样既确保了边疆的安全和巩固，又利于社会主义核心价值观渐渐深入百万西藏妇女的心中。

在迎来中华人民共和国成立 70 周年的时机和新时代，新时代赋予新使命，新使命呼唤新作为。我要不断坚定信念，听党话，跟党走。我要在今后的生活工作中敬业讲奉献，立足本职创一流，不断提升自己的能力，练就自己的各项本领，与西藏人民一起为建设美丽西藏做出贡献。

回想来西藏的这些日子，我们援藏人员受到了北京市、拉萨市的各级领导们的关心和同事们的爱护，看到了经过我的治疗、最真诚的藏族同胞的微笑和深深的鞠躬……我要通过我的态度、我的积极奋进精神传递祖国、党带给西藏的爱与关怀，肩负好援藏干部的职责和任务，积极在妇产科岗位上敬业讲奉献，在藏爱藏，促进民族团结，通过我的积极工作解决她们的实际问题，为个人带来健康，为家人带来幸福。我愿像一朵小小的格桑花开在西藏这片美丽的高原上。

断指再生记

北京积水潭医院　栗鹏程

2018 年 7 月底的一天，我正在手术台上做手术，突然接到通知，北京市卫生系统组团式援藏工作需要积水潭医院一名显微外科医生支援拉萨一年。时间紧迫，一周后就出发。我曾经去新疆义诊过，知道边疆缺医少药的情况，想象得到他们的那份期盼。那些在内地很平常的疾病，边疆地区的人民都得不到很好的救治。我也收到过他们敬献的哈达，那份发自内心的、感激的眼神深深地刻在了我的心里。我愿意为他们去付出，愿意尽我的所能去帮助他们。这是我作为一个纯粹的医生的光荣使命。我毫不犹豫地在第一时间报了名。然而之后还是略有一些担心，主要是担心刚刚积累起来的患者量的流失，还有我的孩子。对于一个 12 岁刚进入初中一年级的男孩子，面对一整年缺少父亲的陪伴，他自然是一脸错愕和茫然，然而他还是平静地接受了。不出意外，父母和妻子对我非常支持，父亲对此尤加赞赏。妻子也做出了很大牺牲，一个人承担起了家庭的重任。一周后，我带着医者的责任，带着医院领导的嘱托，带着高原期待来到了拉萨。

刚到拉萨都会有一些高原反应，如头痛、憋气，后半夜经常醒来，睡不着觉。为了尽快适应这里的低压缺氧环境，我坚持没有吸过一口氧气。这个记录一直保持着。经过短时间的调整，我很快适应了。

拉萨市医院的骨科比我想象的要好。经过我前面一届积水潭援藏干部、创伤骨科龚晓峰主任的培训，他们已经很好地掌握了四肢常见骨折的处理。闭合髓内钉技术已经达到了很高的水平，甚至比内地某些地方做得还要好，在西藏地区已经领先。这就给我很大的压力和动力。我暗下决心，要在我擅长的显微外科领域，也把这里的水平提高上去。

当然，困难非常多。显微外科与普通的骨科有很大不同。这里的医生都没有系统地学习过显微外科理论知识，操作上更是零起点。同时，医院也没有专门用于显微外科的设备。还好，我自己带来了头戴式放大镜，显微外科器械和一些常用手术器械，还有有限的一些显微缝合线。只用我带来的东西，就可以完成一般的手外科手术。我从简单的手外伤急诊手术入手，边做边讲。医生们学习积极性也很高，即使夜间的急诊手术，几乎所有的医生都从家里过来，围在手术台旁边学习。我们在很短的时间内完成了皮肤缝合、肌腱吻合、指神经吻合、桡动脉吻合、VY 皮瓣、邻指皮瓣、取皮植皮等基本技术的学习。然而，小血管吻合才是显微外科的精髓，断指再植技术才更能考验一个显微外科医生的功力。我曾经检索文献，发现海拔 3000 米以上，还没有断指再植的成功报道。

9 月 11 日，急诊来了一名患者。46 岁男性，藏族。他在装卸货物的时候，不小心被钢丝绳绞断了食指和中指，只剩屈肌腱还连着。在得知其他医院无法完成这个手术之后，他来到了拉萨市人民医院。断指再植需要缝合的血管都在 1mm 以内，普通的头戴式放大镜已经不能满足需要，而申请购买的手术显微镜还没有到位。是放弃，还是放手一搏？这个时候决不能放弃，没有条件创造条件也要上。经过院内协调，从眼科借来了一台显微镜。遗憾的是，这台显微镜只有一个人的镜筒，也就是说只有术者一个人能够在显微镜下操作，助手只能凭肉眼的感觉来配合。这个情况在微小血管吻合时是难度很大的，更何况助手参加工作仅仅两年，没有任何显微外科操作经验，任何一个动作幅度过大都有可能把刚刚吻合好的血管撕裂。然而没有退路，这台手术我一定要做下来。经过适当的准备，从深夜开始，我们开始了漫长的手术。从手指的清创、骨折固定、切口延长、血管神经的寻找和处理、肌腱缝合，同样是边做边讲。然后，就是难度最大的小血管的吻合。血管挫伤的程度比想象的要严重，有很长一段都需要剪掉不能用。还好，我事先缩短了指骨，去掉一段血管之后，还能够直接吻合。为了保险起见，每个手指都吻合了两个指动脉，3 个指背静脉。由于是单人显微镜，而且助手毫无经验，一个人在显微镜下吻合小血管是很困难的。血管很细，轻微的抖动都可能造成操作失误，因此缝线穿过血管壁的时候都要屏住呼吸。加之高原本身就缺氧，缝每一针屏气时都会感觉胸闷头晕，然后就是心跳加速，放松之后都要深呼吸几次调整一下，然后再继续缝下一针。就这样重复着，吻合了所有的血管。在平时 4 ~ 5 小时能完成的手术，持续了将近 10 小时。手术全程，我的精力相当集中，丝毫没有感到后半夜的困倦。甚至当天色微亮，手术结束后，依然没有困意。这期间，所有参加手术和参观手术的医生护士，没有停下来休息，没有喝水，没有上厕所。

手术很成功，手指恢复后颜色非常好。接下来要担心的是高原的特殊环境会不会对断指的成活有影响。这方面可以说没有以前的经验可循，没有可靠的答案。我详细地指导了手术后的用药，指导医生护士如何观察手指的血运变化。直到第二天下午，才带着满意的笑容睡下。然而，手术是否成功，不是马上就能看出来的。需要接下来的几天内血运都稳定，才可以宣布手术成功。

断指患者接踵而来。在我刚睡醒的时候，身体还没有从疲惫状态完全恢复过来，就又接到一例断指的病例。这个患者是从湖北来西藏打工的侗族小伙子，来西藏刚刚两天就被小型搅拌机把食指从近指间关节水平绞断，肌腱神经血管都是抽出性的断裂，损伤水平广泛，离断指体也有较严重的碾压痕迹。这位患者手指再植的条件比上一个患者更差。最大的挑战来自缝线。我自己带来的显微缝线几乎消耗殆尽，只剩下唯一的一根 8－0 缝线。这个缝线平时用来吻合腕关节水平血管都稍显勉强，手指血管缝合从来就没用过这么粗的缝线。手术前我自己心里也很没有底，毫无信心。接活手指的机会很小，还要不要去尝试，也很动摇，很犹豫。科室里多数医生已经做好短缩缝合的准备。但手术前患者的态度使我发生了转变，尝试再植的决心变得无比坚定。他表示对我们无条件信任，相信我在手术中的方案都是为他的利益考虑，无论最终结果是成活还是坏死，都能接受。患者越是对我信任，就越能激发我放手一搏的决心，越是大家都丧失信心的情况下，我就越愿意挑战一下极限。

手术中的难度还是很大的，尽管我缩短了指骨，静脉有条件直接缝合了，但动脉条件很差，两侧指动脉都从近端抽出，延长切口发现指动脉从手掌的起始部位都有损伤痕迹。此时当然也可以采用取静脉移植桥接动脉的方法。但考虑到移植血管较长，容易痉挛、扭曲、卡压，另外人员和硬件条件也不太适合这种复杂的操作。因此，我果断地决定从相邻的中指上切取桡侧指动脉，转位过来做动脉的直接吻合。为了获得健康的血管吻合部位，食指尺侧指动脉远端切除到了中节中段，血管口径已经非常细了。我不得不小心翼翼地做了血管口的机械性扩张，然后用仅有的一根 8－0 缝线吻合动脉血管，缝合了 5 针。同样是单人显微镜，单人吻合小血管，同样是屏气、胸闷，心跳加速，调整呼吸，再进行下一针。由于缝线相对于血管还是过粗，操作难度比第一例要大很多，更考验缝合的精细程度。动脉接通之后，手指的血供恢复了，然后又缝合了三对静脉。手术进行了 4 小时，手指的血运一直比较稳定。

非常幸运，这两例患者都获得了手术的成功。这应该是海拔 3000 米以上地区的第一例和第二例成功的断指再植。手术的成功也许有很大的侥幸成分，是一种偶然，但某种程度上也与我坚持不懈练就的扎实的显微技术和顽强的意志力有必然的联系。通过这两例手术更坚定了我不畏挑战，迎难而上的决心。这种意志力的锻炼与老一辈手外科专家的培养和传承是息息相关的。听手外科前辈们讲，王树寰院士将普通的黑色丝线拆成3～4股来缝合血管。跟那时候的艰苦条件相比，我们现在的情况还是要好很多了。北京积水潭医院是骨科的先驱，是中国手外科的发源地。作为北京积水潭医院手外科的一员，我享有很大的荣誉，同时也肩负着更大的责任。高原断指再植的推广必须由积水潭人来完成，这个荣幸落到了我的头上。

接下来的一个多月，我相继又完成了难度更大的一例拇指套脱离断再植和一例手指末节再植。但很遗憾，都没有成活。对我而言当然会有一些挫败感。高原环境对于断指的成活也许还是有一些影响的，但我的显微外科技术也需要进一步提高。无论如何，拼搏的决心要在，无论条件多差的断指，只要患者有要求，就要全力以赴地做。

来拉萨，也让我开阔了眼界，体验了不同的生活。我见到了平时见不到的严重感染、创面、结核性骨髓炎和关节炎等特殊疾病。对这些疾病的处理也让我积累了难得的宝贵经验。除了断指再植，针对下肢创面我还开展了腓肠神经营养皮瓣、外踝上皮瓣加高位腓动脉穿支接力皮瓣等技术。条件成熟的时候，还计划要教会学生们游离皮瓣技术。所谓“授人以鱼，不如授人以渔”。接下来我的任务是要培养更多年轻医生。即使我离开的那天，也要将显微外科技术留在拉萨，让更多有技术的医生造福雪域高原的患者们。

在拉萨市人民医院泌尿外科的日子

北京清华长庚医院　付猛

为深入贯彻落实中央西藏工作座谈会精神，加快推进藏区跨越式发展和长治久安，本人有幸被遴选为中央组织部北京市第四批组团式援藏的一员。期许已久的来藏竟不期而至，心情突兀而又坚定。第四批共计 16 名队员在集体的关怀下，不负信任，于 2018 年 8 月 3 日（周五）虔诚地踏上援藏之路。

临行前朋友们对自己多有身心体会经验相传授；拉萨平均海拔 3500 米以上，地处极高海拔地区，高山险路，极寒缺氧，昼夜温差大，对于久居平原地区的我们来说，在生理、心理等多方面都是一种挑战。此时个人心情犹如诗所云："落日照楼船，稳过澄江一片天。珍重使君留客意，依然，风月从今别一川。离绪悄危弦，永夜清霜透幕毡。明日回头江树远，怀贤，目断晴空雁字连。"

来到拉萨之后，崭新的空气如同洁净的哈达，前面一片净土，等待着的将是心灵的一场洗礼。个人专业是泌尿外科，自己快速适应当地环境并调整好心态，很快投入临床工作中，将近期的工作总结如下：

2018 年 8 月 19 日是首届中国医师节，活动主题是"尊医重卫，共享健康"。活动当天是拉萨市人民医院的正常工作日，本人协助拉萨市人民医院泌尿外科医生完成该院首例经皮肾镜手术（Percutaneous Nephrolithotomy，PCNL），填补了拉萨市人民医院的技术空白，可为更多的西藏泌尿系结石患者解除疾病带来的痛苦。

2018 年 9 月 27 ~ 29 日，在市人民医院大力支持下协助拉萨市人民医院泌尿外科承办全国微创外科学术会议及第十期"走遍中国前列县（腺）——诊疗泌尿疾病，关爱老年健康"大型公益行动，北京清华长庚医院与拉萨市人民医院共同参与组织以上学术会议及义诊活动。北京清华长庚医院医疗援助团克服高原反应，积极开展援助工作。义诊活动吸引了大量当地藏民和患者，"扎西德勒"是接受义诊的群众送出的最多的祝福。中华医学会西藏泌尿外科分会主任委员李传洪教授、副主任委员张宝鹏教授参加了学术讲座和活动，并表达了长期互助合作发展的期望。

2018 年 9 月 28 日，北京清华长庚医院泌尿外科主任李建兴教授在持续鼻导管吸氧下，坚持亲自完成一名 3 岁结石患儿的输尿管镜碎石和经皮肾镜碎石手术，这也是拉萨市人民医院迄今为止救治的年龄最小的经皮肾镜患儿。

本人来拉萨市人民医院工作后，逐步开展泌尿外科的各项首次微创治疗、腹腔镜精索静脉结扎、腹腔镜肾切除、腹腔镜肾盂成形术等，同时开展了儿童泌尿系结石的外科治疗……

组团式医疗援藏工作开展第四个年头，围绕健康脱贫、改善民生、加强民族团结和促进社会事业全面进步发展，以打赢“两降一升”攻坚战为具体目标，着力构建医疗援藏新格局，不断提高援藏工作的针对性、实效性、可持续性。

援藏医生为西藏 330 多万各族人民带来健康福音，而他们也在奉献中收获了身为一名医者最为宝贵的信任和赞誉。本人为能够服务西藏人民，为国家的团结统一做出一点贡献倍感自豪。

拉萨市人民医院儿科工作感想

首都儿科研究所　张迪

不知不觉，来到拉萨已经3个月了，作为雪域高原上和援藏队友们并肩奋斗的医务人员中的一名儿科医生，我肩负着拉萨市人民医院儿科主任的重担，背负着家乡儿研所领导和同事们的信任，意在全面提高拉萨市人民医院儿科尤其是新生儿科的团队管理、治疗水平及科研思维，为提高高原地区早产儿和危重症患者的治愈率和存活率做出贡献。

在抵达拉萨的第三天，大家的高原反应期还没度过，就进科熟悉科室环境了。由于患者和病情不等人，很快我们就进入了状态。因为儿科和妇产科是拉萨市人民医院的重点学科，产科生产量很大，而这边由于特殊的地理和人文环境，导致妊高征等疾病很多，孕产妇产前检查也不够完善，所以早产儿、先天畸形以及各种外科疾病都非常多，病种丰富、病情往往也十分危重。拉萨确实没有北京的医院那么好的各种配套设施，软件、硬件设备都有限，给很多患者的诊断及治疗带来或多或少的困难，而我刚来时，甚至都没有条件做到早产儿和感染患者的分区。一个晚上，我就遇到一个900克的早产儿刚生产，却没有暖箱给他用。在抢救过后，我就和科室行政主任、护士长一起商量对策，为下一次更好地完成抢救做准备。

除了整理和上报需要的器械、耗材以外，因为硬件条件一时半会儿改变不了，我因地制宜，根据病种、病房位置和治疗带等因素，重新和主任布置了新生儿病房，将极低出生体重儿、普通新生儿分区，感染和非感染分区，制定收治和患者分区原则。对有限的暖箱和呼吸机等硬件条件做了安排，规范、完善和更新这边的诊疗常规。截至11月，早产儿1000克以上的成活率已接近100%，院内感染和并发症也在明显减少。

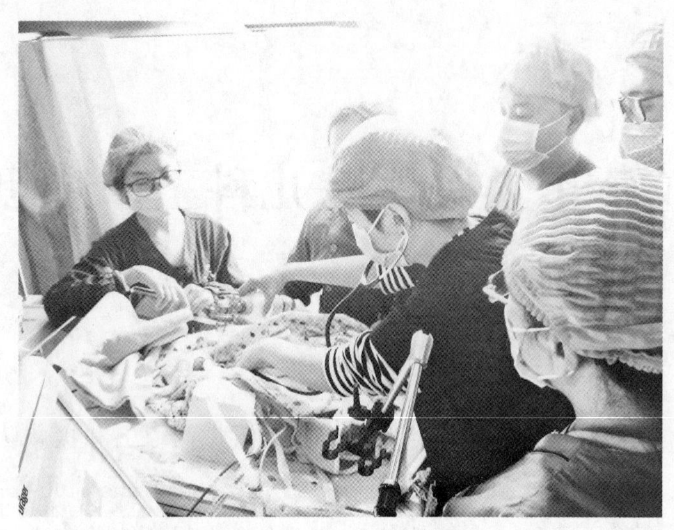

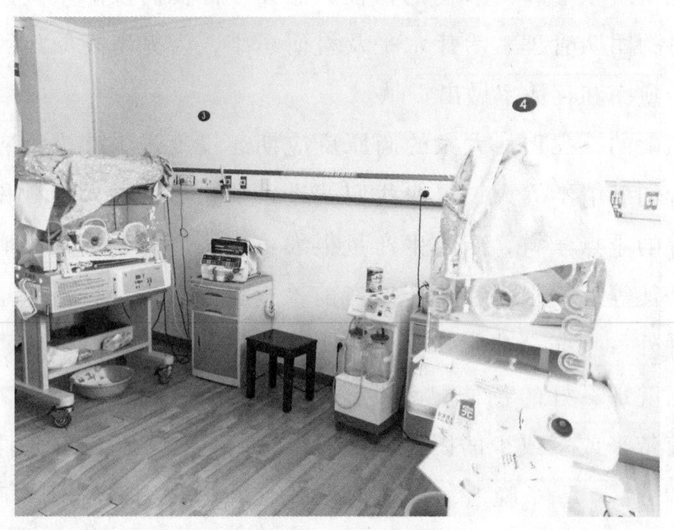

分区后的极低出生体重儿病区

由于有创呼吸机和双水平无创呼吸机均为新入设备，这边的医生对于新设备（尤其是有创呼吸机）的使用还十分陌生，所以对每一个需要气管插管呼吸机支持的患者，无论白天夜晚还是节假日，我都会到病房来指导抢救和治疗，并且手把手教导他们呼吸机的使用和技巧。这边的医生求知欲很强，很多基础水平和临床经验也很好，很快就能成长为骨干儿科医生。

来这边虽然才 3 个月，但却经历了第一个医师节，在门诊大厅展开了义诊。后来又去了海拔 4000 多米的当雄县、尼木县、堆龙县和林周县等多地、多次进行义诊，克服了高海拔和数小时长途车的劳顿，每次义诊患者都非常多。我们组团式医疗队每一个人都需要看诊数十个患者。在这些义诊活动中，我看到了

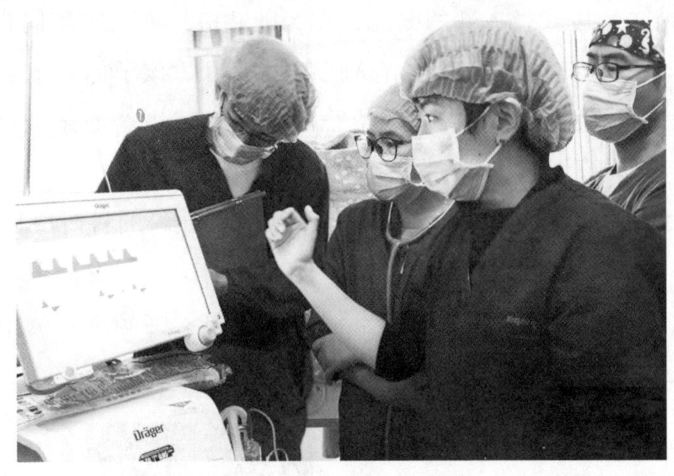

很多很久没在北京见到过的疾病，有些疾病也延误了很长时间。再次感叹国家对西藏自治区医疗、教育等支援的必要性和紧迫性，意义非凡。

堆龙县义诊期间，科内同事告诉我收治了一名病情非常重的新生儿。我在义诊途中一直远程指导抢救和检查，晚上 8 点回到拉萨也是第一时间到科内查看患者，发现是一名重症肺炎、肺动脉高压和并张力性气胸的患者，已经出现纵隔移位。病情十分危重，生命体征十分不平稳，需要立即实行胸腔闭式引流术。但这边的儿科和胸外科皆无此经验。我义不容辞，带领这边医师完成了第一例新生儿胸腔闭式引流术。由于器材缺少，都是大家在全院拼凑的管道，顺利完成了操作，第一时间挽救了患儿生命。而后因为这边的呼吸机无高频模式，特申抗感染药物，在有限的条件内尽量守护患者，经过几天的用药治疗和护理，在家属都已经放弃希望的情况下，患儿逐渐好转，复查胸部影像学气胸完全吸收，炎症明显好转，连影像科医生都赞不绝口。最后患儿顺利出院，家长感激不尽，每次见到我都喊着："张医生，谢谢您!"这边所有参与治疗的各级医生，也成就感满满，对未来的医疗充满信心。

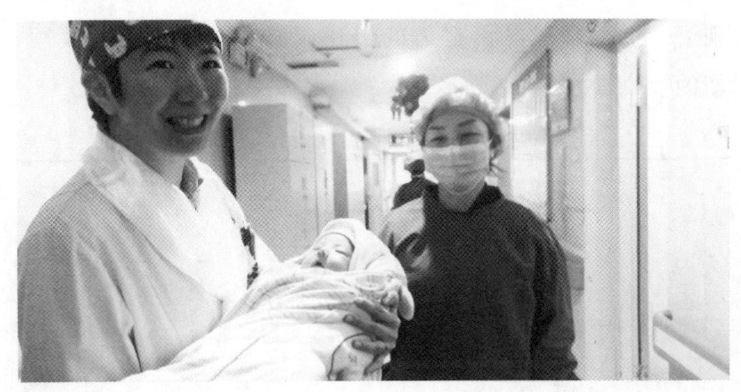

“十一”前，受援藏指挥部的嘱托，作为随队医，坐火车陪同京藏宏志班的同学们去北京游学。看着这些出身清贫但努力学习的孩子们登上长城那快乐的笑脸，真心为他们能得到并珍惜国家给予的良好教育机会而感到高兴，祝他们未来的人生前程似锦。

进入10月，首都儿科研究所和拉萨市人民医院儿科的科研项目也顺利开展。在院领导和科室主任们的安排和配合下，仪器顺利运达，亚低温治疗仪和床旁脑电图检查设备的培训也顺利开展，不但为缺血缺氧脑病患者的治疗带来了福音，也填补了拉萨市人民医院目前无法完成脑电图检查的空白。

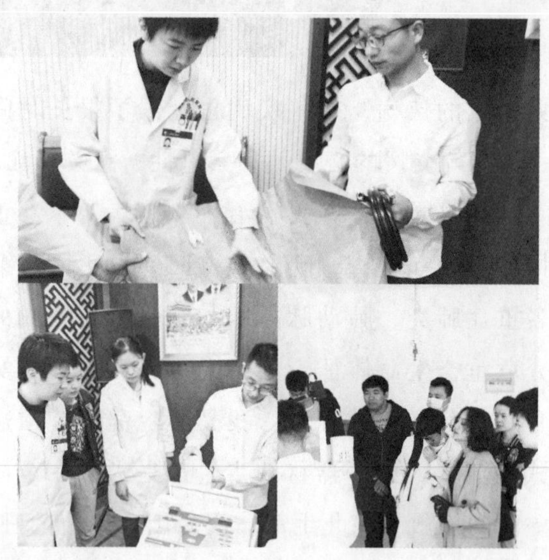

在这3个多月中，除了每日的查房、危重症患者的抢救、床旁讲解等，我还定期组织全科的讲座，根据科室医务人员的实际需求安排讲课内容，全科上下都非常热情积极，每次讲课连休息的人都从家里赶来，学习交流氛围浓厚。

在这3个月中，在院领导的带领下，我们援藏医疗队接受了来自国家卫生健康委、中央组织部、北京市卫生计生委及西藏自治区、拉萨市委等各方领导的慰问，展现了一批批援藏队员努力的援建成果和精神面貌，续写未来拉萨市人民医院崭新的篇章。

援藏百日有感

北京同仁医院　郑洁

转眼来到拉萨已经一百天了，回首离开北京时的场景仍历历在目。2018 年 8 月 3 日是个普通的日子，但对于我而言，这天具有特殊的意义。1995 年 8 月 3 日，我光荣地加入了党组织，成为一名光荣的共产党员。23 年后的 8 月 3 日，我参加了北京市属医院第四批组团式援藏，带着领导和同事们的嘱托、带着亲人们的记挂，踏上了援藏征程。

来拉萨之前，我一直担心由于年龄的原因自己会有较重的高原反应。踏出机舱的那一刻，我心里是惴惴不安的。然而，到机场迎接我们的同事的热情和周到细心打消了我的顾虑。虽然还是有身体的不适，但我还是和大家一样，尽快投入工作中。和上批队员利用一周时间完成交接后，我结合这里透析中心和肾内科的特点，利用自己 25 年的工作经验，制订了今后援藏一年的工作计划。

拉萨市人民医院的血液透析中心成立时间不长，但是为拉萨及周边地区的尿毒症患者提供了治疗的便利。在前两批组团式援藏队员的辛苦工作下，透析室布局到人员的培训都很规范标准。精良的透析设备、较高的起点意味着我们身上的责任更加重大，透析中心仍需要可持续发展，需要在今后繁忙的临床工作中继续按照血液透析治疗的各项标准，保持严谨的态度和严格的要求。利用一个月的时间，我了解了全部透析患者的基本情况，按血液透析治疗质量要求，根据患者的化验结果、临床情况，指导透析室的医生重新评估了患者的干体重，调整治疗方案。从血液透析的基本操作步骤开始，重新完善了血液灌流的操作流程，减少了患者的不适，为今后进一步开展治疗打下了良好基础。来藏 3 个月，作为血液透析室的主任，我坚持血液透析中心每月进行质控会，评估医疗护理质量，进行重点患者的讨论，为保证每个患者的透析质量提供了坚实的基础。

肾内科病房仅有 4 张床位，1 名住院医师。这里年轻医生们很好学，希望在实际工作中提高自己的诊疗水平。在工作中，我谨记“授人以鱼，不如授人以渔”，在查房过程中，从查体到病历书写，从诊断思路到治疗规范，启发式对下级医生进行指导。根据当地每个医生的不同情况，依据可操作性，切合实际制订了“师带徒”协议，同时帮助他们设计临床科研方案，培养临床科研思维，并督促临床资料的收集。

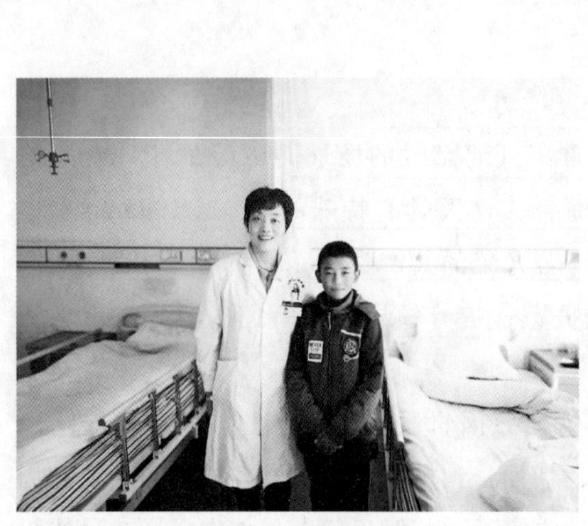

我与小患者

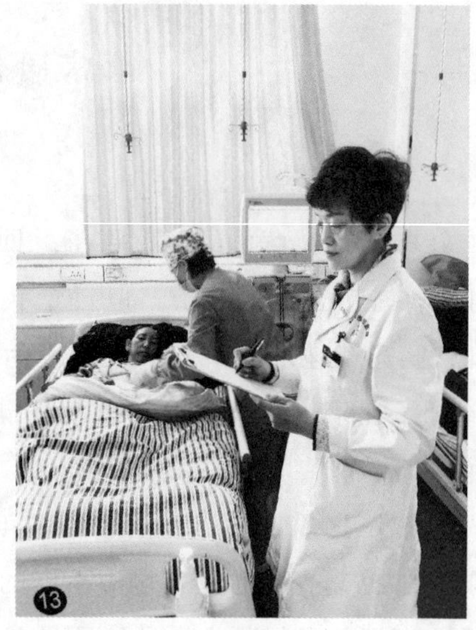

查房

血液透析中心和肾内科的工作内容看似平凡、烦琐，但需要的是在每天重复性的工作中保持细心、专心和耐心。

不论是在日常的诊疗工作中还是随医疗队下乡义诊，我深切感受到了这里患者的淳朴。他们对医生很尊重，相信医生制订的治疗方案。我仍然记得那个来自那曲的小姑娘，因为“食欲缺乏、水肿”在外院就诊，当时医生告知家属孩子需要透析了。愁眉苦脸的一家人抱着最后一线希望来到拉萨市人民医院。住进肾内科后，小姑娘整天躺在床上不说不笑，因为身体不适也不吃东西。经过我们仔细询问病史、查体以及根据化验检查结果，小姑娘被诊断为“急性肾小球肾炎”，不需要透析。在我们的精心治疗下，孩子康复了，灿烂的笑容又浮现在脸上。还有患肾病综合征的反复发作的男孩、肾功能不全的心力衰竭患者……经过治疗后都缓解顺利出院。这些在我看来很平常普通的工作，却给患者和家属带来了希望。我深刻体会到了医务工作的崇高。

在今后的援藏工作中，我会进一步结合科室特点和实际情况，继承发扬“特别能吃苦、特别能战斗、特别能忍耐、特别能团结、特别能奉献”的“老西藏”精神，在一年的援藏工作中做出自己的贡献。

写在援藏工作的一百天

北京友谊医院　刘春涛

2018 年 8 月 3 日，我接受组织委派，随同第四批组团式援助拉萨市人民医院医疗队乘坐拉萨航空的 TV9816 次航班来到拉萨，开启了为期一年的援藏医疗工作。

来到拉萨市人民医院后，我受到了医院及消化科同事的热烈欢迎和亲切问候。消化科伊比主任亲自带我熟悉科室情况，向我介绍了消化科及内镜室的历史和发展现状。拉萨市人民医院消化内科于 2017 年 2 月成立，起步相对较晚，内镜室基本设备虽有，但仍存在设备短缺及部分设备陈旧老化的问题。因此我的首要任务是梳理出开展下步工作所需的设备、器械及耗材，提出采购、维修需求，同时向北京友谊医院求助。友谊医院内镜中心也友情赠送了部分器械及耗材。在此过程中，我感受到了当地同事迫切需要提高专业水平和开展新技术的需求。因此，我也努力克服了高原反应带来的身体和心理上的不适，尽快投入工作中，并结合当地实际情况，制订了今后一年的工作计划。

我已在拉萨市人民医院工作 3 月余，主要开展了以下两项新技术，填补了本地的医疗技术空白。

第一，内镜逆行胰胆管造影术（ERCP）。ERCP 是高级消化内镜诊疗技术之一，主要用于胆、胰疾病的内镜下诊治。我本次援藏工作的主要任务之一是帮助医院开展 ERCP 技术，但我来院后才发现本技术所需的放射科 C 形臂已经损坏，无法开展相关工作。我向院长汇报后，医院领导特别重视，尽快联系了相关维修人员，投入巨资用于设备维修，目前设备已修好，并于 2018 年 9 月 28 日首次投入使用。截至目前，在消化科及内镜室医护团队的配合下，我们已成功开展了五例 ERCP 诊治术，包括胆总管结石的 ERCP 取石术、不明原因胆管狭窄的细胞刷检术及支架内引流术、复发性胰腺炎的 ERCP 诊治术等。其中一位中年女性患者，反复发作急性胰腺炎，多次住院治疗，但一直未查明病因，影像学检查只提示胰腺炎，没有其他阳性发现。我们经过仔细阅片后考虑患者疑似先天性胰腺分裂，遂决定行 ERCP 术进行胰管造影检查，术中证实了患者为先天性胰腺分裂并胰管狭窄，导致反复发作胰腺炎。在 ERCP 下行胰管支架治疗后患者病情很快好转。本例患者是自治区开展的首例先天性胰腺分裂患者的 ERCP 诊治术。

第二，食管静脉曲张的内镜下套扎术（EVL）。肝硬化是西藏地区的高发病，食管胃底静脉曲张破裂出血是肝硬化最严重及最常见的并发症之一，其病情凶险，具有出血量大、出血速度快、反复出血、不易止血等特点，是消化内科消化道出血的主要死亡原因。本地消化科在伊比主任带领下，自 2015 年即开展了食管静脉曲张硬化治疗，技术基本成熟。但由于食管硬化剂注射导致异位栓塞的风险较高，因此我来到拉萨市人民医院后，建议对于此类患者行食管静脉曲张套扎术 + 胃底静脉曲张栓塞术，具有疗效确切、风险较小、复发率相对较低等优点。来院 3 个月内，我已与内镜中心医护团队一起完成多例食管胃底静脉曲张的内镜下治疗。特别是 2018 年 9 月 20 日，在拉萨市人民医院内镜中心，成功开展西藏自治区首例儿童食管胃底静脉曲张的内镜下套扎术 + 栓塞术。该患儿为 7 岁女童，主诉“反复呕血 3 年”。曾因反复呕血先后辗转拉萨市各大医院就诊，诊断为：门静脉海绵样变性，门脉高压伴食管胃底静脉曲张破裂出血。因内科治疗疗效不佳，于 2018 年 6 月 29 日在华西医院儿外科行脾脏切除术 + 门奇断流术 + 肠粘连松解术 + 脾动静脉修补术。术后不足 3 个月患儿再次出现呕血，入我院儿科住院治疗，经我科会诊并对患儿病情进行综合分析，考虑患儿出血量大，病情危重，如再次发生出血极有可能危及生命，因此决定立即进行内镜下止血治疗，即食管胃底静脉曲张的内镜下套扎术 + 栓塞术，术后患儿恢复良好。本例患儿的成功救治，填补了西藏自治区儿童门脉性出血内镜下治疗技术的空白。

除了常规内镜治疗工作，我每周的工作还包括主任查房、专家门诊、疑难病例会诊以及急诊胃镜等方面，积极参加医疗队组织的多个义诊活动，给周边区县百姓进行疾病咨询和健康宣教。同时，在日常工作中注意带教年轻医生，已与巴桑卓玛、小次央及卓玛三位本地医生签订了人才帮带协议，根据个人具体情况，为每人制订了工作计划，以“师带徒”的方式从临床、内镜技能、科研等各方面给予指导和帮助。

在拉萨市人民医院的日常医疗工作以外，我也没有放松业务学习，积极参加了本专业的多个学术会议。参加了 2018 年首届全国 ERCP 大赛，取得了北区第一名的好成绩，并在全国总决赛中荣获优胜奖。在 2018 年 8 月 24 日召开的中国消化内镜学年会上，受邀进行了胆总管结石的 ERCP 取石术操作演示。2018 年 10 月受邀参加在韩国首尔举办的 2018 年世界超声内镜峰会，做了题为 *Efficacy and safety of endoscopic ultrasound? guided biliary drainage in patients of failed ERCP* 的大会报告，并获得 Travel Grant 奖金。2018 年 11 月，受邀参加亚太消化疾病周（APDW），研究论文 *shRNA - mediated knockdown of KNTC*1 *suppresses cell proliferation and induces apoptosis in esophageal squamous cell carcinoma* 以 e - poster 形式在大会进行学术交流。

2018 年 10 月 16 日，北京友谊医院消化中心与拉萨市人民医院签订了“以院包科”协议，全面助力拉萨市消化内科的发展。这次院包科协议的成功签订，给拉萨市人民医院消化科的发展带来了新的机遇。我相信，有北京友谊医院消化中心的坚强后盾，拉萨市人民医院消化科一定会发展得越来越好。在今后的工作中，我会继续发挥医疗队的优良传统，服从医院及医疗队的工作安排，争取为西藏人民、为拉萨市人民医院做出更大贡献。

援藏工作　光荣而艰巨

北京胸科医院　商雪辉

西藏是一个神秘的地方。对每个人来说，她可能都是一种情结，一种向往，也是一种挑战，对我来说也是如此。没来西藏之前，她留给我的最深刻的印象就是终年被白雪覆盖的世界最高峰——珠穆朗玛峰、庄严的布达拉宫，充满了民族色彩与神奇色彩的传说。这些无不吸引着我，我曾认为，一生没有来过西藏就是人生的遗憾。没想到在圆了我的西藏之旅后，迎来了我人生中的一个意外——援藏，一年的时间，工作生活在西藏。

2018 年 8 月 3 日，我随着第四批组团式援藏队伍，带着一丝兴奋、一丝向往、一丝期待、一丝忐忑，来到美丽的雪域高原拉萨。刚一下飞机，就受到拉萨市人民医院的领导和上一批援藏队员们的热情接待，一张张陌生但是热情洋溢的笑脸，减轻了陌生环境给我带来的淡淡焦虑，让我们更多地感受到了热情、真诚和温馨。拉萨市人民医院为我们创造了良好的生活条件，相关科室领导和同志们也在生活和工作上给予我们关心和大力支持，为我们在西藏安心工作提供了保障。在克服高原反应的同时，我们迅速投身到了紧张的工作中。

我在拉萨市人民医院的工作是护理部主任兼 ICU 护士长，因为没有 ICU 工作经验，心里有些忐忑不安。进入护理部工作后，急切想要了解一下自己的工作环境。两周的时间，我转遍了医院的每个病房，内科、外科、门急诊、手术室、血透、干保、高压氧、供应室、ICU、CCU、NICU，了解了每个科室的特点、环境布局及人力资源设置。尤其是我负责的 ICU、CCU、NICU 和急诊，更加着重细致地了解其具体情况。

ICU 是我重点负责的科室，多次参加 ICU 的晨交班、参加 ICU 学习，检查 ICU 的工作，将发现的问题及时与护士长沟通逐渐规范改正。改变 ICU 排班方法，既保证护理人员休息又能满足科室值班需要，保证值班安全性；并将 ICU 夜班费定岗发放改为按实际上夜班人数发放。

作为护理部主任，护理安全与护理质量安全管理是我的工作目标。检查、督导、协调是主要的日常工作。在工作中，我能够严格贯彻党和国家的各项民族政策，尊重藏族的民族传统，维护藏汉民族的团结，随时注意自己的一言一行，注意团结工作岗位中的少数民族干部，积极同藏族同胞友好交往，用他们能够习惯并接受的方式、方法进行沟通、交流。

我参加了雪顿节前的应急演练，对于暴露出的问题，同当地主任一起商量整改，规范应急演练流程，在急诊室准备了白大衣、帽子、口罩方便应急小组成员更换，能够更快地投入抢救过程中。

我参与了同仁医院光明行活动，从组织义诊及白内障患者筛查，到新开干保病房作为眼科病房，抽调护士，联系信息科、医工部、总务科、药房，与手术室联系到位，一直到患者术后痊愈出院，一直跟进到圆满完成任务。

完成新生岗前培训，给新入职职工讲授《医患沟通技巧》，在新入职护士中讲授《护理风险防范与对策》。

组织全院护理业务查房、护理继续教育讲课、护理理论与操作培训考核。把继续教育全覆盖作为目标，将以前纸质考卷改为问卷星模式，通过手机答卷，设置考试题型、考试时间，在规定时间内，护士可以在任何地点答卷，保证考试参与率，也方便成绩统计，最大限度地完成继续教育全覆盖。

院内旧锅炉报废更新过程中，因为厂家的问题导致新锅炉迟迟不能安装。为了保证医院的正常运营，多次与兄弟医院联系代销物品事宜，与各手术科室协调工作安排，与医工部联系旧锅炉维修及新锅炉安装等。

成立了拉萨市人民医院护理科研小组，制定护理科研管理制度及护理科研小组职责和目标，组织组员一起制订科研小组活动计划，严格按照工作计划进行，目前已经完成了护理选题及文献检索两次科研培训。

来藏至今，经历两次检查，一次是我院请的评审专家对我院进行全面评审辅导检查，另一次是“1+7”援藏工作的评估检查。对于检查中暴露出的问题，我们积极组织护士长及全院护士进行整改，修订相关护理制度，如护理科研管理制度、身份识别制度、疼痛评估与记录制度；组织各科室完成岗位职责的撰写；规范急救车药品、物品、毒麻药品登记本；等等。

在此期间，我还参与了墨竹工卡县人民医院的“二甲”预审工作，与之交流工作经验，共同促进，共同提高，为以后更好地工作打下良好的基础。

作为援藏队员，我还参与了四次义诊工作，远赴当雄、尼木和林周县连布村，主要负责就诊患者的登记分诊。恶劣的自然环境、落后的习俗，给这里的人民带来了严重的伤痛，肿大的关节，变形的手指，一张张淳朴、满是皱褶的脸上带着的是对我们的信任和希望。每当看到这些，我总是想我能为他们做些什么，想为他们做些什么，能够减轻他们的伤痛。

时间飞逝，转眼4个月的时间已过，作为新常态下的援藏干部，我们还接受了必要的政治学习，要从讲政治、懂规矩、守纪律的高度，始终把绝对忠诚、为民务实、责任担当和公正廉洁贯穿援藏工作全过程，真正做到让党放心、让人民满意，不忘初心、无私奉献。回首我的援藏之路，只有八个字——淡然、接受、适应、迎接。援藏是一种磨砺，我将加倍珍惜这次机会，将这段援藏经历看成人生的一段机遇和挑战，努力学习，勤奋工作，在实践中锻炼和提高，力争向医院、向党组织交出一份满意的答卷。

我的援藏故事（三十三）

复旦大学附属中山医院　翁书强

2018 年 7 月，我作为上海市第四批组团式援藏医疗队的成员，怀揣着梦想踏上了西藏这片神秘的土地开始为期一年的援藏工作。日喀则是西藏第二大城市。我的目的地日喀则市人民医院是日喀则市最大、最先进的公立医院，刚刚成为三级甲等医院。我所在的消化内镜中心是由上海复旦大学附属中山医院“以院包科”形式支持的医院十大临床诊疗中心之一。肩负着上海市委组织部、复旦大学、中山医院的希望与托付，我觉得自己的责任很大，我暗下决心，一定要克服所有困难，不辜负党和人民的期望，出色地完成这次援藏任务。

日喀则市海拔最低 3860 米，平均 4000 米以上，在这里高原反应对人身体的影响还是挺严重的。入藏后在平原血压正常的我出现了明显高血压，最高时 200/100mmHg，需服两种降压药才能控制，而且我的青睫综合征也因高原恶劣环境的影响而复发，眼压升高，需靠滴眼药维持治疗控制。但这些并不能阻止我工作的热情，我明白自己所肩负的责任，全身心扑在医院的工作上。日喀则市人民医院消化内镜中心才成立不久，科室整体底子弱，从科室管理到医疗技术的诊疗规范都存在不少问题。我在了解情况后，与当地主任们逐一商量解决问题的方法，通过不断的教育学习来改变现状，教育贯穿于整个过程中。首先治病救人，医疗规范为重。我把上海先进的诊疗常规和科室管理理念带进这里，教给大家，人人学习，目标做到所有处理都有制度可循，有规范可查，大家做事必须按要求来做。这样既纠正了少数医护人员的不良习惯，也提高了工作的效率，让医疗安全有了大幅度的提高与保障。接着就是着手提高当地医护人员的医疗技术与临床处理水平。这是一项繁重的任务，当地医护人员水平参差不齐。我通过每周的小讲课，把专业领域最新的知识分享给大家，还定期进行教学查房、疑难病例讨论、死亡病例讨论等，解答大家的疑惑，把我所掌握的知识手把手传授给大家。通过半年的努力与学习，目前，科室医护人员临床诊疗水平与急诊处理能力的提升是有目共睹的，科室危重症患者的抢救成功率明显提高。我还针对当地高发病，在科内成立了三个临床亚学科，由科室的三名副主任分别担任带头人，深入研究，形成科室诊疗特色，为学科发展做好铺垫。在开展新技术方面，我也是动足了脑筋。在保证先前引入的新技术如无痛胃肠镜检查、内镜下胃肠道息肉切除术等持续应用发展的同时，又引入了诊治患者急需的超细鼻胃镜检查及鼻胃镜引导下小肠营养管置入术、胃肠道大息肉 EMR 术等，提高日喀则市人民医院内镜中心的诊疗水平，为广大藏区患者造福。科研方面的薄弱是目前科室存在的最大的短板，不会写论文，课题申请没有思路。针对此情况，一方面，我通过讲课，传授课题设计、论文书写的技巧；另一方面，督促“师带徒”关系的三名学生及科室里其他医护人员积极寻找临床上感兴趣的病例及病种展开研究，尝试临床科研。在我的带领下，三名“师带徒”学生已协助完成申报自治区重点课题一项、准备申报组团式援藏课题一项，并在着手书写高原特色病例及相关综述。这些都是前所未有的进步。这些成绩的取得，最重要的因素还是因为人，因为有了我们全科室医护人员的同心协力。从当地医护人员身上我看到的、感受到的是他们的勤奋、认真好学、对知识的渴望，这促成了他们快速的进步。他们的努力也是我奋斗的动力。我愿意毫无保留，倾囊相授我的医学知识与经验。他们在医学道路上的进步就是我的成功、我最大的快乐。我感到自己所付出的努力都是值得的。

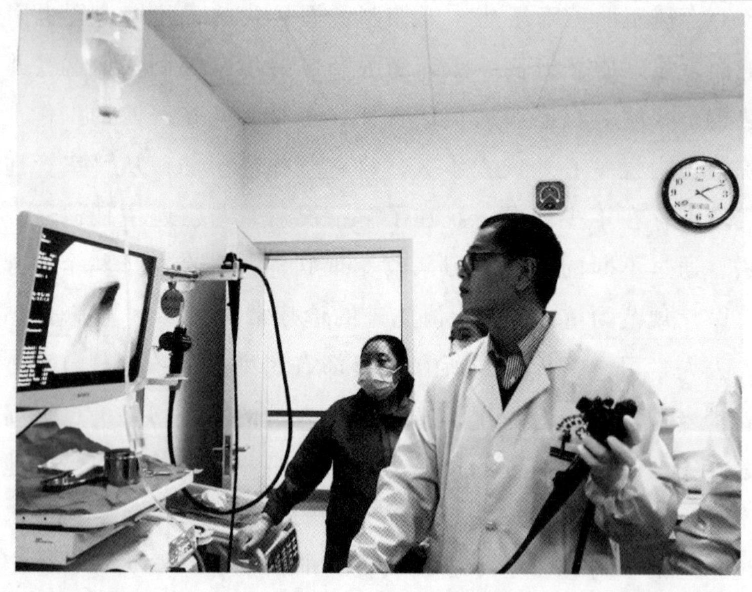

半年的援藏时间一瞬即过，在我和全体消化科同仁的共同努力下，消化科得到了长足的发展，医疗量稳步提升，内镜工作量较 2017 年增长超过 50%，总量位居西藏地区第二位；在 2018 年医院十大临床中心考核中，消化内镜中心位

列第四。2019 年我们要向领先的优秀科室看齐学习，希望在科研、论文方面有所突破，争取医院十大临床中心考核能更上一层楼。我也希望通过自己继续的努力，发挥自己所长，能为日喀则市人民医院及消化内镜中心带来有益的帮助，真正变“输血”为“造血”。

雪域高原哈达洁白 中山精神格桑花开

复旦大学附属中山医院胸外科 郭卫刚

或许，只有一起扛过枪、一起上过战场的人才能理解“战友”的含义；或许，只有援过藏一起并肩奋斗的人才理解“一次援藏，一世藏缘”的意义；又或许，只有在日喀则这片雪域高原生活并为之更加美好做出努力的人才理解“日喀则我的家”的歌词意思。作为组团式援藏医疗人才的我，经历了高原反应头痛胸闷的不适，经历了藏区人民诚朴真挚的热情，经历了又干又冷风沙漫天的环境，经历了从头摸索开创工作的艰辛。我只愿，日喀则雪域高原哈达洁白，旌幡飘扬；我只愿，日喀则市人民医院扬帆起航，昂首发展；我只愿，母院中山精神如格桑花般灿烂绽放于后藏高原。

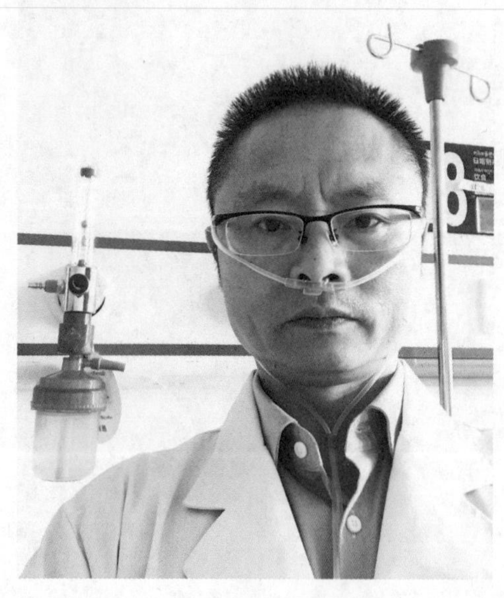

援藏医疗人才，最重要最关键的核心还是医疗，为后藏地区的人民奉献精湛的医疗技术，传播先进的医疗理念，是我们一批又一批援藏医疗人员的心愿，也是目标，更是方向。对于中央组织部组团式援藏模式的开展和进行，我举双

手赞成。因为，对于胸外科专业来说，麻醉科、病理科、监护室、呼吸科、心内科、手术室、影像科、肿瘤科乃至化疗、放疗、核医学科，都是一个团队，是可以把后背暴露给对方的战友。没有良好的麻醉，胸外科医生将举步维艰；没有术中病理科的冰冻诊断，胸外科医生很难做到精准治疗；没有重症监护室的坚强后盾，胸外科医生的重大手术开展如履薄冰。一个好的肺外科必须有优秀的呼吸内科医生支撑。胸外科医生同样需要呼吸科的强力支持。虽然来日喀则市人民医院开创胸外科的各种新技术新方法面临种种困难，但有一帮组团式援藏医疗的精英兄弟们的团队支撑，我的心中还是充满了希冀、信心和想法。雪域高原“最稀缺的是氧气，最珍贵的是精神”，洁白的哈达代表了后藏人民对我们上海医生的敬意，我们一行20人在已经奋斗在这片土地上两年的四位援藏医疗干部的领导下为强“三甲”砥砺前行。“压茬式”的两周交接也让我们看到了前一批队员的汗水和艰辛。他们，无愧于藏区人民在离别时送给他们的洁白哈达。送别老队员，上班的第一天，我就面临一位西藏大学的女大学生，右肺巨大包虫且破裂，包虫囊达19cm，需要即刻手术，怎么办？“不忘初心，撸起袖子加油干。”来藏5天前组织部谈话时的决心似乎就是眼前的写照。我忍着头痛，胸腔镜右下肺叶切除，历时4小时微创为姑娘解除了病痛，为后藏人民谱写上海医生精湛医术之路开启良好开端。

日喀则市人民医院在前一批援藏兄弟们的努力和汗水浇灌下创立了“三甲”，搬入了新院区8个月。年轻的新院区、年轻的胸外科，前面队员的成绩激励着我们，薄弱的底子预示困难重重，但也给予我展示的空间和发展的方向。在科室管理上，我狠抓18项核心制度的落实；在业务学习上，组织每周两次的科室业务授课，每天早上大查房和下午的重点患者巡查，每周两次的教学查房，术前讨论疑难病例分析，技能操作上充分利用日喀则市人民医院高端的实训中心手把手地模拟操作，把中山医院的“严谨、求实”的风格和制度融入日喀则来。在组团式医疗援藏的各位专家大力协助支持下，我开展了日喀则市首例儿童肺包虫肺叶切除、Muscle - Sparing切口肺包虫手术、右后纵隔巨大肿瘤切除、肺包虫肺段切除、胸腔镜腹部颈部三切口食管癌根治术等八项新技术，其中一项技术为“自制胸腔负压吸引系统的应用”，已经为当地医生完全掌握，获得良好的疗效，真正做到了变“输血”为“造血”。我在临床工作中不忘科研，吸着氧气撰写中文核心论文4篇，其中指导当地医生撰写2篇，撰写SCI论文2篇，当地医生在论文材料的收集、整理、数据统计、综述、撰写能力上跃登一个台阶，这个“造血”同样重要。我申请日喀则市财政2019～2021年市级科技科协计划项目一项，和当地医生合作申请西藏自治区 2019 年度重点科技计划项目一项，把中山“创新”精神切实带入本地医生心中。

作为西藏自治区的“首席专家”，除了编写《高原特色病例精选集》，让更多的医护人员学习上海的技术、理念是首席专家的任务。在中山胸外科举办“中山肺癌论坛”之际，我组织日喀则市 18 个区县的医生聆听来自国际和国内大咖们的演讲，感受中山的学术氛围。作为日喀则市人民医院“双导师制”外科系统的临床工作导师，我深知人才对医院的重要，培养一个人才的艰难和漫长。我们来援藏，不只是“输血”，更重要的是“造血”。这也是三年期援藏干部日喀则市人民医院党组张浩书记在我们来的第一天对我们的要求。回想我们的成长经历，中山医院胸外科王群主任等给予我们太多的资源和机会。同样，“关爱”的中山精神将续写在日喀则市人民医院专科培养生、住院医师以及我们“师带徒”的徒弟身上。在 2018 年岁末，我获得了 2018 年日喀则市人民医院优秀带教老师的荣誉称号，中山精神花开一枝。

援藏，不单单是援建日喀则市人民医院，组团式医疗援藏队承担了其他的责任和义务。“治国必治边，治边先稳藏”，人民的安居乐业关系到方方面面的民生，日喀则市电台的科普每周均有我们医疗队员的身影。入藏以来，我参加了包括首个“医师节大型义诊活动”等 11 次赴边防、福利院、偏远乡村送医给药的义诊，也参加了“沪藏缘”爱心活动，为福利院的孩子和拉孜县扎西宗乡的学生们送去书籍、文具及爱心。科普、医药、爱心是我们的中山“团结、奉献”的精神，中山精神花开又一枝。

我愿发扬“特别能吃苦、特别能战斗、特别能忍耐、特别能团结、特别能奉献”的“老西藏”精神，秉承中山医院“严谨、求实、团结、奉献、关爱、创新”的踏实精神，愿雪域高原哈达洁白，中山精神格桑花开。

跨越千山万水　我们心心相连

复旦大学附属华山医院　胡枢坤

“一次援藏，一世藏缘。”一句援藏人都会背诵的箴言，8个只有援藏人才能有体会的文字。从上海到西藏，一日之间，5000公里的距离，4000米的海拔，宛若穿越回几十年前；遍布的高楼，彻夜的灯光变成了杳无人烟的雪山荒漠，令人心潮澎湃，思绪万千。

“援藏”，一个具有中国特色的词汇，对于我们世间多数人是如此的遥远和神圣。当接到来援藏的通知后，万分激动，却又有着些许的惶恐。高原反应的可怕传说一直在心底发酵。从忐忑走下飞机的那一刻起，缺氧就一直伴随着我们。呼吸急促、头晕眼花、脚下轻浮，这是我们每天都有的体会；头痛、失眠也是家常便事，床头柜上摆着的都是止痛药、安眠药。眼科的一位医生来了3天，无法忍受这种心理的煎熬，放弃了；皮肤科的一位同事更是在第二天就出现了肺水肿，危及生命，也回去了。听到的种种、看到的种种和自身感觉到的种种，让高原反应这根心底里的刺时刻折磨着我们。可以说，所有的援藏人都是顶着生理和心理的双重压力在工作的。在这里，日常查房这种根本不耗体力的工作也会让我气喘吁吁；讲一次课更会让我中途多次停顿，上气不接下气；对我们外科医生来说，最有挑战的就是做手术了。当戴上口罩，连续几小时高强度高精度操作时，头晕、头痛、胸闷、气急，各种不适接踵而来。手术关系人命，只能靠意识在手术台上苦苦支撑，这种感受我们援藏的外科医生都有深深的体会。

然而，痛苦终将会过去。正所谓物由心生。高原反应其实更多的是心理缘故。入藏一周后，我们就来到了工作的地方；两周后，就正式走上了工作的岗位，开始了多彩多姿的援藏生活。我日常工作的日喀则市人民医院，是日喀则市最大也是水平最高的医院，2018年成功创成三级甲等医院。脑科中心更是日喀则市最早成立的神经专科。在这里，不仅有我熟悉的病种，让我有用武之地，也有很多对我来说很新鲜的疾病，令我收获颇丰。最为重要的是，脑科中心还承建了一个光荣而重要的任务——组建日喀则市自己的卒中中心。西藏是全中国卒中的最高发的地区之一，但由于气候、地理以及文化等因素的影响，很多患者得不到应有的救治。卒中细分的三大类病种——脑梗死、高血压脑出血和蛛网膜下隙出血，只有高血压脑出血能在这得到救治，很多脑梗死和蛛网膜下隙出血的患者都只能留下残疾甚至失去生命。一个个破碎的家庭，一幕幕人间惨剧，时时刻刻上演在我眼前。在我们汉藏医生共同不懈的努力下，在硬件条件相当缺乏的基础下，我们开展了脑梗死溶栓治疗的新技术。我记得第一个患者是个三十多岁的藏族女患者，入院时，左侧肢体已经不能动了。她来自日喀则下属的县乡，经济和自然条件非常艰苦，还有两个未成年的孩子，不仅家中事务全部由她料理，还要出去打零工补贴家用，可以想象她的瘫痪会彻底摧毁这个贫穷、脆弱而又有些许幸福的家庭。在我们溶栓治疗数小时后，当我看到她那恢复如初的左侧手脚，那种发自心底的高兴油然而生。可惜的是，由于配套设施的制约，对于蛛网膜下隙出血的患者我们还是一筹莫展，导管室的建设已经到了最后的关头。我坚信，明年我们就能弥补这莫大的遗憾。

我们的工作并非局限在医院里面，还有一次次令人难忘的外出义诊。我们看过孤儿院的孩子、养老院的老人、一起援藏的战友和卫国戍边的战士。我们翻越过喜马拉雅山脉，走进过野狼出没的荒漠。雪山脚下，湖水岸旁，都留下了我们义诊的足迹。在那些全中国最为落后的地方，医疗条件的简陋让人心酸，很多在内地很容易救治的疾病却一直折磨着这里淳朴的藏民。而更让人痛心的是，国家给予藏族同胞优惠的医疗保险政策，但很多患者宁愿相信喇嘛的祈祷，也不愿接受我们的治疗。令人欣慰的是，我们总算能帮助到一部分的患者。虽然我不了解藏族文化，也听不懂藏语，但我还是能强烈感受到，他们对我们的那种热情和感激。

转眼援藏半年已过。“援藏”，这个词汇神圣依旧却不再遥远。我渐渐懂得了什么是援藏。当我走上高原，和藏族的同事一起救治藏族同胞身体疾患的同时，也在和他们进行心灵上的交流，真正做到“汉藏一家亲”。我们是维护民族间和平的使者，肩负的是国家给我们的光荣使命。对于我们自身，虽然工作艰苦，身受缺氧折磨，心理上又孤独和煎熬，但我们生活得很充实，意志也得到了磨炼。经历风雨后的痛快，是我以后人生观的一笔宝贵而无法替代的财富。

最后，我想说，医疗援藏是我永生难忘的记忆，医疗援藏的路还任重道远，医疗援藏的事业伟大而神圣，医疗援藏的功绩将传遍雪域高原。

我的援藏故事（三十四）

复旦大学附属华山医院 夏敬文

西藏是美丽而神秘的，是遥远而神奇的，在没有来西藏之前我甚至认为自己不会有机会来到这片高原。而在2018年的7月，我踏上了西藏第二大城市日喀则市，开始了为期一年的援藏工作。

日喀则是整个西藏自治区在拉萨之后设立的第二个地级市，距离拉萨不到300公里。不过，这里却与拉萨大不相同，这里没有拉萨发达，也没有拉萨那么多的游客，很多地方还保持着藏区的传统魅力。关键这里要比拉萨还高200米，是绝对的高海拔地区。

刚来到驻地，我就体会到了高原的威力，近4000米的海拔让刚上高原的我极为不适。高原给身体带来的反应十分明显，高寒、缺氧、孤独始终围绕着我。第一次踏上雪域高原，在开始的兴奋、神秘的同时，头痛、胸闷、气短、难以入眠等一系列高原反应便随之而来。这时，你感受到高原反应对人体摧残的痛苦：心跳加速、心慌不能自制，走同样的路需要付出更多的体力。经过一个多月，我的身体才基本适应。虽然这里的自然环境较为恶劣，但这丝毫没有动摇我援藏的决心。因为这是责任，是援藏医疗的价值所在。

进藏后，通过开展集中学习、双休日讲座等形式，我认真学习领会党中央的治藏方略，深刻领会习近平总书记关于西藏工作的系列重要讲话精神，特别是“治国必治边，治边先稳藏”的重要战略思想，进一步增强了我做好援藏任务的责任感和使命感，满怀深情投入援藏事业中。

日喀则市人民医院是我这次援藏的对口医院，医院刚刚搬迁新院区，硬件设施较之前有了很大的改善，成功通过“三甲”的评审。但是医疗技术水平和上海“三甲”医院还有很大的差距。所以，在克服了高原反应后，我就着手制订符合实际情况的帮扶计划，包括“师带徒”的带教计划。因为我深刻体会到“授人以鱼，不如授人以渔”。只有授人以渔，才能真正带出并留给当地一支具有一定医疗诊疗水平的团队。计划的突破口就是纤维支气管镜技术。在日喀则市人民医院，一家后藏地区的“三甲”医院，呼吸科无法开展纤维支气管镜技术是难以想象的。因此，我就和当地主任积极配合，做好开展此项技术的前期准备，包括设备和人员的配置。经过三个多月的努力，终于在2018年国庆节之后开展了日喀则市第一例纤维支气管镜及肺泡灌洗术，取得了历史性的突破。不仅是技术方面，在科室管理方面还有很多提升的地方，要把上海的先进的科室管理理念带到日喀则，让日喀则市人民医院的科室管理也得到进一步的提高，这也是援藏工作很重要的一部分。我深刻体会到，先进的管理理念比技术的提高更为重要。对于日喀则市人民医院呼吸科，我觉得援藏要包括两方面的内容——请进来和走出去，让更多的医疗骨干走出去学习先进的医疗知识和技术，回来后能够更好地服务当地居民，这也是不可或缺的。因此，我也制订了相应的进修计划，精准帮扶当地的医务工作者。

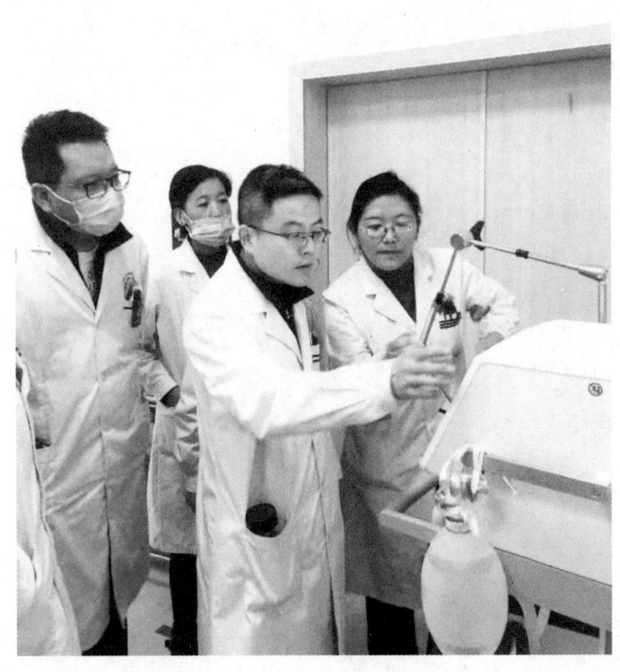

西藏高寒缺氧，气候恶劣，工作和生活中会遇到许多困难。比如说，这里时有断电和断水，而这在上海基本上是碰不到的。特别是在寒冷的冬季，出现这种情况，就需要去克服。这些困难，有些是来自身体方面的，有些是来自精神方面的。但正是在这样的环境下磨炼了我们的意志。在这里我们亲身体验了复旦大学钟扬教授的精神，收获了“特别能吃苦、特别能忍耐、特别能战斗、特别能团结、特别能奉献”的“老西藏”精神。

援藏的经历必将成为我们人生中极其宝贵的财富。这里是万水之源，这里的人民纯洁善良，以雪域高原高规格的礼仪厚待我们，祝福我们。沐浴着这些厚重的赐福，我们唯有尽上自己的绵薄之力，造福当地，造福人民，以表感恩。一次援藏，一生藏缘。在援藏工作生活中我感到苦中有乐，苦得有价值，苦得有意义。人生因为援藏而更加精彩，生命因为援藏而坚强。

不忘初心　砥砺奋进

复旦大学附属儿科医院　罗兴晶

2018年6月，得知医院和科室的援藏动员，我主动提出申请，肩负着卫生援藏、“输血与造血”的光荣使命赴日喀则市人民医院麻醉科工作。

转眼之间，来日喀则已经半年，回望来时路，感慨万千，医疗队员们克服重重困难，依然坚守在雪域高原。

从零海拔的上海飞到海拔3800米的日喀则，作为医生的我们知道，高海拔、低氧环境下对身体的影响有多大——即便是吸着氧气。除了缺氧，气候干燥也成了这里必经的难关。每天睡觉前都要用液状石蜡滴在鼻腔里。起床后，鼻腔里面仍然充满血丝和干痂，需要用生理盐水反复冲洗。但是援藏队员们在生活上互相关心，在工作上互相帮助，大家很快就克服困难，以极大的热情投入工作中，真切感受到了“一次援藏，一世藏缘”。但一个月之后的例行体检证实了我们这批热血青年终究抵抗不了大自然的残酷——高血红蛋白血症、高血压、高尿酸血症、肝功能异常、肺动脉高压、三尖瓣反流……这些在内地与我们不曾打交道的疾病名称，出现在多数人的体检单上。我们转换角色，在按医嘱治疗的同时，积极调整生活方式、调整心态，依然热情地投入日常工作中，没有一个人退却。在门诊、病房、临床教室、手术室、深夜的急救间，随处可见援藏医疗队员忙碌的身影。

各级领导非常关心和重视组团式援藏医疗队的工作。中央组织部常务副部长姜信治亲自带队视察并慰问，日喀则市市长刘虎山，上海市第八批援藏干部联络组组长、日喀则市委副书记、常务副市长倪俊南，上海市卫生计生委副主任闻大翔，复旦大学、儿科医院等领导也多次慰问组团式援藏医疗队，队员们受到了极大的鼓舞。组团式援藏医疗队长张浩书记和路彦钧、狄建忠、龙子雯三位领队半年来对我们生活和工作上无微不至的关心和帮助，极大地增进了团队的凝聚力和战斗力！

“输血与造血”一直是我们心中的目标。在熟悉当地工作环境之后，我们充分尊重当地同仁，与之一道开展各项工作。临床工作中，我发挥自己的特长和能力，根据现状开展力所能及的工作，切实为受援科室贡献力量，这就是“输血”。将自己的专业特长和内地先进的工作理念传递给日喀则本地的同事们，让当地的同事“消化吸收并掌握各项临床技能”，切实提高临床业务能力，这是“造血”。为当地医疗事业持续发展打下基础，同时“教学相长”让我们与当地同仁一起成长进步。短短 6 个月时间，麻醉科的同事们已经熟练掌握了我示教的小儿单肺通气术、小儿全凭吸入麻醉、小儿困难气道的处理等在西藏未曾开展的临床技术，科室的小儿麻醉诊疗常规也在不断地完善之中。每周一次的科室业务学习或者疑难病例讨论，也使同事们在理论和实践相结合中提高了业务水平。在科研方面，我和当地主任一起申报了一项西藏自治区自然科学基金重点项目——高原地区儿童麻醉过程中脑氧饱和度监测的意义。

当然作为一名医生，只能治疗有限的患者，但是相对于藏区医疗卫生知识贫乏的现状，我是看在眼里、急在心里。援藏医疗队充分利用广播电台、新媒体以及健康讲座等方式传递着相关防病、治病的理念。从每周一次珠峰之声的健康讲座，到送医下乡的义诊活动，萨迦、亚东、吉隆、定日……日喀则的大多数地区留下了援藏医疗队员的身影。大家都在不遗余力地进行卫生知识传播，让更多的人能够减少疾病的困扰，关爱更多的人。让我们由衷感到欣慰的是：纯朴的藏族同胞使我们找到了职业的荣誉感，也让我们更加深刻地认识到医生这一职业的崇高。

9 月 25 日，我受邀参加了全区第四届新生儿复苏及新生儿重症救治培训班并做了“新生儿麻醉前准备”的主题发言，在发言结束后与全区的同行们积极互动、交流经验，取得了良好的反响。

在繁忙工作的同时，我也没有放松政治学习。日喀则市委、组织部安排了生动活泼的党课，结合自己的工作经历和思考，使我真正理解了“不忘初心方得始终”的意义，理解了我们援藏的价值所在。引用一位在阿里地区奉献了美好年华老兵的话——看到祖国的繁荣发展，看到西藏的和平稳定，看到这片土地属于中华人民共和国，我们问心无愧，我们终生无悔！

回望过去近两百个日日夜夜，令人欣慰的是我们在高原的每一天都没有虚度，在这里我们可以充分发挥专业所长，为当地医疗工作的开展尽己所能。不忘初心、砥砺奋进，为西藏的和平、稳定、繁荣做出自己的一点贡献。如此，所有的付出都是值得的。

不平凡的援藏路

上海交通大学医学院附属瑞金医院　郑宇

进藏为什么？在藏干什么？离藏留什么？这是我反复问自己的话。

医疗人才援藏对于我们科室不是件新鲜事，自 2015 年高晓东医生援藏开始，我们血液科医生到日喀则已经是第四批。自从得知“以院包科”，我就知道自己会作为第四批援藏医生来到日喀则。既然有心理预期，我就做好了准备。

进藏为什么？是放在我面前的第一问。我从高晓东医生那里得到了答案。那就是习近平总书记说的那句话，“治国必治边，治边先稳藏”。站在国家角度，援藏工作就是必须做的事。不必谈情怀，进藏就是责任，这是共产党员的使命。否则，愧对自己的入党誓言。为此，来之前，我自认为做好了充分的准备，问已经援过藏的医生心得体会、生活细节，准备打一场有准备的仗。我在会议上谈了三点：不忘初心；牢记使命；再创辉煌。瑞金医院党委书记杨伟国寄语：信心是战胜高原反应的有力武器。

我带着领导的寄语和家人的嘱托踏上了雪域高原这片神奇的土地。海拔

3800 米，这里是我的家。爱上这里，却是非常艰难。战胜高原反应，是必须经过的一关。“在高原上工作，最稀缺的是氧气，最宝贵的是精神。”凭着信心，凭着一口气，胸闷、气喘、头痛、失眠等诸多不适慢慢消失了。

在藏干什么？这是适应了环境之后，必须回答的问题。理想很丰满，现实很骨感。来西藏之前满腔热情，对所有事憧憬，希望大干一场。来西藏之后，才发觉并非如此，很多事在这里很难办成。仔细一想，也对，如果容易办成，当地人轻而易举就能完成，那又何必援藏，集多方力量来改善这里落后的面貌呢？血液系统恶性肿瘤发病率低，以 10 万人计数，整个日喀则市 80 万人口，绝大部分在交通极其不便的县、乡、村，能来医院就诊的患者极为有限，而配套的辅助科室则需要大量高、精、尖的技术人员，这就成了不可能完成的任务。我陷入了迷茫。随医疗队到县里义诊，去了 5 个县，看到当地医生在缺少药品、设备的情况下给当地老百姓看病，而当地老百姓因为交通不便，只能在县、镇的医院就诊。我觉得应该调研一下，解决常见病、多发病，远比看一两个代表高精尖的血液恶性肿瘤患者更有价值。

10 月 14 日，母亲打来电话说，父亲左腿没有力气，走路有点歪斜。作为医生，我马上反应过来，父亲脑梗了。我一人在遥远的西藏，在父亲最需要我的时候，却不能尽孝，眼泪涔涔。离开上海之前，父亲说，他只有我一个儿子，只有一个愿望，希望我平平安安回来，家里放心，四位老人会相互扶持。身体最棒的父亲一直操持着家里家外。而且，今年是父亲的七十岁大寿，我却无法回来。点点滴滴，顿时浮现在眼前……我马上打电话求助瑞金的同事们，在血液科护士长、神经内科医护人员的大力帮助下，父亲顺利住院。其间，杨伟国书记代表医院、糜坚青主任代表科室，分别来看望父亲。感谢医院领导，我在日喀则可以安心工作。

我要做点事。日喀则市人民医院把医教研协同发展列为学科建设的重要目标，就是说这里的痛点——医疗水平偏低、教学培训较少、科研几乎为零。经过调研，我发现红细胞增多症和贫血是这里两大高发病和常见病，预防和治疗这两大疾病，能够提高当地老百姓的生活质量。我还发现，当地医生，见过的病种少，检查设备有限，无法得出正确的结论，诊断水平无法提高。为此，我引进上海交大医学院已经成熟的 PBL 教学，让当地医生能够通过典型病例，反复讨论反复研究，诊治水平得到迅速提高。我成功举办了日喀则市第一届基层血液红细胞疾病培训班，通过培训把贫血和红细胞增多症这两个疾病，向基层传播，才能造福更多的人。

懂团结是大智慧，会团结是大本事。从高晓东医生援藏开始建立血液科，到我已经是第四年，而对于整个西藏来说，血液科是个年轻的科室，之前只有老牌的“三甲”医院自治区人民医院才有血液科，对于2017年刚升上“三甲”的日喀则市人民医院，发展壮大是主要任务。独立建科、发展亚专科，需要一步一步慢慢推进，需要得到大家的支持。团结是首要的，只有团结一心，才能克服艰难险阻，取得胜利。

习近平总书记在主持中央第六次西藏工作座谈会时指出，广大党员、干部要发扬优良传统，不断为“老西藏”精神注入新的时代内涵。一次援藏，一世藏缘，这需要我踏踏实实践行下去。

不畏艰苦　勇往直前

上海交通大学医学院附属瑞金医院　蒋佳祺

通过个人申请，我很荣幸地成为一名援藏技术干部。犹记得于 2018 年 7 月 15 日的凌晨，我与家人分别后登上飞机，与来自上海其他各大医院的专家们在卫生计生委领导的陪同下，来到了这处美丽的雪域高原——日喀则。

虽然之前与老队员见面得到了这里的一些相关信息，也做好了一定的思想准备，但是只有当你真正踏上这片土地时才知道，大自然有多壮美，就有多残酷。在高寒缺氧、紫外线强烈的环境中工作、生活，对于长期在平原生活的我们来说将面临许多艰难困苦。事实上，在初来的几天，大自然就给了我们集体一个“下马威”。我们所有人都经历了高原反应的考验。甚至有一位反应严重的队员因身体上的不适而遗憾地返回了上海。

“缺氧不能缺精神”，这是激励一代又一代援藏干部的口号。经过短暂的适应后，我们怀着满腔热情投入了工作。由于这里的“师带徒”模式，我的带教对象是两位本地医生。论年岁他们是我的前辈。在签约仪式上，作为带教老师，我既有压力，更有动力，暗自发誓一定要以饱满的热情、诚恳的态度将自身技能毫无保留地传授给藏族同事。作为一行20位组团式援藏队员中最年轻的一位，我实在不敢说自己有多高的学识。但是我希望可以用我的一腔热血做出些许弥补，把这里所需的每一件小事做好。并且我知道，自己从未一个人在战斗，因为站在我身后的是上海瑞金医院全院之力，是上海市政府对援藏工作的高度重视，是中央对援藏的重大决策。

在藏期间，我们与藏族同胞相处和谐，气氛友善。共事至今，按照最初的行动计划，工作稳步推进。我的工作主要集中在介入手术室的建设，完善介入手术室的管理制度，统筹管理介入手术室这一平台，保障各相关科室介入手术的顺利开展，确保介入手术室日常的良好运行。我配合心内科于 8 月 31 日首次开启绿色通道完成一例急性心肌梗死的救治，并将此绿色通道的机制延续下去，完成日喀则市首例左室造影。在人员培训方面，通过日常带教，科内已有数位当地医生熟悉 DSA 设备常规操作，可独立配合完成手术。介入手术室的设备与配置，依照上海的先进经验建设，目前已经全部到位。谈话室、更衣室、器械储藏室的功能基本完善。除此，我进行以“冠脉 CTA 检查”“全长摄影方法与常规测量”为题的两次科内讲课。日常对 MRI、CT 等各项影像检查技术进行指导，引入儿童 CT 增强造影剂用量与扫描标准，开展并标准化小肠 CT 扫描流程等。下半年的计划也将集中在其他影像学检查的提升与完善，并希望成功组织珠峰论坛，拟举办影像学学术会议，邀请上海母院与上海知名专家参会，提升日喀则市影像学检查与诊断水平。

其实身边的同龄人不乏有人对我抱有不理解：为什么要放弃上海优渥舒适的城市生活，而来到飞沙走石、高寒缺氧的日喀则？我觉得可能是由于对神秘西藏的向往，也可能是从小于书本上读到的对于援助边疆建设、以身许国的情怀。作为一名援藏干部，经过在藏工作的锤炼，我觉得自己对个人的利益得失计较少了，对西藏、民族、国家的发展思考得多了，在责任感、使命感上对自己的要求更严格了。我以共青团员身份接受援藏任务，很荣幸在藏期间提交了自己的入党申请书。希望能以在藏的实际表现通过党对我的考核，早日加入光荣的中国共产党。青春的广阔天地，大有可为。我很高兴西藏日喀则成为自己曾谱写过青春的地方。

时光飞逝，转眼已经到了 2018 年的年末。希望在接下来的一年，自己能继续砥砺前行，不忘初心，在不断的学习和提高的基础上，争取更好地为人民服务，为提高西藏的医疗保健事业做出贡献。

敬佑生命　甘于奉献

上海交通大学医学院附属新华医院　黑振宇

时光荏苒，日月如梭。转眼间进藏已近5个月。从最初的适应身体到熟悉工作环境，与科室医护人员相识相知、共同奋斗，我经历了很多。此时，回顾起点点滴滴，不禁感慨万千。

初上高原

作为上海市第四批组团式援藏医疗队成员，当我踏上世界第三极之时，除了歌中描述的“蓝蓝的天上白云朵朵”，更直观的感受便是氧气的稀薄。搬行李等重物，脚步稍快，就会头痛、气促、心慌。随之而来的食欲缺乏、高血压、失眠困扰着我和身边的绝大多数医疗队成员。然而，“缺氧不能缺精神”。随着身体逐步适应，工作环境的熟悉，我积极投入临床及教学工作中。心系藏区患者，用自己的青春和热情，无怨无悔地践行着医者神圣的职责。

医教结合

日喀则市下辖1区17县，辖区面积18.2万平方千米，近江苏、浙江两省面积之和。当然，交通远不及沿海发达。更多的患者来自边远地区，往往要驱车一两天才能赶来看病，往返极为不便。这就要求我们及时、准确地为患者明确诊断，对症下药，尽可能地让老百姓少奔波，完成全部诊疗过程。记得一次，一位来自边境定结县的患者，腹部不适两月余，超声波提示为慢性肝病表现，少量腹水。来我院，实验室检查提示甲胎蛋白（血中肝癌标志物）稍高，但CT检查未及占位性病变。我仔细询问病史，患者有乙型肝炎，母亲早年因肝癌病故（医学上称“家族史”），我坚持认为肝脏恶性病变不能轻易除外。我亲自带着她到影像科，当天即行了上腹部增强磁共振检查。我反复读片，诊断为肝右叶（VI段）原发性小肝癌（2cm）。经过手术，顺利地为她切除了病灶，康复出院。日后随访效果非常好，患者一家不胜感激；每次来复查都亲自为我献上洁白的哈达，以表达对来自上海的“安吉拉”（藏语对医生的称呼）的朴素而真诚的谢意。

医学是一门经验科学，传道授业解惑在援藏“传、帮、带”中显得尤为重要。自上岗之初，院领导就提出变“输血”为“造血”。也就是说，要开展新技术，同时要求本地医生能完全掌握，把“绝活”留在藏区。我们医疗队员也正是不断地用实际行动践行着这一理念。

2018 年 9 月，日喀则市卫生计生委和市人民医院决定依托组团式援藏医疗队，开展“基层医生规范化培训”，使广大的乡镇级别医疗机构人员做到持证上岗，规范行医。普外科是教学科目的大头，内容多，操作烦琐，教学任务重。为了保证良好的教学质量，我主动请缨，承担了全部外科总论及普外科相关教学内容。课程共计三期 50 余课时，包括理论、实训练习及临床见习。回首之初，50～60 人的理论授课，我讲 30 分钟需要休息、吸氧；到后来，连续教学 5 天，每天 3 课时，我的身体、意志都得到了磨炼。看着学员们一张张谦虚好学的面庞及一双双灵巧的手，“授人以渔”的愉悦心情常让我忘记下课时间。不断尝试的教学方案也使广大学员你追我赶，在不断进步中锤炼了自己的临床技能。当然，也使得坚信“给人一杯水，自己需要有一桶水”的我在教学中不断充实自己，获益匪浅。

奉献

在藏的日日夜夜，最难熬的是刻骨铭心的思念。我想对于我们医疗队成员来说，夜深人静，思乡之情必定常常涌上心头。对于家人，我的内心充满了愧疚。

父母年近七旬，仍要为我操持家务，照顾儿子。爱人在单位是业务骨干，时常加班加点，何尝不想有强健的臂膀为她排忧解难。儿子恰逢成长的关键期，理应多多陪伴，听听他的“光辉事迹”，为他解惑授业。但此时，心底总有另一个声音在呐喊。是的，我来到这片圣洁的土地，就是要为西藏人民的卫生事业贡献自己的绵薄之力。正如习近平总书记所说，“在高原上工作，最稀缺的是氧气，最宝贵的是精神”。

尽管我们的记忆力开始减退，头发脱落变白，反应变得迟钝，有些队员甚至出现了心脏增大、心瓣膜反流（高原性心脏病的表现），但我们在这里收获了更多。我们不是为了“镀镀金”，而是服从组织安排，肩负原单位和受援单位双重期望。我们收获了责任和担当，收获了成熟和成就，同时播种了民族团结的种子，收获了不是亲人胜似亲人般的温暖。

回首前一阶段的工作，我取得了一些成绩。如“以院包科”十大中心考核全院排名第二，获“师带徒”优秀带教老师荣誉称号。这会激励我“百尺竿头，更进一步”，在接下来的援藏工作中再接再厉，为了藏区百姓的健康和幸福不断奋斗。我们有理由相信，有了白玉兰的滋养和呵护，格桑花会绽放得更加绚烂多姿、美丽动人。

这一年，付出与收获共享

上海交通大学医学院附属仁济医院　彭御冰

自从接收到市委组织部2018年的援藏任务，我怀着兴奋和忐忑的心情做好了入藏准备。7月15日来到日喀则市，经历了3周的高原环境适应后，我在8月初投入了日喀则人民医院的具体援藏工作。市委、援藏领导小组、院领导和医院胸泌外科同事热情欢迎和亲切关怀我们。日喀则市人民医院泌尿外科是上海交通大学医学院附属仁济医院“以院包科”定点援助日喀则市人民医院的十大医学中心（西藏西部泌尿结石诊疗中心）之一，承担着日喀则和阿里、那曲等地区80万藏区群众的泌尿疾病诊疗任务。泌尿疾病又以结石疾病为主。日喀则市处于后藏高原地区，喜马拉雅山北侧，地域辽阔，地形复杂，与不丹、尼泊尔、印度接壤。这里的泌尿结石发病率很高，造成这一切的原因既有当地喀斯特地貌带来的水质异常，还有传统生活习惯带来的各种结石易发因素。我的前任张进副主任在当地开展了激光微创泌尿外科碎石术，采购了大功率钬激光，并开展了经皮肾微创钬激光碎石术。在日喀则市，结石还存在儿童高发和泌尿系结核高发的特点。为了解决这些问题，我决定从基础医疗工作开始进行改善。

由于各种原因，日喀则市人民医院泌尿外科的人才梯队存在不合理的情况，年轻医师对外科基础知识和泌尿外科基本操作的掌握存在不足，通过职业考试的人员极少。外科医生首先必须是好的内科医师，才能胜任基本的门急诊和病房医疗任务，才能在此基础上对外科手术逐步掌握。为此，我从三个方面开展这项工作：第一，在平素的教学查房工作中，严肃查房规则。三级查房的目的是督促下级医师在病历的准备和查房时的问答中掌握基础知识。我通过加强此项来提高年轻医师的临床水平。第二，开展科室学习讲座。我发现年轻医师在外科学基础理论上存在缺陷。对此，我通过科室小讲课的方式，对外科学总论、水电解质酸碱平衡紊乱、外科抗菌药物使用、外科营养平衡等展开培训讲课。在这半年的努力中，本科室年轻医师的临床基础水平有了一定的提升。第三，我通过远程会诊系统，鼓励科室参与上海和仁济医院举办的泌尿外科学术会议及论坛。虽然与上海地区的医疗水平存在差距，但是通过这种活动，极大地开阔了当地医护人员的眼界，知道了目前最先进的询证医学发展和诸如分子诊疗、人工智能、机器人等技术，从而明确了眼下工作的努力方向。上述工作是援藏领导对我们最重要的要求，即培养当地医疗观念和医师，培养一个“三甲”医院的软件。通过我们这些人的言传身教，培育一种医院文化才是更重要的工作。因此，在今后的工作中，培育日喀则市医护和医疗发展的软件水平一直是工作的重点。

在这半年工作中，我们还参与了上海援建的江孜、拉孜、定日、亚东、萨迦各县的基层医疗援助活动，参与了对中小学校、福利机构、边防哨所等的义诊宣传活动。这些活动使我感受到了藏区基层医疗的现状，对藏族同胞对卫生医疗的需求以及这些年来党中央对西藏巨大的物质精神文化支持，看到了大量援藏干部和边防官兵为国家安宁和团结统一付出个人的巨大牺牲。所以说，美好的生活是有人替你负重前行。仅仅这一点就让我觉得来到西藏工作很有价值。

在科研工作中，我们申请到了两项自治区和上海市级研究项目，即西藏自治区自然科学基金组团式医学援藏项目——日喀则市藏族泌尿系结石患者相关代谢特征的前瞻性研究；上海市级科学技术委员会科研计划项目课题——西藏日喀则市泌尿系结石规范化诊治培训计划。目前有一篇 SCI 论著发表，两篇中文核心期刊发表。今后半年，我们将继续发扬在科研领域的优势，结合当地高发疾病需求，做更多更好的临床和教育培训方面的课题。

在 2019 年的工作中，我会继续发扬前辈援藏干部的奉献精神，在援藏领导小组和党委领导的指导下，在同事们的配合下，让工作更上一个新台阶。一是进一步推进科室人才梯队建设；二是继续保持目前临床业务的量，并推进质的提高；三是改善临床运行质量；四是保持科室教学、科研发展的良好势头。

不悔的选择　奋进的征程

上海交通大学医学院附属第九人民医院　汤政德

时光荏苒，来到雪域高原西藏已经快半年了。回想这半年的经历，收获良多，感触也良多。

以前对西藏的印象，是通过电视、书籍、网络了解的。脑海中展现了雪域高原的秀美景色、藏传佛教的神秘和朝圣百姓的虔诚。为此，有了一份西藏情结，一直想要来西藏看看。

记得刚得知自己要援藏一年时，心里既期待又忐忑。期待的是终于有机会来这遥远、神秘的雪域高原了，实现自己的愿望；忐忑的是自己是否能适应高原的环境，顺利地开展工作。随着进藏日期的临近，进藏之行成了妻子和父母日常关心的内容，高原反应、饮食习惯、身体状况……成了他们每天谈论的话题。

2018 年 7 月 15 日，带着亲人的挂念、领导的关心，开始了我的援藏之旅。当飞机抵达机场时，我们受到了日喀则卫生计生委和医院领导的热情接待。看着手中洁白的哈达、头顶的蓝天白云、四周的巍巍群山，当时既紧张又兴奋。到达的第二天，传说中的高原反应如期而至，开始感到胸闷气短，头痛，恶心，腹胀、腹泻，夜间失眠，走平路就像爬山一样气喘吁吁，血压升高，心率维持在 100 次/分以上，血氧饱和度 75%～83%……经历近一周的调整适应，我们终于适应了高原生活，开始投入日常医疗工作中。

日喀则市人民医院是一所设备先进、流程科学的三级甲等综合性医院。在援藏专家和日喀则市人民医院超声科同仁的努力下，2017 年超声科顺利通过了“三甲”评审，各方面有了明显的进步。科里的机器设备得到了更新，但是人员的配备相对不足，整个超声科有 6 名医生，承担了平时门急诊患者和体检任务以及危重症患者床边出诊的检查。另外，还要排夜班值班。平时工作相当繁忙。

通过两周的调研熟悉，我发现在日喀则心脏超声检查上，检查主要停留在对影像学的描述，缺少具体量化的评估测量数据，对临床医生诊疗尚不能提供有效的信息；在就诊流程上，预检没有按不同检查脏器有效分流患者，使得一些腹部检查空腹的患者等待时间过长；本地医生对心脏超声检查的理论知识、经验和自信心不够……针对调研所发现的问题，与本地主任协商后，制订了超声科科室发展计划，参考上海超声质控标准，进一步规范超声检查的操作标准化流程及报告书写规范化；在患者候诊上，进一步优化流程，将心脏超声检查等不需要特殊准备，且检查所需时间又长的项目进行分诊与预约，减少空腹患者的等待时间，合理安排检查顺序，提高医生工作效率，做到方便患者，有序候诊。

对于本地医生对心脏超声检查的理论知识、经验和自信心不够的问题，我参加了“组团式援藏医疗人才帮带”活动，与超声科 4 位本地同志结为帮带关系。在科室人员短缺的情况下，坚持每月安排一名学员跟学。学员的学习积极性很高，经常放弃出夜休的时间跟学。通过建立微信带教群，将心脑超声的理论知识传授给学员。在实际工作中，我要求学员不懂就问，不会就学，鼓励学员多上手独立操作检查，指导检查过程中碰到异常征象时的检查思路和注意点，增强学员实际的操作能力。通过“我做你看，你做我帮”的手把手带教，指导学员把已学到的知识和技术应用到日常临床工作中。由于西藏是高海拔地区，低压低氧，先天性心脏病和肺动脉高压的发病率较高。在平时工作之余，我通过网络查阅了许多相关文献，对相关的专业知识进行了巩固，也学习到了许多新的知识，并将最新的诊疗规范、指南与学员们分享。让他们了解目前对这些疾病的诊断手段有哪些、其他检查的优劣、主要的诊治原则、观察随访的重点等。经过半年的帮带工作，各位学员已熟练掌握心脏彩色多普勒超声检查规范化测量技能及正确报告书写，提升临床诊疗对超声心动图数据的信任度，为将来的工作打下坚实的基础，实现从“输血”到“造血”的转变。

在院领导的支持下，建立了日喀则市人民医院—上海市第六人民医院远程超声会诊中心，背靠上海大后方，利用“互联网 + 医疗健康”模式，并正式进行了多例实时远程超声会诊，解决了平素碰到的疑难杂症，实现了部分疑难重症患者的异地会诊和本地治疗。

作为组团式援藏医疗队队员，在节假日和业余时间，我多次参加下乡巡诊、福利院送医、送药活动及深入周边地县卫生院进行调研，并参加当地广播电台的《健康讲坛》节目，加强超声检查知识的科普宣传。

高原工作的确不易，当每天检查完患者，组织每一次科里业务学习，讲课后都会觉得很累。当看到藏区患者那一张张淳朴、善良、面带感激的笑脸，所带学员们信任尊重的目光时，会觉得自己的付出是值得的。因为自己的真诚获得了藏区同胞们的友谊，自己的工作得到了藏区同事们的肯定，实现了自己的人生价值。最后感谢我的家人、朋友和后方医院的支持！我相信援藏这一年的经历，将是我人生宝贵的财富。

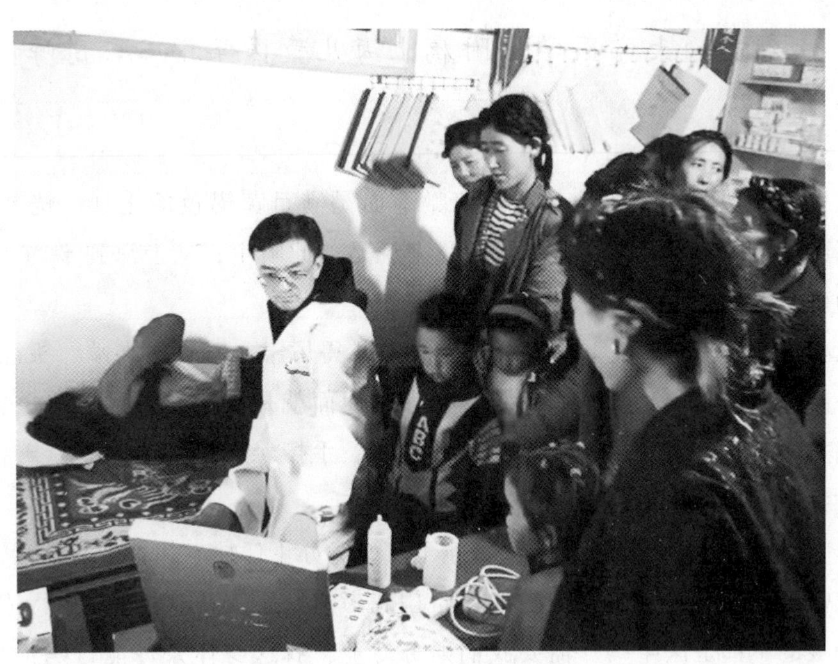

像梦一样　却如此真实

上海交通大学医学院附属上海儿童医学中心　陈峰

飞机窗外是洁白无瑕的云层，俯瞰地面是满目黄褐色的土地。恍然若梦，这就要到日喀则了吗？神秘的高原对我来说是如此陌生，从上海到平均 4000 米海拔的西藏，内心忐忑而茫然。

从机场托运行李转盘上搬下行李箱，心跳得厉害，感觉有点喘，头涨涨的，这就是高原反应吗？和队友们出了候机厅，迎面就是灿烂耀眼的阳光。当地卫生计生委领导和队里几位领队来迎接我们了，手捧着圣洁的哈达。看着他们的笑脸，我内心一下子感觉如此真实和放松。

时间转回到 2018 年 5 月 24 日，刚下班，党办主任杜老师打来了电话，说上级组织需要安排一名财务人员援藏，希望我考虑一下尽快回复。援藏？单位里几批援藏的不都是医生吗？需要我们财务专业？我这身体条件能行吗？大家都知道我有痛风、肾结石、轻微高血压、高血脂、鼻腔术后感染不畅通。可是我是财务科不多的男同志，又是支部书记，组织上需要我，我就应该挺身而出。我和杜老师说回家和妻子商量一下，明天尽快回复。没想到和妻子商量后，妻子没有丝毫犹豫便同意我去援藏。她说："我也是共产党员，理解支持你的决定，只要你注意安全，相信你能完成任务，家里放心，有我。"听着妻子的话，我鼻子一酸，眼泪差点流出来。双方父母都已经七十多岁，家里女儿今年正好读小学一年级，还面临着读书需要搬家的困难。平时感觉妻子像个孩子一样幼稚，现在却要在一年里独自扛起生活的压力。接下来的日子过得飞快，体检、组织谈话……7 月 15 日，我与队友们坐上了飞往日喀则的飞机。

进藏后，队友们高原反应明显，血压高、头痛失眠、心率快、血氧含量低。我动作稍快点心率就达到 130 多，血氧含量不到 80%。经过两周的调整，我们就投入了工作中。日喀则市人民医院 2017 年刚刚通过了"三甲"评审。漂亮的医疗大楼、宽敞明亮的候诊大厅，硬件标准丝毫不比内地大部分医院差，其中凝聚了队里领导和上批队员们多少汗水和心血啊！日喀则市人民医院的财务科同事普遍年轻，是一支充满活力的团队。工作上，经过一段时间的了解，发现在平时工作中不缺少制度，就是工作流程上可以优化，把制度规范化，可以把内地好的经验带进来。财务科最主要的岗位有三部分：挂号收费处、出入院处、账务核算处。虽说这里的患者量和内地没法比，每天患者不是很多，但是窗口服务是医院对外很重要的展示精神风貌的岗位。所以，我和当地德吉主任一起进行了一次信息故障应急处理演练，让工作人员能发现工作中存在的问题，引起重视。到了 11 月，还举办了一次财务员工劳动技能操作比赛，各个岗位的员工都积极参与，勇于挑战，取得了很好的效果，也得到了院领导的大力支持和鼓励。下一步就是加强全院的预算成本管理，希望可以有当地的业务骨干能到上海短期学习深造。在平时工作中，我深深体会到当地同事们强烈的求知欲和谦逊好学的精神。

除了日常工作，我们医疗队在领队的带领下，利用双休日或节假日参与了许多义诊活动，到了江孜、亚东、吉隆等地，还有日喀则的实验学校、第二福利院。我虽然不是医科出身，不会诊病，但是做着导医和咨询等力所能及的工作，内心充满了自豪和满足。看着漂亮的实验学校和第二福利院大楼里孩子们无瑕的笑脸，深深为祖国自豪，不管边疆多远，在祖国的大家庭里都能得到最好的照顾。曾经在医院候诊大厅被藏族就医同胞背后呼唤了一句“安吉拉”，当时我内心莫名的悸动。是啊，我们就是西藏同胞的白衣天使！我们一定不负中央所托，为了西藏的医疗事业发展贡献自己的绵薄之力。在进藏两个多月后我体检出来肺高压达到 63mmHg，其实身体已经不适应高原，要回上海。但是我想坚持一下，我不能留下遗憾，我要和医疗队兄弟在一起。在队里领导和上海母院的关心下，我坚持多吸氧，用呼吸机和抗高原反应药，一个月后复查，心脏奇迹般地大幅好转，肺高压降到了 40mmHg，这里果然是神奇的高原。

海拔三千八，这里是我的家。
美丽的日喀则，我为你牵挂。
你在世界之巅，你在珠峰脚下；
雅鲁藏布江，流淌着你的期盼；
卡若拉冰川，挺立着你的坚强。
那盛开在雪山顶上的白云，
是你敬献给世界的哈达。
阳光灿烂，日喀则我的家，
走到哪里都不能把你放下。

相信所有援藏的医疗队兄弟都熟悉这歌词，优美的旋律流淌在我们的心里。虽然援藏才过半年，但我已经对日喀则有了感情。“一次援藏，一世藏缘”，这是所有援藏人的心声啊！不管我能为祖国援藏事业做出多大贡献，这是我人生一段无悔的经历。我想等我女儿懂事了，我能自豪地对她说：“爸爸曾经援过藏！”

一次援藏　一世藏缘

上海市第六人民医院　刘闻欣

该不该援藏？这一点，对于常人家庭答案一般都是两难的。而我是幸运的，我背后有一个全力支持我的家庭，这是带给我力量的源泉。对于家人积极的态度，我只有欣慰与感动。另外，我有过十几年的预备役部队经历，而且目前依然挂职预备役少校军官。这解不开的部队情结，像是一个命中注定的扣，将参军的经历与西藏情结相连接。因此，西藏注定要在我的生命里出现。当上海六院骨科宣布了2018年的援藏任务时，我在第一时间主动递交了申请。我始终觉得，生命不应该局限于一个层面，就算有了家庭、有了孩子，也应该尝试再去做一些不一样的事情，让人生再多发挥一些价值。而这一次，我预感到，援藏就是我关于“生命意义”的另一个里程碑。

对于每个不曾到过的人而言，西藏都是一个非常神秘的令人敬畏的地方。如果没有这次援藏任务，也许我这一辈子都不会来到这个世界之巅。我想象中要去西藏的那一天，一定是要做好充分的身心准备，万事俱备的一种状态，而现实并非如此。从我争取到这项援藏任务那天起，就开始了一系列紧张的流程：严格的体检，组织部谈话，口服红景天，提前准备大量进藏所需的药物（安眠药、止痛药、降压药、降心率药、感冒药、腹泻药……）。

飞机缓缓地降落到日喀则机场，我们终于踏上了西藏这片神奇的土地，来到上海援藏医疗队驻扎地——世界青稞之乡日喀则。不曾想到才刚开始，就遇到了种种挑战。大多数队员开始相继出现头痛、头晕、失眠、腹泻、食欲下降、血压高、心率快等高原反应。上海援藏医疗队组团办及日喀则卫生局领导对此高度重视，专门给了我们医疗队三周时间来调整身心状态。

三周后，队员们的身心情况基本上调整到一个相对正常的状态。虽然还有很多身体上的不适，但兄弟们还是义无反顾地投入了日喀则市人民医院的临床工作。从进入真正的临床工作开始，语言的沟通不畅、风俗习惯的不同、文化背景的差异，一个个都成了摆在面前的难题。我虽然有着十几年的骨科运动医学临床经验，但在这样一个新环境里，一切都得重来。关于这一点，我与当地医护人员的磨合没少走弯路。但当人与人以真诚的状态相处时，许多事情就显得没那么困难了。在我看来，最好的管理模式就是“将心比心，以身作则”。通过互相协作和临床带教，当地医护人员的专业技能得到了很大提高，而团队之间的距离也更近了。团队有了凝聚力，那就无坚不摧了，我和当地医护人员一起成功开展了日喀则市第一例关节镜手术，翻开了日喀则市人民医院骨科史上崭新的一页。

人与人的相处，就是一场彼此走进对方人生的过程，这个过程无论长短，都是一场生命的邂逅，注定会在你的生命里留下深深浅浅的印迹。在日喀则市人民医院的工作生活，就像生命最柔软时光里开出的一朵花。当地医护人员大部分是藏族人，他们有着最纯洁、最炽热、最真诚的情感。工作与生活的朝夕相处，让我们如亲人一般。

进藏虽然才短短五个月，但对我而言，这是生命里珍贵的时光。这里遇见的所有人，经历过的所有事，宛如一个时光机，拉长了我整个生命的长度和宽度。西藏故事，就像我生命里浓墨重彩的里程碑，无论走到哪里都是最珍贵的动力。

对所有的援藏人员来讲，援藏的这段时光，于每个人的家庭而言，一定是一种奉献与付出，但用心程度的不同，个人的锤炼和收获就大不一样了。多一份用心，除了让自己的人生多一份增值，更多的是希望自己的微小力量能为这片土地以及为生活在这片土地上的人们带来一丝丝不一样的东西，而这就已经足够。当某天我们援藏医疗队的所有人离开了，我希望现在教给大家的东西能够成为当地人把这里的医疗建设得更加完善的工具，毕竟这里是他们的永恒家园。

对于一个援藏者而言，一次援藏，一世藏缘。这种情缘更多地来源于质朴的西藏百姓成倍反馈给援藏者的爱。而我们的援藏故事，也还在继续。这些点点滴滴的故事，都将成为所有援藏者生命中最柔软、最温暖、最有力的深刻印迹，激励着每一个向阳而生的人。

曾经以为一年是一段漫长的时间，如今恍惚间已过了三分之一。5个月中，西藏，这片神奇的土地带给我的东西，将成为我铭刻一生的印迹，激励我无所畏惧地前行。她也让我深刻体会到：援藏不是镀金的天堂，而是千锤百炼的熔炉。

服务社会　实现自我

上海市第六人民医院　许修

入藏之日，在飞机上俯瞰西藏，见山峦沟壑，大开大合，如鬼斧神工，浑厚雄壮，完全不同于平原地区的精雕细琢。在这样的山水之间，感受到人之于自然的渺小，心境却变得异常开阔。在崇山峻岭的注视下，在高原反应的警醒下，时刻对自然怀有敬畏之心，脚下的路步步小心，心里的路却越来越宽。

来到日喀则市人民医院已5个月，通过不断的感受、学习、践行，我认识到援藏是一个“服务社会，实现自我”的过程：对社会而言，这是一项服务民族同胞、维护边疆稳定的工作；而对个人而言，这是一次感受祖国壮美山河、了解兄弟民族文化、深度认识自身、不断完善自我的机会。

凭借知识、技能和一腔热血，书生亦可报家国。自生物医学工程专业毕业以后，我一直从事医学装备管理工作。随着临床和医技业务水平的不断提升，对医学装备和相关服务及管理的需求必然日益增长，而这却是本地最为欠缺的。了解情况之后，我认识到自己数年的学习和工作积累必有用武之地。但面对种种问题和困难，我同时备感压力。我鼓舞自己要拿出愚公移山的精神，每天变好一点，一年以后必将大有不同。

首先，在科室树立服务意识和管理意识。医学装备科的工作职责是通过装备管理来服务临床业务。我把我的母院——上海市第六人民医院医学装备处的科室宗旨“通过设备，服务临床；追求卓越，造福公众”引进日喀则市人民医院的医学装备科，让科室成员认识到，我们从事的工作是医院提供医疗卫生服务的一项基本保障，是医院正常运转中不可或缺的一环。每个科室成员都认识到自己是卫生事业中的一分子，是民族团结事业中的一分子；认识到自己所做工作的意义，认识到自身的价值，工作积极性不断提高。此时，工作便不再是负担，日复一日的常规工作便不再枯燥，也会产生更多的创新动力。

其次，着手科室成员基本工作技能的加强。由于科室成员多数比较年轻，工作经验较少，因此计算机操作、办公软件使用、文案写作、交流沟通等基本技能有待加强。除了采取发放相关学习资料、开展专题业务学习等措施外，我还借鉴上海部分医院的模式，将所有临床科室在科室成员之间进行相对均衡的分工。他们作为装备管理的第一线，与临床科室负责交流沟通，并第一时间尝试解决问题。与临床科室相关的文案写作等工作也由相应的分管人员完成，然后由科室负责人修改，在学习中提高，在践行中巩固。

同时，在日常工作中，我注重不断提高科室成员的专业能力。由于专业不对口、从事临床工程时间短等因素，科室成员在医学装备管理的法律法规、管理方法、基本原理、临床应用、维修维护等专业知识和专业能力方面比较薄弱。对此，我们进行了专项业务学习。更重要的是，将专业能力的培养融入实际问题的解决过程中。面对医学装备在准入、使用、维修等环节中出现的问题，我与科室成员共同探讨解决问题所依据的法律法规、管理制度、设备原理、临床效果等，并一起制订解决方案。同时，我带领科室成员亲临设备现场，演示设备调节、故障排除、沟通技巧等。

经过几个月的努力，科室成员可以独立写出一份工整的汇报文件，做出一张清晰的数据表格，合作完成一份漂亮的幻灯片，写出一套合乎标准的技术参数，顺利组织一次院内招标……一位同事跟我说："原来我们都不敢碰设备，就怕碰坏了；现在发现有些问题解决起来没有那么难，设备也没那么容易坏。"看到他们的进步，我由衷地为他们感到高兴。

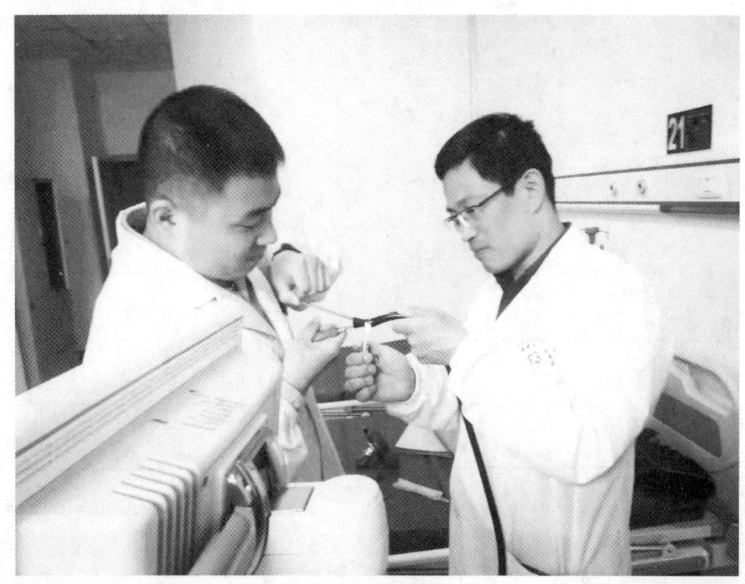

援藏医疗队的兄弟自入藏以后捷报频传，在医疗新技术开展发面填补了多项空白，创造了很多个日喀则首例、西藏首例乃至全国首例。患者出院时千恩

万谢敬献的哈达，是对医护人员工作的肯定，是民族团结的象征，也是边疆稳定的基石。作为医疗队的一分子，我为他们取得成绩自豪。我也告诉科室成员，作为医疗设备的保障部门，医疗前线取得的成绩，也包含着我们的默默付出，这便是我们的价值所在。我们有幸作为一分子参与医疗卫生、民族团结、边疆稳定等伟大事业，应该感到无限荣光。

感谢援藏，让我的所学所长有更大的施展空间，给了我更好地报效祖国的机会。

我的援藏故事（三十五）

上海第一妇婴保健院　胡孝辉

时光飞逝，入藏已经 4 个多月。入藏的这些日子里看了很多、听了很多、做了很多，感悟也颇深。

首先，气候。这里除了海拔高氧气少，气候变化也是泾渭分明。我们来的时候 7 ~ 9 月份正值雨季，每天晚上雷打不动下一夜的雨，白天雨停，气温恒定在 20℃上下，没有上海的那种桑拿天，我觉得自己来到了避暑天堂。道路两侧柳树、杨树像内地一样枝繁叶茂，空气中氧气还算充沛，如果不做剧烈运动感觉不到缺氧。进入 9 月份，雨水戛然而止，空气也开始变得干燥起来，树叶郁郁葱葱，空气中还弥散着格桑花的香气，人体感觉舒适度还算可以。进入 10 月份，气温开始降低，树叶逐渐变黄飘落，让人感觉一下子进入了冬天，空气变得更加干燥，氧气也一下子少了很多，每天需要吸氧的时间越来越长，早上起来鼻子里总是塞满混合了血液的一团一团的鼻屎，有时候一个喷嚏可以看到整个洗脸盆上都是星星点点的鲜血。进入 11 月份，依旧没有下一滴雨，风变得大了起来，空气中到处弥漫着沙尘，气温持续降低，晚上出门感觉风像刀子一样吹在脸上。

其次，人民。我们 56 个民族组成了一个大家庭。没有来西藏之前，我对藏区、藏民没有一个感性的认识，对西藏人民，特别是后藏人民（泛指日喀则、阿里等藏区）的生活状态、幸福指数没有什么了解。经过这几个月的生活与了解，我感觉到，藏区人民的生活很幸福，国家投入了大量的财力、物力和人力来支援西藏的发展与建设，使西藏人民的生活水平发生了天翻地覆的变化。国家不会让任何一个藏族同胞没有房子住、没有饭吃。一片草地、一箱啤酒，有或者没有牛羊肉，他们就可以坐到一起唱歌跳舞，欢快一天。他们就像生活在天堂一般无忧无虑。他们看淡生死，认为死了以后也会转世过上新的生活。所以，这里的医疗环境特别和谐，内地的医闹这里基本看不到。我还感觉到藏区的人民生活也是辛苦的，藏区的医疗水平、交通水平和内地相比相差几十年，县里乡里的藏族同胞来市里看一次病要跋山涉水走一天或者两天。这里的医疗水平和内地还是有一定差距，缺医少药的情况依然存在，很多在内地可以治愈的疾病在这里都无法治疗，需要转入内地治疗或者等待死亡。

最后，工作。作为一名医疗组团式援藏队员，在来藏之前心里忐忑不安。在上海，我只是一名普通的医生，在自己的岗位上做着普通的工作；来藏以后，我头上戴着援藏专家、科室主任的光环。刚开始听到科室里的同事叫我老师、患者叫我专家心里还觉得发虚，觉得自己的水平达不到这个称号。然而当自己融入了这个医院、这个科室以后发现我还是有很多地方可以帮助他们，我还是有一些技术可以传授给他们的时候我的内心稍微安稳了一些。这里的“诊疗常规”和内地、国际是不一样的，他们按照口口相传的常规方法治疗患者，用内地早已淘汰的方法进行引产，这有他们自己的特色，也是这里缺医少药的条件下形成的诊疗常规。刚来科室，看到这些常规，本想把上海的一套引产、产程观察引进过来。后来，经过进一步的了解以后才深深体会到，如果引进上海方法，这里的医生、护士远远不够。他们在目前现有人员、现有设备情况下没有出现大的医疗事故已经难能可贵了。但是这里有些疾病的诊疗确实不够规范，经过规范以后能够进一步降低危重孕产妇和围产儿的死亡率，一些新的技术引进以后能够更好地造福当地百姓。

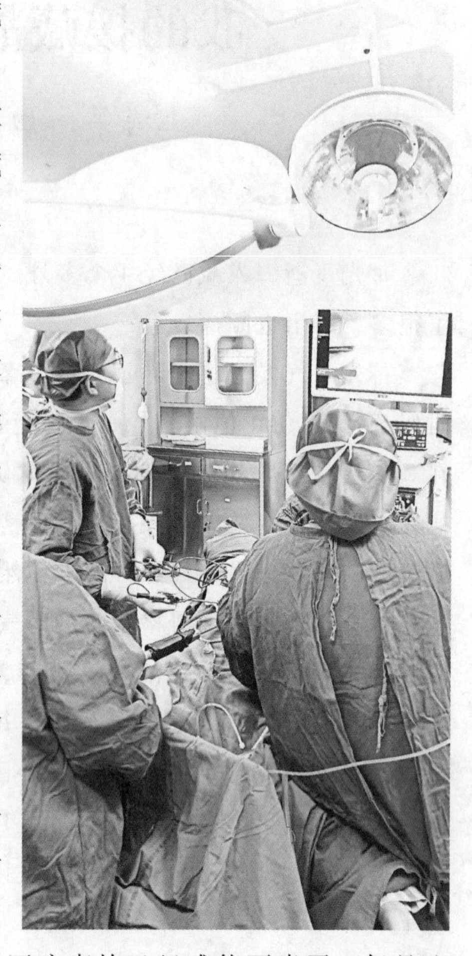

经过这几个月的工作和生活，我觉得接下来的几个月我的任务更重、责任更大，我有义务将自己的知识和技术毫无保留地留在这里，为藏区百姓的健康贡献自己的绵薄之力。

卫生援藏　授人以渔

上海市儿童医院　李廷俊

从上海到日喀则除了有近万里之遥外，日喀则大气压只有上海的60%，空气密度只有上海的65%，氧浓度只有17%，只相当于我们在上海呼出气体中的氧气浓度！然而，即便是如此恶劣的环境，依然有一批人义无反顾地离开上海熟悉的工作生活环境来到日喀则，只为这里的医疗卫生水平能够与内地缩小差距，只为这里的孩子能和内地的孩子一样健康成长。他们中有2014年起援藏三年的上海市儿童医院杨晓东主任，2017年来援藏的宋之君医生，2018年来援藏的李廷俊医生，他们都有一个共同的标签：上海市儿童医院医生。来到日喀则之后，克服一切困难，和后方母院一起倾力援助日喀则市人民医院儿科的学科建设，得到了日喀则市人民医院领导、科室医护人员的高度赞誉与认可。

4年时间里，儿童医院的援藏医生手把手教会了当地儿科同仁进行气管插管、心肺复苏、机械通气……在2017年11月正式组建了自治区首家无陪新生儿病区。科室成立以来指导当地医生完成了数以百计的窒息新生儿的复苏工作，成功抢救数名超低出生体重儿，在雪域高原创造了一个个生命奇迹，为自治区的“两降一升”工作做成了令人瞩目的成绩。

伴随着新生儿抢救技术的提高，普儿内科的危重症抢救水平亦有大幅提升。在援藏老师的带领下，科室同事利用各种形式，学习各种诊疗指南、诊疗常规。所有的付出都会有收获。从高原性心脏病的规范化治疗，到脓毒症休克的集束化治疗，一个个危重症患儿得以成功抢救，以前不敢治、不能治的病例，在如今的日喀则市人民医院儿科都有成功的案例。伴随重症肝炎、脓毒症休克、重症肺炎伴呼吸衰竭、硬膜下出血伴惊厥持续状态、扩张性心肌病伴左室内血栓形成等患者的治愈出院，不仅历练了日喀则市人民医院儿科的医护团队，也提高了藏区居民对当地儿科医生的信赖。

当然作为医生，我们只能救治有限的患儿。援藏以来，我们发现在日喀则市，儿童常见多发病依然是贫血、肺炎、腹泻、佝偻病，这和内地20世纪七八十年代的病种相似。借助于内地成功经验，我们着力于公共卫生健康宣传工作，除了至电台利用广播传递育儿健康知识外，还在儿科病区建立了一个儿童图书角，定期开设家长学校，均由当地藏族的医护人员用藏语授课。截至目前，已经开课6期，培训家长180余人次；同时利用周末休息时间，带领科室的医护人员到学校、社区进行义诊；举办了儿童健康知识讲座、儿童基础生命知识培训，共计惠及约500人次，获得社会各界好评。同时，我们也通过一次次公益活动让日喀则市人民医院的儿科医护人员树立了“公益仁心”理念，体验到“为儿童服务就是幸福”的精神。这也是有着81年建院历史的上海市儿童医院的宗旨。如今，在几任上海市儿童医院援藏医生的影响下，也在雪域高原的日喀则播下了“为儿童服务就是幸福”的种子。我们期待更多获得健康后儿童纯真的笑脸，就像格桑花那样绚烂。

不忘初心　牢记使命

上海市第一人民医院　石广森

日喀则，位于祖国西南边陲，平均海拔在4000米以上，由于受到特殊的地理位置、气候条件和历史原因等因素的制约，长期处于缺医少药的境地，医疗卫生事业发展一直处于全国较低水平。

开展医疗人才组团式援藏是党中央的重大部署，充分体现了以习近平同志为核心的党中央对西藏各族干部群众的关心关怀，具有巨大的政治意义和现实意义。作为奋斗在对口帮扶最前线的一员，在过去半年的时间里，我对当地的医疗情况进行初步考察，因地制宜，努力提升日喀则市人民医院眼科的诊疗技术、医疗服务和管理水平，助推医院机制改革，为早日赶上内地平级医院眼科的水平，为实现“大病不出藏、中病不出地市、小病不出县乡”的全覆盖目标努力奋斗。

初到遇高原反应

2018 年 8 月 19 日，星期日，我肩负着上海市第一人民医院党委领导、眼科全体医护人员的深情厚谊和支援西藏的一腔热情，经过 6 个多小时的航行，来到了万里之外的西藏日喀则，即将开展为期 1 年的援藏工作，内心激动不已。

一下飞机，我不禁震撼于眼前的这一切，耀眼的阳光、清澈湛蓝的天空，大片白云仿佛触手可及。刚走出接机大厅，就被献上洁白的哈达。看到他们淳朴的笑脸，我深深感受到了浓浓热情。我暗下决心，一定要尽快熟悉环境，抓好专业业务，做好传、帮、带，不辜负藏区人民。

来到西藏第一周，对于我来说，排在第一位的困难就是高原反应。日喀则市平均海拔4000米以上，初到雪域高原，难免会不适应，没过多久就产生了高原反应，呼吸困难、胸闷、头痛、心慌。来之前，很多亲友同事给我传授过高原反应的经验，我自觉也做了比较充足的准备，可是纸上得来终觉浅，真正经历了方才明白个中滋味。日喀则市人民医院张浩书记和路彦钧副院长告诉我，这是到达高海拔地区出现的正常反应，一定要克服恐惧心理，少活动，多吸氧，注意保暖，很快就会克服高海拔、低气压对身体的挑战。先期抵达其他医院的同志也把他们的经验告诉了我。听了他们的解释，我逐渐放下心来，果然缓解很多。到了晚上，好不容易睡着，不一会儿又出现了胸闷、头晕等症状，直到长时间吸氧之后才缓和下来，渐渐睡去，睡梦中梦到了自己的女儿，看到了她画给我的画，希望我平安顺利归来。

第二天，高原反应又袭。不同的人可能有不同的高原反应，我主要的感觉是呼吸困难、胸闷、心慌，尤其是头痛。白天的时间虽然难以消磨，但也没有太多焦虑，晚上才是真正的考验，每晚都得辗转反侧数小时后，极度困乏才能入睡，可不久就会因不适而醒来。我想着：我是眼科的唯一代表，不能因为我个人的问题而拖累了整个援藏医疗团队的工作进程。我努力让自己平静下来，结合别人以往的经验，少说话少走动，基本就是卧床、静坐和慢走，坚持吸氧，依靠口服止疼药、思诺思等药物，睡眠质量果然提高上来。这一周虽是煎熬，但功夫不负有心人，一周后，高原反应终于得到了明显的缓解，发现它也只是“纸老虎”，不过如此。

做好“传、帮、带”

医疗援藏，重点在人才培养。“传、帮、带”以“接地气，跟形势”为理念，以“教、学、会、用、传”为目标，结合实际情况和实际需求、因人而异开展多种形式的培训。采取“带徒弟”“带骨干”的形式，我与科室骨干医护人员结成“一对一”“一对多”的带教关系，手把手进行人才培养。已与三位眼科医师签订帮带协议，计划用一年时间培养三位医生达到合格的眼科住院医师和主治医师。

帮带老师并非仅限于援藏医生本人，上海市第一人民医院也将向受援地区医生敞开怀抱。在实际教学中，我开展教学查房60余次、业务培训和手术示教100余次，组织疑难病例讨论近300人次。除了以教学查房、手术示教、科室座谈等方式带动当地医生学习，我还积极搭建上海市第一人民医院与受援医院患者诊治技术交流合作平台，通过远程教学、网络会诊等多种形式帮助当地医疗技术人员提升独立开展手术和诊治疑难杂症的能力。定期选派优秀业务骨干到内地进行学习交流，拓宽知识面，增强业务水平和科研能力。本年度，选派眼科扎西拉姆医生到上海市第一人民医院学习，为期3个月。该医生在学习期间由不同亚专科学科带头人和骨干进行带教，针对日喀则市眼科特点和不足进行针对性培训，受到进修医生和受援医院的认可和好评。在援助日喀则市人民医院眼科的过程中，我努力推进由“输血供氧”向“造血制氧”的转变，努力打造一支“带不走的眼科医疗队”。

立足本职“建深情”

时光如梭，岁月荏苒。弹指一挥间，半年的时间即将过去，我深深明白，来日喀则市人民医院支援医疗事业不是来享清闲的，而是要勇于担当，甘于吃苦，深入一线服务群众的。目前，眼科包括我在内，仅有5名医生，需要承担该地区眼科门急诊和病房工作。工作十分繁重，加上高原缺氧，我时常累得喘不过气来，感觉身体非常吃不消，但看到患者们充满了信任和尊敬的眼神，以及解除病痛的渴求，我身体的不适仿佛也缓解了很多，立刻投入紧张的工作中。在这里，我与当地医护人员结下了深厚的情谊。在尽快熟悉和掌握了医院整体情况尤其是眼科专业的情况以后，我认真履行自己的工作职责，建立健全医院规章制度和开展新业务新技术10余项，为1200余名患者解决病痛，指导和带教手术30多例，会诊130余次，用掌握的医术治愈藏区百姓，用最大努力为日喀则患者看好病、服好务，赢得了患者及家属的认可。

义诊“献爱心”

日喀则市交通状况较差，从日喀则到县区的公路都是在陡峭的山谷中穿行，随江蜿蜒，曲曲折折，仅容两辆车相向而行，一侧紧靠着高耸的大山，另一侧则是悬空的，又称为“沿山公路”。从车内向外看，道路上也到处可见散落的石头，大小不等，行车需要十分小心。在一些特别危险路段沿山建有铁网，铁网内落满了大小不等的石块。公路两旁全是裸露的风化岩石峭壁，比较松垮，稍微大一点的风和雨水就会让山石滚落到马路上，自身安全好像需要寄托于运气，让人难免产生不安。

然而，对于组团式援藏医疗队队员来说，这些都不能阻挡心中“献爱心、公益心”那团炽热之火。每个月都会利用节假日或周末休息时间到日喀则市偏远区县进行义诊，为日喀则市老百姓开展送爱心活动9次，行程超过5000公里，最远时往返驱车超过1000公里。作为援藏医疗团队中唯一的眼科代表，我每次都参加了义诊活动。

在义诊过程中，发现当地人民普遍缺乏医疗常识，病患常常因为得不到及时诊治而加重病情，这也与当地医院医疗水平落后有一定关系。但患者一直用充满信任和尊敬的眼神看着医生们，尤其是医疗团队的专家。这时，我脑海里只有一个念头：要尽全力帮助他们解决病患，希望通过我们的努力能使当地的医疗水平和人民群众的就医意识上一个新台阶。义诊后，医疗团队专家多次针对当地医院现状进行讨论。专家们各抒己见，运用最新的管理理念和医疗技术，结合各县人民医院的实际情况，提出多项可行的建议和方案，得到了各县人民医院领导的一致认可和高度赞许。

“树形象”

时刻与中央保持高度一致，自觉遵守政治纪律和政治规矩，旗帜鲜明地反对分裂，学习贯彻“科学发展观”的活动，并仔细阅读相关学习材料，撰写心得体会。严格贯彻党和国家的各项民族政策，尊重藏族的民族传统，维护藏汉民族的团结。随时注意自己的一言一行，注意团结工作岗位中的少数民族干部，积极同藏族同胞友好交往，用他们能够习惯并接受的方式、方法进行沟通、交流，并主动学习一些少数民族语言以利于工作。一如既往地用自己的实际行动，努力营造良好的工作氛围，为上海援藏干部树立良好形象。

援藏是无私援助，是一种奉献。但对于我个人来讲，更多的是收获大于奉献。收获了不同于在上海市的工作经验，收获了援藏战友情谊。通过援藏期间的锻炼和洗礼，更多的是收获了思想认识和工作能力的进一步提高。

在4000米海拔做急诊

上海市第十人民医院　明强

“丁零零……丁零零……”一阵急促铃声把我从睡梦中吵醒，我翻了个身，努力睁开眼，瞅了一眼闹钟——凌晨2点10分，原来不是闹钟响，是电话。

“该不是……”我心里嘀咕着，接通了电话。

“明老师，急诊来了个胸痛的患者，您看一下群里的心电图。”是德吉主任的电话，我应了一声，赶忙挂掉电话，点开我们的胸痛中心微信群。

急诊医生发了一张心电图到群里，“胸痛10小时，36岁男性”，点开心电图一看，前壁导联ST段斜型上抬，急性前壁心肌梗死诊断无误。看来今天又要做后半夜急诊了。我在群里回复，“前壁心梗，要做”，然后马上给德吉主任电话。从她的声音中，我听出她很疲倦。要知道，昨天我们做了3台手术，一台还是慢性闭塞病变，手术团队从下午开始一直忙到晚上10点才结束。现在，4个多小时后，又要凌晨做急诊手术了。

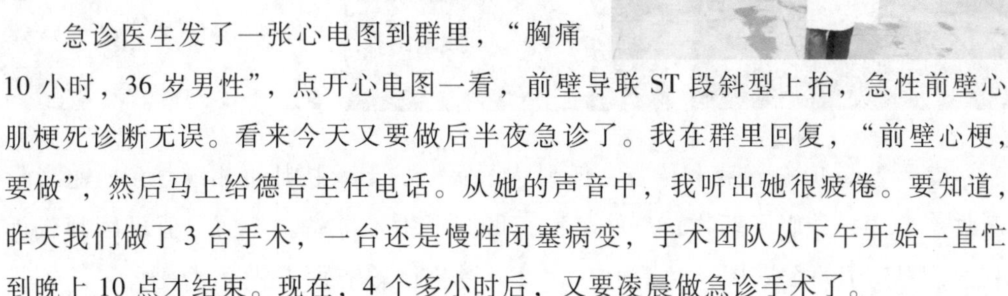

我苦笑着和德吉主任说：“36岁男性，胸痛，前壁心梗，在时间窗内，必须得做啊。”

“嗯，好的，老师，我马上通知技师和护士，我开车来接你吧。”

我放下电话，揉了揉仍然蒙眬的睡眼，拍了拍头，赶紧穿衣服。不一会儿，电话又响了：“老师，我到您这里了，外面很冷，您多穿衣服！”德吉主任好快啊！看来，她在打给我电话之前已经做好出门的准备了。

我匆匆穿好外套，冲下楼来，上了德吉主任的车子。四周的宿舍楼一片漆黑，只有电梯的灯亮着，寂静无声。

这已经不是我们第一次做夜间的急诊了。作为第四批上海组团式援藏医疗队成员之一，2018 年 7 月中旬踏上西藏这片神秘广袤的土地，短期适应高原环境后，摸底情况让我了解到，日喀则市人民医院导管室虽然成立，但是相关流程、配置、制度、管理及手术团队配合仍然存在诸多问题。一台手术，术前准备需要两个多小时，手术过程需要 2～3 小时，胸痛中心无法做到常规 24 小时响应，节假日及夜间的急诊手术无法常规开展。于是马上调整梳理，通过建立导管室制度，护理团队及手术医师培训，导管室常规器械固定布局摆放，多渠道增补导管室配置。一个月后，导管室流程大大改善，团队配合能力逐步提升。8～9月一个多月的时间，完成 8 例 PCI 术，成功抢救 7 位急性心肌梗死患者，手术量超过去年 1 年的 PCI 总量（6 例）。关键是，经过一个月的梳理建制，“24 小时响应的急诊绿色通道”得以在高原常规开展！

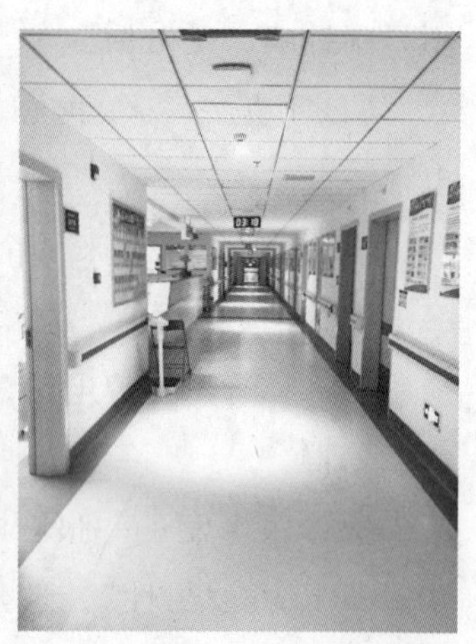

凌晨 2 点 40 分，我和德吉主任到达医院，护士及技师也相继赶到。患者早已收入 CCU，并服了药物，打好了针，做好了手术准备。然而，值班医师告诉我们，刚到了一个家属，对手术有意见，说自己曾有朋友做手术死亡了。于是家属变卦了，拒绝手术！这真是让人懊恼的事情。德吉主任又亲自去和家属进行沟通，谈了很久。七八位家属中，大部分家属不同意手术，而负责签字的患者母亲仍然犹豫不决，事情就这么被耽搁下来。

“时间就是心肌，时间就是生命”，这可是人命关天的事情，我焦急万分。我深深感到在淳朴的民风下，我们的科普宣教是多么重要！现今急性心肌梗死的救治，已经完全不是技术问题，而是体系建设问题，是基层健康宣教问题！我们上海组团式援藏医疗队身负播种知识技术的责任，面对心灵纯净又淳朴的高原藏族同胞，除了治病救人，还有其他事情要做！

我和德吉主任说："我最后试一下吧，您把家属全部叫到办公室，我和他们慢慢谈一谈，您当翻译。"这个时候已经是凌晨 4 点多钟，抢救时间已经耽搁了 1 个多小时。

所有家属围坐在办公室里，我说一句，德吉主任翻译一句。"你们好，我是上海援藏的明医生，来自上海第十人民医院……"我开始慢慢向他们解释患者的病情。

我先向家属们说明了患者所面临的情况，目前心电图、血指标等所有证据都明确指向"急性前壁心梗"。心肌梗死是一种危重疾病，有可能夺走患者的生命。而自急诊冠脉介入手术问世以来，经过多年完善，已经非常成熟，这一技术的普及，已经把急性心肌梗死的死亡率，从过去的 10% ~20% 降低到了 2% ~5% 。但是仍然有一部分患者因病情太重或者是一些并发症而死亡。做了手术后死亡，绝大部分是由于患者本身病情危重，是病情本身导致，而不是手术的原因。

我又和家属真诚地说："患者才 36 岁，是家里的顶梁柱。心肌梗死是非常危险的疾病，救治心肌梗死就是要争分夺秒！早一分钟就多一分把握！这样的手术在内地非常普及，我做急诊很多年，抢救的心肌梗死患者很多，大多数患者因为急诊手术开通了闭塞的冠脉血管而转危为安！救治是一个概率问题，大部分患者经过手术抢救得救，千万不要因那极少数手术后死亡的例子而耽误了正规的救治!"

我再次对患者的母亲说："如果是我的家人遇到这种情况，我会毫不犹豫地选择急诊手术！我们要相信医学!"

看得出患者母亲的眼神由犹豫不定变得坚毅，家属们又商量了好几分钟，终于在凌晨 4 点 40 分同意做手术。

手术团队没有走，大家都不甘心！患者才 36 岁啊，年轻力壮的小伙子，如果不急诊手术，任其发展，即便能侥幸保住性命，心肌梗死也会造成整个左室壁坏死，最终造成左心衰竭。到那时，一个 30 多岁的人的身体，会遭遇一个七八十岁的心脏，走走路就会气喘，以后永远没有生活质量，更别说干活了！那样影响的会是一家人，又何止是一个生命？

手术团队迅速启动，快速转运患者到导管室，于凌晨 4 点 50 分开始手术。整个过程顺利，在 30 分钟内迅速开通了闭塞血管，植入支架恢复了正常冠脉血流。术中显示患者心脏三支冠脉血管中最重要的一支"左前降支"自开口处完全闭塞，非常危险。如果不及时开通血管，极有可能形成心源性休克，加大死亡风险。即便能存活，也有形成室壁瘤发生重度心衰后遗症的风险。

术后，患者的老母亲拉着我们的手，不停地表示感谢，久久不愿松开！我和德吉主任的脸上泛起欣慰的笑容。我摘下为了手术时保持氧气供应的吸氧鼻导管，一起和家属合了张影。

送患者回到 CCU，确认患者术后平稳以后，手术团队才离开。而此时，已经是早上 6 点多了。一台后半夜的手术，由于其中的插曲，变成了通宵手术。

走出医院的大门，我才从紧张情绪中放松下来。此时的天，太阳还没出来，却已经蒙蒙亮了。天际的白光混着天空的蓝，还可以看见依旧挂在天空的月亮。被映亮的路上，还洒落着“日喀则市人民医院”标志带来的暖暖灯光。

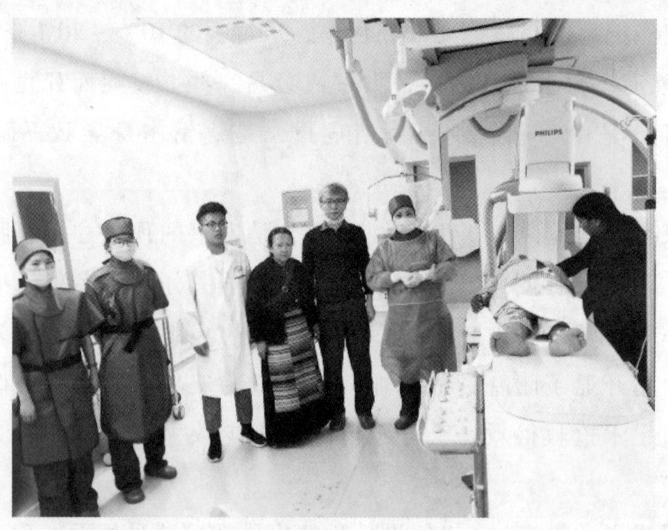

眼前这景色太美了！我一边慢慢走在回宿舍的路上，欣赏沿途的美丽，一边反复地深吸气，以减轻胸口的憋闷感，心里却感到由衷的欣慰。一个生命终于在我们医护人员的努力下转危为安，即便我们一宿没睡，也是值得的。这个手术让我更深切地认识到，在高原地区，胸痛中心建设的意义是如此重大！

24 小时心肌梗死急诊绿色通道的常规建立，给高原胸痛患者提供了有效的健康保障，对我们上海组团式援藏医疗队队员来说，是人生路上非常有意义的一件事情！

建立胸痛中心，建立当地心肌梗死的救治体系，让当地医生掌握独立冠脉介入手术能力，是我们能给高原留下的最好礼物！

为了实现这个目标，我愿意在我援藏的短短一年时间里，竭尽全力！

我的援藏故事（三十六）

上海中医药大学附属龙华医院　顾超

阳光灿烂的周末下午，坐在写字台前，泡一壶茶，听着日喀则脍炙人口的歌曲《日喀则我为你牵挂》，敲动着键盘，回顾着入藏快半年以来的美好时光。

2018 年 6 月，在医院和家庭的鼎力支持下，我克服种种困难，积极报名参加了医疗人才组团式援藏工作，并于 2018 年 7 月抵达日喀则开始援藏工作。

西藏是一个我向往的地方，经常听很多人提及西藏的美景，没想到自己可以在这么美丽的地方工作一年。

当飞机降落在日喀则机场，我终于来到了我向往的地方。天蓝得没有一丝云彩，洁净如地中海湛蓝的海水，这蓝比平时看的要更深、更静、更清，只有这样的蓝才该用“湛蓝”。有了这样毫无瑕疵的蓝天，感觉天更低了，自己离天空是那么近。每天走在日喀则沁入人心的湛蓝天空下，常常忘却了自己，因为美景夺走了心思，只想去感受去享受这样的美。

我工作的科室是中西医结合科，科室中医特色鲜明，每天早晨交班时就会把所有的患者情况整理一下，然后根据不同患者制订不同的中医治疗方案，也是中医因人而异的治疗原则。病房里有各种患者，皮肤病、消化病、脑血管等，对于专科出身的我而言，和科里的同事一起讨论病情，探讨治疗方案，以及各自对于疾病的见解，也是一种提高学习的机会。查完房，临近中午，会接收一些会诊，主要是关于神经内科疾病方面的。好几次在 ICU 会诊，看着患者痛苦的表情，我对自己说，一定要尽全力体现出大医精诚的责任感。看着每次和ICU医生一起让患者转危为安，心中的喜悦无法言喻。下午是学习时间，经常和科里的同事进行小讲课，把最近的病例和知识点进行归纳和总结，让大家在学习中不断成长。对于其他科室一些疑难疾病，多学科会诊也是常态，大家在一起各抒己见，根据患者情况制订治疗方案，对于我来说也是一种学习。充实的一天在病房的患者们一声声“安吉拉”（藏语医生的意思）中完美收官。在他们的心中，我们是白衣天使；在我的心中，他们的淳朴、善良更让我明白自己的使命感与责任感。

除了临床医疗工作外，教学、管理、科研等方面也是我工作的重点。我完善了各项医疗制度和规范操作流程，尤其是诊疗规范和合理用药，定期的教学讲课，把科室的整体诊疗水平提升了一个新台阶，使更多医生具备诊疗疑难病例的能力，使各族群众在家门口享受到了内地高水平的医疗服务。同时，随着一系列中医新技术的开展，提高了科室的技术水平，丰富了治疗手段，更体现了中医特色的治疗方法。为了培养年轻医生，医院让我们援藏医生通过“师带徒”的方式来培养年轻医师。这次我带的是3名年轻医师，大家一起共同学习，共同努力。这半年也见证了他们的成长，其中两位学员顺利通过了执业医师资格考试，2018年11月科室派出其中一位学员赴上海中医药大学附属龙华医院康复科学习。科室在今后将定期派医生赴上海进修学习，以提高诊疗水平。科研是一个科室的发展重点。在大家的努力下，逐步培养和提高科室人员的科研水平与论文撰写能力，如指导科室医生撰写临床有效案例等。同时我也积极申报西藏自治区各级各项课题，如申报西藏自治区科技创新项目，通过这半年的努力，也使科室的科研思路和科研能力有了很大的提升，为今后的科研工作打下了坚实的基础。

这半年的思绪太多，有太多的东西值得回味。正如歌中所唱：海拔三千八，这里是我的家，美丽的日喀则，我为你牵挂，无论天涯海角，把你牵挂。在我的心里，美丽的日喀则就是我的家，我要用心呵护它。说实话，我已经把美丽的日喀则当作我的第二故乡了。

希望自己在今后的日子里，也要牢记使命、砥砺奋进，把医者的仁心大爱在雪域高原发扬光大，把满腔的热情融入西藏卫生事业中，不仅要用自己的智慧，更要用加倍的努力，全心全意书写医疗人才组团式援藏工作的新篇章。

青春无悔　奉献高原

上海中医药大学附属龙华医院　黄伟

2018年7月15日，这是一个非常特殊的日子。作为上海市第四批医疗人才组团式专家，我感到非常荣幸。我们一行20人在上海市卫生健康委的带领下，离开了家人朋友，来到了祖国西南地区一片神秘的土地——西藏日喀则。

西藏位于青藏高原西南部，平均海拔4000米以上。西藏以其雄伟壮观、神奇瑰丽的自然风光闻名。它地域辽阔，地貌壮观、资源丰富。自古以来，这片土地上的人们创造了丰富灿烂的民族文化。上海市卫生系统援建的地方是日喀则市人民医院，海拔3850米左右。在简短而又热情的欢迎仪式后，我们驱车前往宾馆。作为长期生活在低海拔地区的我们来说，未经休整直飞到了3850米的日喀则，还是感觉到了身体的明显异样。一下飞机就真真切切地感受到了高海拔对我们造成的冲击。由于缺氧，我们的身体明显感觉到了异样，呼吸急促、头晕头痛，高原反应的症状都出来了。我没有心情欣赏沿途的美景，更多的是在担心自己的身体是否能扛得住。不过医疗队早已提前做好了充分的保障工作，在我们住宿的地方准备好了氧气、高原药品以及水果等，让我们及时进行休息，调整自己的身体。

进行短暂的休整之后，我就投入紧张的工作中。由于我的工作性质比较特殊，援建的科室为日喀则市人民医院信息科。2018年的项目，有13个之多，加上时间又紧，而且医院整个系统上线只有不到一年的时间，还有很多问题亟待解决。因此，在7月18日我就来到医院了解整个医院的系统架构、系统部署以及运行情况等。

日喀则市人民医院新院区于2017年10月正式投入使用，占地面积180亩，建筑面积8.6万平方米。其中，包括18个职能部门和32个临床（医技）科室，核定床位数700多张，信息化投入3000多万元。信息系统主要包括HIS、LIS、RIS、PACS、EMR等，还有OA、物资、供应室、院感等辅助子系统，整个系统建设得非常全面，机房也是按照相关标准建设，共有10个机柜，安装有独立的精密空调系统、气体灭火系统、UPS不间断电源等。对于一家新建的“三甲”医院来说，前期的系统规划和建设是非常重要的，因为从一张白纸开始画图是最简单也是最有效的，到后期改建可能会影响现有系统的稳定运行。目前主要系统架构是由四台高性能物理服务器和两台存储器组成。由于各种原因没有做成高可用集群模式，存在单点故障。通过系统改造，利用超融合技术做成多副本的模式，保证了数据的冗余。另外，日喀则市人民医院采用了物理隔离的方式保证内外网之间的链路隔离。由于内外网之间存在业务上的数据交互，系统又没有安装可靠的安全设备来进行数据的安全落地，风险较大。通过系统改造，在内网和外网之间架设堡垒机和网闸等安全设备，加强了数据传输的安全，真正做到了内外网之间的数据传输安全。我们通过技术改造的方式，加强了医院信息系统的安全性，根据《中华人民共和国网络安全法》等相关规定，加强系统建设，努力使日喀则市人民医院的信息化系统迈上一个新台阶。

信息化建设是不分国界和地域的。所以，无论是在内地，还是在西藏，信息化的建设标准和工作要求应该都是一样的。信息科作为医院辅助科室，主要工作就是做好临床和行政的后勤保障工作，保证系统的稳定运行，可以让医生、护士等临床一线科室很好地利用信息化这个工具为患者服务。比如，2018年一卡通的上线对于改善患者就医流程，提高服务质量非常重要，不但有效缩短了患者的就诊时间，提高了医生就诊的工作效率，增加了患者的满意度，还为医院管理层的决策提供了支持。“一卡通系统”要求患者进行实名制登记，确保患者信息的唯一性和准确性，为建立数字型和研究型医院，建立大数据平台夯实基础。

在西藏工作的几个月中，通过组织安全讲座等，加强了职工的安全意识；通过“师带徒”的培养，让学员能够独立地分析、思考和解决问题。2018年9月13日，在日喀则市人民医院顺利举行了CHIMA2018医院信息化西部行研讨会（西藏站）的论坛活动。大会围绕大家关心的医院信息化设计、建设、应用、管理，信息安全，人才培养，藏医信息化等话题进行了热烈讨论，希望真正意义上地完成从“输血”到“造血”的转变。

回想着一开始到日喀则的日子，每天回房间后的时间是最难熬的。一个人坐在空荡荡的客厅里面，脑子里想的全是上海的家人和朋友，女儿的影子一直在我眼前晃动。曾几何时，我一直憧憬着牵着她的手，迈入小学校园的场景。那一刻，我应该很自豪。可是，我错过了。我错过了她的入学仪式，错过了她的生日，错过了她的许多许多。当她看到我戴着氧气管和她视频后，她问妈妈：

“爸爸会不会死?”我哭了，眼泪夺眶而出。那一刻我内心有种说不出的感受，真想马上回到她的身边陪伴她。可是我没有。因为我知道，援藏既是一种勇气，也是一种奉献，更是一种收获。

写到这里，耳边再次回响起我们刚来的时候每天都能听到的一首歌——《日喀则我为你牵挂》。正如歌中所唱：海拔三千八，这里是我的家，美丽的日喀则，我为你牵挂。一次援藏，一生藏缘。我会珍惜在这里的每一天，为西藏人民尽一点绵薄之力。青春无悔，奉献高原。

我的援藏故事（三十七）

复旦大学附属眼耳鼻喉科医院　陈维旭

起风了，马路两旁的柳树在风中瑟瑟发抖，日喀则的初冬到了。与内地初冬不同的是，掠过脸颊的风还掺杂着一些雪山的味道。深吸一口这来自雪域的风，闭上眼，脑中闪跳着无数个画面和片段，嘴里默数着时间。来日喀则市人民医院进行医疗援助转眼半年了，这看似飞快的光阴此时突然慢了下来，让我慢慢回味着。

零星的几朵白云懒散地飘荡在这水晶般湛蓝的天上，思绪也随着这缥缈的白云又回到了来藏最初的时光。从踏上神秘高原的第一秒开始，这种雪域独特的气息包围着我，一股对高原的崇敬之情油然而生。自己知道人生一段短暂而又不平凡的旅程拉开了序幕——援藏开始了。

我们这批分布在上海各个“三甲”医院的兄弟20人组成了第四批上海市组团式援藏医疗队。经过几天大家从陌生变成相谈甚欢的好兄弟，这种情谊也冲淡了在异乡的情愁，大家开始在这雪域高原上一同工作、学习和生活。

头晕、心慌、气喘是初上高原的第一反应，克服困难也是开展工作的第一步。经过短暂的适应和调整，大家逐渐投入紧张有序的工作中。医院援藏的张浩书记、路彦君院长、狄建忠院长和龙子雯院长对大家进行了介绍，大家了解了日喀则市人民医院的历史和这几十年的发展，深切感受到国家对西藏自治区人民医疗的重视和关切，深切感受到医院前辈们为之付出的辛劳汗水，也深切感受到西藏自治区人民对健康、对优质医疗的向往。院领导们也给了大家任务和期望，希望大家把薪火相传的上海医疗援藏的接力棒拿好，将上海优质的医疗带到雪域的同时，通过医疗援助和教学支持，提高本地医院的医疗质量，将“输血”变成“造血”，打造一支当地带不走的医疗队，让优质的医疗留在雪域为更多的人服务。

在与前一批援藏队员交接后，我了解了医院口腔科的一些基本情况，在为他们过去一年中洒下的汗水和取得丰硕成果点赞的同时，也暗暗为自己打气，不能怠慢和松懈，要更加努力地为科室发展添砖加瓦。刚开始，对自己的工作还有一点没信心，因为在一个陌生的环境下，可能遇到许多问题，如语言的问题、文化的问题、工作方式的问题等。但是，通过与科主任次旦扎西接触后，发现情况完全不是我想象的那样，藏族主任并不像歌里唱得那样威武雄壮。他文质彬彬，做事朴实又带着儒雅，把藏汉文化结合得非常好，把藏汉文化的优点发挥得非常好，自然与他一起办起事来也是水到渠成；科室中所有同事和睦相处。大家都积极工作，科室里充满着健康向上的气氛。经过近半年的努力，科室的医疗质量、数量和效率都有了很大的提高。

由于地域、交通和信息的关系，日喀则市人民医院口腔科虽然在当地同行中属于佼佼者，但是与内地先进医疗还有一些差距。如何帮助科室提高临床水平？如何帮助科室加速缩小与内地先进医疗的差距？这是摆在我面前的重要难题。经过请教上海我的老师和同行，经过征询当地医生的建议，一次次地整理方案，一次次地修改方案，为科室医生准备理论和临床教学，让他们能更好更快地吸收，辛苦点也是值得的。通过这几个月的讲授，规范了一些临床的操作，提高了医疗质量，在帮助科室同事的同时也提高了自己。套一句广告语：我不是知识的创造者，我只是知识的搬运工。能有什么比跟大家一起进步更愉悦呢？我想没有。

这半年的时间里，我还参加了几次义诊，走进了福利院，走进了学校，走进了基层，看到了因这样或是那样的原因而就医困难的人们，体会着这些人看病的艰辛，一种为他们解决病痛的责任感也沉沉地背在身上。我想这次援藏是一针兴奋剂，它鼓励着我的从医之路，它激发着我的从医担当。

风，似乎小些了，也不似先前那般寒冷了，偶然发现路边的草丛中还有几朵未凋零的紫色小花，那是格桑花。这几朵鲜艳的小花为单调的初冬平添了几分不一样的颜色。看着身旁伴行的兄弟，放眼远处略白的山顶，我想正是这种无私援助的无疆之爱，让这雪域开满了美丽的格桑花。

每个人心目中都有一个自己的西藏

安徽医科大学第一附属医院　裴静

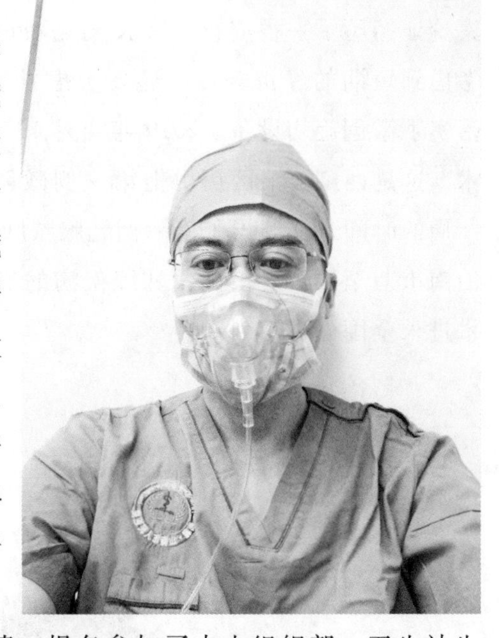

每个人心目中都有一个自己的西藏，圣洁、神秘、敬畏、好奇、神往。西藏是一个人人生之中必定要去的地方。在西藏自治区冈底斯山至念青唐古拉山以南，雅鲁藏布江干流中下游地区，孕育着西藏古文明的发祥地——山南市。山南市是西藏民族文化的发祥地，拥有西藏历史上的诸多第一，被誉为“藏源”。这里平均海拔在 3700 米左右，氧气含量低，大气压只有内地的 65%。冬季来临，每天下午开始就有漫天的飞沙，一直持续到第二年 4 月份，许多山峰长年积雪不融。气候干燥，空气湿度常年维持在 20% 以下。

2018 年 7 月，怀着激动与好奇的心情，报名参加了中央组织部、卫生计生委组织的组团式援藏医疗队，对口支援山南市人民医院。来到这块神秘的圣土，刚下飞机，仅仅觉得头蒙，没有太当回事，还行动如内地。上车以后，同行的同事提醒我，嘴唇发紫发乌，当指氧仪夹在手指上，血氧饱和度显示最低 68%，心率 120 次/分时才意识到，缺氧对于大个子尤其严重，其实胸闷已经出现有一会儿了。吸氧，闭目养神，车窗外的蓝天白云告诉我，这里，多的是阳光，少的是氧气。

接下来将近一周的时间，头痛、胸闷、恶心、呕吐、失眠、鼻出血，这些在网上查到的缺氧反应全出现了。我主动放缓行动，三四天不敢洗澡。每天起床后，由于空气干燥而常见的鼻出血让我房间里离不开加湿器。卧床，吸氧，吃红景天、复方丹参滴丸、阿司匹林、唑吡坦。这些让我渡过了终生难忘的入藏第一周。

深入病房，了解这里的科室硬件、医护人员专业水平以及疾病的发生流行病学情况，是入藏以后的首要工作。对口援建的普外科，因为刚刚才创“三甲”，比较精细的亚专业分科给这里的医生带来了一些新的挑战。经过一段时间调查，我发现山南市的乳腺和甲状腺肿块的患者还是比较多的。但是，这里的良性肿块偏多，炎症发病率也高，恶性肿瘤明显比内地少。结合实际特点，我考虑开展乳腺甲状腺良性肿块的微创切除，及时申报了彩超引导下乳腺良性肿块微创旋切术的新技术、新项目。这个项目，最大的前提就是有微创旋切设备，但是设备的申购却面临一些困难，毕竟这个设备和耗材不便宜。这个设备的考察论证经历了一番周折。院长吴晓莉审时度势，开展新技术新项目，不仅仅要考虑到短期的经济条件，还要考虑社会效应，排除万难，在设备处的努力下，落实了微创旋切设备。2019 年 4 月 12 日，我开展了西藏乳腺良性肿块微创旋切术，这是西藏自治区历史上第一例微创乳腺良性肿块微创手术。紧接着，不到一周的时间，又开展了第一例乳腺脓肿彩超引导下微创旋切置管引流术。从此，山南市乃至西藏自治区，乳腺疾病的妇女有了一个新的微创选择，西藏乳腺手术进入全国先进行列。

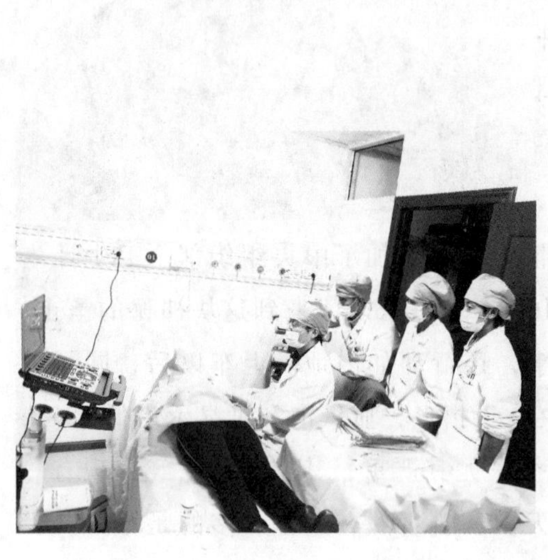

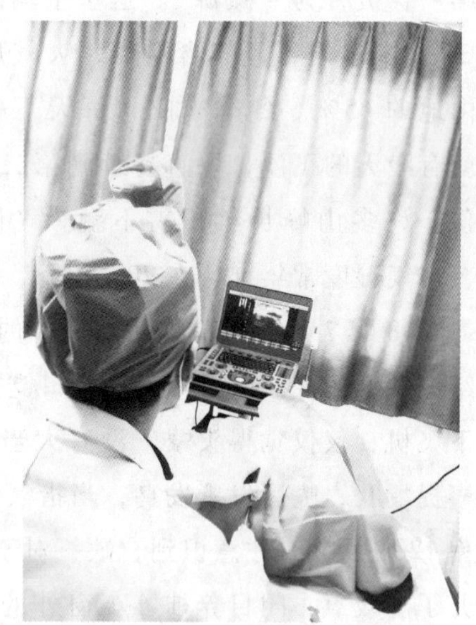

选择开展的新技术新项目不仅要解决目前临床问题，还要具有可推广性和延续性。乳腺肿块的诊断“乳腺肿块空芯针穿刺活检术”让这里的医师在短时间内能够亲自操作，迅速掌握乳腺肿块的诊断技术。

医疗准入制度是确保医疗安全和医疗规范的重要保证。我带领制度科室骨干力量参加全国会议，加入全国专业性学会组织，通过现场、网络培训考核，获得培训合格以及操作资格证书。

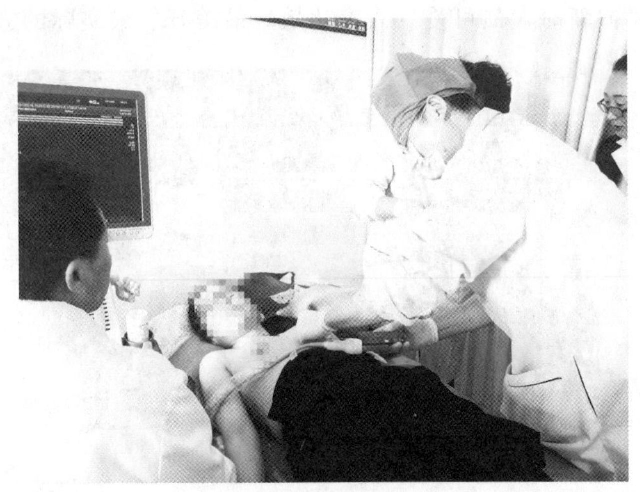

乳腺癌发病率目前是女性恶性肿瘤第一位。它的治疗是以手术为主。规范化的手术治疗，是乳腺癌的患者能够长期存活和提高生活质量的重要因素。通过和科室骨干医师签订“师带徒”协议，我开展了科室讲座、临床查房、手术室手术示范，带领当地医师开展规范化的乳腺癌根治术。

山南市人民医院的病理科关于乳腺癌的免疫组化，目前能做的还不多。我与病理科协调，积极开展了与乳腺癌相关的免疫组化检查，使术后的患者经过免疫组化检查，明确分子分析，做到个体化的治疗。由于缺乏学习指导，这里乳腺癌化疗不规范，以至于山南市人民医院乃至山南市、西藏自治区，一些必备的化疗药物缺乏。我与山南市人民医院以及医药部门沟通，从外地采购相关的乳腺癌化疗药物，使这里的乳腺癌患者能够享受到标准的化疗，让这些患者能够长期存活，生活质量更高。

我们的祖国之所以强大，是因为有许多屯垦戍边的军人。他们驻守在高原边疆，在高寒缺氧的条件下，训练不比内地少，许多官兵身体受伤。进入军营体检是我们医师向新时代最可爱的人表达敬意最美好、最实际的方式。

2018年10月23日起，我参加了山南市人社局组织的山南市2018年度专家服务团服务基层活动，历时半月，和山南市人民医院其他专家，以及农牧、畜牧等领域的专家，深入山南市洛扎、浪卡子、措美、错那、隆子、加查6县及所辖重点扶贫乡镇、村居组织开展专家服务基层活动。

在活动中，我给上述各地县医院医师开展讲座，面对面座谈，深入病房查房，疑难病例讨论会诊等形式，提升各县医院、乡村卫生院医务人员医疗理论以及临床水平。我还深入边远乡村，免费送医、送药，诊治群众常见病和多发病，宣传教育常见疾病预防，切实为广大偏远地区群众解决实际卫生问题，不断提升专家人才服务基层、服务群众的能力和水平。

这里的缺氧环境，使我们不敢过多地剧烈运动，但是随之带来的比较大的问题就是容易发生泌尿系结石。一天下午腰部疼痛，起初以为是疲劳，但是疼痛越来越严重，肾区叩击痛让我意识到，这不是单纯的腰痛。晚上，在援友的帮助下，迅速做了彩超，肾脏多发的结晶结石，掉入输尿管狭窄的结石嵌顿，让我体验到刀割样疼痛的滋味。那晚疼痛的无奈，真有种想回家的念头。但是，我咬紧牙关，用药以后依然坚持援藏初心。

一次援藏行，终生援藏情，这一年的工作是我人生宝贵的财富。我在这里所做的一切只为多年以后，当我回首往事的时候，我会自豪地说：西藏，这片热土！我曾经来过！我曾经工作生活过！那一年是我一生之中最神圣的回忆！

不负韶华　不辱使命

安徽医科大学第一附属医院　姜徽

在家人和亲朋好友的担心、祝福和依依惜别中，我来到了雪域高原——西藏自治区山南市，开启我的援藏之行，期盼着能为藏民同胞的健康和改善医疗卫生条件做一份贡献。稀薄的氧气和干燥的气候给身体带来了诸多不适，刚进藏的日子里高原反应虽然严重，但也不能阻挡自己跃跃欲试的心情。

时光飞逝，一晃来山南已经大半年时间了。院子里从郁郁葱葱变成满地金黄，又变成冰寒萧瑟，如今又是绿意渐浓的一片早春景象。安徽省第四批援藏医疗队积极开展医疗救治、临床教学、学科建设、科室管理、下乡义诊、健康科普……在雪域高原留下了我们忙碌奔波的身影。每周5天的手术麻醉，还要完成术前访视、术后随访等各种工作，还要负责院内MDT（多学科诊疗）和科室的教学工作，紧张而忙碌的工作使我没有多余的时间想家，日子过得充实又满足。

在手术室，每天都要接诊从全西藏各个地区风尘仆仆赶来就诊手术的患者。看着她们脸上跟年龄不符的沧桑，听着她们平静诉说着在我听起来严重到不可思议的病情，每每觉得自己任重而道远。西藏医疗条件有限，且地域广阔，就诊路途遥远而艰辛，很多时候医者往往有心无力。但西藏的患者，总是那么朴实虔诚、善良平和、坚忍勇敢。他们无论被病情折磨得多么痛苦，永远用真诚、信任、崇敬的眼神注视着医生。

在病房里，经常能看到已经到了疾病晚期才来就诊的患者，错过了最佳手术机会而只能姑息治疗；也经常能看到一次次重度子痫前期、一次次胎死宫内，却依然在不做任何检查的情况下再次妊娠，任由疾病发展到无法挽回的状况下再来就诊的孕妇。还有的骨折患者首先去寻求活佛的祈祷，然后找藏医，最后才找到我们，但这时往往病情演变得更加复杂，处理起来很棘手。通过实地切身体验，我们更深切领悟到医疗援藏的意义和重要性，西藏基层医疗工作建设和扶助任重道远，也深深感受到援藏工作的光荣和使命感。

我曾遇到一位36岁的男性患者，右肾多发结石，右侧输尿管结石，左侧肾盂结石，因为疼痛难忍才到医院就诊。同时，他还长期患有强直性脊柱炎，未正规治疗，出现了严重的驼背畸形。该患者还同时患有左侧肺炎、左肺大疱、高血压，全未正规治疗。患者需要行手术治疗，取出结石解除梗阻症状。但考虑到患者的身体状况，并且西藏地区供血量极少，手术及麻醉的风险极大。然而，面对患者朴实虔诚的微笑、渴求的目光，听着他们一声声亲切地呼唤着“安吉拉”（“天使”，对医生的尊称），我的内心被深深刺痛，为这一个脆弱的生命感到痛惜，同时也竭力想尽各种治疗方案来保证患者的安全。经过反复讨论反复考虑，选择全身麻醉加喉罩代替气管插管，最终顺利完成了手术。患者和家属激动得热泪盈眶，不住地表示着感激。这一刻我更加深刻体会到了救治患者的生命特有的成就感，付出多少努力都值得，他们的健康是我留在西藏最大的动力。

在手术室，我们还肩负着把麻醉的理念、麻醉技巧留下来的任务。每一例麻醉的完成，我们都和山南市人民医院的同事密切合作，无私传授分享麻醉技巧和要点。援藏不仅要以自己的精湛医术为当地人民解除病痛，更重要的是培养当地医疗卫生人才，要为当地留下一支带不走的医疗队。这样，即使在我们离开之后，当地的医生依然可以开展同类的麻醉，完成从“输血”到“造血”的转化。“大病不出藏”，这是党和政府对藏区人民做出的庄严承诺，也是每一位援藏医疗队队员的初心和使命。

在高原缺氧的条件下完成满负荷的医疗工作，我经常会感觉到很累，但听到患者说“安徽的安吉拉来到家门口，我们不用再坐飞机出去看病”，看到患者能够转危为安，脸上露出甜美的笑容时，作为医者的我又感到无比满足。

随着在西藏待的时间越来越久，越来越认识到，一年的时间不长，不一定能做出丰功伟绩，只求在医疗战线最基础的环节、最细微处踏踏实实、兢兢业业，以润物细无声的姿态为雪域高原医疗质量的改善贡献自己的绵薄之力！我将与安徽医科大学第一附属医院同仁及援藏的同事们紧密合作，圆满完成工作任务，坚韧中不断践行、成长，不辜负肩上这份沉甸甸的托付，不负韶华，不辱使命，书写安徽医科大学第一附属医院人的责任和担当！

情牵山南　不悔初心

蚌埠医学院第一附属医院　马宜传

为深入贯彻落实中央组织部、国家卫生计生委的医疗人才组团式援藏工作会议精神，加快推进藏区跨越式发展和长治久安，我作为安徽省第四批组团式援藏人才，于2018年7月抵达西藏自治区山南市，开展为期一年的援藏工作。工作中，我充分认识到党中央决策的重要性和正确性：治国必治边，治边先稳藏。始终传承“特别能团结、特别能吃苦、特别能忍耐、特别能战斗、特别能奉献”的“老西藏”精神，始终坚持“科学援藏、真情援藏、奉献援藏”的理念，用自己的实际行动履行着援藏誓言，进行援藏任务。

立足本职，主动作为

来到山南市后，我挂职山南市人民医院放射科主任。我克服了身体上的种种不适，积极主动地投入工作中。作为科室主任，我时刻严格要求自己，要求别人做到的，首先自己做到，处处以身作则；加强团队建设，全科人员在思想上与医院保持一致，严格高标准要求每一个人员，挖掘每一个人的潜能，做到人尽其才，物尽其用，做到公平、公正、公开，创造一个和谐的放射科；坚持每周两次的业务讲课，建立了业务学习档案，鼓励年轻医师参加各种形式的学习。山南市人民医院是一所三级甲等医院，新住院大楼尚未投入使用，基础设施差，人力资源严重不足。我严格遵守医院的各项规章制度和组织纪律，在繁重的影像诊断工作中，加上高原缺氧，时常累得喘不过气来，感觉身体非常吃不消，但看到那么多的患者希望解除病痛的眼神，我克服了身体上的不适，急患者之所急，想患者之所想，真诚地为每一位患者服好务。入藏以来，提前到医院上班是常事，可经常因患者太多而推迟下班也是常事。即便是休息日，我也是随叫随到，毫无怨言。

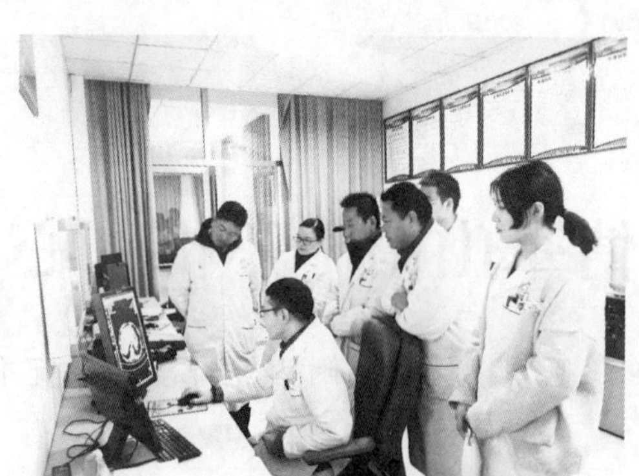

发挥所长，授人以渔

我积极开展新技术、新业务，如 64 排螺旋 CT 冠脉成像临床应用，对冠状动脉的正常变异及病变有了较深的认识，为临床对冠心病等冠状动脉病变的评估起到了很好的指导作用；64 排螺旋 CT 在泌尿系统的临床应用新技术项目上为临床无创评估尿路病变提供了较准确的依据。由于医院低年资医生较多，临床影像诊断经验相对不足，为了提高科室的整体影像诊断理论和操作水平，在认真努力完成科室每天的影像诊断工作的同时，我还制定了管理与培训工作，有计划有组织地落实医师专科技能培训，每天早上进行晨读片，每周专业知识讲课两次，完成影像诊断的培训和考核，培训率 100%。我主动承担了进修医生的带教工作，强化进修医生的技术水平和服务理念，更新了管理人员的管理理念，为山南市人民医院放射科培养了一批影像诊断骨干人才，得到领导和同事的一致好评。

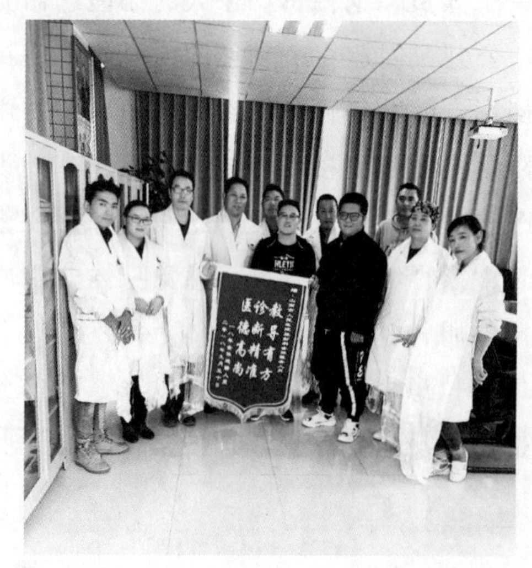

感谢放射科团队及院领导对我工作的支持及生活的照顾。一次援藏行，终生援藏情。这次援藏工作，不仅让我身体和生活环境经受了人生道路上最艰苦的考验，更让我学到了“挑战极限，尽善尽美”的敬业精神。这次援藏工作经历，是一段难得的人生历练，更是一笔宝贵的人生财富。美丽的高原、淳朴的人民，我终生难忘。为了藏汉一家亲，为了祖国大地更美丽，选择援藏奉献青春今生无悔！

一年援藏路　一生援藏情

蚌埠医学院第一附属医院　陈峥

2018年7月，我积极响应党的号召，参加安徽省第四批组团式援藏医疗队。在援藏工作期间，我始终牢记自己的使命，以一名共产党员的身份严格要求自己，谨言慎行，对当地医生严格带教，热心为他们排忧解难，开展新技术，促进当地肾内科的发展。

到达山南后，我第一时间与上一批援藏工作队员在科室内完成压茬交接，深入了解科室实际情况，并结合自身业务能力，制订了详细的工作计划。而就在我刚刚抵达西藏山南不满48小时时，就接到山南市人民医院肾内科德庆主任的电话，有一名血液透析患者的内瘘闭塞，需要立即手术。虽然还有高原缺氧带来的种种不适，但考虑到患者第二天就需要进行透析治疗，如果内瘘不能立即开通，就会严重影响患者的生命安全，我第一时间赶到医院，为患者做了彩超内瘘血管检查后，立即为患者进行内瘘重建手术。这也是山南市人民医院的第一例自体动静脉内瘘重建手术。手术历时2小时，成功为患者开通了生命线，得到了当地同行的一致赞誉。

仅仅开展新技术还不够，作为一名援藏医生，我重点着眼于依托当地血透室，培养和提高当地医生血管通路建立维护技术水平，为当地医生留下“带不走的新技术”，主要包括血液透析“深静脉置管术”和“自体动静脉内瘘成形术”。考虑到当地医生因为病原量较少，操作不够熟练，深静脉穿刺成功率不高的难题，我主动多次与院领导沟通，得到院领导的大力支持，为血透室引进多普勒超声机一台，指导当地医生为血透患者进行B超定位及引导下的深静脉穿刺置管，大大提高了穿刺成功率和安全性。另外，我严格按照“我做你看、你做我帮、你做我看、完全掌握、放手”的教学思路，通过认真带教，目前当地医生已能独立完成“自体动静脉内瘘成形术”及“自体动静脉内瘘重建术”，使当地的藏族同胞能够接受到更好、更便捷的医疗服务。

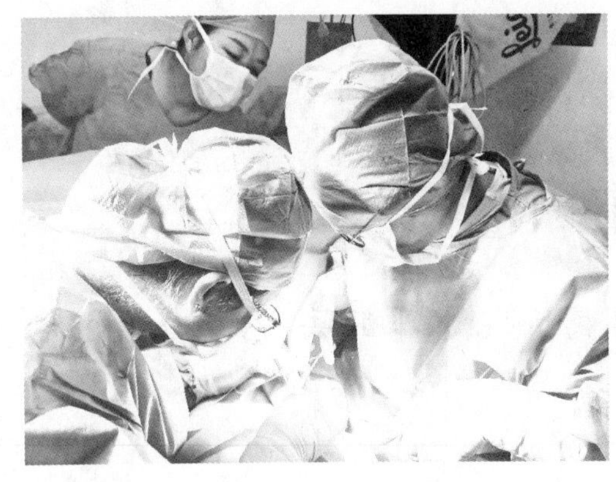

通过教学，当地医生独立进行手术

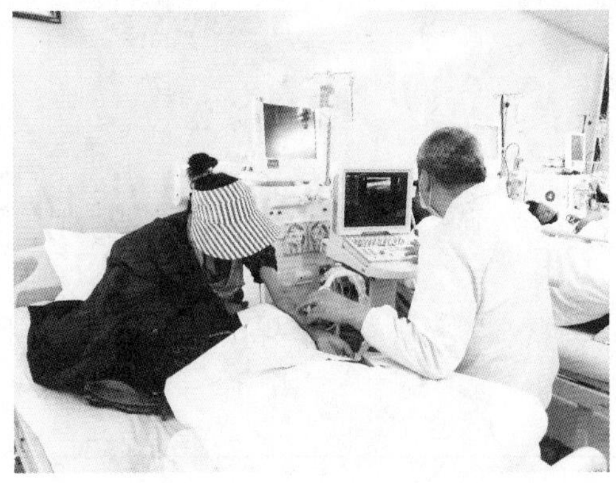

指导当地医生 B 超探查血管

在援藏工作期间，我得到了援藏工作队领导和同事的无微不至的关心与支持，吴院长和夏院长更像知心大姐一样时刻关心我的工作和生活情况。当我在工作中遇到疑难情况时，也得到了领导和同事们的无私指导和帮助，让我能够时刻体会到来自组织的温暖。

一次援藏行，终生援藏情。这一年的援藏工作将是影响我一生的宝贵财富。最后，我将继续尽职尽责，严于律己，站好最后一班岗，为这一年的援藏工作画上一个圆满的句号。

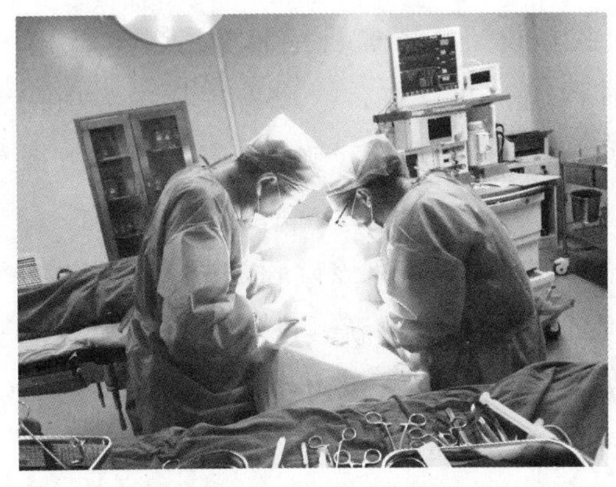

到达山南第三天立即为患者进行手术

收到患者送的锦旗

我的援藏故事（三十八）

蚌埠医学院第一附属医院　郭卫兵

视野在山南市人民医院转变，梦想在雪域高原起航，信仰在忠诚奉献中淬火。2018年7月，我作为安徽省卫生计生委选派援藏医疗队设备科管理人员，来到被称为“世界屋脊”的雪域高原，到条件较艰苦的山南市人民医院工作。近半年来，我深深感受到自己的思想、意志、身体、生命，经受住了严峻考验和洗礼，获得了一次最好的锻炼、磨炼、苦练、升华人生的机会，受益匪浅，感慨颇多。

以院包科，共建科室是我们援藏重要的工作之一。我们单位设备科的规范化管理、岗位职责、科室制度相对于山南市人民医院较为完善。如果能够顺利帮助山南市人民医院设备科进一步模式化、规范化管理，无疑会为推进山南市人民医院发展奠定坚实的基础。工作期间，我尊重藏族同胞，虚心向藏族同事学习，服从藏族领导安排，定期与藏族同胞研讨学习情况，确保了山南市人民医院设备科工作完善、提升的顺利进行。我在设备招标、科室制度、岗位职责、设备生命周期管理等方面提出了具体改进措施，并且在首次设备招标中为山南市人民医院节约采购资金200余万元。现在设备科的硬件设施，正按照预定方案稳步实施，逐步展现出一些成绩。

在我的指导下，山南市人民医院设备科进一步整理该院设备供应商信息，进行档案电子化管理；对试剂的管理制度和流程进行更新，进一步完善和规范化管理；制定科室计划申报的电子化模板，便于统计和存档；对不良事件的管理进行电子邮件化管理，方便统计和分析；持续改进、梳理该院设备招标的流程，对招标流程进行模式化管理；根据相关制度对库房的管理进行分类分区；建立了远程维修指导平台，搭建了一支带不走的维修队伍。在此，感谢我们医院设备科、医学工程部、国资科的领导和同事们的鼎力支持和相助，为山南市人民医院设备科的规范运转提供了人力、技术支持。

组团式援藏医疗人才帮带也是我们援藏的工作之一。科秘书普布次仁是我的带教学员。自签订带教协议后，在我的指导帮助下，普布次仁也虚心好学进步很快，现在基本可以独当一面。当然这些更离不开仓决副院长和设备科仓点副主任的正确领导。

山南市人民医院对我们援藏人员非常尊重，我们也心存感激，因此只能用加倍的工作来回报。在山南市人民医院工作期间，高原不适不时折磨着我，有时候心率过速、有时头疼欲裂，还伴随着牙疼。面对高原反应，唯有学会克服、努力适应，让自己融入藏族同胞生活。融入使我深深感受到藏族同胞的纯朴、善良、仁爱。这里虽然自然环境相对艰苦，但民风淳朴，充满友爱，我已深深地爱上了这片高原大地，爱上了可爱的藏族同胞，爱上了我心爱的山南设备科战友，感谢你们给予我生活上的关心和工作上的帮助。我们一起快乐生活工作的场景历历在目。

出门在外，身处他乡，家人是我们援藏队员心中的挂念。2018 年 9 月 17 日早上 6 点多钟，惊闻我八旬老母亲夜里起夜不慎摔倒致使股骨摔断。老话说："母子连心。"得到母亲股骨摔断的消息后，我暗自落泪心怀愧疚。但是，自古忠孝不能两全，我只能连续几天望着星空默默流泪，用电话问候母亲，安慰劳累的亲人。母亲急诊入院准备接受手术，为了怕给领导添麻烦，起初我没好意思向领导汇报。后来，我考虑到母亲岁数偏大，有基础病，手术风险大，不手术只能卧床，手术还有肺栓塞的风险，另外因住加床和考虑到手术风险的问题，实在担忧，思虑再三，我还是向设备科胡中民科长汇报了我母亲的情况。胡科长高度重视，亲自安排病房，并亲自到病房探望。骨科官建中主任和心血管史晓俊主任多次会诊商讨，几次更改手术日期方案。设备科韩丹萍老师和姚磊工程师跑前跑后，解决了很多急需的困难。最终，母亲的手术很顺利，我的牵挂得以释然。由于山南市人民医院面临新院区搬迁，设备采购准备、设备搬迁摸底任务比较重，中秋节、国庆节我也没机会赶回去看望老母亲，妻子一人照料家务，忙里忙外，担子很重。每每想起这些，我总觉得心有亏欠，不能平静。但主治医生对我母亲病情的高度重视以及设备科同事对我母亲的热心帮助，使我得以宽慰。

在山南，最大的困难还是自然生存条件的恶劣。2018 年，山南迎来了十年不遇的大雪。大雪封山、天寒地冻、气压更低、氧气稀薄，给我们的工作和生活带来了很大不便，超低的温度也令我们很不适应。为此，领队吴晓莉院长经常来驻地看望我们，关心和询问我们的生活需求，令我们备受感动。我时刻深切感受到国家援藏的重要意义。能投身其中，令我无上光荣。

情系山南援藏之行

安徽省儿童医院　许愿愿

巍峨的喜马拉雅，奔腾的雅鲁藏布，西藏，这片祥云之下的人间净土让无数人为之神往。山南是西藏古文明的发祥地之一，平均海拔 3700 米，历史悠久，文化灿烂。2018 年 7 月 30 日，这是令我终生难忘的一天。就在这天，我作为安徽省第四批组团式援藏医疗队队员正式进藏，开始了援藏医疗工作，和西藏山南这片土地紧密相连。

参加援藏，肩负安徽“安吉拉”责任

“安吉拉”是藏族同胞对医护人员的尊称，也是英文“angel”的谐音。在藏族同胞的心中，医护人员是救治生命的天使，是受尊敬的人。尽管我们夫妻俩都是医生，工作繁忙，面对家中的老人和年仅 3 岁的孩子，我也有过犹豫和不舍，但是作为一名共产党员，身为医生，我深知援藏“安吉拉”肩负的责任和担当，这不仅是在雪域高原播种医学的种子，更是汉藏一家亲的纽带。然而刚到西藏，严重的高原反应就给我来了一个“下马威”，基础心率 140 次/分，头痛、胸闷、彻夜难眠。经过短短几天，我努力克服身体不适应的困难，积极投入当地医疗工作。

不忘初心，努力为藏族儿童守护健康

“健康所系，性命相托”，庄严的医学生誓词是所有医务工作者为之奋斗的目标。我们在救死扶伤的征途中，与病魔斗争，与生死赛跑，为守护健康而努力。我所从事的儿科专业被称为“哑科”，儿童患者不会和医生交流，给诊疗工作带来不少难题，而山南当地患者以藏族同胞居多，经常碰到语言不通的情况，增加了治疗过程中的困难。为克服难处，我尽自己所能消除语言交流障碍。本地医护人员和前来就诊的藏族同胞也给予我充分信任，自发地全程翻译。2018年9月28日，我在儿科门诊接诊了一名2个月大的患者，家属手执一大叠检验单要求住院蓝光治疗。原来，这名小患者因“黄疸消退延迟”在山南多家医院就诊，给予退黄药物口服后，始终未见黄疸消退，家属十分焦急。我一边安抚家属，一边仔细询问病史、体格检查和查看检验单，发现小患者极有可能是“婴儿肝炎综合征”。在向家属耐心解释病情后，我指导了患儿的下一步检查和治疗，明确诊断为“婴儿肝炎综合征、巨细胞病毒感染”。经过“更昔洛韦”抗巨细胞病毒、保肝治疗，小患者最终痊愈，家属特地赠送锦旗以表谢意。如今，小家伙已经9个月了，可爱、帅气，给家庭带来无尽的欢乐。

传授知识，儿科医疗技能和科研水平不断提高

“授人以鱼，不如授人以渔。”组团式医疗援藏的最终目标是变“输血”为“造血”，为雪域高原打造一支高水平的医疗队伍。每个孩子都是盛开的花朵，

对危重儿童的及时、有效救治，事关每个家庭的幸福。

2018 年 12 月，时值雅砻物交节，我的带教学员曾传文收治一例低血容量性休克、代谢性酸中毒、电解质紊乱、急性腹泻病的患儿。在治疗中，一旦低血容量性休克没有得到及时纠正，患儿可能从肾前性肾衰竭发展到肾性肾衰竭，后果不堪设想。我手把手带教，从休克的评估、补液的速度、液体的张力着手，经过液体复苏、纠正内环境紊乱，患儿救治成功，在临床实践中使带教学员切身体会到如何进行危重儿童的液体管理。

仅相隔一周，一例呼吸窘迫的新生儿夜间在呼吸机支持下突然发绀。尽管无法床边摄片评估肺部病变，但我仍然迅速、正确地判断为气胸，演示并带教本地医生进行急诊胸腔穿刺减压，缓解了气胸造成的梗阻性休克，进而避免心包填塞所致心脏骤停的发生。当 4 个月大的小旦增在 2019 年 4 月 16 日前来门诊复查，外婆激动地对我说“我们来看救命恩人”时，我深刻地体会到“传、帮、带”的重要意义。

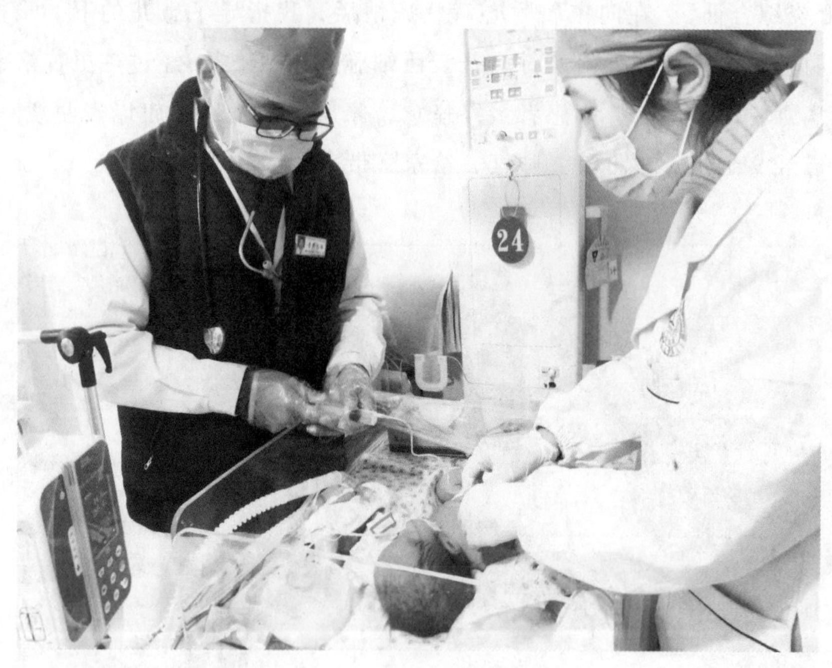

演示并带教本地医生行胸腔穿刺术

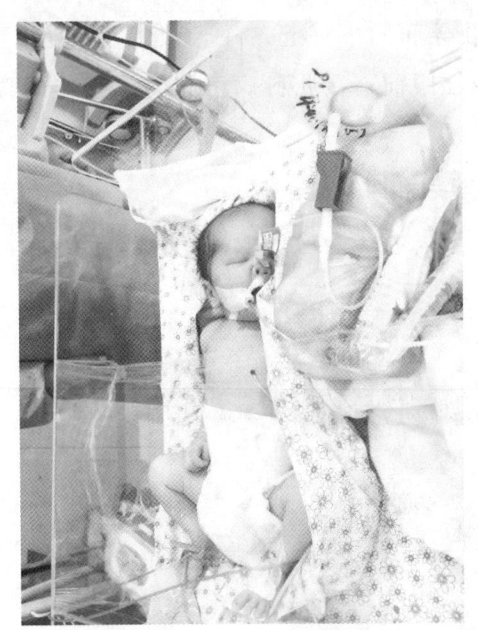
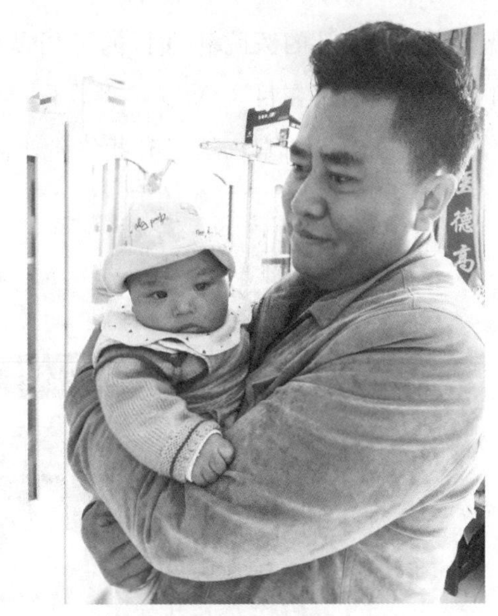

门诊复查的小旦增

实践证明，儿科医疗技能的提高与科研水平密切相关。为推进科研的发展，我成功申请了2019年安徽省科技厅援藏科研课题，指导本地医生完成2019年西藏山南市科技局科研课题的申报，努力促进医院儿科医疗科研水平的进一步提升。

终生难忘，山南的美丽和深情

因为援藏，我放弃了很多，但更多的是收获。我收获了援藏队友情、医院同事情、山南医患情。在这里，我和很多患儿家属结为了好友，并在微信上答疑解惑，这份友谊长存。

2019年3月，在山南市人民医院降生的小岗组，因患骶尾部畸胎瘤，出生几天后就四处求医。为患儿所急，为父母分忧，为小岗组能提供更好的医疗条件，依托安徽医疗人才组团式援藏“以院包科”帮扶政策，我主动向安徽省儿童医院领导和援藏医疗队领队汇报，得到了领导和临床科室主任的重视和支持。在小岗组出生13天时，我陪护她平安抵达安徽省儿童医院，由新生儿外科顺利对小岗组的畸胎瘤做了切除手术。小岗组的手术非常成功，痊愈出院回到扎囊县的家中后，小岗组的父母带着她专程到山南市人民医院给我献上圣洁的哈达。看着孩子顺利康复，我流下了感动的热泪。一年时间如白驹过隙。2018年，为了给先天性心脏病患儿做好筛查，我与领导和同事一起，深入浪卡子、洛扎、措美、错那4县的医院和乡村的经历就像在眼前；在儿科病房和门诊工作的日日夜夜，我历历在目。

我热爱雪域山南，这里有我终生难忘的美好回忆。

先天性心脏病筛查

雪域“传、帮、带”　高原护儿康

安徽省儿童医院　汤增洁

2018年7月，我积极响应中央组织部、安徽省卫生健康委及省儿童医院的号召，主动报名参加了安徽省组团式援藏的选拔。通过层层筛选，我成为安徽省第四批组团式医疗援藏队中的一位护理人员。7月26日，我们踏上了西藏这片神秘而美丽的土地，开始对山南市人民医院儿科护理为期一年的援藏生涯。

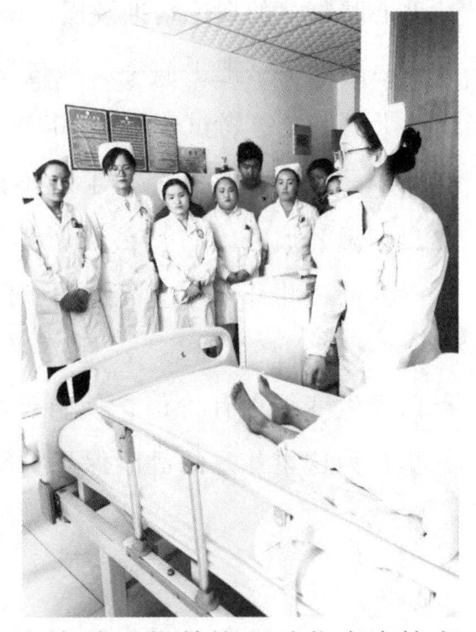

还记得出发前几天，我的爱人因为医院工作的辛苦和繁忙，突发肾结石需要紧急治疗，年幼的孩子在梦中也哭着说“妈妈你不要走”。一时间，我心中万分纠结。但是为了祖国的重托，我还是强忍内心的不舍和担忧，踏上了征途。初入西藏后，我出现了明显的高原反应，心悸、胸闷、失眠、低氧，晚上需要安眠药才能入睡。但是，身体的不适并未影响我工作的积极性。在度过适应期后，我立即投身儿科护理工作。由于山南市人民医院的儿科承担了整个山南市儿童的疾病救治工作，同时因为儿科患者的特殊性，尤其小婴儿及新生儿不会表达，这就需要儿科护士对儿童病情变化的观察与护理更细致更专业。在了解了儿科病房及护理人员的基本情况后，为了提高护理人员的专业理论水平、拓宽知识面、规范临床护理操作技能，我与儿科护士长共同制订了针对护理人员切实可行的培训计划，做好对儿科护士的“传、帮、带”工作，力争留下一支“带不走”的护理队伍。我每个月至少给藏族儿科护士讲课2次，内容包括儿科常见疾病的护理、危重患儿的抢救、如何查阅护理文献，等等。在遇到特殊少见的病例时，我随时参与危重患儿的抢救与指导工作，并及时与儿科护理人员共同总结抢救经验，提高了儿科护理水平。

在了解到科室常见疾病过敏性紫癜的复发率较高时，我注意到护理人员在平时对于患儿家长的健康科普方面了解得不太全面。2018 年 9 月，我对儿科病房护理人员进行了一次儿童过敏性紫癜疾病的床边护理教学查房，详细讲解了疾病的相关知识，并做了患儿的护理查体，重点讲解了过敏性紫癜的健康宣教和最新护理动态。经过这次学习，每位护士都了解并掌握到这个疾病健康教育的重要性及宣教内容。在平时工作中，看到家长在为患儿准备不合适的食物时，都会制止；患儿痊愈出院前，也会告诉家长出院后的注意事项，为患儿及家长提供了更优质的护理服务，成为一支“带不走”的护理团队。

根据全院护理人才梯队建设现状，我与护理部通过开展多种形式的业务培训，对静脉输液治疗的管理、外周静脉留置针的维护、输液泵微量泵的使用等相关知识进行了规范化培训，提高了全院护理人员技术操作的规范性。2018 年 12 月，在了解到山南市人民医院除儿科外的其他科室的护理人员，对于新生儿复苏的掌握仍有欠缺时，在护理部的支持下，我开展了面向全院护理人员的关于新生儿心肺复苏的理论培训及操作演示。对于重点科室，如急诊、手术室、ICU，更是重点培训，手把手演练。经过反复的培训，全院护理人员认真刻苦练习，全院新生儿心肺复苏考试合格率 100%，大大提高了全院护理人员的急救水平。

西藏山南，是一个来了就不想走的地方。我今生万分有幸能踏进这里，为这里的患儿服务，将自己的所学与这里的护理人员分享。一年的援藏工作，在一个人的一生中实为短暂，但对于我来说，援藏将是我一生中最宝贵的经历。“一次援藏，终生难忘”，是援藏让我有了一次难得的检验和锻炼的机会，让自己的人生变得更有价值，使自己生命得到升华。如果还有机会，我还会再来到这里，为这里儿童的健康保驾护航。

抢救一位异位妊娠患者的经历

合肥市妇幼保健院　谢婷婷

2018年7月，我光荣地加入了安徽省第四批组团式医疗队，踏入了令人向往的雪域高原，加入山南市人民医院妇产科团队工作。眨眼半年多的时间过去了，绝大多数队友逐渐适应了高原环境，但是不少队友对缺氧的反应依然存在。我对缺氧环境的表现为入睡困难，常常在深夜仍毫无睡意。

这一天，想到次日还有手术，需要早点休息，于是我早早就上床了。躺了2小时仍辗转反侧，无论听音乐、听小说还是数羊都无法入睡，无奈起床吃了一粒安眠药，药效很快让我进入睡眠中。梦中闻见遥远的铃声，一声紧接着一声急促地响着，终于把我从梦境中拉了回来。我意识到是我的电话在响，强睁开双眼，打开电话，原来是科里值班医生拉巴卓玛打来的，说是有个宫外孕患者需要急诊手术。该患者夜里突然诉腹痛、肩痛、心慌、恶心，急诊彩超提示盆腹腔大量积液，急诊血常规提示血色素较昨日下降了3g。我一下子就清醒了，认识到这个患者情况刻不容缓，立刻起身，好在从宿舍到医院仅需要5分钟路程。凌晨4点的路上万籁俱寂，空无一人，只有昏黄的路灯照着路面，寒气袭人。

我在早晨查房时见过这位患者，因为没有明确的停经史，月经才过期1天，主诉下腹疼痛，按压下腹部压痛及反跳痛均存在，超声没有提示附件区不均质包块，只有盆腔少量积液16ml，血HCG 3339mIu/ml，故诊断异位妊娠的可能性极大，叮嘱绝对卧床休息，动态监测血HCG及盆腔彩超。查完房家属就来了，要求我院的120救护车将她转院到拉萨自治区人民医院，我明确地拒绝了，理由有二：一是目前高度怀疑宫外孕，需要绝对卧床休息，这时候路途颠簸，路途中就会出现大出血怎么办？二是转院是因为我院处理不了，我们建议才可转上级医院；而患者的病情我院完全可以处理，不需要转院。家属理解了，没有再要求转院。

一进手术室查看患者，只见瘦弱娇小的患者面色苍白，明显的中度贫血貌，心率增快达106次/分，血压偏低，尚且平稳。正准备洗手上台，值班医师一把拉住我说，再去和患者丈夫谈一下。他虽然签了字，但是说："我们不想手术，是你们要求我们手术的。你们说要手术就手术，我也没办法只好签字了……"

我来到手术室门口，空荡荡的大厅只有患者丈夫一人，再次告知他手术的必要性，打消他手术的顾虑，并交代因为腹腔内出血较多，我们准备自体血回输设备将腹腔内的血过滤后回输到患者体内。这样做有两点好处：一是血源紧张，紧急情况下要不到血，自体输血可以救命；二是如果输注异体血，会出现发热、过敏等反应，更有因为血制品感染乙肝、梅毒、丙肝、艾滋病等的风险。自体血就避免了此风险。这一次患者丈夫听明白了，没有其他异议，说就拜托你们啦！

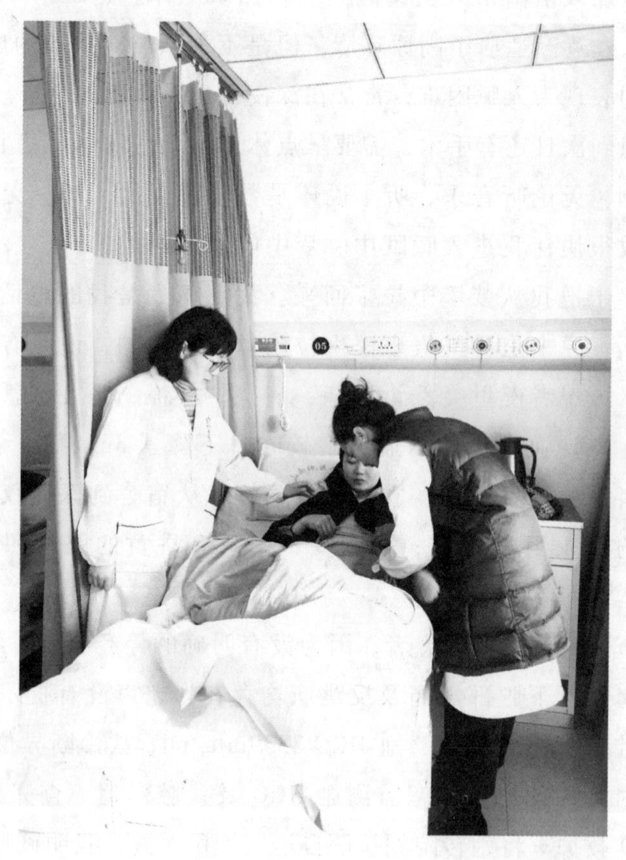

常规洗手上台，顺利置入腹腔镜，只见腹腔内大量的积血和凝血块，右侧输卵管增粗扭曲，膨大处有一处2厘米破裂口，可见渗血，予以切除病灶。手术很顺利，自体血回吸1600ml，过滤后的血液约1000ml转输入患者体内，术后将情况向患者丈夫说明。待患者清醒后送回病房，护士去抽血，复查血常规了解贫血程度，患者却不愿意再抽血，要求将正在回输的血抽一点去送检，护士解释了半天，最后才勉强答应同意抽取静脉血。

早晨交班时，护士反映，患者从手术室回来后哭了很久，说以后不能怀孕了。我意识到还没有交代清楚，查房时就故意问她：有孩子吗？答道：有一个，但是我还想再生一个孩子。我又问：你知道为什么会患宫外孕吗？大多是因为这条输卵管有炎症，导致输卵管管腔狭窄，管腔内纤毛上皮被破坏，受精卵没法通过输卵管管腔进入宫腔。这条输卵管保留没有意义，因为保留下来容易再次患宫外孕，也容易因为慢性炎症出现反复下腹疼痛。你知道你有两条输卵管吗？患病的这一条输卵管切除了，还有另一条输卵管，手术中我们都见到了，你的子宫、卵巢和左侧的输卵管都是正常的，以后自然怀孕的机会还是很大的。我又问：现在下腹及肩部疼痛吗？她答：不疼了。再与她解释，她身体血液循环几乎一半的血液通过破裂的输卵管流入腹腔，刺激腹膜及膈肌引起腹痛及肩痛。如果不是急诊手术，再拖延下去就会发展为失血性休克，造成生命危险。患者似乎理解了，终于安心地笑了。

从这次经历中我深刻地意识到，医务人员与患者的有效沟通极其重要。作为一名外科医师，不仅仅是追求手术做得多么漂亮，掌握的手术技巧多么娴熟，术前术中术后的沟通，充分了解病患的思想动态，耐心细致地做好有效沟通其实一样重要。很多民众缺乏医疗的基本知识，我们要化繁为简，尽量将复杂的医学知识简单化，用老百姓能听懂的话语将医学知识科普出去，传播知识，守护健康！

救死扶伤是我们的天职

安庆市第一人民医院　徐疾飞

2019年3月，安徽省第四批组团式援藏医疗工作队下半年援藏工作刚刚展开，山南市人民医院泌尿外科就迎来了两位肾结石患者。其中一位是女性，仁增旺姆，18岁，CT及X线示：左肾多发结石伴中—重度肾积水。另一位是男性，旦增平措，28岁，CT及X线示：左肾铸型结石伴多发结石。

通过仔细阅片和讨论，科室医师一致认为，两位患者结石病情复杂，如行开放取石手术，失败及出血风险高，且残石率高。目前国内外较为先进的手术方式为经皮肾镜配合激光碎石取石。该术仅在患者腰部打一个直径约为1厘米的小洞至肾脏，再将结石用激光击碎并取出。不仅创伤小，恢复快，而且残石率明显低于开放手术。但是该术式也面临大出血的风险，为Ⅳ类手术。一般如出血较多，则需放射介入科配合行DSA造影下肾出血动脉栓塞止血术，该术式也是经皮肾镜手术术后出血的救星。否则，一旦患者出血不能控制，则需行肾脏切除。因山南市人民医院目前尚未开展DSA造影肾出血血管栓塞相关诊疗技术，故在面对两位年轻的结石病患者时，我首先是建议他们去上级医院诊治。但两位患者均来自西藏贫困山区，经济困难，难以承担异地就诊带来的高昂医疗费用。将实际情况向患者及家属详细说明后，两位患者均向我们表明态度：医生您放心手术，我们相信您，手术风险我们自行承担。

面对淳朴的藏族同胞，我深受感动。在和科室同事一起制订了详尽的手术方案后，成功地为他们实施了经皮肾镜碎石取石术，现两位患者均已康复出院。出院时，患者及家属脸上洋溢的笑容和诚挚的谢意，是对我最大的安慰和鼓励。

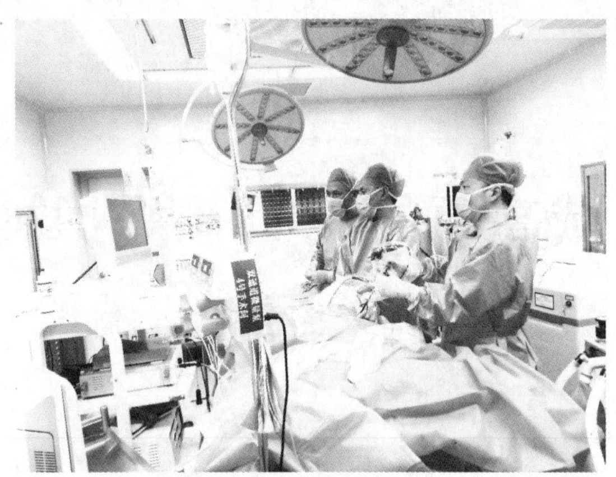

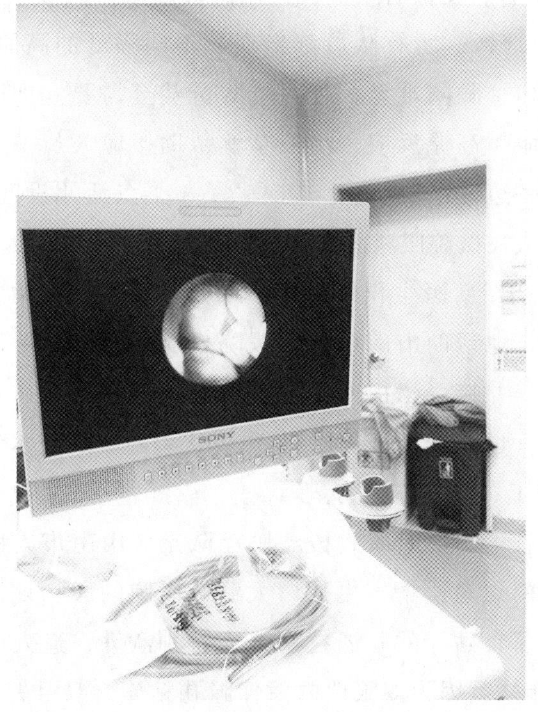
SONY

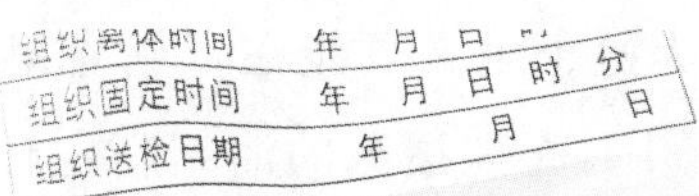
组织离体时间 年 月 日
组织固定时间 年 月 日 时 分
组织送检日期 年 月 日

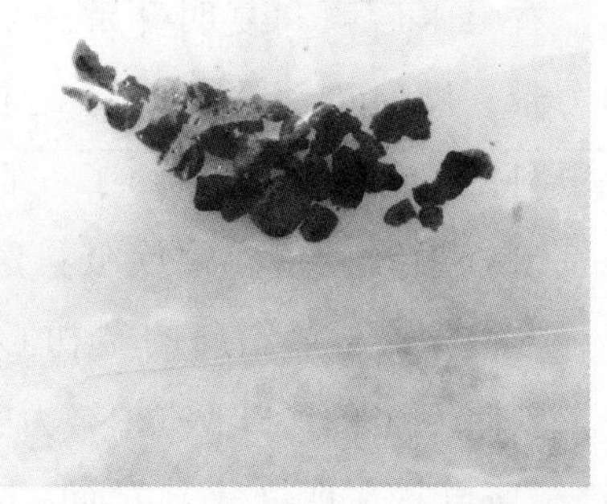

雪域高原的光明“守护神”

记淮北市人民医院潘绍新

2018 年 7 月 27 日，安徽省第四批组团式援藏医疗队顺利抵达山南市。刚到海拔 3600 米的高原地区，所有队员都出现了不同程度的高原反应，有人头晕、头痛，有人面色苍白、胸闷难忍，有两位队员甚至需要立即吸氧缓解不适。但是，有一名队员克服了高原反应，刚下车就帮助接应人员一起抬旅行箱、收拾行李等，一边忙还一边说：“我是第二次来了，干点活儿没问题!”他就是我们的援藏队员淮北市人民医院眼科副主任医师潘绍新。

2018 年 3 月，潘绍新医生积极报名参加了安徽省短期柔性援藏医疗队。在短短两个月的时间，他帮助山南市人民医院成功完成该市首例白内障超声乳化及人工晶体植入术，并接受了山南电视台和西藏卫视的采访报道，填补了该地区此项的技术空白，也补齐了该院眼科“三甲”创建的技术短板，为医院成功创建“三甲”贡献了一份“安徽力量”。

此次参加安徽省第四批组团式援藏医疗队是应山南市人民医院眼科医护人员和山南市组织部的点名邀请，更是广大藏族同胞的殷切期盼。听说潘主任再次援藏，乃东区桑耶青姑寺的扎西拉姆老人特别激动，逢人便说“我的左眼有救啦”。她回想多年来就因为双眼白内障伴瞳孔粘连，双目失明，多处就医都因眼病复杂无人愿意为她手术，只能在青姑寺里默默求神灵保佑，饱受煎熬。直到她遇到了 2018 年 4 月短期援藏的潘绍新主任，经过详细的术前检查、病评估和周密的手术设计，右眼术后顺利复明并重获新生。一直祈求神灵的老人第一次感觉到了科学的力量，同时更深深地感受到了党的温暖！像扎西拉姆这样等待手术治疗的患者眼科门诊已经排队预约了一百多个。所以，潘绍新主任进藏第二天就主动到科室检查患者，指导藏族眼科医生积极完善术前检查，积极术前准备。不忘初心，方得始终。潘绍新的“初心”不只是看病手术，救治患者，更要为西藏“打造一支带不走的医疗队”，努力实现“大病不出藏、中病不出地市、小病不出县区”。所以，在理论学习方面，潘绍新主任创新性地开辟了眼科学习交流群，受援科室的医护人员定期会收到典型病例分享和规范化的眼科诊疗知识。尤其是对他指导带教的徒弟，他会定期布置指定眼科书籍的内容，并定期提问考核，短期内迅速补齐提高眼科理论知识水平；在临床实践操作方面，通过业务专题讲座的形式先搞懂手术操作原理和基本步骤，然后通过动物眼球实操，掌握了手术要领才能被允许跟台手术。在手术台上，他不仅是一名兢兢业业、技术精湛的眼外科医生，更是一位和蔼可亲、认真负责的好老师，每一步手术操作精确到位，同时向其带教的年轻医生毫无保留地传授手术理论和操作技能。入藏工作 9 个月以来，他成功完成了白内障、青光眼、角膜病及眼整形等 200 多例眼科手术，青姑寺的扎西拉姆老人的左眼也成功手术，重见光明。每位患者重见光明的那一刻都会虔诚地双手合十，道一声“扎西德勒”！还有许多患者送来了洁白的哈达和锦旗！

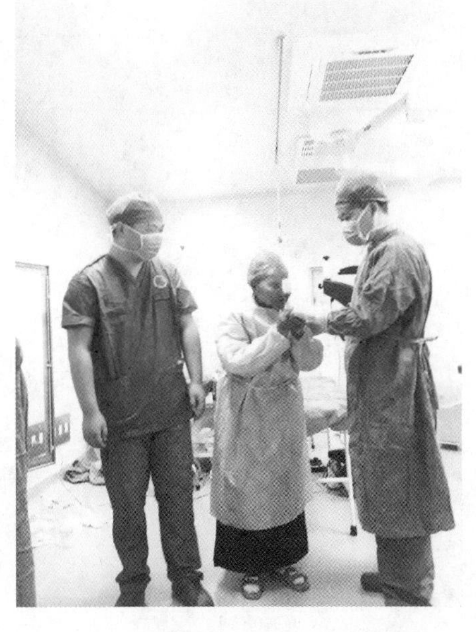

扎西拉姆双眼先后手术及复明后送上锦旗和洁白的哈达

援藏期间，潘绍新主任为了更加深入基层，不怕困难，不畏艰辛，主动要求到海拔 4000 多米的乡村筛查白内障患者并到学校社区宣传普及眼健康知识和开展义诊活动。在整个医疗队的工作中，他积极进取，不甘落后，通过公开竞聘，潘绍新主任获得了山南市人民医院援藏首席专家称号，其先进事迹还在中央电视台新闻联播头条报道。他还先后获得“安徽好人”“中国好人”称号。面对这样的荣誉，他却淡淡地说：“这些都是我的本职工作，让患者重见光明才是我最幸福的时刻。”

在临床方面，潘主任采取床边业务查房、疑难病例讨论、专题讲座、动物实验手术示范等多种带教形式，千方百计向藏族学员传授眼科基本知识、基本理论、基本技能及眼科前沿发展动态。在潘主任科学指导、严格要求和高强度训练下，他带教的徒弟索朗央宗医生已经能够单独完成眼科二、三类手术，如小切口白内障摘除术、青光眼小梁切除术、斜视矫正手术、双重睑手术等，基本掌握白内障超声乳化手术的关键技术，帮助眼科藏族学员很快提高了临床业务能力，使眼科的学科发展得到进一步提高，眼科整体医疗服务水平上了一个新台阶。

走进雪域高原

淮北矿工总医院　丰荣红

2018 年 7 月，为了响应中央组织部和国家、省卫生健康委的号召，我积极申请成为安徽省第四批组团式援藏队队员。经过严格筛选，我最终如愿以偿。得知入选的消息，激动的同时，我更感到肩上的责任重大。此番远行，我要展现的，是医院的技术、淮北乃至安徽的形象；我所承担的，是组织的信任、西藏同胞的重托。

抵达西藏后，刚下飞机，我就受到了西藏领导和同胞的热情接待。感受着大美西藏，第一次见到并接受藏族同胞献上的美丽洁白的哈达，我的心跳加快，连呼吸都急促了起来。这种表现，有高原反应的因素，也源于心情骤然激动。后来，这个场景时时在我脑海中浮现，它不断地激励我，要牢记使命，砥砺前行。

我们对口支援的单位是山南市人民医院。经过短暂休整，我们进行了压茬式交接，正式开展工作。平时，我格外注重了解西藏人民的实际生活状态和健康需求、西藏地区的医疗卫生状况以及医院科室的仪器状况、专业技术人员人才梯队等情况，做到有针对性地开展工作。在新的岗位上，我带领同事先后开展了四维超声、经腔内超声、肌骨超声等多项新技术新业务，并和他们一起努力，力争做到超声诊断结论科学、合理，为临床医生提供重要的诊断依据，做雪域高原医生的“眼睛”。同时，我也将行医多年总结的技巧和经验，毫无保留地传授给西藏同事，帮助他们提高专业水平，以期打造一支带不走的超声队伍。

2018 年 9 月 17 日开始，我和心内科、小儿科的援藏专家进行了为期一周的高原地区先天性心脏病筛查。虽是 9 月，可当时这里的气候已似内地的初冬，而且西藏与内地有两小时的时差，这里的早晨 7 点相当于内地的早晨 5 点。每天天不亮，伴着我们启程的，只有朦胧的路灯和已有些刺骨的寒风。7 天，我们翻山越岭，走过了措美、错那、洛扎、浪卡子等县，走进祖国边陲，并深入世界之巅普玛江塘乡，5373 米的海拔，让它拥有了“全球海拔最高乡”的声誉。7 天，我们筛查出了多名先天性心脏病患者，并为他们提供了科学的进一步检查和治疗方案。

在措美筛查时的一幕，给我留下了深刻的印象。一对藏族兄弟前来检查，9岁的哥哥患有先天性心脏病法洛四联征，他此次是来做术后复查；5岁的弟弟则是首次筛查。我先为哥哥进行全面复查，可能因为有过检查经历，他的表现较为自然。但弟弟就不一样了，一进门，他稚嫩的脸上就露出些许不安的神情，对我这身“白大褂”有点胆怯。待轮到他时，孩子突然哭闹起来，怎么都不肯配合。我尝试着去安抚他，但由于语言不通，孩子无法理解我的意思，一时间，我也有点无助。就在这时，哥哥走到弟弟身边，轻轻地抱住他。两张小脸贴在一起，他对弟弟说着什么。说了什么，我没有听懂。但慢慢地，弟弟安静了下来，开始接受并配合检查。在此过程中，他始终抱着弟弟，还不时看向我，目光中有期盼，有感激。那一刻，我突然懂了，刚才他跟弟弟说的话，一定满含安慰和祝福，期望弟弟身体健康，一切安好。这给予我心灵深深的震撼。如果说，这次筛查我为他们带去了健康的希望，那么他们回馈给我的，就是人与人之间最美好的情感——善良、友好、真诚、厚爱。这些，让我觉得此行无价。

同年的9月27日，我清楚地记得这一天。一大早，一名孕妇来进行超声检查。在检查过程中，她的宫缩腹疼明显，这表示她即将临盆。送往产房已经来不及了，面对这突如其来的情况，我和同事们立即分工，通知产科医生，准备接生用品，并将所有人员集中过来，应对不时之需。瞬间，超声诊室变成了临时产房。经过一段时间的焦急等待，终于，一声嘹亮的啼哭响起，生了！母子平安！我抱着可爱的宝宝，刚才的紧张疲累一扫而空，心里满是快乐和欣慰。

最让我揪心的，是一个特殊的宝宝，我在2019年3月15日遇到了她。说她特殊，不仅因为她出生刚两天，更因为她的骶尾部长了一个“尾巴”样的包块，外观已经缺血发紫，局部皮肤有磨损。因为包块位置特殊，容易被磨破、溃烂而并发感染，如果不能有效控制感染，就会危及患者生命，而且越早确诊并进行有效治疗，效果就越好。因此，儿科专家希望我们能尽快确诊，据此制订治疗方案。

毋庸讳言，从医近20年，我是第一次见到这种病例。一则此类患者本就实属罕见，二则内地的产前筛查技术比较成熟，这样的情况在胎儿期即可查出，因此出生后基本见不到。更棘手的是，对超声来说，这类疾病在胎儿期尚可以借助母体作为检查手段，定性诊断困难相对小一些，而一旦出生，由于缺少母体的透声窗作用，超声诊断难度就更大了。

然而，在我面前的，不仅有同行对尽快做出准确诊断结果的期望，还有孩子的父母和亲人。新生命的到来，现在带给他们的只有难过和不安。这让他们看着我的目光，仿佛看到"救命稻草"。一种无可名状的压力向我袭来，我义不容辞接受这一特殊病例的挑战。

在检查过程中，我和同仁反复观察、检测。为了找出更多有价值的诊断信息，科室现有的仪器和探头被我轮流用了个遍。经过分析，超声诊断倾向"骶尾部畸胎瘤"，但这同时还要排除骶尾部脊柱裂的可能。畸胎瘤和脊柱裂在这个部位发病，临床表现非常类似，但治疗方式却完全不同，因此搞清楚两者鉴别诊断意义重大。

人命关天，为了进一步确诊，我又联系了影像科、普外科和小儿科专家进行讨论、会诊。经过细致、认真、充分的论证，我们得出一致的诊断结论：骶尾部畸胎瘤。带着这一结论，在援藏队员的积极协调下，3 月 25 日，这个孩子在安徽省儿童医院接受治疗。手术非常成功，且手术结果与我们提供的诊断信息、结论完全符合。

好消息接踵而至。孩子的"尾巴"不见了，骶尾部变得光滑平整，仅有几道瘢痕。孩子恢复得很好，已经出院了。得知这些，我禁不住湿了眼眶，悬了许久的心终于可以放下了。我知道，她偏离的人生轨迹已重回正轨，她将因此拥有一个崭新的未来。我相信，无论是现在还是将来，我都会惦记她、祝福她，愿她健康成长，将来报效祖国。这是对我们最好的回报，也是我们不惧山遥路远、忍受高原反应，却依然甘之如饴的医者初心。

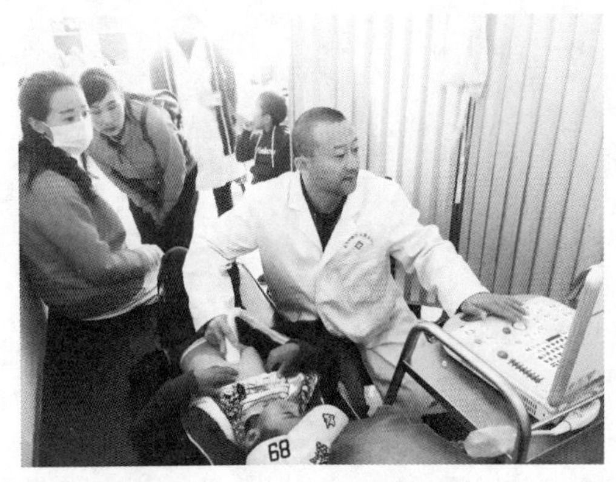

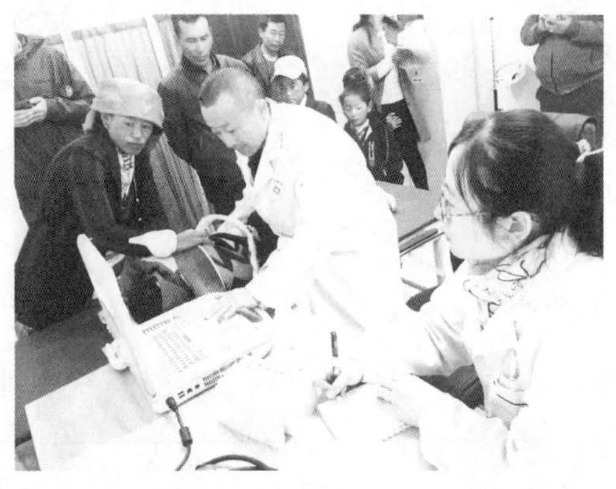

援藏一年，我有遗憾。人到中年，上有老、下有小，我的小女儿还不到 2 岁。她的笑和哭、她迈出的人生第一步、她喊出的第一声"爸爸"，我都只能在视频里看到、听到。她也好奇，为什么爸爸只在手机里。我总安慰自己，等她长大了，就会明白失去爸爸陪伴的一年，父亲在哪里，在做什么，有什么意义。

援藏一年，我更有收获。在祖国的边疆停留，我感受了大美河山，感受了西藏的风土人情和厚重文化。这里民风淳朴，藏族同胞待人真诚友好。我们援藏医生和本地医生团结一心，尽己所能祛除患者病痛，做他们健康的守护人。每当听到他们对我说“扎西德勒”，每当他们真诚地向我送上哈达，抚摸这圣洁的礼物，我为自己能参加援藏医疗工作而骄傲，为自己能为祖国边疆医疗卫生事业发展做出一份贡献而无比自豪。

立功何须在桑梓　雪域更待洒青春

六安市人民医院　黄馨

对雪域高原的向往由来已久，那里有触手可及的星空和成群的牛羊，有淳朴的藏胞，是传说中的天堂。当我把去援藏的想法告诉家人时，妻子不知所措，女儿已经高二了，母亲也是体弱多病的耄耋之人。她们正需要我的时候，我却要远行！来不及征得家人的同意，我毅然接下援藏这个光荣且艰巨的任务。2018 年 7 月，我报名、通过体检，成为中央组织部、省卫生计生委组织的第四批“安徽省医疗人才组团式”援藏医疗队的一员。26 日，经过 4 个多小时的飞行，到达贡嘎机场，接过山南市人民医院虞德才院长献予的哈达时，我意识到我是前三批援藏队员的接棒人，是“老西藏”精神的传承人，肩负着责任与使命！初到山南，眼中的蓝天、巍峨的雪山让人震撼，可剧烈的头痛伴随失眠、憋闷、血压飙升、心率加快、血氧饱和度降至 75% 等高原反应的症状却也“如约而至”，真正领略了人们常说的那句“眼睛的天堂、身体的地狱”的含义了。

稍稍休整，我立即调研科室现状、检查现有医疗设备使用及对急危重症患者治疗处理情况。得知急诊科医护人手紧张、危重症患者抢救技术操作不熟练，我着手加强业务培训学习，夯实基础知识；开展教学查房，签订“师带徒”协议，严格带教；要求对危重症患者全力以赴抢救，严格按照心肺复苏正规流程处理，挽救藏胞生命。我将急诊科闲置的索诺声床旁超声机利用起来，对急性高原病进行分型分期，对急性高原性肺水肿的早发现、早鉴别、早治疗都有积极意义。室上速是急诊科收治的常见心律失常疾病，目前用药物、电复律以及刺激迷走神经治疗，往往效果不佳。我推广使用“改良版瓦氏动作”，取得了很好的临床效果。随着山南市人民医院新院区的建设，我帮助急诊科制订科室发展计划，加强急诊亚专科建设，筹建设立急诊重症监护室，并指导了新院区急救中心建设规划；作为急诊科主任，为创建西藏自治区第一个“胸痛中心”，并获得国家级“胸痛中心”授牌，也做出了努力。

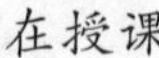
在授课

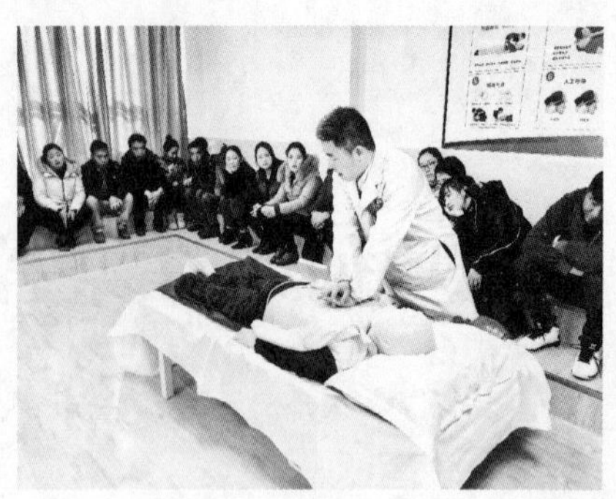
在进行业务培训

急诊科繁忙，医护人员不足，工作量大。作为山南市人民医院急诊科主任，我每天处理科室日常工作，还担任科室二线，随时参与危重症患者抢救。2018年11月23日凌晨4点，桑珠老人因“腹痛4天，血便6小时”在当地医院拨打“120”入急诊科，查心率146次/分，血压53/30mmHg，患者失血性休克，随时有发生心搏骤停死亡可能。获悉患者情况后，我即刻赶赴医院组织抢救，予患者迅速行中心静脉置管，液体复苏，完善检查，予止血、申请输血。血止住后，患者病情逐渐平稳，家属连声感谢！

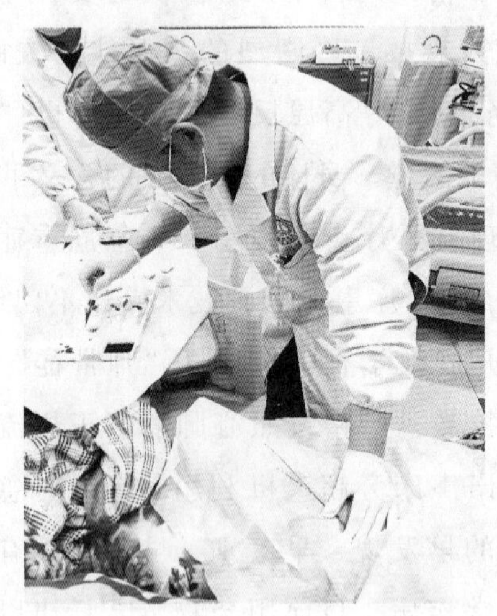
为患者桑珠行中心静脉置管术

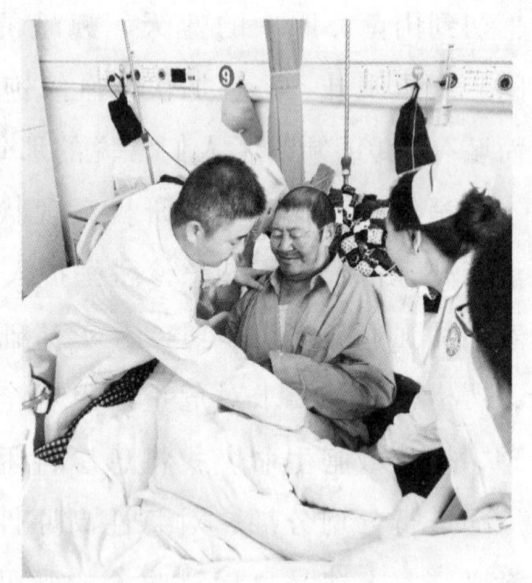
为患者体检

治国必治边，治边先稳藏。通过援藏，我充分认识到西藏地理位置和政治稳定的重要性，帮助藏胞脱贫扶智，也是我作为援藏人应尽的义务。浪卡子县浪卡子镇翁果村仓决一家生活困难，男主人次旺顿旦在浪卡子镇上打些零工，女主人仓决在家里养了些牛羊，两个子女分别是初中生、高中生，家里负担重，经济困顿，系翁果村的贫困户。我多次上门了解情况并帮助他们，结下了深厚的情谊。次旺顿旦和仓决夫妇给我端上热腾腾的酥油茶以表谢意。我跟他们说，有事可以电话联系我，他们就是我在雪域高原上的亲戚！

2018 年 9 月 30 日，到浪卡子县翁果村看望仓决一家

今夜月明人尽望，不知秋思落谁家？高原之夜难眠，辗转反侧中，思乡之情总是涌上心头，对于家人，心里充满了愧疚，接送孩子、操持家务、照顾老人等事务全部落在妻子的肩上。2018 年 12 月 13 日，患有高血压心脏病、慢性肾病的 85 岁高龄的母亲，因呼吸道感染，病情恶化，在安徽六安市人民医院诊断为尿毒症、心力衰竭、肺部感染、呼吸衰竭住院，上呼吸机并准备血液透析抢救治疗，主治医师电话告知母亲病危并催促我返回内地。远在西藏山南的我，只能含住泪电话联系家人，授权家人配合抢救，一直坚守在藏岗位。

援藏之路对我的磨炼远不止如此。2019 年春节探亲，腊月二十九，我返回内地常规体检竟然发现自己患有甲状腺乳头状肿瘤，内心震惊几近崩溃。这时才明白在山南时每晚除了低氧导致憋闷，甚至需要戴飞利浦无创呼吸机才能休息的另外原因。正月初五，赶往上海复旦附院确诊有手术指征，完成手术并出院已是 2 月底。切口减张器还未拆除，颈部手术引流管口等处的组织尚未完全修复，说话声音嘶哑并隐隐作痛，只能进流食，体重下降。手术医生告知高原环境对术后恢复可能会有影响，家人也要求我重新考虑自己的身体能否耐受再次进藏了，可我知道，我不能退缩。“有信念、有梦想、有奋斗、有奉献的人生，才是有意义的人生！”3 月是山南最需要人手的时候，绝不能影响援藏医疗

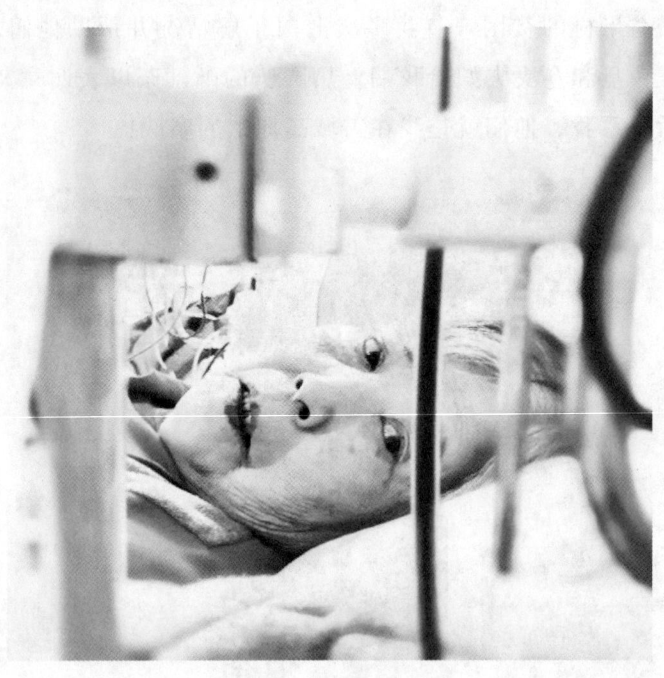

母亲病中盼儿归

队整体工作布局！3 月 21 日，经过短暂休息，我就忍着感冒咳嗽和“如约”的高原反应进藏了。临行前，妻子泪眼婆娑地对我说：“归来时，一定要把健康一起带回来！”

雅砻，承载我高原梦想和信念的地方，是我书写忠诚和拼搏奉献的地方，是我的第二故乡！“勿忘初心，砥砺前行。”我将继续尽职尽责，发扬“老西藏”精神，做藏胞最好的“安吉拉”，为这一年援藏画上圆满而无愧的句号。一次援藏行，终生援藏情，这一年的援藏经历是我人生宝贵的财富，美丽的高原、淳朴的人民，我终生难忘！

办法总比困难多

滁州市第一人民医院　王永贵

2018 年 7 月，为了响应党的号召我报名参加了中央组织部、国家卫生健康委等组织的组团式援藏医疗队，来到了美丽的山南市，开始了我的援藏之旅。

援藏期间，虽然高寒缺氧，但始终牢记自己的使命：要为山南市人民医院呼吸科培养一批“带不走”的医疗队。2018 年 7 月 31 日，稍稍调整后，我便来到了科室，深入病房了解实际情况，调研科室现状，检查现有医疗设备使用情况及急危重症患者的治疗追踪。我从调研中得知，以往危重及疑难患者大部分都转往自治区医院，呼吸科没有纤维支气管镜及电子支气管镜，呼吸科无法开展支气管镜检查，肺部占位的患者又不能行影像引导下经皮肺穿刺活检的，只能去西藏自治区医院行气管镜检查。

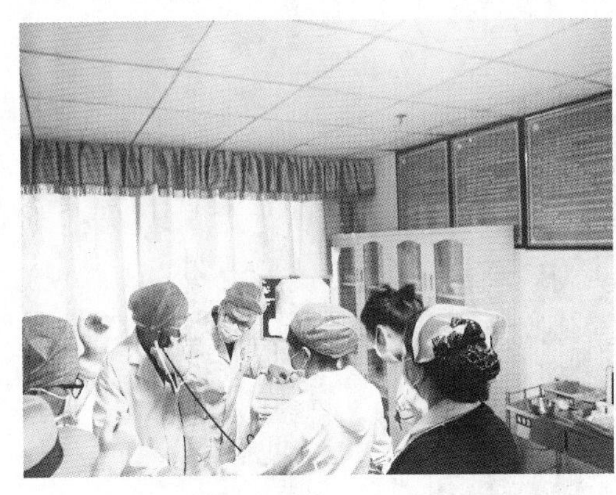

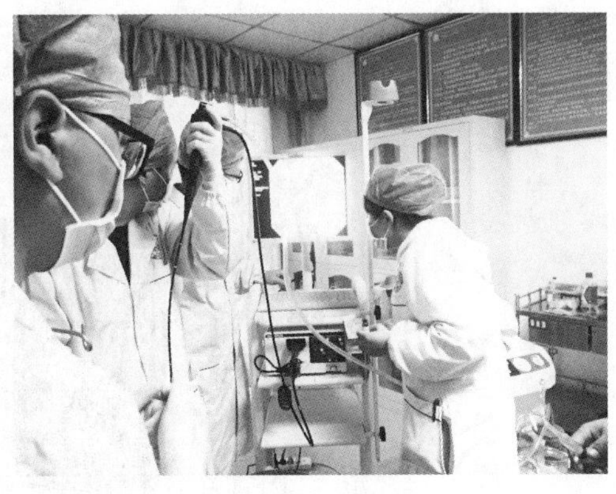

遇到困难不能退缩。有条件，要上，没有条件创造条件，也要上，办法总比困难多。经多方打听得知，我院 ICU 有电子支气管镜。但是他们科只用来针对气管切开患者行肺泡灌洗、吸痰等治疗，没有配套的活检钳。医院内现有的活检钳尺寸偏大（消化内镜用的），不能进入电子支气管镜活检孔道。另外，我们科护士都没有学习过清洗、消毒电子支气管镜以及如何配合电子气管镜检查等操作。为解决支气管镜检查这一系列难题，我教一个徒弟清洗、消毒电子支气管镜，教另一个徒弟和护士配合我做气管镜检查。于是，经过长时间的演示和练习，慢慢地我的徒弟也学会了气管镜的部分操作。在给一位肺门占位患者做好支气管镜检查的准备后，找来一根一次性吸痰管，在气管镜的引导下，插入气管内，通过这个吸痰管行气道内吹氧。待气管镜探查到这个患者主支气管病变时，再沿一次性吸痰管尾端插入活检钳。用吸痰管代替气管镜的活检孔道，并成功取出组织，而且病理结果呈阳性：鳞状细胞癌。我还申请添置了一台彩色打印机，自己结合图文制作，成功打印出第一份气管镜报告。这时我的徒弟们既高兴又激动地说："老师你真厉害！这样也能做支气管镜活检。"从那以后，遇到肺占位的患者，再也不怕了。

2018 年 12 月 10 日，山南市人民医院呼吸内科采购的奥林巴斯电子支气管镜终于安装到位。送出学习归来的呼吸科负责人郇霞主任在进一步指导后已能完全独立操作。现在，在呼吸内科全体医生的合作下，有能力完成电子支气管镜从清洗、消毒、检查（包括肺泡灌洗、气管内给药、刷检、活检等）到打印出报告的全部任务，并得到患者及家属的肯定。看到这样的成绩，我想我在气管镜检查方面的带教任务也圆满完成了。

一次援藏行　一生援藏情

广州市第一人民医院　王斌

有人说，此生一定要去一次西藏，那是个让人魂牵梦萦的地方！那里有湛蓝的天空、洁白的云朵、皑皑的雪山、纯净的湖水；那里有醉人的风景、真实的笑容、鲜活的生命，更有一批又一批可敬可爱的援藏人和淳朴真挚的藏族同胞水乳交融、携手共进。为了西藏人民的健康福祉，以习近平同志为核心的党中央作出了对西藏各地区实施医疗对口支援、实行医疗人才组团式选派的英明决策。自此，拉开了轰轰烈烈的医疗人才组团式援藏工作大幕。而我，也随着广东省第四批组团式援藏医疗队踏上了西藏这片神圣的土地。

我工作的地方是林芝市人民医院外一科，我担任外一科副主任，负责泌尿外科临床工作与专科建设，配合林芝市人民医院继续开展强“三甲”工作。具体来说，建学科，抓管理，育人才，传技术；提升泌尿外科门诊量、住院人数及手术例数，开展泌尿外科腔镜及微创手术治疗，开展新技术、新项目。同时也将培训带教泌尿外科专科医师，进行临床教学查房及业务授课与培训。

使命召唤，义不容辞

进藏第一周，还在调整身体状态适应高原工作，没想到，任务说来就来，我遇到了第一例危重症抢救及急诊手术病例。那天深夜 11 点，医院紧急召我返院。虽不知晓是何种任务、何种患者、何种病情，但我马上做好了出发准备，随着救护车呼啸的鸣笛，风驰电掣地赶回了医院。这是外院急诊转入的一位经产妇瘢痕子宫破裂大出血、剖宫产术后、可疑膀胱宫颈阴道瘘、腹腔内出血的患者，病情危急！此时，患者处于休克，可能有合并感染、大出血、弥散性血管内凝血等并发症，急诊手术也存在极大风险甚至可能危及生命。况且，在诊断不明确的情况下，急诊手术并无把握一期处理膀胱宫颈阴道瘘，患者极有可能需要再次手术治疗甚至多次手术治疗。会诊专家们希望我能做出判断是否实施急诊手术探查。这是一次艰难的抉择！使命担当，责任重大！那一刻，我才真正意识到什么是“如履薄冰”。然而，患者病情持续恶化，容不得我退缩，必须急诊手术。麻醉后，患者血压骤降！此时患者血压极低、手术风险极高，再次让我面临严峻考验！在ICU杨春华老师的指导、麻醉科医生及手术室护士的严密监护下，患者经过升压、补液、扩容、输血等抢救措施，血压回升。抢救患者刻不容缓！虽然这是一台高风险手术，但产科袁晓兰老师和我以及泌尿外科同事还是争分夺秒开始实施手术。经过大家齐心协力和积极配合，手术顺利结束，患者生命体征平稳，安全返回ICU进一步监护治疗。

治疗完患者，离开医院时已是清晨6点。一宿未眠，但是感觉值得！走出医院大门，回头看看闪亮的霓虹灯和满天的星光，身体疲惫但心情舒畅！是的，有什么能比这更令人充实呢？在随后的临床工作中，我也曾在三更时分赶回医院处理急性重症颅脑外伤合并肾挫裂伤患者的抢救及转运；我也曾在凌晨1点赶回医院处理因为急性起病险些被误诊的3岁患儿，从而使小孩避免了一次无谓的“急诊手术”创伤；我也曾在雨雪交加的冬夜临危受命执行医疗保健任务。高原的深夜，寂静而寒冷，但是，不管哪次披星戴月地返回医院，我都无怨无悔，因为职责所在，义不容辞！

情系孤儿，大爱无疆

少年强，中国强；少年行，藏区行。藏区的孩子都带着天真烂漫的笑容，承载着未来的希望。看着那些患病的藏族孩子，真是心疼。最令人难忘的是与骨科吴文老师共同施行手术的林芝市儿童福利院15岁藏族孤儿，虽罹患残疾，但眼神温暖而坚韧，心灵的窗户一尘不染。面对阳光乐观的孤儿，我们没有理由不倾力相助。历经将近6小时，成功为患儿进行了右侧全手瘢痕挛缩畸形的整复手术。患儿康复顺利，我们也倍感欣慰——因为，孩子的手功能最大限度地恢复了！在他今后的学习、生活甚至工作当中，他可以独立自主，自食其力了！虽然对于我们来说，这只是援藏工作的一个小插曲，但是对于患儿来说却足以影响他的一生！患儿出院前，吴老师和我发起了小规模的募捐，得到了组团式援藏医疗队队友的热烈响应。感谢援藏队友对患儿的爱心捐助！医疗援藏，大爱无疆！

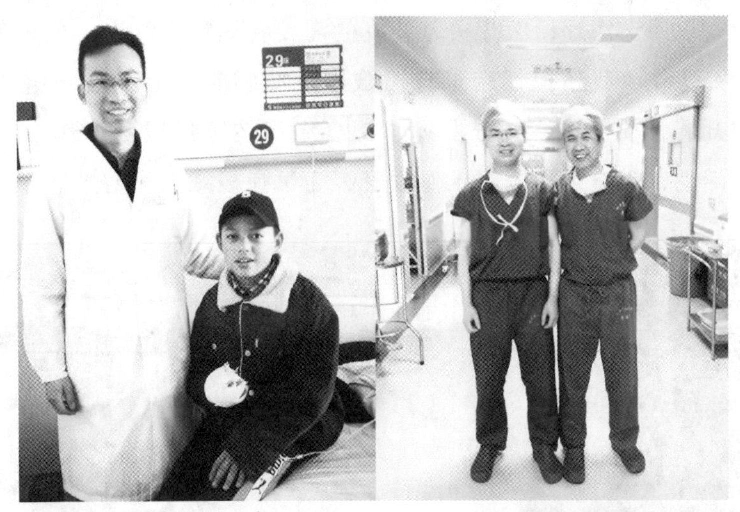

组织活动，彰显情怀

西藏，是一片人间净地。在这里，天很蓝，云很近，我感受到了藏族同胞的纯净而谦和、质朴而坚忍。每次下乡送医送药的义诊活动，前来就诊的村民都几乎将义诊场地坐满。村民笑容淳朴，清澈的眼神中透露出对我们的信赖和尊敬。看着这些可亲可爱的藏族同胞，我忘记了疲倦和寒冷，全身心地投入义诊工作。赴米林县堰塞湖区受灾群众的义诊活动、赴易贡茶场及易贡乡送医送药活动、赴波密县玉许乡义诊送药活动、波密县卡达村义诊送药活动……虽然每次义诊的路途艰辛，但我感触更深的是，边远地区缺医少药的现实不容乐观，相当多的顽疾治疗起来十分棘手。下乡义诊，不能只是走形式、走过场，需要我们坚持筛查、回访医疗；医疗援藏，真的需要我们守正笃实，久久为功。

除了医疗工作，我还担任广东省援藏医疗队临时工会小组副组长，协助上级工会组织开展各项工作，充分发挥了工会组织在医疗援藏工作中的作用，定期组织工会活动，为广东省援藏工作添彩，为医疗援藏工作增光。

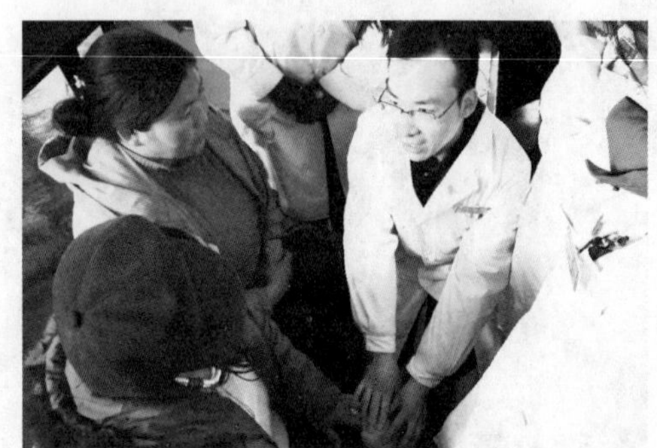

“一次援藏行，一生援藏情。”这份情怀是珍藏在心底永生难忘的。纵然千山阻隔万里远，我义无反顾地奔赴这雪域高原，有幸成为援藏大军中的一员。我相信，这一切都是值得的！接下来的时间，我还有更多的援藏工作及任务，一定不忘初心，不辱使命，不虚此行！

雪域高原　播种希望

广东省妇幼保健院　袁晓兰

2018 年 7 月，我依依惜别了才 1 岁半的女儿，第一次踏上了雪域高原，开始了为期一年的援藏之行。来到林芝市人民医院，我被任命为妇产科副主任，很快，我就熟悉了工作环境。虽然林芝市人民医院是“三甲”医院，但毕竟西藏地区基础薄弱，妇产科诊疗水平还有很大的提升空间。我要尽我的力量帮助和指导本地医生快速成长，提升本地医疗人才的综合素质，提高妇产科的医疗水平。

我在原单位工作 10 余年，经历了产科数不清的复杂的危急重症抢救，处理各种妊娠并发症游刃有余。我就想把我认为最规范的治疗和产科的工作模式、节奏带到林芝来。但来到林芝的第一周，高原林芝就给了我一个“下马威”。初到林芝我没有什么明显的高原反应，爬楼梯上下楼，第二天就头痛、胸闷了，我这才领教了高原反应的厉害。在早晨查房中，我很纳闷地发现已经 35 + 周孕妇还在用促胎肺成熟治疗，按照早产治疗标准 34 周就不需要了。当地医生告诉我这里的新生儿科条件差，还是要促胎肺成熟以免新生儿呼吸窘迫。我突然意识到这里是高原，完全照搬内地的标准、工作模式也许是不合适的。于是，我在工作中参考当地医生的处理，结合高原地区特点优化疾病诊治流程。我了解了更多的藏族文化，尊重当地的风俗习惯，我充分意识到和藏族同胞相互尊重才是顺利开展工作的基础。

2018 年 8 月 28 日，我查房时发现一个因腹痛入院孕 38 周的孕妇，入院后发现有高血压，肝酶明显升高，血常规提示血小板 $38 \times 10^9/L$，复查血小板下降至 $30 \times 10^9/L$。孕妇入院后无腹痛，要求出院，管床医生赵静是一个年轻的医生，请示我如何处理。她还没有意识到问题的严重性，认为只是普通的血小板减少。我告诉她，考虑是妊娠期高血压疾病的一个特殊类型：HELLP 综合征（以溶血、肝酶升高和血小板减少为特点的妊娠期高血压疾病的严重并发症）。此病最好的解决方案就是尽快终止妊娠，否则血小板还会持续下降、肝酶升高。

此病症在广东省妇幼保健院虽是危急重症，需要输血科、麻醉科，ICU 的全力配合，但凭技术力量处理此病完全没有问题。考虑到病情危重，马上联系输血科，回复是没有任何血液制品。没有血液制品的保障，如果在手术台上出血多诱发 DIC 下不了手术台怎么办，那我真的是孤立无援！是转运还是就地抢救？我一度犹豫了，但考虑到患者如果转运到最近的有条件的拉萨医院，至少需要 5 小时，孕妇、胎儿发生危险的可能性更大。我当机立断决定立即开展剖宫产术。趁麻醉时间，和赵静医生做了一个小小的术前讨论，告诉赵静术前应准备的预防术中出血的物品、术中的注意事项等。麻醉后，我带领赵静迅速取出胎儿、按摩子宫、球囊止血、快速缝合，手术速战速决，但手术切口皮下已明显渗血。患者被迅速送入 ICU，继续按摩子宫，防止产后出血，术后血小板一度下降至 10×10^9/L。终于，输血科提供了血制品，经过输血、抗炎等处理，孕妇治愈出院。术后第二天我就在科内进行了 HELLP 综合征的小讲课。要求不仅是赵静医生，科室全体医生护士都应该通过此病例能识别、处理 HELLP 综合征。

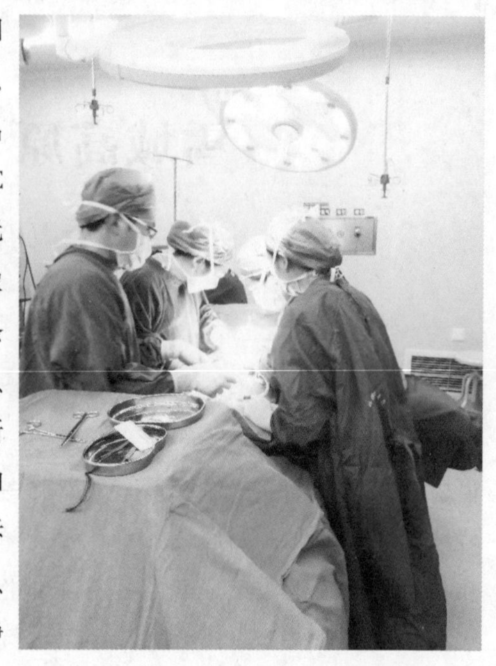

深夜做急诊手术

我“一对一”帮扶了玉珍和赵静两位本地医生。玉珍是主治医师，属高年资的医生，赵静是毕业才两年的年轻医师。针对两个医生的资历和特点，我给她们俩做了不同的带教方案。玉珍医生经过一年的带教要熟练完成产科剖宫产手术、产钳及胎头吸引助产术等，熟练掌握妇产科危急重症的处理原则、抢救流程。工作中遇到危重病例，我先请玉珍医师做分析、判断如何处理，我再给予理论上的讲解，指点她处理上的不足。操作上更多地让她放手去做。2018 年 7 月 23 日晚，电话铃声响起，有一急诊患者突发一侧腹痛，B 超提示一侧卵巢有 8cm × 9cm 大小囊肿，玉珍医师接诊考虑是卵巢囊肿蒂扭转，我回院查看患者后决定急诊行剖腹探查术。玉珍主刀，我给予配合，尽管盆腔粘连严重，手术很快顺利完成。走出大楼，夜空繁星点点，我俩相视一笑，她感激我的放手、信任和尊重，我感慨她的迅速成长，打车回到宿舍已是凌晨 2 点。赵静医生相对年轻，临床经验不足，经过一年的带教她要能独立处理妇产科的常见病、多发病，在上级医师协助下可以完成妇产科剖宫产手术。她手术操作基础差，一有机会我就带她做手术，对手术部位如何止血，如何缝合，一点一点地教她手术操作，多给她机会练习。在我的指导下放手不放眼，现在赵静医生是一个合格的手术助手。2018 年 9 月 1 日，周六，我因为感冒没有及时治疗发展成了肺炎。我在医院输液治疗，值班医生赵静非常着急地打来电话，一个臀位产妇急诊入院，宫口开全，她不知如何处理。我马上提着输液袋飞奔到产房，发现手术已来不及了，要臀位接产。赵静非常紧张，说她从来没有臀位接产过。我安慰她凡事都有第一次，不要紧张，按照我说的做就可以了。堵臀、娩臀、出肩、娩头，在助产士配合下，赵静出胎动作流畅完成，胎儿顺利娩出。随着婴儿“哇”的一声，赵静已大汗淋漓，我也长出了一口气。赵静说有了这一次的经历，她下一次再遇到就不会慌张，心中有数了。12 月 1 日，又是一个周六，科室值班医生赵彦霞急急打电话告知我，工布江达医院转诊一横位孕妇，宫口已开，阴道内可扪及胎儿手指及手臂。情况危急，我立即回院行急诊剖宫产术。赵彦霞医生告诉我，这是她第一次遇到如此典型的横位手术。术中赵彦霞医生配合我出胎后，我详细向她讲解出胎过程，手术顺利完成。术后，赵彦霞医生说这样的手术记忆犹新，以后上手术的动力十足。

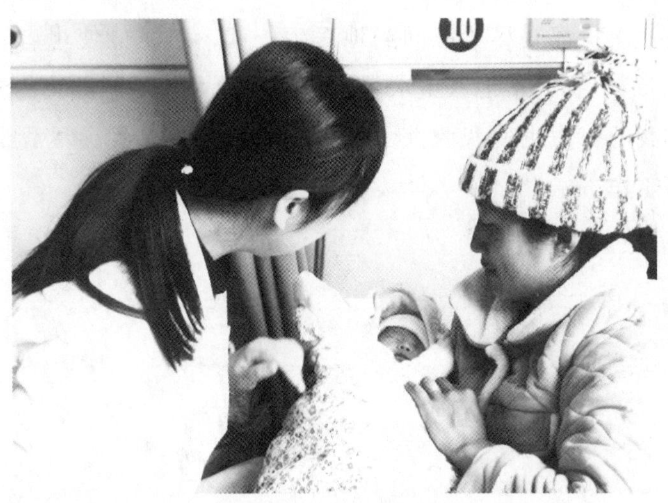

查房

教当地医生获取新知识的方法，变被动学习为主动。很多时候的授课是我讲，当地医生在下面听，这种获取知识的方法比较被动。我觉得要培养主动学习意识，最新的医学文献的获得主要是靠自己及依靠发达的网络。我就从最简单的幻灯片的制作到教医生如何从网络获取医学文献、专业领域的发展动态和最新知识。现在形成的一个教学模式就是，我选定一个题目，由当地医生来查找文献制作幻灯片，当地医生作为老师要面向全科小讲课。通过这种模式也锻炼了当地医生的主动学习能力。

科室小讲课

作为一名援藏医疗专家，在科室担当二线，紧急处理危急重症我都记不清有多少次了，每次我都竭尽所能同当地医生一起，总是能使患者转危为安。通过“传、帮、带”，提升本地医生水平，这是我最大的欣慰。我的专业知识、我的工作态度和我的努力也使我收获了当地医生的尊重。我会尽我最大的努力来圆满完成援藏工作。

援藏工作点滴

广东省人民医院　许燕

2018 年 7 月，科室接到援藏任务，需派一名心脏超声医师去援藏一年，4 天后就要确定人名并上报。科室里中青年要不是孩子太小，要不就是资质太浅，专业技术方面怕不能胜任。开会时，领导点了我的名字，要我带头，虽然我年龄较大，也担心高原反应，但能够为科室出点力，我就爽快地答应了，只是对年迈的双亲不放心。去到林芝后出现高原反应，走路快或边走边说就会出现气促，做所有事情需要放慢动作，才不至于出现气喘。第一天上班需要边吸氧边工作，还特别容易感冒，而且需要较长时间才能好。足足一个月才勉强“适应”，但 3 个月后才完全适应。

在科室工作中，我任劳任怨，保证把当天的患者都看完；手把手教徒弟做心脏超声，并采用提问式方法引导、启发他们学习，每周或两周讲一次课；2018 年开展了生理盐水右心声学造影，2019 年买了食道超声探头回来，将食道超声开展起来，并教会本地的医师做，为开展心外科术中超声及介入术中超声打好基础。

有一次，徒弟给患者做心脏超声，我边记录数据边看图像。徒弟说这个患者没什么大问题；我说这个患者有问题，有节段性室壁运动异常，然后讲解如何看室壁运动。所以，带徒弟时既要放手让他们做，又要把好关。

对于非常肯学的徒弟，碰到典型病例，我让他写出这种病的超声特点，并写成病例汇报，教会他做成幻灯片，在科里讲课。

有个患者，走路来做检查途中出现了多次心绞痛，心脏超声有室壁运动异常，心电图报告没有明显异常（机器报告）。但我仔细观察后判断这个患者较危险，很快会心肌梗死了，就赶快用轮椅把她送回病房，并通知队友黄晓忠主任。很快，对这个患者做了介入，并放了支架。

本地医院有个医师，胸闷不适，来功能科做心电图，结果是完全性右束支传导阻滞。功能科主任把心电图拿给我看，我说要排除房间隔缺损或其他器质性心脏病，需要做心脏超声检查，后续检查结果显示确实是房间隔缺损。该患者后来在广东省人民医院行了封堵术。

有一次，林芝市卫生计生委组织柔性援藏队去边远高海拔寒冷山区搞义诊，柔性援藏超声医师担心高原反应，遂叫我代替，我爽快答应了，并顺利完成了3天的义诊。

2018年11月下旬，广东省第八批援藏队启动林芝市2018年度先天性心脏病疑似儿童筛查工作，需要我做心脏超声来最后确诊。原本周五可以过来检查，但因大雪被阻在色季拉山口，检查安排在周六，这8个孩子中有4名孩子需要做手术治疗。

在援藏期间，我总是尽心把自己会的东西教给他们，把技术留下来，提高他们的心脏超声诊断水平，高原不怕苦，缺氧不缺精神。

林芝援藏故事

记中山大学附属第三医院姜丽

“超声可视化诊疗技术属于精准诊疗范畴。高分辨率的超声探头能清晰显示疼痛部位的肌肉、肌腱、韧带、关节滑囊和神经等软组织病变，可完成对肌骨疼痛疾病（习惯上称之为颈肩腰腿痛）病灶可视化的定性、定位评估。精准评估增加了诊断和治疗的准确性，避免盲法注射的副作用，疗效更可靠，医患也更安全。”广东省第四批医疗人才组团式援藏工作队队员姜丽在谈起这门刚落户林芝市人民医院中医康复科的技术时介绍道。

2018 年 7 月 13 日，姜丽作为广东省第四批医疗人才组团式援藏队专家组中唯一的康复治疗专家，来到了林芝，开启了她为期至少一年的援藏生活。她心里一直有个简单的想法：我要在这里埋下一颗种子，一颗肌骨超声可视化诊治技术的种子，待他年嫩芽满地，格桑飘香，便是对“援藏”这个词最好的使命报答，也是对架起联系汉藏人民深厚感情的坚实桥梁应尽的绵薄之力吧。

姜丽解释道："西藏高寒的气候特点促使肌肉骨骼疼痛病高发，林芝市人民医院康复科门诊约90%的患者是因肌骨疼痛前来就诊，而本地的康复治疗以传统推拿、针灸、中药外敷为主，现代康复治疗项目开展不多。这客观的切实需求为超声可视化诊疗技术落地林芝市人民医院提供了可行性与必要性。"

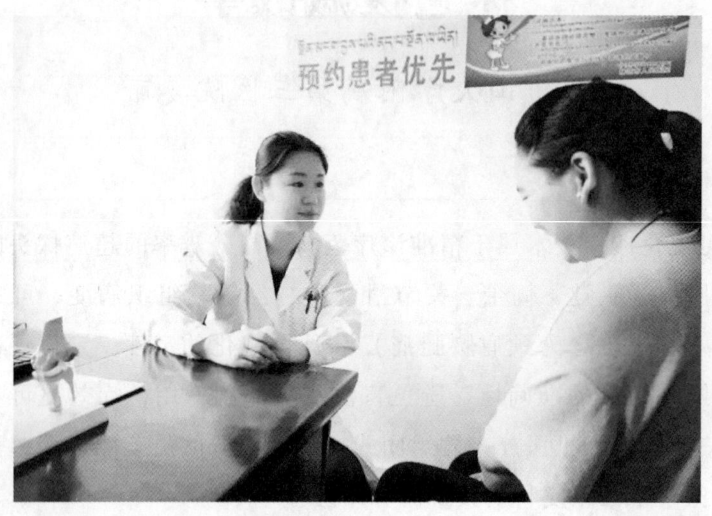

坐在来往于援藏住宿楼与医院的小巴上，姜丽看着窗外的树像列兵一样阵阵往后移动，陷入了思考。

次日，姜丽把该"种子想法"与康复科拉贵主任进行了充分沟通，并汇报给院领导。7月15日，医院为该项"种子计划"简要地配备了"铁锹锄头"和一块生产实验基地——专门从功能科调拨一台超声诊断仪和一间专用治疗室来配合该技术的开展。

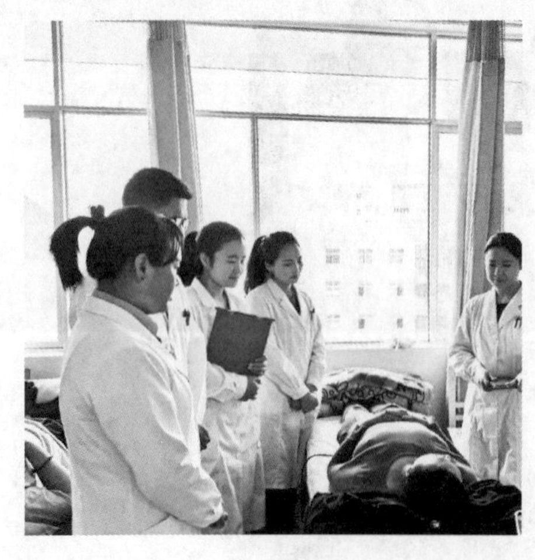

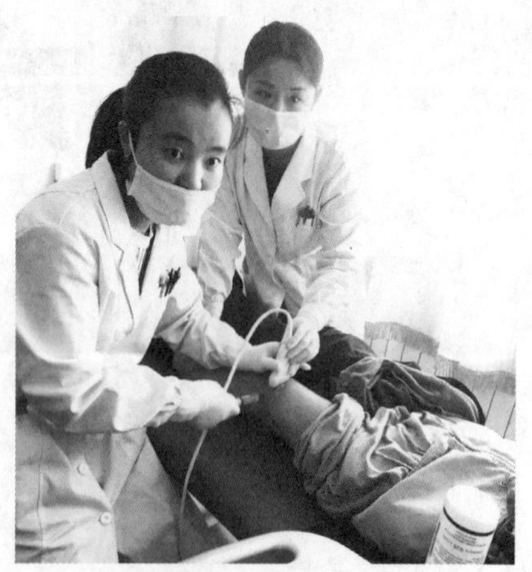

7月18日，自治区首例超声可视化疼痛诊疗技术落户林芝市人民医院。接着第二例、第三例、第四例……在短短一个月内，林芝市人民医院康复科共完

成超声可视化技术评估各类肌骨疼痛患者200余人次，注射患者100余人次。诊治病种包括四肢关节疾病、周围神经卡压、肌腱炎。除常规关节注射外，还完成周围神经和颈神经根注射等难度较高的注射操作。

姜丽介绍道："现在种子已经萌发并初步成长起来了，今后的开枝散叶和开花结果仍需我们全体康复人不断用汗水去耕耘、去灌溉，也需要自身认认真真、切切实实地把该技术操作要领与理论知识紧密融合起来传授予大家，并以医疗效果作为准则，制订可视化超声诊疗技术的临床与研究发展计划。医院制订了将超声可视化技术与地方病诊疗相结合的研究计划，争取早日形成临床与科研同发展的局面。"

的确，该项技术高超的诊疗水平和良好效果赢得广大患者好评。8月11日下午，西藏自治区党委常委、组织部部长曾万明同志亲临可视化超声诊疗工作室进行了视察并对该项新技术给予高度评价。

姜丽现在还有个简单而又平实的想法：希望在西藏林芝播下的这颗肌骨超声可视化技术种子能在自己离开之前在藏区成长成熟起来，结下的果能以林芝为中心，惠及西藏其他地区，让更多的康复专业人员了解并耕耘此项技术，提高藏区康复医疗水平，造福更多的藏族同胞。

姜丽喜欢看着窗外朵朵的白云。经常会问自己，援藏援的是什么，我能带给这个医院什么，能给那一张张慈祥的脸、那一双双清澈的眸子做点什么，或许这是每位援藏人都应该去思考的东西。

姜丽沉思了一会儿，又该起身去准备播种她的下一颗种子了。

竭尽所能　不负使命

中山大学附属第一医院　李剑波

医疗援藏，获益匪浅。我与当地的老百姓结下了医患之缘，与本地的学生结下了师生之缘，与援藏的队友结下了同志之缘，与美丽的风景结下了自然之缘。更重要的是，我的思想得到了洗礼，党性得到了锤炼！转眼间，在西藏自治区林芝市人民医院一年的援藏工作已接近尾声。回首过往，我主要做了以下事情。

积极开展新技术新项目，大大提升了当地的肾脏病诊疗水平

来藏伊始，不顾高原反应，我就积极投入林芝市人民医院肾内科的学科建设之中。在不到半年的时间里，就开展了多项新技术、新项目，包括超声引导下带隧道的长期血透管植入术、血浆置换术、血液灌流术、小剂量血液透析治疗心肾综合征技术、血液净化中心患者数据库建设、肾脏病大讲坛授课，等等。以上技术项目不仅填补了本地肾脏病诊疗领域的多项空白，还大大提高了当地医护的诊疗能力，为患者提供了更为优质的医疗卫生服务。

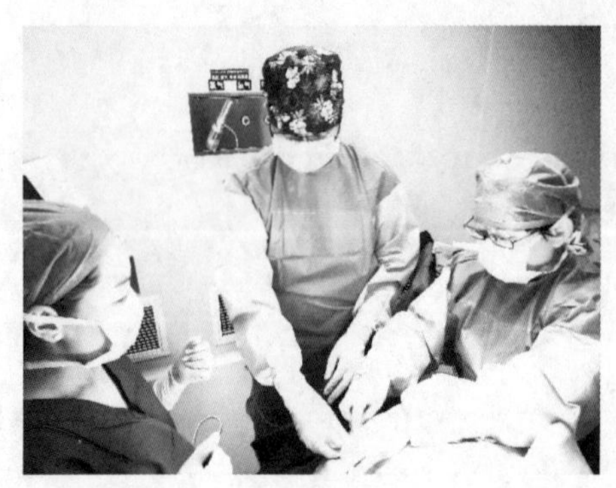

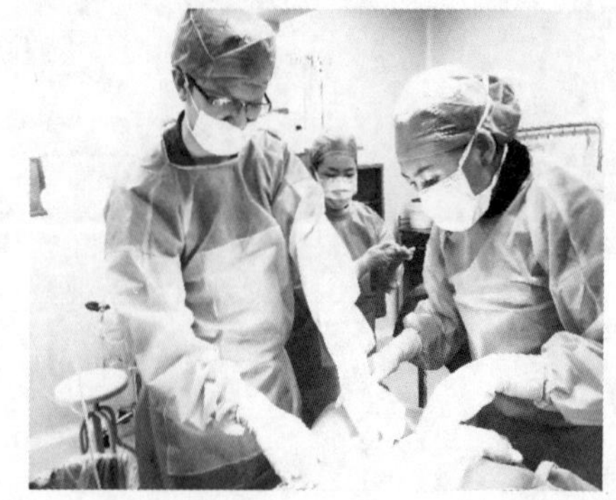

指导学生进行手术操作

积极参与义诊工作，为当地老百姓免费行医赠药

2018 年 9 月 7 ~ 12 日，我加入国家卫生健康委组织的“国家医疗队”，前后 6 天共跋涉上千公里，在林芝市波密县人民医院、波密县玉普乡卫生院、波密县玉普乡米堆村、林芝市工布江达县卫生院、工布江达县拉果旁村开展查房、义诊活动，提高了当地医生诊疗能力，并为当地老百姓提供了专业的诊疗服务和免费发放了治疗药物。

2018 年 12 月 8 ~ 9 日，我主动加入林芝市卫计局组织的医疗队，先后前往波密县易贡茶场和易贡乡开展免费行医赠药活动，让当地群众切实感受到党和政府的关心。

2019 年 4 月 16 日，我又与广东省第一届援藏工作委员会的队友们一起，奔赴林芝市米林县索松村义诊，为老百姓看病送药，出色地完成任务。

积极参加义诊

有意义的工作还有很多，难以一一记录。党和国家培养了我，我响应党和国家的号召来援藏。西藏老百姓的单纯、善良影响着我、改变着我，我也在用我的知识服务着他们、引导着他们。我愿竭尽所能，报党和国家的培育之恩，换西藏老百姓的长久安康！

治病救人　全力以赴

中山大学孙逸仙纪念医院　李梅

2018 年 7 月 13 日，我积极响应党中央、国家卫生健康委援藏工作的号召，作为广东省第四批组团式援藏医疗队的一员进藏，迄今已 8 个多月。在此期间，业务上我除了在林芝市人民医院保健科开展日常工作及协助新建立的林芝市人民医院健康管理中心开展工作外，制订了林芝市综合医院（含市级及各县级医院）卒中中心的建设标准及可实施方案，为脑卒中患者提供治疗福音。还多次参加基层乡村义诊，为老百姓送医送药。在培养医院及科室人才方面，落到实处，每周有至少一次教学查房，至少一次理论讲课，在林芝市人民医院的白求恩大讲堂及内科、康复科等兄弟科室不定期举行理论讲座；下级医生有任何疑难问题总是耐心解答；不厌其烦地修改住院医师书写的病历和病程记录；经常在深夜接到科室的会诊电话也从无怨言；多次到友科会诊并经常参加医院组织的多学科会诊，为兄弟科室解决神经专科及部分精神专科问题，获得兄弟科室一致好评；由于高原地区心脑血管病高发，为预防疾病发生，优化生活习惯，在林芝市党校等单位举行科普讲座。政治上在反对分裂、维护祖国统一和民族团结等原则问题上立场坚定，旗帜鲜明。生活上完成日常工作的同时，自觉充当各位队员的保健医生角色，努力为远离家乡及亲人的队友们提供温暖。

2018 年 10 月，保健科收治了一例大面积脑梗死的患者。当时患者病情危重，意识模糊，一侧肢体瘫痪。凌晨 3 点值班医生打响了我的手机，在我的指导下经过及时、冷静、缜密的处理，患者转危为安，当天早上 9 点查房患者神志已清醒，但仍留有肢体瘫痪，经过后续 2 周的规范化治疗，患者完全康复出院，未遗留明显后遗症。2019 年 3 月，一位不到 50 岁的藏族老百姓因为肢体无力及头痛到全科医学科门诊就诊，头颅 CT 显示脑出血，即刻收入保健科住院治疗。住院期间，患者及家属一度因为经济困难想放弃治疗出院。我了解情况后对患者及家属做了细致的思想工作，并在治疗方案上做了相应的调整，既减轻了患者的思想负担，也在经济上尽可能为患者减负，最终患者经过规范的治疗好转出院，出院时肢体恢复正常，患者及家属均充满感激。类似的病例在我援藏以来还有很多。对于我来说，援藏是任务，也是情怀，更是使命。看到藏区老百姓在我的医疗技术帮助下一个个康复，我深感欣慰。能为藏区的医疗卫生事业贡献我的绵薄之力是作为一个援藏人的本分。一次援藏，终生援藏，在距离援藏结束还有不长时间的今天，我感到做得还不够，未来能做的还有很多。为此，我已加入广东省医师协会援藏工作委员会，将来继续为医疗援藏事业服务。

笃定的黄鹌菜花

南方医科大学附属第三医院　吴文

我来自南方医科大学附属第三医院，是一名普通的骨科副主任医师，默默“吴文”。工作三十年，“老冉冉其将至兮，恐修名之不立”。这次有了机会，响应祖国“援藏、援疆”号召，义无反顾汇入援藏大军行列。于是，人生履历多了个烙印：第四批援藏医疗队成员。如同不知名的黄鹌菜花，量力而行，在绚丽的群芳中笃定地奉献。

援藏医疗结束的日子越来越近，却有着一种极深的寂寞感。这种寂寞感，便源于高远的理想和现实的无常所带来的冲突。“红了樱桃，绿了芭蕉”，一年太匆匆，悬壶济世，我还有太多工作要继续前行。每每行走于青稞垄间，雪山脚下，农舍院落，柴门木栏，看藏寨悠悠，烂漫野桃，听田野牧歌，哼一首水龙吟，染一身烟火气息，也就颇感欣慰。在这块散发出特有的糌粑、酥油茶味儿的土地上，我留下了串串坚实的脚印。

我帮扶的部门是林芝市人民医院外一科。在这片净土上，需要讲创新、带项目，但更重要的是“三基”理论、技能培训，干些实实在在的事，提高基本功，先走后飞。

“高贵隐秘的胜利，是任何肉眼所不见，任何声音所不被传递，任何鼓乐所不歌颂的。”平凡中孕育伟大，做无名英雄，有时比显赫的英雄更伟岸。我把对藏区的热爱融入每一例手术中，授人以渔，例例精品。且手术量居历届援林芝骨科医生之首！不胜枚举，略表几例。

少年行，藏区行！一位藏族8岁患儿因5岁时烧伤后不规则瘢痕挛缩造成下肢活动功能受限，瘢痕畸形，生活受碍，辗转数十家医院，多年求医未果，经墨脱县人民医院医疗团队介绍及政府“精准扶贫”支持下，来林芝市人民医院外一科，诊断为“全身多处烧伤后会阴部大面积瘢痕挛缩”。2018 年 9 月 20 日，手术由我主刀，成功施行烧伤后会阴部大面积瘢痕挛缩行疤痕切除、股前外侧皮瓣转位修复、矫形术。术后髋关节外展，屈曲功能恢复，双下肢活动自如。手术难度高，具有极高的挑战性。在西藏林芝市尚属薄弱环节。沉疴痼疾一朝除，开启日后“性福”门。术后 14 天顺利拆线出院。痼疾欣去体，好音藏粤情。每见到医生，少年父亲喃喃用藏语祝福，念念有词，藏胞的信仰，悠悠梵音，是在感党恩，把援藏医生当救苦救难的“活菩萨”。

“古调虽自爱，今人多不弹。”断指再植形同祖国医学，浓墨重彩，是中国对世界医学史的贡献，是国粹，是中国元素。物欲横流，如今不为名、不图利，孜孜以求坚守这一领域的医生越来越少。2019 年 4 月 12 日，50 岁的王先生在施工现场被滚石砸伤后，左侧小指完全离断。伤后，断指予以生理盐水浸泡，伤口简易包扎后，约 12：45 送至林芝市人民医院外一科。我和李越历时 6 小时为其行断指再植，手术成功，王先生手指几乎恢复了原来的样子。经过循序渐进的康复训练，功能慢慢恢复。

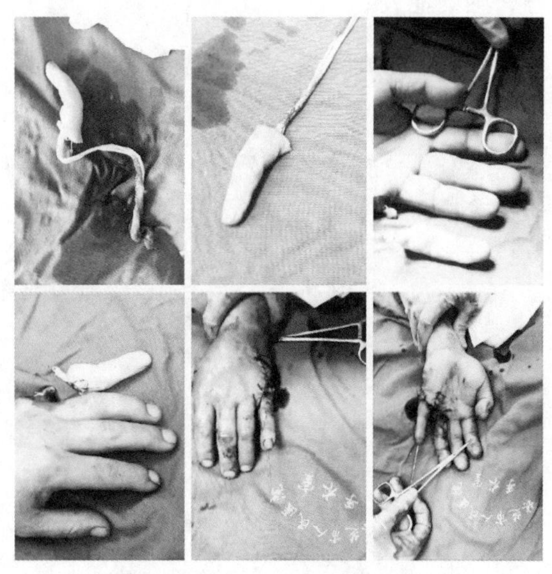

什么样的眼神最动人？我同王斌共同手术的藏族福利院 15 岁孤儿，全手瘢痕挛缩。虽罹病，但他们眼神给生活以最温暖的注视，心灵的窗户一尘不染。生活还有读不懂的诗和到不了的远方。我们需帮扶的人太多，力量太薄，个人仅绵薄之力！我俩呼吁减免医药费，组织第四批援藏医疗队踊跃捐款，筹集 4700 元。

“工欲善其事，必先利其器。”在李欣院长的支持下，我制订计划，由中山大学管理学院无私支持，引进大型设备。变废为宝，让 CPM 机在科室服务患者……因地制宜，利用微信、幻灯片等各种渠道培养了一批批学员，讲授“骨折概论、常见骨折的处理”，手把手教学，手术量翻倍、创伤中心雏形初显、党支部工作筹划推进、溺水战士的抢救等不一而足。

精心是一种能力，作于细、能成事，把控细节、打造精品。精心是一种创新，专心用心、倾力倾情，方能绣出花来，做出彩来！援藏，我具备的就是这份心。在这方土地上充当“普之仁”，悬壶济世，福祉民生，带来黄鹌菜花的“喜乐”。

“希望是这个时代像钻石一样珍贵的东西。”我爱这片土地爱得深沉！缘于爱，我想援藏工作后程不会乏力，会带着梦想，继续前行，为援藏医疗笃定奉献，因为我选择了希望。

援藏医疗团队各有各的精彩。而我，如同黄鹌菜花，心态平和，在平实中修身养性，在平实中繁衍生息，于不引人注目的环境里开花结果，彰显独特的生命姿态，证实自己，感染他人。

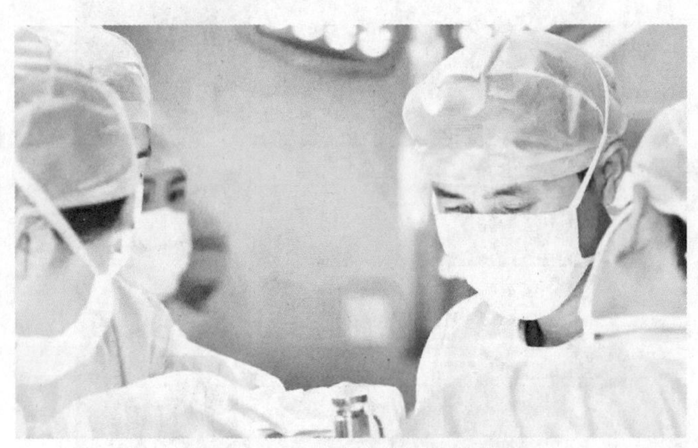

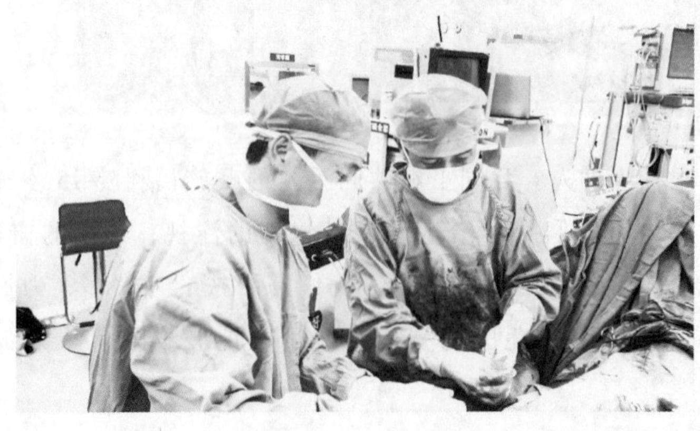

爱做“小事”的援藏老师

记广州医科大学附属第一医院刘利东

在得知广东省第四批组团式援藏医疗队需广州医科大学附属第一医院派出检验专家的消息后，还未来得及与家人商量，刘利东同志就第一时间报名参加。他认为作为一名优秀共产党员，理应积极响应国家援藏的号召，克服一切困难，到最艰苦的地方去。来到海拔近3000米的林芝，首先要努力克服身体不适。虽然海拔不高，但这一年来带给他最大的反应就是晚上睡觉质量太差，不但入睡难，还经常在夜中惊醒。“缺氧不缺精神”，无论晚上睡得好不好，他都坚持每天准时上下班，坚持患者利益高于一切之初心，视标本为病患，以高度的责任心对待每个样本的检测。

援藏人各有情怀，刘利东的想法有点不一样。他并没有强求自己去做什么大事，而是喜欢做“小事”。他来到林芝市人民医院检验科后，发现仪器设备及科室场所一点也不比内地差，装备之先进足令内地医院检验科羡慕，而且检验科同事以“90后”为主，是一支年轻有活力的团队。经过一段时间的观察，他发现大家的观念及规范上面还是有许多缺陷。比如，工作人员对待质量控制的看法、对信息化发展的了解、出现问题时的处理、对专业知识的学习等，还是与广东省的医院员工有较大的差距。于是，他想要去改变。

培训，是他刚到林芝之后的一个工作主题。检验方法学的发展、信息化的应用、质量控制的规范等，一个一个专题讲，一个问题一个问题解决。强“三甲”是第四批队员的主要工作。刘利东提出检验科应以“提高检验质量，降低患者风险”为主题，加强检验学科的质量管理。他跟医护沟通，宣讲“分析前质量控制”的重要性。在科内，他培训质控相关专题，如何做、为什么要做、如何分析结果、如何提高质控的质量，还让大家互相监督。通过多次的培训和实际问题的解决，他让全科同事明白，只有我们的质量控制做好了，才能最大限度避免结果错误。他也发现科室的业务学习基本上靠他自己，于是协助科主任将每周进行一次业务学习固定下来，安排科内人员轮流进行专题讲座，让他们在准备专题内容时，提高自身的专业水平和业务能力。

刘利东带了两个徒弟，但他并没有在日常业务中手把手教技术，因为他通过观察发现他们在操作方面已经相当娴熟。所以他经常跟他们交流，传授一些新专业进展、新的观念，了解他们的困惑并予解决，让他们在思想观念上进行改变。其中一个学员罗布说："刘老师有些特别，带来了很多新的理念，给我冲击，很多事情放手让我去做，话说得不多，但会观察我做的过程和效果，再进行纠正，我从他身上真的学到了许多东西。"

他发现林芝市人民医院标本应用了条码管理，但在进口的罗氏诊断仪器上检测时，还在使用手工编号，手工进行项目选择，要按标号顺序上机。在这个过程中，只要出现一步差错，结果就会传错，导致重复检测的浪费，如果没有及时发现，还极有可能发错报告。"这个问题必须解决"，他说。于是，他马上与实验室信息系统和仪器厂家工程师联系，在他们的远程协助下，进行仪器双向通信测试。其间，因为工程师的传输文件的问题导致仪器不能通畅读取标本条码，出现标本不能及时检测而堆积，工作人员甚至想放弃，但他还是坚持做下去。经过一个星期的调试，双向通信终于开通。自此，生化免疫仪器再也不会因为编号的问题出现结果错误，而且还大大节省上机时间，报告时间也相应有所缩短，医生和患者因此受益。

新项目的开展也一直是一个难题。刘利东经过调研，根据临床需求优化检测项目组合，通过半年时间，已开展新技术、新项目13项并应用于临床，填补了多项林芝市内空白，包括常见肿瘤的血清学筛查、结核杆菌核酸确诊及耐药检测、心脑血管病的血清筛查等，即将开展的项目包括胃癌筛查等6个项目。这些新项目的开展，让许多原来外送的标本留在检验科检测，由原来一个星期发报告到一天发报告，对临床诊疗有极大的支撑作用。

大家日常工作中的小事，也是他关心的内容。他发现在检验科纯水机安装后，噪声太大，影响到工作区的同事们。于是，马上联系总务部门，在水机和工作区之间安装隔音墙，从而让大家不受噪声干扰；免疫同事进入试剂库的路程远了，他又申请在工作区配一台冰箱，免去同事来往试剂库的麻烦；看到检验科大厅窗口没法上锁，外面可以直接进入检验科，马上安排将窗口改装，保证值班同事的安全……种种小事，他看在眼里，记在心里，然后就行动。为了让大家对学科发展有足够的信心，也为了让全科同事了解科室的现状与未来发展目标，在2018年底，刘利东主持召开检验科第一次的年终总结会，并邀请主管院领导参加，会上全科对学科的发展进行热烈的讨论。他认为，要让大家对科室有归属感，这些仪式还是需要的。他也希望，整个科室要一团和气，藏汉一家亲。

有人问他，这一年过后，你最大的感受是什么？他说："首先是不舍，总觉得还有许多小事没有做完；然后是想念，在林芝时想念家人，在广州时想念林芝人，我已经把西藏人民当成自己家人了。"

这就是刘利东，一个不一样的援藏人，一个爱做"小事"的援藏老师。

医者仁心　服务阿里

榆林市第一医院　刘小利

西藏，一个令人神往的地方。有着灿烂的阳光、洁白的云朵、纯净的天空、连绵的雪山、碧玉的湖泊……同时，由于海拔高、氧气稀薄、地理环境限制，社会发展相对缓慢。援助西藏是内地兄弟省市的一项重要工作。

陕西省对口援助的是西藏阿里地区。阿里地区，被称为“世界屋脊的屋脊”，平均海拔4500米，氧气稀薄，昼夜温差大，降雨极少，寒冷干燥，是世界人口密度最小的地区之一。20多年来，诸多陕西的能人贤士发扬延安精神、“老西藏”精神和孔繁森精神，与阿里人民血脉相连、同甘共苦、共谋发展，使阿里地区呈现繁荣面貌。

我勇敢地加入陕西组团式医疗援藏队，秉承“阿里陕西人”的坚忍品质，怀揣着支援边疆、发展医疗的梦想，义无反顾地踏上征程。面对高寒缺氧，远离家园，我并没有退缩和胆怯。作为一名女同志，为人妻、为人母，我的远行更多了一份愧疚。舍小家，为大家，我无悔我的选择。

我深知仅靠一年时间是不可能改变一切的，所以在藏期间，我竭尽所能，做好自己的工作，在最短的时间内做出最大努力，为阿里人民医院做出自己一点微薄的贡献。

在阿里地区人民医院，我分别担任护理部副主任、重症医学科的护士长、门诊办护士长，并负责医院的宣传工作。援藏帮带工作是持续的，是为阿里人民留下一支带不走的队伍。我带教的学生叫央珍，是一名优秀的藏族同事。我来之前她负责护理部工作，认真踏实，兢兢业业。我指导她提高了护理管理能力。我们不仅是师生，更成了好姐妹。

阿里地区人民医院重症医学科在我们到来之后才成立。我担任重症医学科的护士长，选拔护士，并进行各项理论与操作培训。经过多次考核，她们顺利胜任了重症医学科的护理工作岗位。一年来，我参与了10余位危重症患者的抢救工作。其中，有一位患有脑出血的藏族同胞，送到医院时已经处于半昏迷状态，经过我们科室医护团队的精心治疗和悉心护理，已经转危为安。我看到苏醒后的他拉着爱人的手，倍感欣慰。

在负责医院宣传工作中，我整理了医院各科室的新成就、新举措、新经验、新技术、新业务，并向社会做了翔实宣传，制定了各科室宣传手册。结合高原疾病的预防知识，临床诊疗资料，做了全科健康宣教手册，并指导培训导医人员，完成门诊患者的健康宣讲和医院宣传工作。

除了做好分内工作，我积极参加送医送药送健康活动。先后10余次参加义诊和医疗保健工作。

4月7日，西藏自治区党委在噶尔县狮泉河镇加木村启动以“感党恩、促团结、送健康”为主题的2019年文化、科技、卫生、法律和爱国爱教宣传服务“五下乡”活动。阿里地区人民医院为主导团队，很荣幸，我作为唯一一名援藏医疗工作人员，参加了这次活动。

活动中，我们积极与藏医院及各卫生服务中心合作，面向当地农牧民现场开展体检义诊、健康咨询、送药、送健康知识图书、送健康宣教挂历等服务。

本次活动共义诊60余人，健康咨询80余人，发放健康宣教资料100余份，发放各类免费药品上百件。我对每一位前来问诊的藏族同胞热情、耐心、细致地问诊解答，测量血压，派发药品，对于需要做进一步检查的同胞们几番嘱咐及时到医院就诊。

通过义诊活动，把健康知识和医疗服务送到农牧民群众身边，提高了农牧民的健康水平和健康意识，切实做到了为农牧民群众提供医疗保健服务，促进了农牧民群众对疾病的重视。

在阿里的每次义诊总收获很多感动。感动医院同事对我的理解与支持，感动农牧民群众对我的信任和需要。

我只是无数援藏人中的一名，所做之事也是微不足道。在阿里的一年时间真可谓转瞬即逝，还有很多工作我没有做，还有很多人没有感谢，还有很多患者没有去帮助，我真的想留下来，在阿里继续工作。但是我明白，即使我离开了，我的心一定会时常想起这里的点点滴滴。一次阿里行，终身阿里人。我会持续关注阿里地区人民医院，尽我所能帮助同事，服务阿里！

医疗援藏　关爱生命　情怀信仰敢担当

西安市红会医院　王文涛

“世界屋脊的屋脊”阿里地区平均海拔4500米以上，含氧量只有内地的50%，医疗水平相对落后。为了给藏族同胞解除病痛、守护健康，2018年8月我和我的援友们克服困难、主动请缨，离开亲人、家乡、同事，踏上这片人称“天上阿里”的热土，履行一年的援藏任务！

师带徒，留下一支带不走的医疗队

一踏入这片辽阔的土地，就了解到人才匮乏是阿里医疗水平落后的突出问题，留下一支带不走的医疗队才能真正帮助当地提高医疗技术水平，解决群众看病难的实际困难，我与院方签订组团式援藏医疗人才帮带协议书，为了有计划实施，为每个人量身制订年度总目标、季小目标、月计划、周安排，上专家门诊时根据临床见到的病例，理论联系实际，教会他们常见病、多发病的解剖基础、发病机制、临床分型及各型处理方法；手术台上，将最基本手术器械的规范使用、解剖标志的认识和暴露、基本的切开与缝合、骨折的复位和内固定物的植入等教给他们；理论带教，周周有专题，从开始的我讲学员听到学员讲我点评，学生在一天天进步。我相信，在援藏医生当地医务工作者的共同努力下，阿里地区的医疗水平会大大提高！

加班加点，迎接医院“三乙”评定复审工作

2018年是阿里地区人民医院创三级乙等医院评定复审工作最关键的一年。9月阿里已经开始寒冷，作为骨科业务主任，我尽快融入科室工作，顾不得高原反应，除了完成临床和教学任务，还作为“三乙”办医疗组成员，积极投身到创建“三乙”的工作中去，响应医院号召放弃节假日休假，每天加班，查阅科

室文件，熟悉评审条款，查找科室短板，逐字逐句修改病历，提高病历质量和内涵，根据手术分级管理制度和科室人员职称完善了科室相关人员的手术级别，完善了科室相关的医疗 18 项核心制度。通过努力，医院于 2018 年 10 月经过“三乙”评审工作组的评审，2018 年 12 月顺利获得三级乙等综合医院授牌。

跨越千里，携带呼吸机转运开患者

在阿里工作奉献了 30 年的扶贫干部突发硬膜下血肿，昏迷，需要立即实施手术，由于当地没有专业的神经外科医生，我主动请缨，配合手术，历时约 5 小时顺利完成，术后患者病情不稳定，我主动要求值班，确保患者生命安全。鉴于阿里地区地处高原，家属要求将患者转运到内地康复治疗。我和队友们连夜分析了转运可能存在的风险，针对每一项风险制定了相应的预防保障措施，制订了转运方案，我担任转运组副组长，历经 22 小时不停息的长途奔驰，成功将患者转运到喀什地区第一人民医院。途中，为了尽快将患者转运到目的地，除了停车给患者吸痰护理、更换液体、轮换司机外，连吃干粮的停车时间都舍不得。在整个转运途中由于路途颠簸，我一直用手保护患者的头部。到达目的地顾不得休息，进行交接和下一步的治疗方案讨论，连续工作了 24 小时。通过微信交流和电话沟通着患者的病情变化，时刻参与着治疗方案的制订。阿里地区扶贫办工作人员给阿里地区人民医院送来感谢信、锦旗，给专家们献上哈达以表感谢。

专家上门残疾评定，便民服务温暖民心

为保障残疾人士的权益，规范残疾评定程序，2018 年 11 月 5 ~ 14 日带队到普兰县完成残疾评定工作。我利用休息时间对《中国残疾人实用评定标准》《中华人民共和国残疾人证管理办法》《中华人民共和国残疾人保障法》等进行了系统的学习。到达普兰县后，顾不得休息，与民政局的工作人员一起对本次活动内容和工作要求进行了详细的解读；明确在残疾评定中应当承担的职责和开展的工作，对可能出现的问题制定相应的解决办法，制定了“一个不能少、一个不能多、一个不能错”的活动宗旨和“坚持以查体所见为依据，以评定标准为准绳，服务群众一站式模式”的原则。根据目前已有的残疾人名单和可能需要新增评定名单、家庭住址、残疾性质以及家庭成员情况等信息，统筹兼顾，制

定了首先集中办理；对于远离县城及乡镇、行动不便无法到达评定现场的，通过下乡到达群众家中上门服务办理；对于在外上学务工无法返回的群众，通过微信视频、走访周边群众等方式做到一例不能少；对于既往评定为残疾通过专科治疗好转后不再符合残疾评定标准以及想评定为残疾但不符合评定标准的，给予坚决退出，做到一例不能多；对于既往评定为残疾和新增的残疾人中，通过细致查体，严格按照国家评定标准，该升级的给予升级、该降级的给予降级、该退出的给予退出、不够评定条件的坚决不予评，做到一例不能错；针对评定程序复杂制定身份审核、登记、填表、检查、鉴定等“一站式”的人性化服务模式。上门开展评定残疾工作，省去了藏族同胞去地区鉴定的麻烦，节省了往返的费用，确保残疾人及时享受到国家相关政策，对不符合办理条件的群众耐心解释相关政策。在评定过程中，还利用自己的专业技能，给藏族同胞提供相应的医学治疗指导，得到了藏族同胞的一致好评。

神山圣湖、蓝天白云、黄土银雪红柳花；经幡飞扬、雄鹰翱翔、阿里人质朴善良；医疗援藏、关爱生命、情怀信仰敢担当。

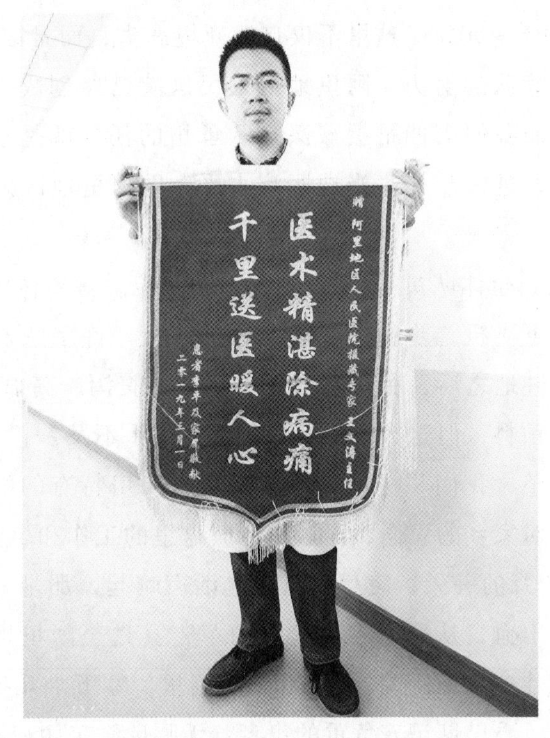

高原的健康守护者

西安医学院第一附属医院　吴涛

2018 年 5 月得知中央组织部第四批组团式陕西援藏医疗队在我院征召队员的消息，了解到西藏阿里急需医疗援助的现实却让我怎么也放不下，强烈的责任感驱使我毅然决然地报名参加，并通过了报名、体检、培训关，光荣地成为陕西第四批组团式医疗援藏队的一员。

西藏阿里，在我的最初印象里是“万山之祖”“百川之源”，遥远而又神秘。经过查阅关于西藏阿里的所有资料，了解到阿里地区平均海拔 4500 米，空气含氧量仅有内地的 50% ~60%。这里不仅自然环境恶劣，而且医疗条件非常落后。经过前三批援藏医疗队的努力，阿里地区人民医院已经创成二级甲等医院，医疗水平大幅提升。而我们第四批援藏医疗队承担的任务就是承上启下，发挥组团式援藏医疗优势，进一步提高当地医疗水平，助阿里地区人民医院争创三级乙等医院。

2018 年 7 月底，全体队员 21 人奔赴西藏，在拉萨短暂休整之后，即到达目的地阿里地区。刚下飞机，步行去机场大厅的路上，许多队友就已经有了头痛的反应，到达援藏驻地之后，有人就出现了呕吐、腹泻、高血压、头晕等症状。这一切大家虽有所预料，但这么紧急又让所有人措手不及。

经过短暂的调整，我们积极地投入工作中，病房特有的酥油茶香，让我们倍感亲切，忘记了对家乡的思念，渐渐地适应这里的工作和生活。

记得 2019 年 3 月的一天，凌晨 1 点，电话声响起，那是一个叫贡觉的藏族大叔，因为突发脑出血，从两百多公里外的革吉县送至阿里地区人民医院。刻不容缓，我随即从驻地赶往医院。3 月深夜的阿里，零下十几摄氏度，因为打不上车，我疾步而行，心里惦记着危重的患者，无暇欣赏美丽夜空中明亮的星星。

患者脑出血 68ml。看着家属焦急的目光，我仔细分析患者病情，同时请示了援藏医疗队队长韩军同志，并组织由王文涛、葛冠群、刘峰、韩俊丽、童华等队友组成的专家团队进行会诊，制订了急诊手术方案。当家属询问我，患者这么严重是否需要转院至拉萨时，我很坚定地说："不行，这里离拉萨 1500 多公里，患者在路上随时会出现生命危险。"

术后，贡觉大叔从昏迷中逐渐苏醒过来，手术成功了。经过外科全体医护人员的努力，两周后贡觉大叔终于康复，患者和家属再次露出了纯真的笑容。

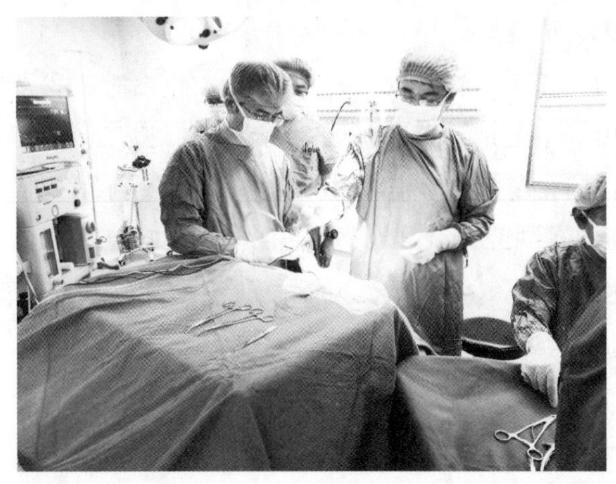

这个故事仅仅是一个缩影，发生在援藏医疗队队友身上的感人故事还有很多。因为担负着健康阿里人民这样的使命，大家都是在自己平凡的工作岗位上默默奉献。

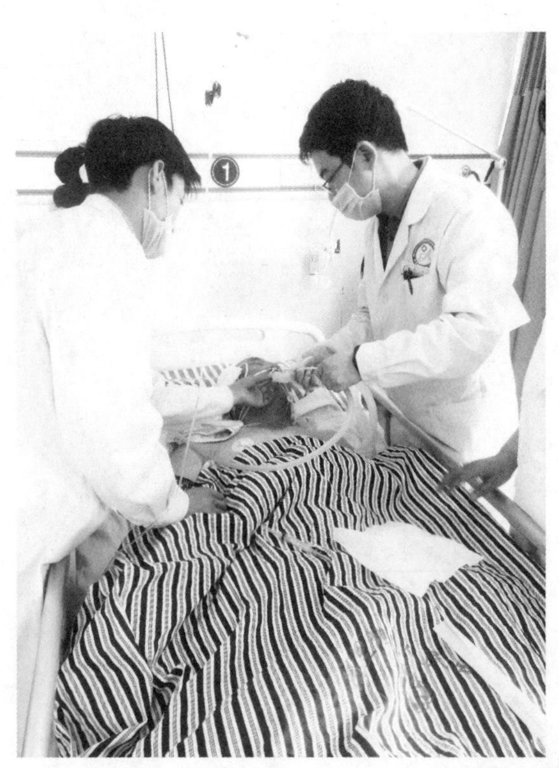

援藏的一年很短暂，为了提升阿里地区人民医院的医疗水平，建立一支带不走的医疗队，传、帮、带也是我们工作的重点。每周的教学查房、业务培训必不可少，从基本理论到临床实践，每一位援藏老师都是一对一、手把手地教，藏族学员也都虚心聆听、认真学习。相信经过一批批援藏医生的帮教，阿里地区人民医院的明天会更美好。

白天是忙碌的，夜晚是静寂的。每当夜深人静之时，我常常推开窗口，凝视远处巍峨的雪山。这里是青藏高原，世界之巅，长江、黄河发源于此。磅礴的群山、圣洁的江河，荡涤了我们援藏人的灵魂，磨炼了我们的意志，也充实了我们的内涵。沉下心来，我真切感知到国家战略和民族团结的深意。我将与所有援藏人并肩携手，寂寞中坚守，风雪中前行，留技术、留真情，不留遗憾，做高原健康的守护者。

我的援藏故事（三十九）

延安大学附属医院　刘峰

援藏，藏缘！

西藏自治区阿里地区素有“世界屋脊的屋脊”“青藏高原的高原”的称号，这里的蓝天、白云、雪山、圣湖是那样的纯洁美丽，这里的人们是那么的淳朴，这里是我的第二故乡，一个让我永远魂牵梦绕的地方。2018 年 7 月 30 日，对于我来说，终生难忘，这一天是我积极响应党中央“组团式援藏”战略号召，作为陕西省第四批组团援藏医疗队员正式进入西藏阿里这片神秘土地的日子。能把自己所学带给这片土地，帮助阿里地区改善医疗落后的现状，使阿里地区人民医院整体医疗水平得到提高，意味着，不管遇到怎样的艰难困苦和身心压力，都将“不忘初心，砥砺前行”。

记得当初主动报名参加援藏时，我面临着上有老、下有小的家庭状况。但是，到现在我忘不了临行前，医院、科室领导以及每位关心我的老师、同学给予我的叮咛嘱咐，“一定要保重身体”。他们还郑重地告诉我，“家里有任何困难随时告诉我们，一定全力解决”。家人、领导及各位老师、同学在大后方的理解和全力支持是我坚强的后盾。

初来阿里时，我出现了严重的高原反应，头痛、心慌、胸闷、没有食欲、失眠，只能靠药物来改善上述症状。在阿里各级领导及队友的关心下，我逐渐开展医疗和科室管理工作，和第四批组团援藏队友和阿里地区人民医院广大职工共同努力，2018 年 11 月通过了“三乙”终审，结束了全国最后一个地级市没有三级医院的历史，使阿里地区人民医院的整体医疗服务水平上了一个新台阶。“三乙”创完后我立即对内科进行了亚专业的分组，分为：心脑血管组、消化组、呼吸组、血液组、内分泌、风湿组、传染性疾病组。在延安大学附属医院的相关科室的帮助下，对每组疾病进行诊疗规范修正，并带教神经内科方向的两位当地医生，通过“师带徒”的方式为阿里地区人民医院留下一支带不走的医疗队。

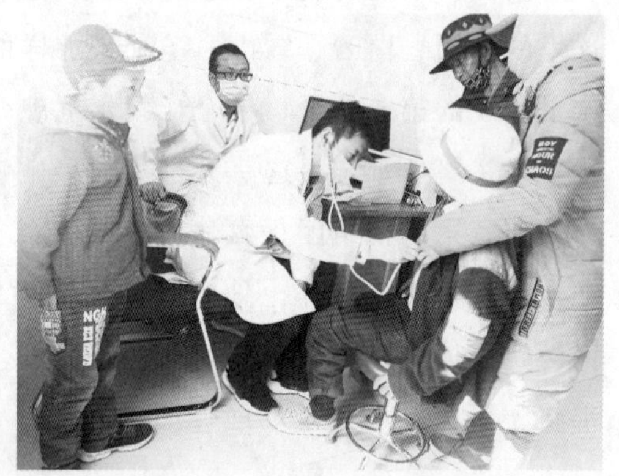

通过四批组团式援藏的帮扶，虽然阿里地区的医疗较之前有了明显进步，但仍处于全国落后水平，即使回去原单位后我也会继续关注阿里地区的医疗工作。一年援藏即将结束，我可以坦然地说：“我没有辜负各级领导的期望。援藏将是我人生中最宝贵的经历。我不后悔当初的选择。如果此生还有机会再援藏，我希望还能成为藏族同胞的‘安吉拉’。”

情系阿里　服务儿童

西安市儿童医院　文俊

2018 年 9 月 26 日，由于原先参与第四批组团式援藏的儿科的专家因高原疾病，不能完成援藏任务，而阿里地区人民医院马上开始“三乙”终审工作，需要一位业务强、懂管理、懂“三乙”评审工作的儿科医生，西安市儿童医院院领导得知阿里现状，非常重视阿里地区人民医院的工作需求，决定重新选派一名政治素养高、业务强，同时又是教学能手的医生到阿里工作。我作为西安市儿童医院的青年医师，刚刚从以色列施耐德儿童医学中心学习回国不久，很荣幸接到这样的任务。

2018 年 10 月 1 日，在援藏队友和医院的精心安排下，我终于踏上西藏秘境的土地。院领导告诉我，10 月 26 日医院“三乙”终审，我还有 25 天时间了解和整理儿科工作。任务很大，也很艰巨。10 天了解儿科现状，16 天日日夜夜地规范和整顿，不负付出与艰辛，在“三乙”评审工作中，儿科得到了医疗组、管理组、护理组、药事管理组的一致好评，新生儿病房成为亮点工程。我也因为出色的科室管理，被医院评为“优秀科主任”。

健康义诊走进社区

作为一名急重症儿科医师，我的专长就是儿童和新生儿抢救。在援藏期间，我带领阿里地区人民医院儿科开展十多项新技术，如新生儿/早产儿外周静脉营养技术、新生儿有创呼吸通气技术、儿童有创呼吸机通气技术、新生儿先天性心脏病筛查、新生儿头颅超声检测、儿童重症心肺功能超声检查、床旁超声下腹腔穿刺技术、床旁超声下胸腔积液穿刺技术、床旁超声下气胸诊断及穿刺技术、骨髓输液技术以及阿里地区首例高原性肺动脉高压治疗等新技术和新疗法。这些技术提高了当地医生业务水平，也提高了危重症患者的救治能力。

同西安儿童医院进行首次远程会诊

"三乙"的创建工作结束后，儿科医生护士对儿科的常见病和多发病认识欠佳，危重症患者的处理也是差强人意。怎么样改变现状？这是我遇到的第二个问题。作为这里的儿科的领头人，我怎么让这些年轻的医生业务更上一个台阶呢？结合西安市儿童医院的教学经历，我制订了培训计划。在教学计划上分为两部分进行。2018 年下半年，主要进行基础教学，讲解儿科的常见病、多发病等，培训达 30 余次；2019 年上半年，教学层次提高，开始给当地医生灌输儿科先进的医学知识，邀请援助医院西安市儿童医院的老师进行远程教学、网络教学、远程会诊等多种形式的教学活动，拓展阿里地区人民医院医生视野；同时为了调动当地医生积极性，进行反转查房和反转课题教学以及实物的技能训练。

阿里的一年援藏工作，让我人生观和世界观得到了进一步深化。作为党组织派到阿里的援藏干部，我时刻记着自己的援藏使命，不负党组织、不负藏族同胞、不负家人。我更希望在援藏期间给当地医生留下的医疗技术能继续服务阿里百姓。

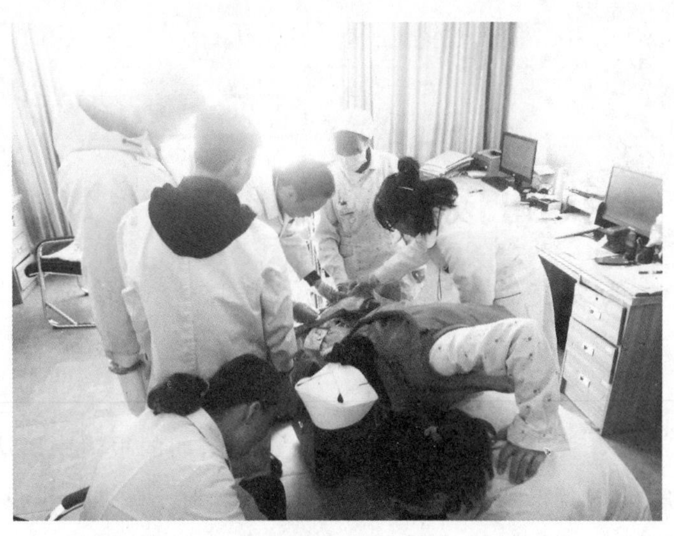

带领儿科医生用牛腿做骨髓输液穿刺训练

创“三乙”成功，儿科全体医生合影

我的援藏故事（四十）

西安交通大学第二附属医院　韩俊丽

没来西藏之前，关于西藏的了解多是从电视新闻的报道中、从微信的旅行晒图中获得的。那时觉得到了拉萨就是到了西藏，对于藏西阿里没有多少概念，不知道阿里在哪里，不知道阿里距离西安有多远。现在回想起来和阿里的缘起始于我爱人。彼时，他已经在阿里援藏两年了。2018 年夏天，我很荣幸成为陕西第四批组团医疗援藏队队员之一，对口支援西藏阿里地区，和爱人成了“队友”。尽管成为“队友”，但由于爱人工作上的安排，我们仍是聚少离多，还好孩子懂事、父母亲理解、单位支持，才让我们无后顾之忧。尽管临行前专门接受了组织安排的培训，自己也做了准备，然而初上高原，还是经历了常见的高原反应。但是我更多想的是怎样尽快开展工作。

我们这批队员工作的地点在阿里地区人民医院，来的时候面临即将到来的创建三级乙等医院终审。前面的援藏专家已经为我们打下了坚实基础，但是面对全新的工作环境，我还是感到压力巨大。很快，我接到了组建重症医学科的任务，担任科主任职务。那时临近“三乙”终审不到一个月，我真是感到“压力山大”，每天都在想科室的事情和“三乙”评审的事情，生怕哪些地方没有做好影响医院评审，影响顺利开科，影响医疗安全。那时，重症医学科病区硬件已初步具备。经院领导和领队的协调，很快，几名新生力量充实进医生护士队伍。在建科初期，原勇院长助理一直帮忙协调各种事务，甚至一起搬运物品、整理科室仪器物品，为顺利开科做了大量工作，空闲时还给我们讲他刚工作时的趣事，至今回想起来仍能感受到医院发展初期的艰辛和不被环境消磨的乐观精神。虽然整个科里除了我和护士长有实际工作经验，其他医生护士都刚刚踏上工作岗位，看着是满脸稚气，但是在阿里，在这个人才像水、像氧气一样珍贵的地方，这些年轻的小伙子、小姑娘就是种子，需要耐心培育成长。所以我常常想有什么方法能提高他们学习的积极性，在他们做得不够完善的时候怎么样建议能够不挫伤他们向上的热情。接诊头几个患者的那段时间，我带着几个年轻医生从问病史、谈话签字、查体、开化验单、下医嘱、观察病情、转运患者等最基础的开始，手把手和他们一同管理患者。刚开始真是感觉心累。经过几个患者的诊治之后，年轻的医生护士理顺了诊疗流程。在此基础上，我和护士长逐渐放手，让他们管理患者。目前，年轻医生已经掌握了一些重症医学的基本理论，会使用科室仪器设备，会进行简单的股静脉穿刺操作。另外，他们都参与了科室管理工作，为将来发展积累管理经验。说到这里，我特别要提到护士长格桑群宗。众所周知，重症医学的护理工作特别重要和烦琐，好在护士长有重症相关的工作经验，配合起来感觉特别给力。为了带好刚入职的护士，护士长经常白班夜班连着干，夜班上完还下不了班，一直到事情忙完才走，从来不抱怨。在她的带领下，年轻的护士成长十分迅速，已经能单独完成大部分的重症护理工作了。

仰望阿里的天，遥看远处的雪山，我经常心里感慨：虽然我给他们传授医疗技术，但是他们在高原的坚持、韧劲和乐观也在影响着我，可能是高原广阔的天地也会影响人的性格和心胸吧。相信他们的努力和坚持一定会有回报，阿里的明天一定会更好！

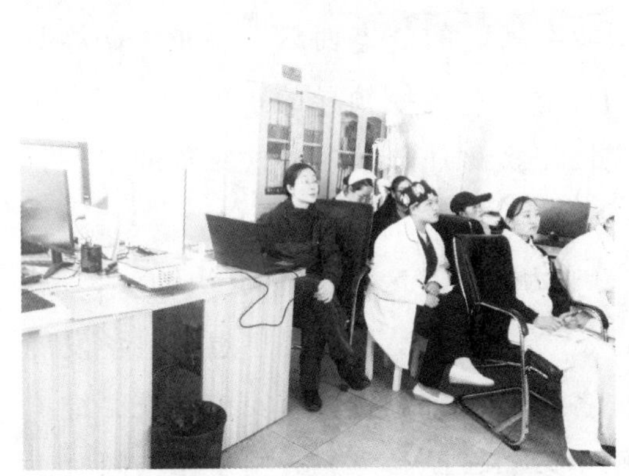

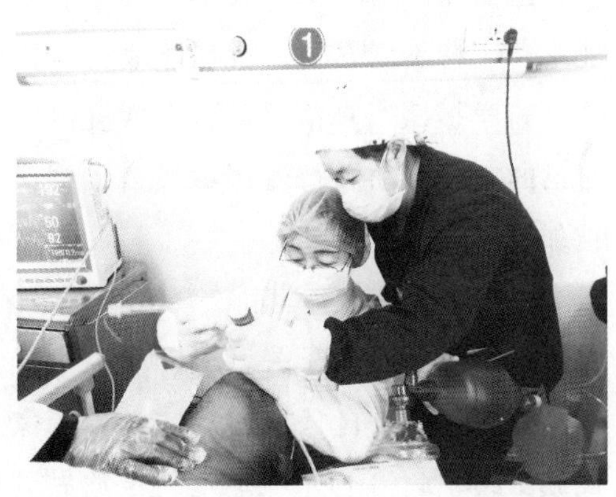

我的援藏故事（四十一）

西安交通大学第一附属医院 童华

为深入贯彻落实中央第六次西藏工作精神，加快推进藏区跨越式发展和长治久安，2015 年 8 月中央组织部、人力资源社会保障部和国家卫生计生委开展了医疗人才组团式援藏工作，陕西省先后选派了三批组团式援藏医疗队。2018 年，我有幸被遴选为陕西省第四批援藏医疗队成员之一，于 7 月 31 日抵达西藏阿里地区人民医院，开展为期一年的援藏医疗工作。时光飞逝，一年的援藏任务即将完成，回过头来，感觉时间过得飞快，但其中的过程，各种酸甜苦辣只有自己回味。一年来，我不辱使命、不负重托，始终传承“特别能团结、特别能吃苦、特别能忍耐、特别能战斗、特别能奉献”的“老西藏”精神，始终坚持“科学援藏、真情援藏、奉献援藏”的理念，在各级领导的正确领导下，用自己的实际行动履行着援藏誓言，圆满完成了援藏任务，现将这一年的工作总结如下：

（一）加强理论学习，真情融入藏区，努力提高藏区服务能力。认真学习马克思列宁主义、毛泽东思想、邓小平理论、“三个代表”重要思想和科学发展观，身体力行，自觉贯彻落实党和国家的各项民族政策，尊重民族传统，维护民族团结，政治上立场坚定，自觉做到勤学多想，提高思想政治素质，随时注意自己的言行，积极同藏族同胞友好交往，学习了解藏族同胞的风俗习惯，结合党的群众路线教育实践活动，深入学习以往援藏干部的理念和精神，确立了“科学援藏、真情援藏、奉献援藏”的理念。一是科学援藏，在援藏工作中，坚持用“科学发展观”指导援藏工作，在具体工作中，坚持用科学的方法指导实际工作。二是“真情援藏”，把党的民族政策送到藏区老百姓心里，把“团结、互助、友爱、平等”的真情送到阿里，带着真情去做事。三是“奉献援藏”，坚持对党奉献忠诚，对藏区群众奉献真情，用实际行动展示援藏干部的先锋模范作用和无私奉献的精神。这些学习和体会都为援藏工作打下了坚实的基础，进一步提高了为藏区人民服务的能力。

（二）立足本职，主动作为，始终把服务患者放在第一位。来到阿里后，我任职阿里地区人民医院手麻科业务主任。记得报到的第三天，2018 年 8 月 3 日凌晨 3 点，一阵急促的电话铃声将我从睡梦中惊醒："老师，快到手术室抢救患者！"原来一名宫外孕患者术中突发心跳呼吸停止，我马不停蹄地赶到手术室对该患者进行积极抢救。经过 40 分钟争分夺秒的心肺复苏，患者转危为安。看到又一个生命被我们从死神手中抢回来时，我们都长舒了一口气，所有的累都不复存在了，只有满心的喜悦。2019 年 3 月 27 日，一名巨大颌面部包块的高龄患者拟在全麻下行左侧颌面巨大包块切除 + 淋巴清扫 + 皮瓣转移术。手术前一日在医院医务科组织下进行全院相关科室专家会诊，我也在手麻科进行了麻醉前讨论，制订了详细周密的麻醉计划，力求万无一失。手术历经 10 个多小时顺利结束，术中患者生命体征平稳，术后恢复良好。

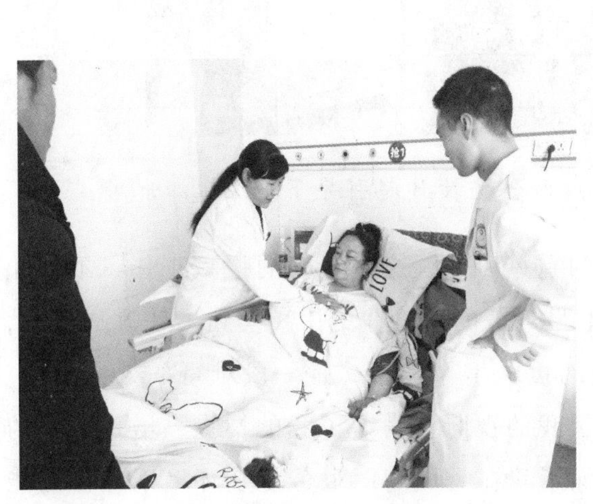

抢救的患者麻醉后随访

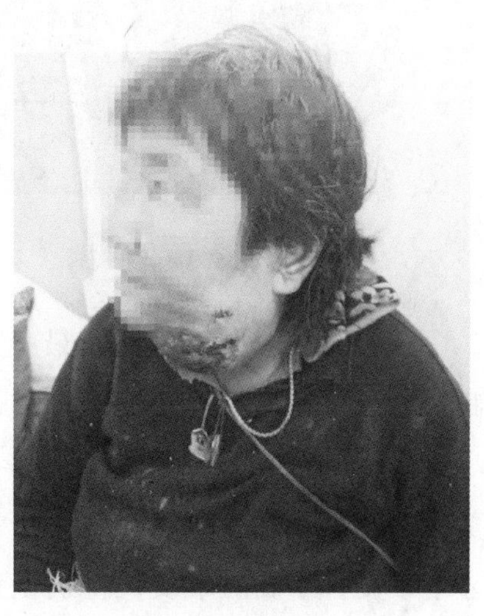

巨大颌面包块

（三）发挥所长，多学科合作。这一年里，在认真努力地完成科室每天的医疗工作的同时，我还协助科室护士长做好科室管理与培训工作，有计划有组织地落实医护人员"三基三言"培训及专科技能培训。近些年，B 超技术广泛运用于麻醉领域。为了将此技术与内地医院保持同步，我主动与援藏 B 超室老师唐中才联系，与其积极沟通，成功完成了多个在 B 超引导下的神经阻滞麻醉，麻醉效果良好，手术顺利，得到院领导和同事的一致好评。

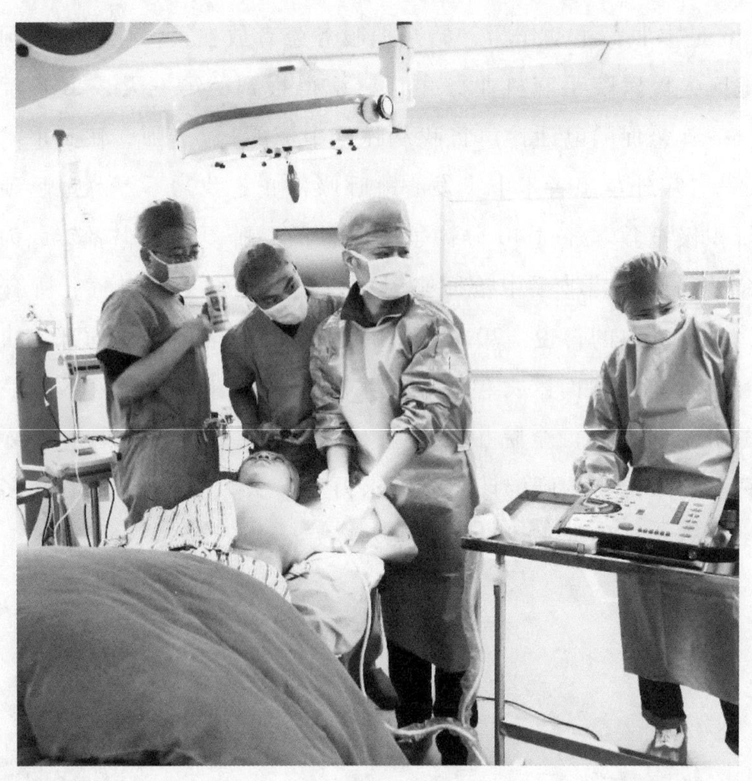

与B超室唐中才老师（右一）联合视教B超引导下神经阻滞麻醉

最艰苦的地方才能绽放最美丽的雪莲。回顾这一年来的援藏工作，不仅让我身体和生活环境经受了人生道路上最艰苦的考验，更让我学到了“挑战极限，尽善尽美”的敬业精神。这一年来的援藏工作经历，是一段难得的人生历练，更是一笔宝贵的人生财富。它开拓了我的视野，陶冶了我的情操，增长了我的才干，提升了我的素质，特别是锻炼了我在雪域高原艰苦复杂环境下工作的能力和团队协作的能力。磨难带来个人的收获，经历会是人生的财富，有挫折，但更多的是坚强；有泪水，但更多的是欢笑；有痛苦，但更多的是开心；有付出，但更多的是收获。为了藏汉一家亲，为了祖国大地更美丽，选择援藏，今生无悔！

坚守　前行　矢志不渝

西安医学院第二附属医院　王智

来到阿里地区，在这片号称“世界屋脊的屋脊”的土地上，缺氧、低气压、干燥、大风等因素无时不在影响着我们的身体和意志力。看着微信朋友圈里家乡春暖花开、孩子嬉戏的照片，对故乡亲人的思念逐渐蔓延，占据着漫漫长夜的心绪，整夜整夜地陷入失眠……家乡的亲友们，你们知道吗，这里的一切比想象中的更为艰辛。但每当看到藏族同胞们期盼的目光，我便深深感受到一种神圣的责任与使命——这片雪域高原需要更多如我一样的人，用真诚和知识来传递爱。阿里，已经成为我生命中不可磨灭的印记。

2017 年 6 月，陕西省第四批组团式援藏医疗队成立，我有幸成为其中一员，并于 2018 年 7 月底抵达阿里地区噶尔县狮泉河镇。抵达阿里的当日，就有一位队员因突发耳聋无法继续留在阿里工作而返回西安治疗。这样一个消息瞬间就让我深刻地感受到了高原严酷环境的摧残力，进藏出发前的恐惧再次膨胀、扩散……虽然来到这里以前已经做了充分的思想准备，但惊人的体力消耗，还是让人难以承受。查房时，连续说不了几分钟的话，就会明显感到胸闷、心慌、气急，口罩无法继续戴着，走动时更是重重地喘着粗气，说话上气不接下气。即便如此，每每我走到诊室、留观病房的那一刻，都能看到那一张张黝黑的脸庞上露出淳朴而又略带羞涩的笑容，从那清澈而坦诚的目光中，感受到他们内心对我的信赖、期盼和渴望。我们的出现、我们的到来给他们带来那么多的喜悦和希望。在工作间隙，总会有藏族医生和护士为我端来一杯热热的甜茶，并告诉我喝甜茶可以对抗高原反应、嘴唇不会干裂，让我感受到亲人般的关爱和温暖。有你们在身边，我并不孤单。

还来不及适应环境，也来不及再恐惧，突如其来的工作任务就压在了身上。2018 年 8 月 11 日，一名下乡干部突发严重车祸被送到了急诊科，入院当日就紧急进行胸腔闭式引流抢救手术。经过援藏医疗队全体人员的各项抢救治疗和悉心照顾，患者病情平稳，我和另一名援藏医疗队队员乘飞机担架护送患者转至拉萨。几个月后，患者康复，为我们送来锦旗以表谢意，充分体现了陕西援藏医疗队在雪域高原的团队力量和凝聚力。

我与医院领导及科室医护人员携手，通过查房、开设专题讲座等方法，积极帮助培养年轻医生的临床基本诊疗操作技能、临床诊疗思维能力，逐步提升急诊专科的诊治能力。组团式援藏医疗队的根本目标和最终目的就是把过去以“输血型”为主的援助方式转向以提升能力，“造血型”为主的援助方式。在处理日常急诊科急危重症患者的救治的同时，阿里地区人民医院进入了创“三乙”冲刺的关键阶段。全体队员放弃休息时间，全身心地投入等级医院的创建工作中。查遗补漏、完善各项制度流程、应急演练……在各项紧张的创等级医院的工作背后是全体援藏医疗队员对阿里地区人民医院发展、壮大的殷切希望。不负众望，在 2018 年 12 月，阿里地区人民医院创“三乙”成功挂牌。我们的愿望终于实现，所有队员的眼眶里都翻滚着晶莹的泪珠……

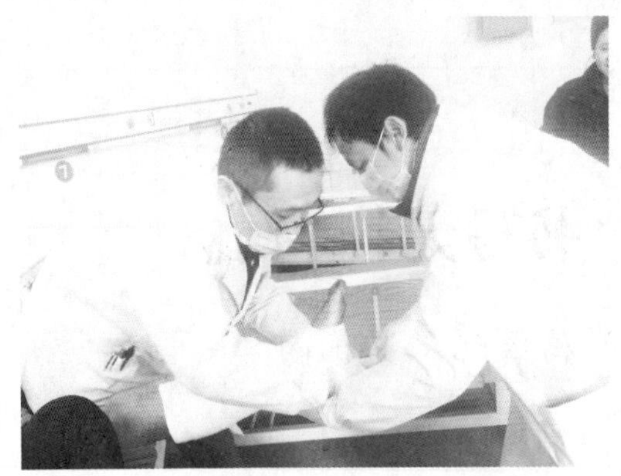

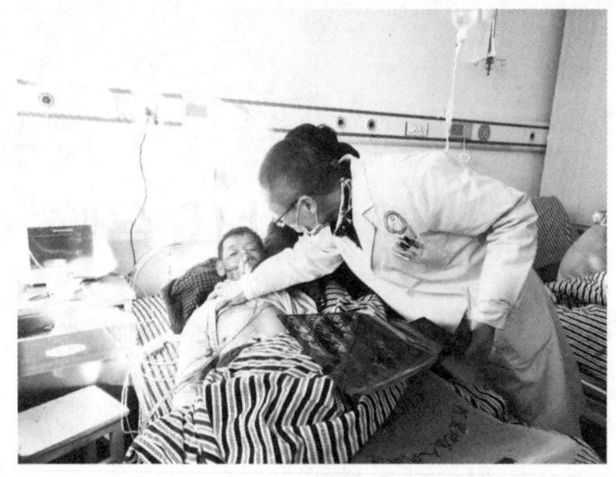

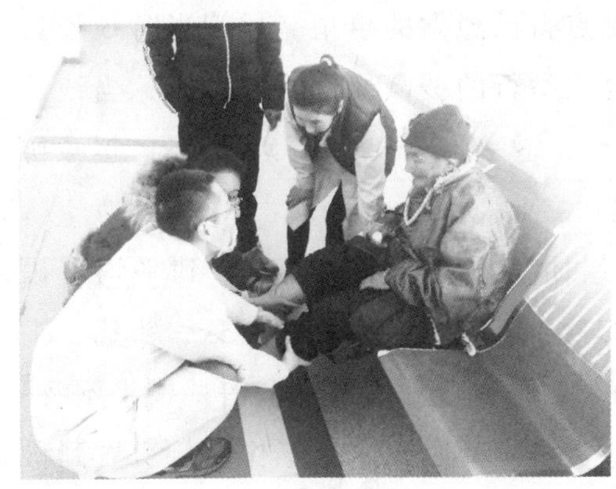

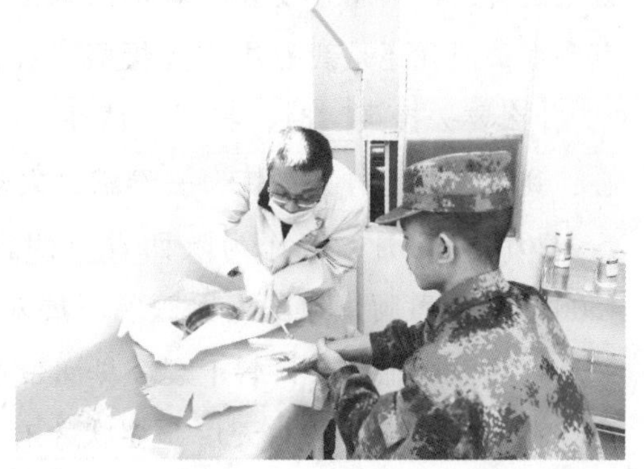

冬去春来，在这里一幕幕的工作、生活的场景历历在目。同样的思乡之情让援藏医疗队员们更为团结、亲如一家，总是充满了欢声笑语。我们援藏医疗队的每一位队员，都已成为阿里地区人民医院的一分子。我们会不遗余力地用我们的真心、真情、真爱和微笑，去面对每一位患者！

听从时代召唤　书写无悔青春

西安交通大学第二附属医院　罗花南

2018 年 5 月，当得知科室要派人到西藏阿里参加对口援藏任务一年时，我就坚定自己的信念，要在年轻的时候去做点自己想做的事情。尽管当时孩子只有 2 岁，但我还是毅然决定去援藏。在医院举行的援藏干部欢送会上，当谈及“为什么要去援藏”时，我用“情怀、担当、感恩”六个字诠释了自己的援藏初心：到艰苦的地方去锻炼，去奉献，去建功立业。

2018 年 7 月，我作为陕西省第四批组团式援藏医疗队队员，到平均海拔 4300 米的西藏阿里地区人民医院开展对口援藏。初次到达高原地区，头痛、头晕、走路像踩棉花、口唇干裂、鼻涕带血丝，这些高原反应让我有些措手不及。直到在驻地卧床休息 2 天后，症状才有所缓解。到医院进行工作交接后看到科室的现状，我深刻体会到上一批援藏老师的不易，也感觉到下一步工作的开展有些棘手。一些专科设备才采购到货，喉镜检查和听力检测才刚刚起步，一些专科检查和专科手术还未系统开展，而科室人员专科基础较差，科室患者仍以门诊为主，手术患者偏少。很快，我被任命为科室业务主任，如何拓展科室业务范围，是我急需解决的问题。为此，我每天和科室其他同事一同上下班，认真接诊每一位患者。一些建议手术的患者也会半信半疑地问我，你们这也能做手术？我总是耐心地跟他们介绍我们的技术和设备。渐渐地，患者开始相信我们。我利用科室仅有的一台内镜设备，相继开展首例耳内镜下鼓膜修补术、首例鼻内镜下鼻中隔偏曲矫正术、全组鼻窦开放术、额窦巨大囊肿切除术、首例经唇龈沟径路面部血肿清除术、首例颌下脓肿切开引流术、首例术中冰冻病理检查、首例多发性（陈旧性）鼻骨骨折复位术、首例支撑喉镜下声带肿物切除术等新技术新业务 40 余项，且无一例出现术后并发症，填补了阿里地区人民医院及阿里地区的多项技术空白，大大减少了干部群众的转诊。

2019 年 3 月，我接诊一例颌面部巨大恶性肿物并颈部淋巴结转移的患者，经历肿物切除、淋巴结清扫和皮瓣修复等多个环节，在连续 10 小时手术后，患者恢复良好。该事件被《西藏日报》、阿里电视台等新闻媒体报道，受到广泛关注和好评。成功的背后亦有辛酸。为了开展手术，我每一次都要把设备从门诊推到手术室，中间路面不平，很怕把设备器械摔坏，有时甚至想宁愿自己摔倒也不愿把设备摔坏，因为只有一台，要开展业务就需要倍加珍惜。

另外，在开展医疗工作的同时，我还认真开展“师带徒”教学，通过理论授课、视频讲解、手术示范、解剖训练等多种方式提升了科室学员的基础理论水平和实际操作能力。看到他们快速成长，我感到很欣慰，也真正理解了留下一支“带不走”的医疗队的深刻含义。

刚来医院，正逢医院准备迎接创“三乙”终评，我被任命为医院“三乙”工作领导小组副组长、“三乙”办公室副主任。通过连续几个月加班加点、周末无休的工作，我认真梳理规章制度，下科室督导检查，准备迎评材料，为阿里地区人民医院成功创建“三乙”医院做出了自己的一点贡献。创建“三乙”结束后，我又被任命为院长助理，分管医疗、护理、院感、质控等工作。我结合医院基础差、底子薄的实际情况，通过完善规章制度、优化处置流程、督促制度落实等措施，相继开展“医疗质量安全月”“十八项核心制度知识竞赛”“手术日制度”“医疗查房”等活动，提升了医院的发展内涵。我建议医院开设“专家门诊”，打通群众就诊的“最后一公里”，促进医院门诊服务全覆盖。通过努力，医院门诊量、住院手术量、患者满意度等指标大大提高，医院在地区群众中的口碑大大改善。我提出要站在“治病不如防病”的高度，通过撰写科普文章、举行科普讲座等形式开展“科普进机关、进校园、进社区”的“三进”活动，提高地区群众的健康防病意识，扩大医院社会影响力，并在“世界睡眠日”开展门诊义诊活动，到阿里地区小学、孔繁森小学开展健康科普讲座活动。我经常带人查找医疗工作质量标准、制度流程、管理体系等方面存在的“薄弱”环节，并对门诊病历、住院运行病历、处方等关键环节实现在线监控，制定相应的奖惩措施，调动了全院人员加强过程管理的积极性。我经常查找临床工作存在的共性问题，并“以点带面”“系统追踪”“全面排查”各科室对危急值、输血病历、院内感染病历、不良事件、非计划再次手术等重点医疗环节的处置是否贯彻执行相应流程，统一协调解决全院性系统问题，促进医院发展内涵整体提高。援藏期间，我曾接受中央电视台、西藏电视台、阿里电视台和《西藏日报》等多家新闻媒体的采访或报道，并于2018年荣获“西藏自治区组团式医疗人才首席专家”、2019年荣获“陕西省青年五四奖章”“阿里青年五四奖章”“阿里地区人民医院三乙创建优秀科主任”等荣誉称号。

孔繁森小学义诊活动

西安交通大学口腔医院　董凯

“阿里”一词是藏语音译，意为属地、领地、领土等，阿里诸山包括喜马拉雅山脉、冈底斯山脉、喀喇昆仑山脉，群山汇聚被称为“万山之祖”，山顶终年积雪，其上可见云霞日月，平均海拔超过4500米，位居西藏之首。

孔繁森小学位于阿里地区噶尔县县城，是1961年创办的第一所社会主义新型公办学校，建校50周年来学校曾几度搬迁，几易校名。1995年5月26日，为了纪念和弘扬当代领导干部的楷模孔繁森同志的不朽精神，正式命名为“孔繁森小学”。

阿里地区由于幅员辽阔，藏区同胞就医难，口腔健康意识差，很多人早早出现牙列缺损，极大影响了健康。2018年9月20日是第30个全国爱牙日，宣传主题是“口腔健康，全身健康”。为贯彻国家卫生健康委员会《关于开展2018年“全国爱牙日”宣传活动的通知》和为了进一步了解阿里地区儿童口腔健康状况和促进口腔保健的宣传，我和阿里地区人民医院口腔科的全体同仁当天早晨前往孔繁森小学开展口腔健康状况调查及口腔卫生宣教等以爱护牙齿为主题的一系列教育宣传活动，对学生进行牙病防治知识的普及教育，增强全体学生爱牙护牙的意识和能力。

我通过幻灯片和视频给同学们带来“口腔健康知识讲座”和“正确刷牙方法的视频教程”。孩子们以未曾想到的热情积极互动，认真学习了龋齿的发生的原因、过程以及龋齿的预防措施等口腔卫生保健知识。我们宣传健康牙齿的标准及口腔健康的重要性和怎样科学正确地刷牙，教育学生们养成良好的生活卫生习惯，要求学生每天尽量坚持做到健康饮食、少喝碳酸饮料、饭后漱口等。

我们对40余位学生进行仔细的口腔检查，了解本地区儿童口腔疾病的高发病种和龋患率，并对每一位孩子存在的口腔问题制订合理的治疗方案，督促其及时到医院完成相关治疗与预防工作。我还给每个孩子发放了一本《儿童牙齿保健指南》和牙刷、牙膏，希望孩子们通过此次“爱牙日”宣传活动能够提高爱牙护牙的保健意识，预防为主的爱牙行动，让每一个孩子都能够拥有健康的口腔和美丽灿烂的微笑。

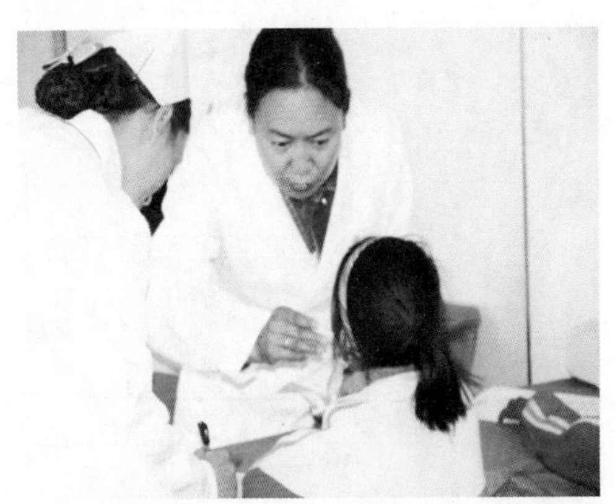

随着阿里地区经济社会不断发展，特别是近几年来在地委、行署及相关部门的大力支持下，阿里的医疗事业在不断发展。随着医院的高速发展，在一届

届援藏老师的帮助和自身的努力下，相信我们能够使本地居民的口腔健康意识逐步提高，强化预防和保健的观念并促进使之付诸行动；相信阿里地区人民医院口腔科的每一位医护人员会为阿里的口腔卫生事业做出自己应有的贡献。

我的援藏故事（四十二）

陕西省人民医院　胡斌

西藏，圣洁而神秘的地方，令人向往又带有一丝担忧的土地，这里有清澈的天空与湖水、绵延的雪山、雄伟的布达拉宫、神秘的冈仁波齐、圣洁的玛旁雍错、淳朴的人民、珠饰环绕的民族服装、奔跑的藏羚羊……也有英雄先遣连可歌可泣的事迹，孔繁森“青山处处埋忠骨，一腔热血洒高原”的豪情壮志，但是4000多米的高海拔、严寒缺氧，又让人望而却步。

当听说医院需要药学人员援藏后，我便毫不犹豫地接受了这项任务。尽管如此，心里还是经历了从纠结到接受、从兴奋到担心的转变。当走出昆沙航站楼那一刻，纯净的蓝天白云仿佛伸手就能够到，纷至沓来的洁白哈达带着藏区人民的热情与厚爱。经过短暂的适应，在和当地同事接触后，我感觉自己的所学所用能给他们工作带来帮助，缺氧似乎不是那么重要了。我怀着为阿里地区人民医院做点事、走时能留下点痕迹的想法投入紧张的工作中。

从阿里地区人民医院“三乙”的创建到地区七家县级医院创“二级”医院的督导检查与辅导，从科室制度体系的建立到医院质量与安全管理体系的健全，从医院综合目标考评体系的建立到绩效改革方案的修订，从医院首次规范完整的固定资产清查到科室盘点工作的逐步规范，从降低药品报损率到医院试剂耗材成本的控制，从药品欠条的清理到清晰的出入库管理，从凌乱的药库布局到规范的分库分区设置，从评审理念的授课到医院首个PDCA案例的出台，从内地带来药品存贮标识标签到自费购买投影仪供科室学习使用，从药事法规的培训到地区医院药剂科首篇科研论文的发表，从科室管理的规范到临床药学室的开设，从与同事满身灰尘地整理库房到剧毒危险品的清理，从节假日的加班加点到深夜的挑灯工作，从与同事促膝长谈到创“三乙”成功后的喜悦碰杯……点点滴滴，历历在目。

回想起来，360多天的日日夜夜，是付出也是收获，有煎熬也有喜悦。有人把援藏这一年喻为人生的间隔年。在已步入中年的我，对人生的意义有了更深的认知，让我有更好的机会来审视我自己。一年的援藏，无怨！无悔！无憾！

雪域高原　援藏路上的点点滴滴

记延安大学附属医院李艳菊

2018 年 6 月，为响应中共陕西省委组织部的号召，延安大学附属医院病理科副主任医师李艳菊积极报名参加了陕西省第四批组团式援藏医疗队，于 2018 年 7 月 29 日进驻西藏阿里地区，开始了为期一年的援藏工作。

阿里地区平均海拔 4500 米，年平均气温 0℃以下。阿里地区人民医院，目前床位 129 张，整个医院 2018 年都在创“三乙”医院和基础设施升级阶段。

“西藏病理从业人员非常少，在占全国八分之一的国土面积上只有 14 个医院建立了病理科，从业人员总共 36 名，包括医生和技术员。平均每个病理科只有 2～3 名成员，甚至有相当数量医院的病理科只有 1 名成员，他们既是医生，也是技术员。在拥有 34 万平方公里的阿里地区没有 1 个病理从业人员。每年只有 1 名援藏队员在积极筹建病理科。”

阿里地区人民医院病理科于 2016 年 5 月开始筹建，2018 年 3 月外检工作正式开展，与检验输血科共用一套人马，可见西藏病理人才之稀缺。她们不但要参加检验科的值班，下夜班了还要过来参加病理科的培训及三级乙等医院的创建工作。李艳菊一进科室就紧急申请增加病理科的从业人员，不仅需要缓解在岗人员的工作压力，还要培养后备人才，建立人才梯队。由于交通不便，试剂存在过期的危险，一些科室不能开展的业务，如免疫组化、特殊染色、分子基因检测等项目，便与西藏自治区人民医院签订外包协议。2017 年 10 月和 2018 年 11 月先后派梁姗姗、冉彩虹到陕西省肿瘤医院培训 3 个月的技术，基本学会了病理标本接收、登记、切片、HE 染色等日常工作流程。

既然人员短缺的问题短时间无法得到大幅改善，就从引入自动化机器设备入手，把有限的人员从繁重的手工劳动中解脱出来。在医院的大力支持下，李艳菊成功引进了更高端的冰冻制片机、全自动细胞学制片机以及目前阿里地区能对高危及低危 HPV 分型的检测仪，加强了科室的硬件建设，拓展了科室的业务范围。此外，李艳菊还对科室布局进行改造，划分出洁净区和污染区，更新了取材室的设备及通风系统，更合理地保护职工的健康安全。

李艳菊利用现有的病理设备，为该院病理科构建了一套比较规范的病理诊断系统，并开展了液基细胞诊断技术（TBS），为当地女性宫颈癌的筛查、肿瘤病理的诊断分类及靶向治疗、肿瘤及真菌感染的诊断提供了便利。引进的彩色图文报告系统规范了病理报告格式，建立了规范的病理档案室。

为加强病理报告的质量，李艳菊在科内进行学术讲课、实践指导外检取材和镜下读片，进行各种疑难切片的病理会诊及使用微信进行远程会诊。休假期间，李艳菊利用微信视频指导学生取材、阅片。带教学生冉彩虹说受益匪浅。以前都是老师取材，她们登记；现在要自己取材。以前，取什么部位，都是一头雾水；现在，有了微信视频，她们心中有数，在李艳菊导师的指导下，逐渐学会了胆囊、阑尾、子宫内膜、葡萄胎、肝包虫等疾病的取材及阅片。

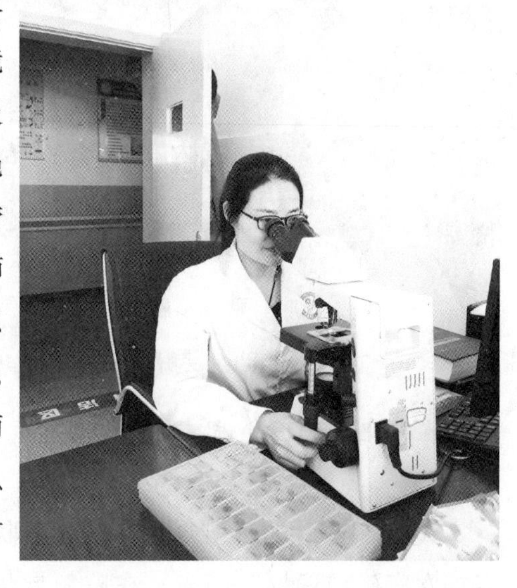

宫颈癌筛查——液基细胞学诊断

在科室质控和建设方面，针对科内现有细胞学诊断方法主观因素大、易出现误差的情况，李艳菊改进了科内细胞学制片流程，对疑难标本进行沉渣包埋，做成细胞蜡块，再利用蜡块到与签了外包协议的西藏自治区人民医院进一步做免疫组化，大大提高了肿瘤细胞的检出率，为临床治疗提供了重要信息。

通过三批援藏队员的不懈努力，阿里地区人民医院病理的专业技术水平显著提升，绝大部分疑难病例在藏就能解决，为“实现大病不出藏”的目标奠定了坚实的基础。2018 年 8 月，刚进藏不久，李艳菊与第三批组团式医疗专家丁彩霞交接工作后，立即开展了两癌筛查工作，在短短一个半月的时间里完成了 400 例的“两癌”筛查，还要兼顾三级乙等医院等级创建工作。2018 年 9 月 14 日，李艳菊开展了阿里地区首例术中快速冰冻报告，为阿里地区疑难手术的开展奠定了基础；2018 年 9 月 26 日，诊断了比较罕见病例——炎性肌纤维母细胞瘤；2018 年 11 月 10 日，诊断了首例恶性黑色素瘤，到西藏自治区人民医院会诊，结果与阿里地区人民医院一致。2018 年 11 月 26 日，三级乙等医院专家考核，病理科 22 个核心条款，除了 1 个 E 条款外，其余都在 C 以上，得了 5 个 A

的好成绩，病理科的工作得到了专家的一致认可。

2019 年 3 月 27 日，耳鼻喉科主任罗花南为一名 73 岁的藏族同胞开展了持续 10 小时的面部肿物切除手术。为了明确手术切缘及淋巴结转移情况，术中快速冰冻做了 20 多张切片，标志着阿里地区人民医院病理技术及诊断水平达到了内地三级医院的水平。

在阿里人民医院进行义诊活动

在阿里地区小学进行义诊活动

2019 年 3 月，接到西藏自治区妇联的通知，准备在阿里地区 7 个县为 7000 名妇女实施“两癌”筛查。在院领导班子的带领下，病理科将承担液基细胞学及 HPV 基因检测，如果有问题的，需要进一步活检。目前，基本设备及试剂已经准备到位，随时迎接“两癌”筛查项目的启动。

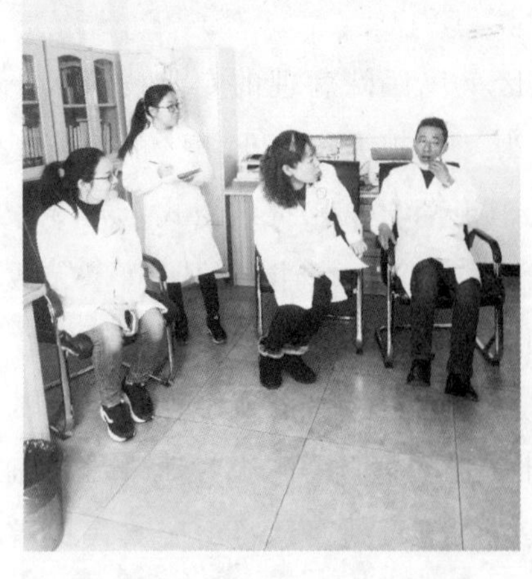
在外科宣传新业务及征求意见

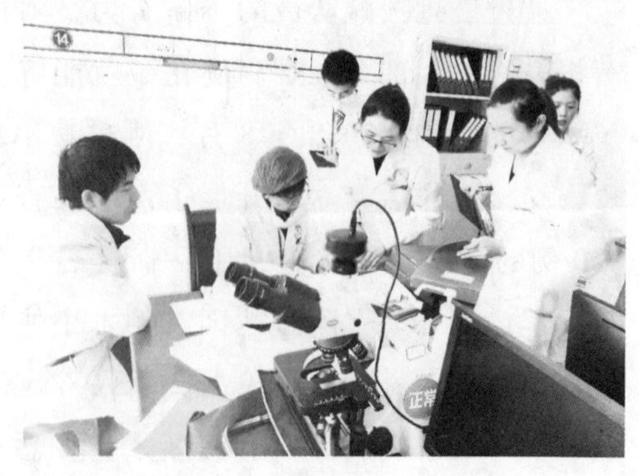
创“三乙”医院，
积极应对医疗组专家提问

病理工作是一项幕后工作，常常会被人忽略。但是，通过我们的努力，藏区同事和领导已经充分意识到病理的专业水平关系到一个医院诊疗质量的水平。只有提高病理诊断的正确率，才能确保临床治疗的有效性，从而真正惠及患者。

以梦为马　不负韶华

陕西省人民医院　解娟

20 年前，听父亲讲述他在西藏工作 10 年间的点点滴滴，彼时的我除了钦佩还有些许的茫然，西藏给我的第一感觉是神秘且遥不可及。从听到科室有援藏任务的那一刻起，我义无反顾地主动请缨。我知道，这是我的机遇，也是我圆梦的时刻。

踏上阿里这片神奇的土地，一望无际的戈壁、湛蓝清澈的天空给了我超出想象的震撼，可随之而来的高原反应也开始考验我的身体与意志。放慢脚步，减慢语速，克服心里的惧怕，全身心投入阿里地区人民医院创“三乙”的工作中。这里的同事们给了我家人般的温暖与照顾。完善制度，开展品管圈活动，制定 SOP 文件，与同事们加班到深夜进行各项演练，师带徒教学，开展阿里地区首例结核病分子生物学检测，-24℃见证了医院里程碑式的时刻——“三乙”的挂牌仪式，为藏区人民送医药，去军营为官兵义诊……太多的第一次，太多的感动，让我的援藏时光丰盈而愉悦！

印象深刻的是这里的藏族孩童。常说“眼睛是心灵的窗户”，在这些孩子的身上得到完美的体现。2018 年 12 月 27 日，是每年一次的福利院孩子体检时间，我按以往的工作程序给十余名孩子抽血检验，都是些让人心疼又可爱的孩子们。当排到一名 4 岁左右的孩子抽血时，第一眼我先看到孩子明亮的大眼睛对着我有一丝的恐惧，但抽血的全程孩子一声不吭，很配合，抽完血的那一瞬间，孩子居然对我露出笑容，用很熟练的汉语对我说“谢谢”！那一刻我满心的感动，孩子的

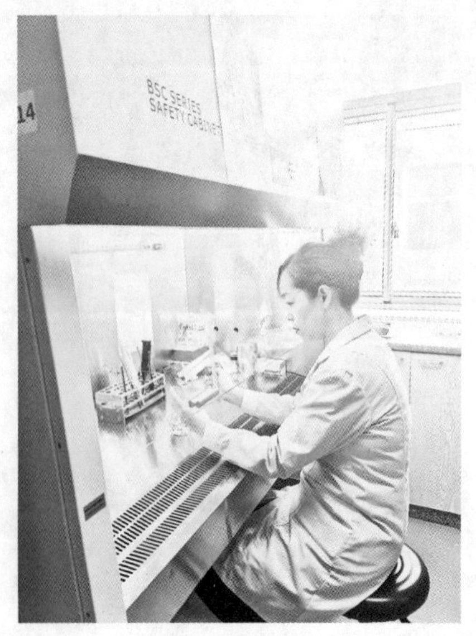

笑容和黑宝石般的大眼睛会是我永远难忘的记忆！

人的一生很短暂！我庆幸在我的人生中有这样的经历，为祖国的援藏事业添砖加瓦，为藏区同胞奉献了自己的所学所得。西藏地域广阔，阿里更是世界屋脊的屋脊。一年援藏路，一生藏汉情。我虽渺小，但有情怀；无畏严寒，只为真心；以梦为马，不负韶华！

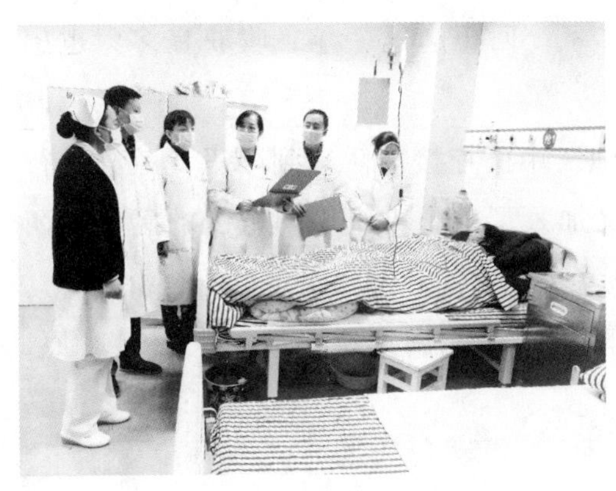

情牵阿里

汉中三二〇一医院　唐中才

时光荏苒，来到雪域高原已经快一年了。回想起这一年，收获良多，也感触良多。

藏西秘境，天上阿里，自2014年跟随汉中医疗援藏队来到阿里普兰县进行支援后，2018年7月响应国家号召，我又加入了由中央组织部组织的医疗组团式援藏的队伍。从此，对藏西的这片土地有了更多的眷恋，更多的不舍。

虽然四年前来过阿里，但对此刻的阿里依旧充满期待。又一次面对高原，我知道挑战即将来临。

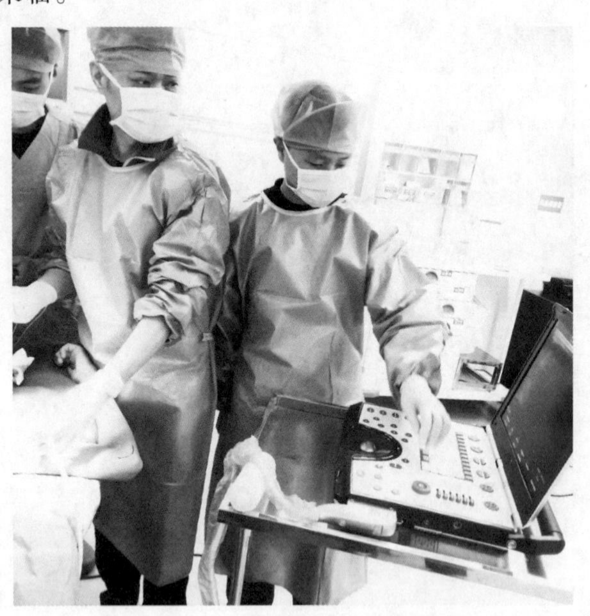

7月23日，带着医院的嘱托、亲人的挂念，我离开了三二〇一医院奔赴阿里。7月的阿里依旧处在冬季，与内地的温度相差近40℃。到驻地后高原反应如期而至，胸闷气短、剧烈头痛、恶心、腹胀腹泻、血压心率都明显升高，而血氧饱和度也只有80%左右。我们克服高原反应，调整节奏，随后便投入工作中。

入科后，还没来得及熟悉环境，阿里某部队要求义诊，于是我带着彩超深入部队为战士们体检。为边防战士体检是我最光荣的使命，是我的神圣职责，此刻我与守边的战士一样，为保家卫国尽力量。此后很长一段时间我就深入部队，全力为他们体检。由于刚入高原，身体还没有完全适应，做检查时缺氧严重，检查中支撑不住的时候还需要吸上氧气再继续。然而，看着年轻的战士们我没有退缩，圆满完成了体检任务。

部队体检结束后便到医院超声科，开始摸底工作。阿里地区人民医院是整个阿里地区乃至整个藏西规模最大的医院，超声科承担了全院门急诊、住院、体检及下乡任务，工作任务相当繁重。科室共医生5人，台式彩超两台，由于地域环境限制，科室设备、人员都很难满足目前需求。了解现状后，我便开始开展工作。

组团式医疗援藏的重心工作是“传、帮、带”。根据科室要求我与格日措医生签订了“传、帮、带”协议，把年度计划制订出来并给她安排任务，严格按要求进行带教工作。

进入科室后，全院最重要的任务就是“三乙”评审，时间紧，任务重。我有幸参加过三二〇一医院的“三甲”复审准备工作。我与科室同事一起完善资料，一起学习应知应会内容。三个月内我们加班加点，牺牲周末时间，经常加班至深夜，就这样坚持了三个月，迎来最终胜利。

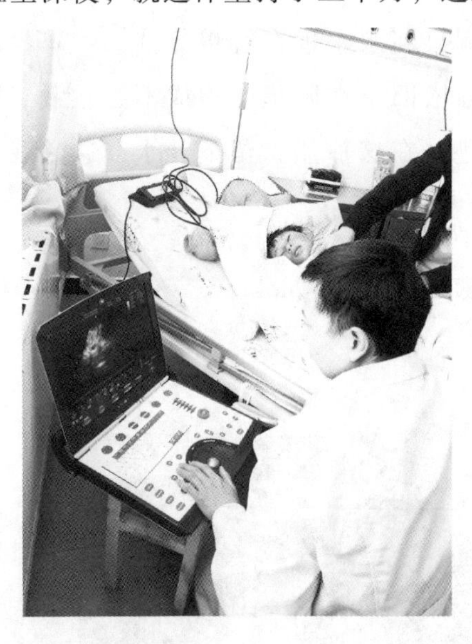

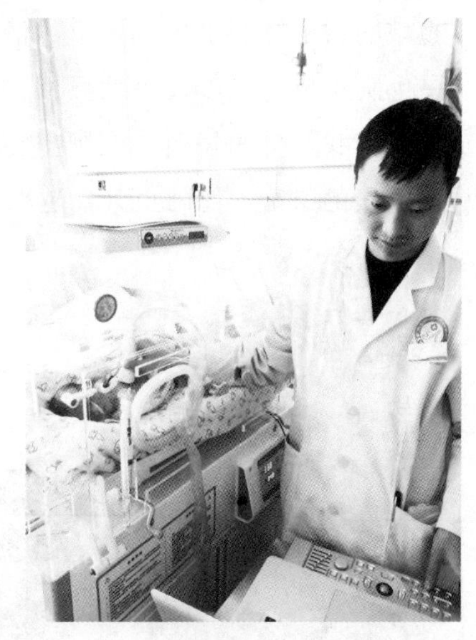

评审准备期间，我把科室存在的问题梳理出来，立整立改。我们规范了服务流程及检查收费项目，规范了PACS系统及申请单，完善科室报告模板。针对设备及人员的不足，我积极与院领导沟通。在院领导的大力支持下，我科申请购置了飞利浦彩超 EPIQ－5，同时引进了优秀的专招生两名，为今后的工作打下了坚实的基础。

整改期间，我们积极开展新技术新项目。我带领同事对薄弱的项目进行强化训练。我们深入病房对新生儿及小儿进行床旁检查。尤其是新生儿暖箱内操作，我一一进行示范，然后让他们去操作，我再指导审核，让他们逐渐熟悉了对新生儿及小儿的彩超检查。目前，常规的小儿疾病基本能够独立诊断，新生儿颅脑等新技术也能够独立掌握。我们还主动与临床其他科室合作，协助麻醉科开展周围神经阻滞、乳腺穿刺、指导手术定位等，为临床提供更好的服务；同时也拓宽了同事的知识面，让他们快速成长。

高原地区受自然环境及饮食习惯影响，心脑血管疾病发病率很高。针对这些疾病，我查阅文献资料规范检查，为临床更好的治疗提供了有力保障。除了科室里的日常工作，我还参加肝包虫病、心脑血管疾病、宫颈癌及乳腺癌的筛查等，深入基层与同事们一起完成各项任务。我还积极参加公益性活动，深入牧区义诊以及义务宣传等，增进了与当地人民的沟通，深受当地人民爱戴。

在这一年里，我与超声科共同成长，共同努力提高了科室的整体水平，让阿里地区人民得到了实惠。一年的耕耘，一年的收获，我也被阿里地区人民医院评为“先进个人”以及“三乙优秀工作者”等称号，这是对我的认可。

巍峨的雪山在心里永远矗立，清澈的狮泉河水永远在心里流淌。一年援藏行，一生阿里情。虽然很快就要回去，但心依旧留在阿里。功成不必在我，但功成必定有我。时间短暂，在阿里留下足迹，在这片热土留下汗水，这是我人生中最宝贵的财富。愿阿里人民越来越幸福！

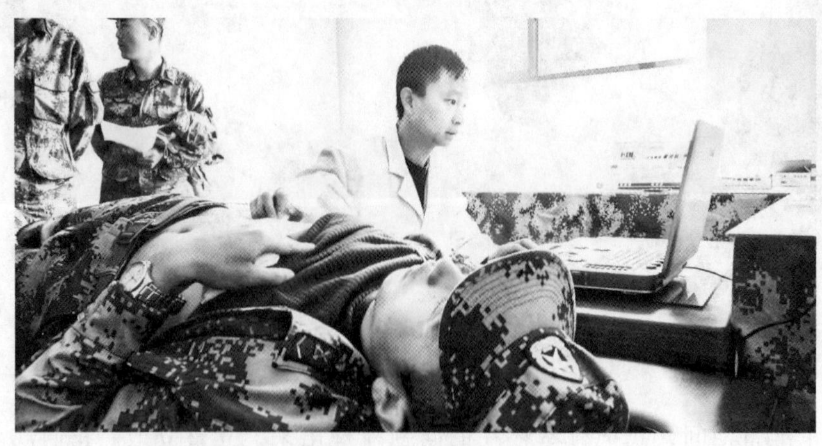

信息科援藏故事一则

记陕西省肿瘤医院邓宇

2018 年 10 月 11 日上午 12 时 5 分，信息科邓宇主任对中心机房进行例行巡查时发现机房出现漏水。经检查，确定是因中心机房上层办公室暖气管道试水导致中心机房漏水。经信息科主任援藏专家邓宇与信息科工作人员评估，需对中心机房设备进行关停，以避免中心机房重要设备及医院数据因漏水问题导致不可逆损坏。

确定事故严重性后，信息科邓宇主任立即向医院韩军院长汇报事故原因并建议关停机房设备。经韩军院长批准，信息科对中心机房所有设备进行紧急关停。同时，联合医院办公室，向全院发布“紧急预案”通知，并阐明关停设备缘由。

12 时 35 分，信息科对机房设备进行关停。韩军院长亲自到中心机房进行现场查看并指导工作。信息科邓宇主任带领全科人员对机房服务器、网络设备、存储进行检查防止设备损坏，并检查机房漏水情况，对机房漏水进行处理。韩军院长协调医院办公室，紧急调来塑料幕布，在所有重要设备以及机柜上方进行遮盖，避免持续的漏水大量进入机柜损坏设备。邓宇主任向韩军院长提出，机房内升温以及让机房内空气快速流通，可以让机房内的水分更快地蒸发。韩军院长采纳了邓宇主任的意见，协调设备科及其他科室，调用吹风、加热等设备对机房进水设备进行除水清理工作。

自上午机房出现漏水以后，信息科邓宇主任带领全科人员，放弃中午休息时间，在中心机房进行清水工作，对机房内每一台设备进行了详细检查，并对进水设备进行细致的除水处理，以最大的努力保证每台设备的安全。

16：20，机房漏水清理完毕，信息科全体员工不顾身体与精神上的疲劳，对每一台设备进行开机前的检查工作，确保设备表面、设备内部及设备电源接口处没有积水。检查之后发现，财务服务器因内部进水严重暂时不能开机运行，机房其他设备已无进水隐患。信息科邓宇主任决定除财务服务器外，机房其他设备开机运行。17：00，中心机房设备及数据库开机，开机过程中，信息科员工在机房对所有开机设备进行现场检查，在所有设备稳定运行之后，对所有软件系统（HIS、LIS、PACS 等）进行测试，确定所有软件均运转正常。17：30，信息科邓宇主任向韩军院长进行汇报，在韩军院长批准后，向全院发布通知，宣布解除应急预案，信息系统恢复并可正常使用。

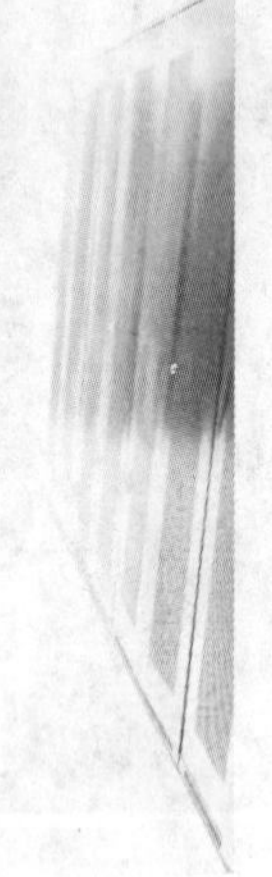

经过这次机房漏水意外事故，加强了信息科全体员工的团结协作的能力，使大家对于紧急预案内容有了深刻的了解，检验了信息科员工对于信息安全突发问题的处理能力。但同时，也发现信息系统紧急预案的不足之处。

医院的信息系统使医院实现了医疗质量持续改进，保证医疗安全有据可循、科学规范，改善了医疗服务质量。对医疗资源进行精细化管理，降低了成本，加强和改善内部控制，为医院管理决策提供有力的依据，并使医院管理向低成本、高效率的模式转变。成功的医院信息化建设会给医院带来巨大的效益，促进医院现代化建设，是提高医院经营质量和效益、提升医院综合竞争力的不可缺少的必要因素。因此，医院信息化建设和信息系统安全的重要性不言而喻。

为加强医院信息安全，针对此次机房突发事件，信息科邓宇主任带领科室人员进行事故总结，对信息系统紧急预案的内容及流程做出梳理，运用头脑风暴法和鱼骨图法，完善信息系统紧急预案内容，在流程中的一些环节处理中提出更为有效的解决办法，并将定期开展医院信息系统应急演练，使医院全体员工更熟悉紧急预案内容，为医院信息安全工作打下了良好的基础。

雪域高原上的关中汉子

陕西省疾病预防控制中心　范锁平

我叫范锁平，男，1966 年生人，中共党员，陕西省疾病预防控制中心传染性疾病控制副主任医师，陕西省第四批组团式援藏医疗队员，现任阿里地区人民医院院感科业务主任。

我在原单位一直从事鼠疫、布病监测以及有害生物防制工作。2018 年 6 月，单位要选拔一名援藏医疗队员。这对单位来说是一件大事，近 20 年来还没有选派过，因此单位高度重视，要选拔一位年富力强、精通业务、吃苦耐劳、善打硬仗的强将。我自己明知年龄偏大，还是抑制不住内心的激动，多次偷偷地咨询了解情况。

说实话，我犹豫过，西藏的艰苦条件和恶劣的自然环境，对在农村生活了多年、在陕北鼠疫疫区摸爬滚打了几十年的我来说并不怯场，但是家里老母亲、岳父、岳母都是年届九十高龄的老人。这是最让我放心不下、下不了决心的。但当组织再三权衡，希望我接受援藏任务时，我没有犹豫，经过与爱人的沟通，欣然接受任务。

我援藏工作的阿里地区，下辖 7 个县，总人口约 11 万人，辖域总面积 34.5 万平方公里，是世界上人口密度最小的地区之一。平均海拔在 4500 米，年平均气温不足 0℃，常年大部分时间处于风雪期和土壤冻结期。高寒的气候、缺氧的环境、艰苦的条件、迥异的习俗、难耐的孤寂等都是需要我面对的挑战。我抱着通过增进农牧区群众健康福祉，引导各族人民感党恩、听党话、跟党走的坚定信念，边休息边向老队员、同事取经，生活渐渐步入正轨，逐步熟悉了解工作，进入工作状态。

我被任命为阿里地区人民医院院感科业务主任，具体负责传染病疫情报告与处置、医院感控、消毒监测以及包虫病、肺结核等常见高发传染病的疫情资料收集并汇总上报等工作。作为一直从事疾病控制的专业人员，进入医疗机构有些工作轻车熟路，但院感方面的具体工作对我来说确实是全新的领域，只能“扛着扫把进医院”，边干边学。我上网查询资料，向同事朋友求助，尤其是向内地院感援藏专家请教。经过努力，熟悉了院感业务，掌握了传染病报告流程，发挥专业特长，编印了肠道传染病、麻疹、水痘、流行性腮腺炎、流行性感冒、肺结核、包虫病等常见传染病防治知识宣传单，制作了艾滋病宣传展板，在“阿里地区‘9·16’平安西藏宣传日”、世界艾滋病宣传日活动中进行了发放和展示。

2018 年 10 月，阿里地区人民医院儿科陆续收治某新区、某小学感染性腹泻病例 10 例。接到报告后，我立即将相关情况汇报主管领导，协调组织“食源性疾病监测与报告工作领导小组”“食源性疾病会诊专家组”成员紧急召开会诊会议，并将疫情及时上报地区卫生计生委和地区疾控中心。这次疫情最终经病原学证实为一起细菌性痢疾聚集性疫情。我充分利用自己的专业特长，从隔离患儿、消毒、医护人员防护、疫情上报、采样送检等各方面科学处置，避免了疫情在院内传播，保障了社会稳定。同时，这次疫情应急既是实战也是培训，提高了医院应对传染病疫情的应急处置能力。

2018 年 11 月，根据原阿里地区卫生计生委的安排，要在地直教育机构开展结核病筛查工作，阿里地区人民医院同地区疾控中心负责对阿里地区实验学校、地区中学和地区职业技术学校 2548 名学生和教职员工进行了结核病防治核心信息知晓率调查、肺结核可疑症状筛查和 PPD 试验。医院把这项工作交给我们院感科负责组织实施，这是我进藏以来接受的第一项艰巨任务。我积极落实会议精神，协调举办培训班，成立不良反应处置专家组，提前准备急救药品和手消液、锐器盒、医疗废物袋等防护用品。11 月的阿里已经天寒地冻，由于大规模的筛查还是第一次，部分学生在接受皮试后出现了恶心、头疼等不良反应，也有的同学吆喝着胸闷、气促。我看在眼里急在心里，在嘱咐内科医生做好救治的同时，我跑出去跟同学们做游戏、讲笑话、拍照片，最大程度减少孩子们的心因性反应。经过近半个月的努力，在发生不良反应的 20 多名学生中，只有一名学生疑似过敏性休克短暂住院治疗，其余学生均平稳度过，在此过程中得到了学生家长的理解和支持，顺利完成了三所学校的结核病筛查工作。

2018 年下半年，正值阿里地区人民医院创“三乙”的关键时期，我遵守院内作息时间调整，“5+2”“白加黑”成了标配，并同科室领导同事一道对医院内科、外科、儿科、急诊科、妇科等科室的院感进行质控检查，查找问题，完善措施，制定了《传染病管理制度》《传染病疫情管理制度》《传染病报告制度》等21份有关传染病管理制度、应急预案和指导意见，并修订了《阿里地区人民医院传染病管理资料汇编》。

阿里地区人民医院人才匮乏、传染病报告意识较为薄弱。作为援藏医生，我想不仅要“授之以鱼”，更要“授之以渔”，对临床科室存在错项、漏项、逻辑错误的传染病报告卡，我不厌其烦地走访报告医生，发现问题及时给予指正并通知科室领导、做好记录。我还与科室年轻同仁签订了《组团式援藏医疗人才帮带协议书》，处处以身作则。通过一段时间的努力，临床科室报告传染病疫情的积极性和质量大为提高。

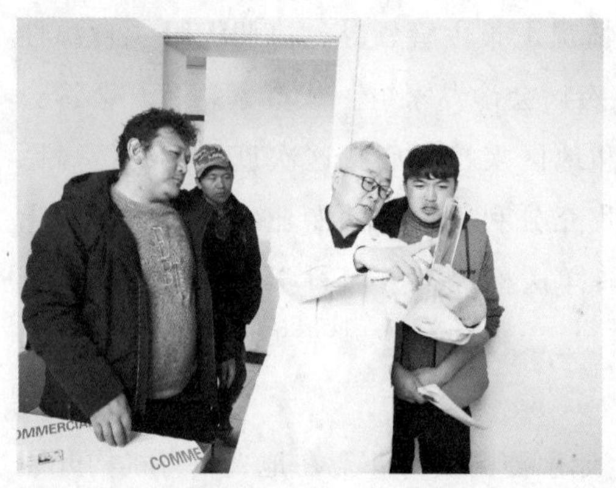

阿里地区经济以农牧业为主，牧区人口多，牧民布鲁氏菌病时有发生。我利用自己的专业特长，跟检验科、内科大夫一同商讨早期诊断、治疗措施，积极推进实验室病原学和血清学检验工作，提高了诊断准确性，也为临床抗生素联合治疗提供了依据。院感和防保工作在医院毕竟不是临床科室，一天做了多少台手术，救助了多少患者，干不出一番轰轰烈烈的大事。但是，我感觉每天过得很充实。我觉得能用自己有限的专业知识为西藏同胞做一点贡献是很光荣的一件事。就在医院积极创建“三乙”期间，让我最为担心的一件事还是发生了，我90岁的岳母不幸病故。我与家人商量后决定继续留下来工作，因为身体刚刚适应，如果舟车劳顿，还得调整几个星期，还是决定用自己全身心投入工作的实际行动告慰老人家的在天之灵。

援藏期间，我时时刻刻牢记党和国家的民族政策，尊重藏族群众的民族传统习惯，注重与藏族同胞搞好团结，虚心向他们学习请教，把阿里人民群众对美好生活的向往作为奋斗目标。“不要人夸颜色好，只留清气满乾坤。”我将继续发扬陕西援藏的无私奉献精神，不把自己当过客，而把自己看作医院的主人，希望自己的专业能在这里发挥最大的作用。这就是我们每一位援藏队员的初心。

使命担当与无私奉献

西安市中心血站　郭逸

当写下这个标题，思索着怎样提笔，思绪却一下子飞到了一年前。

2018 年 5 月，单位张贴出关于第四批组团式援藏医疗人才选派工作的通知，号召单位职工报名并选派一名同志进藏援助阿里。可是，迟迟无人报名，主要原因是有位年轻同事在 2015 年到阿里地区出差近一个月，回来后体检发现身体有恙，后虽经手术治疗基本康复，但大家知悉此事后都心有余悸。想到高海拔地区生活的艰苦和对身体的损伤，大家沉默了。然而，唐代刘禹锡有句诗写得好：“沉舟侧畔千帆过，病树前头万木春。”我一直认为，作为一名青年党员，就应当响应组织的号召，到边疆、到艰苦的地方、到祖国最需要的地方去。即使有难以预料的风险，都应当克服困难，为民族团结、为祖国的繁荣富强而做出自己应有的一丝奉献。我想这也应该是一个儿子、一个丈夫、一个父亲的表率与担当，尽管我的女儿才 6 个月大。于是，和家人商量后我便报名参加援藏。

2018 年 7 月底，我们陕西省第四批组团式援藏医疗人员共 21 人经培训后进藏，于 8 月 1 日来到阿里地区。经过简短的休整，便进入各自的工作岗位。我被安排到阿里地区中心血站工作，担任站长助理，主要协助站长进行单位日常业务管理和血液病毒检测工作，同时带教藏族学生一名。

最初的一段时间，由于平均海拔 4500 米高原地区的缺氧和低气压，我不间断地头疼、气喘、乏力、没有精神，尤其是睡眠特别不好；而且没过几天，又大病一场；再加上有位队友刚到阿里就因高原突发性耳聋而返回西安治疗。这些导致我曾一度怀疑自己是否还能继续坚持。虽然客观环境让我们不得不敬畏，但是，领导们的关怀、前辈们的教导、队友们的相互鼓励与团结、藏族同事的关心和帮助，让我很快坚定信心，调整好心态，慢慢地相对适应了阿里地区的生活环境。

适应了这里的生活，工作也就迎刃而解。在这一年的时间里，我首先是加强政治学习，提高自己的思想意识，譬如全文抄写学习新版《宪法》、学习《习近平谈治国理政》并做详细笔记、安装“学习强国”App并坚持每天学习。同时，参加地区卫生健康委组织的临时性学习和相关会议。日常工作方面，在协助站长业务工作安排和管理的同时，进行街头/站内献血者招募、血液检测、血液制品制备、入库及发放等一系列采供血工作，努力为阿里地区各个医院临床急救提供安全、充足的血液制品。与此同时，我也积极参加上级部门组织的或深入农牧区进行的各种义务志愿宣传活动。比如，国庆升旗/唱国歌仪式、12月1日“世界艾滋病日”宣传活动、卫生系统“送医送药”义诊活动、农牧区“五下乡”及植树活动等。

值得一提的是，在阿里地区人民医院“三乙”等级创建期间，我兼任医院输血科工作，在进行全院输血相关知识的授课培训、指导临床输血科室科学合理用血的同时，为迎接医院“三乙”评审，和科室人员一起“5+2”“白加黑”地做了大量相关工作。例如，对输血科按等级要求合理布局，完善输血科相关规章制度、标准操作规程（SOP）和临床输血手册以及其他输血相关考核评估制度等。通过大家共同努力，最终通过“三乙”等级评审，我个人也被医院评为“先进工作者”。

除此之外，通过“传、帮、带”教学、跟同事们的相处以及宣传或下乡活动，这里人们的真诚、朴实也无不感动着我。他们对工作的态度、对生活的感悟以及艰苦奋斗的精神也是我学习的地方。对我来说，在阿里地区的生活、学习和工作，不仅是一种在艰苦自然条件下的锻炼，也是自己思想认识和工作能力的提升。

这一年的经历，使我由衷地敬佩我们的援藏干部、在藏干部、藏族同胞和在这里生活工作的每一位可爱的人，尤其是大学毕业就来阿里工作的大学生。我想，正是在中国共产党坚强领导下，才有了这些英雄们的使命担当和无私奉献，才有了阿里日渐美好的地区面貌，才有了祖国边疆的稳定与繁荣。最后，我想用48个字来概括我的援藏情：高寒缺氧极苦，相聚阿里情怀；使命担当责任，无私奉献值得；一批批援藏人，一代代援藏情；成功不必是我，功成必然有我。